KB081566

우 리 소 설
50선

문승준 · 이재인 엮음

지식더미

머리말

문학이란 한 시대를 살아가고 있거나 살아간 사람들의 축도이다. 우리의 문화도 결국은 우리의 역사이며 삶이다. 그 속에는 우리가 버릴 수 없고 버려서는 안 되는 안타깝고 서글픈 우리의 역사가 녹아 있다.

문학작품을 읽는 목적이 반드시 어느 한 가지일 필요는 없다. 그러나 결국 우리는 문학을 통하여 우리의 현실과 우리의 역사에 대한 자각으로 되돌아와야 한다고 생각한다. 이런 뜻에서 우리의 문학작품을 아끼고 읽는 것은 그저 단순한 독서 이상의 일인 것이다.

필자는 기존의 한국 근 · 현대 소설에 관한 기초 교양서적이며 가지고 있는 여러 가지 문제점을 극복하려 했으나 솔직히 넘기 어려운 벽에 부딪힌 것을 인정한다. 무엇보다 기존의 고등학교 문학교과서에 선정된 50편의 소설을 대상으로 하다보니 문학적 성과와는 별도로 소위 카프문학의 작가들-조명희의 「낙동강」이나 이기영의 「고향」 등을 포용하지 못했다는 점이다.

이 책은 고등학교 학생들 뿐만 아니라 대학생들의 교양국어 학습에도 도움을 주고자 했으며 문학에 관심을 가진 일반인들의 폭넓은 교양을 위해서 단순한 소설모음집을 넘어선 한국문학에 대한 통시적(通視的) 이해를 돕고자 했다.

이 책의 짜임을 다음과 같다.

① 작가와 작품의 이해

백과사전적 약력 나열이나 피상적인 작품 해설보다는 권위 있는 평자들의 다양한 견해를 종합하여 자료적인 가치도 갖게 하였다.

② 원작의 압축 요약

단순한 줄거리가 아닌 원작의 문체를 살린 과감한 압축 요약을 시도하였다. 원작의 향기가 훼손되었다면 전적으로 필자의 미숙함 때문이다. 작가 여러분과 독자의 깊은 양해를 구한다.

③ 작품감상을 위한 문제제기

사고력과 문제의식을 기르기 위해 주관식 문제를 출제하였다. 이에 대한 답은 본문의 내용이나 제시된 참고서적, 자료 등을 이용하면 충분히 해결될 수 있으리라 믿지만 수험생들이나 독자들에게 해결의 실마리를 드리기 위해 필자의 관점에서 간단한 해답을 정리 제시하였다.

작품은 작가와 작품의 발표 시대를 중심으로 3장으로 나누었다. 〈근대여명기〉와 〈식민지시대〉, 〈광복 이후〉를 기준한 것이나 작품의 발표연대가 이와 어긋나는 것도 여러 편 있음을 알려둔다.

필자의 노역(勞役)이 조금이라도 우리의 근 · 현대문학이라는 거대한 산을 오르는 안내서가 될 수 있을 것이라는 자부심에서 이 책을 세상에 내 보낸다.

2012년 여름

차례 우리 소설 50선

Chapter 1 근대여명기

Chapter 2 식민지시대

Chapter 3 광복 이후

제 1 장

근대여명기

日清戰爭(일청던징)의 총쇼리ᄂᆞᆫ, 平壤一境(평양일경)이 ᄯᅥᄂᆞ가ᄂᆞᆫ듯ᄒᆞ더니, 그 총쇼리가 긋치ᄆᆡ 清人(청인)의 敗(ᄑᆡ)ᄒᆞᆫ 軍士(군ᄉᆞ)ᄂᆞᆫ 秋風(츄풍)에 落葉(낙엽)갓치ᄒᆞᆺ터지고, 日本(일본)군사는 물미듯 西北(셔북)으로 向(향)ᄒᆞ야가니 그 뒤ᄂᆞᆫ 山(산)과 들에, 사람죽은 송장뿐이라

〈만세보〉에 처음 연재된 「혈의 누」의 첫머리

이인직

신소설의 창시자 매국의 꼭두각시

작가연구

이인직(李人稙 1862~1916). 경기도 음죽(陰竹)—지금의 광주(廣州) 근처—에서 태어났다. 호는 국초(菊初)

1900년 2월 관비유학생으로 일본에 가기까지 이전 그의 약력에 대해서는 거의 알려져 있지 않다. 동경정치학교를 졸업하고 노일전쟁에 일본군의 조선어 통역관으로 종군하였으며 1906년 국민신보, 만세보 주필을 거쳐 대한신문사 사장이 되었고 같은 해에 최초의 신소설 「혈의 누」를 발표하였다. 1908년 신극운동(新劇運動)을 위한 원각사(圓覺社)를 창립하였고 자신의 작품 「은세계」를 공연하였다. 한일합방 후에는 경학원(經學院) 사성(司成)이라는 관직에 있다가 1916년 조선총독부 병원에서 신경통으로 세상을 떠났다. 대표작은 위에서 언급한 「혈의 누」, 「은세계」 외에 「혈의 누」의 하편(下篇)인 「모란봉(牡丹峯)」, 「귀(鬼)의 성(聲)」, 「치악산(雉岳山)」등이 있다.

한국근대문학의 여명기에 이인직은 문학사적인 업적과 함께 친일 매국노인 이완용의 개인비서 자격으로 한일합방의 막후 역할을 했다. 이러한 매국의 협상 상대는 일본 동경정치학교 시절의 스승인 통감부외사국장(外事局長) 고마쓰(小松)였으니 그 악연은 마치 미리 준비되었던 것만 같다.

이인직의 친일행각을 그의 문학작품과는 별개의 것으로 분리하여 생각하려는 경향도 있으나 대부분의 연구자들은 그의 소설 속에 나타난 '개화의 사상'을 그 자신의 매국적 행위와 무관하게 여기고 있지 않는 편이다.

혈血의 누淚

작품연구

「혈의 누」, 「귀의 성」과 같은 제목은 일본식 표기이다. 이인직이 일본 유학시절 일본여자와 결혼했다든가, 생활비를 벌기 위해 별로 수준이 높지 못한 신문사에서 견습생으로 일했다든가 하는 일련의 개인적 생활은 그의 소설의 외면적, 내면적 바탕을 이루었다고 볼 수 있다. 일본식 제목이 곧 친일적인 경향이라고까지 단정할 수는 없지만 적어도 이인직에게는 그의 일본 숭배 의식의 부산물이라고 해도 무난할 것이다. 이와 같은 맥락으로 「혈의 누」에서 '청일전쟁'을 '일청전쟁'으로 부르는 것, 청국군의 잔학상을 부각하고 노골적으로 일본군을 옹호하는 편향된 작가의 태도를 다음과 같은 부분에서 읽을 수 있을 것이다.

본래 평양성 중에 사는 사람들이 청인의 작폐에 견디지 못하여 산골로 피난간 사람이 많더니 산중에서는 청인(淸人) 군사를 만나면 호랑이 본 것 같고 원수 만난 것 같아서 어찌하여 그렇게 감정이 사나우냐 할 지경이면 청인의 군사가 산에 가서 젊은 부녀를 보면 겁탈하고 돈이 있으면 뺏어 가고 제게 쓸데없는 물건이라도 놀부의 심사같이 작란하니 산에 피난 갔던 사람이 평양성으로 도로 피난 온 사람도 많이 있었더라.

난데없는 철환 한 개가 넘어오더니 옥련의 왼편 다리에 박혀 넘어져서(중략) 군의가 본즉 중상은 아니라 철환이 다리를 뚫고 나갔는데 군의(軍醫) 말이 만일 청인의 철환을 맞았으면 철환에 독한 약이 섞인지라 하룻밤을 지냈으면 독기가 많이 퍼졌을 터이나 옥련이 맞은 철환은 일인의 철환이라 치료하기 쉽다 하더니 과연 삼 주일이 못 되어 완전히 평일과 같은지라.(하략)

「혈의 누」의 문학사적 가치에 대해 전광용 교수는 다음과 같이 말하고 있다.

「혈의 누」(상편)는 광무 10년(1906년) 7월 22일부터 동년 10월 10일까지 50회에 걸쳐 〈만세보〉에 연재된 이인직의 청년 장편소설로 한갓 습작에 지나지 않는 그의 초기 작품 「단편」을 제외하면, 이 땅에 있어서 본격적인 신소설의 효시에 해당되는 작품이기도 하다. 이 작품은 청일전쟁 때 격전이 휘몰고 간 뒤에 피비린내 나는 모란봉의 참상을 시발점으로 하여, 그후 10년간의 시간의 경과 속에서 한국, 일본 및 미국을 무대로, 여주인공 옥련의 기구한 운명이 전변(轉變)에 얽힌 개화기의 시대상을 그린 것으로서, 고대소설의 구각에서 탈피하여 서구적인 근대소설의 제 일보를 내어디딜 수 있는 문학사적인 새로운 계기를 마련할 수 있었다.

「혈의 누」에는 아직도 고대소설의 요소인 우연과 꿈 등이 많이 나타나지만 저녁 무렵 평양성 근처를 헤매는 여인의 묘사로 시작되는 첫장면은 기존의 고대소설류와는 엄청난 격차를 느끼게 한다. 이러한 작가적 역량에도 불구하고 이인직은 「혈의 누」의 하편격인 「모란봉」에 이르면 고대소설의 수준으로 후퇴하고 만다. 이는 총독정치가 시작된 당시의 조선의 정치적 현실과 무관하지 않을 것이라고 생각한다. 그의 정치소설 「은세계」는 이런 관점에서 사실상 이인직이 내세울 마지막 푯대였다고 본다. 그가 지향하는 현실의 개화는 「혈의 누」와 같은 사이비 또는 준정치소설(準政治小說)의 한계에 부딪혀 방향을 잃고 만다. 그는 신극운동에 뛰어들게 되고 그러한 자신의 이념을 알리는 수단으로 「은세계」를 공연한다. 그러나 이미 그의 시대는 끝나고 있었다. 그가 세상을 떠난 지 몇 개월 후 젊은 청년 이광수는 기념비적인 「무정」을 발표하였던 것이다.

작품요약

일청전쟁의 총소리는 평양 일경이 떠나가는 듯하더니 총소리가 그치고 사람의 자취는 끊어졌다. 평양성의 모란봉 부근에 해가 지고 있는데 숨이 턱에 닿은 듯이 갈팡질팡하는 한 부인이 허둥거리며 헤어진 딸 옥련이를 찾고 있다. 문득 어둠 속에서 사람의 소리가 들려온다. 남편이라 생각한 부인이 달려갔으나 낯선 농군이다.

부인이 봉변을 당하지 않으려고 소리를 지르자 일본군 보초병이 총을 쏜다. 농군은 달아나고 부인은 헌병부로 호송되어 갔다.

부인의 남편은 김관일인데 아내와 헤어져 빈 집을 밤새도록 지키며 전쟁의 참혹함과 조선의 운명을 걱정하다가 다음날 아침 만리타국으로 떠나간다.

집으로 돌아온 부인은 남편과 딸의 소식을 알길 없는 처지를 비관하여 대동강물에 뛰어들었다. 그러나 뱃사공에 의해 구출된다. 며칠간 뱃사공의 집에서 간호를 받은 부인이 아무도 없는 집으로 돌아오니 부인의 친정아버지가 남편의 소식을 전해주었다.

한편 전쟁중에 왼쪽 다리에 탄환을 맞은 옥련은 일본군에게서 간호를 받는다. 정상소좌(井上小佐)는 딱한 처지를 동정하여 옥련을 일본의 자기집으로 보낸다. 옥련은 정상부인의 귀여움을 받으며 자란다. 그러던 어느날 정상소좌의 전사 소식이 알려진다. 조선과부 같으면 청상과부가 시집가지 않는 걸 잘난 일로 알고 있으나 그러한 도덕상의 죄가 되는 일은 문명한 나라에는 별로 없는 법이라 정상부인은 남편을 얻어 시집을 가려한다. 옥련이 울면서 애원하자 부인은 마음을 고쳐먹는다. 옥련은 심상소학교를 졸업한다. 그러나 부인은 옥련을 귀여워하지 않는다. 옥련은 부인의 구박에 집을 나와 대판(大阪)으로 가려고 기차를 탔다가 구완서라는 조선인 학생을 만난다. 그는 미국유학을 떠나려는 길인데 옥련의 딱한 처지를 동정하여 함께 미국으로 간다.

5년 뒤 옥련은 미국 화성돈(워싱턴)에서 고등소학교를 우등생으로 졸업한다. 그 기사가 신문에 났는데 그 신문을 보고 기뻐하는 사람이 하나 있다. 그는 다름 아닌 옥련의 아버지 김관일인데 분명하지는 않으나 자신의 딸이 틀림없다 생각하고, 학교에 찾아갔지만 만나지 못하고 신문에 옥련을 찾는 광고를 낸다. 호텔 보이가 이 신문광고를 보고 옥련에게 알려준다. 옥련은 그리던 아버지를 만나고 어머니의 소식도 알게 된다. 옥련의 아버지는 구완서에게 딸과 결혼해 줄 것을 부탁하나, 구완서는 결혼은 당사자의 일이니 직접 이야기하자고 한다. 구완서는 몇 해 더 공부하여 고국에 돌아가서 결혼하려 한다. 구완서는 귀국하여 우리 나라를 독일국과 같이 연방국가를 만들자는 비사맥(비스마르크)과 같은 포부를 가지고 있고 옥련은 귀국하여 우리 나라 부인의 교육에 힘쓰겠다고 생각한다.

한편 미국에서 이런 기쁜 일이 이루어지고 있을 때 평양성 북문 안에 살고 있는 옥련의 어머니는 딸의 편지를 받는다. 편지 부쳤던 날은 광무 육년 칠월(음력)인데 편지를 받은 건 임인년 음력 팔월 십오일이다.

감상을 위한 문제제기

1. 옥련과 구완서는 개화기 조선의 새로운 인간형이라고 할 수 있다. 두 남녀가 실현하고자 하는 이상과 실현 방법에 대해 당시의 현실과 연관지어 비판해 보시오.

> 일청 전쟁 총소리에 평양성이 떠나가는 듯하더니 그 총소리가 뚝 끝이매 인적은 끊어지고 모란봉만 높았는대 적적한 비인 산중에 날아가는 가마귀 소리뿐이라.
> 장사(壯士)는 목을 잃고 산비탈에 가루 눕고 영웅도 철환마저 구학(溝壑)에 굴렀는대 후리쳐 지나가는 회오리 바람결에 비린 띠끌 일어나서 공중으로 회화 돌아나다가 나무 우뚝우뚝 서고 천년 고묘(千年古墓) 덩그렇게 뵈이는 기자릉(箕子陵) 앞으로 몰려가더니 바람은 스러지고 띠끌은 슬슬 내려앉는데 풍상(風霜) 많이 겪은 허연 빗돌(碑石)만 우뚝 섰다.
>
> – 정음사 간(1955년), 「혈(血)의 누(淚)」

이인직 연구의 개척자인 전광용 교수와 많은 평자들은, 위에서 인용한 「혈의 누」의 첫 장면을 고전 소설에 비해 놀라게 변화한 문체상의 특징에만 관심을 두는 경향이 있다. 물론 그것은 당연한 일이긴 하지만 작가 이인직의 역사 의식의 한 조각이 「혈의 누」의 첫머리에 짙게 배어 있다는 사실을 간과(看過)하는 경향이 있다. 「혈의 누」의 첫머리는 전투 후의 참혹한 정경 묘사 수준을 넘어 이인직이 왜 이 작품을 청일 전쟁을 배경으로 했는가, 그리고 왜 하필 평양을 작품의 시발점으로 했는가를 말해 준다. 잘 알려진 바와 같이 이인직은 1905년의 러일 전쟁 때 일본어 통역관으로 참전했다. 그러나 그는 자신의 체험인 러일 전쟁 대신 1894년에 일어난 청일 전쟁을 말하고 있는 것이다. 단지 사건 전개상의 필요라고 말해 버리기엔 몇 가지 의혹이 남는다. 상식적으로 작가는 자신의 체험을 무엇보다 우선하는 법이다. 일단 이인직에게는 자신이 체험한 러일 전쟁보다는 청일 전쟁에 어떤 의미를 부여하고 싶었을 것이라고 추리해 보자.

이렇게 보면 작품의 첫 부분에서 묘사된 기자(箕子)는 단지 배경으로서가 아닌 그 역사적 의미를 획득한다. 기자에 대해서 논란은 있지만 적어도 이인직의 시대까지는 중국이 조선을 지배하기 위해 임명한 일종의 제후로 생각되어 왔다. 기자릉은 조선에 대한 중국의 간섭과 그에 따른 굴종을 상징하는 곳이다. 그 기자묘가 전쟁으로 완전히 폐허가 되었다는 것이 이인직의 역사관을 보여주는 한 단편이다. 벌판에 시체들이 널려 있고 기자릉에는 세월에 부숴진 비석만 우뚝 서 있다는 인식 - 이것은 이인직을 포함한 개화기의 새로운 역사 인식의 출발점이며 중국과 연결된 조선 역사의 마침표를 의미한다. 「은세계」의 첫머리를 읽어보는 것도 도움이 될 것이다.

왜냐하면 「은세계」는 곧 이인직 '세계' 의 전부이기 때문이다.

> 겨울 치위 저녁 가운에 푸른 하늘이 새로이 취색한 듯이 더욱 푸르렀는데, 해가 뚝 떠러지며 북새풍이 슬슬 부더니, 먼―산 뒤에서 검은 구름 한 장이 올라온다. 구름 뒤에 구름 구름 옆에 구름이 일어나고 구름 밑에서 구름이 처받혀 올라오더니, 삽시간에 그 구름이 하늘을 뒤덮어서 푸른 하늘을 볼 수 없고, 시컴은 구름 천지라 해끗해끗 눈발이 공중으로 회회 돌오내려오는데, 떠러지는 배꽃 같고 날라오는 버들가지같이 힘없이 떠러지며 간 곳 없이 스러진다.

이인직의 역사관은 철저한 과거의 부정이며 단절이다. 그가 느낀 역사적 징조―기자묘의 몰락 그리고 바람, 구름과 구름의 대립―는 암담하다. 그의 인식은 암담함과 불길함을 확인하는 것에서 출발한다.

「혈의 누」는 문학사에 한 획을 긋는 중요한 작품이며 개화기 신소설에서 근대 소설 「무정」에 이르는 시대의 한 전형을 창조해 낸 작품이다. 비록 미흡하지만 「혈의 누」에는 새로운 시대와 역사의 변화의 물결 속에서 태어난 개화 지식인의 이상과 꿈이 있다.

이러한 긍정적 가치에도 불구하고 이인직이 묘사한 개화 청년들의 삶은 피상적이며, 행운과 우연의 남발로 일관되어 있다. 이들의 삶은 피폐한 조선 민중들의 삶과 유리(遊離)된 귀족적 행태를 보여준다.「혈의 누」의 지리적 공간을 평양에서 일본으로 다시 미국으로 확대한 것은 획기적인 일이지만, 이인직의 미국 체험이 전무하다는 것을 감안한다고 해도 무대의 세트만 몇 개 바꾼 듯한 엉성함은 면하지 못한다. 그가 생각한 미국은 일본에서 들은 소문의 미국에 지나지 않거나 「서유 견문」 수준의 것으로 보인다.

무엇보다 이 작품의 허점은 옥련의 후원자 역으로 느닷없이 등장한 구완서라는 인물이다. 독자의 요구 때문이었는지 아니면 이인직이 옥련 혼자만으로는 이야기를 끌고 가지 못할 어떤 벽에 부딪혔기 때문인지는 알 길이 없다. 필자의 판단으로 이인직은 기구한 운명의 옥련을 일본에서 자살하게 하여 고전적 신파 비극을 만들 작정이 아니었을까 생각해 본다. 그렇게 되어야 「혈의 누」라는 제목과 내용이 걸맞지 않는가. 그러나 작가는 연재 도중 옥련을 살려두자고 작정했지만 이미 그녀의 캐릭터는 이인직이 의도하는 주제를 이끌어가기엔 역부족이었던 것으로 보인다. 이 난국을 타개하기 위해 그는 무대마저 미국으로 옮겨버린 것이다. 이인직은 구완서에게 상당한 개성을 부여하려고 했지만, 결과적으로 옥련의 곁을 떠나지 못했고 구완서에게도 생명력을 불어 넣지 못했다.

한편 이 두 사람의 사회 계층을 분석하는 것은 작품의 이해에 도움이 된다.

옥련과 구완서는 조선의 전통적 봉건 지배층에 속하지 않는 것으로 보인다. 옥련의 아버지 김관일은 평양성에서 돈 잘 쓰기로 이름난 인물—일종의 건달에 불과하다. 구완서라는 인물은 조혼을 거부하는 그의 말과 옥련의 학비를 충분히 대줄 만한 넉넉한 집안임을 강조하는 것으로 보아, 출신 성분은 분명치 않으나 가령 최남선의 집안처럼 역관을 빙자한 사무역으로 돈을 번 그런 가문이 아닐까 추측한다. 옥련과 구완서의 혼담이 성사되는 과정에서도 구완서는 여전히 정체 불명이다. 옥련의 아버지 김관일은 구완서의 집안에 대해 아무 질문도 하지 않는다.

이 작품의 시간적 배경은 청일 전쟁이 끝난 1895년에서 1902년 무렵, 주인공 옥련의 나이 7살에서 14세까지의 7년 간으로 설정하고 있다. 역사적으로는 조선이 친러 정책으로 기울어진 시기이며, 서재필의 독립 협회가 만들어졌으나 국내의 보수파 및 러시아, 일본 심지어 미국의 견제에 의해 서재필이 1898년 4월 추방당한 시기를 포함하고 있다. 이어서 그 해 12월 독립 협회도 해산당하고 다음해 〈독립 신문〉까지 강제 폐간된다. 그러나 「혈의 누」 작품 속 시간은 조선 말의 역사적 시간과 아무런 유기적 관계를 맺지 못하고 있다. 작품의 인물들은 조선과 지리상으로만 멀리 떨어진 것이 아니라 정신적으로 진공 상태에 떠 있다. 두 사람은 조선 역사에서 완전히 실종된 인물이다.

작가는 이러한 두 사람이 조선에 돌아와 무슨 일을 할 것인가에 대해 옥련은 부인 교육, 구완서는 비사맥(비스마르크)을 본받아 연방국가를 건설할 것을 운운하면서 굉장한 이상을 가진 것처럼 지껄이게 한다. 옥련의 부인 교육이야 논할 필요 없는 것이지만 구완서의 "비사맥을 본받아……"는 상당히 문제를 지닌 표현이라고 여겨진다. 이인직이 동경 정치학교를 다녔으므로 세계사에 대한 나름대로의 지식은 있었으리라고 생각한다. 그러나 분열되어 있던 독일 연방을 프러시아 중심으로 통일한 소위 철혈 재상 비스마르크를 본받는 식의 조선 역사의 전개가 진정 가능한 일이라고 믿었던 것일까. 조선은 분열되어 있지도 않았으니 도대체 연방이란 말은 터무니 없는 일이다. 이인직이 연방이란 정치학의 기본적 개념을 정확히 알고 있었던 것일까 의심하게 하는 부분이다. 어쨌든 연방이라면 그것은 결국 일본과의 연방(?) 이란 논리가 아닐까. 구완서의 입을 빈 이인직의 이 발언은 조선의 식민지화를 재촉하는 그런 반민족적 표현에 지나지 않으며, 이인직의 정치적 좌표를 털어놓은 발언이라고 생각한다.

옥련의 꿈이 현실적이면서도 너무 평범하다면 구완서의 꿈은 이상적이지만 너무 위험하며 현실 분석이 되어 있지 않다. 그의 숭배자 비사맥은 입헌 군주제를 체택하였다. 이인직을 비롯한 독립 협회의 개화파들의 정치적 견해가 일치하는 한 부분이다. 그러나 근본적으로 연방제 운운은 조선의 현실과도 맞지 않을 뿐더러, 훗날 대동아 공영권이라고 불린 일본 식민지의 그물 속에 조선 민족을 몰아넣겠다는 의미 이상의 것은 아닌 것이다.

다음 「혈의 누」에 나타난 사소한 실수는 옥련이 11세까지 일본에 있었고 미국에서 공부한 것은 5년으로 되어 있는 부분이다. 이 계산에 의하면 소설의 결말에서 옥련은 16세 또는 17세가 되어 있어야 한다. 그러나 그녀는 14세로 되어 있다.

우여 곡절 끝에 그들이 미국에서 받았다는 교육은 대단히 추상적이다. 그들은 그 모호한 교육을 더 받고 광무 6년—서기 1902년에서 몇 해 더 지나 조선으로 돌아올 것이라고 작가는 말한다. 아마 그들은 1905년 을사 조약이 체결된 시점쯤에서 귀국할 것이다. 우리는 그러한 모습을 「은세계」에서 확인할 수 있다. 구완서 같은, 정치와 아무 연줄도 없고 문벌도 없는, 조선의 전통적 탯줄로부터 떨어져나온 일개 청춘 남녀들이 혼란과 변화의 조선 말 역사 속에서 무엇을 할 수 있을 것인가.

이인직이 「만세보」의 주피로 앉아 있을 무렵 조선 어디에도 고전적인 의미의 순진 무구한 개화파들이 발붙일 터전은 찾을 수는 없었던 것이다. 그러므로 옥란과 구완서가 나아갈 길은 일제와 조선인의 교량 역할을 하는 실무 친일 관료 이 외에는 어떤 희망도 찾을 수 없으리라 단언할 수 있다. 그것이 역사 의식도 시대 의식도 없는 식민지 지식인이 흘러가는 공식적 삶의 경로라는 것을 우리는 세계 역사 어디에서나 쉽게 찾을 수 있다.

「혈의 누」의 주인공들은 이인직의 왜곡된 역사 인식이 창조한 반역사적 기형적 인물인 것이다.

2. 「혈의 누」의 후편인 「모란봉」은 1913년 〈매일 신보〉에 연재되었다. 이 작품은 옥련과 구완서, 새로 등장한 서일순(徐一淳)과의 애정의 삼각도를 그리다가 거의 마지막에 이르러 작자의 사정으로 부득이 연재를 중단한다는 사고(社告)와 함께 이인직의 최후의

작품이 되고 말았다. 그렇게 된 이유를 다음 두 가지 관점에서 생각해 보시오.

① 친일 개화파로서의 이인직의 정신적 한계.

② 1913년이라고 하는 식민지 시대적 상황.

① 이완용의 개인 비서로 매국에 협력한 이인직이 합방 이후 받은 보상은 아주 보잘것없는 것이었다. 우리는 왜 그가 겨우 경학원 사성이라는 한직(閑職)에 머물렀는지 알지 못한다. 이완용이 왜 그를 다시 중용하지 않았는지도 알려져 있지 않다. 우리가 가진 자료는 대단히 빈약하며 우리가 조선 근세사를 연구하려는 것이 아닌 이상 한정된 자료를 통해 그의 정신적 몰락을 말할 수 있을 뿐이다.

이인직은 한때 자신의 스승이었던 통감부 외사 국장(外事局長) 고마쓰(小松)와의 비밀 회담에서 이렇게 말했다. 1910년 8월 4일 밤의 일이다. 이 내용은 훗날 고마쓰가 남긴 기록에 근거한다.

이인직 : 실은 오늘 아침 이완용 수상을 만나 자세한 이야기를 나눈 바 있습니다. 이토 전 통감이 조선인에게 암살되고 곧 일진회가 합방론을 제창하여 일본에서도 합병설에 찬성하는 사람이 많아진 것올 보아 꼭 일대 변혁이 일어날 것 같아 저는 이 수상에게 빨리 진퇴의 각오를 정하라고 권유하였습니다.

고마쓰 : 그래 수상은 무어라고 대답하던가요? (중략)

이인직 : 아니 제 편에서 의견을 진술해 본 것입니다. 오늘의 현실에서 취할 일은 다만 이천만 조선인과 함께 쓰러지느냐 그렇잖으면 육천만 일본인과 함께 나아가느냐 하는 두 길밖에 없다고 말했습니다. "만약 수상의 힘이 도저히 시국 타개의 중임에 견디기 어렵다면, 시비를 가릴 것 없이 부끄러움을 고국에 남기기보다는 오히려 조선을 떠나 일한이 어느 쪽 법권(法權)도 못 미치는 상해에라도 은둔하여 일생을 끝마치는 수밖에 없으니 어느 길을 택하겠습니까?" 하고 물었습니다.

고마쓰 : 정말, 군(君)으론 생각할 만한 일이오. 그래, 그 말에 수상은 무엇이라고 대답하던가요?

이인직 : 수상은 잠시 침음(沈吟)하며 생각하시다가 서서히 말씀하시기를, "실은 지난 구랍(舊臘) 흉한(凶漢)에게 찔린 등과 배의 상처이재명 의사에게 습격당한 사

건가 완치되지 않아 잠시 조용한 곳에서 정양이라도 할 생각으로 내무 대신 박제순에게 수상직을 넘기려고 상의했으나 도무지 받아주지 않았소." (줄임) 대체 데라우치 통감은 어떤 수단을 쓰려는 작정이신가요?

고마쓰 : 그렇다면 데라우치 통감이 금후 취하는 수단 여하에 따라 이 수상의 진퇴가 결정될 것같이 들리는데 확실히 그러한가요?

이인직 : 네. 그렇다고 저는 생각합니다. (줄임)
만약 데라우치 통감이 끝까지 현 내각을 신임해 주신다면 이 수상은 함부로 책임을 회피하려는 그런 생각을 가지고 있는 것 같진 않습니다. (줄임)

고마쓰 : 군은 학자니까 자기 나라 역사는 물론 일본의 국체(國體)도 연구했을 터인데, 수천 년 사직이란 이천오백 년의 황통(皇統)이 연면(連綿)한 일본을 말하는 것이지 일통(一統) 천 년도 계속된 일이 없는 조선을 두고 한 말은 아니오. 생각해 보시오. 일한 병합(日韓併合)을 큰 사건으로 생각하고 떠들썩해 하는 사람도 있지만, (줄임) 신라가 고려가 되고, 고려가 조선이 된 것처럼 이번엔 한국이 일본이라는 국호로 고쳐졌다고 생각하면 되는 것이오.

이인직 : 설명하시는 취지는 잘 알았습니다. 그러나 문제는 실제에 있어 황실(皇室)의 대우입니다. 외국과 합병이 실행될 경우 아주 가혹한 처분을 받은 역사적 예도 있지 않습니까? (줄임)

두 사람이 나눈 대화로 미루어보면 이인직은 이완용의 수족으로, 단순한 전언자(傳言者) 이상의 노릇을 하고 있음을 알 수 있다. 우리는 그가 상당한 전권을 위임받았으며 합방에 막후 협상으로 적지 않은 공로를 세웠음도 쉽게 알 수 있다. 아울러 우리는 이인직의 역사 인식 한계를 충분히 짐작할 수 있다. 그는 일본이 진정으로 조선을 위해 은혜를 베풀리라 믿었을지도 모른다. 한때 동학군의 장수였던 이용구가 일진회의 주창자가 되어 일제에 적극적으로 협력한 것도 그가 진심으로 일본의 '너그러운 보호'를 믿었던 결과였듯, 이인직도 일제의 간교함 뒤의 얼굴을 몰랐던 것일까. 공연히 그를 비호하려는 의도는 아니지만, 세월이 지남에 따라 자신이 친일 공로자의 중심 대열에서 제외되었다는 개인적 불만도 점점 누적되었을 것이며, 이에 비례하여 일제의 간교한 정체도 간파했으리라 생각된다. 「혈의 누」의 속편인 「모란봉」이 신파의 연애담으로 흘러갈 수밖에 없었던 이유를 이런 관점에서 우리는 짐작할 수 있을 것이다. 조선으로 돌아온 옥련과 구완서는 조선에 뿌리 내리지 못하고 어정쩡한 양복쟁이와 신여성으로 살아가면서 '연애질' 이나 할 수밖에 없었던 것이다.

② 1911년 중국 대륙은 신해 혁명으로 만주족이 세운 청나라가 붕괴하고, 힘의 공백을 노리던 일제는 1914년 제1차 세계 대전을 틈타 독일이 조차(租借)하고 있던 칭다오(青島)를 공격 점령한다. 이러한 사건의 와중인 1913년, 국내적으로는 제1차 세계 대전 전야의 암담한 시기였다.

이 시기에 이인직에게 1909년 11월 그가 필생 사업으로 추진해 온 신 연극 운동의 탄생지인 원각사지금의 서울 서대문구 신문로 새문안 교회 자리 폐관이라는 엄청난 사건이 일어나고, 설상가상으로 1914년 봄에는 원각사가 소실(燒失)되어 한 조각의 가능성까지 좌절되어버린 사건이 일어난다. 이 두 가지 사건이 그에게 막대한 정신적 타격을 주었을 것은 짐작하기 어렵지 않다. 이인직은 이후 공식 출장의 명분으로 국내 여행을 하거나 일본 대정 박람회에 참석하는 등의 생활을 계속하면서 남은 삶을 소모해 버렸다. 그는 친일파의 그물을 빠져나오지 못했다. 1915년 그는 일본왕 다이쇼(大正)의 즉위식에 친일적인 글을 써 바치는 일을 했으며 이것이 공식적으로 그가 쓴 마지막 치욕적인 글이 되었다.

3. 이인직은 고대 소설의 작가들과는 달리 당시 자신이 대면한 현실의 문제들을 소설 속에서 직설적으로 제기했던 최초의 작가라고 할 수 있다. 문학과 현실 수용이라는 입장에서 이 문제를 생각해 보시오.

비록 매국노의 하수인이라는 반민족적인 굴레를 쓸 수밖에 없지만, 이인직은 자신이 살았던 시대의 문제들을 소설이라는 문학 양식 속으로 편입시킨 최초의 작가라고 할 수 있다.

문학 작품은 작가와 시대와 인생관이라는 세 개의 꼭지점이 만드는 삼각형이다. (시대라는 말 대신에 사회라고 해도 좋고 역사라고 해도 달라질 것은 없다. 인생관이라는 말 대신에 철학이나 체험 또는 세계관이라고 해도 상황은 마찬가지이다.) 작가가 바로 그 트라이앵글 속에서 잘 조율된 삼각형의 한 부분을 어떤 상황에서 어떻게 치느냐에 따라, 그것은 악기가 되기도 하고 그저 쇠막대기가 되기도 한다. 말하자면 작가의 임무는 작품을 통하여 현실을 수렴하는 일이다.

근대 한국 문학사에 한 획을 그은 이인직도, 박지원도, 허 균도 모두 자신들과 맞부딪친

시대와 사회의 모순을 읽어냈고 그것을 소설문학으로 표현했다. 그러나 세 사람이 시대와 사회의 모순을 형상화한 방식은 상당히 다르다. 이해를 돕기 위해 그들이 창조한 대표적 주인공들을 중심으로 도표로 정리하면 대체로 다음과 같다.

구분	홍길동	허생원	옥련/구완서
가치 지향점	가족	이상(꿈)	사회
성격	감상적	냉소적	행동적
갈등의 양상	폭력적 행위	이상의 실험	자기연마(유학)
결과	군주	도피	사회 참여

앞선 두 인물들과 비교할 때 옥련과 구완서는 너무 많은 한계와 결점을 드러낸다. 지식인의 현실 참여라는 고전적 명제로 살펴볼 때, 허균의 분신인 홍길동이나 박지원의 분신이라고 할 허 생의 경우 그들의 가치 지향점은 대단히 선명하다. 갈등의 양상도 분명하다. 그 결과 역시 뚜렷하다.

반면에 옥련과 구완서에 이르서는 이러한 모든 항목들이 불투명해진다. 홍길동이 가족이란 함정에서 나오지 못하고 그의 불만은 사회개혁으로 이끌어가지 못했다든지, 허 생이 사회의 참여적 지식인으로 가담하기를 끝내 거부한다든지 하는 한계의 수준이 아니다. 옥련과 구완서는 좀더 근본적인 문제를 담고 있다. 이미 언급했듯 그들은 조선의 토양과 결별한 첫 세대에 속한다. 조선은 통일 신라 이후 처음으로 해외 유학이라는 과정을 통해 새로운 관료들을 육성하거나 기존의 관료들을 재교육하는 과정을 겪으며, 조선의 뿌리 깊은 관료 사회를 조금씩 변화시켜가고 있었다. 그러나 그 대부분은 관비 유학생—이인직도 그러한 유학생이다.—이며, 많지 않은 이들마저 정치적 틈바구니에서 학비가 중단된 뒤 집단으로 귀국당하는 일이 벌어지곤 했다. 게다가 독립 협회 해산 이후 해외 유학생들은 거의 중용되지 못하였다.

옥련과 구완서는 분명 홍길동이나 허 생원과는 달리 망령처럼 붙어 있는 기존 사회에 대한 한(恨)의 에너지가 없다. 옥련의 한이란 전쟁으로 가족과 헤어졌다는 개인적인 차원의 것이다. 구완서는 앞서 말한 것처럼 그 정체가 도대체 불명이다.

두 사람은 분명 새로운 조선이 낳은 새로운 인물임에는 틀림없지만 그들의 사회와는 근본적으로 유리되어 있다. 문제는 이들이 조선의 역사적 풍토와 조선의 변화를 위해 자신을 희생하겠다는 소영웅주의에 빠진 '순진한 교사적 지식인' 이라는 점이다. 이러한 교사적 인간형은 이광수의 작품을 비롯한 계몽 소설의 중요한 인간형으로 나타난다. 옥련이나 구완서가 조선의 미래를 바라보는 시점은 차라리 유아적 몽상에 가깝다. 「은세계」의 옥순 남매도 상황은 마찬가지다. 그들은 돌아 온 옥련과 구완서라고 불러도 좋을 것이다.

「혈의 누」가 발표된 1906년은 노일 전쟁에서 승리한 일본이 1905년 11월 제2차 한일 협약—을사 조약을 체결한 후였으며, 외교권을 박탈당한 조선은 사실상 멸망한 것이나 다름없었던 것이다. 이러한 시기에 이인직은 진정으로 옥련이나 구완서와 같은 인물들이 조선을 위해 일해 줄 것이라고 믿고 있었을까. 만일 그렇지 않다면 그것은 자기 배반이자 작가 정신의 파멸이며, 그렇게 믿고 있었다면 그야말로 저급한 수준의 현실 인식이므로 언급할 가치조차 없다.

결국 이인직이 도달한 파국은 이인직을 포함한 개화기 지식인들의 파국이다. 옥련과 구완서는 타락한 개화론자 이인직이 만들어낸 환상의 허수아비였던 것이다. 이후의 문화 운동가나 작가들의 대다수는 알게 모르게 이러한 환상을 따라가게 되었으니, 이인직이 넘긴 배턴을 이어받은 사람이 이광수이다. 이인직이 조선의 준(準) 고아였다면 이광수는 완전한 고아였으며, 옥련과 구완서가 일종의 준 고아라면 〈무정〉의 이형식은 정신적 고아인 것이다.

은세계銀世界

작품연구

먼저 이인직 연구의 선구자라고 할 수 있는 전광용 교수의 글에서 「은세계」에 대한 평을 인용하면 다음과 같다.

「은세계」는 융희 2년(1908년)에 발표된 작품으로 이인직의 작품 중에서 가장 주제가 강하고 뚜렷하며, 한편 신극과 불가분의 관계를 지니고 있는 작품이다. (중략) 이 작품은 처음부터 끝까지 부패와 학정으로 양민을 수탈하는 양반관료에 대한 최병도의 현실 고발과 항거로 일관되어 있으며, 끝머리에 가서 미국유학에 의한 신교육의 필요성이 절규되고 또한 실천에 옮겨져 있다. 특히 이 작품에 나타난 또 하나의 특색은 농부가, 나무꾼 노래, 상두소리 들의 민요적인 가요가 많이 삽입되고, 그 내용은 사회현실에 대한 비판이 풍자적으로 토로·호소되어 있어, 관권에 대한 민중의 반발의식을 더욱 고취하고 있다는 점이다.

「은세계」는 같은 시기에 각색 공연된 「설중매(雪中梅)」와 함께 '연희(演戲)를 정치교화(政治敎化)의 가장 적절한 방편'으로 믿고 있는 이인직이 정치선전으로 내세운 작품이다. 이인직은 고종황제가 소위 헤이그 밀사사건으로 강제 양위당한 현실적 배경을 바탕으로 하여 이러한 역사 현실에 대한 노골적 개입을 서슴지 않으며, '동양의 영웅 김옥균'을 적극 찬양한다. 「은세계」의 마지막 부분에서 이인직은 주인공을 시켜 의병들을 향해 이렇게 외치고 있다.

> 여보시오 우리 동포 들어보시오. 나는 동포를 위하야 공변되게 하는 말이니 여러분이 평심 서기하고고요하고 느긋한 마음 자세히 들으시오. 의병도 우리 나라 백성이오. (중략) 요순 같은 황제 폐하의 칙령을 거스르고 흉기를 가지고 산야로 출몰하며 인민의 재산을 강탈하다가 수비대 일병 사오십 명만 만나면 수십 명 의병이 저당치 못하고 패하야 달아나거나 그렇지 않으면 사망 무수하니, 동포의 하는 일은 국민의 생명만 없애고 국가 행정상에 해만 끼치는 일이라. 무엇을 취하야 이런 일을 하시오. (중략) 우리 나라 국권을 회복할 생각이 있거든 황제 폐하 통치하에서 부지런히 벌어먹고 자식이나 잘 가르쳐서 국민의 지식이 진보될 도리만 하시오. (하략)

이인직의 현실인식의 한계를 극명하게 보여주는 이 부분은 이인직 문학의 파산선고와도 같은 것이라고 할 수 있다. 관료들의 학정을 신랄하게 비판하였으면서도 일제에 항거하여 일어나는 현실개혁의 민중의 의지를 서슴없이 매도 규탄하는 이율배반적인 그의 목소리에는 이미 달콤한 삼각연애로 포장된 신소설의 향취는 사라지고 없다. 그는 고종 황제가 강제 양위당한 현실에서 눈을 감고, 허수아비 순종 황제가 등극한 융희 원년을 개화당이 승리한 위대한 해로 보고 있는 것이다. 그러나 그것은 이미 날조된 현실이지 진정한 현실이 아닌 것이다.

훗날 김동인이 「韓國近代小說考」에서 '한국근대소설의 조(祖)'라고 극구 찬양한 이인직의 문학적 평가와 상반된 인간적 평가는 결코 끝나지 않을 것이다.

작품요약

강원도 강릉, 대관령 경금이란 마을에 최본평(최병도)이란 집이 있다. 열심히 일하여 부자가 된 사람이다.

어느해 겨울밤 이경 무렵 강원 감사의 부하들이 들이닥쳐 무조건 최병도를 끌어가려 한다. 강원 감사는 백성의 재물을 긁어들이는 악질적인 관리인데 최병도의 재물을 빼앗으려는 것이다. 날이 새어 마을 사람들이 모여들자 그 중에 젊은 양반 김진사가 마을 사람들을 선동하여 감사의 부하들을 혼내준다. 김진사는 최병도에게 당분간 함께 피하자고 하나 최병도는 세상을 원망하며 거절한다.

감영으로 잡혀간 최병도는 옥중에서 여러 달 동안 매맞은 상처가 아물만 하면 또 매를 맞는다. 그는 돈을 바치고 나갈 생각은 조금도 하지 않는다.

어느날 최병도가 죽었다는 소문이 들려왔다. 다행히 헛소문이라고 판명되었지만 최병도의 부인은 남편을 만나기 위해 가마를 타고 강릉으로 간다.

최병도는 개화당의 유명한 김옥균을 흠모하는 사람이다. 김옥균도 그를 아꼈으나 김옥균이 일본으로 도망한 후에 최병도가 시골로 내려가 재물을 모으기 시작했으니 그 마음은 백성들을 건지자는 큰 뜻이었다.

최병도는 감사에게 대들다가 결국은 매를 맞고 피투성이가 되어 석방된다. 그는 아내를 만나 가마에 실려 대관령을 넘어가던 중 세상을 떠난다. 그에게는 여덟 살 된 딸 옥순이와 아홉 달 된 유복자가 있었다. 부인이 아이를 낳으니 아들이었다. 아들을 낳고 난 부인은 완전히 실성한 사람이 된다. 잠시 피신했다가 돌아온 김진사는 최병도 집안을 더욱 부유하게 일으킨다. 그는 옥순의 남매를 데리고 미국 화성돈에 간다. 김진사는 남매를 교육시키느라 여러 해 동안 재물을 다쓴 끝에 돈이 다 떨어질 지경이라 남매를 남기고 조선으로 돌아온다. 그러나 김진사의 아들이 최병도의 재산을 탕진하여 버린 뒤였다. 비통한 김진사는 술만 마시고 헛소리를 하다가 죽어 버린다. 한편 미국땅에 남은 옥순 남매는 굶어죽을 지경에 이르렀다가 김진사가 죽었다는 전보까지 받고 비관하여, 달리는 기차에 뛰어든다. 간신히 죽음을 면한 두 사람은 미국인 선교사의 도움을 받아 무사히 학교를 마친다.

서력 일천 구백 칠년 여름, 남매는 한국대개혁―대황제 폐하 전위(傳位)라는 신문기사를 보고 급히 귀국한다. 귀국하여 강릉땅에서 남매는 어머니를 만난다. 어머니는 자식들을 만나 실성한 정신이 깨어난다. 세 사람은 절에 가서 아버지를 위한 예불을 드리는데 마침 총소리가 나면서 강원도 의병이라는 폭도들이 들이닥친다. 그들은 세 사람을 잡아놓고 죽이겠다고 위협한다. 옥남은 폭도들을 향해 일장의 연설을 한다. 그러나 폭도들은 옥남을 선유사(宣諭使)의 심부름으로 내려온 놈들이라며 잡아 가자고 한다. 부인은 부처님 앞에 엎드려 남매를 살려주십사 할 뿐이다.

감상을 위한 문제제기

1. 이 소설은 판소리인 《최병두 타령》을 개작한 것이라는 견해가 있다. 구비문학적 요소가 이 소설에서 어떤 효과를 주고 있는지 생각해 보시오.

구비 문학은 문학의 원초적 형태(조동일 교수)이다. 기록 문학이 귀족 또는 지식층을 바탕으로 한다면 구비 문학은 민중의 정서와 민중의 고통과 꿈이 담긴 질그릇이다. 구비 문학의 현실 인식이란 언제나 삶의 허위를 벗겨내는 강한 생명력을 지니고 있다. 지식인이 지닌 현실적 한계를 넘어서는 통찰력과 타성을 깨는 힘을 가지고 있는 것을 구비 문학이라고 불러도 좋으리라. 구비 문학은 신화, 전설, 민담 그리고 수많은 설화와 노동요 등으로 이루어져 있는데, 이들은 기록 문학으로 정착되는 가운데 상당한 변화를 겪으면서 그 모습이 왜곡된 경우도 적지 않다.

「은세계(銀世界)」는 최병도라는 실존 인물(?)을 근거로, 구비 문학만이 가질 수 있는 반봉건적 정서와 수탈에 항거하는 민중의 생생하고 거친 목소리를 들려주는 전반부와 그의 자식들이 활동하는 후반부로 나뉜다. 그 이음새가 매끄럽지 못한 느낌도 있으며 주제면에서 상당한 비약도 있지만, 신연극이란 명칭에 걸맞게 민중의 소리와 지식인의 글이 만난 한마당으로서 그 가치가 있다고 하겠다.

강원도 감사에게 양민이 맞아 죽은 사건이 저널리스트인 이인직의 귀에 포착되었을 것은 당연하다. 재빠르게 그는 이 사건을 소재로 하여 진정한 의미의 대표작이라고 할 수 있는 「은세계」를 창작했다. 연극 상영 중에 강원도 감사의 자손들이 연극을 중지시키기 위해 항의했을 정도로 사회의 반향이 컸던 모양이다.

신 연극 「은세계」에 참여했던 배우들의 회고에 의하면 최병도가 죽어가는 장면에서 관객들은 역을 맡은 배우의 목에 엽전을 걸어 주기도 했다고 한다.

「은세계」의 최병도는 실로 수백 편의 신소설 가운데 가장 강한 개성을 지닌 인물이라고 할 수 있다. 그는 건강한 평민의 성공적 삶의 한 모범이다. 그는 마을 사람들의 존경을 받는 인물이다.

> 그 동네 최본평 집이 있는데, 동네 사람들의 말이 저 집은 소문 없는 부자라 최본평이 내외가 억척으로 돈을 벌어서 생일이 되어도 고기 한점 아니 사먹고 모으기만 하는 집이라, 불과 몇 해 동안에 형세가 버쩍 늘었다. 우리도 그 집과 같이 부지런히 돈을 모아 보자 하며, 남들이 부러워하고 본받으려 하는 사람이 많은 터이라.

이러한 최병도의 모습을 놓고 최원식 교수는 놀부의 풍자와 해학성이 없어지고 긍정적인 모습으로 변화한 것이라는 견해를 제시하고 있다. 부자의 긍정적 모습은 고전 소설에서는 쉽게 찾아보기 어렵다. 조선 후기 상당한 부(富)를 쌓은 평민들이 생겨나고 이들이 일종의 사회압력 계층으로 성장하면서, 부에 대한 모멸과 시샘이라는 이중성을 탈피한 의식이 형성되기 시작한 것이다. 최병도의 집을 묘사한 장면을 살펴보자.

> 두메 부잣집도 좀 얌전히 지은 집이 많으련마는, 경금 최본평 집은 참 돈만 모으려고 지은 집인지 울타리를 너무 이심스럽게 하였는데, 높기가 절만이나 되는 참나무로 틈 하나 없이 튼튼하게 한 울타리가 옛날 각골각고을 옥담(玉牆) 쌓듯이 삥 둘렀는데, 앞에 사리문만 닫히면 송곳같이 뾰족한 수가 있는 도적놈이라도 뚫고 들어갈 수가 없이 되었더라.

일종의 요새(要塞)와도 같은 집을 지닌 최병도의 집에서는 밤낮을 가리지 않고 열심히 일한다. 아내는 길쌈을 하고 그는 돈 계산을 하고 있다.

> 그때 최본평은 덧문을 척척 닫고 자리 펴놓고 들디름 등잔에다 거—림이 꺼멓게 오르

도록 돋아놓고 앉아서 집뼘 한뼘씩이나 되는 수까지수(數) 가지를 느러놓고 한 짐 두 뭇이니 두 짐 닷 뭇이니 하며 구실돈세금으로 내는 돈 세음을 놓다가 (하략)

최병도는 왜란의 오랜 상처에서 겨우 회복되어 자립의 기틀을 마련해 가는 신흥 부농(富農)의 전형적인 모습이다. 그러므로 최병도 체포는 당연히 민중들의 분노를 자아낸다. 구비 문학적 '소리'는 이런 경우에 아직 적절한 대입이 된다.

서마지기 방석밤이 산골 논으로는 제법 크다 어-허-혀 어여라 상사디-야. 한일자로 느러서서 입구자로 심어가세 여-허 여-어여라 상사디-야. 불빛을 등에 지고 진흙 물에 들어서서 이 농사를 지어서 누구하고 먹자하노 어-허 여-허 어여라 상사디-야. 늙은 부모 봉양하고 젊은 아내 배 채우고 어린 자식 길러내서 우리도 늙게 뉘 움 보세 여-허 여-허 어여라 상사디-야.

최병도가 감옥에 갇혀 있는 사이에 계절이 바뀌고 강원도 경금 동네 앞 논에서 농부들이 부르는《농부가》의 시작 부분이다. 이인직은 원각사를 완성하고 신 연극을 공연하기 위해 창부(倡夫)들을 대거 동원한 것으로 알려져 있는데, 이러한《농부가》는 청중들에게 극의 갈등 요소와는 직접 상관없이 일종의 오락적 기능을 제공하였으리라 생각된다.
농부들은《농부가》를 이렇게 변형시킨다.

염려되네 염려되네 박 첨지 집 염려되네 집웅 첨하 두둑하고 베섬이나 쌓았다고 앞뒤 동내 소문났네 관가 염문에 들어가면 없는 꾀에 걸려들어 톡톡 털고 거지 되리 여-허 여-허 어여라 상사디-야. 우리 동내 최 서방님 굳기는 하지마는 그른 일은 없더니라 베천이나 하는 죄로 영문에 잡혀가서 형문 맞고 큰칼 쓰고 옥중에 갇혀 있어 반년을 못 나오데 여-허 여-허 어여라 상사디-야.

적지 않은 분량을 이런 민요로 채워가는 것은 농민으로 대표된 천심(天心)의 '소리'를 말하는 방편인 것이다. 요순 시절《격앙가》를 부르는 노인이 목소리를 통해 태평 성대를 말하는 그런 수법이며,《춘향가》에서 남원 고을로 돌아오는 이 도령이 들판에서 듣는 농부들의 목소리와 다를 바 없다. 농부의 목소리들은 곧 민심이요 민심은 천심이라는 논리에서 본다면, 이러한 기법은 간접적으로 여론을 형성하는 수단이며 동시에 거부할 수 없는 민중의 목소리를 통해 악정을 규탄하는 구비 문학의 또 다른 기능이라고 할 수 있겠다.

최병도는 감영에서 이렇게 외친다. 이는 곧 이인직의 목소리라고 해도 좋을 것이다.

> 무지한 백성을 무슨 까닭으로 잡아왔으며 형문을 쳐서 반년이나 가두어 두는 것은 무슨 일이며 장처(杖處)가 아물만하면 잡아들여서 중장(重杖)하는 것은 왠일이며 오날 물고를 시키랴 하는 일은 무슨 죄이오니까.
>
> 죄없난 사람 하나를 형벌하는 것은 만승 천자라도 삼가서 아니하는 일이오 또 못하는 일이올시다. 만일 생이 나라에 죄를 짓고 죽을진데 나랏법에 죽는 것이오 순사도(巡使道)의 손에는 죽는 것은 아니올시다. (중략) 천하의 백성 잘 다스리는 문명한 나라에서 인종을 구한다는 옳은 소리를 창시하야 그 나라를 뺏는 법이니 지금 세계에 백성 잘못 다스리든 나라는 망하지 아니한 나라가 없읍니다.
>
> 애급이라는 나라도 망하얏고 파란폴란드.이란 나라도 망하얏고 인도라는 나라도 망하얏으니 우리 나라도 백성에게 포악한 정사를 행할 지경이면 나라가 망하는 것은 순사도는 못 보시더라도 순사도 자제는 볼 터이올시다.

역시 이인직의 세계사적 무지를 여지없이 드러내는 장면이기도 하지만, 최병도를 통해 도도히 규탄하는 조선의 필연적 멸망의 과정은 신랄하기 짝이 없다.

이렇게 하여 맞아 죽은 최병도를 장사 지내는 상두꾼의 노래는 이어진다.

> 워—허 워—허
> 이 길이 무슨 길인고 북망 가는 길이로다
> 워—허 워—허
> 이 주검이 무슨 주검인고 학정(虐政) 밑에 생주검일세
> 워—허 워—허
> 생떼 같은 목숨 불연목분연목. 형장(刑杖)에 마저 죽었네
> 워—허 워—허
> 이 양반이 죽을 때에 눈을 감고 죽었을까

> 워—허 워—허
> 처자의 손목 쥐고 유언할 때 어떨손가
> 워—허 워—허
> 고향을 바라보고 낙루(落淚)가 마지막일네
> 워—허 워—허
> 한을 품고 죽은 사람 썩지도 못한다네

상두꾼의 노래도 《농부가》도 물론 기존의 노래에 가사만 적절하게 바꾼 것이었다. 장엄하고 비통한 어조의 이 진혼곡—민중의 영웅 최병도의 죽음을 노래하는 이 부분이 사실 이인직의 문학적 정신이 감당할 수 있는 한계치였다고 필자는 생각한다. 그 뒤 옥순 남매의 이야기는 「혈의 누」를 연장시킨 것에 불과하며 최병도에 대한 모욕이다.

최병도는 어떤 사람인가. 이인직은 그에게 이런 옷을 입힌다.

> 최병도는 강릉 바닥에서 재사(才士)로 유명한 사람이라. 갑신년 변란갑신 정변 나던 해에 나이 스물두 살이 되얏는데 그 해 봄에 서울로 올라가서 개화당의 유명한 김옥균을 찾어보니 본래 김옥균은 어떠한 사람을 보든지 옛날 육국 시절에 신릉군이 손 대접하듯이 너그러운 풍도가 있는 사람이라 최병도가 김씨를 보고 심복이 되야서 김씨를 대단히 사모하는 모양이 있거늘 (줄임)

1884년 갑신년에 스물두 살이라면 그는 전통적 나이로 1861년쯤에 태어난 셈이다. 묘하게도 이 나이는 1862년으로 알려진 이인직의 생년(生年)과 거의 일치한다. 최병도가 이인직의 분신이라는 것은 이런 점에서도 확인된다. 최병도처럼 이인직이 김옥균 숭배자였는지는 아직 불확실하다. 어쨌든 「은세계」의 최병도는 김옥균 숭배자이다. 그리고 김옥균은 동양의 영웅으로 묘사된다. 이러한 견해는 당시의 상황을 생각하면 상당히 대담한 발언임이 분명하다. 김옥균이 복권(復權)된 지는 오래 전이지만 아직 세인들의 기억 속에 살아 있는 대역 무도한 죄인을 당당히 영웅으로 묘사한 일은 적지 않은 충격적 주장이 아니었을까.

「은세계」는 탐관 오리에 저항하는 평민의 이야기라는 점에서 《춘향전》의 주제와 닮았으나 그 갈등의 원인을 계층 상승 또는 사랑이라는 욕구에 두지 않고 경제적 수탈에 두고 있다는 점에서 구별된다. 장엄하게 죽어가는 최병도의 비극에서 이 작품은 결말을 내렸어야 하지 않을까 생각한다. 이러한 비극성은 최원식 교수에 의하면 더 이상 봉건주의와의 타협이 불가능하다는 성장한 평민 의식을 반영하는 것이 된다. 이러한 평가에 필자가 공감하는 것은 전반부에 한정된다. 앞에서도 언급했듯 이 소설의 후반부는 전반부의 장엄함을 모두 상실해 버리고 천박하고 치졸한 역사 의식만을 드러내고 만다. 자신을 잡으려고 달려드는 의병들을 향해 한바탕 연설을 하는 옥남의 모습과 삼랑진 역전에서 비장한 어조로 연설하는 어릿광대 같은 이형식의 모습이 겹쳐 보이는 것은 필자만의 느낌일까.

2. 이인직의 신소설에 빈번히 나타나는 우연과 행운에 대해 현대 문학이 요구하는 리얼리티 부재(不在)라는 점에서 비판하시오.

동서양을 막론하고 전통적 고대 소설에서 자주 사용되는 소설적 기법이 우연과 행운이다. 그러나 현대인들은 적어도 의식적으로 행운과 우연을 신앙하지 않는다. 현대인은 알게 모르게 데카르트적 세계관의 신봉자들이다. 세계는 정밀한 시계 장치 같은 것이며 인류가 이성을 믿고 지식을 확장해 나아가면 불가해한 것은 아무것도 없다. 무지(無知)로부터의 해방은 인류의 행복을 보장해 준다. 이러한 데카르트적 세계관에 행운이란 존재하지 않는다. 우연이란 인간이 인식하지 못하는 복잡한 과정을 거친 필연의 산물에 불과하다. 시간은 인과율(因果律)의 완벽한 지배를 받고 있다. 그러나 이러한 일련의 상식의 상당 부분이 중세인에게는 본질적으로 불가해한 것이며 신비적인 요소를 가진 것으로 이해된다. 그들에게 우연은 선한 자에게 내리는 초자연적 도움 또는 악한 자에게 내리는 징벌이었다. 그들에게 행운 또는 악운은 전적으로 초월자의 의지의 산물이었다. 현대인들은 흥부의 행운을 노력 없이 얻은 일확 천금으로 이해하지만, 중세인들에게 그것은 흥부의 인내와 선함(?)에 대한 대가로 받는 당연한 포상이었다.

현대인들이 뉴턴과 데카르트의 직선적 시간관의 지배를 받는다면 중세인들은 순환론적 시간관 속에서 살고 있었다. 그들에게는 영원한 악운도 영원한 행운도 없으며 그것은 물레방아처럼 돌아가는 것이었다. 중세인이 데카르트적 이원론—물질과 정신의 분리—을 이해할 수 없다면 현대인 역시 중세의 비합리적 순환론을 이해하기 어렵다. 역경을 겪은 사람이 행복하게 되는 것은 당연한 일이며, 선한 인물이 결코 불행해 질 수 없다는 것은 중세인의 굳은 신념이었다. 이러한 중세적 사고에 회의가 생겨나고 이윽고 반기를 들면서 현대가 시작되었듯, 현대 소설도 고대 소설의 우연과 행운을 거부하면서 시작되었다. 현대 문학이 요구하는 리얼리티란 결국 이성에 대한 신뢰이며 '행운과 우연의 신' 과의 결별이다. 현대인은 인간의 삶 속에 이해할 수 없는 우연과 행운이 존재한다는 것을 완전히 부정하지는 않는다. 그러나 그들의 깨인 의식은 주인공이 행운과 우연이라는 불가사의한 힘에 끌려다니기를 바라지 않는다. 현대인은 소설 속의 인물들이 운명을 끌고 가는 주인이 되기를 바란다. 한번의 행운을 기대하며 끝없이 시지프스의 바위를 밀어올리기보다는 바위 자체가 굴러내리지 못하도록 하는 테크놀러지를 더욱 신봉하는 시대에 살고 있는 것이다.

「혈의 누」와 「은세계」에 나타난 우연과 행운의 양상을 개관해 보기로 하자.

옥련의 어머니가 딸을 잃어버리고 죽음을 택하는 과정은 옥련이 일본인 양모(養母)의 학대(엄격히 말해 학대라고 부를 성질의 것도 아니다.)를 견디다 못해 자살을 택하는 모습과 별로 다를 것이 없다. 그녀들은 세계를 주체적으로 살아가기엔 너무나 허약한 중세적 여인들일 뿐이다. 두 사람은 모두 충동적이며 합리성이 결핍되어 있다. 딸을 잃어버리고 쉽게 자살을 택하는 모습이나 처음 보는 구완서를 따라 미국으로 떠나는 옥련이나 모두 이성적 인간은 아니다.

옥련의 아버지 김관일도 도대체 정체 불명의 인물이다. 그는 평양성에서 돈 잘 쓰는 건달인데 뚜렷한 삶의 목적성을 가지고 있는 것 같지 않다. 아내와 아이들이 잠시 보이지 않자 그는 기다렸다는 듯 미국으로 떠나버린다. 미국에서 그가 무엇을 했는지는 전혀 설명되어 있지 않다. 그러므로 이러한 인물들의 연결 고리는 전적으로 우연에 의존할 수밖에 없는 것이다.

옥련에게는 세 번에 걸쳐 행운이 온다. 하나는 일본인 양모를 만난 일, 두 번째는 구완서를 만난 일, 그리고 세 번째는 아버지를 만난 일이다. 그뿐이다. 우리는 왜 옥련이 피눈물(혈의 누)을 흘려야 하는지 전혀 모른 채 이 소설의 마지막 장을 덮어야 한다.

「은세계」의 경우에도 이러한 우연과 행운과 충동적 행위는 별로 달라지지 않는다. 최병도의 아내, 옥순 남매의 후원자인 김 진사도 모두 이성적 냉정함은 결여되어 있다. 김 진사의 선동적 행위, 그리고 가세가 기울자 울화병으로 쉽게 죽어버리는 모습, 의병 앞에서 일장 연설을 하는 옥순 남매의 무모함이나 미국에서 상황이 악화되자 간단하게 철도에 투신 자살하려 하는 충동은 「혈의 누」에서의 옥련의 자살 충동과 근본적으로 다를 바 없다. 자살 행위가 오히려 전화 위복이 된다는 상황 설정도 역시 「혈의 누」의 세계를 맴

돌고 있다. (옥련은 자살 미수로 구완서를 만나고 옥순 남매는 미국인 선교사를 만난다.)

지금까지 이들 작품이 사건과 사건의 유기적 관계가 불분명하고 우연과 행운이라는 장미빛 환상으로 이어지고 있음을 알아보았다. 우리는 신소설의 장점을 바라보면서 구성상의 미숙함을 너그럽게 인정해야 한다고 생각한다.

참고자료 및 논문

- 신춘자, 開化期小說研究, 인문당, 1990
- 전광용 외, 韓國現代小說史研究, 민음사, 1984

  전광용, 이인직과 신소설의 형성

  김윤식, 개화기 소설의 문제점
- 전광용, 이인직 / 新小說의 씨앗, 한국의 인간상 권5, 신구문화사, 1965
- 최원식, 은세계연구, 창작과 비평, 1978 여름(통권 48호)

안국선

우화와 풍자 속에 숨은 얼굴

작가연구

안국선(安國善 1878~1926). 호는 천강(天江). 경기도 안성 출생이다.

그의 생애는 개화기라는 공통성 때문이기도 하지만 이인직의 경우와 유사한 면이 많다. 1895년 17세에 관비유학생으로 일본에 건너갔으며 경응의숙을 거쳐 동경전문학교에서 정치학을 전공하였다. 그의 전공은 현실적인 문제들에 대해 그 나름의 비판적 시각을 갖게 하였을 것이라고 짐작하게 한다. 그의 양부(養父) 안경수는 상당한 정치적 역량을 가지고 1895년 군부대신의 자리에까지 오른 거물 개화 친일정객이었다. 그러나 그의 양부는 1898년 역모의 주동자로 몰려 일본에 망명하게 되고 1900년 귀국했다가 체포되어 사형을 당했다. 안국선은 1899년 유학을 마치고 귀국했지만 독립협회의 간부들과 연관되었다는 이유로 체포되었다. 그는 감옥 속에서 기독교로 개종하고 전라남도 진도로 유배되어 1904년 무렵 석방되었다.

서울로 올라온 그는 여러 단체에 가담하여 활동을 했는데 자신의 정치적인 출세가 봉쇄된 것에 대한 일종의 저항이었을 것이다. 안국선이 처음 가담한 대한협회는 민족적 성격의 단체였다. 이어서 그는 1907년 창간된 잡지 〈夜雷〉에 많은 논설들을 발표하여 본격적인 정치학자요, 사회운동가의 길에 나섰다. 그는 전제군주제도를 완전 부인하는 대단히 진보적인 견해를 가지고 있었던 것으로 보인다. 유명한 「금수회의록」은 이러한 시기에 발표된 것이다.

1908년 7월 양부의 죄가 사면되자 안국선에게도 관직의 길이 열렸다. 이후 그는 자신이 관여했던 대한협회 등과의 모든 관계를 끊어 버리고 더 이상 사회비판적인 논설을 쓰지 않았다. 그는 순탄한 관직생활을 하면서 1910년 한일합방을 맞았고 1911년 2월에는 경상북도 청도(淸道) 군수로 임명되어 약 2년 반을 근무하였다.

청도 군수를 사임한 후 그는 서울의 대동전문학교 등에서 정치 경제에 대한 강의를 하다가 1915년 단편집 「共進會」를 발행하였다. 이후 그는 고향으로 돌아가 여러 가지 사업을 하다가 실패한 끝에 다시 서울로 올라와 1926년 7월, 세상을 떠났다.

그의 생애를 보건대 본격적인 신소설 작가라고 부르기엔 작품의 여러 면에서 부족한 점이 많다. 그는 문학보다는 정치에 더욱 관심이 많았으며 더구나 그의 생애는 많은 지식인들이 현실참여라는 명분 속에 몰락해 간 공통적 모습을 떠올리게 할 뿐이다.

그의 저서로는 소설인 「금수회의록」과 「공진회」, 연설 입문서로 1907년 발행되었다가 1912년 발매금지된 「演說方法」, 저술인 「政治原論」, 번역서인 「外交通義」 등이 있다.

금수회의록 禽獸會議錄

작품연구

1908년 2월 간행된 이 우화소설은 독자들의 대단한 환영을 받아서 5월에 재판(再版)을 발행해야 할 정도였으나 1909년 5월에 발매가 금지되었고 이미 발행된 책도 압수처분을 받았다.

내용은 '나'라는 관찰자(인간)가 꿈 속에서 동물들의 연설회장에 들어가 보고 들은 것을 기록한 것으로 그가 「연설방법」에서 말한 사상들을 우화적으로 표현하고 있다는 점에서 문학적인 가치를 인정받을 뿐이다. 즉 금수회의록은 「연설방법」의 연장선에서 그의 사상을 우화적으로 나타낸 소설형식의 논설이라고 할 수 있다. 이러한 연설형식의 소설은 이해조의 「自由鍾」 등에도 많은 영향을 주었던 것으로 보인다.

> 슬프다! 여러 짐승들의 연설을 듣고 가만히 생각하여 보니, 세상에 불쌍한 것이 사람이로다. 내가 어찌 사람으로 태어나서 이런 욕을 보는고! 사람은 만물 중에 귀하기도 제일이요, 신령하기도 제일이요, 재주도 제일이요, 지혜도 제일이라 하여 동물 중에 가장 좋다하더니, 오늘날로 보면 제일로 악하고 제일 흉괴하고 제일 음란하고 제일 간사하고 제일 더럽고 제일 어리석은 것은 사람이로다. 까마귀처럼 효도할 줄도 모르고, 개구리처럼 분수 지킬 줄도 모르고, 여우보담도 간사한, 호랑이보담도 포악한, 벌과 같이 정직하지도 못하고, 파리같이 동포사랑할 줄도 모르고 창자 없는 일은 게보다 심하고 부정한 행실은 원앙새가 부끄럽도다.

조건상 교수는 이 작품을 조지 오웰의 「동물농장」과 견주면서 다음과 같이 비판하였다.

이 작품은 인간의 비행과 위선, 그리고 사악함을 규탄하는 내용으로 된 우의적(寓意的) 소설이지만 아무리 훌륭한 사상일지라도 그것이 작품 속에 용해되어 감춰져 있는 내면적 주제로서가 아니고 너무나 관념적이고 직설적인 주장과 구호로 작품의 표면에 드러나 있다는 점에서 예술적 균형미를 잃고 있다고 하겠다. 그러나 인간의 위선과 비행을 이처럼 신랄하게 분석하여 비판한 신소설은 이 작품이 유일한 것이 아닌가 여겨지며 이 작품을 당대의 본격적인 풍자소설로 평가해도 별 무리는 없을 것이다.

한편 권영민 교수는 「금수회의록」에 나타난 사회비판 의식은 주로 기독교적인 인간관과 세계관에 바탕을 두고 있지만 그가 소설속에서 보여주고 있는 인간과 사회에 대한 비판은 심정적 차원에 머물고 있으며 전통주의적인 입장과도 상통하고 있다고 그의 한계를 극명하게 지적하였다.

「금수회의록」은 조선조 시대에 널리 퍼져 있던 문학적 양식인 몽유록(夢遊錄)의 계열에 속하지만 역사적인 인물이 전혀 등장하지 않는 점이 특이하다고 할 수 있겠다.

이 작품은 개화기라는 역사적 상황에서 전통적 학문과 일본유학에서 얻은, 신학문으로 형성된 안국선의 사상을 우화형식으로 토로한 것으로 정치소설의 범주에 들어갈 수 있다.

작품요약

우리 인류 사회가 악하게 됨을 근심하여 매양 성현의 글을 읽어 성현의 말씀을 본받으려 하더니, 마침 서창에 곤히 든 잠이 춘풍에 이익한 바 되매 유흥을 금치 못하여 죽장망혜(竹仗芒鞋)로 녹수를 따르고 청산을 찾아서 한 곳에 다다르니, 사면에 기화요초(琪花瑤草)는 우거졌고 시냇물 소리는 종종하며, 인적이 고요하다.

수풀 사이에 현판(懸板)이 하나 달려 있거늘, 자세히 보니 '금수회의소'라. 그 옆에 문제를 걸었는데 '인류를 논박할 일'이라 하였다. 별안간 뒤에서 나를 떠밀어 나도 따라들어가 보니 방청석에는 온갖 짐승들이 모였다. 마침내 회의가 시작된다.

회장의 말이다.

「사람이라 하는 물건은 당초에 하나님이 만들어 영혼과 도덕성을 넣어서 다른 물건과 들게 하였거늘 오늘날 도리어 하나님의 영광을 더럽게 하며 은혜를 배반하도다. 여러분은 금수라 하나님의 법대로 행하는 존재라. 그런데도 자신이 더욱 높다하여 우리 족속들을 멸시하니 우리가 어찌 그 횡포를 받으리오.」

첫째 동물이 강단안으로 달려올라간다. 까마귀다. 그는 효도하지 않는 인간에 대해 이렇게 말한다—우리는 아침에 일찍 해뜨기 전에 집을 떠나서 사방으로 날아 다니며 먹을 것을 구하여 부모 봉양도 하고, 나뭇가지를 물어 집도 짓고, 곡식에 해되는 버러지도 잡는데 인간들은 점심때까지 자빠져 잠을 자고 술과 노름으로 저희부모가 진지를 잡쉈는지도 모른다.

두번째 동물은 여우이다. 그는 외국의 세력을 빌어 몸을 보전하고 제 나라를 망하고 제 동포를 업신여기는 간사한 인간들을 규탄한다. 그는 한 숟가락 국으로 솥 전체의 국맛을 알 것이니 근래에 인간들에 대해 말하려면 내 입이 더러워진다. 인간을 여우라고 부르고 여우를 사람이라 하는 편이 낫겠다고 한다.

세번째 동물은 개구리이다. 그는 인간의 소견 좁음과 허풍에 대해 말한다. 분수를 지키는 개구리의 생활이 사람보다 낫다고 말한다.

다음 동물은 벌이다. 그는 인간의 위선에 대해 말한다. 겉으로 더러운 욕설로 서로 제 입을 더럽히며 쓸데없는 말들을 지저귀니 어찌 그것들이 만물 중에 귀중하겠는가.

다섯번째는 게이다. 그는 인간의 소신 없음과 애국심이 없음을 규탄한다. 게는 아무리 급하여도 부당한 구멍에는 들어가지 않으나 인간은 이러한 분별력이 없다. 창자 있는 인간들이 우리를 창자없다고 비웃을 수 있겠는가.

여섯번째는 파리다. 파리들은 먹을 것을 보면 여러 친구들을 청하여 먹지마는 인간들은 자신의 이(利)를 위하여 서로 싸우고 죽이는 짓을 예사로 한다. 사람들아, 우리 수십억 마리가 일제히 손을 비비고 빈다. 우리를 미워하지 말고 하나님이 미워하시는, 너희들을 해치는 마귀들을 쫓으라.

일곱번째는 호랑이다. 그는 호랑이 새끼를 길러서 돈을 모으는 사람은 있되 되지 못한 인간의 새끼들을 길러 덕을 모으는 사람은 별로 없다고 한다. 그는 이러한 인간의 종자를 없애자고 한다.

여덟번째는 원앙새다. 그는 인간의 파렴치한 가정 생활에 대해 말한다. 여자에게만 강요하는 수절이며 자식을 낳아 개구멍에 내어 버리는 더럽고 괴악한 일들을 이야기하고 강단을 내려온다.

회장이 폐회하고 동물들이 돌아간다. 정말 인간이란 더럽고 어리석은 존재라고 나는 생각한다. 무슨 말로도 변명할 수가 없다. 인간은 정말 회개하여야 한다.

감상을 위한 문제제기

1. 지식인의 현실 참여에 대한 자신의 입장을 정리해 보시오.

지식인의 현실 참여 양상은 현실 정치를 위한 이데올로기를 제공하거나 정권의 합리화를 위한 실무적 작업을 하는 어용 지식인과, 정권을 견제하고 비판하는 것을 주된 임무로 하는 진보적 지식인으로 나눌 수 있다. 물론 이러한 구분은 피상적이며 흑백 논리의 한계를 지닌다. 진보적 지식인이 권력을 잡은 뒤에 어용화되고 다시 파시즘화하는 것은 역사 속에서 쉽게 찾을 수 있는 일이며, 어용 지식인이 자리를 박고 정권의 부조리를 냉정하게 비판하는 경우도 종종 볼 수 있다. 때때로 문제를 명확하게 하는 데 이러한 구분들이 잠시 필요할 수도 있다.

어용 지식인, 진보적 지식인과 함께 일종의 중도적 지식인인 오피니언 리더(opinion leader, 여론 형성 지도자)들도 현실 참여의 한 모습을 보여준다.

지식인은 자신의 지식에 대한 과신과 이상주의로 인해 실무 행정가, 정치가들과 적지 않는 갈등을 겪는 경우를 종종 볼 수 있는데, 허 균 같은 이상주의자, 박지원 같은 실학자들이 겪은 갈등이 이러한 범위에 들어간다고 하겠다.

오늘날 지식인이 반드시 현실 관료가 되거나 정치 권력에 참여한다고는 할 수 없다. 그들은 그들이 가진 능력을 발휘하여 문화 · 종교 · 경제 등의 모든 분야에서 개인의 이상을 추구하면서도 사회의 구심점을 벗어나지 않는 슬기로움을 가져야 할 것이며, 투철한 역사 인식으로 무장하여 국제 감각을 가지고 관용적인 사고를 하되 자신에게는 더욱 엄격한 비판을 잊지 말아야 할 것이다.

그러나 문학을 통한 지식인의 현실 참여 문제는 여전히 많은 논쟁의 대상이 되고 있다. 문학을 천박한 정치 구호화, 목적화한다는 비난에서부터 문학은 음풍 농월이 아니며 문학은 역사의 증언이어야 한다는 견해에 이르기까지 수많은 쟁점을 불러일으켜 왔다. 문학이 무엇을 할 수 있는가라는 원론적 논쟁은 문학에 입문하려는 사람이라면 한번은 반드시 거쳐야 하는 관문이라고 할 수 있다. 문학에 대한 일종의 결벽증 못지않게 우리가 경계할 일은 문학의 저열한 상업화 현상이다. 문학은 일종의 화두(話頭)이다. 문학은 지식인이 나약하고 불만스러운 자아를 사회에 투사하는 일종의 어리광이나 투정일 수 없으며, 더구나 상업적 돈벌이의 한 수단이어서도 안 된다. 정치 투쟁의 한 구호라면 그건 더욱 위험하다. 문학은 목적이 달성되면 휴지통에 들어가는 물품 주문서가 아니다. 문학은 일종의 종교이며 믿음이 된다. 문학은 이 길을 함께 가려는 신도들을 필요로 한다. 신도가 없을 때 신앙은 종말을 고한다. 문학은 작가보다도 끊임없는 창조적 읽기 능력을 가진 독자들에 의해 산소를 공급받으며 유지되어 온 것이라고 해도 틀리지 않다.

조선조 유학자에게 문학이란 곧 경학(經學)이었고 문학적 수련을 통한 교양의 육성이야말로 무엇보다 우선하는 일이었다. 그들에게 문학적 참여는 곧 정치 참여를 의미했다. 그것은 곧 유교적 정치 이념인 덕치주의(德治主義)를 실현하는 수단이었으며 문학은 이를 위한 좋은 방법이었다.

물론 전혀 비실용적인 유교 경전의 맹목적 암기, 고답적인 한문학의 장르들을 통해 국가의 고급 정치 엘리트를 선발하는 전통은 결코 흔들리지 않았지만, 한편에서는 이른바 죽림 칠현으로 불리우는 현실 멸시 또는 초탈의 이데올로기가 엄연히 존재했다. 이러한 상반된 이념은 마치 양팔 저울 같아서 양자 택일을 강요했다. 그들은 참여에서 은둔, 은둔에서 참여로 끊임없이 흔들리는 저울 위에서 이율 배반 의식을 지닌 채 살아갔다.

조선 문학사에는 이른바 '유배 문학'이라는 한 갈래가 있다. 그것은 조선 지식인들의 수난 기록이라고 불러도 충분할 것이다. 송강 정 철의 가사 문학, 고산 윤선도의 시조 문학, 다산 정약용의 경세 문학(經世文學) 등에 이르기까지 유배라는 조선조 특유의 환경에서 생산된 문학은 그 양을 측정할 수 없을 지경이다. 필자는 어느 민족에도 500여 년에 걸친 지식인 유배의 총체적 경험이 있다고 듣지 못했다. 굳이 찾으면 300년에 걸친 제정 러시아의 시베리아 유형이 있을 것이다. 어느 사회에서나 지식인들이 자신의 신념 때문에 살해당하거나 침묵을 강요당하는 경우는 흔한 일이었으며 진시황의 분서 갱유처럼 집단 학살도 있었지만, 유배 문학이라 부를 만한 문학 작품이 양산(量産)된 일은 극히 드물다고 보아도 좋을 것이다. 그런데 정작 우리가 중요하게 생각해야 할 문제는 조선의 지식인이 유배를 당했든 아니든 그들의 내부에 일종의 시한 폭탄처럼 째깍거리며 돌아가던 유배 의식(流配意識)이다. 극단적으로 말하자면 그들은 늘 유배당할 준비를 하면서 살아가는 존재들이었다. 이런 관점에서 확대 해석하면 조선의 지식인 문학은 곧 유배 문학이라고 불러도 과언이 아닐 것이라는 생각이 든다.

이 유배 의식의 내면에 자신을 정당하게 인정해 주지 않는 임금에 대한 일종의 응석 또는 투정이라고 부를 사고(思考)가 존재했다는 것을 지나치기 쉽다. 조선조 지식인들에 대한 이러한 견해가 곧 조선 지식인들에 대한 경멸이라고 생각하지는 않는다. 그들은 언제나 유교적 전통에 따라 직언(直言)해야 할 의무가 있었고 언제든지 평생에 걸쳐 얻은 벼슬을 내던질 준비가 되어 있었다. 직언은 목숨을 잃을 가능성을 전제한 행위였고 벼슬을 잃는 것은 완전한 몰락을 의미하는 일이기도 했다. 그런데도 그들은 임금에 대해 끝없는 견제 역할을 수행했다. 이런 점에서 유교적 선비들의 지적 에너지는 실로 엄청난 것이었다.

유배는 지식인에게 일종의 재충전이었고 재도전의 기회이기도 했다. 그들은 좌절을 모르는 권력욕을 지닌 존재들이었다. 넓은 의미에서 그들이 만들어낸 유배 문학의 영역 속에 필자는 안국선의 「금수 회의록」을 포함시키고 싶다. 안국선은 조선의 개화기가 낳은 유배 지식인의 한 모델이라고 생각하기 때문이다. 그리고 권력의 맛을 본 지식인 상당수가 그렇듯 날렵하게 발톱을 감추어버리는, 차라리 발톱을 스스로 뽑아버리는 인간의 전형성을 보여주고 있기 때문이다.

지식 대중화의 시대, 지식의 상품화 시대에 지식인의 자리는 점점 좁아지고 있다. 지식인이라는 말조차도 일종의 사회적 무능력을 가리키는 말로 변질되어 간다. 그러나 생각해 보라. 지식인이 어느 사회 어느 누구에게 환영받은 일이 있었던가. 제왕에게는 '잔소리꾼'으로, 백성들에겐 '먹물' 이라는 비웃음을 사지 않았던가. 그래도 지식인의 현실 참여는 계속되어야 한다. 지식인으로부터 펜을 빼앗고 입을 봉쇄한 순간 그 사회는 죽어갈 것이다.

2. 안국선의 「금수 회의록」은 인간의 치명적인 한계만을 드러내고 있다. 이와는 정반대 입장에서 인간을 변호하는 우화(寓話)형식의 짧은 글을 써보시오.

우화는 의인법과 은유의 형식을 빌어 교훈적이거나 풍자적 내용을 표현하는 오래된 문학 양식이다. 이솝 우화, 라퐁텐 우화 등이 널리 알려져 있다. 그런데 이솝 우화의 교육적 가치는 많은 사람들에게 비판의 대상이 된 지 오래이며, 새로운 관점에서 기존의 우화를 다시 쓰는 작업도 꾸준히 계속되고 있다.

현대 문학에서 우화는 그 자체로서의 독립성은 상실한 대신 동화, 만화 등에 그 특유의 기법이 널리 쓰이게 되었으며, 우화의 개념 자체도 확장되어 가령 조지 오웰의 「1984년」 같은 문명 비판 소설에도 우화적 기법이 사용되고 있다.

다음은 안국선의 「금수 회의록」에서 인간을 단순한 방청자(傍聽者)로만 설정한 것을 탈피하여 인간을 변호하는 발언을 첨가해 본 것이다.

> 인간이 많은 결점을 가진 건 분명합니다. 그러나 여러 동물들이 인간을 규탄하는 걸 잘 이해할 수가 없군요. 그렇게 인간을 규탄하는 여러분들은 뭐가 그렇게 잘난 겁니까. 하여간 전 인간이니까 인간을 변호해 보겠습니다.
> 그리스 신화를 보면 인간이란 원래 두 종류가 있었다는군요. 동물 여러분, 그 이야기를 들려드릴까요?
> 태초에 신들이 온갖 동물과 식물들을 만들었다나요. 그런데 어쩝니까. 마지막으로 자신과 닮은 인간을 만들기는 했는데 재료가 부족했는지 어쨌는지 너무 적은 수의 인간밖에 만들지 못했답니다. 그러니 인간의 불평이 오죽했겠습니까. 견디다 못한 신들은 묘안을 짜냈습니다. 동물들 중에서 원하는 놈들을 인간으로 변신시켜 주기로 말입니다. 그래서 어떻게 되었냐구요? 인간에게는 두 종류가 생겨났다는 겁니다. 원래부터 인간인 존재들 그리고 인간이지만 그 바탕은 동물인 존재가 있다는 이야기지요. 왜 유심히 보십니까? 내 얼굴이 무슨 동물을 닮았는가 알고 싶으신가요? 아마 어려우실걸요? 왜냐하면 수많은 인간적 동물들과 동물적 인간들이 이제는 구별하기 어려운 잡종이 되어버렸거든요. 결론을 내리지요. 하여간 당신들이 알고 있는 인간의 모든 악덕(惡德)의 근원이 바로 인간을 규탄하던 동물들의 것이라는 말입니다. 책임을 회피하자는 게 아닙니다. 당신들은 모두 선하고 인간은 모두 악하다는 것이 말도 안 되는 소리

라면 우리는 동물이니 인간이니 하면서 서로 헐뜯지 말자는 게 여기 서 있는 인간의 주장이올시다. 동물이나 인간이나 모두 한 뿌리에서 태어난 지구 가족이니까요.

인력거꾼

작품연구

안국선은 청도 군수를 그만 둔 다음 1915년 8월 「妓生」, 「人力車軍」, 「시골노인 이야기」 등 세 편의 소설이 실린 〈共進會〉를 발행하였다. 공진회란 물산 공진회의 준말로 조선총독부가 1915년 서울 경복궁에서 실시한 상품전시회이다. 안국선은 소설집 〈공진회〉의 서문에서 이렇게 말하고 있다.

총독부에서 새로운 정치를 시험한 지 다섯 해 된 기념으로 공진회를 개최하니 공진회는 여러 가지 신기한 물건을 부려놓고 모든 사람으로 하여금 구경하게 하는 것이어니와 이 책은 소설 공진회라. 여러 가지 기묘한 사실을 책 속에 기록하여 모든 사람으로 하여금 보게 한 것이지 총독부에서는 물산 공진회를 광화문 안 경복궁 속에 개설하였고 나는 소설 〈공진회〉를 언문으로 이 책 속에 진술하였도다. (중략) 공진회의 여흥을 돕고자 붓을 들어 기록하니 이때는 대정 사년 추팔월이라.그는 대정이라는 일본 연호를 사용하고 있다.

이 소설집의 발행의도는 이처럼 명확하다. '공진회의 여흥을 돕고자' 라는 안국선의 발언은 두 가지로 분석될 수 있다. 첫째는 조선총독부의 정치에 대한 적극적 협조, 둘째 여흥을 돕기 위해 소설을 발행한다는 흥미주의 오락성에 대한 강조이다.

권영민 교수는 위에서 언급한 논문에서 이렇게 비판하였다.

일제의 언론탄압이 작가의 비판적 논조를 전혀 용납하지 않았다는 점을 인정한다 하더라도 공진회의 소설들은 모두 당시의 사회풍조와 작가의 소설적 입장이 일치되고 있어서 시대적 상황에 대한 작가의 동조라는 더 큰 문제점을 제기하고 있다. 말하자면 여론의 형성보다는 여론의 순응을 강조하던 일제의 식민지 정책 속에서 패배하고 있는 작가의식을 그대로 보여주고 있는 것이다.

〈공진회〉는 원래 5편의 소설을 수록하려 했지만 경무총장의 명령에 의해 두 편이 삭제되었다고 한다. 삭제된 두 편의 제목은 「탐정순사(探偵巡査)」와 「다국인의 화(多國人의話)」이다.

〈공진회〉에 실린 소설을 간략하게 살펴보기로 하자.

「妓生」은 개화기에 마구 수입된 외래문화에 대해 비판하고 있는 작품이지만 일본으로 건너간 여주인공이 일본인 이름으로 일본인 행세를 하다가 일본인의 도움으로 옛애인을 만나는 통속적이며 진부한 내용이다. 이들은 모두 현실순응적인 입장의 인물이며 일제의 강압적 정치를 공정한 미덕으로 그리고 있다.

「인력거꾼」은 몰락한 양반 출신인 김 서방을 내세워 우연한 횡재를 하게 하고 이것이 총독정치의 공정함 덕분이라고 감사하게 되는 내용으로 대단히 친일적인 작품이다.

이명구 교수의 논문 '安國善 소설의 두 측면'은 안국선의 소설을 사회소설적인 면과 정치소설적인 면으로 나누어 고찰한 다음 「인력거꾼」에 대해 다음과 같이 기술하고 있다.

이 소설은 부분적으로 결함이 있는데, 그것은 교훈주의적인 작가 소개의 서술문장의 노출이라든가, 서사적 과거시제의 빈곤이 그것들이다. 그러나 이러한 요소가 단편소설로서의 완성을 부인하는 것은 아니다. 이 작품의 특징은 두 가지로 요약해서 말할 수 있겠는데, 첫째는 교훈적 목적에 의하여 씌어진 소설이라는 것이다. '책 속에 기록한 여러 가지 사정을 가지고 각기 자기의 마음을 비추어 볼지어다.' 라고 공진회 말미에서도 말하고 있다. 특히 이 소설 속에서는 작가의 교훈적 의도가 그대로 드러나는 곳도 있다. 작가의 음성으로 표현이 노출되는 내용은 작가의 뜻을 한층 더 분명하게 해준다. 결국 이 소설은 근면과 절약의 계몽을 위한 소설이라 평가할 수 있을 것이다.

「시골 노인 이야기」는 동학운동과 의병활동을 부정적으로 서술하였다. 돈 많은 부자라는 소문만으로 동학당에게 끌려가서 재산을 빼앗긴 유승지와 의병 진압에 공을 세운 김용필을 내세워 민중의 자주의식이나 민족의식을 사회적 혼란으로 매도하고 있다. 그러므로 공진회에 실린 세 편의 소설들은 안국선이라고 하는 대표적 개화기 지식인의 정신적 몰락을 보여준다고 하겠다.

작품요약

해는 거의 서산에 넘아가고 겨울 바람은 냉랭하다. 새문 밖 남의 집 행랑채에 세를 들어 사는 김 서방은 양반의 자식으로 가세가 타락하여 할 수 없이 닥치는 대로 일을 하며 살아가는 사람인데 술을 너무 좋아 하니 난처한 일이다. 그의 여편네가 끼니 걱정을 하고 있을 때 남편이 술에 취해 들어온다. 쌀이 없다는 아내의 말에 나는 밥 생각이 없다고 중얼거리며 그는 잠에 곯아 떨어졌다. 아내는 신세가 한탄스러워 잠을 이루지 못한다. 문득 남편이 벌떡 일어나더니 물을 달라고 하고는 비로소 아내에게 저녁을 먹었는가 묻는다. 남편은 자신의 잘못을 뉘우치고 아내의 충고에 따라 술 먹으면 개자식이라고 중얼거린다. 그리하여 그는 인력거꾼이 되어 새벽마다 일을 하러 나가게 된다.

며칠 후 아내는 남편이 숨차게 뛰어들어오는 소리에 눈이 휘둥그래진다. 남편이 돈보따리를 주은 것이다. 김 서방은 돈을 쓸 생각을 하면서 잠이 들었다가 깨어난 후 술집에 나가 술을 엄청나게 마시고 집에 돌아와 다시 잠이 든다. 다음날 아침 일어난 김 서방이 돈의 행방을 묻자 아내는 딴청을 부린다. 꿈을 꾼 모양이라는 것이다. 김 서방은 꿈에 돈 얻어 생시에 외상술을 마셨다고 한탄한다. 마음을 고쳐먹은 김 서방은 인력거일에 열심하고 삼 년이 지나 빚도 갚고 돈도 모았다. 그제서야 아내는 남편이 돈을 주은 일을 꿈이 아니었으며 그 돈은 경찰서에 전해주었다고 고백한다. 삼 년이 지나도 임자가 나타나지 않아 얼마 전 경찰서에서 그 돈을 돌려받았다는 것이다. 김 서방은 아내의 말을 듣고 눈에 눈물이 핑돈다. 아내를 칭찬하며 나는 부자가 되었지만 인력거꾼을 계속하겠다고 거리로 나간다.

공진회를 개최한다는 소문이 있더니 이는 총독정치를 시행한 지 다섯 해 된 기념으로 하는 것이라 무명씨가 돈 이백 원을 기부하였는데 아마 이 무명씨가 김 서방인 듯하더라.

감상을 위한 문제제기

1. 안국선의 친일성을 이인직의 경우와 비교해 보시오.

안국선은 이인직의 생애가 상당 부분 베일에 가려져 있는 데 비해 비교적 그 생애가 소상하게 알려져 있는 편이다. 그의 문학을 전통 속에서 자리 매김하면 첫째는 앞에서 언급한 유배 문학이라는 점이며, 둘째는 몽유록(夢遊錄)과의 연관이다. 몽유록은 김시습의 「금오 신화」 등에서 보다시피 꿈의 형식을 빌어 간접적으로 현실 비판 역할을 한다. 그러나 안국선의 「금수 회의록」은 전통적인 몽유록과는 여러가지 면에서 다르다. 무엇보다 「금수 회의록」에는 잠이 들었다가 깨어나는 몽유록의 전형적 구조가 없다는 점이다. 이런 점에서도 과연 이 작품이 몽유록의 전통 속에서 이해될 수 있는가 하는 비판의 여지가 있다.

그의 문학적 배경을 이루는 인생관이나 세계관은 그가 출생부터 조선조의 지배 계층과 직간접으로 연관을 맺고 있다는 점에서도 이인직과는 근본적으로 다르다. 조선 말의 친일 개화파였던 양부(養父) 안경수가 역적으로 몰려 사형을 당하고 안국선 자신도 호된 유배살이를 치른 일은, 그의 백면 서생(白面書生) 같은 삶의 방향을 돌려놓았을 것임은 쉽게 짐작할 수 있을 것이다. 그가 기독교로 개종하였다는 것도 그의 삶에 닥친 엄청난 변화의 한 양상이었다고 하겠다. 이와는 성격이 다르나 우리는 이인직이 동경 정치 학교를 다닌 후 왜 곧 귀국하지 않고 일본 여인과 결혼하여 조선관(朝鮮館)이라는 음식점까지 경영하는 등 생활 정착을 위해 동분 서주하였는지, 그의 마음에 어떤 세계관이 싹트고 있었는지 알아내기 쉽지 않다. 어쨌든 1905년 노일 전쟁시 조선어 통역으로 종군한 후 그가 일본에 돌아가지 않았다는 것은 단순히 전쟁이 끝나 해고되었기 때문이라고는 보기 어렵다. 그의 내부에 어떤 변화가 싹트고 있었기 때문으로 보는 것이 합리적이다.

이인직과 안국선은 출발은 달랐어도 어두운 조선 말 사회의 여러 부분에서 불쑥불쑥 만나고 있다. 이인직이 이완용의 그늘에 들어가 문화운동가와 저널리스트로서의 길을 시작한 비슷한 시기에 안국선은 대한 협회에 가담하여 진보적 지식인의 논설을 발표하기 시작했다. 그의 소설 「금수 회의록」은 본격적 창작이라기보다 이러한 논설 활동의 연장선상에서 나타난 것으로 보아야 할 것이다. 이인직이 신소설 작가 및 신극 운동가의 활동에 모든 삶을 걸었다면, 안국선은 사회 운동가의 길보다는 전통적인 입신 양면을 통한 출세에 더 깊은 관심이 있었던 것 같다. 1908년 그의 양부가 복권된 뒤 안국선은 사실상 작가로서의 붓을 꺾었고 진보적 지식인으로서의 활동도 그만두었다. 그의 사회 비판 의식의 한계를 가늠할 수 있는 척도가 될 것이다. 이러한 의식을 필자는 앞에서 일종의 '웅석' 이라고 한 바 있다. 사탕을 줄 때까지 쉬지 않고 울어대다가 사탕을 쥐어주면 지금까지 자신이 왜 울었는지도 잊어버리는 어린아이 같은 행태(行態)가 상당수 조선 지식인들의 한 속성이었던 것이다. 하여간 그는 예전의 비판적 지식인의 길에서 돌아서서 순탄한 관직 생활을 했으며 합방 후에도 총독부의 관심을 불러일으킬 작품을 통해 정치적인 재기를 노렸던 것 같다. 이런 점에서 본다면 그의 많지 않은 소설은 모두 자신의 변신을 위한 수단에 지나지 않은 것으로 매도될 수 있다. 개인적으로 불행한 시절에는 진보적 지식인의 얼굴로, 권력의 달콤함을 맛본 다음에는 반동적 지식인의 미소로 나섰던 안국선의 내면을 이해하기란 그렇게 쉬운 일이 아니다. 양반 사회의 위선에 대한 도전적인 내용을 담은 「요로원 야화기」를 쓴 조선 후기의 한 지식인이 마침내 관직에 나아간 다음에는 문학사의 표면에서 깨끗이 증발한 것처럼, 안국선 역시 관직에 나아간 뒤의 행적은 별로 다를 바 없다. 단지 안국선에게 마련된 밥상이 조선의 멸망과 함께 뒤집어졌다는 차이가 있을 뿐이다. 그는 새로운 주인에게 아부하는 웃음을 잃지 않았던 실로 구역질 나는 지식인의 말로를 보여주었다.

이인직과 안국선은 모두 새로운 권력층으로부터 버림을 받았다는 데서 우리는 두 사람의 삶의 궤적이 유사하다는 느낌을 받는다. 이인직이 훗날 일본 왕 대정 즉위의 헌송문을 쓴 것은 차라리 자포 자기의 처지를 들어 변명할 수 있겠지만, 안국선의 소설 「공진회」는 최초의 단편 소설집이라는 영예 뒤에 어떤 치사한 변명을 숨기고 있는 것일까.

2. 인력거를 새로운 문물의 상징으로 보았을 때, 김 서방의 행동은 결국 무엇을 상징하고 있는지 간략하게 정리해 보시오.

핵심에서 조금 빗나갈 우려가 있지만 위에서 안국선과 이인직을 비교한 방법을 적용하여 안국선의 김 서방과 현진건의 김 첨지를 비교해 보는 것은 흥미있는 일이다. 둘 다 인력거꾼이며 도시 빈민이며 술을 좋아하며 자신의 방식대로 아내를 사랑하는 것까지 닮았다. 돈 보따리를 주운 '운수 좋은 날'이 김 서방에게는 한낱 꿈으로 끝나며, 오랜만에 장사가 잘되던 '운수 좋은 날'이 김 첨지에게는 아내의 죽음으로 마무리된다. 전자는 결국 총독부의 공정한 정치를 찬미하기 위한 복선에 불과한 것이며 후자는 김 첨지의 운명적 비극을 심화시키기 위한 소설적 장치이다. 되풀이하지만 안국선에게 인력거는 총독부의 공명정대함을 알리기 위한 수단이지만, 현진건에게는 1920년대 도시 빈민의 비극적 운명을 실어나르는 어렵고 험난한 삶 그 자체를 의미한다는 점에서 근본적인 차이가 있다고 하겠다.

김 서방이 운명에 자신의 삶을 맡기지 않고 능동적으로 살아가는 '성공적 인력거꾼'이라면 김 첨지는 운명에 패배하는 '비극적 인력거꾼' 이다. 이러한 차이는 곧 1910년대와 1920년대를 가름하는 시각의 차이이며 현진건과 안국선의 삶의 근본적인 시각의 차이이기도 하다.

인력거는 별다른 기술도 능력도 없는 도시 빈민을 위한 새로운 생계 수단이었다. 안국선의 관점에서 그것은 도시 빈민을 위한 활력 있는 삶의 상징이며 총독부의 공정한 정치를 선전하기 위한 수단이다. 김 서방이 공진회에 적지 않은 돈을 되돌려준 것이나 일확 천금을 한 다음에도 인력거꾼 생활을 계속하는 것은 총독부의 공정한(?) 정책에 대한 순응이며 적극적 동참이다. 당시의 역사와 정치를 조금만 잠수하여 바라볼 수 있는 사람이라면 안국선의 태도가 얼마나 몰역사적이며 반민족적인가 언급할 필요조차 없으리라. 설령 김 서방에게 돈을 되돌려 준 것이 실제로 총독부의 공명 정대한 정책이라고 하더라도 그것이 곧 총독부가 조선인에게 베푸는 시혜라고 그렇게 감격할 수 있을까. 차라리 그것은 순진한 도시 빈민 김 서방을 옭아매는 하나의 낚싯밥이라고 불러야 할 것이다. 결국 그 돈은 총독 정치를 튼튼히 하기 위한 공진회 기부금으로 돌아간 것으로 설정되었다.

안국선의 사회 의식은 철저하게 왜곡되어 있다. 우리는 얼마간 세월이 흐른 뒤 채남식의 풍자 소설에서 김 서방과 같은 인물, 총독부 정치의 광고판을 꿰어 찬 가련한 샌드위치맨을 한 사람 더 만나게 된다. 「태평 천하」의 윤직원 영감이 그 사람이다.

참고자료 및 논문

- 권영민 외, 開化期文學의 再認識, 지학사, 1987
  조남현, 開化期 小說様式의 變移現象
- 전광용 외, 韓國現代小說史研究, 민음사, 1984
  윤명구, 「安國善 소설의 두 측면」
- 국어국문학회 편, 현대소설연구, 정음문화사, 1986
  권영민, 「開化期 知識人의 幻像」
- 조건상, 「韓國滑稽小說研究」, 文學藝術社, 1985

이해조

개화기의 풍속화가

작가연구

이해조(李海朝 1869~1927). 호는 열재(悅齋) 또는 동농(東濃)이며 경기도 포천 출생이다. 「화(花)의 혈(血)」에서 사용한 석춘자(惜春子) 등 여섯 가지가 넘는 많은 필명을 가진 작가답게 신소설 작가 중에서 40여 편이나 되는 가장 많은 작품을 남겼다. 그의 최초의 작품으로 전하는 것은 1906년 고대소설 형식으로 발표된 한문투의 「잠상태(岑上笞)」이며 마지막 작품은 1925년의 「강명화실기(康明花實記)」이다.

이해조는 조선조 16대 인조의 3남 인평대군의 자손으로 다른 신소설 작가와는 구별되는 가족적 배경과 성장을 거친 작가이다. 그는 부친 이철용과 당시의 한학자이며 관리였던 김윤식의 영향으로 한학에 조예가 깊었는데 신교육에도 대단한 관심이 깊었다고 한다. 그러한 흔적은 그가 일본어를 독학하여 외국소설을 번역, 또는 번안하였다는 데서도 찾아볼 수 있다.

그의 문학은 첫째, 고대소설을 신소설로 개작한 군(群) 둘째, 번역 번안소설 셋째, 창작 신소설 등 세 부류로 나눌 수 있다. 그는 당시의 신소설 작가 중에서 창작활동이 가장 왕성하였을 뿐만 아니라 〈정선조선가곡집(精選朝鮮歌曲集)〉이란 시조모음까지 펴내게 되었다(1914). 이것은 육당 최남선이 펴낸 시조집 〈시조유취〉보다 먼저 발행된 것으로 생각된다.

이해조는 19세에 과거 초시에 합격하여, 한시를 즐기던 유학자들의 모임에 가입한 것을 계기로 자신의 본격적인 문학활동을 시작하였다. 1903년 무렵부터 제국신문, 황성신문, 매일신보의 편집과 문화부 일을 하였으며 이러한 인연으로 신문에 연재소설을 쓰게 되었다.

그의 아버지는 대원군에게서 땅을 받아 경기도 포천에 사립학교를 설립하였다. 상당히 우수한 학교였으나 몇 해 뒤 여러 가지 사정으로 폐교되었다. 이러한 가족의 배경은 신소설 「자유종(自由鍾)」에 나타난 자유연애와 교육의 중요성을 강조한 사상의 밑바탕이 되었을 것으로 추측할 수 있다. 그는 주시경 등과 함께 국채보상운동에 참여하기도 하며 판소리 명창들의 구술을 근거로 「옥중화(獄中花)」 등을 발표하기도 하였다.

그는 조선 말에는 통정대부(通政大夫)라는 벼슬을 지냈으며 일제시대엔 중추원 의관이었다. 신소설을 쓰는 일 못지않게 다방면으로 사회활동을 하였던 그는 1927년 세상을 떠났다.

대표작으로는 앞에서 언급한 「자유종」 외에 「빈상설(貧上雪)」, 「원앙도(鴛鴦圖)」, 「구마검(驅魔劍)」, 「화(花)의 혈(血)」 등이 있다.

이해조는 신소설 작가 중에서 거의 유일하게 문학 특히 소설에 대한 자신의 주장을 가진 사람이었다. 특별한 이론적 체계는 없지만 자신의 문학관을 곳곳에서 논술하고 있다.

첫째, 소설은 허구적이라는 확신이다. 1911년 발표한 「화의 혈」 마지막 부분에서 이해조는 소설은 '매양 빙공착영(憑空捉影)으로 인정에 맞도록 편집하여 풍속을 교정하고 사회를 경성하는 것이 제일 목적' 표기는 현대식으로 고쳤음이라고 주장하였다. 이는 조선조 유학자들이 소설을 가리켜 말하던 차원과 같은 선상의 사상이지만 좀더 발전적이다. 둘째, 소설의 사회적인 기능에 대한 인식이다. 공리적인 생각에서 교훈성, 계몽성을 내세운 점은 개화기라는 시대적 배경에 대한 응답이라고 하겠다. 셋째, 고대소설에 대한 날카로운 비판이다. 다음에 「자유종」에서 인용한 구절에서 이해조의 이러한 사상을 읽을 수 있다.

> 춘향전을 보면 정치를 알겠소. 심청전을 보고 법률을 알겠소, 홍길동전을 보아 도덕을 알겠소.
>
> 춘향전은 음탕 교과서요, 심청전은 처량 교과서요, 홍길동전은 허황 교과서라.

그리하여 나아가 이해조는 고대소설을 발매 금지하자는 의견까지 내놓고 있다. 그의 소설은 이러한 공리주의적 범주에서 크게 벗어나지는 않고 있지만 대체로 홍미 위주라는 이율배반성을 띠고 있다.

화花의 혈血

작품연구

1911년 4월에서 6월까지 66회에 걸쳐 매일신보에 연재한 작품이다. 주제는 대개의 신소설들의 경우와 다를 바가 없다. 탐관오리의 횡포를 징계하는 권선징악 차원의 작품으로 이해할 수 있으나 플롯과 사건의 구성이 상당히 정교해진 점에서 후기 신소설의 발전을 실감할 수 있다. 이해조의 공리적 문학관이 표출된 다음 구절은 문학연구에서 곧잘 인용되는 부분이기도 하다.

소설이라 하는 것은 매양 빙공착영으로 인정에 맞도록 편집하여 풍속을 교정하고 사회를 경성하는 것이 제일 목적인 중, 그와 방불한 사실이 있고 보면 애독하시는 열위(列位) 부인 신사의 진지한 재미가 일층 더 생길 것이요, 그 사람이 회개하고 그 사실을 경계하는 좋은 영향도 없지 아니 할지라.

「화의 혈」은 동학운동의 전후를 뚜렷한 시대적 배경으로 하여 탐관오리에 대항하는 상이한 두 형제의 모습을 그리고 있다. 고대소설 「춘향전」과 「화의 혈」을 대비하여 보면 소설의 플롯이나 인물의 성격 설정이 보다 근대적으로 변모되어 가고 있음을 알 수 있다. 여주인공의 하나인 선초는 평소에 「춘향전」을 즐겨 읽으며 춘향을 흠모하는데 자신의 인생은 춘향과는 전혀 다른 상황에 빠진다. 「화의 혈」은 「춘향전」과 같은 U자형의 해피앤딩의 가공적 세계가 아니다. 오히려 냉혹한 현실의 세계에 접근하고 있으며 이것은 아이러니와 풍자의 세계로 통한다. 그러니 이해조는 이러한 아이러니와 풍자보다는 고대소설적이며 보수적인 세계를 선택한다.

여주인공 선초는 타락한 이도령 격인 암행어사 이시찰이란 인물에게 신세를 망치고 자살하고 만다. 물론 이것은 표면상 아버지를 구해내기 위한 명분이란 너울을 쓰고 있는데 사실은 이시찰이 자신을 정처(正妻)로 맞겠다고 약속한 것이 더 큰 유혹이 아니었나 생각해 볼 수 있다. 경판본 「춘향전」에서 춘향이 이도령에게 자신이 정처(正妻)도 첩실(妾室)도 안 되는 신세라면 곁에 두고 버리지 않겠다는 약조를 하도록 요구하는 장면과 연관지어 보면 춘향과 같이 퇴기(退妓)의 딸인 선초의 행동을 이해할 수 있을 것이다. 이러한 각도에서 본다면 이시찰은 춘향을 유혹하려는 변학도와 타락한 이몽룡의 성격을 합친 인물이며 선초는 춘향과는 달리 구세주와 같은 남성을 만나지 못하고 비극적인 삶을 마감하는 구시대적 인물이다.

여기에서 신소설 작가 이해조는 고대소설적인 복수극(장화홍련적인)을 벌이지 않는다. 복수극의 주역은 선초의 동생 모란이다. 언니의 죽음을 겪은 모란이 이시찰에게 복수하기 위해 스스로 기생이 된다는 설정은 현실적인 면에서 보면 기생의 딸로서 어쩔 수 없이 언니의 뒤를 이어 기생이 되는 자신의 신세를 위로하기 위한 말이라고 해도 좋을 것이다. 어쨌든 모란은 언니의 복수를 하게 되는데 이 작품의 초점이 선초에게 맞춰져 있는 까닭으로 모란의 성격은 별로 두드러지지 않는다. 그러나 모란의 적극성이나 당돌함으로 볼 때 선초와 같은 형(型)의 인물에서 탈피하여 「자유종」과 같은 여인상으로 접근하여 가는 시대적 모습을 읽을 수 있겠다. 남성이나 제3자에 의존한 복수가 아니라 자신의 힘으로 이루어 낸 복수라는 면에서, 부족하지만 새로운 인간의 지평(地平)이 열린다.

이해조는 고대소설을 말할 수 없이 경멸했지만 위에서 분석하여 본 것처럼 「화의 혈」은 그 구조와 성격을 「춘향전」에서 빌어온 것임을 알 수 있다. 「춘향전」의 이도령과 변학도를 타락시켜 하나로 묶고, 춘향의 퍼스낼리티를 두 개로 나누어 선초와 모란에게 배분한 것이 바로 신소설 「화의 혈」인 것이다. 덧붙이면, 벼슬을 잃고 몰락하여 온 이시찰을 망신시키는 모란의 모습에서 독자들은 희화(戱化)된 춘향전을 떠올릴 수 있을 것이다. 춘향전을 음탕 교과서라고 욕하던 이해조는 어쩌면 자신의 새로운 「춘향전」을 남기고 싶었으리라.

작품요약

전라도 장성(長城)에 사는 채호방은 자식이 없어 서러워하더니 퇴기 춘홍을 첩으로 맞아들인다. 그는 선초와 모란이라는 두 딸을 두는데 선초는 항상 춘향과도 같은 여인을 흠모한다. 채호방은 선초의 나이 십삼 세가 되자 그곳 풍속대로 기적(妓籍)에 넣는다. 그녀는 나이도 인물도 총명하기도 자기와 같은 사람과 결혼하여 평생을 살기 바란다. 선초는 이러하므로 아무리 돈이 많거나 관직이 높은 남자라도 결코 상대하지 않는다. 이러한 소문을 들은 방탕아 이도사는 암행어사와 비슷한 직위를 얻어내어 장성에 간다. 동학도가 각처에서 봉기하던 무렵이라 그는 이를 진압한다는 구실로 뇌물을 받아내며 횡포를 부린다. 이도사는 선초의 아버지 채호방을 동학도라며 누명을 씌워 죽이려 한다. 결국 선초는 이도사에게 몸을 팔아 아버지를 구한다. 그러나 이도사는 선초를 정처(正妻)로 맞이하겠다는 약속을 지키지 않는다. 그녀는 충격을 받아 자살하고 만다. 이 때문에 삼년형을 받은 이도사는 거렁뱅이가 되어 나타난다. 여전히 자신의 행동을 뉘우치지 않는 이도사에게 기생이 된 선초의 동생 모란이 복수한다.

감상을 위한 문제제기

1. 첩의 딸이긴 해도 아전의 딸인 선초가 반드시 기생이 되어야 하는 것은 아니다. 그러나 선초의 아버지 채호방은 딸을 기생이 되게 한다. 그렇게 한 이유가 있다면 무엇인지 생각하여라.

'그곳 풍속대로' 딸을 기적(妓籍)에 넣는 채호방의 행위는 아주 자연스러워 보인다. 오늘날의 가치 기준에서는 이해하기 쉬운 일이 아니다. 첩의 딸에게 정상적 혼담이 있을 리 없으며 기적에 넣는 것만이 비록 변칙적인 혼인이라도 가능하게 한다는 현실적인 이유가 있었으리라고 생각한다. 이를 이해하기 위해서는 조선 사회에서 오랫동안 성행한 사실상의 매매혼 제도 풍습이라든지 조선의 기생 제도에 대한 지식이 있어야 할 것이다. 현대의 가치관으로 조선조 인물들의 행위를 무조건 평가 내릴 수는 없는 일이다. 참고로 말한다면 조선 말의 결혼 적령기 여자의 몸값(?)이 소 두 마리 정도 수준이었다고 한다. 이규태 저「한국 여성의 의식 구조」에 보면 한국의 여자는 근본적으로 생구(生口)였으며 그 정도의 차이는 있을 망정 우리의 여인사란 곧 생구사(生口史)라고 할 수 있다고 말한다. 생구란 소나 말처럼 매매되는 생물로서의 인간이며 매매되는 천한 사람이라는 뜻으로 사용되었는데, 우리의 옛 여인들도 매매의 대상이었던 것이다.

별다른 지참금도 없으며 신분도 낮은 첩의 딸 선초의 입장에서 본다면 아버지 채호방의 행위는 차라리 당연하고 자연스런 행위가 아니었을까 생각된다. 오늘날의 도덕적 기준을 조선 시대에 그대로 적용하는 것은 오류의 여지가 있다. 그렇다고 그들의 행동이 정당하다는 것은 아니다. 단지 어느 누구든지 시대의 벽을 넘지 못한다는 뜻에서의 말이다.

2. 이미 벼슬길에서 쫓겨나 몰락한 이시찰을 상대로 벌이는 모란의 복수극에 대해 자신의 생각을 비판적으로 써보시오.

작품의 극적 효과라는 면에 초점을 맞추어 보자.

모란에게 이시찰은 원수이다. 이시찰 때문에 아버지 채호방은 누명을 썼고 언니 선초가 이시찰에게 몸을 팔았기 때문이다. 그러나 그것은 표면상의 문제일 뿐이며, 행간(行間)을 읽으면 선초를 포함한 채호방의 집안은 이시찰을 통하여 신분 상승의 기회를 잡으려 했던 것으로 보인다. 정처(正妻) 약속을 받아내는 것은 현실적으로 무리한 일이며 당연히 이시찰은 그 약속을 지키지 않았고 선초는 자살한다. 이시찰은 중벌을 받았다. 모든 것은 파국으로 치달았다.

여기에 이어지는 모란의 복수는 도대체 무슨 의미를 지니는 것일까? 평민 의식의 상승인가? 양반의 수탈에 대한 저항을 말하는 것일까? 그러나 분명한 것은 작품의 전개상 박진감을 잃어버렸다는 점이다. 극적효과를 노렸다면 그 복수는 선초를 죽지 않게 하였다가 그녀에게 복수의 칼을 맡겼어야 할 일이다. 몰락할 대로 몰락한 양반에게 자행하는 동생의 복수란 단지 개인적인 화풀이 또는 시체에 매질하는 수준 이상도 이하도 아닌 것으로 여겨지기 때문이다. 이시찰에게 복수하기 위해 모란이 기생이 된다는 상황 설정도 억지스럽다. 모란의 입장에서 기생이 되는 것은 차라리 자연스러운 일이지 거기에 복수니 뭐니 하는 이유가 개입될 필요가 전혀 없기 때문이다. 몰락한 이시찰은 더 이상 복수의 대상이 아니다. 모란의 복수극이 극적 장치로서 효과를 지니려면 이시찰은 몰락한 양반이 되어서는 안 되며 출세 가도를 밟아올라가야만 했을 것이다. 그렇게 되면 이 작품은 최소한의 신파극 수준의 박진감 있는 복수담은 되었을 것이다.

물론 곳곳에 나오는 동학 혁명 당시의 사회상 묘사라든가 부패한 관리에 대한 비판은 이 소설의 가치를 상승시켜 주고 있지만, 「춘향전」의 주제가 결코 부패한 변학도나 당시의 사회 제도에 대한 비판이 아니듯, 작품의 주제도 가련한 일가족의 운명 - 구체적으로는 두 여인에게 초점이 맞추어져 있는 것이다. 부언하자면 본문에서 언급했거니와 이 작품은 〈춘향전〉의 패러디 정도로 읽힐 수 있을 것이다.

〈춘향전〉의 억지스런 해피 엔딩이 제거되고 유교 도덕으로 가공되지 않은 인간들의 원색적 삶을 보여 줄 정도로 문학 정신의 배경이 든든해졌다는 관점에서, 우리는 이 작품의 자리 매김을 할 수 있을 것이다.

참고자료 및 논문

- 전광용 외, 韓國現代小說研究, 민음사, 1984

  이용남, 이해조의 소설과 풍속적 관심

제 2 장

식민지시대

경셩학교 영어교사리형식은 오후두시사년급 영어시간을마초고 나려ᄶᅩ이 ᄂᆞᆫ 륙월볏헤 ᄯᅡᆷ을 ᄒᆞᆯ니면서안동김장로의 집으로간다 김장로의 ᄯᆞᆯ션형「善馨」이가 명년미국류학을 가기위ᄒᆞ야 영어를 쥰비ᄒᆞᆯᄎᆞ로 리형식을 ᄆᆡ일한 시간식 가뎡교사로 고빙ᄒᆞ야 오날 오후세시부터 슈업을 시작ᄒᆞ게 되엿슴이라 리형식은 아직독신이라 남의 녀ᄌᆞ와 갓가히 교제ᄒᆞ야본적이업고 이러케 슌결ᄒᆞᆫ 쳥년이흔히그러ᄒᆞᆫ모양으로 졂은녀ᄌᆞ를ᄃᆡᄒᆞ면 ᄌᆞ연수졉은 ᄉᆡᆼ각이 나셔 얼골이확々달며 고ᄀᆡ가 져절로숙어진다. 남ᄌᆞ로ᄉᆡᆼ겨나셔 이러ᄒᆞᆷ이못ᄉᆡᆼ겻다면 못ᄉᆡᆼ겻다고도 ᄒᆞ려니와 처녀ᄌᆞ를보면 아모러ᄒᆞᆫ핑계ᄅᆞᆯ 어더셔라도 갓가이가려ᄒᆞ고 말ᄒᆞᆫ마ᄃᆡ라도 ᄒᆞ여보려ᄒᆞᄂᆞᆫ 잘난사ᄅᆞᆷ들보다ᄂᆞᆫ 나으니라 형식은 여러가지ᄉᆡᆼ각을ᄒᆞᆫ다위션쳐음만나셔 엇더케인ᄉᆞ를ᄒᆞᆯ가 남ᄌᆞ 남ᄌᆞ간에 ᄒᆞᄂᆞᆫ모양으로 「쳐음보입니다 져ᄂᆞᆫ리형식이올시다」 이러케ᄒᆞᆯ가 그러나잠시라도 나ᄂᆞᆫ가라치ᄂᆞᆫ자요 져ᄂᆞᆫᄇᆡ호ᄂᆞᆫ쟈라 그러면미샹불무슨차별이 잇지나아니ᄒᆞᆯ가 져편에서머져 ᄂᆡ게인ᄉᆞ

〈매일신보〉에 실린 「무정」의 첫머리

이광수

위대한 거인의 위대한 악몽

작가연구

이광수(李光洙 1892~1950). 호는 춘원(春園). 평안북도 정주(定洲)에서 출생. 대단히 어렵고 가난한 유년기를 거쳤으며 1917년 장편소설 「무정(無情)」을 발표하여 일약 식민지 조선문학의 천재로 떠올랐다. 이후 30년 동안 엄청난 수의 논설과 작품을 발표하였으면서도 자신을 작가라기보다는 논객(論客)사상가나 민족지도자의 의미로 자처한 사람이며, 동학에서 기독교로, 불교로 파란만장한 고뇌와 사상편력의 삶을 살았다. 일제 말기엔 가야마미쓰로오(香山光朗)로 창씨 개명하여 적극적 친일파가 된다. 해방 후엔 민족을 위하여 친일파가 되었다는 법정에서의 유명한 발언을 남겼고 1950년 7월 납북되어 그해 10월에 병사했다. 대표적인 작품에는 「무정」, 「유정」, 「흙」, 「사랑」, 「단종애사」, 「원효대사」 등이 있다.

이렇게 피상적으로 요약된 작가 이광수의 생애와 문학은 후대에 연구자들로 하여금 300편이 넘은 본격적 논문이 씌어지게 하였다. 그러나 아직도 그의 문학적, 인간적 정체는 밝혀져 있지 않다. 그는 찬사를 받는 목소리만큼 비난을 받고 있으며 숭배받는 만큼 멸시받고 있다. 사실 우리는 그의 문학의 진정한 깊이를 모르고 있다는 편이 합당한 것이다.

연구자들은 이광수 문학에 대해 이렇게 서로 다른 목소리로 말하였다.

① 계몽주의 문학이며 설교의 문학—조연현, 한국현대문학사
② 민족주의, 인도주의 문학—김은주, 한국현대소설사
③ 신문학의 개척자요, 최고의 작가—이병기, 백철, 국문학전사
④ 연애소설의 창시자이며 통속소설—김동인, 춘원연구
⑤ 역사의식이 결여된 위선의 문학—김봉구, 신문학 초기의 계몽사상과 근대적 자아

그렇다면 이광수 자신은 스스로의 문학에 대해 어떤 생각을 가지고 있었는가.

> 내가 소설을 쓰는 근본 동기도 여기 있다. 민족의식, 민족애의 고조(高潮), 민족운동의 기록, 검열관이 허(許)하는 한도의 민족운동의 선동, 이것은 과거에만 나의 주의(主義)가 되었을 뿐이 아니라 아마도 나의 일생을 통(通)할 것이라고 믿는다.
>
> 「여(余)의 작가적 태도」(《東光》1931. 4)

이광수가 스스로를 작가이기보다는 논객이라고 여기고 있었다는 것은 이 글에서도 읽을 수 있다. 그러나 여기에 대단히 중요한, 흘려 버려서는 안 되는 한 구절이 있다. '검열관이 허(許)하는 한도의 민족운동의 선동' 이라는 위의 표현이다. 이것은 평생 그 자신을 묶은 사슬에 대한 자기고백이라고 할 수 있다.

이광수의 삶을 좀더 검토해 보기로 한다. 그는 10세 무렵 콜레라로 양친을 모두 여의고 고아가 되었다. 친척집을 떠돌며 눈치밥을 먹으며 지내던 그는 박대령(朴大領: 대령은 동학에 관한 일반적 사무를 맡아 하는 직책)이라는 사람의 도움을 받는다. 어린 이광수는 서기(書記)일을 하면서 동학—천도교에 관여한다. 이것이 그의 유년기를 가름하는 첫번째 사상이 된다. 그러나 천도교는 일제에 저항하는 중요한 세력이었기에 탄압을 받게 되었다. 이광수는 단신으로 서울에 올라와 거지와 같은 생활을 하던 중 1905년 천도교에서 선발하는 일본유학생 시험에 가장 우수한 성적으로 합격하여 일본으로 간다. 이 즈음 그는 당시의 많은 청년들처럼 도산 안창호의 민족주의적 웅변에 많은 감화를 받았으며 기독교적인 인도주의라고 할 수 있는 러시아의 작가 톨스토이의 사상에도 대단히 심취되었다.

1908년 그는 잠시 고향에 돌아왔다가 원치도 않는 결혼을 하게 된다. 이는 춘원의 자유연애사상의 밑바탕이 되었다. 이후 일본 메이지 학원을 졸업하고 1910년 3월 오산학교에

부임한 후까지 상당 기간 그는 방탕한 생활을 했다. 다행히 오산학교의 설립자이며 교장인 남강 이승훈의 인격적 감화 덕분으로 방탕에서 헤어났지만 조선이 합병되고 남강이 일제에 의해 투옥되자 비관한 청년 이광수는 세계 무전여행을 떠난다. 그는 우선 중국 상해로 가서 일본 유학시절의 조선인 친구들을 만나 궁핍한 생활을 한다. 그러던 중 미국 샌프란시스코의 국민회의 일을 하기 위해 미국으로 가게 되었다. 미국으로 가기 위한 준비 도중 조선인들끼리의 싸움을 보고 실망하여 미국행을 포기하고 시베리아 국민회 본부의 일을 하던 중 제1차 세계대전이 일어나 귀국한다.

1915년 이광수는 인촌 김성수의 도움으로 두 번째 일본 유학을 떠난다. 그리고 본격적으로 소설을 발표한다. 1917년 매일신보에 「무정」을 연재한 것도 이 시기이다. 한편 그는 자신의 일생에 엄청난 영향을 준 여인 허영숙을 만난다. 허영숙은 조선 최초의 여자 의사가 된 사람이다. 허영숙은 폐결핵에 걸린 이광수를 도와주었고 이런 도움은 이광수의 일생에 몇 번이나 되풀이 된다. 허영숙과의 애정은 이광수의 자유연애사상을 더욱 강하게 하였고 이광수는 허영숙과 함께 중국 북경으로 도피한다. 1918년 11월 제1차 세계대전이 끝나자 그는 허영숙을 북경에 둔 채 귀국하여 적극적인 독립운동에 뛰어든다. 그는 다시 일본에 건너가 조선인 유학생들의 독립선언서를 썼다. 소위 2·8 독립선언이라고 부르는 것이다. 이어서 그는 상해로 건너가 안창호를 도와 임시정부의 기틀을 마련하는 데 앞장섰다. 그러나 1921년 이광수를 회유하라는 조선 총독부의 부탁을 받고 나타난 허영숙과 함께 이광수는 임시정부의 체포령이 내린 상해를 탈출한다. 조선으로 돌아온 이광수는 재판도 받지 않고 석방되는데 이것은 허영숙 집안의 도움이 컸을 것이라고 짐작된다. 석방되자 이광수는 처음의 부인과 이혼하고 허영숙과 정식으로 결혼한다.

이광수가 '검열관이 허(許)하는 정도의 민족운동'을 운운한 것은 이러한 방황을 거듭한 끝에 나온 현실 타협의 산물이다. 그가 〈개벽(開闢)〉에 문제의 논문 「민족개조론」을 발표하여 다시 자신의 존재를 알리기 시작한 이후의 일생에 대해서는 이 글의 서두에서 말한 바와 같이 극단에서 극단으로 치닫는 평가를 내리게 하였다. 그는 자신을 도산 안창호의 정신적인 아들로 생각하였고 도산의 흥사단 활동을 조선에 심기 위하여 귀국하였다는 변명을 잠시도 잊지 않았다. 수양동우회 일로 도산이 체포되어 1937년 병으로 사망하자 이광수는 또 하나의 정신적 위기를 겪게 된다. 그는 동우회 일로 체포된 동지들을 위해서라는 이유로 친일파가 되기로 한다. 해방 후엔 민족을 위한 친일이라는 말로 바뀌지만.

그의 일생을 평면적으로 검토하는 일은 여기에서 줄인다. 그는 여러 번에 걸친 일생의 위기에 박대령, 손병희, 이승훈, 허영숙, 김성수와 같은 사람들의 절대적인 도움을 받았다. 이광수 자신의 고백에 따르면 '죽어 버릴까 하고 죽을 방법을 생각할 때는 반드시 무슨 일이 하나 생겨서' 그를 다시 삶의 전장으로 내몰아갔던 것이다. 이러한 운명적 도움은 이광수의 '고아의식(孤兒意識)', 다른 각도에서 '메시아 컴플렉스'의 촉진제가 되었을 것이다. 그러나 그의 삶에 누구보다 가장 큰 영향을 준 인물은 도산 안창호였다. 안창호가 죽고 다시 정신적 고아가 된 이광수는 불교의 세계에 몰입한다. 그러나 그것 역시 이광수에게 있어서 극복의 방법은 되지 못하였다.

그에 대해 깊이 연구하기 원하는 사람은 김윤식 교수가 〈문학사상〉지에 46회에 걸쳐 연재한(1981. 4~1985. 10) 「이광수와 그의 시대」라는 글을 참고하기 바란다.

무정無情

작품연구

최초로 이광수의 문학과 인간을 본격적으로 연구한 것은 같은 시대의 작가 김동인이다. 김동인은 그의 「춘원연구(春園研究)」에서 이렇게 말하였다.

> 춘원은 「무정」의 대부분을 동경, 조선유학생 감독부 기숙사에서 썼다. 쓴 동기는 물론 한 가지로는 문학적 창작욕이나, 또 한편으로는 약소한 고료(稿料)로나마 학비를 좀 벌어 보겠다는 욕망에서였다. (중략) 그는 소설을 언제든지 설교기관으로 삼았다. 처음 쓴 장편소설인 「무정」에서도 먼저 설교로써 시작하였다.

이어서 김동인은 「무정」의 문제점으로 '성격의 불통일(不統一)', '우연의 남발', '결말의 몽롱함' 등을 낱낱이 지적한 후에 결론적으로 긍정적인 평가를 내렸다.

> 朝鮮 口語體로써 이만치 긴 글을 썼다 하는 것은 朝鮮文 발달사에 있어서도 특필할 일이다. 이 「無情」이 조선사회에 던진 파동도 특필할 만한 것으로서, 거장(巨匠) 이인직이

그새 몇 개 발표한 소설은 감정에 있어서 재래의 감정이었는데, 새로운 감정이 포함된 소설이 나타난 효시(嚆矢)로도 「無情」은 특필할 가치를 가졌다. (중략) 이 무정은 아직껏 춘원의 대표작인 동시에 조선 신문학이라 하는 건물의 가장 긴한 주춧돌이다.

한국문학사는 백철 교수가 지적한 대로 단편소설이 주류를 이룬다. 장편소설이 씌어지고 실리기 어려운 식민지 현실을 감안하더라도 기묘하리 만큼 장편소설의 수가 적으며 문학사적으로 논의될 만한 가치 있는 장편은 더욱 드물다. 그중에서 「무정」은 김동인의 말을 재인용한다면 한국문학의 주춧돌이 되는 장편소설이다. 백철 교수의 글을 인용한다.

근대소설의 주격(主格)이 인물묘사, 성격묘사라고 하면 춘원은 「무정」에서 분명히 당시의 한 지식인형을 그려내기 위하여 이형식이란 주인공을 등장시킨 것이다. 그 만큼 「무정」은 근대소설다운 작품의식에서 씌어진 것이요, 또 근대소설을 리얼리즘의 것이라고 한다면 「무정」에는 당시 독자에게 실감을 안기는 리얼리티도 있는 작품이다.

조연현 교수는 「무정」의 근대문학적 특질을 형식적 특질, 내용상의 특질, 방법상의 특질로 나누어 근대소설로서의 가치를 인정하였다. 조연현 교수의 글을 요약하면 다음과 같다.

① 세밀한 서술—추상성과 비약성(飛躍性)의 극복.
② 근대적인 감각과 의식—봉건적인 배경과 인생관의 탈피.
③ 자아의 각성—자유연애를 통한 근대적 자아인식.
④ 권선징악의 탈피.
⑤ 심리표현과 성격창조의 뛰어남.

「무정」은 신소설적인 인물의 유형성, 과도한 계몽성 등 여러 가지 미흡한 요소가 지적되면서도 여전히 한국문학의 기념비로서의 가치를 지닌 채 끊임없이 재평가될 것이다.

주인공 이형식은 경성학교 영어 교사이다. 고아 출신에 일본 유학을 한 우유부단한 인물로 작가 이광수 자신이라고 보아도 좋을 것이다. 이형식에게서 가정교습을 받는 김선형은 개화한 기독교 신자 김 장로의 딸인데 부유함과 미모를 갖춘 학식 있는 온순한 여인으로 그려져 있다. 두 사람은 표면상 사제관계이지만 실제는 가정교습을 이유로 만나는 연인 사이다. 선형의 아버지 김 장로는 둘 사이를 묵인해 주고 있는데 그것은 서양에서는 남녀의 자유연애가 이루어지고 있었기 때문이다. 김 장로는 다소 희화화된 서구적 문화에 기울어진 인물이다. 이형식의 연인 김선형과 대립되는 여인은 박영채가 있는데 그녀는 전통적 교육을 받은 봉건적 여인이라고 할 수 있다. 이형식과는 어렸을 때 약혼을 한 사이로 현재는 기생의 신분이다. 작가는 선형과 영채를 대비시켜 영채의 낙후함을 부각시키려 하였던 원래의 의도에서 다소 빗나가는 것 같다. 김동인이 여기에 대해서는 잘 지적하고 있다. 즉 연재소설 독자들은 선형의 서구성보다는 영채의 가련한 운명과 인종(忍從)에 더 많은 관심을 기울였다. 그리하여 작가는 영채를 지지하는 방향으로 휩쓸리지 않을 수 없었다는 것이다. 그러나 원래의 의도에서 벗어난 것을 깨달은 작가는 상당 기간 영채를 사라지게 만든다. 독자는 선형과 약혼한 형식이 함께 미국 유학을 떠나기 위해 결심한 뒤에야 비로소 그녀가 자살하지 않을 것과 엄청난 자기 변모를 할 것임을 짐작한다. 김동인은 이러한 작가의 무책임함과 구성의 허술함을 신랄한 어조로 비판한 바 있다. 영채의 죽음을 성실하게 확인하지도 않고 평양에서 돌아온 형식이, 돌아오자마자 김 장로의 혼인 요청을 받아들여 선형과 약혼을 하는 장면도 전개상 무리한 부분이다. 김동인은 이것을 성격 창조의 실패라고 보고 있다. 그리하여 김동인은 차라리 「무정」의 전반부를 잘라 버리는 편이 나을 것이라고 충고한다.

결말에는 작가는 '기차간의 우연'을 이용하여 모든 중심 인물들을 만나게 한다. 그리고 일순간에 영채와 선형과 형식의 갈등이 풀어진다. 엄청난 비약이다. 표면상은 삼랑진 수재민에 대한 민족적 감정 때문인 듯하지만 근대적 소설의 결말로는 대단히 엉성한 감을 면키 어렵다고 하겠다.

작품요약

경성학교 영어 교사 이형식은 오후 두 시 사년급 영어 시간을 마치고 유월의 햇볕 속에서 안동 김장로의 집으로 가는 중이다. 길에서 신문기자인 신우선을 만난 형식은 자신이 김장로집 딸 선형에게 영어 개인교습을 하러 가는 길이라고 한다.

형식이 교습을 마치고 교동 집으로 돌아왔을 때 뜻밖에도 어릴적 은사의 딸 영채가 찾아온다. 그녀는 형식을 사모하는 여인이지만 지금은 기생이 되어 있다. 아버지를 구하기 위해 기생이 되었다는 사정을 들은 형식은 그녀를 동정한다. 그녀가 기생이 되었다는 것에 안타까워하면서도 형식은 기꺼이 그녀를 아내로 맞아들일 생각을 한다.

다음날 아침 형식의 제자 두 명이 찾아와 배명식 학감의 파렴치함을 규탄하며 동맹휴학을 하겠다고 한다. 형식은 학생들을 달래며 이 일을 배학감에게 말하지만 그는 오히려 형식이 학생들을 선동하고 있다고 몰아세운다. 이형식은 학생들이 배학감을 규탄하게 된 구체적인 이유가 월향이라는 평양출신 기생 때문인 걸 알고 그녀가 영채가 아닌가 의심한다. 그러나 그녀가 영채라 해도 구해 낼 길이 없는 처지를 형식은 비관한다.

형식은 학생기숙사에서 월향의 집에 간 배학감을 알아낸 학생을 찾아내어 월향의 집으로 간다. 월향이 손님과 함께 청량리에 갔다는 말을 들은 형식은 전차에서 신우선을 만난다. 신우선은 기생 월향에게 마음을 두고 있는 처지이다. 둘은 함께 청량리에 가서 배명식으로부터 월향을 구해 낸다.

다음날 신우선이 형식을 데리고 월향의 집에 갔으나 이미 월향은 평양으로 떠난 뒤였다. 그녀가 남긴 편지를 본 형식은 그녀가 죽으러 갔다는 걸 알고 놀라서 평양으로 뒤쫓아간다. 그러나 결국 그녀를 만나지 못하고 경성으로 돌아온다.

형식은 학교에 출근하지만 배학감의 모략에 넘어간 학생들이 형식을 조롱하자 학교를 그만둔다.

그는 김 장로의 부탁으로 선형과 약혼한다. 둘은 함께 미국 유학을 가기로 한다. 형식은 자신의 처지를 기뻐하며 선형과의 달콤한 생활을 꿈꾼다.

한편 죽으러 가던 영채는 기차에서 병욱이라는 신여성과 만나 그녀에게 자신의 딱한 처지를 이야기한다. 병욱은 영채에게 새로운 생활을 할 것을 충고하고 자신과 함께 지내기로 한다. 영채는 병욱의 집에서 점점 자신의 삶을 새롭게 확인하여 간다. 이윽고 병욱과 영채는 함께 유학을 떠나기로 한다.

선형과 약혼한 형식도 미국 유학을 떠나기 위해 기차를 탄다. 신우선과 함께 그들은 기차 안에서 우연히 만난다. 애정의 갈등에 빠진 일행이 삼랑진에 이르렀을 때 기차는 멈춘다. 엄청난 수해로 선로가 부서진 것이다. 병욱과 선형과 영채는 역대합실에서 수재민을 위한 자선음악회를 연다. 바이얼린의 선율 '아이다의 비곡(悲曲)' 이 울려퍼진다.

음악회가 끝나고 여관으로 돌아온 일행은 형식의 말에 따라 조선 사람을 위해 온몸을 바쳐 헌신할 것을 굳게 결심한다. 그들의 마음은 하나가 된다.

감상을 위한 문제제기

1. 김동인이 「춘원연구」에서 지적한 이형식의 성격의 문제점은 무엇인지 정리하여라.

김동인의 「춘원연구」는 한국 현대 문학사에서 최초의 본격적 작가 연구서라고 말할 수 있다. 김동인 특유의 아집과 독선적인 면이 보이기는 하지만 이광수라는 동시대의 인물에 대한 집요한 탐구 그 자체만으로도 높게 평가할 가치가 있다고 하겠다.

「춘원연구」에서 김동인이 「무정(無情)」에 대해 비판한 부분을 정리 인용한다.

춘원은 「무정」의 대부분을 동경, 조선 유학생 감독부 기숙사에서 썼다. 쓴 동기는 물론 문학적 창작욕이나, 또 한편으로는 약소한 고료(稿料)로나마 학비를 좀 벌어보겠다는 욕망에서였다.

그러나 육당의 「무정」 서문(序文)의 1절에 있는 바, '혼자매 크지 못하도다. 그러나 빈 들에 부르짖는 소리는 본디 떼지어 하는 것이 아니로다. 벗 부르는 맹꽁이 소리는 하나가 비롯하여 온 별이 어우르는 것이로다.' 라는 말같이, 번거로운 기숙사에서 약소한 고료를 얻기 위하여 쓴 그 작품이 양(量)에 있어서 조선에서의 초유인 동시에 질(質)에 있어서도 아직껏 조선 사람이 보지 못하던 새로운 것이었다.

춘원은 아직껏의 수 개의 단편에서도 그러하였고 그 훨씬 뒤에 〈동아일보〉에 연재한 여러 개의 장편에서도 그러하였거니와 그는 소설을 언제든지 설교 기관으로 삼았다.

처음 쓴 장편 소설인 「무정」에서도 먼저 설교로 시작한다. 조선의 과도기의 선각자연하는 사람들을 비웃기 위해 김 장로라는 인물을 만들어내고 과도기의 소위 신여성으로서 선형을 제조하고, 또한 과도기의 모범 청년으로서 주인공 이형식을 제조하여 '과도기 조선의 모양' 을 그려보려 하였다.

경성 학교 영어 교사 이형식이라는 주인공이 김 장로의 딸 선형에게 영어 개인 교수를 시작하는 것으로 이 소설은 시작된다. 선형의 아버지 김 장로는 신식 인물이라고 자처하는 사람이다. 자기 딸과 이형식을 약혼시키기 위해 이런 방책을 취했다. 이렇게 두어 번 서로 보게 한 뒤에는 약혼을 하게 된다.

형식이라는 인물은 과도기 조선 청년의 성격을 대표하는 자로서, 자기는 신인(新人)이어니 하는 굳은 신념을 가지고 있는 인물이다. 자기의 친구 신우선을 구식이라고 경멸하고, 김 장로의 신인연(新人然)하는 것을 역시 경멸하고, 자기 혼자가 신인이어니 자신하고 있다. 이런 형식에게 삼각 관계를 이루게 될 한 여성이 등장한다. 그것은 형식이 어렸을 때 은사(恩師)의 딸이요, 어렸을 때의 약혼자로서 기구한 운명의 희롱을 받아 현재는 기생에 적을 두고 있는 박영채라는 여인이다.

영채는 구 사상(舊思想)의 전형이다. 그는 삼강 오륜을 신조로 하고 어렸을 적 자기의 아버지가 짝지어준다고 한 이형식이란 우상(?)을 사모하고 바라며, 아직껏 그 몹쓸 반생을 보내면서도 오로지 이형식을 만날 날을 즐기며 그의 정조를 지켜간다. 이것이 소설의 서곡(序曲)이다.

이형식은 영채를 생각할 때면 영채를 위하여 눈물을 흘리고 그와 결혼할 결심을 하며, 또 한편으로 선형을 보면 선형에게도 마음이 기울어진다. 그는 아직 줏대를 못 잡은 사람이다. 무슨 일이든 자기의 뜻대로 행하지를 못하고 바람에 기우는 갈대와 마찬가지로 자기가 구식이라고 경멸하는 신우선에게도 의견을 물으며 혹은 형식이 사람으로 여기지도 않는 노파에게까지 의견을 묻곤 한다.

우리가 매우 흥미를 느끼는 일은 다른 것이 아니라, 이 흔들리기 쉽고 줏대가 없는 주인공 이형식을 우리는 즉시 이 소설의 작자인 춘원(春園)이라고 볼 수 있는 점이다.

신 도덕률(新道德律)을 내세우고 신 연애관을 말하고자, 춘원은 이 소설을 붓하였거늘, 아직 인생 항로의 과정을 덜 밟은 작자는 자기의 말하려는 의식적인 사상보다도, 그의 마음에 내재해 있는 구 도덕적 꼬리를 더 많이 보였다. 이 소설의 주지(主旨)로 보아 당연히 냉정한 붓 끝으로 조상(弔喪)하여야 할 구 도덕의 표본 인물인 박영채를 너무도 아름답고 열정적인 붓으로 찬송하였기 때문에, 독자는 도리어 작가가 말하려는 신 도덕보다도 영채의 경력이 말하는 구 도덕에 동정을 가지게 된다. 주인공 이형식이 김 장로의 딸과 약혼 준비 행동을 계속하는 동안 박영채의 신상에 변사(變事)가 생긴다. 영채는 유서를 써 놓고 대동강에 빠져 죽으러 평양으로 내려간다. 이를 알게 된 형식이 뒤를 따라 평양까지 쫓아간다. 그러나 평양까지 내려갔던 형식은 대동강을 찾아보지도 않고 칠성문 밖을 한 번 돌아보고는 도로 상경(上京)하여 버린다. 왜 영채의 시체—아니면 영채의 행방—를 찾아보지도 않았느냐?

영채의 행방을 감추어두어서 독자로 하여금 영채가 죽었는지 살았는지 궁금증이 나게 하기 위하여 이런 술법을 써서 형식으로 하여금 그저 도로 상경케 한 것이다. 작자가 아직껏 우리에게 제공해 오던 형식의 성격으로는, 결코 이렇지 못할 것이다. 적어도 신우선에게 세 번 이상의 전보를 쳐야 할 것이며, 경찰에는 서른 번은 갔어야 할 것이며, 대동강

변은 삼백 번은 오르내렸어야 할 것이다. 그러면서도 또 한편으로는 선형과 약혼을 하고 혼인을 하고 미국 유학을 가는 공상을 삼천 번을 했어야 할 것이다. 적어도 형식은 이만치 약하고 줏대 없는 인물이다. 이러한 줏대 없는 인물을 가지고 작자가 자기의 연애관을 설명하려 하고 신 인생관(新人生觀)이며 신 도덕을 말하려 하니 여간 힘든 노릇이 아닐 것이다. 처음부터 끝까지 연달아 나오는 모순은 모두 작자가 주인공의 성격을 잘못 선택한 데 있다. 이러한 줏대 없고 정견(定見) 없고 자기 주장이 없는 인물에게 '대나무 작대기' 를 접한 것같이 초인적이며 거인적인 사상을 머금게 하였으니 어찌 모순이 생기지 않으랴? 도리어 신우선과 같은 성격을 구형(舊型)의 인물로 만들어 끝까지 희롱을 했거나 하였어야 될 것이다.

이리하여 이형식은 영채를 다시 찾아보러 평양으로 간다 만다 야단을 하다가 잊은 듯이 김 장로의 딸 선형과 약혼을 하고 가을에 선형과 미국 유학을 가기로 작정을 한다. 50절(節)에서 85절(節)까지 36절(節)을 독자는 영채의 소식을 몰랐다가, 86절에서 비로소 작자는 '이제는 영채의 말을 좀 하자, 영채는 과연 대동강의 푸른 물결을 헤치고 용궁의 객이 되었는가?' 하는 서두(序頭)로써 잊어버린 듯이 버려두었던 영채를 다시 부활시켰다.

그새 오랫동안 〈매일신보(每日申報)〉 지면상에서 그림자를 감추었던 영채가 다시 독자 앞에 등장할 때에는 그는 기차의 객(客)이었다. 작자는 영채라는 여인을 한 개 낡은 전형의 여성으로 조소를 하려는 의도로 출발시켰지만 독자의 동정은 영채에게 모여 있었다.

영채가 탄 기차 안에는 병욱이라 하는 여학생이 있었다. 이 병욱이야말로 작자가 이 소설을 써내려가다가 중도에서야 비로소 자기의 오단(誤斷)—이형식 같은 성격으로서는 도저히 이 소설을 이 상태로 진행시키고 결말내기가 힘들다는 점.—을 깨닫고 급조(急造)하여 출장시킨 인물인 듯한 감이 없지 않다. 급조하여 출장시킨 증거는 여러가지로 알 수가 있다. 첫째로는 이병욱의 동행자로 병욱의 남동생이 기차에 동승하였다고 하였는데, 병욱의 고향에서는 이 남동생은 종적이 사라지고 말았으니, 이것은 작자가 갑자기 소설의 진전을 전환시킬 때에 장래 이 계획을 세우지 못하고 막연히 '이런 인물도 혹은 필요하리라' 하여 집어넣었다가 그 뒤에는 잊어버린 것임이 분명하다.

또 하나 재미있는 것은 박영채가 자살하러 가는 '기차' 에서 병욱을 만나게 된 이 '기차상의 기연(奇緣)' 이다. 춘원의 소설에는 흔히 기차 상의 기연—혹은 정거장—이 있다.

「흙」에도 누차 이런 장면이 있고, 「재생(再生)」에도 그런 곳이 있고, 「어린 벗에게」도—그것은 기선(汽船)이다.—그런 곳이 있고, 그 밖에도 차상(車上)의 기연이 흔히 있다.

희극 배우 이형식이 다시 등장한다. 자기 딴에는 선각자니 하고 있는 형식은 영채의 뒤를 따라 평양까지 갔던 먼지를 채 떨치지 못하고, 영채를 위해서 흘린 눈물이 채 마르기도 전에, 선형이라는 돈 많은 미인과 혼약을 하고 천하를 얻은 듯이 기뻐하고 있다. 작자는 어찌하여 이형식에게 있어서는 성격의 통일이라는 점을 유의하지 않았는지? 이런 때는 이렇듯 굳센 성격의 주인이 되고, 어떤 때는 어린애 같은 성격의 주인인 이형식은 우리 소설 상식으로는 상상치 못할 인물이다.

영채는 병욱과 함께 황주에서 지내다가 병욱을 따라서 음악 공부하러 동경으로 가게 된다. 여기서 작자가 즐기는 차중 기연은 다시 생기게 된다. 선형과 함께 미국으로 떠나는 이형식이 같은 기차에 타게 된 것이다. 자기의 앞에서 삼각적(三角的) 일조(一組)의 남녀를 조소와 동정으로 보는 병욱. 약혼한 남자와 영채와의 사이를 불쾌한 생각으로 보는 선형. 근 20년 간을 사모하던 사람을 잃고 속으로 애타하는 영채. 이 틈에 끼여 동으로 서로 건들거리는 형식.

여기서 작자가 삼랑진 수해에서 만난 사람들에 대한 민족애로써 네 사람의 감정을 융화시킨 점은 용하다. 이런 거대한 사건이 돌발하지 않았다면 네 사람은 제각기 제 품은 감정대로 헤어지고 말았을 것이다. 단지 우리가 그냥 의심하고 믿지 못할 것은, 이때의 순간적인 심리로 인하여 네 사람이 같은 감정 아래서 행동하였다 하나, 이 감동이 언제까지나 계속될까 하는 것이다. 우리는 형식과 같은 줏대 없는 인물에 있어서 이 감동이 단 하루를 갈지 의문이다.

위의 김동인의 지적을 무비판적으로 받아들일 필요는 없다. 그러나 이형식은 분명 줏대 없는 인물이다. 줏대 없는 인물로 일관되어 있다. 이런 인물에 거인의 모습을 덧씌우려고 했다는 지적은 분명 날카로운 것이다. 이형식의 성격에 일관성이 없다는 것이 곧 '성격의 일관성'을 이루는 것이 아니냐고 한다면 이것은 억지 논리에 불과할 것이다. 필자는 이광수와 신소설 작가 이인직이 그 출발점에서 상당히 닮은꼴이라는 것을 새삼 지적하고 싶다. 이인직이 죽은 1916년 11월 25일로부터 약 1개월 만에 이광수의 「무정」이 발표되었던 것도 그저 우연에 불과한 일일까. 이 문제는 다음에서 다루겠다.

2. 신소설과 「무정」의 구성상의 유사함을 지적하여라.

신소설 중에서 「혈의 누」와 「은세계」를 이광수의 「무정」과 함께 비교해 보기로 하자.

춘원 연구의 대가인 김동인은 이인직의 「귀(鬼)의 성(聲)」을 집중 분석하며 이인직을 근대 소설의 비조(鼻祖)라고 칭송한 바 있다. 그러나 이인직의 「혈의 누」와 「무정」이 중세 서양 음악의 기교인 대위법처럼 서로 독립된 가락을 주고받고 있다는 것은 언급하지 않았다.

「혈의 누」의 옥련이 운명적 고아라면 영채도 운명적인 고아이다. 이형식이 고아라면 구완서도 사실상 고아나 다름없다(어쩌면 그는 실제로 고아였을지도 모른다). 그들 모두는 조선의 탯줄에서 떨어진 고아들이다. 이인직이 문화 운동가로서 계층 상승의 욕구를 지닌 매판적 지식인이었으며, 이광수 역시 엄청난 메시아 컴플렉스를 지닌 조선의 민족운동 지도자에서 매판적 지식인의 대열로 들어섰다는 점에서 공통성을 갖는다. 「혈의 누」가 통감부 기관지와 다를 바 없는 「만세보」에 연재된 소설이듯 「무정」은 총독부 기관지인 〈매일신보〉에 연재된 작품이며, 이인직이 죽은지 한 달 후 「무정」이 발표되었다는 점에서도 두 작품은 기묘한 화음을 이룬다. 이인직도 이광수도 일종의 프로퍼갠더(선동가)라는 점에서 역시 닮은꼴이라고 할 수 있다.

「혈의 누」의 옥련과 구완서와 「은세계」의 옥남 남매는 말하자면 발전적 변형의 인물이다. 그들은 동일 질서 속에서 만들어진 일종의 음악적 패턴이다. 이 패턴은 이광수로 이어진다. 이광수는 이형식을 만들었고 그 얼굴을 조금 고쳐서 「흙」의 허숭을 만들어 보았다. 모두 다 그들은 '조선의 교사'가 되길 원한다. 그들은 조선의 미래는 청년들에게 있다고 말한다. 대오 각성하는 국민이 되어야 한다고 웅변을 토한다. 그들이 보는 이 땅은 근본적으로 외국인 선교사의 눈에 비친 조선과 큰 차이가 없다. 그들은 자신들이 '총독부가 허락하는 범위 내에서'만 일할 수 있다는 현실을 모르는 척한다.

세 편의 소설 아래 공통적으로 흐르는, 희미하나 묵직한 베이스 가락은 여전히 운명의 순환을 믿는 낡은 타악기들이다. 그것은 봉건적 질서를 찬양하는 화음으로 울린다. 「혈의 누」가, 그리고 「은세계」가, 「무정」이 아무리 근대적 정치 소설 또는 계몽 소설의 얼굴을 하고 있다고 하더라도, 그 내부 언어는 여전히 '옥련전'이나 '최병도전', '옥순 남매전' 또는 '박영채전'의 골격을 벗어나지 못했다고 보는 것이다. 이것은 신소설 그리고 한국 문학사 최초의 장편 소설이라는 「무정」이 가진 공통적 한계이기도 하다.

결국 이인직도 이광수도 로망스의 차원에 머문 채 근대적 의미의 소설인 노블의 단계에는 이르지 못한 것으로 보인다. 상황 설정의 돌발성이나 우연과 우연의 연속은 소위 '기차간의 만남'의 남발에서도 나타난다. 이광수나 이인직이 신문명의 표상으로서 선택한 '기차'는 단지 운명을 실어나르는 2차원의 피동적 '가마'일 따름이며, 근대 문명이 요구하는 필연성과 인과성의 능동적 수레로서의 모습은 결여되어 있다.

운명의 순환론에 살고 있는 이 두 사람은 한마디로 인과응보의 율법과 사필귀정의 논법의 신자이다. 과격하게 말해서 그들이 바라보는 것은 검증된 진리가 아니라 게으른 신앙이다. 두 사람의 작가가 믿는 것은 '지금은 때가 아니니 참고 견디고 준비하면서 우리가 한 민족임을 잊지 않는다면……'이라는 해묵은 준비론의 논법이다. 그러나 이 논법이 얼마나 근본적으로 잘못된 것인가는 두 사람의 행위가 적나라하게 보여준다. 이인직이 조선 멸망을 앞두고 고마쓰와 나눈 대화는 「혈의 누」와 「은세계」의 웅변이 모두 한바탕의 사기(詐欺)에 지나지 않았음을 보여준다. 단지 이광수에겐 이런 정체 탄로의 시기가 늦게 왔다는 것뿐이며 끝까지 자신을 기만할 수 있었다는 점이 다를 뿐이다. 한국 근대문학사는 이런 점에서 진정으로 불행한 출발 선상에 놓여 있었다고 하겠다.

한편 중심 인물들이 자신의 운명을 전환시키는 수단의 하나로서 '자살'을 택하고 있다는 점은 매우 흥미롭다. 앞에서도 언급했지만 옥련의 어머니가 택한 고전적인(?) 자살의 결행은 그것이 얼마나 무모하며 비이성적 충동인가를 극명하게 보여준다. 그녀의 딸 옥련이 일본인 양모의 박해 때문에 택한 자살의 방법도 유전적이라고 할 만큼 충동적이며 고전적이다. 주인공들의 자아가 각성되어 가는 모습 또한 너무나 평면적이고 돌발적이라는 점에서는 예외가 없다.

「혈의 누」에 비해 조금 정교해지기는 했지만 「은세계」의 경우도 그러하다. 「은세계」의 마지막 장면들이 이인직의 왜곡된 역사 의식을 보여준다는 것을 새삼스레 지적하지 않아도, 그리고 「은세계」의 후편이 완성되지 못한 채 중단되었다는 문학사적인 사실을 감안한다고 하더라도, 인물의 성격과 구성에 리얼리티상 분명히 무리가 있어 보인다. 돌발적인 의병의 출현과 일장 연설 즉, 주제 의식만을 앞세운 리얼리티의 허점은 「무정」에 그대로 계승되어 있다. 기차간의 우연, 예기치 않은 폭우 그리고 기차 운행의 중단—이러한 세 가지 우연의 연결 뒤에 이형식의 장황한 그러나 감동적인(?) 연설은, 「무정」의 골격이, 엉성하게 쌓아올린 우연의 벽돌들로 이루어진 가건물(假建物) 수준을 벗어나지 못했음을 의미한다. 굳이 이러한 표현으로 「무정」의 문학사적 가치를 평가 절하하고 싶지는 않다. 「무정」의 구성상 혼란은 박영채전의 골격에 이형식이라는 우유부단한 신문명의 주인공을 내세웠기 때문이며, 「혈의 누」의 혼란은 옥련전의 골격에 시대적 계몽성을 연결하려 했기 때문이다. 「은세계」 역시 최병도전의 당당함에 옥순 남매전을 억지로 이어붙인 탓이다.

결론적으로 세 편 모두는 운명 비극으로 이어지는 로망스적 우연성에 의존하고 있다. 비록 서양 옷을 입고 신문명의 세례를 받았다고 할지라도 이인직도 이광수도 중세적 작가 의식을 그렇게 쉽게 극복할 수 없었다는 점에서, 누구도 자신의 시대라는 벽을 넘을 수 없다는 점에서, 우리는 이 작품들을 조금은 너그럽게 보아줄 필요도 있으리라.

참고자료 및 논문

- 신학국문학전집 51, 어문각, 1977
  - 조연현, 근대소설의 등장
  - 백철, 한국현대소설문학약사
- 김동인 전집 6, 삼중당, 1976
  - 朝鮮近代小說考
  - 春園研究
- 김윤식, 이광수와 그의 새대, 문학사상, 1981.4~1985.10
- 한국의 인간상 5, 신구문화사, 1965
- 백철, 이광수/인간은 약한 것 작품은 남는 것
  - 전광용 외, 한국현대소설사연구, 민음사, 1984
  - 구인환, 이광수 소설의 문학적 공간

전영택

봄의 향기

작가연구

전영택(田榮澤 1894~1968). 호는 늘봄. 김동인과 함께 〈창조〉의 동인이었으며 독실한 기독교 신자였다. 평안남도 진남포 출생으로 일본 아오야마(青山) 학원 신학부를 졸업했다. 미국 퍼시픽 신학교를 마치고 목사가 되었다. 해방 후엔 정치에도 관여했으며 교통사고로 사망하였다.

1920년대 문학사에서 전영택의 위치는 조금 비껴 서 있는 감이 있다. 그러한 이유 중에 하나는 김동인과 이광수의 문학적 그늘이 너무 큰 탓도 있지만 전영택 자신의 문학세계의 특징과도 무관하지 않다.

전영택은 톨스토이에 심취하였다. 러시아의 작가 톨스토이는 당시의 조선 지식인에게 커다란 영향을 주었는데 안창호, 이광수, 전영택 등이 모두 톨스토이의 사상에 커다란 영향을 받았다. 톨스토이 사상은 곧 비폭력, 박애주의, 사해동포주의, 기독교적인 원시공동체를 추구한다고 말할 수 있다. 이러한 사상은 김동인의 초기 소설에 나타난 자연주의 문학과는 매우 대조적인 것이다. 자연주의 문학은 인간을 환경과 유전의 산물로 보고 인간본질을 추구해 들어가는 냉혹한 메스와도 같은 것이기 때문이다. 늘봄 전영택이 〈창조〉에 가담한 것은 반계몽주의, 사실주의, 또는 자연주의 경향의 김동인 문학에 동참한 것을 의미한다. 「혜선의 죽음」, 「천치냐 천재냐」, 「생명의 봄」 등은 이러한 계열에 속한다. 그러므로 그의 톨스토이 사상은 춘원의 영향이라고 해도 좋을 것이다. 본론에서 벗어나는 이야기지만 당시의 춘원은 거의 절대적인 영향을 가지고 있어서 상당수의 작가나 작가지망생들이 그의 호인 춘원을 본딴 필명이나 호를 짓기도 했던 것이다. 전영택의 호가 늘봄, 또는 장춘(長春)이었다든가 잡지 〈조선문단〉을 이끌던 방인근의 호가 춘해(春海)였다는 사실이 결코 이광수와 무관하지 않은 것이다. 이렇게 본다면 초기 전영택 문학은 춘원의 사상적 영향 아래 김동인의 표현 기법을 빌어서 나타난 성과인 것이다. 이런 진술이 전영택 문학에 험이 되지는 않는다고 본다. 전영택은 춘원의 민족주의나 계몽성에도, 김동인의 자연주의 어느 쪽에도 쏠려가지 않았다. 그는 자신의 자리를 춘원과 김동인의 사이에서 찾았지만 그 보다는 기독교에 더욱 충실한 인물로 일생을 보냈다.

전영택의 문학은 '인도주의' 라는 낱말로 요약된다. 그는 톨스토이즘을 바탕에 깔고, 자연주의에 함몰되지 않는 독특한 작품 경향을 보였다. 그는 자연주의의 객관성에 인도주의를 접목시킨 독특한 서정의 세계를 개척하였는데 그것이 바로 1925년 발표된 「화수분」이다. 그의 문학 세계가 우리들에게 공감을 준다면 그것은 그 원류가 우리의 전통적인 한(恨)과 닿아 있기 때문일 것이다.

화수분

작품연구

화수분은 '재물이 자꾸 생겨 아무리 써도 줄지 않는 것' 을 말한다. 이 소설을 일반적으로 자연주의 경향이라고 하는 평가는 다음의 결말 부분에 근거한다.

> 이튿날 아침에 나무장사가 지나가다가 그 고개에서 젊은 남녀의 껴안은 시체와 그 가운데 아직 막 자다 깨인 어린애가 등에 따뜻한 햇볕을 받고 앉아서 시체를 툭툭 치고 있는 것을 발견하여 어린 것만 소에 싣고 갔다.

평자들은 작가의 냉정함, 객관성에 감탄하였다. 그러나 그 속에 흐르는 정서는 자연주의적 준엄함이나 냉철함도 아이러니도 아니다. 자연주의 작품으로 인정받는 김동인의 「감자」의 결말과 대비시켜보면 극명해진다.

> 왕서방은 말없이 돈주머니를 꺼내어, 십 원짜리 지폐 석 장을 복녀의 남편에게 주었다. 한방의사의 손에도 십 원짜리 두 장이 갔다.
> 이튿날, 복녀는 뇌일혈로 죽었다는 한방의의 진단으로 공동묘지로 가져갔다.
>
> 〈밑줄은 필자〉

「화수분」은 한 개의 복문, 감자는 세 개의 단문으로 이어졌다는 것은 문장의 차이일 뿐 아니라 사물을 보는 시각의 차이를 드러낸다.

감자에는 주관이 들어설 자리가 조금도 없다. 지폐 다섯 장과 맞바꾸어진 복녀의 죽음에 작가는 냉혹한 삶의 현장과 운명의 비통함이 들어서길 원치 않는다. 밑줄 친 서술어를 보자. 이 세 낱말들은 대단히 효과적으로 사용되었다. 왕서방은 복녀의 남편에게 돈을 '주었고', 한방의사에게는 돈이 '갔고', 이어서 복녀는 묘지로 '가져갔다', 이것은 이런 의미를 담고 있다고 볼 수 있다. 복녀의 남편에게 '주는' 돈은 합당한(?) 위로금이며, 한방의사와는 거래(?)를 하기에 그저 돈이 '갔고', 복녀는 이미 돈이 '주고 갔기' 에 공동묘지로 '가져간' 것이다. 복녀는 인간이 아니라 하나의 거래물품이 되어 있다. 게다가 마지막 문장을 보자. 통사적 구조는 '복녀는—가져갔다' 이다. 그러나 목적어가 없다. 복녀는 죽었으므로 아무것도 가져갈 수 없고 더구나 자신이 시체를 자신이 가져갈 수는 없으므로 목적어가 들어갈 수가 없다. 복녀가 주체가 될 수 없다면 다른 주어가 있어야 하지만 나타나 있지 않다. 따라서 이 문장은 당연히 비문(非文)이다. 그런데 김동인은 주지하다시피 단편소설의 탁월성을 인정받는 작가이다. 작가의 의도이든 아니든 이런 비문으로 결말을 지은 것이 어떤 효과를 남기고 있을까에 대해서는 별도로 검토되어야 한다. 복녀는 '간' 것이 아니라 '가져간' 것이다. 누군가에 의해. 이 문장 어디에도 그 '누구' 는 철저하게 감추어 있다. 그러나 독자는 안다. 복녀를 '가져간' 것은 '한방의의 진단' 이다. 그리고 이 진단은 곧 협잡의 산물이다. 작가의 이런 결말은 실험보고서와 다를 바가 없다.

「화수분」의 경우 하나의 문장으로 이어져 있다는 것은 이미 언급하였다. 몇 개의 의미절로 나누면 다음과 같다.

① 나무장수는 젊은 남녀의 껴안은 시체를 봄.
② 등에 따뜻한 햇볕을 받고 앉아 시체를 치고 있는 아이를 봄.
③ 어린 것만 소에 싣고 감.

①에서 이것은 필연적 인과율에 의한 것이 아니다. 소설 속에 마련된 복선도 없다. 전적으로 우연이다. 단언하면 이것은 적어도 전영택이 김동인과 같은 세계에 속해 있지 않다는 뜻이다. ②에서 독자들이 발견하는 것은 무엇인가. 냉혹함인가, 아니면 인간의 동물적 본성인가. 오히려 아이의 천진함과 생명력을 느끼게 될 것이다. 아이가 살아나게 된 것은 두 사람의 희생 덕분이다. 이것은 자연주의라는 메스의 세계가 아니라 인도주의적인 온정의 세계이다. ③에서도 마찬가지다. 죽은 시체는 두고 아이만 소에 싣고 갔다는 서술이 냉정함이나 객관성일까. 그러기엔 「화수분」 전체가 조화를 잃게 된다. 나무장수의 행위는 적어도 「감자」의 결말에서 보인 세 사람의 행위와는 다른 것이다. 이해와 타산을 초월한 행위이며 자연스런 따뜻한 인간성의 소산이다. 혹 시체까지 싣고 갔어야 하지 않겠느냐는 지적이 있을 수 있으나 나무장수의 행위는 아이를 구했다는 것만으로도 충분히 값진 것이다.

화수분의 아내를 보낸 '나' 는 '문을 꼭꼭 닫고 문틈을 헝겊으로 막고 이불을 둘씩 덮고 꼭꼭 붙어서 일찍 잤다.' 그리고 '자면서, 잘 갔나 얼어 죽지 않았나. 하는 생각' 을 한다. '화수분' 은 이러한 온정의 세계이지('나' 가 구체적으로 어떤 물질적 도움을 주는 것은 없다) 「감자」와 같은 비정의 세계가 아니다. 그러기에 그들의 죽음에는 구체적 가해자가 없다. 어느 개인도, 부조리한 사회도 아니다. 작자는 화수분 일가의 비참한 운명을 담담히 들려줄 뿐이다. 그것은 「감자」와 같은 죽음의 종말이며 파멸이 아니라 소생의 결말이며 고통스럽지만 오고야 말 봄의 목소리인 것이다.

작품요약

추운 겨울밤, 나는 잠결에 행랑아범 화수분의 서럽게 우는 소리를 듣는다. 금년 구월, 아내와 어린 계집아이 둘을 데리고 나의 집에 들어온 사람으로 나이는 서른 살쯤 되었다. 상투를 했고 키는 크고 착해 보이는 사람이다. 그의 아내는 돈 계산도, 날짜를 따질 줄도 모른다. 그리고 남을 속일 줄도 모른다. 그들은 입고 있는 것과 냄비 하나밖에 아무 재산도 없다. 갈아 입을 옷도 덮을 이부자리도 밥 담을 그릇도 숟가락도 없다. 있는 것은 딸 둘과 작은애를 업는 홑누더기와 띠, 남편이 벌이 하는 지게 하나뿐이다.

아홉 살 먹은 딸은 어미를 우습게 보고 항상 욕을 한다. 먹을 것만 밝히고 말은 조금도 듣지 않는다. 작은 계집애는 세 살인데 말도 못 하고 울기만 하며 탐욕스럽게 먹을 것만 밝힌다. 아이의 어머니는 항상 작은 아이를 업은 채 큰 아이와 싸우면서 산다. 대개는 두 끼를 먹기 힘들다. 굶기도 자주 한다. 나는 항상 저 애들을 누구한테 주기나 하지 하고 말하곤 하였다.

이튿날 아침 나는 지난 밤에 아범이 운 이유를 알게 되었다. 그것은 견딜 수 없는 가난 때문에 어멈이 알지도 못하는 사람에게 큰 딸을 넘겨 주었기 때문이다.

며칠 후 화수분은 시골에 있는 형이 아프다는 소식을 듣고 다녀오겠다는 말을 하고 고향에 간다. 그러나 보름이 넘어도 그는 오지 않는다. 화수분의 아내는 살아갈 일도 막연하고 걱정이 되어 남편을 찾아가기로 한다.

날씨가 풀린 어느날 나는 화수분의 소식을 듣는다. 자신의 아픈 형 대신 일을 하다 몸살이 났더라는 이야기. 정신없이 앓으면서도 남의 손에 넘겨 준 딸아이를 부르더란 이야기. 그리고 그는 아내가 자기를 찾아 길을 떠났다는 소식을 듣고 백리길이나 되는 눈길을 달려 나갔다는 것이다. 그는 눈길에 쓰러져 죽어가는 아내와 아이를 발견하고 그 곁에서 함께 얼어 죽었다는 것이다. 다행히 아이는 살아나서 지나가던 나무장사가 발견하고 데려갔다고 한다.

감상을 위한 문제제기

1. 이 작품에서 '나' 의 방관적 행위에 대해 생각해 보시오.

대개 일인칭 시점의 소설은 '나' 가 '나' 의 이야기를 말하는 독백 형식 아니면 '나' 가 그(그녀)의 이야기를 말하는 형식, 또는 이 두 가지 혼합으로 이루어져 있다. 그런데 이 짧은 작품에서 '나' 는 그 역할이 대단히 모호하다. 표면상으로는 '나' 가 그(화수분)의 이야기를 독자에게 들려주는 형식으로 되어 있다. 그러나 문제는 '나' 가 화수분의 삶에 철저한 방관자라는 점이다. 달리 말해 '나' 가 존재하지 않아도 작품의 시점에는 아무런 문제가 생기지 않는다는 것이다. 말하자면 작품속의 '나' 는 소설적인 차원에서는 불필요하다는 것이다. 이러한 문제는 작가가 소설적 시점이 아닌 수필적 시점을 사용하고 있기 때문이다. 이 말은 결국 이 작품이 일종의 소설적 구성으로 쓰여진 수필이라고 해도 상관없다는 의미이다.

단정적으로 말해 이 소설은 작가의 분명치 않은 시점과 잘못된 인물 설정으로 실패한 소설이라고 말할 수 있다. 작품의 출발점에서 작가는 행랑아범 화수분의 가족 묘사를 통하여 빈궁이 인간의 삶을 얼마나 망가뜨리는가를 객관적으로 묘사하려고 했던 것 같다. 화수분의 아이들이 먹을 것을 놓고 탐욕스럽게 다투는 모습은 상당히 그러한 묘사에 접근해 왔다. 그러나 작가는 이러한 객관적 시점을 곧 포기해 버린다. 화수분의 백치에 가까운 선량함이 작가를 압도해 버린 것이다. 그를 지극히 선량한 인물로 설정하였으므로 상대적으로 그의 아내를 복녀같은 모습으로 묘사해야 할 일이다.

이 소설의 갈등 구조 역시 본격적 소설로 보기엔 허약하다. 가난 때문에 아이를 남의 집에 보내는 그 '설움' 은 단지 구차스런 보고(報告)에 불과하고 소설의 서사적 요소로 전개되지 못한다. 작가는 이 장면에서 혼란스러워지기 시작하는 것처럼 보인다. 만일 김동인이라면 틀림없이 아이를 입양시킨 대가로 돈이나 곡식을 얻어다가 푸짐한 저녁상을 차린 화수분의 화목한(?) 가족을 그렸을 것이다. 그리고 그들은 남에게 주고 온 자식을 조금 생각하는 척하다가 자식이란 '화수분' 이 아닌가, 또 다음 아이를 입양시켜 버리자고 생각하는 것으로 결말을 지었을 것이다. 그러나 전영택은 천부적으로 냉정함을 갖지 못한 작가였다. 그가 초기의 자연주의적인 경향을 곧 포기한 것도 자신의 기독교적 온건성 때문일 것이다. 그는 휴머니스트였고 모랄리스트였지 자연주의자는 결코 될 수 없었다. 이러한 그가 가련한 화수분 일가를 어떻게 타락의 수렁으로 밀어넣을 것인가. 작가는 내부적으로는 자연주의적인 시점을 견지(堅持)하려 하지만 화수분에 대한 막연한 연민과 감상(感傷)에 빠져들고 만다. 자연주의자는 본질적으로 인간성의 숭고함이나 자기 희생을 인정하지 않는다. 그런데 작가는 이 두 가지 상반된 길을 동시에 가려고 하는 것이다. 화수분은 어떤 환경에서도 타락하지 않는다. 그것은 화수분의 천성이 일종의 무균 상태(無菌狀態)이기 때문이다. 그는 이런 화수분을 세상에 오염시켜 타락시키기보다 차라리 얼어 죽게 하는 순교의 길을 택한다. 화수분은 자연주의자들의 인물 목록에는 결코 오를 수 없는 인간이다. 그의 죽음은 복녀와 같은 차원이 아니라 가해자가 없는, 누구에게도 책임을 물을 수 없는 스스로의 '과실(過失)' 때문이었다. 선택의 여지가 없는 '숙명' 만이 존재하는 세계이다.

그러나 화수분의 죽음은 현대 소설의 입장에서 보면 필연성이 결여된 우발적 사건에 지나지 않는다. 앞에서 말한 바 있듯 이는 수필적 사건 보고에 지나지 않는 것이다. 이러한 이유 중의 하나는 '나'가 화수분의 삶의 막연한 관찰자이며 방관자일 뿐이라는 데 있다. 화수분의 죽음은 어리석은 개 한 마리가 추운 겨울에 기어이 집을 나가 얼어 죽었다는 사랑방 객담(客談)과 비슷한 차원의 이야기로 전락한다. 독자가 전영택의 이야기에 귀를 기울인 대가로 얻은 것은, 인간성에 대한 새로운 인식도 환경의 잔임함도 사회보장 제도의 필요성도 아니다. '나'의 삶에 화수분은 아주 희미한 연민의 조각을 남기기는 하겠지만 결국 그건 아무런 소설적 사건도 아니다. 그것이 소설적 사건이 되기 위해서는 적어도 '나'의 삶의 방향을 돌려놓는 충격이 되든가, 아니면 독자의 삶 속에 하나의 돌덩이로 떨어져야만 한다. 그러나 아무리 「화수분」을 읽어도 그것은 눈송이 하나 내리는 의미 이상의 느낌은 없다. 화수분의 죽음은 인간 회복을 위한 것도, 사회에 대한 저항도 아무것도 아닌, 그야말로 '개죽음'에 지나지 않는 것이라는 의문이 자꾸 생겨나는 것이다.

결국 이 작품의 혼란은 완전한 스토리텔러도 아니며 소설 속 사건에 구체적으로 개입하지도, 그렇다고 모르는 척하지도 않는 막연한 인물—, '나'에 의한 사건 전달에 달려 있으며, 나의 방관적 태도가 작품의 구조 전체를 뒤흔들고 있다고 하겠다.

이런 질문을 '나'에게 해 보자.

"도대체 당신이 그런 사람의 이야기를 들려주는 의도가 무엇인가. 당신은 그 사람을 위해 무엇을 했는가."

2. 제목(題目)의 역설적인 의미를 이 작품의 주제와 관련시켜 설명해 보시오.

일본식 표기—「혈의 누」, 「귀의 성」, 「안(雁)의 성(聲)」, 「화의 혈」 등—가 날뛰던 신소설의 시기를 지나 1917년의 「무정」에서 근대 소설의 시대가 열렸지만, 소설의 제목에 대해 깊은 관심을 기울인 작가들은 그렇게 흔치 않다. 1920년대 소설의 제목은 내용을 비추는 단순한 거울의 구실을 하는 수준에 머물렀고 음절 수도 3에서 5음절 안팎이었다. 당연히 대부분의 제목은 한자어였고 몰개성적인 보통 명사가 대부분을 차지했다. 그러나 많지는 않더라도 역설적이거나 함축적인 제목이 눈에 띄는데, 전영택의 「화수분」, 현진건의 「운수 좋은 날」, 김동인의 「감자」 등이 그러한 예가 될 것이다. 「운수 좋은 날」이 결코 '운수 좋은 날'이 아니었듯 「화수분」도 아이러니컬한 제목이라고 할 수 있다. '재물이 무수히 솟아난다' 는 사전적 의미와는 달리 화수분의 운명은 정반대로 궁핍의 연속이다. 재난과 궁핍 속에 가련히 죽어간 화수분에게 죽은 다음의 세상이 있다면 진정으로 '화수분' 의 삶을 살아가길 바라는, 아이러니컬하다기보다는 차라리 작가의 인간적 배려에 의한 제목이라고 추측하면 어떨까?

한편, 현대 소설 321편의 제목을 분석한 류기룡(柳基龍)에 의하면 321편에서 색채를 내포한 어휘들은 30어(語)라고 한다. 이들의 색채어를 분석한 결과 흑색과 적색이 크게 나타나고 청색이 가장 적게 나타났다는 것이다. 흑색의 이미지는 우울이나 엄숙함이고, 적색은 흥분이나 위험을 말하며, 청색은 화평과 희망 등을 상징한다.

단 이 견해는 1970년의 발표이므로 그 동안 소설의 표제의 변화를 다시 검토해 보는 것도 의미가 있을 것이다.

참고자료 및 논문

- 윤병로, 현대작가론, 선명문화사, 1974
- 민현기, 한국근대소설과 민족현실, 문학과지성사, 1989
- 이내수, 한국현대문학론, 개문사, 1985

현진건

1920년대의 흑백사진

작가연구

현진건(玄鎭健 1900~1943). 호는 빙허(憑虛). 1920년대 문학사에서 가장 뛰어난 사실주의 작가로 인정받고 있다. 그는 묘사의 정확성, 객관성으로 프랑스 작가 플로베르나 모파상과 견주어지기도 한다.

그의 길지 않은 생애는 일제 식민지 시대의 초기에서 말기까지를 관통한 고통의 시기이다. 이것은 다른 많은 작가들에게도 공통으로 해당될 수 있겠지만 작가 현진건의 경우에는 좀더 다른 의미를 지닌다고 할 수 있다.

그의 가계(家系)를 추적 조사한 최원식 교수의 논문을 바탕으로 정리하면 다음과 같다.

① 할아버지—일본어 통역관.
② 아버지(경운)—대한제국 대구 우체국장.
③ 작은 아버지(영운)—직업적 친일분자.
④ 육촌형(상건)—친러파의 핵심인물. 중국 상해에서 항일운동.
⑤ 사촌형(정건) —독립운동가. 1929년 체포. 감옥에서 죽음, 공산주의자.
⑥ 큰형(홍건)—러시아 사관학교 졸업, 러시아 대사관의 통역관.
⑦ 둘째형(석건)—일본 메이지 대학 졸업. 변호사.

위에서 요약한 것처럼 현진건의 가계에는 조선 말기의 어지러운 정치 사회 현실이 배어 있다. 최원식 교수는 특히 ③의 인물에게 많은 관심을 보였는데 영운의 덕으로 현진건의 집안이 상당한 세력을 얻었다고 판단하기 때문이다. 영운은 '추악한 행로를 그린' 매국 친일파이다. 반면 육촌형 현상건은 친러파로서 여러 차례 일본을 견제하려다 실패하고 3 · 1운동 후 국내서 조직된 '한성정부(漢城政府)' 에 신채호, 박은식, 이범윤 등과 참여한 인물이다.

현진건에게는 이러한 극단에서 극단으로 이르는 길이 열려 있었다. 그는 일본 유학을 떠났고, 몰래 상해로 갔고 3 · 1운동을 전후 한 시기에 조선으로 돌아왔다. 그는 자신의 갈 길을 작가가 되는 일에서 찾았다. 그 무렵 그는 오촌당숙인 보운의 양자가 된다. 이렇게 하여 그는 양부의 재산과 처가의 도움으로 어느 정도 경제적인 안정을 이룰 수 있었다.

그는 1920년 단편 「희생화(犧牲花)」를 발표하지만 혹평을 받는다. 그의 작가적 지위는 1921년 발표한 「빈처(貧妻)」에서부터 확립된다. 이어서 그는 「운수 좋은 날」, 「고향」 등을 통하여 '식민지 민중의 운명과 고통스럽게 해후하고' 있다. 그러나 그는 소극적인 리얼리스트였을 뿐이다. 그가 알고 있는 식민지 민중의 고통은 현진건에겐 체념의 대상(「빈처」)이거나 숙명적 아이러니(「운수 좋은 날」)의 한계를 벗어나지 못하고 있다.

윤병로 교수는 현진건이 1922년 〈백조〉 동인이 되었지만 시종 일관 사실주의에 충실했던 작가로 규정하고 그의 작가세계를 작가의 체험소설기, 순수 객관소설 시기, 역사를 소재로 한 간접적 현실 소설로 전환하던 시기로 나누었다.

그는 작가 생활과 기자 생활로 평생을 살았다. 그는 〈조선일보〉, 〈시대일보〉, 〈동아일보〉 기자를 거쳤다. 1936년 베를린 마라톤에서 우승한 손기정 선수의 사진을 보도하면서 가슴에 붙은 일장기를 지워 버린 사건으로 〈동아일보〉 사회부장 자리를 그만 두어야 했고 감옥살이까지 하였다. 정신적, 경제적 곤경에 처한 그는 1938년 작가적 마지막 역량을 발휘하여 〈동아일보〉에 역사소설 「무영탑(無影塔)」을 발표한다. 그는 백제의 멸망을 배경으로 한 「흑치상지」를 발표하지만 일제에 의해 중단당한다. 이어 발표한 최후의 작품 「선화공주(善花公主)」도 미완성이 되고 말았다. 그는 1943년 빈곤 속에서 장결핵으로 사망하였다.

춘해 방인근은 현진건을 이렇게 회상하였다.

그는 꼭 씨암탉처럼 살이 포동포동 찌고 역시 키가 작달막하게 걸음걸이조차 씨암탉처럼 아기죽아기죽하였다. 살결도 희고 맑으며 귀공자 타입으로 예쁘장스러운 미남이었다. 나를 툭 치고 껄껄 웃고는 내가 귀엽다는 듯이 빤히 쳐다보는 눈매는 여자처럼 매력있고 사람 반할 만하다.

김동인은 그의 「조선근대소설고」에서 현진건을 이렇게 평하였다.

조화의 극치, 묘사의 절미(絶美)—과연 기교의 절정이다. 그러나 그의 작품을 읽은 뒤에 머리에 남는 일물(一物)도 없는 것은 어떤 이유인가. 그는 인생의 사진사이다. 사진사라는 것이 어폐가 있다면 그는 정물화가다. 그는 '사람' 을 보고 '사건' 을 보았지만 '인생' 을 못 보고 '생활' 을 못 보았다. 그는 유동하는 인생을 그리려 하지 못하고 일개 정적 사건과 정적 인물을 그리려 하였다. 그의 인물에는 성격의 발달이 없다. 사람으로서의 감정과 흥분이 없다. (중략) 여기 빙허의 파탄이 있다. 동적 인생을 그리려 하지 않고 정적 사람을 사진 찍으려 내지는 스케치하려 한 데에 빙허(憑虛)의 비상한 기교밖에는 발견할 수 없는 공허(空虛)를 본다.

현진건은 '고통스럽게 해후한 식민지 민중' 을 바라보았다. 그러나 그는 민중 속에 뛰어들지도 않았고 민중 속에 뛰어드는 척하지도 않았다. 그가 동아일보 일장기 말살사건에 연루된 것은 그의 민족주의적 성향으로만 보기엔 무리한 감이 있다. 그러한 사건과 현진건의 작품이 반드시 필연적인 함수관계를 보이는가. 그것은 별개의 문제이기 때문이다. 그는 김동인이 말한 바와 같이 사진사의 길, 정물화가의 길을 갔다. 오늘날의 독자들이 그의 소설에서 읽어 내는 것은 무엇인가. 1920년대의 빛 바랜 흑백사진, 그 뿐일까?

운수 좋은 날

작품연구

1924년 〈개벽(開闢)〉 48호에 발표된 이 작품은 식민지 조선사회 도시 빈민의 삶을 예리하게 조명한 단편이다. 단일한 사건과 인물, 배경, 독자와의 일정한 거리를 유지하기 위한 '아이러니 소설기법' 은 고통스런 삶의 숙명성을 시적으로까지 승화시켰다.

주지하다시피 단편소설이란 첫문장에서 그 성패가 좌우된다. 그런 점에서 「운수 좋은 날」의 서두는 대단히 효과적이다.

> 새침하게 흐린 품이 눈 올 듯하더니 눈은 아니 오고 얼다가 만 비가 추적추적 내리었다.

인력거꾼 김 첨지가 본 세상 풍경은 겨울 아침, 눈이 올 것 같은 날이다. 인력거꾼에게 눈이 내린다는 건 유쾌한 일이 아닐 것이다. 그런데 거기에 더하여 '얼다 만 비가' 내린다. 김 첨지에게 다가올 예사롭지 않은 불길한 운명이 함축되어 있는 것이다. 조금만 부연한다면 김 첨지가 본 날씨는 새침하다는 말로 의인화되어 있다. 새침하다(새치름하다의 준말)는 국어사전에서 '시치미를 떼고 태연한 기색을 꾸미다' 의 뜻으로 설명되어 있다. 김 첨지에게 다가올 운명은 이렇게 '새침하게' 그의 미래를 조롱하면서 시작되는 것이다. 그에게 닥칠 운명의 아이러니—빈궁의 아이러니를 따라가 본다.

김 첨지는 동소문 안에서 인력거를 끌고 있다. 동소문이란 지금의 혜화동 근방이다. 전차종점이 있는 서울의 외곽지대이다. 그에겐 앓아 누워 있는 아내가 있다. 아내는 심한 굶주림에 시달리고 있다. 세 살짜리 아이도 있다. 그러나 김 첨지의 벌이는 형편없다. 그에겐 무슨 이유에선지 거의 열흘 동안이나 벌이가 잘 되질 않는다. 이런 그에게 갑작스런 행운이 닥친다. 처음엔 31전, 다음에 50전이다. 그러나 1920년대에 쌀 한 가마니 값이 약 15원이었던 걸 감안한다면 사실은 겨우 쌀 다섯 되 값 정도이다. 김 첨지에게 행운은 잇달아 온다. 남대문 정거장(지금의 서울역)까지 태워 달라는 손님이 나타난 것이다. 김 첨지는 연달은 행운이 슬그머니 두려워진다. 그는 제법 많은 돈을 요구한다. 1원 50전이다. 처음에 번 돈의 거의 갑절이다. 김 첨지는 운명과 도박을 벌이기로 한 것이다. 그는 죽음을 예감한 아내의 부탁을 상기하고 우울하게 자신의 집 근처를 지나친다. 비로소 '김 첨지의 걸음에는 다시금 신이 나기 시작' 한다. 김 첨지는 다가온 운명에 대해 필사적으로 외면하려 한다. 1원 50전이라는 돈을 '거저나 얻은 듯이' 기뻐하며 김 첨지는 새로운 운명을 시험한다. 그는 스스로 손님을 찾아내어 홍정한다. 60전을 받기로 한다. 김 첨지는 다시 집 근처에 닿는다. 그러나 그는 '불행에 닥치기 전 시간을 얼마쯤이라도 늘리려고 버르적' 거린다.

그는 친구와 선술집에서 술을 마시며 운명의 시간을 늦추어 본다. 돈과 바꾼 자신의 운명을 한탄하기도 하고 허세를 떨어보기도 하다가 결국 자신의 입으로 아내가 죽었다는 말을 뱉기까지 한다. 술집에서 나온 김 첨지가 집에 돌아왔을 때 운명은 김 첨지의 말대로 실현되어 있다. 운명은 아내를 병들게 하고 김 첨지에게 작은 행운을 가져다주는 척하면서 순식간에 모든 걸 빼앗아 갔다. 쇼펜하우어의 다음과 같은 말을 떠올리게 하는 서글픈 결말이다.

> 우리를 기만하는 것은 희망인 동시에 희망의 대상이기도 하다. 인생이 우리에게 무엇인가를 주었다면 그것은 다만 도로 찾을 수 있기 때문에 그렇게 한 것이다.
>
> 「의지와 표상으로서의 세계」에서

「운수 좋은 날」이란 결국은 아내의 죽음을 미끼로 김 첨지를 우롱한 운명의 하루였던 것이다. 소박한 숙명론의 세계를 바탕으로 한 둥근 고리와도 같은 이 작품은 곳곳에 인력거를 이용하는 1920년대의 다양한 계층을 묘사하고 있지만 사회풍속 소설로서보다는 운명 비극으로서의 아이러니에 더 큰 비중을 두고 있다. 독자들이 굳이 이 작품을 통해 1920년대의 도시빈민화 현상에 대한 분석을 시도하려 한다면 그건 자유이다. 그러나 김 첨지는 1920년대에 한정된 인간형이 아니다. 어느 역사나 어느 사회에도 존재하는 보편적인, 운명과 싸워갈 수밖에 없는, 그러나 운명에 패배할 수밖에 없는 그런 인간 유형인 것이다. 단지 김 첨지에겐 헤밍웨이의 「노인과 바다」의 주인공과 같은 장엄함 대신 운명의 절규가 있다는 차이뿐이다.

> 「설렁탕을 사다 놓았는데 왜 먹지를 못하니…… 괴상하게도 오늘은! 운수가 좋더니만……」

독자들이 이 마지막 장면에서 운명의 아이러니를 느끼든 1920년대 식민지 현실의 비통함을 느끼든 그건 전적으로 자유일 것이다.

현진건의 작품세계에 대해 대단히 '가혹한 비판' 을 시도한 정현기 교수도 「운수 좋은 날」에 대해서는 극찬을 아끼지 않았다.

(전략) 빙허로 하여금 요지부동한 사실주의적 작가로 굳힐 수 있는 작품은 첫째가 이 작품일 것이다. 이 작품은 가장 뚜렷하게 삶의 철학적 명제를 제기하고, 인간의 애정을 심화시켜 가난한 백성의 마음에 충격적으로 감동을 일으킨다. (중략) 자기 전부의 양심과 능력을 짜넣은 듯한 인상을 주는 불후의 명작이란 평가가 가능하다.

작품요약

새침하게 흐린 품이 눈이 올 듯하더니 눈은 아니 오고 얼다가만 비가 추적추적 내렸다.

이날은 동소문 안에서 인력거꾼을 하는 김 첨지에게는 오랜만에 닥친 운수 좋은 날이었다. 아침 댓바람에 팔십 전을 벌고 난 그는 거의 눈물을 흘릴 만큼 기뻤다. 앓아 누운 아내에게 설렁탕 한 그릇을 사다 줄 수도 있게 된 것이다.

그의 아내가 병이든 건 벌써 달포가 넘었다. 무슨 병인지 알 수는 없지만 일어나지도 못하는 걸 보면 심한 병이었다. 게다가 열흘 전에 조밥을 급히 먹고 체한 이후로 병이 더욱 심해진 것이다. 그런데도 환자는 사흘 전부터 설렁탕 국물이 먹고 싶다고 남편을 졸랐다. 조밥도 못 먹는 년이 설렁탕을 처먹고 지랄병을 할 것이냐고 야단을 쳤지만 김 첨지의 마음은 시원치 않았다.

김 첨지의 행운은 계속 이어졌다. 남대문 정거장까지 가려는 학생을 만난 것이다. 김 첨지는 문득 꼬리를 맞물고 덤비는 이 행운 앞에 조금 겁이 났다. 오늘은 나가지 말라고 애원하던 병든 아내의 모습이 떠올랐다. 김 첨지는 운명과 흥정하듯 불쑥 일원 오십 전이나 되는 적지 않은 요금을 달라고 한다.

학생을 태우고 달려가는 김 첨지의 귀에 아내의 목소리, 아이의 울음이 들려오는 것 같다. 김 첨지는 학생을 내려주고 전차에서 내리는 손님을 태운다. 흐리고 비오는 하늘은 어둠침침하게 벌써 황혼이다. 그의 마음은 점점 누그러진다. 안심이 아니라 자기를 덮친 무서운 불행이 닥치기 전, 시간을 늘리려고 버르적거리는 것이다.

그럴 즈음 마침 길가 선술집에서 그의 친구 치삼이가 나온다. 김 첨지는 함께 술을 마신다. 그는 돈을 많이 벌게 된 일을 친구에게 자랑을 하기도 하고 술주정을 하기도 한다. 마침내 그는 훌쩍훌쩍 운다. 친구가 이유를 묻자 김 첨지는 오늘 아침 아내가 죽었노라고 말한다. 친구가 놀라자 김 첨지는 손뼉을 치면서 웃는다. 속아 넘어간 친구가 재미있다는 것이다.

김 첨지는 취중에도 설렁탕을 사 가지고 집에 다달았다. 집 안은 무덤 같은 침묵이다. 김 첨지는 남편이 들어와도 나와 보지도 않는다면서 방문을 벌컥 열었다. 그리고 누워 있는 아내를 걷어찬다. 발길에 닿는 느낌이 나무등걸 같다. 아이가 소리내어 운다. 김 첨지는 아내의 머리를 흔들어본다.

「이년아, 말을 해, 말을! 입이 붙었어, 이 오라질 년!」

그러나 아내는 아무 대답이 없다. 김 첨지의 눈물이 죽은 이의 뻣뻣한 얼굴을 적시었다.

「설렁탕을 사다 놓았는데 왜 먹지를 못하니, 왜 먹지를 못해…… 괴상하게도 오늘은! 운수가 좋더니만…….」

감상을 위한 문제제기

1. 주인공 김 첨지의 성격에 대해 생각해 보시오.

현대 소설의 중요한 관심이 인물 창조, 즉 성격 창조에 있다는 관점에서 본다면, 김 첨지는 현진건의 초기 소설이 도달한 정상(頂上)이며 1920년대 소설이 성취한 한 성과라고 불러도 좋을 것이다.

김 첨지는 1920년대 조선의 넘쳐나는 도시 빈민의 삶의 전형(典型)이며, 운명이 칼을 벗어날 수 없는 그리스 비극 이래의 한 전형으로 읽혀질 수 있다.

「운수 좋은 날」은 「혈의 누」 또는 「무정」과는 근본적으로 달리 영웅이나 교사의 무대가 아니다. 「화수분」과 같은 어설픈 휴머니즘의 보고서도 아니다. 김 첨지는 최서해가 만들어낸 분노한 빈민도 아니다. 김 첨지는 현진건이 만들어낸 오디세우스이다. 그는 신탁(神託)의 인력거를 끌고 경성 시내를 누빈다. 그러나 그의 인력거 - 운명의 아르곤 호는 결국 좌초하고 만다. 그를 기다리고 있는 것은 오디세우스의 정숙한 아내 페넬로페이아가 레이스를 짜며 기다리는 행복이 아니다. 그에게는 신이 준비한 아내의 죽음뿐이다. 설렁탕 국물은 신의 은총이 아니라 신의 우롱이었던 것이다.

그러나 그는 끝까지 신의 은총에 호소하지 않는다. 그는 자신이 예감했던 운명의 주사위의 눈을 확인하기를 기꺼이 감수한다. 그는 영웅이 아니다. 그는 헤라클레스도 오디세우스도 아니다. 그는 극도의 빈곤으로 인하여 인간성이 마멸되긴 했지만 본질은 선량하기 짝이 없는 인간일 따름이다. 조밥도 못 처먹는 년이 무슨 설렁탕을 처먹고 지랄 병을 할 것이냐고 외치기는 해도 아내에 대한 인간적 연민은 남아 있으며 가장으로서의 책임감을 다하려는 인물이다. 말하자면 건강한 사회인으로서 굳이 나무랄 만한 인간은 아니다. 그가 불행한 것은 아내가 아프다는 것이며, 약 한 첩 못 쓰고 있다는 사실이며, 인력거 손님이 없다는 데 있다. 분명 김 첨지의 무능 때문은 아니다. 그의 아내가 아픈 이유도 뚜렷하지 않다. 결국 이 모든 것은 김 첨지를 둘러싼 운명의 농간 때문이다. 그러나 현대인은 결코 운명을 믿지 않고 결코 신과 화해하지 않는다. 그들은 인간의 모든 불행은 사회 제도 탓이거나 개인적 상황일 뿐이라고 생각한다. 김 첨지의 불행을 1920년대 식민지 조선의 수탈 경제 체제에서 찾아내기란 어렵지 않다. 그러나 왜 하필 그에게 연속적 불행과 연속적 행운이 이어지는지, 왜 그것은 모두 운명의 희롱으로 돌변하는가를 설명하는 일은 불가능하다. 김 첨지의 불행은 운수라는 단어에서도 연상되듯 인간의 의지를 초월한 불가사의한 운명을 인정할 때만 이해될 수 있는 것이다.

「운수 좋은 날」은 우리 근대 문학이 영웅과 교사들의 시대를 마감하고 인간의 시대로 들어서고 있음을 보여주는 하나의 표석(標石)이라고 할 수 있다. 그만큼 김 첨지는 근대적 인물로서의 비극성을 가진 인물이다. 우리는 김 첨지가 운명에 적극 대응하지 못했다는 비난을 할 수 있을 것이다. 그러나 그는 무기력하게 운명의 끈에 끌려다닌 것은 아니다. 그는 인력거 요금을 놓고 터무니없는 흥정을 벌이면서 그것이 운명과의 한판 승부임을 직감한다. 그는 패배한다. 김 첨지가 흘리는 비통한 눈물은 일제 식민 사회에 대한 분노도, 그 어느 누구에 대한 원한을 담은 눈물도 아니다. 운명의 희롱에 놀아난 한 인간의 분노의 눈물이다. 독자들은 운명의 질곡에 시달리는 한 인간의 삶의 단면을 잠깐 엿보았으며 그것이 누구에게나 닥칠 수 있는 운명임을 안 것으로 족하지 않은가. 아마도 그는 날이 새면 다시 누군가에게 아이를 맡기고 또는 아이를 안고 인력거를 끌기 위해 나갈 것이다. 그는 구멍난 아르곤 호의 돛을 꿰매고 다시 출항하는 오디세우스처럼 장엄하게 출항할 것이다. 이런 점에서 그는 현대의 또다른 오디세우스라고 불러도 좋으리라.

2. 「화수분」과 「운수 좋은 날」의 비극성을 서로 비교해 보시오.

아리스토텔레스가 〈시학(詩學)〉에서 언급한 견해는 오늘날에도 여전히 유효한 견해가 되고 있다. 그에 의하면 비극은 심각하고 완전한 인간 행위의 모방이라고 한다. 심각하다는 것의 완벽한 기준이 있을리 없지만, 아리스토텔레스는 비극의 주인공이 대체로 고귀한 혈통과 높은 신분에 있는 사람이어야 한다고 생각했다. 그러나 근대에 들어와 시민 계급의 형성 과정에서 아리스토텔레스의 개념은 극복되어, 모든 개인적 문제들은 그 신분에 관계 없이 보편적 심각성과 비극성을 가진다고 생각하게 되었다.

아리스토텔레스는 비극에는 파괴적 또는 고통스러운 사건이 필요하다고 말한 바 있다. 그것은 대개의 경우 죽음으로 나타난다. 물론 자연스런 죽음이 아니라 미쳐서 죽어가거나 살해당하거나 자살하는 것이다. 죽음은 인간이라면 누구나 피할 수 없는 숙명이라는 데서 그 바탕에 근본적인 비극의 속성을 지니고 있다고 하겠다. 그러나 주인공의 삶에 드리워진 비극은 단순한 우발적 불행이어서는 안 된다. 비극은 우연이 아니라 필연적으로 마련되어야 한다고 아리스토텔레스는 말한다. 여기서 아리스토텔레스는 비극의 주인공에 대한 탁월한 견해를 제시한다. 비극의 주인공은 완전히 선한 인물이어도 안 되고 반대로 완전한 악의 화신이어서도 안 되며, 잘못된 판단이나 성격적 결함을 지니고 있어야 한다는 것이다. 그러므로 이러한 관점에서 볼 때 화수분은 비극으로서의 중대한 허점을 지니고 있다. 독자는 그의 죽음을 동정하긴 하지만 그것은 앞에서도 여러 번 언급했듯 전적으로 주인공의 우연적인 실수에 근거하는 것이다. 물론 그의 선량함 자체가 성격적 결함이라는 논리가 가능하다. 그러나 독자들은 여전히 왜 화수분이 그러한 모습으로 죽어가야 했는지 쉽게 납득이 가지 않는다. 아내에 대한 사랑이나 가족에 대한 애착이 어떤 갈등의 요소를 만들어내지 않는다. 서사적 요소가 되지 못한다는 뜻이다. 다시 아리스토텔레스로 돌아가서, 그는 비극적 운명의 책임을 비극적 인물 자신에게 돌리고 있다. 자기의 행위에 대한 책임은 전적으로 자신이 져야 한다는 서구적 사고가 그 바탕에 깔려 있는 것이다. 현대는 개인 행위의 비극성의 근본적 원인을 개인에 두기보다는 사회와 제도의 결함에서 찾는 경향을 보여준다. 그러나 이런 관점에서 보아도 화수분의 죽음이 사회의 결함에 있다는 결론을 내리기는 어려운 것 같다. 이와는 대조적으로 「운수 좋은 날」은 아리스토텔레스의 비극 이론과 현대의 비극 이론에 모두 부합되는 요소들을 가진 '완벽한 비극' 이다. 「운수 좋은 날」에는 연민과 공포가 함께 있다. 이 두 상반된 요소는 아리스토텔레스가 말한 일종의 필수 성분인 셈인데, 주인공에 대한 동정과 측은함과 함께 끔찍스러운 일이라는 공포감을 느끼기에 이 작품은 충분하다는 생각이 든다. 화수분의 죽음이 비극적이라기보다는 차라리 낭만적으로까지 느껴지는 것과는 좋은 대조를 이룬다. 비극은 연민과 공포라는 두 가지 정서가 상승 작용을 하여 정서의 소화 불량을 시원스럽게 배설하게 한다. 아리스토텔레스가 말한 이른바 정화 작용(카타르시스)이다. 그런 점에서도

「운수 좋은 날」은 여전히 성공적이다.

아리스토텔레스는 비극의 플롯 중에서도 역전(逆轉)과 발견을 가장 비극적 효과가 있는 것으로 말했다. 역전이란 주인공의 처지가 (신분이) 갑자기 바뀌는 사태의 급진적 변화를 말하며, 발견이란 주인공이나 관객이 몰랐던 사실을 새롭게 알게 되는 것을 말한다. 아울러 이제는 고전적 이론이 되어버렸지만, 아리스토텔레스의 권위에 의존하여 르네상스 무렵의 유럽에서는 이른바 삼일치의 원칙을 준수하기도 했는데, 그것은 간단히 말해 24시간 안에, 한 도시 안에서 한 인간에게 일어나는 일을 보여주어야 한다는 제한이다. 이러한 규정과 「운수 좋은 날」은 완벽하게 일치한다. 「운수 좋은 날」은 비극적 요소를 골고루 지니고 있는 반면, 「화수분」은 그렇지 못하다는 점에서 근본적으로 두 작품의 차이가 있는 것이다.

「화수분」은 가장 선량한 사람이 비극적 운명에 빠지는 상황을 다루고 있다는 점에서 한 전형성을 이루었다고 볼 수 있지만, 그 비극의 구성은 시간적 구성에 의존하고 있으며 현대 소설이 요구하는 창조적인 캐릭터로서도 많은 문제점을 지니고 있다. 화수분이 겪은 운명 비극은 그의 시대적 비극도 사회적 비극도 아닌 오직 화수분 개인에게 주어진 것일 뿐이다.

「운수 좋은 날」을 1920년대라는 사회 비극으로 읽어야 할 필요성이 없다는 관점으로 보면 김 첨지의 비극은 김 첨지 자신을 따라다닌 절대적 운명의 덫일 뿐이다. 화수분의 평면성에 비해 김 첨지의 운명은 훨씬 점층적이며 입체적이다. 하루 동안에 모든 사건이 압축되어 있을 뿐 아니라 인력거라는 삶의 수단이자 운명의 수레로서의 상징적 기능은 작품의 밀도를 더해 주고 있다. 진부한 인정 비극 따위가 끼어들 틈을 주지 않고 이어지는 느닷없는 행운 속에서 김 첨지는 불길함을 느끼면서도 그것을 거부할 능력은 없다. 그것은 미끼를 던지며 포위망을 좁히는 어부의 그물에 걸린 물고기의 운명이기도 하다. 문학적 형상화의 성공 여부를 떠나 김 첨지의 운명 비극에 독자들이 공감하게 되는 것은 우리의 삶을 둘러싼 불가사의한 어떤 역관계를 우리가 본능적으로 알고 있기 때문일 것이다. 화수분의 비극이 아무리 처절해도 그것은 한낱 화수분 자신의 선량함과 어리석음이지만, 김 첨지의 비극은 결코 김 첨지 자신에게 씌울 수 없는 근대적 운명 비극이라는 점에서 중대한 차이점을 갖는다고 보겠다.

고향

작품연구

이 작품은 1926년 조선일보에 「그의 얼굴」이란 제목으로 발표하였다가 같은 해에 발간된 단편집 〈조선의 얼굴〉에 수록하면서 「고향」으로 제목을 바꾼 것이다.

이 세 개의 서로 다른 제목들을 검토하는 것은 결국 현진건의 의식의 변화를 추정하는 것이며 작품 자체의 자리매김에도 중요한 가치가 있을 것 같다. 전제하건대 〈조선의 얼굴〉이란 단편집을 대표하는 이름이지 별개의 작품은 아니다. 그러나 〈조선의 얼굴〉이 「고향(그의 얼굴)」을 포함하고 있다는 점에서 함께 취급하였다.

「그의 얼굴」→「조선의 얼굴」→「고향」으로의 변화는 일견하면 개인에서 민족적이며 보편적, 향토적인 세계로의 변화를 보인다. '그' 라고 하는 불투명한 인물의 스케치에서 '조선의 얼굴' 을 발견한 작가는 이것을 '고향' 이란 제목으로 바꾼다. 그리고 그 '고향' 이 곧 「조선의 얼굴」인 것이다. 이 세 개의 제목은 동의어라고 해도 좋을 것이다.

이 작품의 상황 설정은 소위 '기차간의 우연' 이다. 대구에서 서울로 올라오는 도중에 만난 남자에 대한 관찰기는 이렇게 시작된다.

> 두루마기 격으로 일본옷을 둘렀고, 그 안에서 옥양목 저고리가 내어 보이며, 아랫도리엔 중국식 바지를 입었다. (중략) 내 옆에는 중국 사람이 기대었다. 그의 옆에는 일본 사람이 앉아 있었다. 그는 동양 삼국 옷을 한 몸에 감은 보람이 있어 일본말도 곧잘 철철대이거니와 중국말에도 그리 서툴지 않은 모양이었다.

채만식의 경우라면 이럴 때 어떡했을까. 그러나 현진건은 냉정과 침착을 잃지 않으며 야유도 하지 않는다. 어디까지나 그는 정공법의 작가이다.

처음에 '나' 는 '그를 매우 흥미 있게 바라보고 또 바라보았' 을 뿐이다. '그' 는 일본 사람에게 일본말로, 중국 사람에게는 중국어로 수작을 걸다가 결국 '나' 에게 경상도 사투리로 말을 건다. 그가 입고 있는 옷이며 상황은 묘하게 상징적이다. 즉 조선의 정치 지리적인 현실의 축도라고 해도 좋을 것이다. '나' 는 '그' 를 '어줍지 않고 밉쌀스러' 워 한다.

그러나 '그의 신산스러운 표정에 얼마쯤 감동이 되어' 이야기를 나눈다. 그는 1920년대에 넘쳐나는 도시 빈민의 하나이다. 작가는 그의 고통스런 운명의 바닥에 동양척식주식회사가 있다는 것을 드러냄으로써 결국 조선이 식민지가 되었기 때문이라는 것을 암시하고 있다. 농민이란 정착민이다. 한국인은 수천 년간 고난을 겪으면서도 정착민의 생활을 해왔다. 어떠한 외부 세력도 직접적으로 한국인의 토지를 빼앗지는 않았다. 그러나 일제는 넘쳐나는 일본의 빈민을 조선에 이주시키기 위한 방편으로 동양척식주식회사를 만들었고 이를 바탕으로 일본인 지주와 친일지주 계층을 만들었다. 「고향」에 등장하는 '그'는 이러한 식민지 정책의 피해자이다. 그는 상당수의 조선인들이 그러하듯 만주 간도로, 일본으로 떠돌아 다닌다. 그러다가 찾아 간 고향에서 그는 자신이 사랑하던 여자를 만나지만 너무나 처참하게 변해 버린 모습에 괴로워하면서 헤어진다. 그는 술을 마시면서 어릴 때 보르던 노래를 부른다.

이윽고 기차가 설 것이고 '조선의 얼굴'은 아마 비틀거리며 사라져 갈 것이다. '나'는 곧 그의 얼굴을 잊어 버릴 것이다.

이 작품은 「운수 좋은 날」과는 달리 개인의 운명 비극이라기보다는 사회적 비극성이 대단히 짙은 내용이다. 그러나 작가는 그에게 아무것도 아무 도움도 주지 않는다. '일자리에 지식이 없는 나로서는' 그에게 줄 것이 술뿐인가. 그것도 일본술 '정종' 밖에. 현진건 소설의 지식인은 분명 식민지 사회 모순에 눈을 뜨고 있다. 그러나 아직은 '나 또한 너무도 참혹한 사람살이를 듣기에 쓴물이 났기에(이는 대단히 정직한 표현이다)' '우리 술이나 마자 먹자' 고 하는 그런 인물일 뿐이다. 현진건에게 있어 현실과 민중은 아직 멀리 있다. 이 멀리 있다는 느낌—그것이 사실주의로서의 현진건을 우수한 작가라고 평하게 만든다면 정말 아이러니컬한 일이다.

작품요약

대구에서 서울로 올라오는 차중에서 생긴 일이다.

나와 마주 앉은 사람은 겉에다는 일본옷을 둘렀고 그 안에는 옥양목 저고리가 내어 보이는데 아랫도리엔 중국식 바지를 입었다. 이런 기묘한 옷을 입은 남자의 주위엔 중국 사람과 일본 사람이 앉아 있었다.

처음에 그는 일본말로 도꼬마데 오이데 데스까 어쩌구 하면서 일본인에게 말을 걸었지만 일본인이 응하지 않자 니상나 얼취니싱섬마 하면서 중국인에게 말을 건다. 중국인도 수수께끼 같은 웃음을 띨 뿐이다. 나는 그가 주적대는 꼴이 어쭙지 않고 밉살스러웠다. 그는 문득 나에게 어디꺼정 가는 기오라고 경상도 사투리로 말을 걸어왔다. 나는 그의 얼굴이 웃기보다는 찡그리기에 가장 알맞은 얼굴임을 발견하였다. 군데군데 찢어진 건성드뭇한 눈썹이 올올이 일어서며 아래로 축처지는 서슬의 양미간에는 여러 가닥 주름이 잡혀 있었다. 그는 내게 서울에 가면 노동자숙박소가 있는가, 무슨 일자리를 구할 수 있는가 하고 물었지만 나는 제대로 대답할 수가 없었다.

그는 고향 이야기를 시작하였다. 그의 고향은 대구 근방으로 역둔토를 파먹고 살아온 평화스러운 마을이었다. 그러나 세상이 바뀌어 땅들이 동양척식주식회사의 소유가 되자 마을 사람들은 도저히 살아갈 수가 없게 되었다. 그는 구년 전 부모와 함께 살기가 좋다는 서간도로 이사를 갔었다. 그러나 괴롭고 고통스럽게 이태 동안을 억지로 버티며 살아가던 중 아버지와 어머니가 연이어 세상을 떠나고 말았다고 한다.

나는 무엇이라고 위로할 말을 찾지 못해 술을 권하였다. 그는 거푸 술을 다섯 잔이나 마시고 나서 말을 이었다. 그는 신의주로, 안동현으로, 일본 규슈 탄광으로, 오사카 철공장으로 떠돌아 다녔지만 돈은 모이지 않고 울화가 치밀어 고국으로 돌아왔다고 한다.

그의 고향은 집도, 사람도, 개 한 마리도 없는 폐촌(廢村)이 되어 있었다. 썩어 넘어진 서까래, 둘둘 구르는 주춧돌은 꼭 무덤을 파서 해골을 헐어 젖혀놓은 것 같았다. 나는 그의 눈물 가운데에 음산하고 비참한 조선의 얼굴을 똑똑히 본 듯 싶었다.

이번 길에 고향 사람도 하나 만나지 못했느냐고 내가 묻자 그는 어릴 적부터 자기와 혼인말이 있던 여자를 만났다고 하였다. 그 여자는 자기보다 두 살 위였는데 여자가 열일곱 살이 되던 겨울, 여자의 아비되는 자가 돈 이십 원을 받고 대구 유곽에 팔아 버렸다고 한다. 이번에 빈터만 남은 고향을 구경하고 돌아오는 길에 만난 그 여자는 일본 사람 집에서 아이를 보고 있다고 했다. 이십 원 몸값을 십 년 두고 갚고도 육십 원이나 빚을 진 여자가 병이 들어 산송장 같이 되자 주인이 작년 가을에야 놓아주었다는 것이다.

「그 숱많던 머리가 홀렁 다 벗어졌더마. 눈은 푹 들어가고, 그 이글이글 하던 얼굴빛도 마치 유산(乳酸)을 끼얹은 듯하더마.」

그는 씁쓸하게 말을 그친다. 나는 너무도 참혹한 사람살이를 듣기에 쓴물이 났다. 우리는 술을 다 마셔 버렸다. 그는 술에 취해 어릴 때 부르던 노래를 읊조렸다.

볏섬이나 나는 전토는 신작로가 되고요—

말마디나 하는 친구는 감옥소로 가고요-
담뱃대나 떠는 노인은 공동묘지로 가고요-
인물이나 좋은 계집은 유곽으로 가고요-

감상을 위한 문제제기

1. 이 작품에서 만일 마주앉은 일본인이 두 사람의 이야기를 알아들었다면 어떤 느낌을 가졌겠는가를 생각해 보시오.

일본인은 이 가련한 조선인 남자에게 지배자로서의 멸시감과 함께 약간의 연민을 느낀다고 가정해 보자.
그것은 대체로 이런 내용일 것이다.

"참으로 고약한 운명을 타고난 조센징이네. 그러나 이 자의 운명에 내 책임은 없다. 조선 총독부의 정책이란 어차피 내가 알 바 아니니까. 세상은 강자들이 지배하는 곳이다. 그런데 이 못난 조선인들은 딸을 유곽(遊廓)에 팔아넘기기도 하는 모양이다. 정말 한심스런 부류들이다. 주제에 일본 옷에 중국 옷 그리고 조선 옷을 걸친 꼬락서니라니. 하여간 이들이 술을 퍼먹으며 신세 한탄을 하는 꼴은 정말 가관이다. 이 친구 앞에 앉은 식자(識者)인 듯한 조센징은 또 무엇인가. 술을 마셔대면서도 내겐 한 잔도 권하지 않는다. 혹시 이들이 내게 들으라고 일부러 이런 이야기들을 하는지도 모르겠다. 어쨌든 조선 땅은 이제 일본 제국의 한 부분일 뿐이다. 뭐, 잘 돼가겠지. 조선인들의 운명 걱정하기 전에 나 살아갈 생각이나 하자. 이런 부류들이 너무 많아지면 또 얼마전의 만세 폭동 같은 게 일어나는 것 아닐까. 하긴 그것도 내 알 바 아니지. 그런데 이자가 부르는 노래는 또 뭔가. 볏섬이나 나는 전토는 신작로가 된다고 그랬겠다. 도대체 불온하기 그지없군. 하지만 못들은 척하는 게 상수지. 나는 혼자고 이들은 둘이고 게다가 여긴 조선 아닌가. 공안원이라고 지나가며 소란 피우지 말라고 한마디 해볼까. 그만두자."

새로운 상황을 하나 더 제시해 보자. 일본인 남자가 조선말로 대화를 시작했다고 해보

자. '나' 와 청년은 어떤 반응을 보였을까.

아마 그들은 일본인에게 아무런 말도 못했으리라. 결국 두 사람의 서글픈 대화는 중단되고 말았을 것이다. 그리하여 두 사람의 술주정(?)도 끝났으리라. 기묘한 일행을 실은 열차 소리만 경성으로 달려가고 있었으리라.

2. 1926년 10월 나운규의 영화 〈아리랑〉이 상영되었다. 마지막 장면에서 일본 경찰에게 끌려가는 영진은 마을 사람들에게 〈아리랑〉을 불러달라고 한다. 영화를 보던 당시의 사람들은 남녀 노소 모두 함께 〈아리랑〉을 불렀다고 한다. 그러나 「고향」에서 '나' 는 '그' 의 노래에 동참했다는 묘사는 없다. 이러한 작가의 태도에 대한 자신의 생각을 써 보시오.

이 문제는 소설의 시점과 톤(tone)에 관련된다. '나' 는 점점 그의 고통스런 삶에 공감을 갖게 된다. 「화수분」의 수필적 한계를 넘어서는 것이다. 그러나 '나' 는 여전히 하나의 관객일 뿐이다. 청년의 삶의 고통이 진하게 다가오기는 하지만 그것에 어떻게 반응하는 것이 가장 합당한 일인지 정체성(正體性)을 찾지 못하고 있다. '나' 가 '그' 를 위로할 수 있는 것은 그의 말을 들어주는 일, 그리고 오직 술을 권하는 일뿐이다. 그의 노래를 들어주는 일도 그의 삶의 아픔에 동참하는 일이 아니겠는가. 나운규의 〈아리랑〉에서처럼 함께 노래 부르지 않았지만 '나' 는 충분히 '그' 의 슬픔을 읽고 있다. 게다가 일본인 앞에서 부르는 노래의 내용은 일종의 저항 행동이라고 생각할 수도 있을 것이다. 오히려 김동인의 「붉은 산」의 결말—애국가를 합창하는 장면이 지나치게 작위적이라고 한다면, 이 소설은 결말에서 그가 부르는 노래에 말없이 긍정하는 한 식민지 지식인의 고뇌 어린 얼굴이 독자에게 자연스러운 그림으로 다가온다. 이것이 작가에게 '총독부가 허락하는 범위' 라고 생각하면 「고향」의 '나' 의 고뇌가 더욱 가중되어 오지 않는가.

작가는 두 인물 사이에 적당한 거리를 둠으로 오히려 조선인들의 비극성을 더욱 진하게 만들고 있다고 보여진다. 하층민의 거칠고 슬픈 삶과 무력(無力)하기 짝이 없는 지식인의 대비는 결국 조선인 모두가 겪는 공통적 비극이 아닐 수 없다.

참고자료 및 논문

- 윤홍로, 한국근대소설연구, 일조각, 1984
- 정현기, 한국근대소설의 인물유형, 인문당, 1983
- 전광용 외, 한국현대소설사연구, 민음사, 1984
- 최원식, 현진건 소설에 나타난 지식인과 민중
- 윤병로, 현대작가론, 선명문화사, 1974
- 윤병로 편저, 한국대표명작 현진건, 지하가, 1985

나도향

도향촌(稻香村)의 나그네

작가연구

나도향(羅稻香 1902~1926). 본명은 나경손(羅慶孫), 필명은 나빈(羅彬), 도향(稻香)은 그의 호이다. 도향은 월탄 박종화가 지어준 것이라고 한다. 중국 고전 「홍루몽」에 나오는 도향촌(稻香村)에서 따온 것으로 벼의 향기라는 뜻이다.

그의 할아버지는 한의사로 명성을 날렸으며 독립운동에 자금을 대기도 했다고 한다. 한편 도향의 아버지는 조부의 권유로 마지못해 의전(醫專)을 다녔으나 관심을 둔 것은 문학이었다. 그러므로 그는 동경제대 유학을 마치고도 개업을 하지 않고 조부의 도움으로 생계를 꾸려가며 실업자로 지냈다. 이렇게 볼 때 도향의 문학적인 바탕은 그의 아버지에게서 받은 것이 분명하다.

도향은 배재고보를 거쳐 경성의전에 입학하였는데 이는 할아버지의 권유에 따른 것이다. 그러나 그는 신교육과 춘원, 육당의 영향으로 문학에 관심을 기울이게 되었으며 불안정한 가정적 분위기(그의 할아버지는 도향의 부친보다 나이가 어린 젊은 여자와 다시 결혼하여 손자인 도향보다 어린 아들, 딸을 낳았다)에서 빚어지는 갈등으로 정신적 방황을 하기도 했다. 도향의 소설에 나타난 감상(感傷)과 낭만성의 근원은 이러한 데에서 찾을 수 있을 것이다.

도향은 1919년 경성의전에 입학했으나 문학공부를 하겠다는 생각으로 조부의 돈을 훔쳐 일본으로 건너갔다. 조부는 분개하여 손자에게 학비를 보내주지 않았다. 어쩔 수 없이 도향은 귀국하여 1년간 보통학교 교사를 하였다. 이 시기에 그는 일본여자에게 쓰라린 실연을 당하고 만다.

1922년 그는 가장 나이가 어린 〈백조〉 동인으로 참여하여 「젊은 이의 시절」과 「별을 안거든 우지나 말걸」을 연속으로 발표하였다. 제목이 의미하는 것처럼 대단히 애상적이고 낭만적인 작품이다. 도향은 만 20세가 되던 해 동아일보에 장편소설 「환희(幻戲)」(1922,11.21~1923.3.21)를 연재하였다.

1923년 그의 조부가 독립 자금을 대준 혐의로 감옥에 들어갔다가 나와 앓아눕자 집안은 기울었다. 그의 조부는 1924년 세상을 떠났다. 따라서 도향은 궁핍에 시달리게 되었다. 방랑생활과 지나친 술 등은 그를 더욱 낭만적이고 애상적인 성격으로 만들어 갔다. 노작 홍사용의 말을 빌면 도향은 '염세시인(厭世詩人)' 이었으며 백철의 회고에 따르면 도향은 '知的으로 늙은이였으며 냉정하고도 깔끔하고 이지적이요, 내성적인 인물' 이었다. 그는 잠시 시대일보 기자를 지냈으나 1925년 문학공부를 다시 하기 위해 일본으로 갔다.

염상섭, 이은상과 함께 지냈던 일본 생활은 술과 무궤도한 생활이었다. 이 무렵 그의 부친이 서울에서 개업을 하고 있었지만 도향에게 별 도움을 주지는 못했다. 도향은 일본에서 얻은 폐결핵과 가난과 짝사랑의 고통을 안고 귀국하였다. 이 때의 도향을 그의 동생 명식(明植)은 이렇게 말하였다.

(전략)마당에는 거지가 소리없이 들어와 있었다. 어린 나도 몰랐다. 그 거지는 딱딱한 밀집모자에다 검은 색 일본옷을 입었으며 게다짝을 끌고 비를 맞으며 온 모양이다. 그 얼굴은 핏기가 하나도 없는 초라한 거지 모습 그대로였다.

도향은 이리하여 몇 달 정도 병석에 누워 있다가 1926년 8월 세상을 떠났다.

그는 1920년대의 작가 중에서 독특한 위치를 인정받고 있다. 일부의 연구가들은 그의 문학적 경향을 낭만적 애상주의에서 사실주의 또는 자연주의로 변모하였다고 규정한다. 그러나 사실 그의 5년 남짓밖에 되지 않는 문단 활동기에 과연 이러한 극단적 변화가 있을 수 있는 것인지에 대해서 비판적인 의견을 가진 사람들도 있지만 어쨌든 그는 당시의 문단에서 누구나 인정하는 천재였다.

김동인은 나도향의 인상을 '시커먼 얼굴, 부리부리한 눈이 마치 고등계 형사같이 험상궂게 생겨서 꽤 불쾌하였다' 라고 말하였다. 이러한 용모와 실연 때문에 열등의식을 불러일으킨 것이 아닌가, 거기에 사회적, 가정적 갈등이 그를 걷잡을 수 없는 방랑과 낭만으로 이끌고 간 게 아닌가 추측한다.

도향은 이렇게 하여 너무나 잠깐 우리의 식민지 문단에 나타났다가 사라져 간 나그네가 되었다. 단지 그의 '도향(稻香)' 만이 진하게 남아 있을 뿐이다.

물레방아

작품연구

1922년 이후 조선 문단을 휩쓴 바람은 소위 프로문학이었다. 프로문학의 공과는 논외로 치고 프로문학의 영향으로 많은 작가들은 비로소 그들이 처해 있는 식민지 현실에 눈을 뜨게 되었다. 도향의 문학적 경향에도 커다란 변화가 오게 된다. 「행랑자식」, 「벙어리 삼룡이」, 「물레방아」 등의 제목에서도 나타나듯 앞에서 언급한 초기 작품들과는 문체면에서도 내용면에서도 분명 상당히 차이가 있다. 초기의 제목들이 낭만적이며 감상적인데 비하여 후기의 작품들의 제목은 거의가 현실, 또는 구체물에서 빌어온 것이다. 문체면에서도 얼마나 급격한 변화를 겪었는지 비교해 보기로 한다.

> 반짝반짝 춤추는 물결 속으로 죽은 스피릿[精]이 가라앉는 것같이 정월의 몸은 백마강 물결 속에 들어가 버리었다.
> 아—과연 죽어간 정원이 설화의 원혼을 죽음으로 위로할 수가 있고, 이 후에 선용이가 이 자리를 거칠 때에 정원의 죽어간 자리를 찾아낼 수가 있을는지? 이 모두 우리 인생의 환희(幻戲)인 까닭이로다.
>
> 「환희(幻戲)」의 마지막 부분

> 어느날 춥고 바람 많이 불던 겨울밤이었다. 박교장의 집 행랑에서 글 읽는 소리가 나

더니 꺼져가는 촛불처럼 차츰차츰 소리가 가늘어 간다. 그러다가는 다시 옆에서 어린 애 입에 젖꼭지를 물리고서 졸음 섞어 꽥 지르는 목소리로

「어서 읽어.」

하는 어머니 소리에 다시 글소리는 굵어진다.

「행랑자식」의 첫부분

이러한 문장의 변화는 실제적으로 단 7개월 남짓 사이에 이루어진 것이다. 도향의 관심이 낭만이나 공상이 아닌 현실로 옮겨지고 있다는 산 증거가 될 것이다.

「물레방아」는 「행랑자식」이 발표된 이후 약 2년이 경과한 뒤인 1925년 8월 〈조선문단〉 11호에 발표된 작품이다. 그는 한 달 전 이미 그의 대표작으로 손꼽기에 주저하지 않는 「벙어리 삼룡이」를 〈여명(黎明)〉 1호에 발표하였다. 이어 12월에는 역시 그의 대표작인 「뽕」을 발표하였으니 이 시간은 겨우 6개월 남짓이다. 이러한 면에서도 그의 놀라운 천재성을 인정하지 않을 수 없다.

「물레방아」의 첫머리는 이렇게 시작된다.

덜컹덜컹 홈통에 들었다가 다시 쏟아져 흐르는 물이 육중한 물레방아를 번쩍 쳐들었다가 쿵 하고 확 속으로 내던져질 제 머슴들의 콧소리는 허연 겻가루가 켜켜이 앉은 방앗간 속에서 청승스럽게 들려나온다.

솰 솰 솰, 구슬이 되었다가 은가루가 되고 댓줄기 같이 뻗치었다 다시 쾅쾅 쏟아져 청룡이 되고 백룡이 되어 용솟음쳐 흐르는 물이 저쪽 산모퉁이를 십리나 두고 돌고, 다시 이쪽 들 복판을 오리쯤 꿰뚫은 뒤에, 이방원이가 사는 동네 앞 기슭을 스쳐 지나가는데 그 위에 물레방아 하나가 놓여 있다.

「물레방아」란 농경사회의 생존의 중요한 도구이며 장소이다. 그곳은 먹이를 얻기 위한 곳이며 동시에 성(性)과 연관된 장소이다. 이효석의 「메밀꽃 필 무렵」의 물레방앗간도 같은 성격의 장소이다. 신화비평적 요소를 도입하여 배경을 분석한다면 다음과 같은 해석이 가능하다.

물레방아란 대지와 곡식 물이 만나는, '생산' 이 이루어지는 곳이다. 즉 물레방아는 물의 신화성을 통한 생명력의 숙명적인 순환을 상징하는 우주의 시계이며 원동력이다.

「물레방아」의 여주인공은 소위 요부형(妖婦型)에 속하는 인물이며 이에 대비한 남자 주인공 방원(芳源)은 야수형의 인물이다.

방원 처는 이렇게 묘사된다.

> 새침한 얼굴이 파르족족하고 길다란 눈썹과 검푸른 두 눈 가장자리에 예쁜 입, 뾰로통한 빰이며 콧날이 오똑한 데다가 후리후리한 키에 떡 벌어진 엉덩이가 아무리 보더라도 무섭게 이지적인 동시에 창부형으로 생긴 것이다.

'이지적인 동시에 창부형' 이란 이중 표현은 가능한 것일까. 가능하다면 방원 처의 속성은 어떤 것일까. 달리 말하면 그녀는 대단히 냉정하고 현실적이며 또한 성적인 존재라고 할 수 있는 것일까. 분명 방원의 처는 현실 파악에 예리하며 생산을 위한 도구—그녀는 지주인 신치규(申治圭)의 아이를 낳아주기로 한다—에 충실하기로 한다.(방원과 방원 처 사이에 아이가 없다는 것에도 주목할 필요가 있다) 방원은 어떠한가. 그는 거칠고 감정적이며 폭발적이다. 그리스 신화를 대입한다면 이는 아프로디테(비너스)와 헤파이스토스로 비교될 수 있을 것이다. 주지하다시피 아프로디테는 미의 여신이며 에게해의 바다에서 태어난 물의 속성을 가진 존재이다. 반면 헤파이스토스는 대장장이로 불을 다루는 추한 남자이다. 그러나 이들은 부부이며 아프로디테는 헤파이스토스 몰래 다른 남자들과 사랑을 하곤 한다. 헤파이스토스가 만들어 내는 것은 무기이거나 농기구이다. 이것은 파괴와 생산 모두를 의미한다. 이러한 대입법은 자칫 주제에서 멀어질 우려가 있기에 간략하게 말한다면 방원과 방원 처는 이러한 신화성을 감추어 가지고 있는 지상적 존재라는 것이다. 등장 인물에 대한 명명(命名)에 대해 언급하는 정도로 줄이고자 한다. 방원(芳源)에서 芳의 뜻은 '꽃다울 방' 또는 '향기 방' 이며 源은 '근원' , '물의 근원' 이다. 이것이 남자 주인공의 이름으로 그리고 주인공의 성격과 일치되는 것이라고 생각되지는 않는다. 오히려 방원 처의 이름으로 적당한 것이 아닌가 생각된다.(소설 속에서 방원 처의 이름이 한 번도 언급되지 않는 것도 관심을 가질 필요가 있다) 한편 방원과 대립된 늙은 부자 신치규(申治圭)의 이름은 '땅을 다스린다' 는 뜻에 가깝다. 이 두 사람이 간통하는 곳은 물레방앗간이다. 대지와 물의 결합이란 곧 농경사회의 풍요를 기원하는 주술적인 면과 연관되어 있다는 엘리아데의 말을 언급하는 정도로 그친다.

방원의 무능력은 표면적으로는 경제적 무능—돈을 벌어오지 못한다는 것이다. 그것은 도향 자신의 경제적 무능력에 대한 반사적 표현일 수도 있고 이에 따른 실연의 고통의 반영일 수도 있다.

이인복 교수는 이에 대해 이렇게 말하였다.

극히 추물인데다가 赤手건달의 걸식으로 20대 청춘을 보내었고 그로 인해 사랑하는 여인으로부터 때마다 실연의 고비를 마셔야 했던 도향의 세계를 미루어보면 '삼돌이' 나 '벙어리 삼룡이' 나 '이방원' 은 바로 도향이며, 자신의 울분이며 자신의 생애가 바로 예술을 향해 승화된 것이다.

이러한 견해는 상당히 타당한 것으로 여겨진다. 그러나 문학작품은 본질적으로 허구의 세계이다. 주인공과 사건이 아무리 사적인 것이라 하더라도 허구의 세계로 취급하지 않으면 안 된다고 본다.

방원의 처는 남편의 무능에 반발하여 신치규와 간통한다. 이에 분개한 방원은 신치규를 폭행한다. 이 대가로 감옥살이를 하고 돌아온 뒤, 그는 이미 신치규와 살고 있는 여자에게 함께 달아나자고 설득하나 방원의 처는 거절한다. 김동인의 「감자」에서 보여준 복녀의 비윤리성이 여기에서도 적나라하게 나타난다. 그러나 방원의 처는 복녀보다도 더욱 적극적인 개성을 가진 여자이다.

「싫어요. 나는 죽으면 죽었지 가기는 싫어요. 이제 나는 고만 그렇게 구차하고 천한 생활을 다시 하기는 싫어요. 고만 물렀어요.」

이는 '물레방아' 로 표상되는 운명에 대한 강렬한 반역이다. 그녀는 방원에게 죽음을 당한다. 그러나 방원은 신치규에게 어떠한 보복도 하지 않고 자결한다. 이렇게 볼 때 당시의 문단의 풍토인 신경향파 문학의 계열에 '물레방아' 를 포함시키려는 일은 별로 의미가 없을 것이다. 나도향의 관심은 계급적 대립보다는 농촌사회의 원초적인 갈등의 드러냄에 있다. 벗어날 수 없는 가난의 질곡—이 작품의 시대가 조선시대, 또는 고려시대라고 해서 달라질 것은 아무것도 없다. 이는 식민지 농촌의 보수성과 낙후성을 드러낼 뿐 아니라 역설적으로 식민지 농촌 파괴정책 속에서도 꾸준히 유지되는 재래적인 농촌의 모습을 보여준다—속에서 나타나는 두 가지 몸부림이 본질적인 나도향의 관심이며 그리하여

「물레방아」가 식민지 농촌사회에 잔존하는 신분의 대립, 경제적 궁핍, 윤리적 파탄을 드러내고자 하는 것이라는 평자들의 지적은 사실 나도향의 부수적인 관심인 것이다. 그는 결코 사실주의 작가가 아니었다. 아무리 그가 식민지 현실에서 개인적 고통을 겪었다 하더라도 그는 영원한 낭만주의자였다. 나도향의 후기소설들을 통해 우리가 읽어 내는 것은 현진건이 보여준 흑백사진의 현실도, 김동인의 극단적인 인간의 광기도 아니다. 나도향은 원초적인 욕정과 탐욕으로 얽힌 사랑의 무대를 보여줄 뿐이다. 만일 나도향이 좀더 오래 살았다면 그의 문학세계는 어떻게 변했을까. 단언하건대 그는 보다 더 치밀해진 묘사로 현실 저 건너를 바라보는 낭만주의자가 되었을 것이다.

「물레방아」는 김우종 교수의 지적처럼 오늘날의 기준으로 보면 신춘문예 가작 수준에 불과할 수도 있고, 또한 어쩌면 오늘날의 삼류 주간지 한 편에 등장하는 그런 치정극(癡情劇)에 불과할 수도 있다. 그러나 바로 그런 치정극이야말로 인간이 살아가는 한 어느 시대에나 사회 속에서도 물레방아처럼 영원히 되풀이되는 인간의 숙명인 것이다.

작품요약

이방원은 마을에서 세력이 있는 신치규의 막실살이로 들어간다. 그는 떠돌이로서 지금의 아내를 전남편에게서 빼앗아 이 마을로 숨어들어온 처지이다.

가을밤 달이 고요할 때였다. 물레방앗간 옆에 어떤 남자와 여자가 서서 이야기를 하고 있었다. 여자는 방원의 아내로 스물두 살의 젊은 여자, 남자는 오십이 반이나 넘은 늙은이이다.

「얘, 내 말이 조금도 그를 것이 없지? 그 까짓 방원이 녀석하고 네가 몇 백 년 살아야 언제든지 막실 구석을 면하지 못할 테니…… 네 마음은 어떠냐?」

신치규는 여자를 탐욕스러운 눈으로 들여다본다. 여자는 아무 말이 없이 서서 짐짓 부끄러운 태를 지으며 매혹적인 웃음을 생긋 웃는다.

「그러지 말고 허락을 하렴. 내가 너를 장난삼아 그러는 것이 아니겠고, 후사(後嗣)가 없어 그러는 것이니까 아들이나 놔주렴. 내일이라도 방원이란 놈을 내쫓고 너를 불러들일 터이니.」

계집은 영감 가슴에 안겨서 정욕이 가득 찬 눈으로 그를 보면서 말했다.

「영감이 거짓말은 안 하시지요?」

계집은 영감의 팔을 한 손으로 잡고 방앗간 속을 가리켰다. 영감과 계집은 방앗간에서 이삼십 분 후에 다시 나왔다.

사흘이 지나 신치규는 방원을 자기 집 사랑마루 앞으로 불렀다.

「오늘부터는 우리 집에 사정이 있으니 다른 곳에 좋은 곳을 찾아가 보아라.」

아무 조건도 없다. 방원은 답답하였다. 아내에게 그 이야기를 했다. 그러나 아내는 방원에게 불평을 늘어놓았다.

「그래 얼마나 나를 잘 먹여 살리고 호강시켰소? 이태나 끌구 돌아다닌다는 것이 남의 집 행랑이었지요.」

방원이 처를 달래었으나 여자는 이미 남편에게서 마음이 떠나 있는 것이다. 둘은 서로 욕을 하면서 싸운다. 방원은 여자를 후려친다.

「왜 사람을 치지? 이 놈 죽여라.」

「이 년이 죽으려고 기를 쓰나!」

계집은 일부러 꺼이꺼이 소리높여 운다. 마을 사람들은 두 사람이 사랑 싸움을 한다며 오히려 그들을 부러워하였다.

그날 저녁 방원은 술이 취해 돌아온다. 아내에게 사과를 할 마음이었다. 그는 혼잣소리로 지껄이면서 길을 걸었다.

「빌어먹을 놈! 나가라면 나가지 무서운가? 돈! 돈이 사람을 죽이는구나!」

그는 집에 돌아와 아내를 찾으나 아내는 없다. 옆집 내외가 방앗간으로 가더라는 이야기를 듣는다. 방원이 아내를 찾아 방앗간을 막 돌아서자 신치규와 자기 아내가 방앗간에서 나오는 것이었다.

그의 눈에서 쌍심지가 거꾸로 섰다. 그는 여자의 팔을 움켜잡았다. 그러나 계집과 신치규는 태연했다.

「네가 참으로 환장을 했구나!」

「왜 남의 팔을 잡고 요 모양야. 누구더러 환장을 했대?」

신치규가 이런 소동에 끼어들었다.

「술이 취했으면 일찍 들어가 잘 일이지 웬 짓이냐. 너의 연놈이 싸우는 것은 어디든지 가서 할일이지 여기 누가 있는지 없는지 눈깔에 보이는 것이 없어?」

방원은 어려서부터 오늘날까지 상전이라 하면 두려워하는 성질이 깊이 박혀 있었다. 그러나 지금 이 순간에 신치규는 방원의 원수였다. 그는 신치규의 멱살을 쥐어 땅바닥에 태질을 한 다음 돌멩이를 집어 마구 내리친다. 승냥이나 이리처럼 잔인한 힘이 솟아난다. 계집은 사람 살리라고 소리를 쳤다. 동네 저 편에서 사람들 소리가 나며 순검이 나타났다. 그제서야 방원은 자신을 되찾고 아내에게 말한다.

「가자! 도망가자! 나하고 같이 가자.」

그러나 아내는 그대로 서서 종종걸음을 친다.

「싫소, 임자나 가구료. 나는 싫소.」

결국 그날 방원은 주재소에 붙잡혀 갔다. 석 달이 지나 그는 감옥에서 나왔다. 신치규는 아무 일 없이 치료를 하고 방원의 처를 데려다 함께 살고 있었다. 방원은 모든 것을 자신이 돈이 없는 것에 이유를 돌리고 복수를 할 날만 기다리고 있었다. 그는 감옥에서 나와 이백리 길을 걸어 마을로 갔다. 사람들은 그를 아는 체하지도 않았다. 그는 단도를 가지고 신치규의 집 담을 넘어갔다. 아내를 몰래 납치하여 물레방아 앞에 내려놓았다. 아내를 달래려 하였으나 그녀는 찌르려거든 찔러 보라고 대들었다.

「자아, 어서 옛날과 같이 나하고 도망을 가자! 나는 참으로 나의 칼로 너를 죽일 수 없다.」

「나는 오늘 죽으나 내일 죽으나 언제든지 죽기는 일반, 이렇게 된 이상 나를 죽이시오.」

방원은 칼끝을 계집의 옆구리를 향하여 힘껏 내밀었다. 그리고 칼을 빼어들더니 계집 위에 거꾸러져 가슴을 찌르고 절명하여 버렸다.

감상을 위한 문제제기

1. 물레방아의 상징성에 대해 좀더 생각해 보시오.

물레방아는 순환적 시간—시간의 영속성을 나타내는 상징으로 많은 소설이나 민요 속에 등장한다. 아울러 물레방아의 움직임은 생산 활동의 한 모습—성(性)과 연관되기도 한다. 「메밀꽃 필 무렵」의 낭만적 물레방아도, 나도향의 원초적 비극의 물레방아도 모두 순환적 시간의 구조 속에서 사건이 전개된다. 물레방아는 신치규와 이방원의 생산의 지배권을 둘러싼 싸움의 배경이며, 늙은 왕과 젊은 기사가 젊은 여인(공주)을 두고 다투는 비극적 로망스의 변형된 모습을 보여준다고 하겠다. 물레방아는 소설의 배경 축이며 시간 축이기도 하다. 그것은 단순한 장소 이상의 의미를 지닌다.

화살로 상징되는 직선적 시간관은 고대(古代)의 경우 오히려 예외에 속하는 것이 아닐까 생각한다. 뱀이 허물을 벗고 생명을 언제나 새롭게 한다는 생각은 고대인으로부터 현대 원시 부족에 이르기까지 널리 나타난다. 바빌로니아의 점토판에서 발견된 갈가메시의 서사시에 보면 인간은 뱀 때문에 불멸의 생명을 잃어버렸다고 한다. 그리스 로마에서도 끝없는 시간의 순환을 나타내는 상징으로 자기의 꼬리를 물고 있는 둥근 모양의 뱀(우로보로스)이 묘사되었다. 이러한 상징은 마야 문명에서도 발견되는 것으로 보아 실로 세계적인 것으로 생각된다.

이렇게 보면 물레방아는 우로보로스와 전적으로 동일한 상징이다. 그것은 물의 순환과 연관하여 시간의 순환을 상징한다. 나아가 물레방아는 우주의 순환을 재현하는 상징이기도 하다. 그것은 역시 물과 관련되어 일종의 정화(淨化) 행위를 나타내기도 한다. 물레방아는 시간의 영속성 속에서 창조의 행위를 반복하는 상징이라고 하겠다.

2. 이방원이 신치규에게 보복을 하지 않은 이유를 써보시오.

한동안 일부의 평자들이 결말에서의 신치규와의 갈등 그리고 살인이라는 사건에만 초점을 맞추어 이 작품을 당시 유행하던 신경향파 계열로 취급한 적이 있었다. 이러한 발상은 소설의 전체 구조를 무시한 데서 생겨난 것으로 보인다. 「물레방아」의 갈등은 계급적이라기보다는 '치정(癡情)' 이다. 방원은 '사랑의 도피' 를 해온 처지이다. 이러한 발단 자체를 보더라도 이른바 계급 문학의 혐의(?)를 받을 만한 근거는 전혀 없다. 방원과 신치규의 갈등은 인류 역사 이래 있어온 해묵은 치정(癡情)의 한 패턴이지 그것을 계급 간의 갈등으로 보아야 할 필요는 없다. 신분 상승을 꿈꾸는 방원의 처, 물질적 궁핍에서 헤어나기 위해 사실상 신치규에게 팔려가는 편을 선택하는 방원의 처의 삼각 구도에는 최서해의 처절함도 김유정의 해학성도 없다. 김유정의 「소나기」와 「물레방아」를 비교해 보자.

> 아내가 꼼지락거리는 것이 보기에 퍽이나 갑갑하였다. 남편은 아내 손에서 얼레빗을 쭉 뽑아들고는 시원스리 쭉쭉 내리빗긴다. 다 빗긴 뒤, 옆에 놓인 밥사발의 물을 손바닥에 연신 칠해 가며 머리에다 번지르르하게 발라놓았다. 그래 놓고 위서부터 머리칼을 재워가며 맵시 있게 쪽을 딱 찔러주더니 오늘 아침에 한사코 공을 들여 삼아놓았던 짚신을 아내의 발에 신기고 주먹으로 자근자근 골을 내주었다.

앞뒤 맥락 없이 이 글만 읽는 독자라면 남편의 지극한 아내 사랑에 감격할지도 모른다. 그러나 지금 김유정의 소설 속에서의 남편은 '생존을 위한 매춘'을 위해 아내를 치장하여 내보내는 것이다. '이 원을 고히 받고자 손색이 없도록, 실패 없도록' 하기 위한 남편의 노력(?)인 것이다.

그러나 우리가 나도향의 「물레방아」에서 발견하는 것은 설익은 낭만이라고 불러야 할 어설픈 주제 의식이다. 신치규를 비롯한 인물들은 모두 평면적이다. 감옥에서 나온 방원이 아내를 찾아가서 결국 아내와 함께 죽어버리는 결말도 너무나 우발적이어서 설득력이 없다. 단편 소설이 요구하는 복선도 없으며 아내의 성격 창조 역시 미흡하다. 방원의 자살을 아내에 대한 지극한 사랑이라고 할 수 있을까. 그러기엔 방원의 성격의 리얼리티 역시 부족하다.

이 작품의 결말은 프랑스 작가 메리메의 낭만주의 소설 「카르멘」의 결말을 연상시킨다. 실제로 이방원의 아내는 집시 여인 카르멘의 성격을, 이방원은 돈 호세를 얼마간 빌려온 것이라고 해도 과언이 아니다. 카르멘의 이중성, 자유 분방함은 방원의 아내와 상당 부분 대응한다. 돈 호세가 감옥살이를 마치고 돌아와 카르멘을 설득하려다가 실패하자 함께 죽어버리는 장면과 「물레방아」의 결말도 유사하다. 나도향의 「물레방아」가 곧 「카르멘」의 번안이라는 의미는 아니다. 카르멘 형(型)의 여인은 성격 창조를 생명으로 삼는 현대 소설의 한 전형이 되고 있다는 점에서 언급한 것이다.

사실상 지금껏 이 작품에 대한 문학적 평가는 과장되었다고 해도 좋을 것이다. 한국 근대 문학사의 많지도 않은 유산(遺産) 중에는 분명 문학적으로 재평가되어야 할 작품이 상당수 있다. 「물레방아」도 그런 작품들 중의 하나라고 필자는 생각한다.

참고자료 및 논문

- 윤홍로, 한국근대소설연구, 일조각, 1984
- 이영식, 나도향 소설 연구, 성균관대학교 교육대학원, 1987
- 국어국문학회 편, 현대소설연구, 정음문화사, 1986

  이강언, 나도향의 후기작품론
- M. 엘리아데, 우주와 역사, 정진홍 역, 현대사상사, 1976
- G. 바실라르, 불의 정신분석 외, 민희식 역, 삼성출판사, 1985

최서해

간힌 자의 분노

작가연구

최서해(崔曙海 1901~1932). 함경북도 성진(城津) 출생. 본명은 학송(鶴松). 서해는 그의 호이다. 어릴 때 이름은 저곡(苧谷)이라고 하나 그의 고향 근처의 지명을 따서 불렀으리라고 보며 아명이라고까지 하기는 어렵다.

그의 전기(傳記)는 아직 자세하게 알려져 있지 않다. 독학을 하였다는 점, 아버지에게서 학문을 배웠다는 점, 어린 시절 춘원의 「무정」과 같은 소설을 마구 읽었다는 점, 생존을 위하여 사회의 온갖 밑바닥 인생을 몸으로 겪었다는 점 등이다.

1920년대의 대부분의 작가들이 인텔리층이며 소위 동경유학생 집단이었던 데 비하면 서해의 이러한 출신 성분은 대단히 독특하고 충격적일 수밖에 없다. 그러기에 김동인은 그를 '괴한' 이라고 비유하였다. 서해의 현장 체험은 그 시대 어느 작가도 따를 수 없는 문학적 보고였다. 그는 이러한 자신의 체험을 절규하듯 토해놓고 젊은 나이에 세상을 떠나 버렸다. 그가 죽은 뒤 그의 문학은 소위 신경향파 작가, 보고문학(報告文學)이라는 딱지가 붙어 우리 문학사의 깊은 곳에 화석처럼 남아 가능하면 건드리지 않는, 마치 타부처럼 인식되어 왔다. 최서해라는 이름은 항상 그의 소설의 중요한 골격인 빈궁의 체험, 계급적 질서를 몸으로 타파하려는 방화, 살인 등 파괴성만 연관을 지어 왔다. 마치 그는

1920년대 문학사를 언급하면서 서둘러 지나가거나 못 본 척하고 넘어가야 하는 그런 작가로 간주되어 온 감이 없지 않다. 그러나 그를 알맞은 자리에 자리매김함은 1920년대의 문학사—정신사를 위해 결코 해가 되지 않을 것이다.

그의 친구인 박상엽(朴祥燁)은 서해의 부친의 직업을 '몰인정한 한의(漢醫)' 였다고 말했다. 그러나 서사시 「국경의 밤」의 시인인 파인(巴人) 김동환의 회고에 따르면 서해의 부친은 조선 말의 지방관리로 만주 시베리아 국경지대인 흑룡강 부근에서 독립운동에 가담하였다고 한다. 한편 1919년 12월 현재 일본 총영사관 경찰측 자료인 「조선민족운동연감」에는 상해임시정부의 명령에 복종하는 독립운동 단체의 직속기관을 설명하면서 그 조직원의 하나로 '서기(書記) 최학송(崔鶴松)' 이라고 기록하고 있다. 이는 서해가 삼일운동 직후 5년간이나 만주를 방랑하게 되는 실제 체험의 이유와도 연결된다. 그러나 그가 삼일운동에 직접 참여하였는지는 부정적이다. 그 자신이 밝히지도 않았으며, 만주로 달아난 것은 사실 어려서 이별한 아버지를 찾아간 것이라고 추측된다. 편의상 그의 방랑을 '간도(間島) 체험' 이라고 하자. 그의 문학은 곧 그의 간도 체험을 바탕으로 하고 있다. 간도 체험이란 민족의 고통을 몸으로 보고 들은 체험이며 윤홍로 교수에 따르면 '넓은 시각에서 보면 상위 범주의 민족문학에 속하는 것' 이다. 자신의 개인적 체험=간도 체험=빈궁의 확인=민족적 분노라는 등식을 따라가다 보면 그의 문학은 그 시대의 인테리 작가들이 소위 객관적, 사실적이라는 이름으로 방관자적인 입장을 견지하던 것과 얼마나 많은 격차가 있는가 생각하게 한다. 그의 현장 체험 문학이 얼마나 많은 작가들에게 자극을 주었는지는 이루 말할 수 없다. 서해의 문학은 문학 자체의 완성도와는 별도로 이런 점에서도 귀중한 유산이라고 할 수 있을 것이다.

서해는 1924년 그가 크게 영향을 받은 이광수의 추천으로 〈조선문단〉에 「고국(故國)」을 발표하였다. 1925년 그는 그의 대표작인 「탈출기(脫出記)」를 발표하여 그의 간도 체험을 더욱 심화하였다. 카프(KAPF)문학 계열에서는 서해의 문학을 전적으로 계급적 대립으로 이해하여 자신들의 선구자가 등장한 것처럼 올려세웠으나 막상 최서해를 끌어들인 박영희에 의하면 최서해는 카프의 문학전쟁에는 별로 찬동하지 않았던 것 같다. 결국 그는 카프 계열에서 이탈하고 말았다. 그는 '한국사회와 한국민족을 위하여 일을 한다' 는 점에서 카프를 지원하고 동조하였을 뿐이다.

그는 〈조선문단〉의 식객 노릇을 하면서 여전히 빈궁한 생활로 위수술을 받고 세상을 떠날 때까지 약 7년간의 문단 생활 중 60여 편의 작품을 발표하였다. 물론 그 대부분은 간도 체험의 연장선에 있다고 할 수 있다. 서해의 작품에 자주 나타나는 방화(放火)의 장면을 개인적인 정신분석적 면에서 해석할 수도 있지만 그것은 여기서 다룰 수 있는 지면이 없으므로 생략한다. 이 무렵 현진건의 「불」, 나도향의 「벙어리 삼룡이」 등의 많은 작품에 방화(放火)가 나타나는 것은 시대적 상황과 관련이 있다. 참고로 말하면 1925년에 보도된 화재 사건의 약 30%가 방화(放火)였다고 한다. 말하자면 이 시대는 이미 사회 전체가 하나의 커다란 정신병동이었던 것이다. 물론 이러한 가장 큰 이유는 일제의 수탈정책 때문이었을 것이다.

탈출기脫出記 / 홍염紅焰

작품연구

「홍염」은 1927년 〈조선문단〉에 발표된 단편으로 「탈출기(脫出記)」와 더불어 그의 대표작으로 꼽히는 작품이다. 「홍염」이 발표되자 주요한은 '공상적 기분적 개인의 자연발생적 복수로 연장된 것' 이라며 과격한 결말을 못마땅하게 생각하였다. 반면 김기진과 같은 카프 계열의 평자는 「홍염」을 아주 높게 평가하였다.

어느 쪽이든 「홍염」은 문단의 대단한 주목을 받았다. 작품의 배경은 물론 북간도이며 중국인 지주의 악랄함과 이에 저항하는 '문서방' 의 이야기이다.

문서방은 일제의 수탈로 인하여 간도로 밀려나간 인물이다. 그는 빚 때문에 중국인 지주에게 딸을 빼앗겼고 아내는 미쳐 죽었다. 그는 중국인을 도끼로 쳐 죽이고 불을 지른 다음 환희한다.

주요한과 같은 섬세한 감정을 지닌 시인이 이런 경향의 작품을 못마땅하게 생각한 것도 당연하다. 그러나 앞에서도 말했듯이 이 모든 것은 서해의 간도 체험의 소산이다. 이는 나중에 논의될 김동인의 「붉은 산」과는 다른 차원에서 검토되어야 한다고 본다. 확실히 오늘날 대부분의 독자들에게도 「홍염」의 이러한 간도 체험은 지나칠 만큼 충격적이다. 그러나 서해는 이를 여과시킬 문학적 세련된 기교를 갖지 못했다는 것을 독자들은 이해해야 한다.

세련되지 못하고 거친 만큼 정직하고, 잔혹한 만큼 우리 민족의 아픔을 드러내는 것이 최서해 문학의 개성이며 동시에 약점이다.

「탈출기」나 「홍염」의 간도 체험은 당시의 시대 상황을 좀더 깊이 이해할 때 납득될 수 있을 것이다. 조선 말부터 시작된 간도 유민의 역사는 조선 말 일본이 일방적으로 중국과 간도협약을 맺어 간도지방을 중국에 넘겨줌으로써 더욱 심각한 문제를 일으켰다.

1910년을 전후하여 일본의 국권 침탈로 인한 조선유민의 수는 날로 늘어나 간도 인구의 20%를 넘었다. 이에 일본 제국주의자들은 조선인들을 보호한다는 명분으로 간도에 영사관을 설치하고 잔인하게 독립운동을 탄압하였다. 한편 일본은 중국인과 조선인을 이간질시키려는 공작을 계속해 왔는데 1920년대 후반에 오게 되면 그러한 그들의 공작은 곳곳에서 성공을 거두게 된다. 중국인 지주와 조선인 소작인의 갈등의 깊은 곳에는 일본인들의 악랄한 노력이 감추어져 있는 것이다. 그러한 결정적 사건은 1930년에 일어난 만보산 사건이란 것이다. 벼농사를 중심으로 하는 조선인들은 주로 밭농사를 하는 만주인들(중국인들)과 토지의 이용, 수로(水路)의 문제 등으로 소규모 충돌이 있어 왔다. 그러던 중 만보산 근처에서 대규모 논을 만들기 위해 물길을 만들던 조선인들이 중국인에게 학살당하는 사건이 벌어진다.(이는 일본인들의 교활한 음모였을 가능성이 크다) 일제는 이 틈을 타서 중국인에 대한 적개심을 자극했고 만주와 조선의 곳곳에서 조선인과 중국인들이 충돌하게 된다. 이를 핑계로 일본은 조선인들을 보호한다는 묵은 명분을 내걸고 1931년 소위 만주사변을 일으키고 이윽고 허수아비 나라인 만주국을 세우게 되는 것이다. 「붉은 산」이나 최서해의 간도 체험을 무조건 민족주의 입장에서 변호하기 이전에 역사속에 숨어 있는 깊은 부분을 들여다 볼 필요가 여기 있는 것이다. 일제는 필요하다면 조선인의 민족주의도 이렇게 이용하였던 것이다. 물론 이를 간파하지 못한 책임을 어느 작가 개인에게 책임지울 수는 없는 일일 것이다.

작품요약 – 탈출기(脫出記)

김군! 수삼차 편지는 반갑게 받았다. 김군! 나는 군의 탈가(脫家)를 찬성할 수 없다. 어서 집으로 돌아가라. 가족을 못 살리는 힘으로 어찌 사회를 건지랴.

김군! 내가 고향을 떠난 것은 오 년 전이다. 내가 어머니와 아내를 데리고 간도로 떠난 이유는 시든 내 몸이 새 힘을 얻을까 하여서였다. 기름진 땅에서 깨끗한 초가나 지어 글도 읽고 무지한 농민들을 가르쳐서 이상촌을 건설하리라는 것이 나의 이상이었다. 그러나 김군! 나의 이상은 물거품으로 돌아갔다. 농사를 지으려고 밭을 구하였지만 빈 땅은 없었다. 돈을 주고 사기 전에는 중국인들의 땅을 얻어야 했지만 나같은 '시로도' 초보자에게는 밭을 빌려주지 않았다. 어름어름하는 사이에 돈은 떨어지고 나는 '온돌장이' (구들 고치는 사람)가 되었다. 늘 숯검정이 꺼멓게 묻는 의복을 입고 살았다. 어머니가 나를 염려하는 말은 나를 더욱 고통스럽게 했다. 부지런하다면 우리처럼 부지런하고, 정직하다면 우리처럼 정직한 사람이 어디 있으랴. 그러나 빈곤은 날로 심해 갔다. 한번은 이틀이나 굶은 채 일자리를 찾다가 집으로 들어갔을 때였다. 아내가 부엌에서 무엇인가를 혼자 먹고 있었다. 나는 아내를 원망하였다. 그러나 그것은 귤껍질이었다. 아내는 귤껍질을 주워와 몰래 먹고 있었던 것이다. 아내는 아이를 배고 있었던 것이다. 김군! 이때 나의 감정을 어떻게 표현하면 적당할까. 나는 눈물을 흘렸다.

김군! 서풍이 불고 서리가 내리자 나는 생선 장사를 하였다. 생선 몇 마리를 사서 콩과 바꾸었고 그 콩으로 두부를 만들어 파는 것이다. 진종일 맷돌을 돌리고 나면 팔이 빠지는 것 같았다. 기껏해야 이십 전이나 삼십 전이 남는 장사였다. 그러나 이번에는 땔나무가 없다. 산 임자에게 들키면 큰일이므로 황혼이면 산에 가서 밤이 깊어서 돌아온다. 돌아오다 곤두박질을 치기도 하였다. 중국경찰서에 붙잡혀 가기도 하였다.

김군! 겨울은 깊어가고 그렇다고 손을 털고 앉았을 수도 없었다. 나는 여태까지 세상에 대하여 충실하였다. 그러나 세상은 우리를 속이고 모욕하고 멸시하였다. 우리는 험악한 제도의 희생자였다. 김군! 아무리 노력하여도 우리는 생의 만족을 느낄 날이 없는 것이다. 어찌하여 겨우 연명을 한다 하더라도 죽지못해 사는 삶이 될 것이다. 나는 나에게 최면술을 걸려는 무리를, 험악한 이 공기의 원류를 쳐부수어야만 한다. 나의 이 사상이 나를 집에서 탈출케 하였으며 벼랑끝보다 더 험한 X선에 서게 한 것이다. 김군! 거듭 말한다. 식구들은 더욱 곤경에 들고 자칫하면 눈 속이나 어느 구렁에서 굶어 죽을 수도 있을 것이다. 울기에는 너무도 때가 늦었으며 비애에 상하는 것은 우리의 박약을 표시하는 것이다. 어떠한 고통이든지 참고 분투하려고 한다.

김군! 이것이 나의 탈가한 이유를 대략적으로 적은 것이다. 나는 성공없이 죽는다 하더라도 원한이 없겠다. 이 시대, 이 민중의 의무를 이행한 까닭이다. 아아, 김군아! 말을 다 하였다. 정은 그저 가슴에 넘치누나.

감상을 위한 문제제기

1. 그의 체험이 문학적으로 형상화하지 못한 이유는 무엇인가?

최서해의 체험은 분명 당대의 어느 작가들보다 풍부하다. 그런데도 그의 문학은 결국 일종의 소재주의(素材主義)에 머물고 말았다는 의혹을 지울 수 없다. 그가 '간도 체험' 에 담겨 있는 놀라운 소재들을 좀더 정교하게 형상화하지 못하고 직설적 폭발을 택한 이유는 두 가지 면에서 찾을 수 있다. 첫째는 그가 전문 교육을 받지 못했다는 개인사적 이유이며, 둘째는 신경향파 문학—선동적인 직설법의 문학의 유행이라는 문학사적 흐름에서 찾아볼 수 있겠다.

그러나 그의 문학은 '빈궁의 문학' 이었을 뿐 '계급주의 문학' 은 아니었다. 그에게 쏟아진 신경향파 문학 계열의 찬사는 최서해 문학의 본질을 간과한 것이었다. 동시에 주요한을 비롯한 이른바 민족 문학 집단의 비난 역시 그의 문학에 나타난 빈궁이라는 소재를 계급주의 문학과 동일시한 오해에서 나타난 것이었다. 최서해의 소설을 조금만 정독하면 그가 시종 일관 유교적 모랄리스트였다는 것을 쉽게 발견할 수 있다. 그러나 최서해는 그의 문학의 성과와 위치를 자리 매김하지 못한 채 양쪽 모두에게 외면당한 불행한 작가가 되고 말았다. 민족 문학이든 카프 문학이든 본질적으로 부르주아 계층인 일본 유학생들로 조직된 문학의 주류에서 이 간도 체험—빈궁의 문학은 결국 일시적 관심을 끌었을 따름이다.

그는 기발한 소재가 곧 소설의 전부가 아니며, 소재주의 문학은 결국 소재의 빈곤과 함께 종말을 고한다는 것을 알지 못했던 것일까. 자신의 독특한 체험을 형상화하여 각광을 받은 상당수의 작가들이 체험이 바닥나며 문학적 종말을 고하는 경우를 짧은 우리 근대 문학사 속에서 적지 않게 발견할 수 있다. 최서해의 경우는 이러한 슬픈 작가들 앞에 우뚝 서 있는 셈이다.

2. 그가 궁극적으로 탈출하려는 것은 무엇으로부터인가?

최서해가 소설 속에서 제기한 문제들은 차라리 소박한 물음이다. 그것은 남편의 책임을 다하지 못하고 자식의 책임을 다하지 못하는 데서 오는 비통함을 묘사한 「탈출기」, 딸을 빼앗긴 아버지의 분노, 남편으로서 아내에게 딸을 데려다주지 못하는 문 서방의 슬픔을 다룬 「홍염」은, 궁극적으로 빈궁 속에서 파괴되어가는 가족의 모랄을 추구한 것으로 읽혀져야 한다고 생각한다. 그는 식민지 현실 속에서 빈궁의 문제를 정면으로 인식한 최초의 작가라고 규정해도 좋을 것이다. 현진건의 「고향」이나 「운수 좋은 날」이 다루고 있는 거리와 객관적 시점을 배격하고, 그는 작품 속에 간도 체험이라고 할 만한 그 자신의 독특한 삶을 묘사하였다. 그러나 그의 작품 속에서 그가 처해 있는 역사성과 시대 의식을 읽어내기란 쉽지 않다. 식민지 시대였다는 이유도 가능하겠지만, 그의 관심은 가부장 제도 속의 책임 의식이며 이를 완수하지 못하게 하는 극도의 빈궁에 대한 저항이지 빈궁 자체의 원인에는 별로 관심이 없어 보인다.

조금 다른 관점에서 본다면 최서해가 탈출하려고 한 지독한 빈궁의 뒤편에는 전통적인 가부장 제도가 요구하는 모랄의 벽이 존재한다. 그것은 당시의 식민지 지식인들이 넘어서고자 한 또 하나의 탈출 목표가 아니었을까 추측할 수 있다. 빈궁을 청빈이란 이름으로 미화하고 가난의 모랄만을 고집하던 조선조 사대부들의 가치관을 넘어선, '건강한 상것들의 윤리 의식' 이 곧 「탈출기」의 내부를 흐르고 있는 거친 강물이 아닐지. 거듭되는 설명이지만 최서해의 윤리 의식 역시 가부장적인 한계 속에서 진행되고 있다.

작품요약 – 홍염(紅焰)

백두산 서간도 한 귀퉁이에 있는 촌락 빼허[白河]에 겨울이 되었다. 눈보라가 친다. 차디찬 바람이 우—하고 몰려 오는 때면 산봉우리와 엉성한 가지 끝에 쌓였던 눈들이 한꺼번에 휘날려서 이 좁은 산골은 뿌연 눈안개 속에 들게 된다.

빼허는 통틀어서 다섯 호뿐인 마을이다. 귀틀집을 짓고 밭을 따라서 이리저리 흩어져 있다. 돼지울과 같은 집이다.

춥고 두려운 날 아침, 문서방은 집을 나섰다. 마당을 내려서려는데 한관청(韓官廳 : 관청은 직함)이 문서방을 불렀다.

「왜 그러시우.」

「저 일절 욕을 마오! 그게…… 엑 웠전 바람이 이런구. 그게 되놈인데 부모두 모르는 되놈인데…….」

문서방은 한관청의 염려를 고마워하며 눈보라 속을 이를 악물고 두 마루턱이나 넘어서

'달리소' 강가에 이르렀다. 빙판에는 개가죽모자 개가죽바지에 커단 올레(신)를 신은 중국 파리(썰매) 꾼들이 문서방을 보고 욕을 하였다.

「꺼울리 날취(저 조선 거지 어디 가나)?」

문서방은 허둥지둥 빙판을 건너서 인(殷)가라는 중국사람을 찾는다. 인가는 문서방의 사위다. 어디선가 되놈에게 딸을 팔아먹은 놈이라고 외치는 소리가 들릴 듯하다. 문서방은 죽어가는 아내의 딸을 찾는 소리가 귓가에 울린다.

지난 겨울 중국인 인가는 문서방 집에 빚 독촉을 하러 왔다. 문서방은 인가의 독촉에 견디다 못해 금년 농사를 모두 다 주겠다고 했으나 인가는 소금이며 다른 것들도 갚으라고 소동을 피웠다. 그리고 인가는 문서방의 딸을 끌고 가 버렸다.

「용녜야! 에이구 우리 용녜야!」

낯빛이 파랗게 질린 흰 옷 입은 사람들은 죽 나와서 섰건 마는 모두 시체같이 섰을 뿐이었다.

이리하여 용녜는 인가의 손에 들어갔다. 인가는 그 대가로 땅을 떼어주었다. 문서방은 차마 생목숨을 끊을 수 없어 원수가 주는 땅을 파먹게 되었다. 인가는 절대로 용녜를 밖으로 내보내지 않았고 문서방 내외에게도 보이지 않았다. 문서방의 아내는 병석에 누워 버렸다. 벌써 세 번이나 용녜를 보여달라고 졸랐으나 효과가 없었다.

문서방은 커다란 개들이 짖으며 날뛰는 인가의 집에 들어섰다.

「에에 렐라 장구재 유(주인 있소)?」

「쌍캉바(구들로 올라오시오)!」

문서방은 인가에게 애원을 했다. 그러나 인가는 다시 거절을 하였다. 그리고 지폐 석 장을 내밀었다. 문서방은 못 이기는 것처럼 돈을 받아 가지고 나오면서 용녜가 있을 집을 뒤돌아보았다. 개들이 따라나와 마구 짖었다. 문서방이 집에 돌아왔을 때 그의 아내는 발광 상태가 되어 있었다.

「이것 놓아주오! 아이쿠! 우리 용녜가 죽소! 우리 용녜를 살려 주!」

그의 아내는 검붉은 피를 토하면서 앞으로 거꾸러졌다.

이튿날 밤. 회오리바람이 일어나고 있어 나무도 꿈쩍 못 하고 있을 때 그림자 하나가 인가의 집 앞에 나타났다. 그림자는 보자기에 담긴 고기로 개들을 유인해 놓고 보리짚더미에 불을 질렀다. 문서방은 시원스럽게 웃으며 꽁무니에 찬 도끼를 만져 보았다. 불길 속에서 두 그림자가 나타났다. 문서방은 달려가 인가의 머리를 도끼로 후려치고 용녜를 구출하였다. 그는 딸을 안고 뜨거운 눈물을 흘렸다. 슬픈 중에도 그는 기쁘고 시원하였다. 하늘과 땅을 주어도 그 기쁨을 바꿀 것 같지 않았다.

감상을 위한 문제제기

1. 최서해의 '빈궁의 문학'이 문학적으로 뛰어나지 않더라도 문학사적 의미가 있다면 그 이유는 무엇인가 생각해 보시오.

근대 한국 문학사에서 빈궁의 체험을 소재화한 경우는 그렇게 흔하지 않다. 빈궁을 개인의 운수 탓으로 몰아버린다든가 가난 구제는 하늘도 못한다는 자조(自嘲)섞인 푸념을 통해, 문학은 가진 자들의 풍월, 아니면 가진 자들의 도덕을 합리화시켜 주기 위한 수단에 지나지 않았던 것이 우리의 문학이었다고 해도 과언은 아닐 것이다. 빈궁한 사람들의 생활을 묘사하는 작품이 있었다고 해도 그것은 빈궁 자체의 처절함을 온몸으로 체험하지 못한, 소문으로서의 가난을 묘사하는 정도에 지나지 않았다고 할 수 있다. 가난한 주인공들은 흥부처럼 풍자와 해학의 대상이 되거나, 안국선의 「인력거꾼」처럼 '노력하면 잘살 수 있다'는 거짓 논리로 포장된 총독부 정치를 합리화시키는 수단이 되고는 했다.

최서해는 가난에 대한 어떠한 풍자나 합리화도 정면으로 거부한다. 가난이 인간을 근본적으로 얼마나 추하게 무너뜨리며, 얼마나 인간성을 초췌하게 하는지 그는 너무나 절실하게 체험했던 것이다. 이 점에서 최서해는 한국 문학사에 소재의 지평을 열어주었다고 해도 좋을 것이다.

최서해 문학이 다소 거칠고 이질적인 것은 지극히 당연한 일이다. 오히려 그의 가난이 정교화되면 될수록 그의 가난은 무게를 잃어버릴 수밖에 없을 것이다. 문학적 성취에 도달할수록 가난의 체험은 현실감을 잃을 수밖에 없는 것일까. 이러한 이율 배반은 극복할 수 없는 것일까. 이광수가 자신의 어린 시절 가난의 체험을 몇 편의 소설과 수필류를 통해 낭만적 시선으로 보고 있는 것과는 실로 대조적이라 하겠다.

그의 빈궁이 단지 식민지 조선의 현실 속에서만 깊이를 얻는 것은 아닐 것이다. 오늘날에도 빈민들은 엄연히 존재하고 있고 그들의 상대적 빈곤감은 더욱 심화되어가고 있으며, 개인의 노력만으로는 쉽게 벗어날 수 없는 복합적인 요소를 지니고 있다. 최서해의 소설이 문학적 평가면에서 어떤 대접을 받든 그가 빈궁 자체에 대한 문학적 물음을 던졌다는 것만으로도 그의 소설은 읽을 만한 가치가 있다고 생각한다. 소설이 결코 가난의 근본 문제를 해결해 주는 정책적 대안은 아니지만 적어도 우리는 시대의 일그러진 삶의 고통을 외면할 수 없기 때문이다.

오양호(吳養蝴) 교수에 의하면 최서해의 보고 문학적 특징은 1940년대 만주를 배경으로 한 안수길의 소설과도 그 맥이 닿아 있고, 소금 밀매로 근근이 살아가는 유랑 농민의 삶을 그린 「새벽」의 결말을 예로 들고 있다.

> 아버지는 머리에서 피를 흘리면서도 치만이의 목을 두 손으로 갈라 쥐고 얼맛 동안 놓지 않았다. 치만이는 낮이 새빨개져 두 손만 버둥버둥하였다. 작대기는 연방 아버지의 몸에 내렸다. 아버지는 기진하였다. 목을 갈라 쥐었던 손이 스스로 풀리었다. 그리고, 으으응 하는 소리를 내면서 쭈욱 늘어졌다. 치만이는 벌떡 일어났다. 발을 들어 아버지의 늘어진 가슴파기를 밟으려 하였다. 그때이다. "하하하, 우리 복도예 시집간다. 옥황상제께 시집간다. 저어걸 봐라. 하하하, 가마 타구. 하하하." 어머니는 정주문을 박차고 뛰어나와서 하늘을 향해 손을 들고 껑충껑충 뛰었다. 바람이 홰에 하고 불고 눈은 쏴아 하고 날리었다. 피묻은 옷과 흐트러진 머리가 바람에 날리면서 어머니는 눈에 휩쓸려 나자빠졌다. 나의 온몸은 부들부들 떨리었다.

최서해의 소설 「홍염」과 대비해 보면 이 소설의 결말은 당연히 격렬한 복수로 끝나야 한다. 그러나 그것이 근본적으로 불가능한 이유는 이 소설의 화자가 어린이이기 때문만은 아니다. 1940년대와 1920년대의 시대적 차이라고 불러도 좋을 감정의 절제가 있기 때문이다. 이 감정의 절제가 소설의 도식성을 극복했다는 점에서 최서해 문학의 간도체험은 결국 우리 민족이 낯선 곳 낯선 민족들의 삶을 꾸려나가면서 편협한 윤리 의식이나 감정 과잉을 극복하고, 폭넓은 문학적 토양을 만들어 나아가야 한다는 과제를 제시했다고 본다.

2. 최서해의 '간도 체험'이란 결국 무엇인지 간략하게 정리해 써보시오.

최서해의 간도 체험을 일반적인 의미의 '빈궁 체험'이라고만 부르는 것은 타당하지 않다. 최서해의 빈궁 체험은 일제 식민지 역사에서 밀려난 민중의 처절한 체험이며 생존의 절박함에 떠밀린 조선인의 체험이기도 하다. 곧 계절의 아름다움과 지적 유희를 즐길 교양도 여유도 없는 사람들이 펜이 아닌 육성으로 내지르는 비명이라고 할 수 있다. 빈궁체험과 간도 체험을 종합하면 결국 간도라는 특정 지역은 단순한 도피 공간, 추방 공간 또는 독립의 가느다란 희망을 걸고 싸우는 장소의 의미를 넘어, 한국사에서 처음으로 겪어야 했던 조선인의 정체성(正體性)을 확인하기 위한 용광로였다. 최서해는 '간도'를 처음으로 인식한 작가이기도 했던 것이다.

참고자료 및 논문

- 윤홍로, 한국근대소설연구, 일조각, 1984
- 국어국문학회 편, 현대소설연구, 정음문화사, 1986

  조진기, 최서해 작품논고
- 문학사상, 1974. 11.(제26호)

이효석

커피향기와 메밀꽃 내음

작가연구

이효석(李孝石 1907~1942). 호는 가산(可山). 강원도 평창(平昌) 태생으로 경성제대 영문학과를 졸업하였다. 그의 아버지가 봉평(逢坪) 면장을 지냈으므로 물질적으로 비교적 넉넉한 생활을 했을 것으로 추측된다. 그러나 그의 집안은 곧 기울어져 그의 청년시절은 별로 풍요한 편은 아니었다. 청년시절 그는 러시아문학에 대단히 심취했으며 신문 현상문예에 익명으로 응모하여 현상금을 타곤 했었다. 이효석이 다닌 제일고보(지금의 경기중학) 1년 선배인 작가 유진오의 회상에 의하면 대학시절의 이효석은 어려운 형편에도 불구하고 대단히 멋쟁이어서 밖으로 가난을 드러내는 법이 없었고 옷차림은 늘 말쑥했고 나비장식을 붙인 깨끗한 구두를 신고 다녔다고 한다. 이러한 그가 학교를 마치고 세상에 나왔을 때 식민지 조선은 그를 알아주지 않았다. 그는 이미 동반작가로 알려져 있었지만 세상은 그저 '여자 같은 남자' 인상에 '창백한' 인텔리로 볼 뿐이었다. 그는 1년이 넘는 실업자 생활을 하던 중 그의 일본인 은사의 도움으로 총독부에 취직했다. 그는 총독부 경무국 검열계에서 어제까지의 동료였던 친구들의 원고를 검열하면서 지냈다. 그러나 그는 굴욕감과 함께 문단과 친구들의 비난을 견딜 수 없어 몇 개월도 견디지 못하고 그만두고 말았다. 바로 그 해인 1931년 그는 최초의 창작집 〈노령근해(露嶺近海)〉를 발표하였고 결혼하여 함경북도 경성(鏡城)의 농업학교 영어교사로 갔다. 이 무렵 그의 생활의 한 조각을 짚어보는 일은 그의 문학을 이해하는 데 적지 않은 도움이 될 것이다.

그는 여름이면 해변에 나가 해수욕을 했다. 학교농장에서 나는 밤으로 샌드위치를 만들고, 끓인 커피를 보온병에 넣어 가지고 가을 바다를 몇 시간이나 바라보았으며 경성에서 십리길인 나남(羅南)의 거리에 나타나곤 했다. '가네코' 란 빵집에 들렀고 '북광관' 이란 서점에도 들렀다. 커피 한잔을 마시기 위해 나남까지 십리길을 타박타박 걸어가기도 했다. 공원 옆 '동' 이라는 다방이 분위기가 좋아 일요일 저녁이면 나남으로 나갔다. 외로움을 이기기 위해 유진오 같은 선배에게 편지를 보내기도 했다. 이 시기 그는 소위 동반작가의 성향에서 벗어나고 있었다. 그는 3년간의 경성 시절을 그만두고 평양 숭실 전문학교 교수로 자리를 옮겼다. 30평 남짓하지만 잔디 깔린 꽃밭이 있는 양옥에서 피아노를 사 놓고 가족들이 함께 연주를 할 수 있는 그런 생활이었다. 축음기에서는 모짜르트의 음악이 흘러나왔고, 이효석 자신이 피아노로 쇼팽의 연습곡을 치기도 했다. 그는 장미꽃을 좋아했고 여러 가지 화초를 가꾸었다. 그는 영화광이었고 등산도 좋아했다. 양식을 좋아해서 집에는 버터나 통조림이 떨어지지 않았다.

「메밀꽃 필 무렵」이 이러한 커피 향기와 버터 냄새 속에서 태어났다는 것은 참으로 기묘한 느낌을 갖지 않을 수 없다. 어쨌든 이효석은 1930년대의 식민지 사회의 건너편에 있었다. 당연히 그의 문학에는 식민지 현실의 고통 같은 것을 찾아볼 수가 없다.

그러나 그의 아웃사이더 생활은 대단히 짧았다. 그는 1940년 병약한 아내를 잃었다. 그리고 2년 뒤 그는 뇌막염으로 갑자기 세상을 떠났다. 만 35세였다.

메밀꽃 필 무렵

작품연구

1936년 〈조광(朝光)〉에 발표한 이 작품은 이효석의 대표작이며 우리 문학사에서도 손꼽히는 단편의 하나이다. 「메밀꽃 필 무렵」이 이효석의 유년시절의 체험에서 태어났다는 것은 이미 널리 알려져 있다. 어린 효석이 사립소학교를 다니던 시절 봉평 장터에는 장날마다 드팀전(포목가게)을 벌이고 있는 나이가 쉰쯤 되는 이름도 고향도 성(姓)도 확실하지 않은 '곰보영감' 이 있었고 이 영감과 함께, 장돌뱅이 노릇을 하는 조봉근이란 사람, 방 두 개에 부엌 하나인 '충줏집 여주인 송씨' , 효석의 집안과는 아주 친한 성(成)씨 집안의 미인으로 소문난 스무 살쯤 된 '성옥분' 이 모두 훗날 작가의 상상력 속에서 다시 탄생하는 것이다.

작가의 서구 지향적인 생활과 취미와는 달리 이 작품 속에 흐르고 있는 것은 '메밀꽃 향기' 이다. 메밀이란 일반적으로 거친 산자락에 심는 구황식물(救荒植物)이다. 수확량도 얼마 되지 않고 맛도 그리 좋은 편은 아니다. '척박한 토양에서 강인하게 자라는 생명의 향기' 인 메밀 향기는 달과 어우러져 이 작품 전체의 분위기를 환상적으로 끌고 간다.

「메밀꽃 필 무렵」의 첫번째 주요 모티브는 이효석이 그의 대표작인 「돈(豚)」, 「산(山)」, 「분녀(紛女)」 등에서 추구하던 원시적 생명력의 해방의 연장선에 있다. 이러한 모티브는 때로는 추한 것이 되지만 인간 본연의 모습을 보여주고자 할 때에는 자연스럽고 아름다운 것이 된다. 이러한 자연과 인간의 성(性)의 생명현상을 보여주는 작품이 「메밀꽃 필 무렵」이다.

> 이지러는 졌으나 보름달을 갓 지난 달은 부드러운 빛을 흐뭇이 흘리고 있다. (중략) 밤중을 지난 무렵인지 죽은 듯이 고요한 속에서 짐승 같은 달의 숨소리가 손에 잡힐 듯이 들리며 콩포기와 옥수수 잎새가 한층 달에 푸르게 떨었다. 산허리는 온통 메밀밭이어서 피기 시작한 꽃이 소금을 뿌린 듯이 흐뭇한 달빛에 숨이 막힐 지경이다. 붉은 대공이 향기같이 애잔하고 나귀의 걸음도 시원하다.
>
> 〈밑줄은 필자〉

식물과 동물(나귀와 나귀를 타고 있는 허생원)들이 모두 달의 생명력 아래 신비롭게 움직여 가고 있다. 「메밀꽃 필 무렵」은 이러한 달의 신화(神話)에서 출발한다. 달이란 여성이며 곧 생명력의 표상이다. 작품 속에 주요한 배경이 되는 물레방앗간도 숙명적인 순환과 회귀(回歸)를 거듭한다는 면에서 달의 변형에 지나지 않는 것이다. 달은 지상의 모든 것에 그 입김을 뿜고 있다. 달의 숨소리에 식물들은 푸르르 떨며 숨이 막힐 지경이다. 나귀도 허생원도 마찬가지다. 모든 생명들이 심지어 무생물까지 하나로 이어진 애니미즘의 세계에 가깝다고 할 수 있다.

「메밀꽃 필 무렵」의 두번째 모티브는 '아버지 찾기' 이다. 천상(天上)의 여성적인 생명력과 대비하여 지상의 세계에서는 부성(父性)의 탐색이 이루어지고 있다.

주종연 교수는 '아버지 찾기' 의 신화적 맥락을 삼국사기의 고주몽 신화에서부터 다음과 같이 짚어 내려오고 있다.

고주몽신화→아규보의 五言詩 「동명왕」→「청구야담」의 한문 단편 「청치우약상득자(聽取雨藥商得子)」→이효석의 「메밀꽃 필 무렵」

고주몽신화의 핵심은 고주몽의 아들인 유리왕이 아버지를 찾아가 어떻게 정통성을 인정받는가에 있다. 이어서 이규보의 「동명왕」에는 이규보 자신이 언급한 「舊三國史」의 흔적으로 아버지를 찾은 유리태자가 '몸을 날려 공중에 솟아서 창구멍으로 들어오는 햇빛을 타서 신성함을 보였다' 는 내용이 첨가되어 있다. 한문 단편 「청취우약상득자(聽取雨藥商得子)」의 내용은 이렇다.

壯洞의 어느 약주릅약의 매매를 거간하는 사람 노인은 거처도 없이 떠돌아다니며 홀아비로 늙어가고 있었다. 4월 어느날 영조 임금이 행차하던 중 마침 소나기가 내렸다. 구경나왔던 많은 사람들이 비를 피해 약국집 처마밑에 모여들었다. 노인은 쏟아지는 소나기를 바라보며 10여 년 전 어느 여름에 있었던 이야기를 꺼냈다.

그해 여름 일본제 한약이 서울에서 동이 나 부산 근처 동래(東萊)에 가서 사오려고 길을 떠났다가 문경 새재 근방에서 소나기를 만났다. 인가라고는 한집도 보이지 않는 곳에서 비를 피하려고 하다가 산 기슭에 허름한 집을 하나 발견하였다. 거기에는 뜻밖에도 나이가 든 처녀가 있었다. 낯선 사람을 피하지도 않는 기색에 비를 피하려고 왔던 약주릅은 마음이 움직여 여자와 관계를 맺게 되었다. 이윽고 비가 멎기에 그는 여자의 사는 곳도 이름도 묻지 않고 그곳을 나와 버렸다.

오늘 내리는 비가 영락없이 그날 내리던 비와 같다고 하는 말을 마치자마자 한 젊은 총각이 처마밑에서 불쑥 나와 오늘에야 하늘의 도움으로 부친을 만나게 되었다 하며 넙죽 절을 하였다. 노인도 구경꾼도 깜짝 놀라하니 총각은 모친이 처녀 시절 초막을 지키다 빗속의 행인과 인연을 맺은 이후로 태기가 있어 자신이 탄생하였으며 그때 어머니가 기억하고 있는 대로 노인의 왼편 볼기에서 검정 사마귀를 확인하고 노인이 정말 자신의 부친임을 확인한다. 열두 살에 집을 떠나 아버지를 찾던 중 여섯 해 만에 뜻밖에 비오는 날 서울 거리에서 부자가 만나게 된 것이다.

「메밀꽃 필 무렵」, 「청취우약상득자(聽取雨藥商得子)」는 '달빛' 과 '소나기' 의 차이뿐이라고 해도 좋을 정도로 유사하다. 달과 소나기(물)는 모두 생명력의 근원을 표상하므로 사실상 같은 것이다. 「메밀꽃 필 무렵」에서도 허생원은 물에 빠지고 이를 구해주는 것은 아들로 암시되는 동이라는 청년이다. 두 가지 작품에서 다른 점이 있다면 한문 단편에서는 아들이 아버지를 데리고 어머니와 살기 위해 떠나는—효(孝)의 가치가 나타나 있다는 점이다.

'아버지 찾기' 의 모티브는 오늘날의 많은 소설과 영화에도 직·간접으로 나타나고 있다. 이렇게 볼 때 어떠한 문학작품도 전통과 단절되어 나타나는 것은 아니라고 본다. 신화비평에서 말하는 원형(原型)이 우리 문학 속에 깊이 잠재되어 있으며 또한 '아버지 찾기' 는 우리 문학의 중요한 원형(Archetype)이다.

작품요약

여름장이란 애시당초 글렀다. 마을 사람들은 거의 다 돌아가고 팔리지 못한 나무꾼패들만 길거리에 궁싯거리고 있다. 얼금뱅이요 왼손잡이인 드팀전의 허생원은 동업자인 조생원을 돌아보았다.

「그만 거둘까?」

「잘 생각했네. 내일 대화장에서나 한몫 벌어야겠네.」

「오늘밤은 밤을 새서 걸어야 할 걸?」

「달이 뜨렷다?」

조선달이 돈을 거두기 시작하자 허생원은 물건을 거두기 시작하였다. 장판은 어수선하고 술집에서는 싸움이 벌어져 있었다.

그는 충줏집을 생각만 하여도 얼굴이 붉어진다. 얼금뱅이 상판을 가지고 여자 앞에 나설 숫기도 없다. 그러나 충줏집 문을 들어서서 술좌석에서 젊은 동이를 만났을 때 그는 발끈 화가 났었다. 어린 녀석이 낮부터 술 처먹고 계집과 농탕이군. 장돌뱅이 망신만 시키고 돌아다니누나. 허생원은 놈의 따귀를 갈겨주었다. 어디서 주워 먹던 선머슴인지는 모르겠으나 네게도 아비 어미가 있겠지.

한 마디 대거리도 하지 않고 동이는 하염없이 나가 버렸다. 허생원의 마음이 도리어 측은하게 여겨졌다. 허생원은 술이 거나해지면서 동이의 뒷일이 궁금해졌다. 얼마 뒤 동이가 황급히 허생원을 부르러 왔다. 그는 마시던 잔을 그 자리에 던지고 정신없이 충줏집을 뛰어나갔다.

「생원 당나귀가 비를 끊고 야단이에요.」

「각다귀들 장난이지 필연코.」

짐승도 짐승이지만 동이의 마음씨가 가슴을 울렸다.

반평생을 같이 지내온 짐승이었다. 20년을 같은 달빛에 젖으며 함께 걸어다니는 동안에 사람과 짐승이 함께 늙었다.

아이들 장난이 심한 눈치여서 요 몹쓸 자식들 하고 호령을 하였으나 몇 남지 않은 아이들이 멀어지며 그 중 하나가 소리쳤다.

「우리들 장난이 아니우. 암놈을 보고 저혼자 발광이지.」

아이들의 웃음소리에 허생원은 기어코 채찍을 들고 아이들을 좇았다.

「왼손잡이가 사람을 때려.」

그는 채찍을 던졌다. 술기운도 돌아 몸이 유난히 화끈거렸다. 조선달과 동이는 각각 제 나귀에 안장을 얹고 짐을 싣기 시작했다.

「달밤이었으니까 어떻게 해서 그렇게 됐는지 지금 생각해두 알수 없어.」

조선달은 허생원과 친구가 된 이래 귀에 못이 박히도록 들어온 이야기지만 싫증을 낼 수도 없었다.

대화까지는 80리 밤길, 고개를 둘이나 넘고 개울을 하나 건너고 벌판과 산길을 걸어야 되는 그런 길이다. 달의 숨소리가 손에 잡힐 듯이 들리며 메밀꽃 냄새가 달빛에 숨이 막힐 지경이다. 길이 좁은 까닭에 세 사람은 나귀를 타고 외줄로 늘어섰다.

「꼭 이런 날 밤이었네. 객주집 토방이란 무더워서 잠이 들어야지. 혼자 일어나 개울에 목욕하러 나갔지. 달이 너무 밝은 바람에 옷을 벗으러 물방앗간으로 들어가지 않았겠나. 거기서 난데 없는 성서방네 처녀와 마주쳤지.」

구수한 자주빛 연기가 밤기운 속에 흘러서는 녹았다.

「처녀는 울고 있단 말야. 처음엔 놀라기도 했지만 이럭저럭 이야기가 되었네…… 생각하면 무섭고도 기가 막힌 밤이었어. 다음 장도막엔 벌써 온 집안이 사라진 뒤였네. 제천

장판을 몇 번이나 뒤졌지만 처녀의 꼴은 찾을 수가 없었네. 첫날밤이 마지막 밤이었다.」
「그렇게 신통한 일이란 쉽지 않아. 난 가을까지만 하구 이 생계와도 하직하려네. 사시장천 뚜벅뚜벅 걷기란 여간이라야지.」
「옛처녀나 만나면 같이나 살까. 난 거꾸러질 때까지 이 길 저 길 걷고 저 달을 볼 테야.」
산길을 벗어나니 큰길이 틔였다. 동이가 앞으로 나서 나귀들은 가로 늘어섰다.
「총각도 젊겠다. 충줏집에서는 그만 실수를 해서 그꼴이 되었으나 서럽다 생각 말게.」
「천만에요. 되려 부끄러워요. 자나깨나 어머니 생각뿐인데요. 제겐 아버지가 없어요.」
「돌아가셨나?」
「…… 제천 촌에서 달도 차지 않은 아이를 낳고 어머니는 집을 쫓겨났죠.」
고개를 넘자 개울이었다. 장마에 떠내려간 다리가 아직 걸리지 않은 까닭에 벗고 건너야 했다.
「그래 기르긴 누가 기르구?」
「어머니는 하는 수 없이 의부를 얻어 술 장사를 시작했지요. 열 여덟 살 때 집을 뛰쳐나와서 이 짓이죠.」
물은 깊은 허리까지 찼다. 허생원은 발을 헛디뎠다. 풍덩 빠져 버렸다. 동이가 그를 구해주었다.
「나귀야, 나귀 생각하다 실족을 했어. 저 꼴에 제법 새기를 얻었단 말이지. 읍내 강릉집 피마성장한 암말에게 말야.」
허생원은 몹시도 추웠지만 마음은 알 수 없이 둥실둥실 가벼웠다.
「주막까지 부지런히들 가세나. 내일 대화장 보고는 제천이다.」
「생원도 제천으로?」
「오랜만에 가 보고 싶어. 동행하려나, 동이?」
나귀가 걷기 시작하였을 때 동이의 채찍은 왼손에 있었다. 눈이 어둡던 허생원도 이번에는 동이의 왼손잡이가 눈에 띄지 않을 수 없었다. 걸음도 가볍고 방울소리가 밤 벌판에 울려퍼졌다. 달이 어지간히 기울어졌다.

감상을 위한 문제제기

1. '원형(原型)' 이란 무엇인지 조사하시오.

원형이란 공통의 역사를 살아온 민족의 내부에 흐르는 수맥(水脈)이라고 할 수 있다. 이것은 한낱 비유가 아니라 분석 심리학자 칼 융이나 문화 인류학자, 종교학자, 민속학자들의 연구 결과를 종합한 결론이다. 인류의 공통점 집단 무의식, 꿈과 신화와 유사성 등에서 우리는 원형의 증거를 어렵지 않게 찾아볼 수 있다.

원형이란 인류의 단순한 공통 분모라는 의미만을 갖는 것은 아니다. 우리는 원형을 분석함으로써 인류의 문화적 정신적 동질성을 확인할 수 있으며, 상이한 원형을 관찰하여 민족의 분화 과정과 개별성-고유함을 확인할 수도 있을 것이다.

그렇다면 문학 속의 원형은 인류학적 심리학적 증거를 찾기 위한 한낱 텍스트에 지나지 않는 것인가. 그렇지 않다. 인류학이나 심리학에서 원형의 씨앗을 발견했다고 하더라도 그 토양은 분명 문학이라는 넓은 광야이기 때문이다.

문학 연구에서 원형 비평은 광대한 문학의 들판에서 원형이라는 유전자를 찾아내 확인하고 그 지도를 배열하는 일이며, 수맥의 흐름을 찾아내 우리의 농토에 신선한 물을 공급하는 일로 비유할 수 있다. 원형 비평은 문학을 도식화시키기 위한 것은 아니다. 원형은 우리의 문학의 역사성에 새로운 조명을 던질 수 있는 중요한 개념이다. 가령 대홍수 신화, 신데렐라 설화, 영웅의 탄생과 성장 등에 나타난 세계적 유사성은 단순한 과거의 유물이 아니다. 그것은 합리적 인간, 이성적 인간이라고 자처하는 현대인들의 내부에 흐르는 비합리적이고 맹목적인 광기에 대한 수수께끼를 푸는 열쇠가 될 수도 있을 것이다. 이런 점에서도 원형은 문학 연구의 한 방법으로 그 차이가 있는 것이다.

2. 마지막 부분의 '왼손잡이' 유전은 비과학적이라는 논란을 불러 일으키기도 했다. 이에 대한 자신의 생각은 어떠한가 쓰시오.

「메밀꽃 필 무렵」의 왼손잡이 유전 여부에 대한 논쟁은 얼핏 호사스런 취미가 아니면 공연한 헐뜯기라고 생각할 수도 있지만, 문학과 과학의 세계가 접합되면서 생긴 문제점이 분명한 만큼, 앞으로도 비슷한 논쟁은 언제든지 일어날 가능성이 있다는 점에서 하나의 시금석(試金石)으로서의 가치를 지닌다고 본다.

비록 영문학에서 발전한 개념이지만, 진정한 의미의 근대 소설인 노블(novel)이 경제적으로는 산업 사회, 사상적으로는 계몽주의와 이성적 사회를 배경으로 생겨났음은 상식이다. 이후 사회의 모든 분야에 침투한 과학적 합리주의는 문학에도 적용되어 많은 논쟁을 제기하였다. 한국 문학의 경우 염상섭의 「표본실의 청개구리」에서 해부된 청개구리의 내장에서 모락모락 김이 난다는 표현에 대한 문제가 제기된 바 있다. 물론 작가는 자연 과학자가 아니므로 작품 속에서 본의 아닌 오류를 범할 가능성은 언제나 존재한다. 이는 과학자가 자신의 저술에서 문학적 표현상의 오류를 저지르는 것과는 상당한 차이가 있다. 유기적 구조를 지닌 문학에서 비합리적 오류는 자칫 작품 전체의 주제를 왜곡시켜버리는 경우가 생겨나기 때문이다. 작가의 자료 부족에서 오는 실수는 사실상 우리가 논할 문제가 아니다. 주제와 연결되는 중요한 부분에 과학적으로 모순된 서술이나 논쟁의 가능성이 있는 것에만 국한하여 살펴보기로 한다.

왼손잡이의 유전 가능성은 대체로 약 5% 내외라는 것이 정설이다. 그것도 왼손잡이가 부모의 행동을 모방하는 습관에서 발생했을 오차를 인정한다면 그 가능성은 더 적어질 것이다.

그런데 우리는 여기서 과학의 사실(true)과 문학의 사실(reality)이 근본적으로 다르다는 것을 인정해야만 한다. 예컨대 신이 존재하는가의 문제는 물리학적 화학적 분석의 대상이 될 수 없다. 그것은 철학의 영역이며 종교의 몫이다. 철학적 분석 과정에서 내려진 결론이 곧 자연 과학에서의 논증을 의미할 수 없듯, 왼손잡이의 유전 문제는 의학이나 심리학, 생물학에서 논증 가능할 수 있겠지만 이는 문학적 사실과는 별개의 문제이다. 「메밀꽃 필 무렵」은 로맨티스트라고나 할 허생원의 척박한 삶의 고리가 아들이라는 존재로 수렴되어가는 신비하고 불가사의한 밤을 묘사하고 있기 때문이다. 그곳은 직선적 시간이 아닌 순환론적 시간—물레방아의 시간이 존재하는 곳이며, 달과 메밀과 콩 포기와 나귀와 인간이 서로 미묘한 생명력을 주고 받는 세계이다. 다시 말해 그곳은 처음부터 끝까지 과학의 영역이 아니다. 그러므로 허 생원과 동이가 모두 왼손잡이라는 것은 이러한 고리가 이어질 가능성을 제시한 것이지 그 자체가 결정론적으로 검증된 것은 아니다. 이효석은 그 가능성을 제시하는 것으로 충분하다. 두 사람은 부자 관계가 아닐 수도 있다. 허 생원이 만나보기로 한 동이의 어머니는 옛날 첫사랑의 여인이 아닐 수도 있다. 그러나 그것은 중요치 않다. 중요한 것은 로맨티스트 허 생원에게 하나의 놀라운 가능성의 세계가 다가왔다는 사실이다. 「메밀꽃 필 무렵」은 서정의 영역이며 비과학의 영역이다. 그곳에 우리는 시험관과 멘델의 법칙을 끌어들일 수 없는 것이다. 왼손잡이라는 공통의 사실을 통해 두 사람은 부자 관계일 수도 있다는 암시—그 가능성만으로도 충분한 세계가 이 작품의 결말인 것이다.

과학의 발달로 부자 관계를 완벽하게 증명할 수 있는 방법이 개발되었다고 하자. 그래서 어느 두 사람이 부자 관계임이 증명되었다고 하자. 증명되는 순간 부자 관계의 설명할 수 없는 일체감도 동시에 탄생할 수 있을까. 생물학적인 아버지와 아들을 가려내는 일은 과학의 영역이다. 그러나 혈연으로 맺어진 사랑과 미움의 끈끈한 부자 관계는 과학의 칼이 닿을 수 없는 영역이다. 우리의 감정은 아드레날린이나 엔돌핀의 분비만으로 설명할 수 없는 것이다.

3. '아버지 찾기' 의 원형을 가지고 있는 현대 소설을 찾아 읽고 내용을 분석해 보시오.

오이디푸스 왕 신화는 서구 정신의 한 시금석(試金石)이라고 할 수 있다. 이 오래된 비극적 신화는 루마니아 출신의 종교학자 엘리아데 교수에 의해 농경 사회의 신년제(新年祭)—대지와 하늘의 힘을 다시 회복하기 위한 춘분 전후의 희생제와 연관되어 설명되기도 하고, 정신 분석 학자 프로이트 이론의 근거가 되기도 했다. 그러나 우리의 관심은 이 신화가 '아버지 찾기' 의 서구적 한 전형을 보여준다는 데 있다.

신탁(神託)의 저주에도 살아 남은 오이디푸스는 어느 날 길에서 만난 한 노인을 우연한 시비 끝에 살해하고 만다. 널리 알려진 바와 같이 이 노인은 오이디푸스의 아버지였으며, 결국은 비극적 근친 상간으로 이어진다. 오이디푸스의 아버지 찾기는 철저한 운명 비극이다. 심지어 우리는 제우스 탄생의 신화조차 소름끼치는 아버지 살해와 연관되어 있음을 알고 있다. 이러한 살육의 신화에 비해 우리의 '아버지 찾기' 에는 비극적 상황이 존재하지 않는다. 우리는 고구려 유리왕의 '아버지 찾기' 가 서구 신화였다면 그 전개가 어떻게 되었을까 충분히 짐작할 수 있다. 유리왕 신화를 우리 민족이 평화를 사랑하는 민족이었다든가 하는 아전 인수격으로 해석한다면 그것은 일종의 넌센스가 될 것이다.

한편 한국 문학사에서 아버지 찾기의 한 원형을 보여주는 작품으로 서사무가 당고마기(당금 아기) 굿이 있다. 이 노래는 당금 아기라는 한 여인이 탁발승으로 꾸민 석가모니 부처의 아이를 배고 집에서 쫓겨난 뒤 세 쌍둥이를 낳는다는 전형적 영웅 설화의 전반부와,

성장한 아이들이 아버지를 알려달라고 졸라대자 성화에 못 이긴 당금 아기가 아들과 함께 석가모니를 찾아가는 중간부, 그리고 여러가지 시련 끝에 아들임을 확인받고 각자 태백산과 지리산 산신이 되고 당금 아기는 출산의 신인 삼신 할매가 된다는 후반부로 구성되어 있다.

이 무가(巫歌)는 샤머니즘과 불교, 영웅 설화 등이 교묘하게 조화를 이루고 있는데 한국적인 아버지 찾기의 한 모습을 보여준다. 흥미를 끄는 것은 유리왕의 아버지 동명성왕도, 당고마기굿의 석가모니도 모두 자신의 아내 또는 연인이었던 상대에게는 지극히 무심하다는 것이다. 동명성왕은 자식의 확인에만 관심이 있을 뿐 유리왕의 어머니에게는 안부조차 묻지 않는 것으로 되어 있다. 당고마기굿의 경우에는 상황이 더욱 심하다. 석가모니는 당금 아기가 자신을 구박했었다며 아이들이 보는 데서 그녀를 부엌 바닥을 기어다니는 벌레로 만들어버리겠다고 한다. 그는 아들들이 적극적으로 애원하는 바람에 그런 횡포를 그만두는 것이다.

현대 소설에 와서 주제가 다양해지면서 '아버지 찾기'의 원형은, 작품의 부차적 요소인 경우도 있고 본질적인 경우로도 나타난다. 전자인 경우 그것은 상당한 분석을 요구하기도 한다.

이효석의 「메밀꽃 필 무렵」이나 김동리의 「역마(驛馬)」, 장용학의 「원형(圓形)의 전설(傳說)」은 부차적 요소로 자리잡고 있다.

「광장」에 나타난 아버지 찾기의 한 모습을 보기로 하자.

「광장」은 분단 문학의 시발점이 되는 작품으로, 많은 평자들은 남북 어디에도 머물 수 없는 지식인 이명준의 굴절된 삶을 1950년대와 대응시키는 일에 주로 초점을 맞추고 있다. 그러나 이 작품에는 상당한 분량의 신화적 요소들이 숨겨져 있다.

먼저 이명준이 버려진 아들이라는 것은 영웅 신화 서사시의 전제 조건이자 아버지 찾기의 필수 조건이다. 이명준은 아버지 친구의 집에 얹혀 지내는 인물이다. 이명준에게 아버지는 망명한 왕이며 이명준은 망명한 아버지가 두고 간 왕자이다. 이명준은 자신의 존재에 대한 각성을 강요받는다. 아버지가 대남 방송에 나왔다는 이유로 경찰서에 붙들려가 온갖 고초를 겪었기 때문이다. 이명준은 남쪽 땅에서 한 여자를 사랑하여 궁극적으로 자신의 왕국을 이루려던 꿈을 포기한다. 아버지가 없기 때문에 온갖 모욕을 당한 유리왕의 이야기와 근본적으로 동일한 성질의 것이다. 이명준은 아버지를 찾아나서는 모험을 시도한다. 그러나 그가 찾아낸 아버지는 이미 왕도 혁명가도 아무것도 아닌 '월급쟁이 혁명가' 로 전락해 있다. 실망한 이명준은 남쪽의 윤애에 대응하는 은혜라는 여인을 만나지만 은혜에게도 절망하고 마침내 그는 전쟁에 자원한다. 그러던 중 은혜와의 만남을 뒤로 하고 포로가 되고 중립국을 택한다. 아버지의 땅 어디에도 정착할 수 없었던 이명준은 새로운 영토를 찾아나선 여행중 결국 남지나해 어딘가에서 자살함으로써 좌절되고 만다. 「광장」의 신화는 아버지 왕국의 회복을 위해 죽어간 희생양 이명준의 불행한 삶으로 귀결된다.

단군 신화의 평화스러운 투쟁의 뒷면에는 애초부터 담합이 있었다. 그것은 곰이라는 특정 동물의 생태에 맞게 설정된 상황에서 전개된 인내심 겨루기였다. 유리왕이 왕위를 이어받는 신화는 왕이 될 것으로 믿고 있던 동명성왕의 다른 아들들이 남쪽으로 망명하게 만들어버린다. 어디에도 왕권의 획득을 위한 피비린내 나는 투쟁의 과정은 보이지 않는다. 그리스 신화와는 너무나 대조적이다. 평화스런 왕국의 신화의 본질에는 평화를 가장한 대관식의 웃음이 감춰져 있다. 「원형의 전설」의 주인공 이 장(李章)은 아버지와의 싸움에 실패하고 동굴에 깔려 죽는다. 이명준에게는 크로노스를 처단한 제우스의 불칼이 주어지지 않는다. 우리의 신화와 역사의 만남에서 아들은 언제나 아버지를 위한 제물로 전락하고 만다. 우리 역사엔 승계가 있고 순환이 있으며 또한 역성(易姓)이 있을 뿐이다. 하근찬의 「수난 이대」의 부자는 팔과 다리를 잃은 차이가 있을 뿐 동일한 역사 속의 동일한 희생이다. 허 생원의 아들이라고 암시되는 동이는 성(姓)을 바꾼 장돌뱅이 허 생원의 다른 모습일 따름이다. 우리의 '아버지 찾기 신화' 는 진보와 혁명을 거부하는 무서운 순환의 신화 속에 있다.

참고자료 및 논문

- 이광풍, 현대소설의 원형적 연구, 집문당, 1985
- 전광용 외, 한국현대소설연구, 민음사, 1984
  주종연, 이효석의 「메밀꽃 필 무렵」과 원형적 패턴
- 김열규, 韓國의 神話, 일조각, 1985
- 유종호, 「이효석/적료(寂蓼)의 아웃사이더」, 한국의 인간상 권 5, 신구문화사, 1965

김유정

식민지의 서글픈 광대

작가연구

김유정(金裕貞 1908~1937). 강원도 춘성군(春城郡)에서 태어남. 아홉 살에 양친을 여의고 한문 공부. 연희전문학교 문과 입학. 배울 것이 없다 하여 다음해 연희전문 중퇴. 결핵성 늑막염을 앓기 시작. 고향에 야학을 열고 문맹퇴치 운동을 전개함. 만 27세 때 단편 「소낙비」가 조선일보 신춘문예에 당선. 이어서 「노다지」, 「금따는 콩밭」, 「봄 · 봄」, 「동백꽃」 등 약 20편 내외의 작품을 발표함. 만 29세에 사망. 구인회라는 문단모임에 가입했었고 같이 결핵을 앓고 있던 작가 이상(李箱)과 친했었다.〈이상은 실명소설(實名小說) 「김유정」을 남겼음〉 그는 당시의 국창(國唱) 박녹주를 짝사랑했다.

오늘날의 우리들이 작가 김유정의 삶을 재구성해 볼 수 있는 자료라곤 이 정도이다. 그가 문단에 나타나 활동한 기간은 약 3년이 되지 못한다. 그의 작품은 일부 평자들에 의해 역사성, 사상성의 빈곤이 지적되지만 그가 활동한 나이나 시간으로 너무 많은 것을 기대할 수는 없는 일이다. 구인환 교수의 지적처럼 그는 현실에 대결하여 하다 못해 절규라도 하지 못하고, 역사의식에 의한 모럴의 제시나 행동성이 결여된, 그런 평가를 받을 여지를 남긴다.

김유정은 주로 농촌을 배경으로 한 작품을 썼다. 그러나 그의 농촌은 이광수가 바라본 계몽주의자의 농촌도, 심훈이 생각한 문명 개화의 대상도 아니다. 그의 문학은 유종호 교수의 지적처럼 '속으로부터 솟아오른 학대받은 사람들의 문학' 이다. 그는 지식인의 허위의식을 내버리고 1930년대의 농민들- 가장 학대받은 사람들에게 접근해 갔다. 접근의 정도가 지나쳐 가끔은 화자(話者)의 객관성을 잃어 버리기도 했지만 어쨌든 그가 보고 느낀 것은 진한 서러움이 담긴 식민지의 아픔이었다. 그는 이러한 아픔의 치유법으로 해학을 사용한다. 해학이란 현실과 정면으로 대응할 수 없는 처지에서 가장 효과적인 무기이다. 그러나 김유정의 '해학소설' 에서 느껴지는 건 결코 어떤 유쾌함이 아니다. '유쾌할 수 없는 유쾌한 소설' 이라고 그의 소설의 성격을 정의한다면 그것은 채만식의 작품에 나타나는 소위 시니시즘(냉소주의) 같은 것일까. 김유정에게는 학대받는 인간에 대한 깊은 애정이 있었다. 그러나 그에게는 역사성과 사회성이 부족하다는 점에서 채만식과 구별된다. 이 점은 김유정의 강점이며 곧 약점이다. 그러나 그가 우리에게 던져주는 것은 오늘날의 싸구려 코미디 유머 드라마 수준의 것일까. 만일 진정으로 그렇다면 우리들은 김유정이라는 한 젊은이에게 오래도록 속아온 것이다. 그렇다. 우리는 그의 해학의 얼굴에 가려진 고통스런 그의 진정한 얼굴을 못 보았다.

이런 우화가 있다. 어느 광대가 급하게 무대에 나가 심각한 얼굴로 말한다. 지금 무대 주위에 불이 났으니 여러분은 대피하셔야 합니다. 그러나 관객들은 광대의 연기력을 칭찬하면서 즐겁게 웃는다. 낄낄 웃기만 한다. 광대가 더욱 심각하게 말하면 할수록 관객들은 광대의 연기력을 칭찬하면서 즐겁게 웃는다. 그러는 사이에 불길은 무대와 관객을 집어삼켜 버렸다. 김유정의 소설에서 심각성을 느끼지 못하는 것은 자유다. 그러나 해학이란 탈을 쓴 한 젊은이가 우리들에게 들려주고 보여주는 많지 않은 1930년대 인물들의 뒤에 감추어진 고통을 읽게되면 우리는 그리 쉽게 웃을 수만은 없게 될 것이다. 그는 광대의 탈을 벗지 않은 채 급히 무대를 떠나가 버렸다. 관객들에게 남은 것은 광대의 얼굴뿐이었다. 이것은 김유정 자신의 책임은 아니다. 김유정이 좋아한 무성영화시대의 거장 찰리 채플린의 익살스런 행동과 김유정의 주인공들을 대입시켜 보는 것은 무의미한 일일까. 부언하자면 찰리 채플린은 자신이 영화의 감독인 동시에 주연 배우이다. 김유정의 경우는 어떠할까.

김유정은 우리에게 자신의 글을 읽으라고 하지 않는다. 자신의 목소리에 귀를 기울일 것을 요구한다. 그 만큼 그의 문장은 '소리 말' 에 가깝다.

원래는 사람이 떡을 먹는다. 이것은 떡이 사람을 먹은 이야기다. 다시 말하면 사람이 떡에게 먹힌 이야기렷다. 좀 황당한 소리인 듯싶으나 그 사람이란 게 역 황당한 존재라 하릴없다. 인제 겨우 일곱 살 난 계집애로 게다가 겨울이 왔건만 솜옷 하나 못 얻어 입고 겹저고리 두렝이로 떨고 있는 옥이 말이다. 이것도 한 개의 사람으로 칠는지 혹은 말는지! 그건 내가 알 바가 아니다.

「떡」

웅칠이는 뒷짐을 딱 지고 어정어정 노닌다. 유유히 다리를 옮겨놓으며 이 나무 저 나무 사이로 호아든다. 코는 공중에서 벌렸다 오무렸다 연신 이러며 훅, 훅, 구붓한 한 송목 밑에 이르자 그는 발을 멈춘다. 이번에는 지면에 코를 얕이 갇다 대고 한바퀴 비잉, 나물 끼고 돌았다.

「만무방」

이런 김유정의 물이 흘러가는 듯한 목소리를 우리들은 그의 작품 곳곳에서 들을 수 있다. 우리는 굳이 그의 목소리를 분석할 필요를 느끼지 않는다. 그의 말들—예컨대 위의 예시된 글에서 밑줄친 두개의 낱말을 국어사전에서 찾아본대야 소용이 없다. 그것은 김유정 자신의 언어라고 해도 좋고 사투리니 토속어니 하고 불러도 좋다. 어쨌든 우리는 김유정이 지껄이는 낱말들을 모두 이해하지 못해도 얼마든지 웃으며 그의 목소리에 즐거워할 수 있다. 왜냐하면 그것은 우리 민족의 원형체험이라고 해도 좋고 집단 무의식이라 불러도 좋은 것이기 때문이다. 유정의 목소리는 1930년대의 민요가락이며 판소리이다. 우리의 타고난 유전인자는 그걸 알고 있는 것이다. 김상태 교수가 말한 바와 같이 이효석의 언어가 아무리 정교하더라도 그건 '화장한 언어' 이며 김유정의 언어는 '틉틉하지만 민중 속의 언어' 인 이유가 여기 있다.

봄 · 봄

작품연구

1935년 〈조광(朝光)〉에 발표한 이 단편은 그의 해학성과 유창한 언어구사가 돋보이는 작품으로 손꼽힌다.

아리스토텔레스가 희극의 주인공은 평상시의 사람보다 못난 사람으로 그려진다고 말한 바와 같이 열 살 아래인 '점순이' 와 결혼하기 위해 데릴사위 노릇을 하는 '나' 와, 혼례를 미루고 있는 '장인님' 은 전형적인 희극의 갈등구조이다. 나는 '삼 년 하고도 꼬박이 일곱 달 동안' 을 지난 뒤에야 '애초 계약이 잘못된 걸 알았다' 고 말하는 인물이다. 장인은 딸을 이용하여 조금이라도 오랫동안 '나' 를 데릴사위로 묶어두려는 인물이지만 악인은 아니다. 몰리에르의 희극 「수전노」나 세익스피어의 「베니스의 상인」 등에 등장하는 과장된 전형적 인물의 일종이다. 사실 김유정의 작품 세계 어디에도 자연주의자들이 말하는 그런 악당은 없다. 그들이 아무리 악역을 연기하고 있더라도 우리는 심청전의 뺑덕어멈처럼, 놀부처럼 그들을 미워할 수 없다.

이 작품은 1인칭 화자 '나' 만의 시점으로 이야기를 진행하여 가는 것처럼 보인다. 그러나 사실은 보이지 않는 화자가 작품의 곳곳에 개입되어 있다. 보이지 않는 화자는 곧 작가 자신이다. 작가 자신이 직간접으로 개입되어 있다는 증거는 다음의 문장에서도 확인된다. 결론부터 내린다면 김유정의 문체는 주인공과 작가가 함께 벌이는 굿판이나 판소리와 같은 구조를 보여주고 있다.

① 점순이는 뭐 그리 썩 예쁜 계집애는 못 된다.

② 그렇다고 개떡이냐 하면 그런 것도 아니고 꼭 내 아내가 돼야 할 만큼 그저 툽툽하게 생긴 얼굴이다.

③ 나보다 십 년이 아래니까 올해 열여섯인데 몸은 남보다 두 살이나 덜 자랐다.

④ 남은 잘도 휜칠히들 크건만 이건 위아래가 몽톡한 것이 내 눈에는 하릴없이 감참외 같다.

⑤ 참외 중에는 감참외가 제일 맛좋고 예쁘니까 말이다.

①은 작가의 진술로 보기에 충분하다. ②에서 '나' (주인공)는 작가의 발언을 부분 수정한다. 그리고 ③에서 '나' 는 ①에서의 말을 슬쩍 빠져나온다. ④에서 '나' 는 김유정의 장기인 주관적 즉물묘사를 통해 점순이를 감참외와 비유하고 ⑤에서는 ④에서 얼핏 독자들이 받은 감참외의 부정적 인상을 간단히 뒤집어 버린다. 이는 다시 ①과 마찬가지로 작가의 진술로 돌아간 느낌을 준다. 그리하여 작가는 ①에서 점순이가 그리 예쁜 계집애는 못된다는 진술을 '나' 의 주관을 받아들임으로 가볍게 바꾸어 놓고 있다. 이러한 반전과 반전을 자유롭게 구사할 수 있는 문체의 힘은 마치 판소리에서 창자(唱者)와 고수(敲手)가 주고 받는 '발림' 을 연상하게 한다.

작가는 1인칭을 견지하면서도 종종 작품 속에 개입하여 사건을 이끌어가고 조정한다. 독자들은 이러한 작가의 개입을 눈치 채지 못하거나 묵인하고 있다. 어리숙한 말투의 독백과 알맞은 비어(蜚語)와 비유도 이러한 개입을 눈치 채지 못하게 하는 장치가 된다. 작가는 궁극적으로 이러한 개입을 통하여 그가 다루고 있는 인물들을 지휘하고 제어하는 힘을 갖는다. 지나친 심리적 독백이나 즉물적 묘사에 머무를 위험을 제거하여 그가 자랑하는 아이러니와 해학의 기쁨을 독자들에게 제공하는 것이다. 그러므로 그의 작품은 서구적인 관점에서 1인칭이니 3인칭이니 하는 시점과는 다소 거리가 있다. 한곳만 더 예를 들면 다음과 같다.

> 우리 장인님이 딸이 셋이 있는데 맏딸은 재작년 가을에 시집을 갔다. 정말은 시집을 간 것이 아니라 그 딸도 데릴사위를 해 가지고 있다가 내 보냈다. 그런데 딸이 열 살 때부터 열아홉, 즉 십 년 동안에 데릴사위를 갈아들이기를, 동리에선 사위부자라고 이름이 났지마는 열 놈이란 참 너무 많다. 장인님이 아들은 없고 딸만 있는고로 그담 딸을 데릴사위를 해 올 때까지는 부려먹지 않으면 안 된다. 물론 머슴을 두면 좋지만 그건 돈이 드니까, 일 잘 하는 놈을 고르느라고 연방 바꿔들였다.

독백—요설(饒舌)의 되풀이, 반전과 반전의 되풀이, 숨가쁘게 넘어가는 김유정 문체의 전형성을 보여주는 작품의 하나가 바로 「봄 · 봄」이다.

작품요약

우리 장인님은 내가 점순이와 성례를 시켜달라고 하기만 하면 늘 이렇게 대답한다.

「이 자식아! 성례구 뭐구 미처 자라야지!」

내가 여기에 와서 돈 한푼 안 받고 일한 지가 삼 년하고도 일곱달이다. 삼 년이면 삼 년 기한을 정해놓고 일을 했어야 하는데 그저 덮어놓고 딸이 자라는 대로 성례를 시켜주마 하던 말을 믿은 게 잘못이다. 말이 데릴사위지 일하기가 싱겁다. 우물길에서 어쩌다 마주칠 때 눈어림으로 재 보고 하는데 아무리 잘 봐야 내 겨드랑 밑에서 넘을락말락 밤낮 요 모양이다. 장인님이 미운 것은 아니지만 점순이가 내가 심은 벼를 먹고 좀 큰다면 모를까 내가 이걸 심어서 무엇하는 거냐. 장인님의 축 불거지는 아랫배를 불리고 싶진 않다. 나는 모내기를 하다 말고 엄살을 피웠다. 논 가운데서 장인님이 이상한 눈으로 날 한참 노려보더니,

「너 이 자식 왜 또 이래 응?」

장인님은 약이 올랐다. 논에서 철벙철벙 둑으로 올라오더니 참 내 멱살을 움켜잡고 내 빰을 치는 것이 아닌가.

「이 자식아, 일허다 말면 누굴 망해 놀 셈속이냐. 이 대가릴 까놀 자식!」

사위에게 이 자식 저 자식 하는 이놈의 장인님은 어디 있느냐. 조그만 아이들까지도 장인님이 돌아서기만 하면 욕필이(본 이름이 용필이니까)라고 손가락질을 할 만큼 인심을 잃었다. 그러나 장인님이 내게 감히 큰소리 칠 처지는 아니다. 뒷생각은 못 하고 빰 한대를 딱 때려 놓고는 장인님은 무색해서 그저 덤덤이 쓴침만 삼킨다. 논둑에서 일어나 한풀 죽은 장인님 앞으로 가서.

「난 갈 테야유, 그동안 사경 쳐내슈.」

「너 사위로 왔지 머슴 살러 왔니?」

이렇게 따져 나가면 언제나 나만 밑지고 만다. 구장님한테로 판단 가자고 소맷자락을 내끌었다. 장인님이 안 간다고 내뻗디고 호령도 제 맘대로 하지만 제가 내 기운은 못 당한다.

그 전날 내가 화전밭을 혼자 갈고 있지 않았느냐. 점심을 이고 온 점순이의 키를 보고 울화가 났던 것이다. 그릇 나기를 기다리다가, 밤낮 일만 하다 말 텐가 하고 혼자 쭝알거린다. 무슨 좋은 수가 있는가 싶어서 나도 공중에 대고 혼잣말로,

「성례시켜 달라지. 뭘 어떻게.」
점순이는 얼굴이 빨개져서 산으로 도망질을 친다.
우리는 구장님을 찾아갔다. 구장님은 내 이야기를 자세히 듣더니 길게 길러둔 새끼손톱으로 코를 후벼서 저리 탁 튀기며,
「그럼 용필씨! 얼른 성례를 시켜주구려, 그렇게까지 제가 하구싶다는 걸!」
그러나 장인님은 삿대질로 눈을 부리고,
「아 성례구 뭐구, 계집애년이 미처 자라야 할 게 아닌가?」
하니까 구장님은 입맛만 쩍쩍 다실 뿐이다.
별반 신통한 귀정을 얻지 못하고 도로 논으로 돌아와 모를 부었다. 구장님이 날 위해서 한 말이 있기 때문이다. 농사가 한창 바쁠때 일을 안 한다든가 집으로 달아난다든가 하면 손해죄루 그것두 징역을 간다는 거다. 그리고 법률에 성년이란 게 있어서 스물하나가 돼야 비로소 결혼을 할 수 있는 거라는 것이다. 그렇지만 열일을 젖히고 올 가을에는 성례를 시켜주겠다니 빨리 가서 일이나 마저 하라는 것이다.
실토하건대 오늘 아침 점순이가 아침상을 가지고 나올 때까지 오늘은 또 얼마나 밥을 담았나 하고 생각했다. 그런데 점순이가 상을 내 앞에 놓으며 제 말로
「구장님한테 갓다 그냥 온담 그래!」
하고 엊그제 산에서처럼 되우 쫑알거린다. 나도 저쪽 벽을 향하여,
「안 된다는 걸 그럼 어떡헌담!」
「쇰수염을 잡아채지 그냥 둬, 이 바보야!」
얼굴이 발개지면서 성을 내며 안으로 샐쭉하니 퉤 들어가지 않느냐. 나는 지게를 벗어 던지고 바깥 마당 공석 위에 벌렁 누웠다. 뒷짐으로 트림을 꿀꺽하고 대문 밖으로 나오던 장인이 나를 보고 소리쳤다.
「이 자식아! 너 또 왜 이러니!」
참말 난 일 안 해서 징역가도 좋다고 생각했다. 장인님은 내가 안 일어나니까 눈에 독이 올라 지게막대기를 들고 와서 내 허리를 찍어서 넘기고 쿡쿡 쑤시고 발길로 옆구리를 차고 했다. 아픈 것은 눈을 꼭 감고 있었으나 볼기짝을 후려갈길 때엔 나도 모르는 결에 벌떡 일어나 장인님의 수염을 잡아챘다. 점순이가 아까부터 부엌뒤 울타리 구멍으로 우리들의 꼴을 몰래 엿보고 있었기 때문이다.
사정 보아 장인님의 수염을 놓아주고 저기까지 잘 들리도록,

「이걸 까셀라부다!」

하고 소리를 쳤다. 장안님은 더욱 약이 올라서 지게막대기로 내 어깨를 그냥 갈겼다. 이 녀석의 장인님을, 하고 나는 밭 아래로 떠밀어 굴려 버렸다.

「왜 부려만 먹고 성례 안 하지유!」

장인님이 헐떡헐떡 기어서 올라오더니 내 바짓가랑이를 요렇게 노리고서 단박 움켜잡고 매달렸다. 악 소리를 치고 나는 그만 세상이 다 팽그르르 돈다.

「아! 아! 할아버지! 살려줍소 할아버지!」

내가 기어이 땅바닥에 쓰러져서 기진 까무라치게 되니까 놓는다. 더럽다 이게 장인님인가. 나는 엉금엉금 기어가 장인님의 바짓가랑이를 꽉 움키고 잡아 낚았다.

「아! 아! 이놈아 놔라, 놔.」

장인님은 헛손질을 하며 솔개미에 챈 닭의 소리를 질렀다.

「할아버지! 놔라, 놔, 놔, 놔, 놔.」

그러다가 장인님은 점순이를 소리쳐 불렀다. 장모님은 제 남편이니까 역성을 할는지도 모른다. 그러나 점순이는 내 편을 들어주겠지 했으나 대체 웬 속인지,

「에구머니, 이 망할 게 아버지 죽이네!」

하며 내 귀를 뒤로 잡아당기며 마냥 우는 것이 아니냐. 나는 가만 기운이 탁 꺾여 얼빠진 등신이 되고 말았다. 장인님은 지게 막대기를 들어 사뭇 내려조졌다. 나는 구태여 피하려 하지도 않고 암만해도 알 수 없는 점순이의 얼굴만 멀거니 들여다보았다.

동백꽃

작품연구

만일 「봄 · 봄」의 세계를 김홍도의 풍속화로 비유할 수 있다면 분명 「동백꽃」의 세계는 혜원 신윤복의 그림과 비유될 수 있을 것이다. 예컨대 단원 김홍도의 씨름 그림에는 지금 막 치열한 시합을 벌이고 있는 선수들을 향한 관객들의 긴장된 시선이 있다. 그러나 만일 그의 그림이 온통 이러한 긴장뿐이라면 이 씨름 그림은 어쩌면 실패작이 되었을 것이다.

거기엔 씨름에서 누가 이기든 알 바 아니라는 태연한 시선으로 몸을 돌리고 선 엿목판을 진 더벅머리 총각이 있는 것이다. 이것을 어떤 전문적 다른 이름으로 부르던 간에 필자는 '능청' 이라는 단어 이상의 적당한 어휘를 찾지 못하였다. 그러나 같은 능청이라 하더라도 「동백꽃」과 「봄 · 봄」의 능청스러움은 혜원과 단원의 차이만큼의 거리를 보여준다. 「봄 · 봄」의 갈등은 혼례를 요구하는 자와 미루는 자 아버지와 장래의 남편 사이에서 결국 아버지를 편드는 여자가 얽힌 하나의 익살스런 씨름(?)이다. 거기엔 어떤 감춤도 비밀도 존재하지 않는다. 그러나 「동백꽃」은 보다 혜원의 세계에 접근해 있다. 「동백꽃」은 은밀한 긴장의 세계이다. 위험한 유혹의 색채와 향기가 있는 곳, 이재선 교수의 지적을 그대로 옮기면 '원색적인 인간' 들이 숨쉬고 있는 곳이다. 혜원의 작품 중에 일반인들에게 널리 알려진 그네타는 여인의 그림이 있다. 그네를 타려는 여인이 막 한 발을 그네에 올려놓고 있고 머리에 음식을 담은 여인이 걸어오고 있다. 한편 옆에선 지금 젊은 여인들이 목욕을 하고 있거나 하려고 하는 중이다. 두말할 필요도 없이 은밀한 여인들의 세계이다. 그런데 침범받지 말아야 할 이 세계를 총각 둘이 숨어서 바라보고 있는 것이다. 머리를 깎은 것으로 보아 근처의 암자 같은 곳에 사는 어린 중일까—이러한 세계는 김홍도의 그림과는 다른 성격의 웃음을 머금게 하는 세계이다. 긴장의 풀림이 아니라 긴장의 유쾌한 응축을 가져오는 곳이다. 그곳은 본능의 세계—동백꽃 내음 나는 에로스의 세계이다.

마름의 딸인 '점순이' 와 소작을 부쳐 먹고 사는 '나' 는 닭싸움으로 그 애증을 표현한다. 되바라진 '점순이' 와 어리숙한 '나' 의 싸움에 애꿎은 닭들이 수난을 당하는 장면, 점순이의 행위를 그저 농토와 관련지어 생존의 문제로만 해석하는 우직함, 눈물까지 흘리는 '나' 의 순진함 등이 몇 개의 변주(變奏)를 거친 다음 '한창 피어 퍼드러진 노란 동백꽃 속으로' - 금지된 에로스의 세계에 뛰어들려는 순간 점순의 어머니가 부르는 소리가 둘을 현실로 돌아오게 한다. 김유정은 우발적인 사건이었던 것처럼 끝까지 '능청' 스런 태도를 견지한다.

「봄 · 봄」이 채플린의 슬랩스틱(넘어지고 쓰러지는 것을 위주로 한 행동적인 코미디)에 가깝다면 동백꽃은 김유정만의 특유한 블랙유머라고 할 수 있다. 그런데도 주인공들이 추하게 여겨지지 않는 것은 그들이 자연 속에 있으며 사춘기의 어린 남녀들이라는 이유 말고도 분명 혜원의 그림처럼 우리들의 숨은 에로스를 일깨우는 힘이 있기 때문이다. 그것을 굳이 '원시적 생명력' 이란 말로 바꾸어 놓는다고 해도 본질은 달라질 게 아무것도 없다.

작품요약

오늘도 우리 수탉이 막 쫓기었다. 내가 점심을 먹고 나무를 하러 갈 양으로 나올 때이었다.

대가리가 크고 오소리같이 생긴 점순네 수탉이 덩저리 적은 우리 수탉을 함부로 해대는 것이다. 그것도 그냥 해대는 것이 아니라 푸드덕하고 면두를 쪼고 물러섰다가 좀 사이를 두고 또 푸드덕 하고 모가지를 쪼았다. 아물지도 않은 면두를 또 쪼이어 붉은 선혈은 뚝뚝 떨어진다.

이번에도 점순이가 쌈을 붙여놓았을 것이다. 그놈의 계집애가 요새로 들어서 왜 나를 못 먹겠다고 아르렁거리는지 모르겠다. 나흘 전에도 그랬다. 계집애가 나물을 캐러가면 갔지 남 울타리 엮는 데 쌩이질참견은 다 뭐야.

「얘! 너 혼자만 일하니?」

「그럼 혼자 하지 떼루 하딍?」

내가 이렇게 내배앝는 소리를 하니까, 너 일하기 좋니, 한여름이나 되거든 하지 벌써 울타리 하니 잔소리를 두루 늘어놓다가 손으로 입을 틀어막고는 깔깔댄다. 별 우스울 것도 없는데 날씨가 풀리더니 이놈의 계집애가 미쳤나 하고 의심하였다. 게다가 조금 뒤에는 제 집께를 할금할금 돌아보더니 행주치마의 속으로 꼈던 바른 손을 뽑아서 나의 턱밑으로 불쑥 내미는 것이다. 더운 김이 나는 굵은 감자였다. 느집엔 이거 없지 하고는 여기서 얼른 먹어 버리란다.

「난 감자 안 먹는다. 너나 먹어라.」

나는 고개를 돌리려고 않고 일하던 손으로 그 감자를 쑥 밀어 버렸다.

그랬더니 쌔근쌔근하고 심상치 않게 숨소리가 거칠어진다. 돌아보니 가무잡잡한 점순이의 얼굴이 홍당무처럼 새빨개져 있다. 눈에 독을 올리고 한참 나를 요렇게 쏘아보더니 나중에는 눈물까지 어리는 것이 아니냐. 그리고 바구니를 다시 집어들더니 이를 꼭 악물고는 엎어질 듯 자빠질 듯 논둑으로 횡허게 달아나는 것이다.

본시 부끄럼을 타는 계집애도 아니었고 분하다고 눈물을 보일 얼병이도 아니다. 분하면 차라리 나의 등어리를 바구니로 한번 후려쌔리고 달아날지언정.

그렇잖아도 저희는 마름이고 우리는 그 손에서 땅을 얻어 부치므로 일상 굽실거린다. 우리가 이 마을에 처음 들어왔을 때 집터를 빌어준 것도 집을 짓도록 마련해 준 것도 양식을 꾸어준 것은 점순네의 호의였다. 그러면서도 열일곱씩이나 된 것들이 붙어 다니면 안

된다고 주의를 준 것을 우리 어머니였다. 내가 점순이하고 일을 저질렀다간 점순네가 노할 것이고, 그러면 우리는 땅도 떨어지고 집도 내쫓기고 하지 않으면 안 되는 까닭이었다.

다음날 저녁 나절, 나무를 지고 산을 내려오려니까 어디서 닭이 죽는 소리를 친다. 점순네 울 뒤로 돌아오다가 나는 두 눈이 뚱그래졌다. 점순이가 제 집 봉당에 홀로 걸터앉았는데 이게 치마 앞에다 우리 씨암닭을 꼭 붙들어놓고는, 이놈의 닭 죽어라, 죽어라 요렇게 암팡지게 패주는 것이 아닌가.

「이놈의 계집애! 남의 닭 알 못 낳라구 그러니?」

그러나 점순이는 조금도 놀라지 않고 또 죽어라 하고 패는 것이다. 남의 집에 뛰어들어가 계집애하고 싸울 수도 없는 형편이다. 닭이 맞을 때마다 지게 막대기로 울타리를 후려칠 수밖에 별 도리가 없다.

「아! 이년아! 남의 닭 아주 죽일 터이냐?」

내가 도끼눈을 뜨고 호령을 하니까 그제서야 울타리께로 쪼르르 오더니 울밖에 섰는 나의 머리를 겨누고 닭을 내팽개친다.

「에이 더럽다! 더럽다!」

「더러운 걸 널더러 입때 끼고 있으랬니? 망할 계집애년 같으니!」

나도 약이 오를 대로 올랐다. 그런데 나의 등뒤를 향하여 나에게만 들릴 듯 말 듯한 음성으로,

「이 바보 녀석아!」

「얘! 너 배냇병신이지?」

「얘! 너 느 아버지가 고자라지?」

나는 열벙거지가 나서 고개를 홱 돌리어 바라봤더니 울타리 위로 나와 있어야 할 점순이의 대가리가 어디 갔는지 보이지를 않는다. 욕을 먹으면서도 대거리를 한 마디 못하는 걸 생각하니 눈물까지 불끈 내솟는다.

거지반 집에 다 내려와서 나는 호드기 소리에 발을 멈추었다. 소부록하니 깔린 노란 동백꽃 사이에 점순이가 청승맞게스리 호드기를 불고 있는 것이다. 더 놀란 것은 고 앞에서도 푸드덕, 푸드덕하고 들리는 닭의 홰소리다. 요년이 나의 약을 올리느라고 내가 내려올 길목에서 닭 싸움을 시키고 있는 것이다. 나는 약이 오를 대로 올라서 두 눈에서 눈물이 푹 쏟아졌다. 닭도 닭이지만 눈 하나 깜짝 없이 고대로 앉아서 호드기만 부는 그 판에 치가 떨린다. 나는 나도 모르는 사이에 큰 수탉을 단 매로 때려 엎었다. 닭은 다리 하나 꼼

짝 못 하고 그대로 죽어 버렸다.

「이놈아! 왜 남의 닭을 때려죽이니?」

「그럼 어때?」

「뭐 이 자식아! 누집 닭인데!」

가만히 생각을 하니 분하기도 하고 무안도스럽고 인젠 땅이 떨어지고 집도 내쫓기고 해야 될는지 모른다. 나는 소맷자락으로 눈을 가리고는 얼김에 엉, 하고 울음을 놓았다. 점순이가 앞으로 다가와서, 너 이담부터 안 그럴 테냐 하고 물을 때에야 살길을 찾은 듯 싶었다.

「요담부터 또 그래 봐라. 내 자꾸 못살게 굴 테니.」

「그래 인젠 안 그럴 테야!」

그리고 뭣에 떠다밀렸는지 나의 어깨를 짚은 채 그대로 픽 쓰러진다. 그 바람에 나의 몸뚱이도 겹쳐서 쓰러지면서 한창 피어 퍼드러진 동백꽃 속으로 파묻혀 버렸다. 알싸한, 그리고 향긋한 그 냄새에 나는 땅이 꺼지는 듯이 온 정신이 고만 아찔하였다.

「너 말 마라?」

「그래!」

조금 있더니 어딜 갔다 온 듯 싶은 점순이의 어머니가 화난 소리를 질렀다.

「점순아! 점순아! 이년이 바느질을 하다 말구 어딜 갔어!」

점순이가 겁을 잔뜩 집어먹고 꽃밭을 살금살금 기어서 산 아래로 내려간 다음 나도 바위를 끼고 엉금엉금 기어서 산 뒤로 달아나지 않을 수 없었다.

감상을 위한 문제제기

1. 점순이의 성격을 '나'와 대비하여 간략하게 쓰시오.

점순이는 당돌하고 외향적 성격이고, 나는 순진하고 어리석으며, 내향적이라는 식의 분석은 대단히 피상적이다. 그것은 점순이의 어처구니없을 정도의 자신감을 쉽게 설명해 주지 못한다. 마찬가지로 나의 무기력함을 설명하기에도 너무 일반적이고 추상적이다.

점순이의 당돌함은 남녀의 성징(姓徵)의 발달이 다르기 때문이라고도 할 수 있다. 황순원의 「소나기」에 나오는 소녀의 귀기(鬼氣)어린 성숙함에서도 알 수 있듯 소녀의 성적 발달은 동일한 나이의 남성을 능가한다. 그러나 점순이와 나의 성격 차이를 이런 생물학적 차이로 일반화시키는 것 역시 큰 의미가 없다.

물론 점순이의 지배형 성격은 점순이 아버지 마름의 지배 의식을 그대로 옮겨온 것이고, 나의 비굴함은 소작인의 피지배적 성격을 그대로 옮겨온 것이라고 할 수 있겠다.

생물학적 차이와 사회 계층의 차이가 점순이와 나의 성격에 결정적 영향을 끼친 것은 부정할 수 없을 것이다.

우리는 아울러 이 작품의 해학적 구조가 이러한 모든 이유들을 쉽게 인정할 수 없도록 하고 있다는 사실도 인정해야 한다. 점순이의 지배적 성격의 뒷면에 흐르는 강렬한 피지배적 욕구와 나의 무기력함의 내면에 흐르는 치열한 생존 의식도 인정하는 선에서 작은 결론을 내려두자.

2. 마지막 장면 동백꽃이 주는 작품의 효과에 대해 쓰시오.

'알싸한 그리고 향긋한 그 냄새' 는 점순이와 나의 대결을 마무리하여 독자의 긴장을 풀어주는 역할을 한다. 동시에 동백꽃은 두 사람의 청춘의 개화를 알리는 상징이며 에로스 세계의 서막을 알리는 축제의 시작이기도 하다. 그러데 김유정은 점순 어머니의 목소리를 삽입하여 두 사람의 은밀한 축제에 찬물을 끼얹는다. 이것은 본질적으로 김유정의 세계가 가령 이효석과는 전혀 다른 것임을 말한다. 김유정의 윤리의식은 이런 점에서 결코 현실을 앞서가지 않는다. 「동백꽃」의 결말에서 만일 점순 어머니의 목소리가 들려오지 않았다면 동백꽃 향기는 독자에게 어떤 반응을 불러일으켰을까. 만일 그렇게 끝났다면 아마도 독자들은 작품 전체에 흐르는 해학적 즐거움을 모두 상실한 채 곤혹스러운 얼굴로 책장을 덮을 것이다.

참고자료 및 논문

- 조건상, 한국 현대 해학소설연구, 문학예술사, 1985
- 국어국문학회 편, 현대한국소설연구, 정음문화사, 1986

  구인환, 김유정 소설의 미학

김동인

원고지 위의 돈키호테

작가연구

김동인(金東仁 1900~1951). 호는 금동(琴童). 평양 출신으로 숭실학교를 거쳐 일본 동경 명치학원 졸업. 1919년 최초의 동인지〈창조(創造)〉를 발간함. 서구적인 다양한 문예사조를 실험하여 현대 단편소설의 개척자적인 지위를 차지함. 대표작으로는 단편으로 「감자」, 「광화사」, 「배따라기」, 역사장편소설로는 「대수양」, 「운현궁의 봄」 등이 있다.

작가 김동인을 이렇게 단 몇 줄로 요약할 수 있을까. 분명 춘원 이광수와 함께 그는 우리 문학사의 거목(巨木)이다. 그러나 그는 분명 춘원과는 여러 면에서 대조적인 인간이었다. 우선 춘원이 아주 빈궁한 생활 속에서 유년기를 보냈다면 동인은 유복한 집안에서 유아독존적인 성격을 형성했다는 점이다. 김동인의 집안은 엄청난 갑부였다. 어릴 때의 김동인에 관한 일화(逸話)들은 대체로 그가 얼마나 거만하고 자존심이 강한 성격이었는가를 보여주고 있다.

예컨대 숭실학교를 다니던 때 학기시험을 치르던 김동인은 컨닝을 하다가 감독 선생님에게 발각이 된 일이 있다. 감독 선생님이 따귀를 갈기자 그는 그대로 학교를 뛰쳐나와 집으로 와 버렸다. 사유를 들은 그의 아버지는 아무리 어린 것이 잘못을 저질렀다 하여도 마소 모양 때릴 수가 있느냐, 그놈의 학교 내일부터 당장 집어치우라고 했고 열다섯 살의 김동인은 곧 일본으로 유학을 떠났다는 것이다.

춘원이 거지처럼 떠돌다 일본 유학생 선발시험에 뽑혀 일본 유학을 떠난 것과 비교하면 참으로 대조적이 아닐 수 없다.

다소 도식적으로 말한다면 김동인 문학은 간결체이며 춘원의 문학은 만연체이다. 김동인은 단편소설에서 성공하였고 춘원은 장편으로 성공하였다. 춘원은 계몽주의 문학과 문학의 공리성을 주창했고 김동인은 예술을 위한 문학과 순수성을 주창했다. 물론 이런 형식적인 차이의 밑바탕에는 김동인의 춘원에 대한 깊은 경쟁의식이 깔려 있었다.

김동인의 일본 유학생활은 영화구경과 사진기와 레코드를 사 모으는 것이 주된 일이었다. 그는 다니던 학교를 집어치우고 미술학교에 입학하기도 했다. 「광화사(狂畵師)」니 「광염(狂炎)소나타」니 하는 초기의 작품들이 이런 생활과 무관하지는 않을 것이다.

그는 1919년 전영택 등과 함께 동인지 〈창조(創造)〉를 만들었다. 그는 이어서 〈영대(靈臺)〉라는 동인을 만들었다. 그는 아침은 평양에서 점심은 서울에서 저녁은 동경에서 즐겼다는 소문이 나올 정도로 타락과 방종한 생활을 계속하였다. 동인 자신의 회고에 의하면 '광포한 방탕성'으로 말미암아 1926년 아버지로부터 물려받았던 모든 재산을 탕진했다. 그는 대동강의 지류(支流)인 보통강(普通江)의 토지관개사업에 뛰어들었으나 타고난 그의 오만한 성품 때문에 실패하고 말았다. 그는 빚을 청산하기 위해 남은 재산을 모두 처분하여야 했다. 그의 아내는 남은 돈을 가지고 달아나 버렸다. 이렇게 하여 그는 모든 것을 잃어 버린 끝에 1930년 작가로서의 새로운 생활을 시작해야 했다. 이후 그는 생활을 위하여 엄청난 분량의 글을 썼다. 심한 불면증에 시달려서 수면제를 먹어야 했고 그 양은 점점 늘어났다. 주요한의 권유로 조선일보사 학예부장에 취임하기도 했지만 한달 남짓만에 심한 의견충돌로 사표를 냈다. 그는 삶과 타협하기엔 여전히 오만하고 자존심이 강한 성격이었다. 그는 1951년 1월 6·25전쟁 중 아무도 지켜주는 사람도 없이 세상을 떠났다.

김동인은 춘원 문학에 반기를 들었다. 그는 춘원과 경쟁함으로 자신의 존재를 확인해 갔다고 할 수 있다. 그는 한국문학사에서 최초의 작가연구라고 할 수 있는 「춘원연구(春園硏究)」를 통하여 이광수의 문학세계를 본격적으로 탐색하였다. 그는 「조선근대소설고(朝鮮近代小說考)」와 같은 문학연구 작업도 게을리하지 않았고 우리 역사연구에도 관심을 기울였다.

김동인 문학을 연구하면서 아직도 많은 평자들이 빠지는 오류는 「배따라기」는 낭만주의, 「광화사」는 탐미주의라는 식으로 특정 문예사조라는 상자 속에 그의 작품을 구겨넣으려는 태도이다. 이렇게 하다 보니 평자들마다 김동인의 작품을 어떤 문예사조로 볼 것인가에 대해 무의미한 논쟁을 벌여 왔던 것이다.

춘원은 자신의 문학을 밥과 같은 것—일상의 것이라고 했고 김동인은 춘원의 문학을 '情事의 文學' 이라고 했다. 이에 대비한 김동인의 문학은 무엇인가. 그것은 '죽음의 문학' 이라는 말로 표현할 수 있다. 말을 바꾸면 이광수 문학의 과제가 '삶' 이었다면 김동인 문학의 과제는 '죽음' 이었다. 영웅숭배자였던 김동인은 예수와 진시황을, 베토벤과 을지문덕과 연개소문을, 대원군과 수양대군을 모두 동격의 인물로 숭배하였다. 오만한 방탕아 김동인에게는 유한한 삶을 무한히 연장한 인물들-초인이 필요했던 것이다.

그에게는 민족주의도 종교도 어떤 문예사조도 부수적인 것이었다. 그가 의식하든 하지 않든 그에게 본질적으로 중요한 것은 죽음의 초월이라는 문제였고 이를 위한 영웅의 창조였다.

윤홍로 교수는 '동인 작품에서 골격을 이루고 있는 무대장치는 죽음' 이라고 평했다. 그의 견해를 요약하면 다음과 같다.

① 「감자」 계열—모순된 혹은 부패된 환경적인 영향으로 선량했던 주인공들이 오염되어 병드는 경우.
② 「광염 소나타」 계열—사회무대에서 분열되어 소외의식을 갖게 되고 더 높은 절대 세계에로의 지향을 추구하는 경우.
③ 「포플러」 계열—성본능의 죽음을 초래하는 경우.
④ 「마음이 옅은 者여」 계열—육체와 영혼의 이원론적 갈등에서 육체적인 좌절을 겪는 경우.

이처럼 김동인은 원고지 위에서 펜을 무기로 하여 그의 적—죽음이라는 악마와 싸우기 위한 투쟁을 벌였다. 전투에서 이기기 위해 그는 때로는 「광염소나타」의 백성수, 「광화사」의 솔거와 같은 미치광이를 만들어내기도 하고 인간의 숨은 본질을 과감히 벗겨내기 위해 「감자」의 복녀, 「K박사의 연구」에서의 K박사 등을 창조하기도 했다. 그러한 여러 시도가 자연주의, 탐미주의, 낭만주의 등의 여러 얼굴을 하고 있더라도 그 속에 잠재하고 있는 것은 죽음이라는 이름의 개인적, 시대적 공포에 쫓기는 돈키호테 김동인의 인간적인 모습이었으리라고 추측한다. 이광수를 가리켜 돈키호테라고 불렀던 김동인, 그는 사실은 자신의 또 다른 얼굴을 보고 있었던 것일까.

배따라기

작품연구

김동인은 1921년 〈창조〉 9호에 발표된 「배따라기」를 1948년 그의 단편집에 재수록하면서 이렇게 말하였다.

이 「배따라기」야 말로 여(余)에게 있어서 최초의 단편소설(형식으로든 양적으로든)인 동시에, 아마 조선에 있어서, 조선글 조선말로 된 최초의 단편소설일 것이다.

이러한 자부심이 「배따라기」가 처음 발표된 뒤로 27년이 넘은 시점에서도 이렇게 당당하게 표현될 수 있다는 것은 그의 말을 액면 그대로 받아들이지는 않는다 하더라도 김동인 문학을 이해하는 중요한 열쇠로서 충분한 가치가 있다고 할 것이다.

「배따라기」는 이전의 김동인 소설에서 보여주던 구성의 단일화 - 일기체나 서간체 등에서 탈피하고 있다. 「배따라기」에서 김동인은 액자소설 형식을 실험했고 이에 성공하였다고 생각하여 「광화사」나 「광염(狂炎) 소나타」로 연장하여 나갔다. 「배따라기」는 김동인의 단편소설 형식의 하나의 시발점이 되었다. 그러나 단지 이런 정도로 김동인이 「배따라기」에 대해 그토록 강한 자부심을 가졌다고 보기는 어렵다.

「배따라기」는 '상실→탐색(방랑)' 의 기본틀을 보여준다. 이러한 구조는 민담이나 동화의 세계적인 보편적 유형이다. 「배따라기」에서 형이 상실한 것은 무엇인가. 물론 표면상으로는 아내와 아우이며 그 이유는 쥐 때문에 생긴 오해이다. 그러한 배경엔 근친상간적 요소가 숨겨져 있다. 형과 아우가 한 아내를 공유하는 풍습은 고대 우리 민족에게도 남아 있던 관습이었다. 유교의 윤리가 정착되고 사회구조가 변화하면서 이런 풍습은 사라졌다. 그러나 인간의 애증과 소유욕이 일렁이는 무의식의 바다 속에는 이러한 금기들이 떠오르기 마련이었다. 이런 면에서 형은 원초적인 자아—프로이트는 이것을 이드(ID)라고 하였다—를 상징한다고 할 수 있다. 그는 김동인의 「광염 소나타」 계열에 등장하는 인물들처럼 난폭하고 감정의 변화가 격심하다. 그의 기질은 불과 같고 동시에 출렁이는 바다와 같다. 바다란 그들이 생명을 낚는 공간이며 죽음과 재생이 깃든 곳이다. 그러나 그는 아직 사회윤리와의 결별(초월)을 선언하는 그런 광인은 아니다. 그러면 그의 분신인 아우는 무엇을 의미하는가. 아우는 프로이트에 따르면 초자아(超自我 : 슈퍼 에고)이다. 원초적인 본능의 파괴적 자아(형)는 잃어 버린 초자아(아우)를 찾아 바다를 누비고 다닌다. 그 바다에 그는 아내로 상징되는 리비도(인간 행동의 근원적 욕구)를 묻었다. 그가 바다에서 죽음에 처했을 때 만나는 아우, 아우의 '배따라기' 노래는 이러한 갈등을 해소시키려는—낙원을 되찾으려는 영혼의 노래이다.

인간의 마음은 무의식의 산물이다. 우리는 선과 악을 공유한 존재이다. 태양이 밝으면 그림자가 진하게 나타나듯 인간이 선을 추구하려 하면 악은 그 존재를 더욱 뚜렷하게 드러낸다. 양면성으로 괴로워하는 인간은 자신의 어리석음으로 만들어낸 긴 그림자를 끌고 방랑하게 된다. 배따라기의 주인공들도 인간의 보편적 숙명을 비껴가지 못하고 있다.

삶의 이중성—선과 악의 내부에 잠재한 정화(淨化)의 바다를 향해 떠난 김동인의 원초적 자아는 「광화사」에서는 황혼의 새빨간 빛을 그리워하는 소경, 여인을 통하여 '용궁'을 생각하게 만든다. 때로는 미친 음악가가 되어 '성난 파도' 라는 음악을 자곡하게도 한다. 결국 「배따라기」의 형은 김동인의 원초적 자아라고 해도 좋을 것이다. 실로 그의 문학은 춘원에 대비할 때 감당하기 어려운 '마약과도 같은 황홀과 광기' 로 출발한다.

그의 액자소설 형식은 이러한 광기를 숨긴 일종의 당의정이며 분열된 자아를 상징하는 구조라고 할 수 있다.

「배따라기」는 이런 점에서도 본격적인 김동인 '죽음의 문학' 의 출발을 알리는 서곡이다.

작품요약

좋은 일기이다. 나는 모란봉 기슭 새파랗게 돋아나는 풀 위에 뒹굴고 있었다. 이때다. 기자묘 근처에서 무슨 슬픈 음률이 봄공기를 진동시키며 날아온다. 영유 '배따라기' 다.

> 강변에 나왔다가 / 나를 보더니만, / 혼비백산하여/ 꿈인지 생시인지, / 생신지 꿈인지 / 와르륵 달려들어 /섬섬옥수로 붙어잡고, / 호천 망극하는 말이 / 하늘로서 떨어지며

/ 땅으로서 솟아났다 / 바람결에 묻어오고 / 구름결에 쌔여왔다 / 이리 붙들고 울음 울제 / 인리 제인이며 / 일가 친척이 모두 모여……

나는 모란봉 꼭대기에 올라섰다. 그는 배따라기의 맨 마지막을 부른다.

밥을 빌어서 / 죽을 쓸지라도 / 제발 덕분에 / 뱃놈 노릇은 하지 말아 / 애 - 야 어그여지야 -

나는 겨우 그를 찾아 내었다. 얼굴, 코, 입, 눈, 몸집이 모두 네모나고—그의 이마의 굵은 주름살과 시꺼먼 눈썹이 고생 많이 함과 순진한 성격을 나타낸다. 바다의 넓고 큼이, 유감없이 그의 눈에 나타나 있다. 그는 뱃사람이라 나는 짐작하였다.

「고향이 영유요?」

「예, 머, 영유서 나기는 했디만 한 이십 년 영윤 가 보디두 않았이요.」

그는 왜 그러는지 한숨을 짓는다.

「거저, 운명이 데일 힘셉디다.」

나는 다만 그를 건너다 볼 뿐이다. ?히디두 않는 십구 년 전 팔월 열하룻날 일인데요 하면서 그가 이야기한 바는 대략 이와 같은 것이다.

그의 부모는 모두 열댓 났을 때 돌아갔고, 남은 사람이라고는 자기 부부와, 곁집에 딴 살림을 하는 그의 아우 부부뿐이었다.

명절에 쓸 장도 볼 겸. 그의 아내가 부러워하는 거울도 하나 사올 겸. 장으로 향하였다. 남에게 우습게 보이도록 그 내외의 사이는 좋았다. 그러나 그의 아내는 시기받을 일을 많이 하였다. 품행이 나쁘다는 것이 아니라, 대단히 천진스럽고 쾌활한 성질로서 아무에게나 말 잘하고 애교를 잘 부렸다. 명절이나 되면 젊은이들이 그의 집에 모이곤 하였다. 그는 젊은이들이 돌아간 뒤에는 아내에게 덤벼들어 발길로 차고 때렸다. 옆집에 있는 아우 부부가 말리러 오면 언제든 아우 부부까지 때려 주었다. 그의 아우는 늠름한 위엄이 있었고, 매일 바다바람을 쏘였지만 얼굴이 희였다. 이것만이 아니라 아내가 그의 아우에게 친절히 하는 데는, 속이 끓어 못 견디었다.

그가 영유를 떠나기 반 년쯤 전 그의 생일날이었다. 그는 맛있는 음식은 남겨두었다가 먹는 습관이었다. 그런데 그의 아우가 점심 때쯤 오니까 아까 그가 아껴서 남겨 두었던 그 음식을 주려 하였다. 그는 마음 속이 자못 편치 않았다. 그의 아내는 시아우에게 상을 준 뒤에 물러오다가 그만 남편의 발을 조금 밟았다. 그는 힘껏 발을 들어서 아내를 냅다 찼다.

「이년, 사나이 발을 짓밟는 년이 어디 있어!」

「거 좀 밟아서 발이 부러텟쉐까?」

아내는 낯이 새빨개져서 울음 섞인 소리로 고함친다. '그', '그의 아내', '그의 아우' 세 사람의 삼각관계는 대략 이와 같았다.

각설—

그는 아내가 기뻐할 모양을 생각하며, 새빨간 저녁 햇빛을 받는, 넘치는 듯한 바다를 안고 자기집에서 돌아왔다. 그러나 그의 집 방 안에 들어서자, 뜻밖의 광경이 그의 눈에 벌이어 있었다. 방 가운데에는 떡상이 있고, 그의 아우는 수건이 벗어져서 목 뒤로 늘어지고, 저고릿 고름이 모두 풀어져 가지고 한편 모퉁이에 서 있고 아내도 머리채가 모두 뒤로 늘어지고, 치마가 배꼽 아래 늘어지도록 되어 있으며, 그의 아내와 아우는 그를 보고 어찌할 줄을 모르는 듯이, 움쭉도 안하고 서 있었다. 좀 있다가 그의 아내가 겨우 말했다.

「그놈의 쥐 어디 갔니?」

「흥, 쥐? 훌륭한 쥐 잡댔구나!」

그는 뛰어가서 아우의 멱살을 끌어잡았다.

「형님! 정말 쥐가—」

그는 아우의 따귀를 몇 대 때린 뒤에 등을 밀어 문밖에 내어던졌다. 그런 뒤에 아내가 변명하는 것을 들은 척도 하지 않고 두들겨 팬 다음 역시 등을 밀어 내쫓았다.

「샹년! 죽어라! 물에라도 빠데 죽얼!」

날이 어두워졌다. 불을 켜려고 성냥을 찾으려 여기저기 뒤적이노라니까 낡은 옷뭉치 속에서 무엇이 후덕덕 튀어나온다.

「역시 쥐댔구나!」

그는 그 자리에 맥 없이 털썩 주저 앉았다. 그의 아내는 5리즘 떨어진 바닷가에서 물에 빠져 죽은 시체로 발견되었다.

장사를 지낸 이튿날부터 아우는 마을에서 없어졌다. 그는 마침내 뱃사람이 되어 아우의 소식을 알아보려고, 길을 떠났다. 십 년이 지나갔다. 그의 배는 파선을 하여 몇몇 사람은 죽었다. 그가 정신을 차린 때는 밤이었다. 어느덧 그는 물 위에 올라와 있었고 그는 자

기를 간호하는 아우를 보았다. 그는 이상히도 놀라지도 않고 천연하게 물었다-

「너 어떻게(어떻게) 여기 완?」

아우는 잠자코 한참 있다가 겨우 대답하였다-

「형님, 거저 다 운명이외다.」

그가 잠이 들었다가 깨어보니 아우는 어디로 갔는지 없어졌다. 곁의 사람에게 물어보니까 아까 아우는 형의 얼굴을 한참 물끄러미 들여다보고 있다가, 새빨간 불빛을 등으로 받으면서, 더벅더벅 아무말 없이 어두움 가운데로 사라졌다 한다.

그는 다시 아우를 찾아 길을 떠났다. 삼 년을 돌아다녔어도 아우는 다시 볼 수가 없었다. 그가 탄 배가 강화도를 지날 때 바다를 향한 가파로운 절벽에 바다를 향하여 날아오는 '배따라기' 를 들었다. 그의 아우가 아니면 부를 사람이 없는 그 '배따라기' 였다. 강화도에 찾아가 아우를 찾았으나 아우는 인천으로 갔다 한다. 눈 오고 비오며 육 년이 지났지만 아우를 만나 보지도 못하고 생사까지도 알 수가 없었다.

말을 끝낸 그의 눈에는 저녁 해에 '반사된 몇 방울' 의 눈물이 반짝인다. 그는 다시 한 번 나를 위하여 '배따라기' 를 불렀다. 노래를 끝낸 다음에 그는 일어서 시뻘건 저녁 해를 잔뜩 등으로 받고 을밀대를 향하여 더벅더벅 걸어간다.

일 년이 지났으나 그는 다시 모란봉에 나타나지 않는다. 그가 남기고 간 배따라기를 추억하는 듯이 모든 잎닢이 속삭이고 있을 따름이다.

감상을 위한 문제제기

1. 「배따라기」에서 동생이 언급하는 '운명' 의 의미에 대해 정리하여 보시오.

파선한 배에서 살아난 형에게 나타난 동생은 인간의 노력이나 희망을 무참히 밟아버리는 초월적 힘에 관해 말하고 있다. 그 초월적 운명은 어느 날 우연히 인간의 모든 것을 파괴하며 그들의 우애, 형과 아내의 사랑까지를 모두 파괴한다.

그것은 대체로 어처구니 없는 오해에서 기인하지만 그 오해의 씨앗은 이미 그들의 주위에 떠돌며 그들 내부에서 싹틀 기회만 찾고 있었던 것이다.

카인적인 성격의 형은 자신의 삶 자체를 적대시한다. 그는 언제나 피해 의식에 젖어 산다. 평화와 신의 은총을 간절히 원하면도 그것을 거부하고 파괴하는 인간의 이율 배반적 운명을 상징하는 형은 자기 자신의 모든 것을 파괴하고 만다. 동생은 인간이 파괴한 낙원을 상징한다. 파괴된 낙원을 회복하기 위해 형에게 동생은 '운명' 이라는 말로 형의 모든 노력이 무의미함을 단정 짓고 있다. 결국 인간은 평화를 파괴하고, 낙원 자체를 파괴한 뒤, 자신이 파괴한 평화를 찾아다니고 자신이 무너뜨린 낙원을 찾아다니는 '운명' 적 존재인 것이다.

2. 「배따라기」의 신화적인 구조에 대해 정리해 보시오.

액자적 구성을 걷어내고 형과 아우 그리고 여인의 관계에만 초점을 맞춰보기로 한다.

이 작품은 일종의 추락이고 추방이며 그리고 구도(求道)요 탐색의 신화이다. 붉은 석양을 향한—영원한 서녘 해지는 곳을 향해 떠나가는 형의 모습은 많은 신화와 설화 속에서 되풀이된 실낙원—낙원 추방의 전형적 전개이다. 그것은 박목월의 시 〈나그네〉에 표현된, 방향성을 상실하고 환상을 꿈꾸는 영원한 나그네의 여로(旅路)이다. 낙원 추방은 인간이 사소한 실수로 인하여 영원한 생명을 뱀에게 넘겨주었다는 바빌로니아 점토판의 길가메시 서사시나 원숭이 때문에 그것을 잃어버렸다는 남방 어느 민족 설화에서 우리는 그 근거를 찾을 수 있다. 이 소설에서 오해의 소지가 되는 쥐 잡기는 결국 모든 불행의 원인이 어떤 특정한 동물에서 기원한다는 고대적 사고 방식을 충실히 반영하고 있는 것이다.

동생이라는 자아를 찾아, 낙원의 회복을 떠나 형은 언제나 낙원의 입구에서 헤매이는 숙명을 지니고 살아간다. 영웅주의자 김동인은 이 형의 얼굴에 광적인 음악가의 옷을 입혀보기도 하고 미친 화가의 모습을, 어떤 경우에는 예수의 모습까지 씌워본다. 그러나 김동인은 결국 새로운 신화 창조에 실패한다.

신화란 신에 대한 경건함과 우주에 대한 통찰력에서 생겨난다고 한다면 김동인은 「배따라기」를 통해 영원한 구도의 바다를 떠도는 카인적 인간의 숙명을 일찌감치 예감했다고나 할까.

태형笞刑 / 붉은 산

작품연구

두 개의 작품을 묶어서 취급하려는 이유는 이 작품들을 일반적으로 민족주의 계열의 작품으로 평하는 견해를 인정해서가 아니다. 더구나 「태형」을 자연주의 작품으로 보는 평가도 널리 번져 있는데 주제와 소재를 아직도 본질적으로 구별하지 못하는 경향이 문학평가에도 남아 있다는 것은 어처구니 없는 일이다. 일제시대에 조선인이 고통당하는 이야기를 형상화했다고 그것이 곧 민족주의니 인도주의니 하는 것은 상식 이전의 문제이기 때문이다. 그것은 현진건의 소설이 민족주의 소설이 아닌 것과 동일한 입장이다. 물론 식민지 치하에서 그 정도의(「고향」과 같은) 사회비판을 했다고 해서 민족주의 문학 대열에 넣어주자는 동정론의 경우라면 별도의 기준이 필요하겠다. 본질적으로 우리의 식민지 문학은 지하출판물이거나 개인의 원고지 위에 머물지 않은 이상 남김없이 모두 총독부의 검열을 통과한 것임을 잊어서는 안 된다. 우리에게 저항문학(예컨대 프랑스의 레지스탕스문학)이 있었던가, 그 대답은 부정적이다. 우리들은 식민지 시대에 발표된 문학작품들을 우리에게 편리한 대로 재단하여 읽어내는 의도의 오류에 너무 익숙해져 있다. 부언하지만 하물며 김동인 문학은 죽음의 문학이며 그는 영웅주의자이다. 김동인이 고구려를 강조하고 신라의 허약함을 비웃고 을지문덕이나 대원군을 찬양했다고 해서 그를 민족주의자라고 할 수는 없다. 그에게 필요한 것은 영웅 이하도 이상도 아니었다. 그의 을지문덕을 역사학자 신채호가 고구려의 정통성을 강조하는 것과는 다른 차원에서 이야기 될 문제이다. 극단적으로 말한다면 김동인의 여러 영웅들은 김동인 개인의 나르시즘과 오만함을 채우기 위한 인형들인 것이다.

1922년 12월에서 1923년 1월에 걸쳐 〈동명(東明)〉에 연재한 「태형」과 1932년 4월 〈삼천리〉에 발표된 「붉은 산」은 약 10년의 시간 간격이 있다. 「태형」은 1919년 삼일만세운동에서 별로 먼 거리에 있지 않은데 김동인 자신이 1919년 3월에서 6월까지 출판법 위반이란 애매한 죄명(정확하게는 아우가 쓴 글을 손질해 주었다는 이유)으로 투옥당했던 실제 체험과 관련이 있으리라 생각한다.

김동인은 냉정한 입장으로 조금 커다란 시험관과 같은 감방에 마흔 명의 죄수들을 넣는다. 마치 화학반응 실험을 하려는 사람처럼. 그러나 무엇보다 이러한 자연주의적 실험이 성공하지 못한 이유는 그 속에 '나'가 함께 있기 때문이다. 자연주의란 유전 절대주의이며 동시에 환경결정론이란 이율배반적인 성격을 가지고 있다. 유전이란 인간의 의지 이상의 것이지만 환경이란 반드시 수동적인 것만은 아니지 않은가. 어떻든 이 두 가지에 의해 인간은 지배받는다는 다윈의 진화론을 바탕으로 나타난 문학이론이 자연주의이다. 그러므로 자연주의는 냉혹한 수술실과도 같은 엄격성으로 인간을 다룬다. 거기에는 설익은 어떤 동정도 개입되어서는 안 된다. 그러나 '나'는 작품 속에 개입되어 있고 나중에 후회까지 한다. 자연주의 경향을 의도하고 쓴 작품이라면 다음 결말은 완전한 실패이다.

> 나의 머리는 더욱 숙여졌다. 멀거니 뜬 눈에서는 눈물이 나오려 하였다. 나는 그것을 막으려고 눈을 힘껏 감았다. 힘있게 닫힌 눈은 떨렸다.
>
> 「笞刑」의 결말 부분

그러므로 이 작품을 굳이 자연주의 작품이라고 부른다면 1925년에 발표되는 「감자」의 시험작품쯤으로 여기는 것이 무난할 것이다. 그렇다면 대체 이 작품에서 다루고자 하는 주제는 무엇인가. 인간의 이기심을 실험하자는 김동인의 의도는 실패하였다. 첫째는 인물에 대한 동정(이것이 민족주의자 인도주의로 오해받아서는 안 된다), 둘째는 실험 자체의 설계 잘못이다. 가령 입구가 좁은 유리병에 흙을 담고 콩을 여러 개 심어 놓으면 싹이 난 콩들은 마치 눈으로 보듯이 좁은 병 출구를 향해 줄기를 돌린다. 여러 개의 줄기들이 엉키고 엉키며 서로 병 출구를 향해 몰려든다. 소설 「태형」과 같은 환경에 있다면 인간들도 동료들이 한 명이라도 줄어들길 바란다. 그것은 역시 선악 이전의 생물학적 본능이다. 과학자는 병 속의 식물 관찰일지를 쓸 수 있지만 작가는 이러한 인물들의 관찰기록을 쓸 수 없다. 자연주의가 궁극적으로 실패한 이유가 바로 여기에 있다. 김동인의 소박한 실험은 오히려 「태형」 이후의 작품과 연관된다. 1923년 1월 〈개벽(開闢)〉에 김동인은 「잔(盞)」이라는 단편을 발표하였다. 「태형」과 거의 동시에 발표된 이 작품은 예수의 죽음을 다룬 소설인데 죽음을 앞둔 예수가 살고자 하는 본능을 이기고 죽음과 맞서는 내용이다. '죽음문학'의 한 면을 예수라는 영웅을 통하여 김동인은 대단히 간결한 문체로 형상화하고 있다. 「태형」은 바로 이러한 '죽음문학'의 하나이다. 영감은 삶과 죽음에서 죽음에 가까운 쪽을 결정하는데 그것은 아흔 대의 매를 맞는 것이다. 그 이유는 간단하다. 영감의 아들 둘이 다 죽었기 때문이다. 그것은 차라리 일종의 영웅적인 저항이라고 부를 성질의 것이다. 영감이 선택한 죽음의 길은 예수의 선택과는 다르지만 인간은 반드시 살기 위해서만 존재하는 본능에 사로잡힌 생물이 아니라는 점에서 두 개의 작품은 동일한 가치를 지향한다. 그의 자연주의 경향(자연주의 문학이 아니다)은 「감자」에 와서야 비로소 확립되는 것이다.

「태형」에서 「붉은 산」까지의 약 10년은 김동인 개인에게도 식민지 정치 상황에도 엄청난 변화가 있었다. 김동인은 1930년 재혼하였다. 그는 생활을 위해 글을 써야만 하는 시간들이 기다리고 있었다. 1931년 만주사변이 일어났고 일본은 서서히 중일전쟁을 준비하고 있었다. 이 시기(1930~1932)에 김동인은 그의 대표작이라고 할 「광염 소나타」, 「광화사」, 「대수양(大首陽)」, 「발가락이 닮았다」 등 스물네 편 이상의 장단편을 잇달아 발표하였다. 어떤 일정한 경향에 얽매이지 않고 자유롭게 씌어진 것 같은 작품이지만 조금만 면밀히 분석하면 김동인은 여전히 죽음과 영웅주의에 심취해 있다는 것을 느끼게 한다. 「발가락이 닮았다」의 자연주의적 경향도 영웅주의의 변형에 지나지 않는다. 「붉은 산」을 무조건 민족주의 계열이니 심지어 '애국소설' (이런 표현은 1989년 문교부에서 발행된 중학교 국어과 교사용 지도서의 견해이다)이니 하는데 이는 대단히 피상적인 이유가 바로 위에서 언급한 김동인의 죽음에 대한 태도, 영웅주의 때문이다.

「붉은 산」은 액자소설 구조를 가지고 있으나 「배따라기」 계열과는 조금 성격을 달리한다. '여(余)' 는 이야기 전달자나 관찰자에 머무르지 않고 의사로서 사건 속에 뛰어든다. 그러나 여의 태도나 의식은 대단히 소극적이다.

분석을 위해 이야기를 순서대로 요약하면 다음과 같다.

① 여가 만주를 여행할 때 XX촌에서 본 일을 여기 적는다.
② 그 마을에서 삵이란 별명을 지니고 있는 정익호를 만나다.
③ 익호의 인물묘사—악당의 면모와 성품을 지닌 전형적 인물.
④ 삵의 행패에 소극적인 마을 사람들.
⑤ 삵이 살아가는 모습—그의 처세관.
⑥ 송첨지의 죽음/ 나와 삵의 만남 / 나의 통분함.
⑦ 삵이 쓰러져 있음 / 만주국 지주에게 죽음 / 죽어가는 삵이 붉은 산과 흰옷을 봄 / 노래를 불러줌.

「붉은 산」은 정체불명의 악당 삵이 타락한 영웅 또는 오해받은 영웅이었다는 것이 밝혀지며 그가 인간 정익호로 되돌아오는 영웅신화적 서사구조를 지니고 있다. 삵의 용모를 짐승과 거의 비슷한 인물로 묘사한 것은 「광화사」의 추악한 용모의 화가 솔거와 통한다. 추악한 용모는 곧 그가 벗어야 할 원초적 자아이다(왜 인간의 모습을 한 야수나 괴물을 처치하는 내용, 또는 반대로 야수나 괴물이 아름다운 인간으로 변하는 동화나 전설이 널리 퍼져 있는지 생각해 보면 납득이 갈 것이다). 그가 극복해야 할 운명을 암시하고 있다 해도 좋을 것이다. 그는 떠도는 짐승 삵의 죽음을 맞아 겨울 벌판에서 부르는 노래 소리는 붉은 산과 흰옷으로 상징된 민족공동체에 삵을 복귀시키는 찬가이다.(1926년 상영된 나운규의 영화「아리랑」과 유사한 결말이지만 「"붉은 산」 편이 좀더 신파적이다) 그러나 그의 돌발적인 죽음엔 어떤 필연성 같은 것은 전혀 찾을 수 없다. 굳이 설명하자면 삵의 내부에 갇혀 있던 민족의식이(초자아의 회복이라고 해도 좋다) 폭발했다고 보겠으나 역시 작품 속에서 삵의 행위는 설득력이 약하다. 김동인은 삵이 만주인 지주에게 일방적으로 희생당한 것인지 만주인 지주에게 복수를 했는지도 밝히지 않았다. 모든 것은 이렇게 불투명하게 종말을 고한다. 왜 갑자기 삵은 인간 정익호가 되었는가.

김동인이 여러 편의 작품에서 시도한 악마적 광기와 극도의 인간 모멸은 역(逆)으로 영웅탄생의 희망이 사라진 절망적 시대와 맞선 인간 김동인의 심층의식을 자학적으로 표현하고 있는 것이다. 이런 점에서 「붉은 산」은 김동인의 영웅주의(원초적 자아)와 민족의식이 부족하게나마 함께 만난 작품이라고 할 수 있을 것이다. 그러나 리얼리티 면에서는 「태형」보다 허술한 면이 보이는데 김동인에게 간도체험이 없다는 것도 하나의 이유가 될 것이다. 결국 이 작품은 윤홍로 교수가 말한 ②의 계열 - 「광화사」 계열의 '죽음의 문학'에 포함된다고 보는 편이 보다 합리적일 것이다.

작품요약 – 태형(笞刑)

「기쇼오(起床)!」

나는 한순간 화다닥 놀래어 깨었다가 또다시 잠이 들었다. 덜컥 마침내 우리 방문을 여는 소리가 났다. 나는 머리를 들었다.

「뎅껭(點檢)」

숙련된 흐르는 듯한(우리의 대명사인) 번호가 불리운다.

「나나햐꾸 나나쥬 용고(七七四號)!」

아무 대답이 없다

「나나햐꾸 나나쥬 용고!」

자기의 대명사—더구나 일본말로 부르는 것을 알아듣지 못한 칠백칠십사호의 영감은 역시 대답이 없다. 나는 참다 못하여 그를 꾹 찔렀다. 놀라서 덤비는 대답이 그때서야 들렸다.

「예, 하이!」

「나제 하야꾸 헨지오 시나이?(왜 빨리 대답 안 하나)」

그러나 영감은 가만 있었다. 고요한 가운데 소리 하나 없다.

「이리 오노라!」

두번째의 소리가 날 때에 영감은 허리를 구브리고 그의 옆에 갔다. 날카로운 소리와 함께, 채찍이 영감의 등에 내리었다. 영감은 자기 자리에 돌아오고 감방문은 다시 닫겼다. 방은 죽음의 방같이 소리 하나 없다. 누구나 곁을 보면 거기는 악마라도 있는 것처럼 보려고도 안 한다. 점검이 끝났는지 간수들의 발소리가 도로 우리방 앞을 지나갔다.

영감의 조그만 소리가 겨우 침묵을 깨뜨렸다.

「집엔 그 녀석(간수)보담 나이 많은 아들이 두 녀석이나 있쉐다가레…….」

다섯 평이 좀 못 되는 이 방에, 신의주와 해주 감옥에서 넘어온 사람까지 하여 마흔한 사람이 되었을 때에 우리는 한숨도 못 쉬었다. 추녀 끝에 걸린 듯한 뜨거운 해는 끊임없이 더위를 보낸다. 아침부터 흘린 땀이 그냥 멎지 않고 흐른다. 지옥이었다. 빽빽이 앉은 사람들은 모두들 힘없이 머리를 드리우고 입을 송장같이 벌리고 흐르는 침과 땀을 씻을 생각도 안 하고 먹먹히 앉아 있다. 둥그렇게 구부러진 허리, 맥없이 무릎 위에 놓인 손, 뚱뚱 부은 시퍼런 얼굴에 힘없이 벌어진 입, 생기없는 눈, 흩어진 머리와 수염, 모든 것이 죽은 사람이었다. 이것이 아침에 세면소까지 뛰어갔으며 두 시간 전 점심 먹노라고 움직인 사람들인가? 나의 곤하여 둔하게 된 감각에도 눈이 쓰린 역한 냄새가 쏜다. 지금 그들의 머리에는 독립도 없고, 자유도 없고, 민족 자결도 없고, 사랑스러운 아내나 아들이며 부모도 없다. 그들이 다만 한 가지의 바람이 있다 하면, 그것은 냉수 한 모금이다. 나라를 팔고 고향을 팔고 친척들을 팔고 또는 뒤에 이를 모든 행복을 희생하여서라도 바꿀 값이 있는 것은 냉수 한 모금밖에는 없다. 모든 세포는 개개의 목숨을 가진 것같이, 더위에 팽창한 몸의 한 부분이라고는 생각할 수가 없었다. 저녁이 되어도 더위는 더 심하여진다.

서 있기로 된 사람들 사이에는 한담이며 회고담들이 들린다. 그러나 벌써 잠이 든 사람이 꽤 많았다. 서서 자는 사람도 있다. 변기 위 내 곁에 앉았던 사람도 끄덕끄덕 졸다가 툭 변기에서 떨어진 그대로 잔다. 아래 깔린 사람도 송장이 아닌 증거로는 한두 번 다리를 버둥거릴 뿐 그냥 잔다.

나도 어느덧 잠이 들었는지 모르겠다. 가슴이 답답하여 깨니까(매일밤 여러 번 겪는 현상이거니와) 내 가슴과 머리는 온통 남의 다리(수십 개의) 아래 깔려 있다. 그것들을 우무적우무적 겨우 뚫고 일어나서, 그냥 어깨에 걸려 있는 몇 개의 남의 다리를 치워 버리고 무거운 김을 배앝았다.

다리 진열장이었다. 머리와 몸집이 어디 갔는지 방 안에 하나도 안 보이고, 다리만 몇 겹씩 포개이고 포개어 있다. 저편 끝에서 다리가 하나 버드렁거리는가 하면, 이편 끝에서는 두 다리가 움질움질하고 - 그것도 송장의 것과 같은 시퍼런 다리를, 저편 끝에서 다리가 열여덟 개 들썩들썩 하더니 그 틈으로 머리가 하나 쑥 나오다가 긴 숨을 내어쉬고 도로 다리 속으로 스러진다.

아침에 우리 방에서는 어제 간수부장에게 매맞은 그 영감과 그 밖에 두셋이 불리어 나갈 뿐 나는 그 축에서 빠졌다. 나의 마음은 자못 편치 못하였다. 그것은 공판에 불리어 나가게 된 행복한 사람들에게 대한 무거운 시기에 가까운 것이었다.

저녁때 재판소에서 사람들이 돌아왔다. 우리 방에서 나갔던 서너 사람도 돌아왔다. 영감도 송장 같은 얼굴로 돌아왔다. 나는 영감을 찾았다.

「판결은 어떻게 됐소?」

「태형 구십 대랍니다.」

「거 잘됐구려…….」

「여보, 잘 됐시오? 무어이 잘 됐단 말이오? 나이 칠십줄에 들어서 태 맞으면 - 말하기두 싫소. 난 아직 죽긴 싫어! 공소했쉐다.」

그는 벌컥 성을 내어 내게 달려들었다. 그러나 나도 그에게 지지를 않았다.

「여보! 시끄럽소. 노망했소? 당신은 당신이 죽겠다고 걱정이지만, 그래 당신만 사람이란 말이오? 당신 하나가 나가면 그만큼 자리가 넓어지는 건 생각지 않소?」

나는 이상한 소리로 껄껄 웃었다. 다른 사람들도 영감을 용서치 않았다. 노망하였다. 바보로다, 제 몸만 생각한다, 내어쫓아라, 여러 가지의 평이 일어났다.

한참 뒤에 영감이 나를 찾는 소리가 겨우 침묵을 깨뜨렸다.

「노형 말이 옳소. 아들 두 놈은 뎡녕쿠 다 죽었쉐다. 난 나 혼자 이제 살아서 무얼 하갔소? 공소를 취하하게 해주소.」

나는 패통을 쳤다. 내가 통역을 서서 그의 뜻(이라는 것보다 우리의 뜻)을 말하매 간수는 시끄러운 듯이 영감을 끌어내어갔다. 자리에 돌아올 때에 방 안 사람들의 얼굴을 보니, 그들의 얼굴에는 자리가 좀 넓어졌다는 기쁨이 빛나고 있었다.

서너 사람의 웃음 비슷한 소리가 들렸다. 그러나 그 뒤에는 몇 시간 동안의 침묵이 계속되었다. 우리는 무서운 소리에 화다닥 놀랐다.

「히도오쓰(하나).」

「「아유!」

「후다아쓰(둘)」

「아유!」

「미이쓰(셋).」

「아유!」

우리는 그 소리의 주인을 알았다. 그것은 우리가 내어쫓은 그 영감이었다. 우리가 억지로 매를 맞게 한 그 영감이었다. 나는 저절로 목이 늘어지는 것을 깨달았다. 그를 내어쫓은 장본인은 나였다. 나의 머리는 더욱 숙여졌다. 멀거니 뜬 눈에서는 눈물이 나오려 하였다. 나는 그것을 막으려고 눈을 힘껏 감았다. 힘있게 닫힌 눈이 떨렸다.

▌작품요약 – 붉은 산

그것은 여(余)가 만주를 여행할 때 일이었다. 그때에 XX촌이라 하는 조그만 촌에서 본 일을 여기에 적고자 한다.

XX촌은 조선 사람 소작인만 사는 이십여 호 되는 작은 촌이었다. '삵' 이라는 별명을 가지고 있는 정익호를 본 것이 여기서이다. 익호라는 인물의 고향이 어딘지는 아무도 몰랐다. 사투리로 보아도 그의 고향을 짐작할 수 없었다. 쉬운 일본말도 할 줄 알고 한문글자도, 쉬운 러시아 말도 할 줄 아는 점 등으로 이곳저곳 숱하게 주워먹은 것은 짐작이 가지만, 그의 경력을 똑똑히 아는 사람은 없었다.

생김생김이 쥐와 같고 날카로운 이빨이 있으며 발록한 코에는 코털이 밖으로까지 보이도록 길게 났고, 몸집은 적으나 민첩하게 되었고, 나이는 스물다섯에서 사십까지 임의로 볼 수 있다. 어디로 보든 남에게 미움을 사고 근접하지 못할 놈이라는 느낌을 갖게 한다. 그의 장기(長技)는 투전이며, 싸움을 잘하고, 칼부림 잘하고, 트집 잘 잡고, 색시에게 덤벼들기 잘하는 것이라 한다. 사람들은 모두 그를 피하였다.

'삵' -

이 별명은 누가 지었는지 모르지만 어느덧 XX촌에서는 익호를 익호라 부르지 않고 삵이라고 부르게 되었다. 그들은 아침에 깨면 서로 인사 대신으로 삵의 거취를 알아보곤 하였다. 동네의 노인이며 젊은이들은 몇 번을 모여서 삵을 이 동리에서 내어쫓기를 의논하였다. 물론 합의는 되었다. 그러나 내어쫓는 데 선착할 사람이 없었다. 삵은 태연히 그냥 동네에 머물러 있게 되었다. 암종 - 누구나 삵을 동정하거나 사랑하는 사람이 없었다. 삵도 남의 동정이나 사랑은 단념한 사람이었다. 누가 자기에게 무슨 말을 하든 보이지 않는 곳에서라면 탓하지 않았다.

「흥…….」

이 한 마디는 그의 가장 큰 처세 철학이었다.

여가 XX촌을 떠나기 전날이었다.

송첨지라는 노인이 그해 소출을 나귀에 실어 가지고 만주국인 지주가 있는 촌으로 갔다. 그러나 돌아올 때는 송장이 되었다. 소출이 좋지 못하다고 두들겨 맞아 허리가 부러져 꺾어진 송첨지는 나귀 등에 몸이 결박되어서 겨우 XX촌으로 돌아왔다. 친척들이 나귀에서 몸을 내리울 때에 절명되었다.

「원수를 갚자!」

동네의 젊은이는 모두 흥분하였다. 그러나 그뿐이었다. 누구든 앞장을 서려는 사람이 없었다. 제각기 곁사람을 돌아보았다. 발을 굴렀다. 부르짖었다. 학대받는 인종의 고통을 호소하며 울었다. 그러나—그뿐이었다. 남의 일로 지주에게 반항하여 제 밥자리까지 떼이기를 꺼림인지, 용감히 앞서 나가는 사람은 없었다. 여는 의사라는 직업상 송첨지의 시체를 검시하였다. 돌아오는 길에 여는 삵을 만났다. 키가 작은 삵을 여는 내려다보았다. 삵은 여를 쳐다보았다.

「송첨지가 죽은 줄 아나?」

여의 말에 아직껏 여를 쳐다보고 있던 삵의 얼굴이 아래로 떨어졌다. 그리고 여가 발을 떼려는 순간 얼핏 삵의 얼굴에 나타난 비참한 표정을 여는 넘길 수가 없었다.

이튿날 아침 여를 깨우러 오는 사람의 소리에 여는 반사적으로 일어났다.

삵이 동구밖에서 피투성이가 되어 죽어 있다는 것이었다. 여는 삵이라는 말에 눈살을 찌푸렸다. 그러나 의사라는 직업상, 곧 가방을 수습하여 가지고 삵이 넘어져 있는 데까지 달려갔다. 송첨지의 장례식 때문에 모였던 사람 몇은 여의 뒤를 따라왔다. 여는 보았다. 삵의 허리가 기역자로 뒤로 부러져서 밭고랑 위에 넘어져 있는 것을 여는 달려가 보았다. 아직 약간의 온기는 있었다.

「익호! 정신 드나?」

그는 여의 얼굴을 보았다. 그의 눈동자가 움직이었다.

「선생님, 저는 갔었습니다.」

「어디를?」

「그놈- 지주놈의 집에 -」

여는 덥석 그의 식어가는 손을 잡았다. 잠시의 침묵이 계속되었다. 듣기 힘든 작은 소리가 또 그의 입에서 나왔다.

「선생님?」

「왜?」

「보고 싶어요. 전 보구 시…….」

그는 입을 움직였다. 그러나 말이 안 나왔다. 잠시 뒤에 그는 또 다시 입을 움직였다.

「보고 싶어여.—붉은산이—그리고 흰옷이!」

아아, 죽음에 임하여 그는 고국과 동포가 생각난 것이었다. 그는 손을 들려고 하였다. 그러나 그 힘이 없었다. 그러나 이미 부러진 그의 손은 들리지 않았다. 그는 마지막 힘을 혀끝에 모아 가지고 입을 열었다…….

「선생님!」

「왜?」

「저것 - 저것 -」

「무얼?」

「저기 붉은산이 - 그리고 흰옷이 ! - 선생님 저게 뭐예요!」

여는 돌아보았다. 그러나 거기는 황막한 만주의 벌판이 전개되어 있을 뿐이었다.

「선생님 노래를 불러주세요. 마지막 소원 노래를 해주세요. 동해물과 백두산이 마르고 닳도록 -」

여는 머리를 끄덕이고 눈을 감았다. 그리고 입을 열었다.

동해물과 백두산이 -
무궁화 삼천리
화려 강산 -

밥버러지 익호의 죽음을 조상하는 숭엄한 노래가 차차 크게 엄숙하게 울리었다. 그 가운데 익호의 몸은 식어 갔다.

감상을 위한 문제제기

1. 학대받는 마을 사람들의 무기력함에 대해 생각해 보시오.

「태형(笞刑)」은 의도적으로 좁은 감방이라는 극한 상황을 설정하고 인간의 이기심과 잔인함을 실험적 수법으로 보여준 작품이다. 3 · 1운동 직후 작자의 짧은 감방 체험에서 이 소설이 태어났다고 하지만 이 소설 어디에도 민족주의적인 모습을 찾기란 어렵다. 김동인에게 중요한 것은 민족이 아니라 영웅이기 때문이다. 주인공 노인의 무력함은 예수나 간디의 무저항주의도 아무것도 아니다. 감방 동료들이 그를 밀어낸 것은 인간이란 환경의 산물에 불과하다는 자연주의적 명제를 재확인한 것에 지나지 않는다.

김동인이 무대를 간도로 옮겨 쓴 「붉은 산」도 이러한 차원에 크게 벗어나 있지 않다. 예컨대 그가 추구하는 것은 만주라는 극한 상황에서 삵이라는 버러지 같은 인간이 돌발적인 영웅으로 탄생하는 과정이지 그 이상도 이하도 아닌 것이다.

삵의 비참한 죽음에 장엄한 창가가 울려퍼진다. 이것으로 영웅을 만들어내고자 한 김동인의 의도는 달성되었다. 삵이 죽음 직전에 정익호로 변화하면서 붉은 산과 흰 옷의 환상을 보는 장면은 조선인으로의 탄생을 상징하지만, 그것은 소설의 구조 속에서 너무나 돌발적이고 신파적이다. 이광수가 교사의 문학을 가려했다면 김동인은 처음부터 줄곧 영웅주의의 길을 내닫고 있었다고 생각한다. 「붉은 산」도 그러한 흐름 속에 놓이는 한 단편이다.

2. 최서해의 「홍염」과 비교하여 이 작품의 부족함은 어디에 있다고 생각하는가?

최서해의 「홍염」은 그의 '간도 체험' 의 소산물이고 「붉은 산」은 김동인의 상상력의 산물이라고 해도 좋을 것이다. 그러나 이러한 차이가 곧 「붉은 산」의 리얼리티를 가로막는 조건이 되는 것은 아니다.

최서해의 「홍염」이 가지고 있는 폭발적 분노는 곧 최서해 자신의 것이며 간도 농민들의 것이다. 거기에는 어떤 제 삼자도 끼어들 여지가 없다. 문 서방의 분노 - 사실상 딸을 팔아넘긴 데서 오는 자책감과 아내의 소원을 들어주지 못한 데서 오는 초조함은 점층적으로 그의 분노에 불을 당기기에 충분하다. 그러나 김동인의 삶은 아무리 살펴보아도 그 분노의 원인을 찾기가 어렵다. 스토리 텔러로 등장한 의사는 소설 속에서 삵에게 송 첨지의 죽음을 알려주는 역할을 한다. 그리고 그것은 곧바로 삵의 영웅적 행동으로 이어진다. 굳이 플롯이라는 개념을 들먹이지 않더라도 삵의 행동의 개연성을 설명할 단서는 어디에서도 찾을 길 없다. 삵이 송 첨지의 죽음에 그토록 분노할 이유는 조금도 없기 때문이다. 감히 필자가 이 작품에 손을 댈 수 있다면 송 첨지의 죽음과 삵의 행동 사이에 분명한 인과 관계를 설정할 것이다. 삵이 민족적 분노 때문에 무모한 짓을 했다면 그가 그런 행동을 할 수도 있는 사람임을 나타내는 복선이 있어야 하는 것이다.

참고자료 및 논문

- 장백일, 김동인문학연구, 인문당, 1989
- S. 프로이트, 정신분석입문, 구인서 역, 동서문화사, 1975
- 윤홍로, 한국근대소설연구, 일조각, 1984
- 김열규, 한국의 신화, 일조각, 1985
- 전광용 외, 한국근대소설사연구, 민음사, 1984
  강인숙, 김동인 소설과 자연주의적 경향
- 김윤식, 문학적 풍경의 발견, (예술과 비평, 서울신문사, 1985 봄, 5호)

채만식

소리꾼의 새벽

작가연구

채만식(蔡萬植 1902~1950). 호는 백릉(白菱). 전라북도 옥구(沃溝) 출생으로 중앙고보를 졸업하고 동경유학을 떠났으나 1923년 관동대진재(關東大震災)로 말미암아 학업을 중단하고 귀국하여 동아일보, 조선일보 등의 기자생활을 하였고 말년에는 창작에만 몰두했다.

그는 비교적 유복한 환경에서 성장하였지만 첫 결혼의 실패, 1926년에서 1931년까지의 실직(失職—이것이 1934년 발표된 그의 작품 「레디메이드 인생」의 바탕이 된다), 집안의 몰락, 학업의 중단 등 여러 압박으로 정신적 갈등을 겪었다. 그러나 그는 「태평천하(太平天下)」, 「탁류(濁流)」 등의 장편과 「치숙(痴叔)」의 날카로운 풍자소설을 통하여 개인적 좌절에 함몰되지 않았고 사회와 시대의 고통을 외면하지 않았다. 그는 당시의 많은 작가들이 도피하다시피 찾아 들어간 역사소설류에도 빠져들지 않았다. 그에게 중요한 것은 그와 맞선 시대의 모순이었다. 그러나 그가 살아간 시대는 암울하고 참담한 시기였다. 이러한 시기를 그는 풍자(諷刺)라는 방법으로 혹독한 일제 말기와 대결하여 갔다. 물론 그는 혁명투사는 아니었다. 1943년 이후 혹독한 일제의 압력으로 친일적인 글을 쓰지 않을 수 없게 되었다. 그러나 그는 해방이 되자 일제 말기의 친일 행위(당시의 수많은 작가들이 뻔뻔할 정도로 감추려 했던 사실)를 스스로 반성하였다. 그는 자신을 민족의 죄인으로 간주하고 자신에 대한 변호사의 주장은 아무 소용없다고 주장하였다. 이러한 행위와 발언은 그의 결백한 성질과 비타협적인 성격 때문이라고 간단히 매도할 수도 있으나 소위 암흑기를 보낸 많은 작가들의 행위에 비추어 볼 때 채만식의 결백함이야말로 소중한 정신적 지표가 아닐 수 없는 것이다.

그는 자신의 문학관을 다음과 같이 말하였다.

문학을 고려청자나 사군자와 같이 치는 사람이라면 몰라도(미상불 그러한 문학이 없는 게 아니요 따라서 그네는 그걸로 自足할 것이지만) 문학이 적으나마 인류역사를 밀고 나가는 한 개의 힘일진데, 閑人의 소일거리나 아녀자의 완롱물(玩弄物)에 그칠 수는 없는 것이라고 나는 목이 부러져도 주장을 하는 者이기 때문이다.

우리는 이 발언이 1935년이란 시기에 나왔음을 주목해야 한다. 1929년에서 1932년 무렵까지 이어진 세계경제 대공황은 식민지가 부족한 일본 경제에도 막대한 영향을 끼쳐 결국 미쯔비시[三凌]와 같은 재벌들과 군부의 결탁으로 만주사변을 감행하였고 이를 응징하려는 국제연맹에서도 탈퇴하고 만다. 한편 조선총독부는 1920년 대 초기 소위 문화정책이란 이름으로 추진해 오던 거짓의 탈을 벗어던지기 시작했다. 상황은 악화되었다. 1925년 만들어진 소위 카프(KAPE)는 민족적인 역량을 모으지 못한 채 정치단체화 하던 중 1934년 일제의 강압으로 강제 해산당하였다. 카프에 대한 반동으로 이론논쟁을 벌이던 '국민문화' 계열도 마찬가지로 일제의 강압에 대항할 힘을 잃기 시작했다. 우연이겠지만 1934년 김소월이 자살(?)했고, 이효석은 1934년 숭실전문학교 교수로 부임하면서 소위 동반작가라는 이름을 버린다. 자의식(自意識) 속에 침몰하여 가던 이상(李箱)은 1934년 조선의 운명을 예감한 듯한 난해시 오감도(烏瞰圖)를 발표하였다. 그는 그후 겨우 3년 뒤인 1937년 사망한다. 같은 해에 김유정이 죽었다. 민족의 지도자를 자처하던 이광수는 1934년 둘째 아들을 패혈증으로 잃고 조선일보사를 그만두고 세검정 밖 산장에 머문다. 1936년 현진건은 소위 일장기 사건으로 구속되어 감옥생활을 하였다. 이광수는 1937년 총독부에서 허가한 단체인 수양동우회 사건으로 감옥에 수감되었다가 병보석으로 반 년 만에 석방된다. 1938년 도산 안창호가 죽자 그는 친일을 결심한다. 이러한 암담한 흐름과 무관한 듯한 김동인은 생계를 위해 1935년 〈야담(野談)〉이란 잡지를 창간하였다가 2년 뒤 폐간한다. 잡지의 이름이 의미하듯 김동인 본래의 문학 의도와는 아주 동떨어진 생활이었다.

장황하게 1935년을 전후한 정치적 상황과 조선 문인들의 형편을 설명한 것은 첫째 이러한 시기에 문학을 한다는 것 자체가 하나의 십자가였다는 뜻에서이며 둘째는 그렇기에 만일 채만식의 위와 같은 발언이 세상 모르는 천둥벌거숭이의 발언이 아니라면(그는 1924년 〈조선문단〉을 통해 등단했다) 이것을 침체된 조선 문인들을 향해 던지는 예언자적인 목소리라고까지 평가할 수 있기 때문이다. 그는 1937년 그의 대표 장편인 「탁류」를 연재하였고 1938년 「태평천하」, 같은 해 「치숙」을 발표하였다. 그러나 채만식의 격렬한 풍자에도 아랑곳없이 1939년 10월 소위 조선문인협회가 결성되고, 바로 그해에 제2차 세계대전이 일어났다. 해방 이후 그는 어지러운 정치 사회상을 향해 다시 풍자의 한마당을 벌였다. 「논 이야기」가 그러한 작품 중의 하나이다.

그는 6 · 25가 일어나기 직전에 병으로 세상을 떠났다. '난 개하구 무식한 사람하구가 제일 무서워.' 라고 그의 친구 이무영(李無影)에게 말하던 그는 어떠한 단체에도 가입하지 않고 새벽을 알리는 고독한 소리판을 벌여 역사적 허무주의를 극복하려 했다. 그는 암흑시대의 진정한 소리꾼이었다. 그는 작가가 어둠 속에서 해야 할 일을 누구보다 잘 알고 있었고 이에 충실한 작가였다고 하겠다.

탁류濁流

작품연구

1937년 10월에서 5월까지 조선일보에 연재한 이 작품에 대한 평가는 몇 가지로 나뉘어 있다. 채만식 자신이 「탁류(濁流)」에 대해 내린 소위 '세태소설(世態小說)' 이란 자리매김, 구인환 교수의 '대중소설' 이란 평가, 역사학자 홍이섭 님의 '사료(史料)' 라는 가치판단까지 극단적이며 매우 다양한 견해들이 그것이다. 이는 역(逆)으로 이 작품의 문학사적 위치가 아직 고정되지 않았다는 것을 의미하면서 따라서 많은 연구를 필요로 하는 작품이라는 뜻이 되겠다.

탁류는 먼저 신문 연재소설임을 전제할 필요가 있다. 신문 연재소설이란 오늘날에도 그러하듯 그날 그날의 독자들의 호기심을 알맞게 채워주면서 작품을 이어나가는 것이다. 따라서 대개 하나의 완전한 장편으로 발행될 때에는 독자의 흥미를 위해 끼워넣은 상당 부분을 수정하는 게 작가들의 일반적인 관행이다. 탁류가 이러한 수정작업을 겪었는지는 알려진 바 없으나 한국문학사의 거의 모든 장편들이 신문 연재소설임을 고려할 때 무조건 통속으로 몰아갈 일은 아니라고 본다.

물론 탁류에도 신문소설의 어쩔 수 없는 통속성과 이야기 늘리기가 끼어 있다. 평자들은 이 작품을 압축하여 중편소설로 만들었더라면 하는 아쉬움을 나타내기도 하나 이는 불가능한 문제이니 더 이상 논외로 친다.

탁류는 군산이라는 항구를 배경으로 살아가는 일제 말기 정주사(丁主事) 집안의 몰락을 핵으로 하여 시대 속에서 타락한—「탁류(濁流)」와 같은 인생들을 보여준다. 그러나 도시 하층민의 삶을 사진기처럼 현실을 그대로 찍어대는 것이 아니라 판소리와도 같은 모습으로 소리꾼 채만식의 진가를 보여주고 있다는 것이 작품의 가장 큰 장점이라 할 수 있다.

우선 주요한 등장 인물들을 개괄하면 다음과 같다.

① 정주사—보통학교 졸업. 13년간 군청에서 서기 노릇을 하다가 밀려남. 생계를 위해 고향을 떠난 군산에 정착. 쌀 거간꾼 노릇을 함. 조선인들의 역사적, 사회적 몰락의 한 전형이다. 선비 집안이라는 허세와 체면 속에서 자기 모순을 인식하지 못한다. 심봉사와 같은 인물.

② 유(兪)씨—정주사의 부인. 자식에 대한 교육열이 대단한 여자.

③ 초봉(初俸)—큰딸. 전형적인 조선 여인으로 자신의 운명에 수동적이다. 백치에 가까울 정도로 의지력이 없다. '탁류(濁流)' 속에 내던져져 비참한 인생 유전(流轉)을 통해 자아를 인식하게 되는 여자. 심청이와 비길 수 있는 여자이다.

④ 계봉(桂鳳)—둘째딸. 언니와는 달리 적극적이며 새로운 인생관을 가지고 있으나 시대의 탁류를 헤치기엔 부족한 여자. 허위와 거짓의 삶을 비판하는 지성을 갖춤.

⑤ 남승재—의사 조수. 도덕적인 소박한 휴머니스트. 사회구조와 모순 타파에 노력하지만 한계를 느낀다. 초봉이 사랑하는 남자. 고아로 성장하여 신분상승을 꾀하면서도 선량하게 살아가려 하는 사람이다.

⑥ 고태수—타락한 은행원. 쌀 투기에 공금을 횡령한다. 초봉과 결혼하지만 장형보에 의해 살해당한다. 승재처럼 고아로 성장하여 신분상승을 꾀하지만 윤리적 파탄으로 몰락하는 남자.

⑦ 박제호—초봉이 일하는 약국집 주인. 초봉을 첩으로 삼는다. 윤리적으로 타락한 지식계급과 중산층을 대표함. 첫 아내와 이혼하고 전문학교를 나온 신여성 윤희(允姬)와 재혼하였으나 아내와의 사이가 나쁨.

⑧ 장형보—꼽추이며 악당임. 역시 고아 출신이다. 정상적인 인간에 대한 적대감으로 뭉쳐진 인물이다. 태수를 꼬여 미곡투기에 뛰어들게 하고 공금을 횡령시킴. 태수를 살해하고 초봉을 겁탈하는 인물. 초봉에게 잔인하게 살해당한다.

이들이 벌이는 탁류 속의 갈등은 대단히 비속해 보이고 통속적이기도 하지만 그 속에는 식민지 조선인의 고통이 여지없이 배어 있다. 초봉의 비참한 운명은 조선의 역사적 운명과 비길 수 있다. 신교육도 받았고 아름답고 기품 있지만 봉건적 의식에 매여 있는 초봉은 자신의 삶을 주체적으로 살지 못하고 태수, 제호, 형보라는 세 남자에게 유린당한다. 물론 이를 청국과 러시아와 일본이라는 식으로 도식화시킨다는 것은 넌센스가 될 가능성이 크다. 그러나 분명 「탁류(濁流)」는 채만식의 역사의식과 사회의식의 소산물로 형상화되어 있기에 통속의 함정을 무난히 건너뛰고 있는 것이다. 예를 들면 배경 묘사를 통한 시대의 모순을 짚어내는 소리꾼 채만식의 목소리는 이렇다.

> 예서부터가 조선사람들이 모여 사는 곳이다. (중략) 그러나 언덕 비탈의 언덕은 눈으로 보이지를 않는다. 급하게 경사진 언덕 비탈에 게딱지 같은 초가집이며, 낡은 생철집 오막살이들이, 손바닥만한 빈틈도 남기지 않고 콩나물 길듯 다닥다닥 주어박혀, 언덕이거니 짐작이나 할 뿐인 것이다. 그 집들이 콩나물 길듯 주어박힌 동네 모양새에서 생긴이름인지, 이 개복동서 그 너머 둔뱀이(屯栗里]로 넘어가는 고개를 콩나물고개라고 하는데, 실없이 제격에 맞는 이름이다. (중략) 이러한 몇 곳이 군산의 인구 칠만 명 가운데 육마도 넘는 조선사람들의 거의 대부분이 어깨를 비비면서 옴닥옴닥 모여 사는 곳이다. 면적으로 치면 군산부의 몇 분지 일도 못 되는 곳이다. (중략) 공원 밑 일대나 또 넌지시 월명산(月明山) 아래로 자리를 잡고 있는 주택지대나 이런 데다가 빗대면 개복동이니 둔뱀이니 하는 곳은 한 세기나 뒤떨어져 보인다. 한 세기라니, 한 세기

라도 제법 그만큼이나 문화다운 살림을 하게 되리라 싶지 않다.

김유정의 산뜻한 간결체의 구어와는 달리 치렁치렁한 사설시조나 판소리의 물이 흘러가는 느낌이 드는 채만식의 목소리에는 일제의 경제 수탈로 군산의 몇 분지 일도 못 되는 곳으로 쫓겨가 헐벗은 삶을 살고 있는 조선인들에 대한 따뜻한 마음과 그의 역사의식의 단면을 읽을 수 있는 것이다. 「탁류(濁流)」의 마지막 장(章)을 서곡(序曲)이라 이름한 것도 작가의 현실인식이 그저 막연한 허무주의나 체념에 빠지지 않았음을 강하게 보여주는 것이라고 하겠다.

작품요약

금강(錦江)…

청주(淸州)를 바라보고 가느다랗게 흘러내려 오다가 조치원(鳥致院)을 지나 어렵사리 서로 만나 한데 합수진 한 줄기 물은 게서부터 고개를 서남으로 돌려 공주(公州)를 끼고 계룡산을 바라보면서 우쭐거리고 부여로…… 부여를 한 바퀴 휘 돌려다가는 급히 남으로 꺾여 단숨에 논뫼 강경(論山, 江景)까지 들이닫는다.

여기까지가 백마강(白馬江)이라고, 이를테면 금강의 색동이다. 여자로 치면 흐린 세태에 찌들지 않은 처녀적이라고 하겠다. 백마강의 공주 곰나루에서부터 시작하여 백제(百濟) 홍망의 꿈자취를 더듬어 흐른다. 그러나 그것도 부여 전후가 한창이지, 강경에 이르면 장군들의 홍정하는 소리와 생선 비린내에 고요하던 수면의 꿈은 깨어진다.

이렇게 에두르고 휘돌아 멀리 흘러온 물이 마침내 황해(黃海) 바다에다가 깨어진 꿈이고 무엇이고 탁류에 얼려 좌르르 쏟아져 버리면서 강은 다하고, 강이 다하는 남쪽 언덕으로 대처(大處:시가지) 하나가 올라 앉았다. 이것이 군산(群山)이라는 항구요 이야기는 예서부터 시작된다.

명일(明日)이 없는 사람들…… 이런 사람들은 어디고 수두룩해서 이곳에도 많이 있다. 정주사(丁主事)도 갈 데 없이 이런 사람이다.

정주사는 시방 미두장(米豆場 = 米穀取引所 = 期米市場현물 없이 쌀을 거래하는 장소로 실제 거래를 목적으로 하는 것이 아니고 미곡의 시세를 이용하여 약속으로만 거래하는 일종의 투기 시장 - 필자주) 앞 큰길 한복판에서 젊은 애숭이한테 멱살을 당시랗게 따잡혀 가지고는 죽을 봉욕을 당하는 참이다. 그때 마침 ○○은행 군산지점의 당좌계(當座係)에 있는 고태수(高泰洙)가 미두장 앞을 지나다가 싸움 열린 것을 보더니 멈칫 발길을 멈춘다. 미두장 안에서는 중매점 '마루강(丸江)' 의 바다지(場立)로 있는 꼽추 장형보가 끼웃이 밖을 내다보다가 태수가 온 것을 보고 메기같이 째진 입으로 히죽히죽 웃는다.

「자네 장랫 장인 방금 죽네, 방금 죽어, 어여 뜯어말리라니깐 그래!」

태수는 형보더러 눈을 흘기면서도 함께 웃는다. 그는 형보한테 빙긋이 한 번 더 웃어 보이고는 싸움 열린 길 한가운데로 슬리퍼를 직직 끌고 건너간다.

「이건 무얼 이래요…… 점잖찮게스리. 이것 노시오.」

버럭 소리를 지르면서 태수는 쥐었던 애숭이의 팔목을 잡아 나꾼다. 애숭이는 할 수 없이 멱살을 놓고 물러선다. 정주사는 검다 시단 말이 없이 모자를 집어들고, 건너편의 중매점 앞으로 걸어간다.

「담배 있거들랑 한 개 주게!」

정주사는 연기째 길게 한숨을 내뿜으면서 넋을 놓고 먼 하늘을 바라본다. 광대뼈가 툭 불거지고, 홀쭉한 볼은 배가 불러도 시장해 보인다. 기름기 없는 얼굴에는 오월의 맑은 날에도 그늘이 진다. 분명찮은 눈을 노상 두고 깜짝거리는 것은 괜한 버릇이요, 그것이 마침감으로 더 궁상스럽다.

일찍이 정주사는 선비네 집안의 가도대로, 하늘천 따아지의 천자를 비롯하여 사서니 삼경이니를 다아 읽었다. 신학문도 해야 한다고 보통학교도 졸업은 했다. 스물세 살에 군청에 들어가서 서른 다섯까지 옹근 열세 해를 군서기를 다녔다.

그는 개복동 복판으로 들어서 탑삭부리 한참봉네 싸전가게를 넘싯거린다. 한참봉은 나이 오십줄에 앉았으되 혈육이 없다. 그는 정주사더러 장기를 청한다. 그러자 안채로 난 널문이 열리며 안주인 김씨(金氏)가, 곱게 단장한 얼굴을 들여민다.

한편 세거리 바른편 귀퉁이에 제중당(濟衆堂)이란 평범한 양약국이 있다. 가게에는 지금 초봉이가 혼자 낡은 부인잡지를 들여다보고 있다. 촌사람 하나가 들어선다.

「어서 오십시오.」

사근사근하면서도 뒤끝이 힘없이 사그라지는 말소리와, 귀가 작은 것을 정주사는 단명할 상이라고, 늘 혀를 차곤 한다. 얼굴 생김도 복성스러운 구석이 없고 청초하기만 한 것이 어디라 없이 불안스럽다. 둥근 눈이지만 길어 보이고 무엇인지 비밀이 잠긴 것 같다.

자연 선도 가늘어서 들국화답게 청초하다. 그는 의복이라야 노상 협수록한 검정치마에 흰 저고리를 받쳐 입고 다니지만 나이가 그럴 나이라 굵지 않는 몸집이 얼굴과 한가지로 알맞게 살이 오르고 피어나 미상불 화장품 장수까지 겸하는 양약국에는 마침 좋은 간판감이다. 초봉이는 혹 모친이 올까 하고 기다린다. 이제껏 소식이 없는 것을 보면, 그대로 굶고 있기가 십상이다.

제약실에서 안으로 난 문이 열리더니, 제호의 아낙 윤희(允姬)가 나온다.

「아직 안 오셨어?」

아무래도 한바탕 짓거리가 나고야 말 징조다.

「그래, 어디 갔는지두 모른단 말이야?」

「모르겠어요. 어디 가시면, 가신다구 말씀을 하셔야지요.」

마침 전화가 때르르 하고 운다.

「네에, 제중당입니다.」

「……」

「고태수 씨요? 네에. 네.」

초봉이는 은행에 다니는 고태수라는 사람이 늘 약이며, 화장품 같은 것을 전화로 주문해 가기 때문에, 그 사람이나 얼굴을 몰라도 은행에 다니는 고태수라는 성명은 알 수가 있었다. 그는 향수를 배달해 달라고 한다.

「댁이 어디신가요?」

「바루, 저 개복동 고개까지 채 못 가서 있는 한참봉네 싸전입니다.」

초봉이는 전화를 끊고서 돌아서면서, 그 사람이 그 사람이로구먼 하는 짐작이 들어서 고개를 끄덕거린다. 향수를 꺼내고, 전표를 쓰고 막 그러고 나니 또 전화가 온다.

초봉이는 저쪽에서 오는 소리를 듣자, 눈과 입가에 미소가 떠오르면서 금시로 귀밑이 빨개진다. 눈여겨보고 있던 윤희가 새파랗게 눈에서 쌍심지가 뻗쳐 나오면서, 수화기를 채어다가 귀에 대고는, 다짜고짜로 목이 터지라고 악을 쓰는 것이다.

「왜 남은 기다리다가 애가 말라 죽게 하구서, 전방(가게)에 있는 계집애만 데리구 전화질만 하구 있는 게야.」

저편에서는 밉광머리스럽게, 성도 내지 않고 차근차근 말한다.

「…… 남승재(南勝在)라는 사람입니다. 여기는 금호병원인데요. 여기 조수로 있는 사람입니다. 약을 주문하느라고…….」

초봉이는 실상 승재와 한 지붕 밑에서 살고 있다. 승재가 초봉이네 집 아랫방을 얻어서 거처하고 있었던 것이다. 그러나 둘이는 집에서는 말이 없이 지낸다. 초봉이더러 승재한테 맘이 있느냐고 묻는다면 아니라고 기를 쓰고 얼굴이 붉어질 것이다. 뒤바꾸어 승재더러 그 말을 물어도 역시 그럴 것이다. 그들은 그들 자신의 속마음을 모르기 때문이다. 그러나 초봉이는 고태수의 얼굴이 다시금 떠오르더니 승재와 비교가 된다. 승재는 버젓한 의사가 될 사람이지만, 지금은 겨우 남의 병원의 조수요, 고태수는 당장 한 사람 몫을 하고 있는 은행원이다. 생김새도 고태수가 말끔한 것이 매력이 있다.

약방주인 박제호가 털털거리고 가게로 들어선다.

「…… 초봉이 혼자서 수고를 했어. 이놈은 어디 갔나? …… 옳지, 배달 나간 거로구만? 그렇지? …… 어—후—후—후—더웁다. 인전 제법 더웁단 말야, 제기할 것.」

그는 길다란 얼굴로 연방 웃으면서 수선을 피운다. 오늘은 유독히 더 정신을 못 차리게 혼자 찧고 까불고 하면서 북새를 놓는다.

「아저씨, 저어…….」

초봉이가 겨우 쥐어 짜듯 기운을 내서 말뿌리를 따놓고, 눈치를 본다. 제호는 벌써 알아차리고 십 원짜리를 꺼내 놓는다. 제호는 제약실로 들어가 앉아서 손가방을 열어놓고 무엇인지 서류를 뒤지더니 소중하게 금고에 넣고 도로 마루로 나온다.

「…… 나 이 가게 팔았다. 헤헤, 팔아도 아주 잘 판 걸, 제기할 것.」

초봉이는 하두 어이가 없어, 놀래지는 대로 놀랬지, 미처 어찌하지를 못한다.

「걱장 말아요.…… 나하구 같이 서울로 가지이 서울…….」

「무얼 시작하시는데?」

「제약회사야 제약회사.」

초봉이는 여섯 시가 되기를 기다려 가게를 나섰다. 제호가 아까 월급도 한 사십 원 준다고 했으니까, 형편을 보아 집안이 서울로 이사를 해 갈 수도 있을 것이다. 서울! 서울! 늘 가고 싶던 서울이다. 그러나 윤희가 방해를 놓으면 별 수 없이 못 가고 말 것이었다. 또 한 가지 승재와 매일 전화도 못 하고 서로 멀리 떨어지게 되는 것이 여간 섭섭한 게 아니다.

오월로 들어서 둘째번 월요일, 이번 주일의 첫 장이다. 형보는 잠깐 망설이다가 곱사등을 내두르고 아기작아기작 전화통 앞으로 가더니 옆엣 사람들의 눈치를 슬슬 살펴가면서 ○○은행 군산지점의 전화를 부른다. 태수가 전화를 받는다.

「빼개졌네, 빼개졌어!」

애초에 돈 천 원이나 먹을까 하고, 그래서 발등에 당장 내리는 불이나 끌까 하고, 시세가 마침 좋은 것 같아서 쌀을 붙였던 것인데, 천 원을 먹기는 고사하고 본전 육백 원이 다아 달아난 판이다.

「걱정하면 소용있나? 죽어 버리면 고만이지?」

그는 작년 봄 경성에 있는 본점으로부터 이곳 군산지점으로 전근해 오면서 주색에 침혹하기를 시작했다. 그런 결과, 반 년 남짓해서 육십 원의 월급으로 엄두도 나지 않게 빚이 모가지까지 찼다. 그는 작년 겨울 사기와 횡령이라는 것의 첫출발을 했다.

태수가 바깥주인 탑삭부리 한참봉이 첩의 집에 가지 않고 큰집에서 자고 있으면 좋겠다고 생각하여 제 방으로 돌아왔다. 안주인 김씨가 눈이 샐쭉해 가지고, 말없이 들어서더니, 다짜고짜 와락 달려들어 태수의 팔을 덥신 물고 늘어졌다. 태수와의 사이가 일 년전부터 그리 되었으니 애기나 하나 낳았으면 좋겠다는 욕심은 더 이상 계속할 수가 없다고 김씨는 생각했다. 김씨는 태수더러 자청해서 결혼을 하라고 했다. 그러나 태수가 초봉이를 마음에 두고 중매를 해달라는 데는 질투가 피어올랐다.

결국 초봉이가 서울에 가려던 일은 윤희의 행패로 어그러졌다. 초봉의 어머니 유씨는 굳이 서울 못 가게 된 사유를 캐묻지 않고 모름세를 해 버리면서 시집이나 가란다. 초봉은 모친의 처량하고 장황한 설명으로 머리 속의 태수의 영상이 찬란해져서 승재의 희미한 영상을 압박했다. 닷새가 지나, 양편은 한참봉네 안방에 모여 약혼을 하였다. 형보는 오늘 이 자리에서 처음으로 초봉이를 보고 깜짝 놀란다.

'고것 오래잖아 콩밥 먹을 놈 주긴 아깝다! 아까워!'

형보는 처음에는 이 혼인을 훼방 놀아 볼까 하는 궁리도 해 보았지만 자는 호랑이를 불침 놓는 일이겠어서 생각을 돌려먹었다.

'우선 너희끼리 시집가고, 장가들고 해라. 해 놓고 나서 서서히 보자꾸나.'

마침내 태수와 초봉이의 결혼식은 별일이 없이 끝났다. 식장에는 승재도 왔다. 그는 초봉이의 운명이 자못 평탄하지가 못하고 어떠한 불행이 약속되어 있거니 하는 막연한 불안과 정주사 내외의 그 불순한 정책 혼인에 대한 반감이 불만스러웠다.

탑삭부리 한참봉의 싸전으로 이상한 전화가 걸려온 것은 여러 날이 지난 저녁 일곱 시가 마악 지난 무렵이었다.

「내가 누구라는 건 아실 것 없습니다. 또오 성명을 대디리두 모르실께구…….」

그날 밤, 김씨와 누웠던 태수는 한참봉의 방망이를 피하다가 뒤주를 들이박고 쓰러졌고 눈이 뒤집힌 한참봉은 태수의 머리를 마구 갈겼다. 태수는 시체가 되어 버렸다.

이날 밤 아무것도 모르고 잠이 든 초봉이의 방문을 향해 형보가 다가갔다.

「아즈머니 주무시오?」

형보는 싱긋 웃고는 방으로 들어서서 미닫이를 뒤로 소리없이 닫는다.

풍파가 인 지 보름이 지났다. 초봉이는 이리(裡里)역에서 제호를 만났다.

「바람두 쐬구 하는 게 좋구 말구, 제—기할 것, 그래 잘했어. 기왕 나선 길에 나하구 서울이나 구경두 할 겸 같이 갈까?」

그는 이번에 군산까지 내려왔다가, 떠도는 소문을 듣고, 초봉이의 겪어 온 소문을 잘 알았다. 그러던 참이라 초봉이를 만나고 보니 희한하고 반가웠다. 차가 대전역에 당도하자, 초봉이를 앞세우고 플랫포옴으로 내려서던 제호는, 명승고적을 안내하는 간판에서 유성온천(儒城溫泉)이라는 제목이 선뜻 눈에 띄었다.

「초봉이, 온천 가 봤나?」

제호는 이건 좀 창피한 일이로다 하면서 어름어름 하는데 초봉이가,

「아저씨 바쁘실 텐데…….」

그러나 초봉이는 남자와 단둘이서 호젓하게 온천에를 간다는 것이 무엇을 의미하는지를 알 턱이 없다.

초봉이는 이리하여 제호의 '우리 괭이'가 되었다. 송진 냄새가 나는 듯 말쑥한 새집이, 문등까지 달리고 드높아서 겉으로 보기에는 아주 산뜻해 보였다.

석양쯤 제호가 싱글벙글 털털거리고 들어오더니 빳빳한 십 원짜리로 오십 원을 내놓는다.

「자 이게 우리 괭이 월급이다. 허허허허 괭이 월급 주는 놈은, 이 세상에 이 박제호 한 놈 뿐일껄? 제—기할 것, 허허허허.」

「이렇게 많이?」

초봉이는 반색을 하면서 웃는다. 초봉은 시방 약삭빠른 셈을 따져 보고 있다. 잘하면 이십 오원은 남을 것이니 친정으로 내려보내주리라.

초봉은 자신이 아이를 가진 것을 알았다. 몸의 고통은 약과였다. 고태수와 결혼을 하고, 장형보한테 열흘 만에 겁탈을 당하고, 다시 보름 만에 박제호를 만났으니 대체 이게 누구의 자식이냔 말이다.

아이는 딸이었다. 초봉이는 딸 송희에게 정을 쏟느라 계절이 아무리 더워도 상관없이 지냈다. 다시 가을이 되었다. 제호는 이런 초봉이가 자신에게 물수건 하나 적시어 주는 일이 없이 붙임성 없게 된 것이 싫었다. 그럴지라도 그게 내자식이면 견딘다지만, 이건 생판 남의 자식을 가지고 그 성화를 받는단 말이다. 둘의 사이는 조만간 파탄이 나야 할 형편이었다.

초봉이가 가만가만 마루로 나서는데, 부엌에서 식모가 대문간으로 나가더니 조금 후에 도로 들어오는 그 뒤를 따라 처억 들어서는 건 평생 가도 잊혀지지 않는 곱사등이 장형보다.

「어째서 외간 남자가 남의 집 내정을 함부로 들어오구 있어요?」

「그새, 어―참, 다아, 평안하시구, 또오 궁금한 건 그 어린 것인데 잘 놀기나 하나요?」

「잘 놀거나 말거나 무슨 상관으루 그래요? 일 없으니 어서 가요!」

일곱 시가 거진 다 되어 제호가 술에 취해서 들어선다. 형보는 맞이하듯 모자를 벗으들고 가슴을 발딱 뒤로 젖히면서,

「에에, 복상(朴公)…… 이십니까?」

장형보는 고태수가 죽기 전에 유언 비슷하게 초봉이를 자신에게 맡겼다는 이야기를 횡설수설 늘어놓았다. 제호는 무릎이라도 탁 칠 듯이 고개를 끄덕거린다. 주체스럽던 수하물(受荷物)이 아니었더냐? 제호는 일이 어떻게 신통한지 몰랐다. 장형보는 초봉이와의 관계까지 줄줄 말해 버렸다. 제호는 시원했다. 형보도 시원했다. 둘이다 시원했다. 초봉이는 방 문턱에 엎드린 채 두 손으로 얼굴을 싸고 흑흑 서럽게 흐느껴 운다.

형보는 계집과 살 집을 모두 다 차지했다. 초봉이는 이를 보도독 갈면서 형보를 노려본다. 형보는 버럭 소리치며 눈을 부릅뜬다. 초봉은 아이를 곰곰이 들여다보는 동안 비장하게 솟아오르는 것은 일찍이 제 자신에게 있어 본 적이 없던 하나의 용기였다.

「오―냐! 네 원대루, 네 계집 노릇 해주마. 그렇지만…….」

「노염 자 풀어 버리구려, 응? …… 흐흐.」

「너 돈 있는 자랑 했겠다? 대체 몇 푼이나 되느냐?」

「한 육천 원.」

「거짓말 없지?」

형보는 끌고 들어온 가방을 보여준다.

「그건 그렇구, 박제호도 그래 왔으니깐 너두 나무 양식 집세는 다 따루 내려니와, 다달이 오십 원씩 내 손에다 쥐어 줘야지?」

「…… 박제호만큼 못 한데서야 안 될 말이지.」

「그러구, 또 그댐은 돈을 한모가지 천 원을 나를 주어야 한다.」

「그건 좀 문젠 걸? ……」

「우리 친정두 먹구 살게시리 한 끄터리 잡어주어야지!」

「이건 기생 뺨치는구나!」

「또 있다. 우리 친정 동생들 서울루 데려다가 공부시켜 줘야 한다!」

또 한 번 해가 바뀌어 이듬해 오월이다. 초봉이가 내려보낸 돈으로 유씨 부인은 구멍가게를 차렸다. 정주사는 여전히 미두장에 변함이 없다. 작년 가을에 계봉이를 초봉이가 데려올라갔다. 식구는 단출하게 넷으로 줄었다.

승재는 이 집에서 가게를 내고 이만큼이라도 살아가게 된 그 돈 오백 원의 내력을 알고 있다. 계봉이가 서울로 올라가더니 초봉이의 지나간 이태 동안의 소식을 대강 편지로 알려주었던 것이다. 그렇게 되고 보니 끝끝내 딸자식 하나를 희생시켜 가면서 생활을 도모하고 있는 정주사네한테 반감이 없을 수가 없었다.

의사 시험에 합격한 승재는 팔십 원이나 받는 월급이 여전히 가난한 사람들을 위해 빠져나갔다. 그러나 이제 그것을 기쁨과 만족으로 느끼지를 못하고 불만과 우울만 늘어갔다.

초봉이는 송희가 잠든 새를 타서 잠깐 저자에 다녀오려고 준비를 하고 있었다. 웃목에 있던 형보가 참견을 했다. 제가 없는 틈에 나다니는 것은 못 막지만, 눈으로 보면 으레껀 말썽을 하려고 들고 더우기 밤 출입이라면 생 비상으로 싫어한다.

「어디 가? 어디」

「살 께 있어서 나가는데 어떻다구 안달이야? 안달이.」

「제에길.」

형보는 못 이기는 체 투덜거리면서 비켜 앉는다.

「난 모르네! 어린 년 깨어서 울어두.」

「어린애만 울렸다 봐라! 배지를 갈라 놀 테니.」

초봉이가 거리를 돌아다니다 집에 들어서는데 갑자기 어린애 우는 소리가 까무라치듯 울려나왔다.

안방 미닫이를 벼락치듯 열어젖히는 순간, 마치 고기감으로 사온 닭의 새끼나 다루듯, 형보는 송희의 두 발목을 한 손으로 움켜 거꾸로 도옹동 쳐들고 섰다. 송희는 새파랗게

다 죽어, 손을 허우적거리면서 숨이 넘어가게 운다. 악이 복받친 초봉이는 기색해 가는 아이를 구할 것도 잊어 버리고 푸르르 몸을 떨면서 집어삼킬 듯 형보를 노리고 섰다. 이윽고 형보는 초봉이에게로 힐끔 눈을 흘기고는,

「배라 먹을 것! 사람 귀가 따가워…….」

씹어 뱉으면서 아이를 저 자던 자리에다가 내던져 버린다.

「에잇 천하에!」

초봉이는 으드득 한 마디 부르짖으면서 새깨 샘에 성난 암펌같이 사납게 달려들다가 마침 돌아서는 형보를 되는 대로 아랫배를 겨누어 돼지라고 발길을 내지른다.

「아이구, 사람 죽네.」

방바닥에 나가 동그라진 형보는 눈은 흰 창이 뒤집혀지고 방금 숨이 넘어가는 시늉이다.

「오오냐!」

기운이 버쩍 솟은 초봉이는 이를 보드득 갈아붙이면서 맞창이라도 나라고 형보의 아랫배를 내리 칵칵 제킨다. 얼마를 그랬는지 정신은 물론 없다. 어찌어찌하다가 내려다보니 형보는 네 활개를 쭈욱 뻗고 누워 움짓도 않는다. 초봉이는 비로소 형보가 죽은 줄로 알았다.

초봉이는 차차 온전한 정신이 들면서 처음 송희의 우는 소리를 들었다. 초봉이는 이어서 뒷일 수습을 하기 시작한다. 물건을 정리한 다음 유서를 쓴다. 아홉 시 반이 되어 온다. 인제 한 십 분이면 계봉이가 오고, 오면은 선자리에서 송희와 돈지갑과 유서와 트렁크를 내주면서 정거장으로 내쫓을 판이다.

그런데 오던 길에 길에서 소동난 이야기를 들은 계봉이가 갑자기 우당퉁당 언니를 부르면서 달려들었던 것이다.

「남서방도 왔는데…….」

「쬐금만 더 참들 않구!」

계봉이는 안타까이 부르짖는다. 초봉이는 그대로 주저앉는다.

「계봉아 이 노릇을 어떡하니?」

「언니! 정상이 정상이구, 그러니 자술하면 형벌이 중하든 않을테지. 그렇지만 언니가 징역살이를 어떻게 하우! …….」

달랜다는 것이 마지막에 가서는 같이 울고 만다. 초봉이는 무엇인지 간절함이 어리어 있는 눈동자로 무엇인지를 승재의 얼굴에서 찾으려는 듯 한참이나 보고 있다가 이윽고

목멘 소리로,

「그렇게 할까요? 하라구 하시믄 하겠어요! 징역이라도 살구 오겠어요!」

하면서 조르듯 묻는다. 의외요, 그러나 침착한 태도였다. 승재는 어떤 새로운 긴장을 띤 초봉이의 그 눈이 무엇을 말하며, 하는 그 말이 무엇을 의미하는 것인지를 잘 알 수가 없었다.

「뒷일은 아무것도 염려 마시구, 다녀오십시오!」

승재의 음성은 다정했다. 초봉은 저도 모르게 안도의 한숨을 내쉬었다. 숙였던 얼굴을 한 번 더 들어 승재를 본다. 그 얼굴이 지극히 슬프면서도 그러나 웃을 듯 빛남을 승재는 보았다.

감상을 위한 문제제기

1. 초봉의 성격을 토마스 하디의 소설 「테스」의 주인공 테스와 비교해 보시오.

동서양을 막론하고 인류 역사 이래 남성들은 여성들을 노예와 다름 없는 존재로 취급해 왔다. 그들은 여성의 순종과 나약함을 고귀한 가치로 평가하도록 요구하였다. 가혹한 여러 율법과 도덕은 여성들의 주체적 삶을 옭아매었다.

토마스 하디의 테스와 채만식의 초봉이 놓인 배경은 다르지만, 남성이 지배하는 사회 속에서 한 여인이 자신의 주체적 인생을 살아가기가 근본적으로 얼마나 어려운가를 보여준다.

두 여인은 탐욕스런 남성들에 의해 자신의 삶이 굴절되어가는 일에 속수 무책이라는 공통점을 지닌다. 초봉의 백치에 가까운 삶과 테스의 어리석을 만큼의 순수함 그리고 살인으로 처리된 결말도 유사하다. 그러나 테스의 삶이 첫사랑과의 관계를 회복시키기 위해서였다면 초봉의 살인은 어린 딸을 지키려는 모성적 본능에서 돌발되었다는 점에서 근본적인 차이를 갖는다. 채만식은 초봉의 살인을 정당 방위로 처리하고 싶었던 것이다. 테스는 장엄하게 사형되었지만 채만식은 초봉을 사형대에 올려놓고 싶지 않았던 것이리라.

여성들이 남성의 삶에 하나의 액세서리가 되고 그들의 삶의 한 순간을 위한 노리개가 되도록 비뚜러진 교육을 받으며 살아가는 현실에서, 테스, 카르멘, 마농 레스코 그리고 「토지」의 서희 같은 강인한 여성들은 소설 문학 속에서 더욱 빛을 낸다.

2. '탁류(濁流)' 라는 제목의 상징적인 의미에 대해 생각해 보시오.

작품 서두에 금강의 상류에서 군산 앞바다를 조망하는 묘사—서해 바다와 만나는 하류에 오면 올수록 더러움이 심해가는 장면은 인간의 삶이 나이가 들수록 순수함을 잃어버리는 것에 비유할 수 있다. 이 더러움의 입구에 군산이라는 도시가 있고, 거기엔 고태수나 장형보 같은 때가 묻은 더러운 인간들이 살고 있으며 한 줄기 순수함과도 같은 초봉이나 남승재 같은 인물들도 산다. 탁류는 이러한 인간들이 어울려 사는 삶의 총체적 흐름을 상징한다고 볼 수 있겠다.

물은 일반적으로 재생, 정화, 창조를 상징한다. '탁류' 란 물이 오염되어 있음을 말한다. 즉 세상이 재생되어야 하며 정화되어야 하며 재창되어야 함을 역설하고 있다.

태평천하太平天下

작품연구

1938년 〈조광(朝光)〉에 연재된 이 작품은 채만식의 풍자가 종횡무진으로 넘나든 대표작이다. 시대상황을 언급한 바와 같이 1930년대 후반은 거의 광기에 가까운 일제의 발악이 시작되던 해이다. 채만식은 중인 출신 윤직원(直員 : 향교의 우두머리) 일가의 4대에 걸친 가족사를 통해 잘못된 역사와 제도에 대한 야유를 멈추지 않는다. 일제 통치를 고마워하고 일본의 군사력을 믿고 식민지 현실을 천하태평춘(「태평천하(太平天下)」의 원제목)이라고 인식하는 철저한 반어법에 감추어진 아픔의 역사—그것은 어쩌면 오늘날에도 이어지는 전통적인 지주계층(부르조아)들의 이기주의 그 자체이다. 오늘날에도 술이 취하면 일제 식민지시대를 회상하면서 그 시절을 '태평천하(太平天下)' 로 믿고 있는 그런 부류들이 분명 존재하고 있다는 점에서 채만식의 다음과 같은 풍자는 아직도 효력이 있다—서글픈 일이다.

오즘도 먹고 보건체조도 하고 좋은 보약도 먹고 해서 어떻게든지 몸을 충실히 하여 오래애 살고 싶은 게 윤직원 영감의 크고 큰 소원입니다.

만석의 부를 그대로 누리면서(아—니, 자꾸자꾸 더 늘려가면서) 오래애 오래 백 살, 이백 살, 백 살 이백 살이라니, 천 살 만 살(아—니, 천지가 무궁할 테니) 그 천지와 더불어 무궁토록, 영원히 살고 싶습니다. 이 가산을 남겨두고 이 좋은 세상을 백 살도 못 살고서 죽어버리다니 그건 도저히 원통하고 섭섭해 못 살 노릇입니다.

일제와 결탁하여 재산은 모았다지만 '말대가리 윤용규 자식, 윤두꺼비요, 노름꾼 윤용규의 자식 윤두꺼비' 일 뿐인 윤두섭은 돈으로 벼슬을 사고, 족보를 고치고, 양반과 혼인을 하고 두 손자가 경찰서장과 군수가 되기를 원한다. 이런 윤직원의 자손들도 한심하기 짝이 없는 인간들이다. 아들 윤주사(창식)는 나이가 오십이 되어도 두 군데나 첩살이를 하고 철이 들지 않는 그런 인물이며, 아버지의 도장을 위조하여 재산을 빼돌리는 파렴치한 인간이다. 손자 종수도 방탕한 인물이다. 둘째 손자 종학은 유일한 긍정적 인물인데 그는 군수가 되기 바라는 윤직원의 소망과는 달리 사회주의자가 된다. 종학의 사회주의는 자신이 속한 계층에 대한 전면적인 반역에서 시작된, 소박한 것에 머물지만 윤직원이 쌓아올린 탑을 무너뜨리기에 충분하다. 종학을 통하여 채만식은 새로운 시대가 열릴 가능성을 조심스럽게 제시하는 정도로 작품을 맺는다.

채만식이 '차라리 씨름을 한다느니보다 온몸의 에네르기라고 있는 것 다 짜가면서 그 짓이니 숫제 약을 쓴다고 하는 게 옳겠다' 는 정신으로 써 낸 「태평천하(太平天下)」는 그가 역사 허무주의를 극복하려고 쓴 반어법의 역사 사회소설인 셈이다.

작품요약

추석을 지나 이윽고, 짙어가는 가을해가 저물기 쉬운 어느날 석양.

저 계동(桂洞)의 이름난 부자(富者) 윤직원 영감이 마침 어디 출입을 했다가 방금 인력거를 처억 잡숫고 돌아와, 마악 댁의 대문 앞에 내리는 참입니다. 아무튼 엔간치 일수 좋지 못한 인력거꾼입니다. 평탄한 길로 끌고 오기도 무던히 힘이 들었는데 골목으로 들어서서는 밋밋이 경사가 진 20여 칸을 끌어올리기야, 엄살이 아니라, 정말 혀가 나올 뻔했습니다. 이실팔관 하고도 육백약 105킬로 600그램 몸매!…… 윤직원 영감의 이 체중은 그저께 춘심이 년을 데리고 진고개로 산보를 갔다가, 경성 우편국 바로 뒷문 맞은편, 아따 무어라더냐 그 양약국 앞에 놓아둔 앉은뱅이 저울에 올라서 본 결과 춘심이 년이 발견을 했던 것입니다.

얼굴도 좋습니다. 몇 해를 두고 먹은 용(茸)이며 인삼 등의 약효로 얼굴은 불콰하니 동안(童顔)입니다. 나이? …… 올해 일흔 두 살입니다. 심장비대증으로 천식(喘息)기가 좀 있어 망정이지, 서른 살 먹은 장정 여대친답니다. 무얼 가지고 겨루든지 말이지요.

「에잉! 권연스리 그년의 디를 갔다가 그놈의 인력거꾼을 잘못 만나 실갱이를 허구, 애맨 돈 오 전을 더 쓰구 하였구나! 고년 춘심이 년이 방정맞게 와서넌, 명창대회(名唱大會)인지 급살인지 헌다구, 쏘사악 쏘삭 허기때미 그년의 디를 갔다가…….」

사실 말이지, 춘심이가 그런 귀띔을 안 해주었으면 윤직원 영감은 오늘 명창대회는 영영 못 가고 말았을 것입니다. 윤직원 영감은 명창대회를 무척 좋아합니다. 아마 이 세상에 돈만 빼놓고는 둘째 가게 그 명창대회란 것을 좋아합니다.

윤직원 영감이 춘심이를 앞세우고 댁에서 나선 것이 열한 시 반이 채 못 되어서입니다. 춘심이가 무슨 생각이 났는지 해득 돌려다 보면서, 뱅글뱅글 웃습니다. 이 애는 잠시라도 까불지 못하면 정말 좀이 쑤십니다.

「이렇게 일찍 가는 대신 자동차나 타구 갑시다, 네?」

「그리어—이년아.」

「그럼 전화 빌려서 자동차 불러예죠?」

「일부러 안 불러두, 쬐끔만 더 가면 저기 있단다.」

「어디가 있어요! 안국동 네거리까지 가야 있는 걸.」

「계까지 안 가두 있다. 뻔적뻔적하게 은칠헌 놈, 크 - 다 란 자동차…….」

「어이구 참! 누가 빠쓰 말인가, 뭐…….」

윤직원 영감은 자기 혼자서 탔으면 꼬옥 알맞는 빠쓰 한 채를 만원 승객과 탔으니 남이야 어떻든 윤직원 영감 당자도 무척 고생입니다. 겨우겨우 총독부 앞 종점에 당도하여 다아들 내리는데 윤직원 영감은 염낭끈을 끌러 십 원짜리 지전을 끄냅니다.

「그걸 어떻거라구 내놓세요? 거스를 돈 없어요!」

「그럼 어떻허닝가? 이것두 돈인디.」

「누가 돈 아니래요? 잔돈 내세요!」

「잔돈 없어!」

무사히 공차를 탄 윤직원 영감은 총독부 앞에서부터는 춘심이를 앞세우고 부민관까지 천천히 걸어서 갑니다.

「좋은 뽀수 타니라구 고생헌 값을 이렇게 도로 찾는 법이다.」

윤직원 영감은 춘심이더러 네 형이 출연을 한다면서 무대 뒷문으로 제 형을 찾아 들어가 공짜로 구경을 하라고 시켰던 것입니다. 그러나 춘심이는 암만 그렇더라도 저도 윤직원 영감을 따라왔고, 그래서 버젓한 손님이니까 버젓하게 표를 사 가지고 들어가야 말이지 누가 치사하게 공구경을 하느냐고 우깁니다. 그래, 한참이나 고집을 세우고 양보를 않던 끝에 윤직원 영감은 슬며시 십전박이 두 푼을 꺼내어 춘심이 손에 쥐어주면서 살살, 달랩니다.

「옜다, 이놈이루 군밤이나 사 먹구, 귀경(구경)은 공으로 둘여달라구 히여. 응?」

춘심이는 군밤 값 이십 전에 매수가 되어 마침내 먼저 무대 뒤로 해서 들어갔습니다. 윤직원 영감은 하등표를 사서 아래층 맨 앞줄에 가서 처억 앉았습니다.

구경을 마치고 춘심이는 청진동이 제 집이니까 걸어가라고 보내고, 윤직원 영감은 십원짜리 가지고 또 공차를 탈 수도 있을 테지만, 에라 내가 돈을 아껴 무얼 하겠느냐고 실로 하늘이 알까 무서운 변심을 먹고, 지나가던 인력거를 불러 탔던 것이고, 결과는 돈 오 전을 더 뺏겼고 해서 정히 역정이 났었고, 그리고 또 대문이 말썽입니다.

윤직원 영감은 큰 대문을 열어놓고 있노라면 어쩐지 집안엣것이 행적없이 자꾸만 대문으로 해서 빠져나가는 것 같고 그 대신 상서롭지 못한 것이 자꾸만 들어오는 것만 같고 하여, 간혹 장작바리나 큰 짐이 들어올 때가 아니면 큰 대문을 결단코 열어놓는 법이 없습니다. 큰 대문은 그래서 항상 봉해두고, 출입은 어른 아이, 상전 하인 할 것 없이 안 옆으로 뚫어놓은 문쪽으로 드나듭니다. 그거나마 꼭꼭 지쳐 두어야지, 만일 오늘처럼 이렇게 열어두곤 하면 거지 등속의 반갑잖은 손님이 들어올 위험이 다분히 있습니다. 대체 식구 중에 누가 갈층머리 없이 이런 훼방을 부렸는지, 참말 딱한 노릇입니다. 역정이 난 윤직원 영감이, 낙타가 바늘 구멍으로 나가는 만큼이나 애를 써서 좁다란 그 쪽문으로 겨우겨우 비비뚫고 들어서면서 쾅 소리나게 문을 닫는데, 마침 상노아이놈 삼남이가 그제야 뾰로로 달려나옵니다.

이놈이 썩 묘하게 생겼습니다. 우선 부룩송아지 길들이지 않은 송아지 대다리같이 머리가 곱슬곱슬하고 노랗기까지 한 것이 장관이요, 그런 대가리가 어쩌면 그렇게도 큰지, 남의 것 같습니다. 눈은 사팔이어서 얼굴을 모로 돌려야 똑바로 보이고 코는 비가 오면 고개를 숙여야 합니다. 나이는 스무 살인데 그것은 이 애한테만 세월이 빨리 갔는지 열

살은 에누리 없이 모자랍니다. 그러나 이 애야말로 윤직원 영감한테는 대단히 보배스러운 도구입니다. 윤직원 영감은 상노아이놈을 똑똑한 놈을 두는 법이 없습니다. 똑똑한 놈이면 으레껀 흠치, 흠치, 즉 태을도(太乙道 : 도둑질)를 한대서 그러는 것입니다. 이 삼남이는 너무 멍청해서 데리고 부리기가 매우 갑갑하기도 하지만 그 대신 일년 삼백 예순 날을 가도 동전 한푼은커녕, 성냥 한개비 몰래 축내는 법이 없습니다. 월급이니 무어니 하는 그런 아니꼬운 것도 달라고 않습니다. 해서 참말 둘도 구하기 어려운 보물인 것입니다.

「야 이놈아! 어떤 손모가지가 문은 그렇기 비어언하게 열어 누왔냐? 응?」

「저는 안 그릿시라우! 아마 중마나님이 금방 들어오싯넌디 그렇기 열어 누왔넝개비라우?」

중마나님이란 건 윤직원 영감의 며느리로, 지금 이 집의 형식상 주부(主婦)입니다.

「그릿스리라! 짝 찢을 넌! …….」

윤직원 영감은 며느리더러 이렇게 욕을 하던 것입니다. 그는 며느리뿐만 아니라, 딸이고 손주 며느리고, 또 데리고 살던 첩이고, 누구한테든지 욕을 하려면 '짝 찢을 넌' 을 붙입니다. 남잘 것 같으면 '잡아 뽑을 놈' 을 붙이고……

윤직원 영감이 그렇게 상소리로 며느리며 누구 할 것 없이, 아무한테고 욕을 하는 것은 그의 입이 험한 탓도 있겠지만 그의 근지(根地)가 인조견이자 도금 비녀처럼 허울뿐이다. 그렇다고도 하겠습니다.

얼굴이 말처럼 길대서 말대가리라는 별명을 듣던, 윤직원 영감의 선친 운용규는 삼십이 넘도록 삿갓 하나를 의관삼아 촌 노름방으로 으실으실 돌아다니면서 개평푼이나 뜯으면 그걸로 뒤돌아앉아 투전장이나 뽑기 아니면 바느질품을 팔아 어린 자식과 입에 풀칠을 하는 것을 얻어 먹고는 밤이나 낮이나 질편히 드러누워 낮잠이나 자기로 반평생을 살았습니다. 물론 판무식꾼이구요. 그런데 그런 게 다아 운수라고 하는 건지 어느해 난데없는 돈 이백 냥이 생겼더랍니다. 하여간 출처가 모호한 돈이 생긴 말대가리 윤용규는 그날부터 칼로 베인 듯 노름방 발을 끊고 일조에 착실한 사람이 되었습니다. 그래 지금으로부터 십여 년 전, 서울로 이사를 해오던 그때의 집계(集計)를 보면, 벼를 십만 석을 받았고, 요즘 와서는 현금이 십만 원 가까이 은행에 예금되어 있습니다. 욕심 사나운 수령(守令)한테 걸려들어, 명색없이 갇혀서는 형장(刑杖)을 맞아 가며 토색질을 당한 것도 한 두 번이 아니요, 화적(火賊)의 총뿌리 앞에 목숨을 내걸고 서서 재물을 약탈당하기도 부지기수요, 그러다가 말대가리 윤용규는 마침내 한패의 화적의 손에 비명의 죽음을 당한 것인즉은 일변 생각하면, 피로 낙관(落款)을 친 치산(治産)이지 녹록한 재물이라고는 할 수는 없을 것입니다.

윤두꺼비는 피에 물들어 참혹하게 죽어 넘어진 아비의 시체를 안고서, 땅을 치면서, 「이놈의 세상이 어느날에 망하려느냐?」고 통곡을 했습니다. 그리고 불끈 일어서서 이를 부드득 갈면서, 「오오냐, 우리만 빼놓고 어서 망해라!」고 부르짖었습니다. 이 또한 웅장한 절규였습니다. 아울러 위대한 선언이었구요.

윤두꺼비가 이윽고 세상이 평안한 뒤엔, 집안의 문벌 없음을 섭섭히 여겨 맨 처음은 족보에다가 도금(鍍金)을 했습니다. 그럴싸하니 족보를 새로 꾸몄습니다. 그 다음은 윤두꺼비 자신이 처억 벼슬을 한 자리 했습니다. 향교의 우두머리 가는 어른을 직원(直員)이라고 합니다. 그래 그는 직원이 되었습니다. 그 다음, 윤직원 영감이 집안 문벌을 닦는데 또 한 가지의 방책은 무어냐 하면 양반 혼인이라고 좀더 빛나는 사업이었습니다. 외아들(서자 하나가 있기는 하니까 외아들이랄 수는 없지만 아무튼) 창식은 나이 근 오십 세요, 벌써 옛날에 시골서 아전집과 혼인을 했던 터이라, 치지도외 하고, 딸은 서울 어느 가난한 양반집으로 시집을 보냈습니다. 그나마 일 년만에 사위가 전차에 치어 죽고, 딸은 새파란 과부가 되어 지금은 친정살이를 하지만, 아무려나 양반혼인은 양반혼인이었습니다. 또 맏손주며느리는 충청도의 박씨네 문중에서 얻어 왔습니다. 역시 친정이 가난은 해도 패를 찬 양반의 씹니다. 둘째 손주 며느리는 서울 태생인데, 조대비(趙大妃)와 서른일곱촌인지 서른아홉촌인지 된다고 합니다. 그 다음 마지막 또 한 가지는 무엇이냐 하면, 이게 가장 요긴하고 값나가는 품목입니다. 군수 하나와 경찰서장 하나…… 게다가 마침 맞게 손자가 둘이지요. 하기야 군수 보다는 도장관[道知事]이 좋겠고, 경찰서장보다는 경찰부장이 좋기는 하겠지만, 그건 너무 첫술에 배불러지는 욕심이라 해서, 알맞게 우선 군수와 경찰서장을 양성하던 것입니다.

윤직원 영감 앞에다가 저녁상을 가져다놓는 게 둘째 손주며느리 조씹니다. 방금, 경찰서장감으로 동경 가서 어느 사립대학의 법과에 다니는 종학(鍾學)의 아낙입니다. 배추 장수 딸은 아니라도 학교 근처에도 못 가보았고 얼굴은 얇디 얇은 납작 바탕에 주근깨가 다닥다닥 박혀서, 그닥 출수는 없는 인물입니다. 종학은 동경으로 유학을 가면서부터는 아주 털어내 놓고서 이혼을 해 달라고 줄창치듯 편지로, 집안 어른들을 졸라대지만 윤직원 영감으로 앉아서 본다면 천하불측한 놈의 소리지요. 아무튼 그래서 생과부가 하나…… 밥상 뒤에 따라들어서는 게 맏손주며느리 박씹니다. 얌전하고 바즈런해서 그 크나큰 안

살림을 곧잘 휘어나가고, 인물도 얼굴이 동그스름하고 눈이 시원스럽게 생겨서 올해 나이 서른이로되 되려 스물다섯 먹은 동서보다도 젊어 보입니다. 한데 이 여인 역시 신세가 고단한 편입니다. 이 집안의 장손인 종수(鍾秀)가 시골로 내려가서 첩살림을 하기 때문에 생과부축에 끼지 않을 수가 없던 것입니다. 맏손주며느리 박씨가 들고 들어오는 술반을 받아 가지고 웃목 화로 옆으로 다가앉아 술을 데우는 게 윤직원 영감의 딸 서울아가씨라는 진짜 과붑니다. 이래서 생과부 통과부 합하여 과부가 셋…….

시방 건너방에서 잔득 도사리고 앉아 있는 맏며느리 고씨, 이 여인 또한 생과부입니다. 그리고 침모 전주댁 이 여인이 진짜 과부입니다. 이래서 이 집안에 과부가 도합 다섯 입니다. 여인네 치고는 행랑어멈과 시비 사월이만 빼놓고는 죄다 과부니 계산이야 순편합니다.

밥상을 받은 윤직원 영감은 방안을 휘휘 둘러보더니,

「태식이는 어디 갔느냐?」

하고 누구한테라 없이 띄어놓고 묻습니다. 윤직원 영감이, 인간 생긴 것치고 이 세상에서 제일 귀여워하는 게 누구냐 하면 시방 어디갔느냐고 찾는 태식입니다. 지금 열다섯 살이고 서자이고 나이는 증손주 경손이와 동갑이지만 아들은 아들입니다. 웃목게서 공손히 서서 있던 두 손주며느리는 이거 또 걱정을 한바탕 단단히 들어두었나 보다고 송구해 하는 기색만 얼굴에 드러내고 있고, 그러나 딸 서울 아가씨는 친정아버지의 성화쯤 그다지 겁나지 않는 터라,

「방금 마당에서 놀았는 걸! …….」

하고 심상히 대답을 하면서, 술주전자를 들고 밥상 앞으로 내려옵니다.

「방금 있었넌디 어디루 갔단 말이냐?」

「…… 제 멋대루 나가 돌아다니는 걸 어떻게 일일히 참견허라구 그러시우?」

부녀가 태각태각하려고 하는 판인데 방 웃미닫이가 사르르 열리더니 문제의 장본인 태식이가 가만히 고개를 들여밀고는 방 안을 휘휘 둘러봅니다. 그러다가 윤직원 영감이 눈에 띄니까는 들이 천동한 것처럼 두당통탕 뛰어들어 윤직원 영감의 커다란 무릎 위에 펄씬 주저앉습니다. 아이가 사랑에 있는 상노 아이놈 삼남이와 동기간이랬으면 꼭 맞게 생겼습니다. 갸날픈 몸 위에 가서 감빡 놀라게 큰 머리가 올라앉은 게 하릴없이 콩나물 형국입니다. 엿가래 같은 누—런 코줄기가 들어 가지고는 숨을 쉴 때마다 이건 바로 피스톤처럼 바쁘게 들락날락입니다.

「나, 된…….」

「돈? 아까 즘심때두 주었지? 그놈을 갖다가 무엇하였간듸?」

「아탕 사 먹었지.」

윤직원 영감이 십전박이 한푼을 꺼내주니까 아이는 히히 하고 그의 독특한 괴성을 지르면서 무릎으로부터 밥상 앞으로 내려앉습니다.

이편 건넌방에서 시방 싸움을 잔뜩 벼르고 앉아 있는 며느리 고씨는 참말이지, 조금만 무엇했으면, 우루루 쫓겨와서, 그 허연 수염을 움켜쥐고 살살 들이잡아 동댕이를 쳐주고 싶게, 하는 짓이 일일이 밉광머리스럽습니다. 이, 고씨는 말하자면 이 세상 며느리의 썩 좋은 견본이라고 하겠습니다. 열여섯 살에 시집을 온 고씨는 올해 마흔일곱이니, 작년 정월 시어머니 오씨가 죽는 날까지 꼬박 삼십일 년 동안 단단히 그 시집살이라는 걸 해 왔습니다. 그러나 실상 아무 실속도 없고 말았습니다. 시아버지 윤직원 영감이 집안 살림살이 전권(全權)을 고씨의 며느리 되는 종수의 아낙인, 박씨 즉 윤직원 영감의 맏손주며느리가 집안살림을 도맡아 하게 되었던 것입니다. 선왕(先王)의 뒤를 이어 즉위는 했으나 권력은 왕자가 쥐게 된 그런 판국과 같다고 할는지요.

고씨의 남편 윤주사 창식은 시골서부터 첩장가를 들어, 딴 살림을 했었고 서울로 올라올 때도 그 첩을 데리고 와서 지금 동대문 밖에다 치가(治家)를 하고 있습니다. 그리고 본집에는, 돈이나 쓸일이 있든지, 또 부친 윤직원 영감이 두 번 세 번 불러야만 마지못해 오곤하는데, 오기는 와도 사랑방에서 부친이나 만나보고 그대로 휭하게 돌아가지, 안에는 도무지 발걸음도 않습니다. 도무지 철을 안 이후로 나이 마흔여섯이 되는 이날 이때까지 남과 언성을 높여 시비 한번인들 해 본 적이 없습니다. 윤직원 영감의 말대로 하면, 위인이 농판이요, 오십이 되도록 철이 들지를 않아서 세상 일이 죽이 끓는지 밥이 끓는지, 통히 모르고 지내는 사람입니다. 누구 어려운 친척이나 친구가 찾아와서, 아쉰 소리를 할라치면 차마 잡아떼지를 못하고서 있는 대로 털어줍니다. 윤직원 영감은 몇번 억울한 연대채무란 것에 몇 만 원 돈 손을 보던 끝에 이래서는 못 쓰겠다고 윤주사를 처억 준금치산 선고를 시켜 버렸습니다. 그렇지만, 그랬다고 쓸 돈 못 쓸 이는 없는 것이어서, 윤주사는 윤두섭이라는 부친의 도장을 새겨서 쓰곤 합니다. 윤직원 영감은 그래도 자식을 인장위조죄로 징역을 보낼 수 없으니까, 울며 겨자먹기로 돈을 물어주곤 합니다. 윤주사 창식 그는 아무튼 그러한 사람으로서, 밤이고 낮이고 하는 일이라고는, 상스럽지 않은 친구 사귀어 두고 술먹으러 다니기, 활쏘기, 마작하기, 그래 도무지 유유자적한 게 어떻게 보면 신선인 것처럼 탈속이 되어 보입니다.

윤직원 영감은 퇴침을 돋우 베고 보료 위에다가 평안히 드러눕습니다. 춘심이 년이나 어서 왔으면 하겠는데 고년이 까불고 초란이 짓을 하느라고 이렇게 더디거니 싶어 얄밉습니다. 대복이도 까맣게 기다려집니다. 간 일이 궁금도 하거니와, 여덟 신데 오래잖아 라디오를 들어야 하겠으니 그 안으로 돌아와야 하겠습니다.

누가 먼저 오나 했더니 대복이가 첫찌를 했습니다. 살림살이에 노상 시달리는 촌의 면서기가, 그날 출장을 나갔다가 담북 시장해서 허위단심 집엘 마침 당도한 포오즈랬으면 꼬옥 맞겠습니다. 실상 면서기 출신이 아닌 것도 아니구요.

라디오를 만져놓고 막 제방으로 물러가는 대복이와 엇갈려 춘심 년이 배시시 웃으면서 들어섭니다.

「어서 오너라, 이년 왜 이렇게 늦게 오냐?」

「일찍 올일은 또 무엇 있나요? 시방 세상은 자유세상인데!」

춘심이는 금년 봄부터 시작하여 윤직원 영감의 다섯 번이나 내리 실연을 한 여섯번째의 애인입니다.

「헤헤 그러니, 늬가 꼭 여구 같다!」

「네에, 난 여구 같구요? 영감님은 하마(河馬) 같군요? 해해해!」

시방 사랑에서는 일흔두 살 먹은(자칭 예순다섯 살 먹은) 증조할아버지가, 열다섯 살 먹은 애인과 더불어 그처럼 구수하니 연애홍정이 얼려가고 있겠다요.

경손이가 사랑중문으로 나가는데 큰사랑에 춘심이가 와서 있는 것이 미닫이의 유리쪽으로 얼풋 들여다보였습니다. 경손이는 잠자코 대문밖으로 나가더니, 조금만에 되짚어 들어오면서, 삼남이를 커다랗게 부릅니다. 삼남이는 벌써 십오 분 전에 잠이 들었으니까 대답이 없고 대복이가 건넌방 대문을 열고 내다봅니다.「여기 춘심이라구 왔수? 어떤 여펴넨가 대문 밖에서 좀 불러 달래우!」

경손이는 아주 성가신 심부름을 하는 듯이 볼멘 소리로 투덜거려 놓고는 이내 돌아서서 씽씽 나가 버립니다.

춘심이가 제 집에서 누가 부르러 온 줄 알고 골목 앞까지 오느라니까, 경손이가 그 안에서 기침을 합니다. 비로소 경손이한테 속은 줄을 알고는 골딱지가 나려다가 생각하니 반가와, 해뜩해뜩 웃으면서 쫓아갑니다.

「울 어머니 어딨어?」

「늬 집에 있지 어딨어?」

「난 몰라…… 들어가서 영감님더러 일를 껄?」

「머야?…… 훙! 연앨 톡톡히 하시는 모양이군? 오래잖아 우리 큰사랑 할머니 한분 생길 모양이지?」

「몰라이! 깍쟁이…….」

아무러나 이러해서 조손간에 계집애 하나를 가지고 동락을 하니 노소동락(老少同樂)일시 분명하고, 겸하여 계집 소비절약이랄 수도 있겠습니다.

만일 오늘이 우리한테 새것을 갖다가 주지 않고 어제와 꼬옥 같은 것만 되풀이를 한다면 참으로 우리는 숨이 막히고 모두 불행할 것입니다.

윤직원 영감과 종수는 방금 점심 밥상을 받을 참입니다. 마침 이때 밭은 기침 소리가 납니다. 창식이 윤주사가 조금 아까야 일어나서, 간밤에 동경서 온 전보 때문에 억지로 큰댁 행보를 하던 것입니다.

「해가 서쪽에서 뜨겠구나?」

윤직원 영감은 아들의 이렇듯 부르지도 않은 걸음을 안방에까지 들어온 것을, 이상타고 꼬집는 소립니다.

「…… 멋허러 오냐? 돈 달래러 오지?」

「동경서 전보가 왔는데…….」

「동경서 전보?」

「종학이 놈이 경시청에 붙잽혔다구요!」

윤주사가 동경에서 온 전보를 꺼내놓았습니다.

「종학, 사-상 관계-로. 경시청에 피검!…… 이라니? 이게 무슨 소리다냐?」

윤직원 영감은 수천길 밑으로 꺼져 내려가는 듯 정신이 아찔했습니다.

「그런 쳐죽일 놈이, 깎어 죽여두 아깝잖을 놈이」

윤직원 영감이 말을 끊자 방 안은 물을 친듯이 조용합니다.

「오죽이나 좋은 세상이여? 오죽이나…….」

윤직원 영감은 팔을 부르걷은 주먹으로 방바닥을 땅 - 치면서 성난 황소처럼 고함을 지릅니다.

「화적떼가 있더냐아? 부랑당 같은 수령들이 있더냐? 이걸 태평천하라구 하는 것이여.

태평천하! 어찌서 세상 망쳐 놀 사회주의 부랑대에 끼인단 말여!」

연해 부르짖는 죽일놈 소리가 차차로 사랑께로 멀리 사라집니다. 어쩐지 암담한 여운이 스며들어 식구들은 말할 바를 잊고 몸둘곳을 둘러보게 합니다. 마치 장수의 죽음을 만난 군졸들처럼…….

감상을 위한 문제제기

1. 윤직원 영감의 성격을 간단하게 설명해 보시오.

약 105킬로의 몸무게에 이기적이고 구두쇠인 그는 철저한 이기주의자이다. 그가 사랑하고 아끼는 것은 오직 자기 자신뿐이다. 윤직원 영감은 어느 누구와도 물질과 마음을 나누지 못한다. 그는 개성적이며 동시에 탐욕스런 인간, 몰역사적인 인간의 전형이다. 또한 몰리에르의 「수전노」, 셰익스피어의 「베니스의 상인」에서처럼 탐욕스런 돈의 노예이지만, 그들과 다른 것은 그가 끊임없이 자신의 역사와 존재를 왜곡하는 일제하 신흥 부르주아의 한 단면을 상징하고 있다는 점이다. 우리는 그러한 예를 일제 말 비행기 헌납 운동에 나선 화신 백화점의 창업주 박흥식의 일생에서 이미 충분히 발견하고 있는 것이다.

2. 「태평 천하(太平天下)」는 희곡의 극적 구성을 사용하고 있따. 한 장면을 골라 희곡으로 각색해 보시오.

참고로 작품의 첫장면을 희곡으로 만들어본다. 편의상 무대 설명은 생략한다.

윤직원 영감 무대 오른편에서 등장. 무대 오른편을 보며 투덜거린다.
"지기럴, 잡아 뽑을 놈. 인력거 값으로 5전씩이나 더 쓰다니, 에잉."
무대 오른쪽에서 인력거꾼 나타난다.
"영감 나으리, 세상에 이게 뭡니까. 5전이 뭡니까."
윤직원 영감 못들은 척하고 무대 왼편으로 퇴장.
인력거꾼 손바닥을 들여다보다가 관객을 향해 돌아선다.
(관객들을 향해)

"여러분 세상에 저 인간이 계동의 이름난 부자 윤직원 영감이랍니다. 저 인간의 몸무게가 자그마치 스물여덟 관하고도…… 아니 미터법으로 환산하면 100킬로하고도 5킬로가 넘습니다. 어떻게 알았냐구요? 저 영감의 걸 프렌드 아니 기생 첩 춘심이 년이 동네방네 조잘거렸으니까 알고도 남지요. 하여 오늘은 인력거꾼 나 김 첨지가 정말 운수 더러운 날입니다. 저런 인간을 태우게 될 줄이야. 아, 허리가 꺾어지고 혀가 이렇게 쑤욱 빠지는 줄 알았지 뭡니까. 저런 순 잡아 뽑을 영감 같으니라고." (윤직원 영감이 나타나자 인력거꾼은 무대 오른편으로 재빨리 사라진다.)

소설 속에서 별다른 역할을 하지 않은 인력거꾼에게 방자의 역할을 맡겨 무대 진행을 이끌어가게 하는 일종의 마당극으로 꾸며보았다.

치숙痴叔

작품연구

1938년 동아일보에 발표된 이 작품은 해방 전 채만식 풍자문학의 마지막 작품이라고 볼 수 있다. 이 작품 이후 그는 사실상 더이상 날카로운 풍자를 발휘하지 못했다. 시대상황은 채만식에게서 '소리' 마저 앗아가 버렸다. 그는 더이상 설 '판' 을 잃어 버렸다.

1939년 발표된 「敗北者의 무덤」은 제목 그대로 채만식 문학의 당분간 휴업을 선언하는 작품이었다. 그렇다고 해서 그가 풍자의 칼을 다시 치켜들지 않은 것은 아니었다. 1904년 「냉동어(冷凍魚)」에서는 식물인간화 된 주인공과 그렇게 만든 사회를 여전히 예리하게 부정하고 있다. 그러나 1941년 「鍾路의 住民」에 감추어진 '불순한' 의도를 간파한 총독부는 〈삼천리〉지에 이 작품을 싣지 못하도록 금지시켰다. 이리하여 채만식은 생존을 위하여 잠시 친일하지 않을 수 없는 상황으로까지 몰리게 된 것이다.

「치숙(痴叔)」은 작자가 사건의 뒤로 숨어 있다는 점에서 「탁류(濁流)」나 「태평천하(太平天下)」와는 다른 기법을 보여주고 있다. 전반부선 '나' 의 사설이 이어지고 결말 부분에서 '나' 와 '치숙(痴叔)' 은 60회가 넘는 대사를 숨가쁘게 주고 받는다. 그러나 치숙(痴叔)

과 나는 서로를 설득하지 못한다. 전혀 다른 세계에 살고 있다는 것만 확인하는 셈이다.

그게 내세우는 인물인 '나'는 부정되어야 할 인물이다. 나를 통해 부정되는 그것이야말로 긍정되어야 할 존재라는 이중의 반어를 사용하지 않으면 안 될 정도로 사회 상황과 압박이 심해진 것이다. '나'가 부정하는 '치숙(痴叔)'은 현실을 추악한 것으로 보고 개인의 파멸을 감내하는 인물이다. 이와 대립하여 현실을 장밋빛으로만 보는 '나'는 「태평천하(太平天下)」의 윤직원 영감을 더욱 백치화한 인물이다. 그러나 '치숙(痴叔)'을 무조건 긍정적으로 보아야 할 것인가에는 의문이 남는다. 「레디메이드 인생」에서 보여준 것과 통하는 다음과 같은 대목이다.

> 공부를 다 마치고 오더니만 그 담에는 디립다 발광해 다니면서 명색 학생 출신이라는 딴 여편네를 얻어 살았지요.

> 막 벗어붙이고 노동이라도 해야지요, 대학교 출신이 막벌이 노동이라니께 꼴 가관이지만 그래도 할 수 없지, 뭐.

이러한 표현은 어쩔 수 없는 검열의 눈가림을 위한 것일까. '나'의 '치숙(痴叔)'의 대화에서 이중의 의미를 추측해 볼 수 있다.

> 「어떡허실 작정이세요?」
> 「작정이 무슨 새삼스런 작정이냐?」
> 「그럼 아저씨는 아무 작정이 없이 살아가시우?」
> 「없기는?」
> 「무언데요?」
> 「그새 지내오던 대루…….」

행간(行間)을 잘못 읽을 가능성은 곳곳에 잠복하여 있다. 채만식의 부정은 그만큼 교묘하다. 채만식이 가족과 범속한 일상생활을 초월한 '치숙(痴叔)'을 일견 부정하면서(위에서 지적한 사실이 부정적인 요소임에는 틀림없다) 결정적인 대답은 반문이나 말없음표 속에 감추고 있기 때문이다.

「그럼, 아무 희망이나 목적이 없으면서 그래요?」

「목적? 희망?」

「네.」

「개인의 목적이나 희망은 문제가 다르니까…… 문제가 안 되니까…….」

「원, 그런 법도 있나요?」

「법?」

「원, 그런 법도 있나요?」

「법?」

「그럼요!」

「법이라…….」

이러한 대화의 행간을 읽는 능력에 따라 '치숙(痴叔)'은 더욱 진가를 발휘할 수 있을 것이다.

작품요약

우리 아저씨 말이지요. 아따 저 거시키, 한참 당년에 무엇이냐, 그놈의 것, 사회주의라더냐, 막걸리라더냐, 그걸 하다, 징역살고 나와서 폐병으로 시방 앓고 누웠는 우리 오촌 고모부 양반…… 대학교까지 공부한 것 풀어먹지도 못했지요. 신분은 전과자라는 붉은 도장 찍혔지요. 우리 아주머니 어질고 얌전해서 삯바느질이야, 남의 집 품팔이야 하면서 겨우 목구멍에 풀칠을 하지요. 그 양반이 한시바삐 죽기나 했으면 우리 아주머니는 차라리 신세 편하리다. 내가 세 살 적이니 꼬박 열여덟 해 전 아니요. 그때 우리 아저씨 양반은 나이 어리기도 했지만 공부를 한답시고 서울로, 동경으로 십여 년이나 돌아다녔고 공부를 다 마치고 돌아오더니 명색 학생 출신이라는 딴 여편네를 얻어 살았지요. 그런 걸 보고 가만히 생각을 하면 내가 차라리 공부를 안 하고 이 길로 들어선 게 다행이다라는 생각이 들어요. 사실 우리 아저씨 양반은 대학교까지 졸업하고도 인제는 기껏 해 먹을 게 막벌이 노동밖에 없는데, 요 보통학교 사년 겨우 다니고서도 시방 앞길이 환히 트인 내게다 대면 고쓰까이(小使)만도 못 하지요. 아,그런데 조금 바시시 살아날 만하니까 이 주책꾸러기 양반이 무슨 맘보를 먹는고 하니, 내 참 기가 막혀! 아, 해서 좋을 양이면야 나라에선들 왜 금하며 무슨 원수가 졌다고 붙잡아다가 징역을 살리나요. 좋고 유익한 것이면 나라에서 도리어 장려하고 잘할라 치면 상급도 주고 그러잖아요. 활동사진이며 스모(일본식 씨름)며 만자이(반자이?—만세)며 왓쇼왓쇼(일본인들이 축제 때 집단적으로 외치는 소리)랄지, 세이레이낭아시(죽은이를 제사 지내는 일)랄지 라디오 체조랄지 이런건 다아 유익한 일이니까 나라에서 설득도 하고 그러잖아요. 나라라는 게 무언데? 그런 걸 다아 잘 분간해서 이럴것 이러고 저럴 건 저러라고 지시하고 그 덕에 백성들을 제가끔 분수대루 편히 살게 해주는 게 나라 아니오?

내 이상과 계획은 이렇거든요. 우리 다이쇼(대장, 우두머리)가 나를 자별히 귀여워하고 신용을 하니깐 인제 한 십년 만 있으면 따루 장사를 시켜줄 눈치거든요. 그러거들랑 예순살 환갑까지만 장사를 해서 꼭 십 만 원을 모을 작정이지요. 그리고 우리 다이쇼도 한 말이 있고 하니까 나는 내지인(일본인) 규수한테로 장가를 들래요. 다이쇼가 다아 알아서 얌전한 자리를 골라서 중매까지 서 준다고 그랬어요. 내지 여자가 참 좋지요. 나는 죄선 여자는 거져 주어도 싫어요. 구식 여자는 얌전은 해도 무식하고, 신식 여자는 식자가 들었다는 게 건방져서 못 쓰고요. 내지 여자가 참 좋지 뭐. 인물이 개개 일자로 예쁘겠다. 상냥하겠다, 지식이 있어도 건방지지 않겠다, 조옴이나 좋아! 그리고 내지 여자한테 장가만 드는 게 아니라 성명도 내지인 성명으로 갈고, 집도 내지인 집에서 살고, 옷도 내지 옷을 입고 밥도 내지식으로 먹고, 아이들도 내지인 이름을 지어서 내지인 학교에 보내고…… 죄선학교는 너절해서 아이들 버려놓기나 꼭 알맞지요. 나도 죄선말은 싹 걷어치우고 국어만 쓰고요. 이래서 내 계획은 이십만원짜리 큰 부자가 바루 내다뵈고 그리루 난 길이 환하게 트이고 해서 나는 시방 열심으로 그 길을 가고 있는데 글쎄 그 미쳐 살기든 놈들이 세상 망쳐 버릴 사회주의를 하려드니 내가 소름이 끼칠 게 아니라구요? 말만 들어도 끔찍하지!

아무렇든 아저씨가 쓴 글이라는 게 신기해서 좀 보아 볼 양으로 쓰윽 훑어 보았지요. 그러나 웬걸 읽어먹을 재주가 있나요.

「아저씨가 여기다가 경제 무어라구 쓰구, 또 사회 무어라구 썼는데, 그러면 경제를 하란 뜻이요 사회주의를 하란 뜻이요?」

그랬더니 못 알아 듣고 뚜렷뚜렷해요. 자기가 쓰고도 오래돼서 다 잊어 버렸거나 혹시 내가 말을 너무 까다롭게 한 것이 아닌가 해서 조곤조곤 따졌지요.

「아저씨! 경제란 것은 돈 모아서 부자 되라는 거 아니오? 그런데 사회주의라는 것은 모아둔 부잣사람의 돈을 빼앗아 쓰는 거 아니오?」

「너는 사회주의를 무얼루 알구서 그러냐?」

내가 한바탕 주욱 설명했지요. 아저씨는 내 얼굴만 물끄러미 올려다보고 누웠더니 피쓱 한 번 웃어요.

「그게 사회주의냐? 불한당이지.」

「아아니, 그럼 아저씨두 사회주의가 불한당인 줄은 아시는 구려?」

「글쎄 그건 사회주의가 아니라 불한당이란 말이다.」

「아저씨두 맘 달리 잡수시오.」

나는 한바탕 주욱내 계획을 설명했지요. 그랬더니 이 양반이 말하길 너두 딱한 사람이다. 그러는 겁니다. 그러고는 내가 돈을 모으려는 일이나 내지인 여자와 결혼해서 이름까지 바꾸려는 걸 마땅치 않게 말하는 겁니다. 앞으로 어떤 작정으로 살아가겠느냐구 내가 묻자 대답도 못 합니다. 그러면서도 집안 일을 해서는 무엇하겠느냐는 겁니다. 뭐 바빠서라나요. 시치미 떼구 누워서 바쁘다는 군요. 손톱만큼도 쓸모는 없고 남한테 해독만 끼칠 사람이니 하루바삐 죽어야 해요. 그런데 죽지를 않고 꼼지락꼼지락 도루 살아나니 성화라구는, 내…….

감상을 위한 문제제기

1. 이 작품에서 채만식이 말하고자 하는 바를 간단하게 정리해 보시오.

「치숙(痴叔)」은 고도의 알레고리와 풍자가 난무하는 작품이다. 그것은 정공법으로 읽혀질 수도 있고 행간을 읽는 알레고리적 독법이 필요하기도 하다. 어느쪽으로 읽든 그것은 시대 정신과 역사의 수레바퀴를 굴리는 힘을 상실한 인간과, 수레바퀴를 거꾸로 돌리려는 무리들 그리고 역사 의식이 티끌만치도 없는 인간들에 대한 신랄한 풍자라고 할 수 있다.

「치숙」의 두 인물로 서로가 서로를 한심스러워하고 어리석은 존재로 치부한다. 그러나 그들은 모두 다 진정 '어리석은 아저씨' 들의 변종에 지나지 않는다는 것이 채만식이 우리에게 전하려는 귀엣말이었을 것이다.

2. '나' 가 철저하게 일본화되어가는 사고 방식을 오늘날의 왜색 문화의 범람과 관련하여 비판해 보시오.

필자가 경험한 다음의 몇 가지 사실을 객관화하여 서술해 본다. 판단은 독자에게 맡긴다.

정부의 중앙 관서에 근무하는 오랜 친구를 만난 적이 있다. 이 친구가 자랑스럽게 하는 말은 대개 이러했다.

"작년에 일본에 출장 갔었는데 정말 좋더라구. 사람들도 하나같이 친절하고 이건 내가 살 곳이 바로 여기구나 하는 생각이 들었어. 마치 고향에 온것 같더라니까. 내 참, 망명이라도 하고 싶더라니까."

일본어 담당 선생님의 자가용을 얻어 탄 적이 있다. 그 분이 카셋트에 테이프를 넣자 귀에 익은 음악이 흘러나왔다. 일명 뽕짝 가요였다. 그 노래의 가사들이 일본어라는 걸 깨달은 것은 조금 지난 후였다. 나는 우리 나라 가수들이 일본에 가서 우리 노래를 재취입하여 상당한 인기를 누리고 있다는 걸 알기 때문에, 내가 듣고 있는 노래가 우리 나라 가수들이 일본어로 부르는 노래라고 생각했다. 목소리도 우리 나라 가수와 비슷했다. 그러나 운전대를 잡고 있던 선생님의 말씀은 달랐다. NHK방송을 녹음한 것이며 이 노래는 일본의 엔카라는 것이고 엔카란 그저 일본의 대중 가요 정도의 뜻이라는 것이었다. 몇 곡의 노래를 계속해 들으며 나는 그 노래들이 소위 우리의 뽕짝 가요와 너무도 닮았다는 걸 실감했다. 아니 닮았다기 보다 거의 복사판이라는 것이 정확한 표현일지도 모르겠다.

논 이야기

작품연구

이 작품은 1945년에 씌어진 단편소설로 1948년 그의 소설집 「잘난 사람들」에 수록되었다. 해방 후의 혼란한 세상을 풍자한 그의 작품 중의 하나로 농민들의 땅에 대한 소유의식은 시대를 초월한다는―그러한 민심을 읽지 못하고 있는 정부를 차갑게 비판하면서 아울러 시대착오적인 역사의식과 토지에 대한 농민의 맹목적인 집착도 함께 비판하고 있는 작품이다.

「논 이야기」에서 채만식은 조선 말기부터 이어진 토지수탈의 역사가 50년이 넘었어도 달라진 게 없다는 인식에서 출발한다. 피땀으로 마련한 논 13마지기를 넘겨주고 동학잔당의 누명을 벗은 한 생원의 아버지, 남은 땅마저 일본인들에게 빼앗기고 오직 땅을 되찾으리라는 희망을 가지고 살아오던 아들 한생원이 막상 그가 찾으리라 했던 땅을 국가에서 관리하게 되었다는 소식에 세상이 달라진게 하나 없다고 탄식하면서 차라리 만세를 부르지 않은 게 잘한 일이었다고까지 생각한다. 이러한 전체 줄거리는 간접적으로 신생국가의 성립은 농민들의 의식개혁에 달려 있으며 농민의 의식을 무시한 토지개혁은 또 하나의 수탈로 인식될 뿐임을 냉소적으로 표현한다.

> 독립?
>
> 신통할 것이 없었다.
>
> 독립이 되기로서니, 가난뱅이 농투성이가 별안간 나으리 주사될 리 만무하였다. 가난뱅이 농투성이가 남의 세토(貰土=小作) 얻어, 비지 땀 흘려 가면서 일년 농사 지어, 절반도 넘는 도지[小作料] 물고, 나머지로 굶으며 먹으며 연명이나 하여 가기는 독립이 되거나 말거나 매양 일반일 터이었다.

한생원의 소박한(?) 인식은 이러한 정도이다. 채만식이 고향에서 은거하여 지식인으로 느낀 해방의 기쁨과, 한생원을 닮은 많은 농민의 목소리는 엄청난 차이가 있었다. 채만식은 또 하나의 윤직원의 얼굴을 발견하면서도 이들의 욕구를 이해하지 못하는 정부를 야유하지 않을 수 없었다. 채만식은 소리꾼이었다. 소리꾼이란 동시에 여러 목소리를 갖는다. 통치자의 음성으로 통치자를 비웃고 농민의 목소리로 농민을 풍자하는 채만식은 여전히 역사의 새벽에 걸직한 소리꾼으로 건재하여 있음을 느끼게 한다.

작품요약

일인들이 보따리와 토지와 온갖 재산을 그대로 내어놓고 달아나게 되었다는 이야기를 들은 한생원은 어깨가 우쭐하였다. 일인에게 팔아넘긴 땅이 꿈결같이 도로 자기의 것이 되었다니 이렇게 세상에 신기한 도리라고는 없었다. 조선이 독립되었다는 그날은 만세를 부르고 싶은 생각이 썸뻑 나지 않았어도 이번에는 저절로 만세 소리가 나와지려고 했다.

한생원네는 한생원의 아버지의 부지런함으로 장만한 열서너 마지기와 일곱 마지기의 두자리 논이 있었다. 피와 땀이 어린 그 논을 겨우 오 년 만에 고을 원[郡守]에게 빼앗겨 버렸다. 동학의 잔당에 가담하였다는 누명을 씌워서 말이다. 잡혀간 지 사흘 만에 열서너 마지기의 논을 바치고 풀려났다. 독립이 된 앞으로도 그것이 천지개벽이 아닌 이상, 가난한 농투성이가 느닷없이 부자가 될 이치가 없는 것이다. 다시금 조선 백성이 되었다는 것이 조금도 신통하거나 반가울 것이 없었다.

한생원은 친구인 송생원과 기분 좋게 술을 마시고 일본인 길천에게 팔아넘긴 일곱 마지기 논을 보러 나섰다. 논은 길천이 낙엽송을 심어 버려 산림이 된 지 오래였다. 그런데 한생원이 그곳에 이르렀을 때는 한창 나무를 베고 있는 중이었다. 사람들은 악을 쓰고 한생원을 비웃기만 한다. 길천 농장 관리인 강태식이한테서 돈을 주고 샀다는 대답이었다. 잇속에 밝은 무리들이 일본인 농장이나 재산을 부당 처분하여 배를 불린 일이 있었는데 이 산판(山板)도 그런 것의 하나였다.

그 뒤 일인의 재산을 조선사람에게 판다는 소문이 들렸다. 돈을 내고 사야 한다는 것이다. 한생원은 그럴 재력도 없거니와 도대체 전의 임자가 있는데, 그것을 아무에게나 판다는 것이 한생원으로 보기에는 불합리한 처사였다. 한생원은 구장에게 달려갔다.

「일없네 오늘부텀 도루 나라 없는 백성이네. 제에길 삼십육년두 나라없는 백성이네. 아 아니 글쎄 나라가 있으면 백성한테 무얼믿구, 나라에다 마음을 붙이구 살지. 독립이 됐다면서 고작 그래, 백성이 차지할 땅 뺏어서 팔아먹는 게 나라야?」

그러고는 털고 일어서서 혼잣말로,

「독립됐다구 했을 제, 내 만세 안 부르길 잘 했지.」 라고 중얼거리는 것이었다.

감상을 위한 문제제기

1. 「태평 천하」의 윤직원 영감과 한 생원의 공통점을 무엇인가 써보시오.

한 생원이나 윤직원 영감이나 그들의 삶은 철저하게 '내 것' 에 집착한다. 그들은 상황의 분석과 이해 능력이 전무하다는 점에서 닮았으며, 봉건적 가부장적 의식에서 벗어나지 못했다는 점에서 공통점을 지닌다. 그러나 우리는 윤직원 영감을 미워할 수 있어도 한 생원을 미워할 수는 없다. 농민이 땅을 갖고 싶어하는 욕망은 도시인의 출세하려는 욕망이나 돈을 벌고 싶어하는 것보다 훨씬 숭고하기 때문이다.

두 사람의 '어리석음'은 소유에 대한 맹목적 집착 때문이다. 시대 착오적인 집착을 가진 이 두 사람은 일그러진 우리 시대 기층 민중의 의식을 흑백 필름처럼 보여준다. 한 생원 같은 기층 민중의 호응을 얻지 못하는 정책은 그것이 아무리 훌륭한 것이라 할지라도 무의미함을 이 작품은 웅변하고 있다. 일제 시대가 차라리 좋았다는, 이럴 줄 알았으면 만세를 부르지 않았을 걸 그랬다는 한 생원의 발언은, 그가 결코 총독부 정책의 혜택을 받은 계층이 아니라 오히려 핍박과 수탈을 당한 계층이었다는 데서 상당히 중요한 의미를 갖는다. 우리는 그를 그저 무식하기 때문이라고 매도할 수 없다. 그런 발상은 일제 시대를 태평천하라고 믿고 있는 윤직원 영감과 근본적으로 같은 것이다. 조선 말 핍박받는 상놈의 계층에서 매판 자본가로 계층 상승을 이룬 윤직원 영감이, 자신의 과거—역사를 왜곡하고 왜곡한 역사까지 아예 잊어버리는 해탈(?)의 경지에 오르려는 욕망의 다른 한쪽에서, 한 생원과 같은 부류의 민중들의 상승 욕망이 꿈틀거리고 있음을 정치가들은 결코 이해하지 못한다.

김정한의 「사하촌」에서 아이러니로 표현된, 지렁이처럼 꿈틀대며 살아가는 수많은 인물들의 욕구가 바로 한 생원의 반역사적(?) 발언인 것이다. 그리고 우리는 윤직원 영감과 같은 부류들이 아름다운 추억처럼 일제 시대를 그리워하는 것과는 근본적으로 차원이 다름을 이해할 것이다.

2. 이 작품이 해방 후의 대다수 농민들의 사고 방식을 대변한다고 생각하는가, 또는 그렇지 않다고 생각하는가. 자신의 의견을 써보시오.

해방 후 전라북도 옥구에 머물러 살았던 채만식의 눈에 비친 농촌은 역사의 질곡에서 헤어나오지 못하고 있었다. 실제로 당시 적지 않은 농민들은 일본인 부재 지주의 농토와 친일 지주의 농토가 자신들에게 무상 분배될 것이라는 소박한 희망을 가지고 있었다. 그러나 친일파들이 상당수 내각을 차지한 이승만 정권은 유상 몰수, 유상 분배의 정책을 강행했으며 이는 사실상 친일 지주들의 기득권을 그대로 인정해 준 결과를 낳았다. 그리하여 우리 농촌은 여기저기 한 생원 같은 자포 자기에 빠진 농민들을 양산(量産)하였고, 그것이 건국 후 건국의 당위성과 정책 실행의 많은 압박 요인이 되었음도 부정할 수 없다고 본다.

토지의 무상 분배를 주장하는 사람들은 당연히 '빨갱이' 라는 굴레가 씌워졌고 이들은 정부의 정책에 절망한 나머지 자의 반 타의 반으로 '빨갱이' 의 길로 나서지 않았는가 생각한다.

북에서는 남과는 반대로 지주들의 재산과 토지를 강제로 몰수하는 정책이 취해짐에 따라 초기에는 일부 농민들의 지지를 얻었지만 곧 그것이 국유화의 길임을 깨달은 농민들의 저항을 불러일으켰다.

토지 개혁의 실패가 결국 한국 전쟁의 전후에 걸쳐 상호간 잔혹한 보복극을 만들어내고, 또한 보복적으로 '반동' 의 무리와 '빨갱이' 들을 연쇄적으로 만들어냈다는 것을 쉽게 부정할 수 있을까. 조정래의 대하소설 「태백산맥」은 해방 공간에서 일어난 이러한 문제를 그 심층에 깔고 있다.

참고자료 및 논문

- 홍이섭, 채만식론, 창작과 비평, 1973 봄(제8권)
- 김동석, 채만식 소설의 연구, 성균관대학교 교육대학원, 1987
- 김봉군 외, 한국현대작가론, 민지사, 1984

염상섭

표본실의 우울한 스케치

작가연구

염상섭(廉尙涉 1897~1963). 호는 횡보(橫步), 본명은 상섭(尙燮). 서울 출생. 전형적인 중산층의 집안에서 성장하였다(그의 부친은 군수 출신이다). 1912년 일본에 유학하였고 1919년에는 3 · 1운동과 관련 체포되기도 했다. 1920년 조선으로 돌아와 김동인의 〈창조(創造)〉와 맞서는 문학지 〈폐허(廢墟)〉의 창간 동인이 되었다. 1926년 다시 일본으로 건너갔다가 1928년에 귀국, 1937년 만선일본(滿鮮日報)의 편집국장으로 만주에 갔고 해방 후에는 귀국하여 경향신문에 취직하였고 6 · 25 때는 해군에 복무하였다.

이러한 약력을 살피면 우선 그가 조선을 떠나 있었던 기간이 도합 18년에 이른다는 점이다. 식민지 조선의 작가로서는 매우 드문 일이라고 할 수 있다. 둘째는 그의 창작생활이 일제시대 초기에서 1960년대 초기까지 걸친다는 사실이다. 즉 그의 삶은 식민지의 우울함에서, 해방과 6 · 25와 4 · 19 학생의거에 이른다는 점이다. 그는 자신이 안고 살아온 역사의 파도 속에서 지식인으로 고민하였고 중산층의 의식—변화와 진보를 거부하는—을 탈피하지 못하는 자신에 번민하였다. 3 · 1운동과 관련되어 체포되어 오사카 감옥에 갇혔던 일, 일제 말기 만주에서 조선어로 발행되는 만선일보의 편집국장을 한 일, 6 · 25 때 54세의 나이로 참전한 일, 4 · 19가 나자 병상에서 학생들을 격려하고 위로하는 글을 신문에 쓴 일 등을 사회운동이나 역사 진보를 위한 헌신이라고 보기에는 대단히 미흡할 것이다. 그러나 김동인, 이광수 등의 유학생활과 다를 바 없는 소년기의 유학생활을 통하여 그의 자아의식이 앞의 두 사람과는 다른 방향을 찾고 있었다는 점은 분명하다. 김동인이 문학을 위한 문학을 내걸고 조선의 정치적 현실과 초연한 입장에 서 있었고, 같은 시기의 이광수가 2·8 독립선언문을 쓰고 있을 때 염상섭은 직접적으로 조선인들을 규합하여 오사카 천왕사에서 만세운동을 시도했다. 나이로 보아도 염상섭은 이광수와 김동인의 중간이며 사회적 계층으로도 이들의 중간에 해당되며 오만한 김동인이 비난할 정도로 유별난 성격이었다는 점에서 김동인을 닮았고, 역사 속에 참여하려는 지사적 경향에서는 이광수와 닮은 면도 있다고 보인다. 염상섭이 게이오(慶應) 대학을 선택한 것은 이광수가 와세다(早稻田) 대학을 다니고 있었기 때문이라고 하는 말이 있을 정도로 염상섭은 춘원을 의식했으며 작가로 등단한 뒤에는 김동인과 문학 논쟁을 벌이기도 했다. 춘원에 의해서 터진 커다란 물줄기를 김동인과 염상섭이 한 가닥씩 맡아 계승한 셈이라는 평이 있지만, 다른 차원에서 본다면 염상섭 문학의 자리 매김은 비교적 간명해진다. 그는 이광수와 김동인의 그 정신적 거리—계몽과 예술의 거리—를 메워 줄 작가라고 할 수 있다.

염상섭 문학의 특징은 '우울증'이다. 이광수 문학의 '흥분'과 김동인 문학의 '죽음' 사이에서 선택을 하지 못하고 흔들리는 지식인의 표상이 곧 염상섭 문학의 주인공들이다. 그의 첫 작품 「표본실의 청개구리」는 3·1운동 직후의 이러한 우울한 청년의 모습을 그려내고 있는데 그 자신의 자화상과도 같은 작품이다. 김동인은 이 작품에 대해 이렇게 썼다.

> 이 사람이 소설을 썼다. (중략) 필자의 마음에는 큰 불안을 느꼈다. 강적이 나타났다는 것을 직각(直覺)하였다. (중략) 새로운 햄릿의 출현에 통쾌감을 금할 수가 없었다.

햄릿 운운한 것에 큰 비중을 둘 필요는 없으나 적어도 삶의 본질과 운명에 번민하는 주인공이 형상화되었다는 점은 분명하다.

염상섭 주인공의 '우울증'은 곧 식민지의 우울이다. 그러나 그것은 식민적 중산층 지식인의 우울을 벗어나지 못하고 있다. 내지 일본의 상징인 시즈코와 조선인 아내의 죽음 사이에서 방황하는 정신적 표류기 「萬歲前」의 이인화와 「삼대(三代)」의 주인공 조덕기는 정신적 동일인이라고 해도 좋을 정도이다. 이러한 설명은 곧 「만세전」과 「삼대」가 동일한 내용의 다른 소설이라는 말은 아니다. 「만세전」이 '묘지' 라는 제목으로 처음 발표된 1922년과 「삼대」가 발표된 1931년은 그저 단순한 8년의 시간 차이를 넘어 시대상황의 변화와 더불어 염상섭 문학이 더욱 세련되고 다듬어졌음에도 불구하고 그의 '우울증' 은 오히려 깊어지고 있다는 뜻이다.

해방 후에도 그는 도시 중산층의 생활을 현미경적으로 그려내는 「두 파산(破産)」과 같은 작품을 쓴다. 그 속에는 작가 자신의 노년기적인 체념과 우울이 엷게 깔려 있다. 정교하고 사실적이라는 점에서 그는 발자크를 닮았고 우울이라는 면에서 도스토예프스키를 닮았다는 평을 듣는다.

만세전萬歲前

작품연구

이 작품에 대한 연구는 작가론 총서, 김윤식 편, 「염상섭」 (문학과 지성사 1977)에서 요약하였다.

「萬歲前」에 대해서는 이미 여러 사람들의 칭송 일변도의 평가가 시도되어 있다. 이러한 평가의 대부분은 이 작품이 3 · 1운동 전후의 식민지 한국의 현실을 반영했다는 것으로 특징지워진다. 그러나 식민지 현실을 탁월하게 그렸다든가 예리하게 관찰했다는 투의 반영론은 일종의 삽화적 지적에 불과하다.

그러나 문제는 선도 아니요 악도 아닌 그 어름에다가 발을 걸치고 있는 것이다. 죽거나 살거나 눈 하나 깜짝거리지도 않으면서 하는 공부를 내던지고 보러 간다는 것이 위선이다. 더구나 여기 술먹으러 오는 것을 무슨 큰 죄나 짓는 것같이 망설이는 것부터 큰 모순이다. 목숨 하나가 없어진다는 것과 내가 술먹는다는 것과는 별개 문제다. 그러면서도 '내 처' 가 죽어 가는데 술을 먹다니? 하는 오죽지 않은 '양심' 이 머리를 들지만 그것이 진정한 양심이라기보다도 관염이나 가면이 목을 매서 끄는 것이다. 사람은 관념의 노예가 되는 수가 많다. 가식의 도덕적 관념에서 해방되는 거기에서 참된 생명을 찾는 것이다. 사랑하지 않으면 눈도 떠보지 않을 것이요, 사랑하고 싶으면 이렇게 해도 상관이 없는 것이란다.

아내 위독의 전보를 받고 술집 일본 여급에게로 달려간 주인공의 이 독백에서 우리는 「萬歲前」에 있어서의 자아와 현실 세계의 구성적 대립에 있어 중립적 상태의 한 원형을 볼 수 있다. 이러한 판단의 중립성은 일본인을 상대로 할 때, 가족을 상대로 할 때, 아내를 상대로 할 때도 어김없이 드러난다. 일녀 정자는 사랑할 수도 안 할 수도 없는 중간지대를 형성하고 있다. 아내를 사랑하지 않지만 미워하지도 않는다. 형을, 아버지를, 혹은 병화를 대할 때도 마찬가지다. 근본적으로 이러한 태도는 인간의 본성파악에서 연유된다.

> 이렇게 안 나오는 거드름을 빼고, 될 수 있는 대로 우자한 태도로 좌우를 돌려다보는 것은 비단 일본사람이 조선사람에게만 한한 무의식한 습관이 아니라 사람의 공통한 성질인 동시에 사람이란 동물이 얼마나 약한가를 유감없이 말하는 것이다……

인간의 본질이 과연 이 인용 속의 파악 내용과 같으냐의 여부는 별도의 문제다. 다만 이 작품의 주인공이 갖고 있는 의식이 그러하다는 점이다. 그것은 철저히 자기를 지식인의 하나로 상정하고 있다. 최하층의 사람은 순진, 진실되나 그것이 無知이기 때문에 무질서에 이르고 따라서 취할 것이 못 된다. 여기서 우리는 진실보다 '無知가 아닌 것' 이 우위에 놓여 있음을 들여다 볼 수 있다. 이 '無知가 아닌 점' 에서 中立性의 획득이 가능해진다. 이런 논법이기 때문에 일본인이나 조선인이나 같은 기준으로 바라볼 수 있게 된다. 이 점이 작가의 '어른다움' 이다.

그렇다면 사람들은 대번에 반박할 것이다. 즉, 「萬歲前」에 나오는 허다한 일본인의 행패에 대한 주인공의 분노는 무엇인가? 가령 연락선 속의 목욕탕 사건에서의, 또는 일본 형사들에 시달리는 것, 大田의 기차 속에서의 그 처참한 광경의 묘사, 그래서 '무덤이다, 구데기다' 라고 외치는 주인공의 절규 등은 실상 민족적 분노가 아닐 것인가? 그리고 이 작품의 중요성은 그러한 식민지적 현실을 가장 잘 반영한 것이 아닌가? 이러한 일련의 물음은 우리의 관점에 의하면 이 작품의 가장 졸렬한 부분이라고 답할 수 있다. 즉 삽화적 상태일 뿐이요, 旅路를 설명하는 '하나의 裝*的인 것' 일 따름이다.

> 동경서 하관까지 올 동안은 일부러 일본사람 행세를 하려는 것은 아니라도 또 애를 써

서 조선사람 행세를 할 필요도 없는 고로, 그럭저럭 마음을 놓고 지낼 수가 있었지마는, 연락선에 들어오기만 하면 웬 셈인지 공기가 험악하여지는 것 같고, 어떠한 압력이 덜미를 잡는 것 같은 것이 보통이다. 그러나 이번처럼 휴대품까지 수색당하고 나니……

이처럼 주인공이 민족의식을 느끼는 것은 여로를 설명하는 방편의 일종일 따름이다.

이러한 시점의 중립성은 또한 필연적으로 문체의 중립성을 유발한다. 그의 문체에는 단 한 줄의 자연묘사도 개입되지 않는다. 뿐만 아니라 사건이나 인물 묘사에 있어서도 어떤 '한' 초점을 갖지 않는다. 시적 응축력이 전무하다. 실상 이런 점에서 보면 이 작가가 투르게네프나 도스토예프시키 소설의 묘사적 영향은 거의 받지 않은 것으로 볼 수도 있다. 이 자연묘사의 거부가 이 작가의 문체중립성의 한 근간인 것이다. 이와 관련을 지을 때 비로소 우리는 「萬歲前」이 단순한 기행문과 근본적으로 다른 이유를 알게 된다. 여로 자체가 긴장을 동반하는 것은 그 상황 자체가 일종의 갈등 또는 투쟁일 경우에만 가능하다. 헤겔은 이 점을 율리시스 분석에서 해명하고 있다. 호머의 여로가 바로 이러한 것의 고전적 전형이다.

「萬歲前」에서 주인공이 겪고 관찰하는 여러 가지 문제의 복잡성이 소설적 양식을 성찰케 하는 것이며, 이것이 기행문과 본질적으로 구분된다.

작품요약

조선에 만세가 일어나기 전에 겨울, 동경 유학생인 나는 기말 시험도 내던지고 귀국하지 않으면 안 되었다. 그해 가을부터 해산 후유증으로 앓던 아내가 위독하다는 전보를 받았기 때문이다.

시간은 벌써 세 시가 넘었다. 밤차로나 떠날 수밖에 없었다. 싫든 좋든 소위 부부로 육칠 년이나 살아왔는데 왜 나는 무사태평일까 아무 생각도 떠오르지 않는다. 마음이 위독해서일까. 나는 술집 여자인 정자(靜子)를 찾아간다.

정자는 위스키를 한 잔 따라놓고 정말 밤차로 가시느냐고 묻는다. 그녀는 무슨 말을 더 할 듯하다가 만다.

내가 동경역에서 차표를 사려는데 누가 살짝 건드린다. 돌아보니 역시 정자다. 노르끄레한 곱다란 보자기에다 네모진 것을 싸서 내민다. 차는 움직이기 시작하였다. 방울 같은 정자의 눈이 몰려나가는 전송인 틈에 사라져 버렸다.

반찬 찬합 같은 기찻간은 입김과 담배연기로 흐리다. 정자가 준 것을 선반에서 끌어내려 펴보니 과자상자와 위스키병 틈에 보랏빛 봉투가 있었다. 편지엔 나의 진실하지 못한 태도에 대한 불만과 공격, 자신의 처지와 장래에 대한 희망 등에 대해 씌어 있었다.

나는 신호(神戶)에서 내려 을라(乙羅)를 찾아간다. 을라는 학교 기숙사에 있다가 나를 반갑게 맞아준다. 나는 그녀와 실없는 농담을 주고 받다가 헤어진다. 그녀는 나의 큰집 형님의 이복동생인 병화에게서 학비를 얻어 쓰고 있는 눈치였다.

다음날 저녁 하관(下關)에서 연락선을 타려 하자 형사가 따라붙어 괴롭힌다. 고약한 악취가 나는 삼등실에서 일본인 둘이 조선인을 멸시하는 이야기가 들려온다. 나는 우국지사는 아니지만 망국백성이라는 것은 잊지 않고 있다. 정치문제에는 흥미가 없다. 그러나 일본사람의 지나치는 말 한마디나 태도가 반감을 끓어오르게 만든다. 결국은 이것이 조선사람을 민족적 타락에서 구하여야겠다는 자각을 일으키게 한다. 두 일본인은 조선인 농촌사람들을 빼어 와서 일본으로 팔아넘기는 일에 대해 서슴없이 지껄인다. 내가 일본인이라고 생각하는 것이다. 그때 누군가 나를 찾는다. 나는 부두로 불려 내려가 다시 형사에게 시달린다. 그는 내 가방을 뒤지며 오늘 하루 여기서 묵고 가라고 하지만 나는 단호하게 거절한다.

날이 새었다. 배는 부산 부두에 닿았다. 거기서도 나는 형사에게 시달린다. 기차시간까지 부산의 시가지를 구경하러 나선다. 부두를 뒤에 두고 아무리 걸어가도 조선사람의 집이라고는 눈에 띄는 것이 없다. 조선의 김치가 먹고 싶고 숟가락질이 하고 싶은 것이다. 일본 국수집에 들어섰다. 겉만 그렇지 실은 술집이다. 젊은 일본 계집이 담바귀(담배)타령을 콧노래로 부른다. 나는 제 어머니가 조선 사람이고 아비는 일본인이라는 계집애를 알게 된다. 조선 남자에게 시집을 가라는 이야기를 하자 그녀는 조선 사람은 무조건 싫다고 지껄인다.

형사는 여전히 따라붙는다. 기차는 김천역에 도착한다. 뜻밖에 역에는 형님이 마중을 나와 있었다. 형은 보통학교 훈도이며 보수적 전형적 인물이다. 형은 내가 시험을 포기하고 온 것을 책망한다. 형의 집에서 나는 늙은 부인과 열아홉 살쯤 된 색시를 만난다. 여자는 어렸을 때 내게 시집오겠다고 말하던 최참봉집의 딸 금순이었다. 집안이 망해 버린 그 여자를 형님은 첩으로 맞아들인 것이다. 아들을 낳게 하기 위해서 말이다. 형은 아버지에게 이야기를 전해 달라며 산소 사건은 공동묘지 규정대로 하는 수밖에 없다고 한다. 산소 사건이란 우리 문중 소유의 산을 셋째집 종형이 문서를 위조하여 팔아 버린 사건이다.

기차는 자정이 넘어 대전에 닿았다. 나는 대합실에서 조선인 죄수들을 보았다. 그 중에서도 땟덩이가 된 치마 저고리의 젊은 여편네가 포승에 묶여 있다가 천한 웃음을 짓는다. 가엾기도 하고 분이 치밀어올라 소리라도 질렀으면 시원할 것 같다. 나는 혼자 속으로 외쳤다.

「이게 산다는 꼴인가. 모두 뒈져 버려라. 무덤이다! 구더기가 들끓는 무덤이다.」

차는 남대문에 도착하였다. 온밤 새도록 쏟아진 눈이 한 자 길이는 쌓였다.

어머니는 우는 소리를 하지만 나는 도리어 웃어 주고도 싶고 무어라고 위로할 말도 없었다. 아내는 더 살고 싶지 않다며 어린아이를 부탁한다. 건넌방에 들어가 있으니 다시 형사가 찾아온다. 종로경찰서에 있는 형사인데 자기가 미행(尾行)을 인계받았다고 말한다. 조선에 돌아오면 술이 금시로 는다. 무덤으로 끌려간다고나 할까. 그러나 공동묘지로는 끌려가지 않겠다고 발버둥을 치는 모양이다. 차 속에서 먹다가 남겨 온 위스키를 마신다. 어머니께서는 환자를 놓아두고 술타령만 한다고 한숨을 쉬신다. 할 수 없는 일이다.

병화댁이 병위문을 오는 길에 을라를 데리고 왔다. 나는 병화댁이나 을라나 그 무엇을 변명하려고 하는 눈치를 알아차렸다.

아내는 기어이 숨이 넘어가고 말았다. 나는 눈을 꼭 감은 아내의 하얀 얼굴을 물끄러미 들여다보고 앉았다. 가엾은지 슬픈지 아무생각도 떠오르지 않았다. 나는 한시바삐 달아나고 싶을 뿐이었다. 짐을 싸다가 정자의 편지를 다시 읽었다. 답장을 써 부치었다.

……소학교 선생이 사벨(환도)을 차고 교단에 오르는 나라가 있는 것을 보았는가. 이 땅의 소학교 교원의 허리에서 그 장난감 칼을 떼어놓을 날은 언제일지 숨이 막힌다. 이 나라 백성의, 그리고 동포의 진실된 생활을 찾아가는 자각과 발분을 위하여 싸우는 신념 없이는 우리의 우정도 헛소리이다.

정거장에서 큰집 형님은 내년 봄에 나오면 속현(續絃: 다시 결혼하는 일)할 도리를 차려야 하지 않겠느냐고 한다. 나는, 겨우 무덤 속에서 빠져나가는데요 하고는 웃어 버렸다.

삼대三代

작품연구

장편소설 「三代」는 1932년의 작품으로서 초기 작품의 유화적인 감각이 깨끗이 청산된 성숙기에 들어선 것으로 한국 근대문학의 대표적인 대작에 속하는 작품이다.

대지주이며 재산가인 조부는,돈의 힘으로 양반도 사고 벼슬도 사는 전형적인 구세대 인물 중에서도 가장 저급한 인물로서 사생활의 낙과 영달만을 위하여 전신적으로 투신하는 성격으로 형상화되어 있다. 아버지 '相勳' 은 표면적으로는 기독교신자(장로)로 요육자로 행세하는 신시대의 심상을 지닌 인물로 되어 있지만, 내면생활에 있어서는 위선과 비인도적인 향락에 탐닉된 인텔리로 등장하고 있다. 손자 '조덕기' 는 민족의식이나 사회의식에 있어서 공평성과 정의감을 가지고는 있지만, 용기가 없고 소극적이고 도피적 반응밖에는 나타내지 못하는 나약한 지식청년으로 되어 있다. 그러나 덕기의 친구인 '병화' 는 이들 三代와는 뚜렷하게 대립되는 입장에서 용기 있게 사회정의의 문맥에 입각하여 행동하는 지식청년으로 형상화되고 있다. 조부는 소위 시장형의 성격소유자로서 반드시 사적 욕망의 실천에 있어서 주고받기에 정확한 이해에만 움직이는 사람이다. 돈으로 사들인 양반의 체통을 살리기 위해서 막대한 돈을 소비하는 내적인 이유는, 당대의 세속적이고 인습적인 한국의 상류계층에 공통되는 신분적 우위와 존엄을 족보로써 과시하려는 터무니없는 속물근성 때문이다. 이러한 행동과 가치관은 70세가 된 노인임에도 불구하고 손부(孫婦)와 같은 연령의 첩을 얻는 데 조금도 주저하지 않는다. 뿐만 아니라, 구세대의 양반의식을 충분히 발휘하기 위해서, 조상(사들인 족보에 의한 조상)의 묘소를 웅대하게 건조하는 데 예사롭게 거금을 낭비한다. 이러한 조부의 행동과 사고의 문맥은 일상시대의 한국인이라는 점에 있어서나, 많은 동족이 정직하게 살려고 노력해도 빈궁과 학대 속에서밖에 살아갈 수 없는 현실적인 처지에 놓여 있는 것에 비추어 보나 뚜렷하게 대립되고 모순을 제시하는 작가의식이 나타나 있고, 이와 동시에 세대 사이의 근본적인 갈등을 정밀히가 아니라 정확하게 역사적 투시를 통하여 제기하고 있다.

김윤식, 자가론, 총서, 「염상섭」, 문학과 지성사, 1977에서 요약

작품요약

조의관 영감의 손자 조덕기는 내일 동경유학을 떠날 계획이지만 내일 못 가면 모레 가지 하는 흐리멍텅한 생각을 하고 있다.

친구 김병화가 찾아와서 덕기는 그를 따라 바커스라는 술집으로 간다. 거기서 그는 뜻밖에도 자신의 아버지 조상훈이 농락하고 버린 여자 홍경애를 만난다. 그녀는 술집의 고용살이를 하고 있다. 그녀는 덕기의 어릴 적 친구이기도 하다.

덕기는 할아버지가 제사를 지내고 가라는 바람에 못 이기는 척 주저앉는다. 아버지 조상훈은 할아버지를 찾아왔다가 제사를 지내지 않는다고 혼이 난다. 그는 올 적마다 꾸중만 듣고 집안에도 들르거나 말거나 하고 훌쩍 가 버리곤 한다. 덕기는 부친에 대해 반감이 치밀다가도 한편으로는 동정하는 마음이 나곤 한다.

덕기는 병화의 하숙집을 찾아갔다. 대문이 있으나 김칫독을 거적으로 싸듯이 꺼멓게 썩을 거적으로 삥 둘러싼 집이다. 병화는 여기서 외상밥을 먹고 있는 것이다. 그는 병화와 나왔다가 남대문 근처에서 하숙집 주인딸인 필순을 만난다. 그녀는 고무공장에 다니는 여자이다. 덕기는 그녀의 수수한 분위기에 이끌린다.

다음날 덕기는 바커스 근처를 어슬렁거리다가 홍경애를 만나 그녀의 집에까지 따라간다. 경애의 딸아이(조상훈의 딸)는 감기로 앓아누워 있고 경애의 어머니는 덕기에게 화풀이를 한다.

제삿날 상훈은 재종형 창훈과 싸운다. 족보를 새로 만드는 일에 반대하기 때문이다. 창훈은 영감님의 분부대로 심부름만 한 것이라고 한다. 조의관 영감은 을사조약 무렵 돈을 주고 양반을 샀다. 그리고 6년 전 수원집을 들여앉혔다. 덕기에게 서조모(庶祖母)가 되는 수원집은 덕기의 어머니(조의관의 며느리)보다도 어리다. 그녀는 고명딸 겸 막내딸을 낳았다. 조의관 영감은 아들 조상훈을 대단히 못마땅하게 생각한다. 싸우는 소리를 듣고 나타난 그는 상훈에게 호통을 친다. 오늘은 예배당에 안 가는 날이냐며 상훈이 경애를 농락한 일까지 끄집어내어 말해 버린다.

제사가 끝난 아침 조의관 영감은 댓돌에 미끄러져 넘어지는 바람에 앓아눕게 된다. 영감의 이러한 변을 두고 덕기의 어머니와 수원집이 서로 신경전을 벌인다. 더 사시기로 무슨 시원한 꼴을 보시겠느냐는 덕기 어머니, 안방 차지를 하고 싶어 사람을 잡는 거냐고 손위 며느리에게 악을 쓰는 수원집, 덕기는 할아버지의 사고 때문에 떠나지 못한다. 그날

조상훈은 아들에게 홍경애를 만난 일을 듣게 된다. 그는 뻔뻔스럽게 조금도 겸연쩍어 하지 않는다.

덕기는 사흘 후 경도(京都)로 떠난다. 조의관 영감은 점점 더 허리를 못 쓰게 되어 꼼짝도 못 한다. 한편 병화의 손에 이끌리어 바커스로 간 상훈은 경애와 만난다. 경애는 상훈의 앞에서 술주정을 하고 셋은 파출소로 불려가기까지 한다. 경애는 상훈이 매당집이라는 술집을 드나들며, 낮에는 유치원 보모 밤에는 술집 여자인 김의경과 첩살림을 하고 있다는 것도 알게 된다.

김병화는 덕기가 일본에서 보낸 편지를 받는데 주인집 딸 필순의 안부를 묻는 내용에 당황한다. 덕기는 아내가 있지 않는가 말이다.

조의관 영감은 폐렴까지 걸렸다. 영감은 창훈에게 덕기가 보고 싶다고 편지를 띄우고 전보를 치게 하나 창훈은 보낸 것처럼 하면서 사실은 보내지 않는다. 덕기는 여동생 덕희가 보낸 전보를 받고 집으로 돌아온 뒤 이 사실을 알게 된다.

덕기는 집안의 공기가 이상하다고 느낀다. 수원집의 태도도 이상하였다.

조의관 영감은 덕기에게 금고 열쇠꾸러미를 맡긴다. 그리고 대학병원에 입원하여 수술을 했지만 이틀 동안 눈 한 번 못 뜨고 세상을 떠난다. 의사는 비소 중독이라고 한다.

이삼 일 후 덕기는 병화의 전화를 받는다. 식품점에서 함께 일하던 사람이 경찰에 잡혀갔다는 것이다. 경찰은 덕기 조부가 독살당한 게 확실하다면 그 배후에는 김병화가 있다. 김병화는 공산주의자인데 조덕기 같은 부잣집 자제와 그렇게 친하다는 것이 수상하다, 덕기가 돈을 주어 필순과 함께 장사를 시켰다는 것도 마찬가지다. 게다가 재산이 상속자인 조상훈을 젖히고 손자인 덕기에게 간 것도 이상하다고 생각한다.

덕기는 독감의 재발로 시달리며 취조를 받은 다음 풀려난다. 그 열흘 사이에 손금고에 넣어둔 열쇠가 분실되었고 조부의 도장을 집어다 유서를 위조하려 하던 상훈이 체포된다. 덕기는 독립운동으로 아버지가 죽은 필순 모녀를 자기가 맡는 것이 당연한 의무나 책임으로 생각하는 것이다.

감상을 위한 문제제기

1. 이인화와 조덕기의 성격상 차이점은 무엇인가?

염상섭 소설의 외면적 특징이라면 무엇보다 그 정밀도(精密度)라고 할 수 있다. 좀처럼 들뜨지 않으며 서두르지 않으며 가치 중립적인 문체는 그의 소설이 이룬 성과이다. 이광수의 설교, 김동인의 광기를 넘어 염상섭은 자신이 살아가는 '사회'에 본격적인 관심을 기울인 작가라고 하겠다. 그의 소설이 엄밀한 의미의 사회 소설이라고 부를 수 있는가는 논쟁의 여지가 있다. 그러나 그는 초기 자본주의 사회—비록 그것이 식민지 매판 자본들로 형성되는 것이지만—를 이루는 중요한 요소로서 '돈'의 의미를 밝혀내려고 한 작가라고 할 수 있다. 이상(李箱)의 경우 '돈'이란 자아의 회복과 자아의 형성을 위한 상징적인 것이었다면, 염상섭에 와서 비로소 '돈'은 사회적 의미를 지닌 무낙적 주제가 되기 시작했다고 말할 수 있다.

김윤식 교수는 염상섭의 소설의 성격을 '현해탄 콤플렉스'라고 명명한 바 있다. 그는 염상섭의 소설 속에 구현된 염상섭의 일본 지향 의지를 밝혀낸 바 있다. 「표본실의 청개구리」, 「만세전」, 「삼대(三代)」는 이런 점에서 내적으로 상호 연결된 일종의 옴니버스 소설이라고 해도 좋을 것이다. 세 편의 주인공들은 우울증에 걸려 있는 인물들이며 방향 상실감에 허덕이는 인물들이다. 그들은 언제나 외부적 상황을 내적으로 대응하는 특성을 나타낸다. 김동인이 염상섭의 소설을 햄릿과 비긴 것은 이런 점에서 탁월한 견해라고 할 수 있다. 이광수의 설교하는 인간, 김동인의 광기의 얼굴에 이어 우리는 염상섭의 우울한 초상을 만나고 있는 것이다.

강조하거니와 「만세전」의 이인화와 「삼대」의 조덕기는 동일한 인물을 다른 각도에서 묘사했다고 할 만큼 닮은 인물이다. 두 사람은 모두 일제 시대의 총독부 정치에 염증을 내고 있는 인물이지만 그렇다고 적극적으로 독립 운동을 할 용기도 명분도 찾지 못하는 회색 지식인이다. 그들은 전통적 가족 제도 아래 속박된 가부장적 삶을 살아가며 그 압박감에서 쉴 새 없이 해방되고 싶어하는 인물들이기도 하다. 그들은 골방 같고 무덤 같은 조선 사회에 유폐(幽閉)된 존재들이다.

이인화는 1920년대 조선의 오디세우스처럼 일본에서 조선으로 다시 일본으로 여행을 계속한다. 그러나 그는 행동하는 영웅이 아니라 사고하는 지식인이라는 데 「만세전」의 위상이 놓여 있는 것이다. 이인화는 자신에게 다가오는 현실에 끝없는 괴리감을 느낀다. 그는 오디세우스와는 달리 원치 않는 귀로(歸路)에 있다. 그는 자신을 느닷없이 끌어당기는 운명의 끈에 저항하려는, 「운수 좋은 날」의 김 첨지와 동일한 유형의 비극적 전형을 보여준다. 그는 끝없는 현실 이탈감에 시달린다. 그는 자신의 삶에 확신이 없다. 그가 겪고 있는 무감동한 현실 이탈감은 그가 가부장적 봉건 사회와 새로운 세대의 경계선을 넘나들고 있음을 말하며, 조선인도 일본인도 아닌 부유(浮遊)하는 식물로 조선의 땅을 떠돌고 있음을 의미한다. 굳이 3 · 1운동 실패로 인한 정신적 후유증과 연관 짓지 않더라도 이인화는 당시의 많은 지식인들이 느꼈던 현실적 무력감을 대변하고 있는 것이다.

이인화는 일본에서 돌아오고 조덕기는 일본으로 떠나려 하지만 이인화의 여행은 주로 그의 햄릿적인 성격 탓으로 계속 지연된다. 일본 형사들이 따라붙으며 여행을 방해하는 것도 이인화에게는 제거할 상황이라기보다 자신의 내부에서 극복할 상황으로 간주한다. 이인화는 조선에 잠시 머물렀다가 아내의 죽음을 확인하고 결국 다시 항해의 닻을 올리고 떠나는 영원한 오디세우스가 된다. 그는 아웃사이더로서의 삶을 지속한다. 조덕기의 출발도 여러가지 방해 요소로 지연된다. 그는 '자신이 몇 시 차에 갈지 분명히 작정도 아니 하였거니와, 내일 못가면 모레 가고 모레 못 가면 글피 가지 하는 흐리멍덩한' 모습으로 독자에게 나타난다. 이런 그의 의식이 점차 명징(明徵)하게 깨어나는 과정이 「삼대」의 심리적 골격을 이룬다. 그는 결국 일본으로 떠나지만 그의 의식은 언제나 조선을 향해 굴절되어 있다. 그는 이념과 현실과 애증 사이를 방황하면서도 끝까지 건실한 조선의 생활인이자 소시민으로서 할아버지 재산을 갈무리하며, 고통스러운 일제 현실을 넘겨보려는 중산층 실용주의자의 얼굴로 정착된다. 이인화와는 대조적으로 그는 자신이 속한 계층의 삶에 뿌리 내리길 원한다. 당연히 그에겐 명분이 있다. 어려운 병화라든가 기타 어려운 조선인들을 위한다는 현실론이다. 물론 이는 대단히 위험한 양가(兩價)를 지니고 있다. 자칫하면 비굴한 소시민의 변명이 되고 만다. 그러한 문제는 염상섭에게 중요한 문제가 아니었던 모양이다. 현미경적으로 묘사된 조의관 집안의 이야기는 조덕기의 복귀로 끝난다. 이인화가 현실의 부정이라는 이름으로 일종의 탈출을 시도한 것에 비하여 조덕기의 정착은 엄청난 변화가 아닐 수 없다. 조덕기는 성숙해진 염상섭의 중인(中人) 의식을 대변한다. 그것은 다가올 자본주의적 인간의 한 모델이기도 하다.

2. 채만식의 윤직원 영감과 「삼대」의 조의관 영감을 비교해 보시오.

두 인물은 일제 시대를 살아가는 신흥 부르주아의 대표적 인물이다. 그들의 축재 과정은 당연히 변혁기의 어지러움을 틈타 보이지 않는 수많은 손으로부터 탈취한 것들이다. 두 사람은 모두 재산에 대한 무서운 집착, 가문에 대한 추악한 날조 행위, 자손들을 통한 신분 상승의 욕구 등 동질의 요소를 가지고 있다. 그러나 염상섭과 채만식의 역사 의식이 다르고 알레고리와 정공법이 서로 다르듯 윤직원과 조의관은 이질적 요소를 가지고 있기도 하다. 그것은 채만식이 윤직원 영감에 초점을 맞춘 데 비해 염상섭은 조의관 영감보다는 조덕기에게 초점을 두었기 때문에 생겨난 차이이기도 하다. 채만식은 부정(否定)과 반성에, 염상섭은 모색(摸索), 또는 긍정에 관심이 있었기 때문이다.

채만식의 윤직원 영감은 대단히 이기적이며 유아적 사고에 젖어 있는 미성숙한 인격의 전형이다. 그는 현실을 맹종하며 현실의 어두운 부분에 눈감고 모든 현실을 자기 본위로 해석한다. 그는 당대를 태평천하로 아는 희화화된 인물로 이 태평 성대인 일제 천하가 영원히 지속되기를 바란다. 그러나 그의 삶의 지렛대는 손자의 구속으로 단숨에 부러진다.

반면에 조의관 영감은 봉건 사회의 가부장적 인물이 가지고 있는 추악함을 모두 소유한 존재이지만, 그의 냉정한 분석력과 윤직원에 비해 상대적으로 치밀한 현실 인식은 결국 덕기에게 금고 열쇠를 건네주게 한다. 그는 조선조 상민(常民)으로서 천박한 봉건적 인간이며 동시에 칡덩굴같이 질긴 생명력을 이어받은 실용주의자이다. 윤직원 영감의 행동들이 희극적으로 과장되었다면 조의관은 무서울 정도로 사실적인 - 그래서 독자로 하여금 우리 시대 어딘가에 아직도 살아 있을 것 같은 진저리 나는 인물이기도 하다.

염상섭은 외과 의사처럼(「표본실의 청개구리」에 나오는 박물학 교사처럼) 조의관의 집을 한꺼풀 한꺼풀 해부해 나간다. 그것은 염상섭만이 자랑할 수 있는 대수술이라고나 할 것이다.

두 파산破産

작품연구

김치수 편 「염상섭」 (지학사, 1985)에서 「두 파산」에 대한 평을 요약하면 다음과 같다.

염상섭이 가장 즐겨 다루는 대상은 이른바 중간 계층이다. 여기에서 말하는 중간 계층은 중산 계층과는 달리, 그 사회에서 어느 정도 교육을 받았으면서도 끊임없이 가난에 시달리는 계층이다. 이들의 가난은 끼니를 걱정하는 지독한 가난이 아니라, 보리밥을 먹으면서 쌀밥을 그리워하는 가난이며, 남에게 빚을 짐으로서 결국은 남아 있는 땅뙈기를 완전히 날려 버리게 되는 가난이다. 그러한 점에서 그의 작품에 나오는 가난이 생존 자체의 위협과 같은 급박한 현실은 아니다. 그러나 이들 중간 계층은 그 계층 나름으로 살아가는 양식을 가지고 있음을 인정하게 되며 그것이 가지고 있는 문제 자체가 삶의 문제와 다른 것이 아니며, 따라서 그 나름의 심각성을 가지고 있는 것이다.

1949년에 발표된 「두 破産」은 바로 중간 계층을 다룬 이 작가의 대표적인 작품이다. 특히 이 작품은 해방 후에서 6 · 25 남침이 일어나기 이전 사이의 삶을 다루고 있다는 점에서 흥미롭다. 이 작품에는 세 사람의 중요한 등장인물이 있다. 하나는 '정례 모친' 이고 다른 하나는 '김정임' 이며, 나머지 하나는 '교장 선생님' 으로 불리우는 인물이다.

이러한 인물들의 삶을 통해서 작가는 사람과 사람 사이의 관계가 철저하게 금전적인 이해 관계의 지배를 받고 있음을 보여 준다. '소학교 적부터 한반에서 콧물을 흘리며 같이 자랐고, 동경 가서 여자 대학을 다닐 때도 함께 고생하던' 친구가 "매달린 식솔은 많구, 병들어 누운 늙은 영감의 약값이라두 뜯어 쓰랴구, 이렇게 쩔쩔거리구 다니는 이 년의 돈을 먹겠다는 너같은 의리가 없는 년은 욕을 좀 단단히 봐야 정신이 날 거다" 고 대중 앞에서 면박을 준다. 김정임의 이러한 공격적인 성질은 심리적으로 여러 가지 요인이 있음을 작가는 암시하고 있다. 첫째는 남편이 일제의 주구로서 도지사와 군수품 회사의 간부를 역임함으로써 한때는 자랑스럽게 살았으나 지금은 '반민자' 로 몰리고 있는 데 대한 보상심리요, 둘째는 자신의 늙은 남편이 중풍으로 쓰러져 있는데 반하여 정례 모친의 남편은 아직 젊고 건장한 데 대한 질투의 표현이요, 셋째 자신에게는 소생이 없는 데 반하여 정례 모친에게는 장성한 자식들이 있어서 장래를 기약할 수 있다는 데 대한 열등의식의 표현이다. 그러니까 그녀는 정례 모친에 대해서 은연중에 돈으로 보복을 하려 하고, 모든 것이 돈의 가치의 지배 아래 들어갈 수 있는 가능성을 열어 놓고 있다. 그것은 국민학교 교장 선생님도 결국 돈에 재미를 붙이게 되자 인격도 정신적 가치도 고려의 대상이 되지 않는다는 사실로도 입증된다.

반면에 정례 모친처럼 어떻게든지 잘 살아보려고 노력하는 선의의 사람들은 결국 돈을 가진 악의의 사람들에게 피해를 받을 수밖에 없다. 왜냐하면 중간 계층에서 돈을 쥐게 된 사람들이 돈을 소유하게 된 방법은 정임이 남편처럼 부정한 것이기 때문이다. 부정하게 돈을 번 사람은 결국 같은 계층의 사람들에게 부정하게 돈을 사용한다. 그리고 정례 모친이 파산한 것처럼 선의의 사람들은 언제나 악의의 사람들이 휘두르는 금전 앞에서 패배할 수밖에 없다.

작가는 여기에서 정임이의 인간적 파산까지 이야기하기 위해 「두 破産」이라는 제목을 붙이고 있지만, 사실 금전적인 파산에 이른 사람들은 중간 계층에서 하류 계층으로 밀려날 수밖에 없었던 데 반하여 계층 전체를 지배하기에 이른다.

한 가지 특이한 사실은 돈을 받아내기 위해 인격적인 파산에 이른 주인공이 돈이 없는 친구를 매도할 때 도덕적이고 윤리적인 측면에서 공격한다는 것이다. 다시 말하면 가장 부도덕한 사람이 선의의 사람을 오히려 도덕적으로 몰아세우고 있다. 이것은 그 후의 한국 사회가 철저한 배금주의로 넘어갈 수 있고 도덕을 내세우는 위선적인 사회가 될 수 있다는 가능성을 작가가 예견하고 있음을 보여주는 좋은 예라고 하겠다.

작품요약

여자중학교와 국민학교가 마주 붙은 네거리의 조금 외진 골목안에서 정례 모녀는 작은 문방구를 하고 있다. 전직 교장이었다는 영감이 찾아오자 정례 모친은 밀린 돈 한달치 이자만 받아 가라고 한다. 영감은 투덜거리며 본전까지 내놓으라고 한다. 영감은 김옥임의 이야기를 꺼낸다. 김옥임에게 정례어머니가 줄 돈이 있는데 그걸 대신 받으라고 했다는 것이다. 정례는 영감이 받을 돈은 김옥임에게서 받으라고 쏘아붙였지만 걱정이 태산이다. 일은 정례 모녀가 이 상점을 벌이고 나서 장사가 잘 될 것 같자 김옥임이가 저도 한몫 끼자고 자청한 데서부터 시작되었다. 김옥임이 가지고 들어온 밑천의 두 곱을 빼가고도 또 이자가 늘어 다시 두 배가 넘은 것이다. 김옥임은 날마다 돈을 달라고 재촉하며 문방구를 다른 사람에게 넘기는 게 좋겠다는 것이다. 시달리던 정례 모녀는 보증금의 영수증을 김옥임에게 넘겨주고 그녀가 투자한 돈을 일할 오부의 빚으로 돌려 버리고 말았다. 정례 모친은 옥임이와 함께 들러 알게 된 교장영감님의 돈을 얻어 가지고 상점을 회복하려 했던 것이다. 그러나 자동차를 몇 대 사서 굴려 보려던 계획은 결국 수선비로 녹아 버렸다. 김옥임에게 보낼 이자가 밀려갔지만 김옥임은 별로 독촉도 하지 않았다. 그러던 것이 개학기가 되자 갑자기 그동안 밀린 여덟 달치 이자와 원금을 합하여 교장영감에게 치러달라는 것이다. 김옥임의 늙어가는 얼굴이 더 모질어 보이고 얄밉상스러웠다. 어릴 때부터 함께 공부하였고 동경 가서 여자 대학을 다닐 때에도 함께 고생하던 옥임이다. 제가 내놓은 돈의 두 배나 되는 돈을 벌어주었으니 설마하던 생각이 어이가 없어 정례는 혼자 실소하는 것이었다.

그후 일 주일은 옥임이의 그림자도 보이지 않았다. 그러나 정례 모친이 버스정류장에서 있으려니 옥임이가 옆에 와서 시비를 걸었다. 돈을 떼먹을 작정이냐는 것이다. 난 돈밖에 모른다고 악담을 하는 옥임을 보면서 정례 모친은 눈앞이 아찔하였다.

머리를 곱게 지지고 엷은 얼굴 단장에 번질거리는 미제 핸드백을 착 끼고 나선 맵시를 누가 고리대금업자로 짐작이나 할까. 김옥임은 일제시대 고관을 지낸 남편이 앓아 누워 있는데 반민법(反民法)이 국회에서 통과하기만 하면 징역은 고사하고 재산은 전부 몰수당할 것이니, 자기대로 살길을 찾아야겠다고 나선 것이 이 길이었다. 옥임은 정례 모친이 혼쭐이 나서 달아나는 꼴을 비웃으며 걸어갔다. 가슴 속이 후련해지는 것 같았다.

이튿날 교장은 다시 돈을 갚으라고 나타났다. 결국 두 달이 지나 영감의 빚은 갚았으나 석 달째는 주인이 바뀌고 말았다. 정례 모친은 일 년 반 동안이나 죽도록 벌어서 죽쑤어 개 좋은 노릇만 했다는 울화로 반 달이나 드러누웠다. 정례 부친은 껄껄 웃으며 앓는 마누라를 위로하는 것이었다. 김옥임도 자동차를 굴려보고 싶어하는데 마침 어수룩한 자동차 한 대가 나섰다고.

▌감상을 위한 문제제기

1. 두 개의 파산(破産)이 각각 의미하는 것은 무엇인가?

염상섭은 해방 이후에도 여전히 담담하게 현미경적 시선을 잃지 않은 채 중산층의 파산—모든 가치가 돈의 소유 여부로 대체되는 천민자본주의 사회의 도래를 예고하고 있다.

돈을 쥔 자가 모든 것을 소유하고 심지어 그들의 행동을 합리화하는 사이비 윤리까지 만들어내는 어처구니없는 현실이 이 작품의 주요 모티브가 되어 있다. 물질적 파산은 중산층이 지탱해 온 윤리적 틀까지 모두 파괴하고 만다. 결말 부분에서 정례 부친의 발언은 순박하게 자신의 삶을 개척해 온 또 하나의 중산층의 윤리가 무너지는 소리이기도 하다. 이들 모두에게는 막스 베버가 주창한 청교도적 부(富)는 찾을 길 없이 오직 약육 강식과 탐욕만이 존재하는 세상이 도래하는 것이다. 두 개의 파산은 진정한 자본주의 정신은 없이 생존의 수단으로 받아들인 경제 논리 속에서, 우리는 하나의 물질적 파산이 다른 중산층을 살찌운다는 그런 잔혹한 현실을 보게 되는 것이다.

정례 모친의 파산은 물질의 파산이며, 옥임과 전직 교장의 파산은 윤리적 파산이다. 그리고 이들의 파산은 비약이 허락된다면, 결국 시작과 동시에 파산하고 있는 한국 자본주의의 정신적 불행이기도 하다.

2. 정례 모친이 패배하게 되는 이유를 자신의 견해와 함께 쓰시오.

정례 모친의 파산은 단순히 경영이 잘못이 아니다. 자본의 구조를 예측하지 못한 탓이며 윤리성을 상실한 자본주의의 행태에 무심했던 댓가이기도 하다. 또 그것은 처음부터 옥임의 덫에 넘어갈 수밖에 없도록 되어 있었다.

비록 자본의 규모가 다를 뿐 대부분의 자본가들은 옥임과 같은 방법으로 기업을 흡수하고 확장하는 방식을 택해 왔다. 중소 기업의 자금과 판매를 책임져주고 은혜를 베풀 듯 기업을 무리하게 확장시켜 놓고, 어느 날부터 갑자기 자금을 끊어버리고 부도를 내게 한 다음 마지못해 그 기업을 인수하는 척하는 자본가들의 방법은 이제 고전적 수법이 되어 버렸다.

정례 모친은 친일 매판 자본의 희생물이기도 하다. 그녀는 친구라는 유교적 덕목이 자본의 위력 앞에선 아무 소용도 없다는 것을 상상할 수 없는 인물이다. 일제 시대를 가장 영리한 머리로 살아온 옥임에게는 본능적이라 할 만큼 살아 남기 위한 능력이 뛰어났지만, 정례 모친에게는 그러한 잔인함이 결핍되어 있었던 것이다. 아마 멀지않아 정례모친도 그러한 잔인성을 습득하게 될 것이다. 그녀는 다른 친구를 찾아 옥임에게 당했던 수법을 그대로 사용하게 될지도 모른다.

문득 이 소설의 구조를 '타락한 친일 자본가 덕기' 와 '이상주의자에서 소시민으로 전락한 병화' 의 변형된 관계로 유추해 보면 어떨까 하는 생각이 든다.

참고자료 및 논문

- 김윤식 편, 작가론 총서「염상섭」, 문학과 지성사, 1977
- 김치수 편저,「염상섭」, 지학사, 1985
- 윤홍로, 한국근대소설연구, 일조각, 1984

이상 李箱

영원한 미지(未知)의 날개

작가연구

이상(李箱 1910~1937). 서울 출신으로 본명은 김해경(金海卿). 시인이며 소설가이다. 경성고등공업 건축과를 졸업하였다. 미술에도 상당한 솜씨가 있어 그는 조선미전에서 입선하기도 했다. 1934년 문제의 난해시 「오감도(五瞰圖)」를 〈조선중앙일보〉에 발표하였다. 이후 그는 띄어 쓰기를 무시하거나 숫자와 부호로 된 시(?)들을 잇달아 발표하여 충격을 주었으며 이에 못지않게 정상적 궤도에서 이탈한 그의 사생활도 더욱 화제를 불러일으켰다.

폐결핵으로 총독부 건축기사직을 그만 둔 뒤 그는 요양차 간 황해도 백천 온천에서 금홍(錦紅)이라는 작부를 만났고 서울에서 동거 생활에 들어간다. 「날개」, 「봉별기(逢別記)」, 「종생기(終生記)」 등은 소위 '금홍소설' 이라고 할 수 있다. 그는 다방이나 카페를 차려서 생활을 도모하지만 모두 처참한 실패로 끝나고 만다. 그는 1937년 재출발을 위해 일본행을 감행했으나 '실로 동경이라는 데는 치사스런 데' 라는 인식을 받았을 뿐이고 불령조선인으로 체포되었다가 병으로 석방된 후 곧 사망한다.

날개

작품연구

그의 문학은 자의식(自意識)의 문학이다. 자의식이란 결국 자신의 존재를 확인하는 고독한 세계이다. 열림이 아니라 닫힘의 세계이며 희망이 아니라 절망의 세계를 지향한다. 그가 살았던 시대의 비극과 자신이 앓고 있는 폐결핵은 더욱 그를 자의식의 동굴로 깊이 몰아넣었다.

그의 문학은 그의 수필 제목과도 같은 '권태' —지루함의 문학이다. 이것은 곧 폐결핵의 증상인 피곤함과 연관되어 일종의 세련된 지적 유희의 자의식문학을 낳게 된다. 그의 '지루함' 은 자아의 분열을 일으키고 심한 '불안' 을 낳았다. 그의 문학은 결국 '불안한 권태' 의 문학이라고 할 수 있다.

일그러지고 변형된 치기(稚氣)의 주인공들, 유창하게 쏟아지는 독설(毒舌)과 역설(逆說), 아이러니, 전통적인 장르의 파괴, 문체와 플롯의 붕괴 등이 그의 소설의 이러한 특징을 말해준다.

1936년 〈조광(朝光)〉에 발표된 이 작품은 이상의 대표작이다. 날개를 추구하는 주인공의 처참하게 일그러진 모습은 곧 이상 자신의 자화상이라고 평가되고 있다. 「이상평전」의 저자인 시인 고은은 이상 문학의 비평론은 논리적으로 '날개' 에 대한 논의로 귀결된다고 기술하였다. 요약하면 다음과 같다.

① 부도덕한 풍속적 조건, '나' 가 정착할 수 없는 황량한 도시의 소외된 상황을 설정하고 그 안에서 '나' 의 박제되어진 심리적 현상을 거의 무모하게 드러낸다. 즉 피압박 시대의 의식의 해체 과정이다.

② 그에 깃든 자만심의 버릇이 의식의 형태를 갖출 때 정신적 귀족이 된다. 그때 그는 시를 쓴다. 그러나 그러한 자만심이 적응력을 잃을 때 그는 암실문학(暗室文學)으로 돌아간다. 시는 오만하지만 소설은 그와 반대의 비루한 고백자가 되게 한다.

③ 이상 문학은 이상이다. 그가 그려낸 주인공이나 여주인공은 모두 그의 사생활에서 얻은 것이다. 이는 그가 결코 대형의 작가가 될 수 없다는 의미이다.

그의 문학은 1930년대의 절망을 가장 극명하게 보여주는 일그러진 축도로 읽혀질 것이다.

작품요약

'박제(剝製)가 되어 버린 천재'를 아시오? 나는 유쾌하오. 이런 때 연애가지 유쾌하오 육신이 흐느적 흐느적 하도록 피로했을 때만 정신이 은화철머 맑소. 니코틴이 내 횟배 앓는 뱃속으로 스미면 머리 속에 으레 백지가 준비되는 법이오. 그 위에다 나는 위트와 패러독스를 바둑 포석처럼 늘어놓소. 가증할 상식의 병이오.

그 33번지라는 것이 구조가 흡사 유곽이라는 느낌이 없지 않다. 한 번지에 18가구가 죽 어깨를 맞대고 늘어서 있다. 아궁이 모양도 똑같다. 게다가 각 가구에 사는 사람들이 송이송이 꽃과 같이 젊다. 33번지 18가구의 낮은 참 조용하다. 조용한 것은 낮뿐이다. 어두워지면 18가구는 낮보다 훨씬 화려하다. 저물도록 미닫이 여닫는 소리가 잦다. 바빠진다. 여러 가지 냄새가 나기 시작한다.

내 방은 대문간에서 세어서 똑 일곱번째 칸이다. 럭키 세븐의 뜻이 없지 않다.

아랫방은 그래도 해가 든다. 아침결에 책보만한 해가 들었다가 오후에 손수건만 해지면서 나가 버린다. 해가 영영들지 않는 윗방이 내 방인 것은 말할 것도 없다.

아내가 외출만 하면 나는 얼른 아랫방으로 와서 그 동쪽으로 난 들창을 열어놓는다. 나는 조그만 돋보기를 꺼낸다. 평행광선을 굴절시켜 한 초점에 모아 가지고 종이를 그슬리면서 종이가 가느다란 연기를 내면서 구멍을 뚫어놓는 그 얼마 안 되는 초조한 맛이 죽고 싶을 만큼 내게는 재미있었다. 나는 요만 일에도 좀 피곤하였고 또 아내가 돌아오기 전에 내 방으로 가 있어야 될 것을 생각하고 그만 내 방으로 건너간다. 나는 이불을 뒤집어쓰고 낮잠을 잔다.

아내에게 직업이 있었던가? 나는 아내의 직업이 무엇인지 알 수 없다. 만일 아내에게 직업이 없었다면 같이 직업이 없는 나처럼 외출할 필요가 생기지 않을 것인데 - 아내는 외출한다. 외출할 뿐만 아니라 내객이 많다. 아내에게 내객이 많은 날은 나는 온종일 내 방에서 이불을 뒤집어쓰고 누워 있어야 한다. 불장난도 못 한다. 화장품 냄새도 못 맡는다. 그런 날은 아내가 돈을 준다. 오십 전짜리 은화다. 나는 그것을 무엇에 써야 할지 몰라서 늘 머리맡에 던져두고 두고 한 것이 어느결에 꽤 많아졌다. 아내는 금고처럼 생긴 벙어리를 사다주었다. 나는 돈을 넣고 아내는 열쇠를 보관한다. 아내에게 내객이 있는 날은 이불 속으로 암만 깊이 들어가도 잠이 잘 오지 않았다. 나는 우선 아내의 직업이 무엇인가를 연구하기에 착수하였으나 좁은 시야의 부족한 지식으로는 이것을 알아내기 힘이 든다. 나는 끝끝내 아내의 직업이 무엇인가를 모르고 말려나 보다.

아내가 쓰는 그 돈은 내게는 다만 실없는 사람들로밖에 보이지 않는 까닭 모를 내객들이 놓고 가는 것이다. 그러나 왜 그들은 돈을 놓고 가나? 왜 내 아내는 그 돈을 받아야 되나? 하는 예의(禮儀) 관념이 내게는 도무지 알 수 없는 것이었다.

왜 아내의 내객들이 아내에게 돈을 놓고 가나 하는 것이 풀 수 없는 의문인 것같이 왜 아내는 나에게 돈을 놓고 가나 하는 것도 나에게는 풀 수 없는 의문이었다.

나는 아내의 밤 외출 틈을 타서 밖으로 나왔다. 나는 거리에서 잊어 버리지 않고 가지고 나온 은화를 지폐로 바꾼다. 5원이나 된다. 나는 밤이 으슥하도록 헤매었다. 돈을 물론 한 푼도 쓰지 않았다. 나는 벌써 돈을 쓰는 능력을 상실한 것 같았다. 나는 가까스로 내 집을 찾았다. 내 방을 가려면 아내방을 통과하지 않으면 안 되었다. 그런데 너무도 앙상맞게 미닫이가 열리면서 아내의 얼굴과 그 뒤로 낯선 남자의 얼굴이 이쪽을 내다보는 것이다. 나는 모른체하는 수밖에 없었다.

나는 이불 속에서 아내에게 사죄하였다. 나는 사실 밤이 퍽이나 이슥한 줄 알았다. 나는 너무도 피곤하였다. 오래간만에 나는 너무 많이 걸은 것이다. 나는 그 머리맡에 저절로 모인 5원을 아무에게라도 좋으니 주어 보고 싶었던 것이다. 그뿐이다. 나는 이불을 홱 젖혀 버리고 일어나서 아내 방으로 비칠비칠 달려갔다. 내게는 거의 의식이란 것이 없었다. 나는 아내 이불 위에 엎드려지면서 그 돈 5원을 아내 손에 쥐어준 것을 간신히 기억할 뿐이다.

다음날도 나는 거리를 방황하였다. 경성역 시계가 확실히 자정이 지난 것을 본 뒤에 나는 집을 향하였다. 나는 아내 방으로 가서 아침에 아내가 준 돈 2원을 덥석 쥐어주었다. 아내는 도리어 아무말도 없이 나를 자기방에 재워주었다. 나는 이 기쁨을 세상의 무엇과도 바꾸고 싶지 않았다.

이튿날도 나는 나섰다. 경성역 대합실에 들렀다. 어디가서 자정을 넘길까 걱정을 하면서 밖으로 나섰다. 비가 온다. 빗발이 제법 굵다.

이튿날 내가 눈을 떴을 때 아내는 감기약이라며 하얀 약을 네 개 주었다. 아스피린인가

보다. 나는 앓는 동안에 끊이지 않고 그 정제약을 먹었다. 나는 차츰 외출하고 싶은 생각이 났다. 그러나 아내는 나더러 외출하지 말라는 것이다. 이 약을 먹고 가만히 누워 있으라는 것이다. 그래서 나는 날마다 이불을 뒤집어쓰고 낮이나 밤이나 잤다. 유난스럽게 졸려서 견딜 수가 없는 것이다. 나는 아마 한 달이나 이렇게 지냈나 보다. 내 머리와 수염이 좀 너무 자라서 견딜 수가 없어서 내 거울을 보리라고 아내가 외출한 틈을 타서 아내 방으로 가서 화장대 앞에 앉아 보았다. 그러나 다음 순간 이상한 것이 눈에 띄었다. 그것은 '아다링(수면제)' 이었다. 나는 그것이 아스피린처럼 생겼다고 느꼈다. 나는 감기가 다 나았는데도 아내는 내게 아스피린을 주었다. 나는 아스피린으로 알고 한 달 동안이나 아다링을 먹어 온 것이다. 나는 그 아다링을 주머니에 넣고 집을 나섰다. 나는 벤치에 앉아 아내에 대해 연구하기 시작했다. 그리고 눈을 떴을 때는 날이 환히 밝았다. 나는 거기서 잠이 들었던 것이다. 무슨 목적으로 아내는 나를 밤이나 낮이나 재웠어야 됐나? 나를 조금씩 죽이려던 것일까? 그러나 내가 먹어 온 것이 아니었는지? 그렇다면 나는 참 미안하다. 나는 내 잘못된 생각을 사죄하기 위하여 집으로 갔다. 그런데 매무새를 풀어헤친 아내가 불쑥 내 멱살을 잡는 것이다. 아내는 너 밤새워 가면서 도둑질을 하느냐, 계집질하러 다니느냐고 발악이다. 참 억울하다.

나는 어디로 디립다 쏘다녔는지 하나도 모른다. 다면 몇 시간 후에 내가 미쓰꼬시 옥상에 있는 것을 깨달았다. 나는 오탁(汚濁)의 거리를 내려다보았다. 문득 뚜우하고 정오의 사이렌이 울었다. 사람들은 모두 네 활개를 펴고 닭처럼 푸드덕거리는 것 같다. 유리와 강철과 대리석과 지폐와 잉크가 부글부글 끓고 수선을 떨고 하는 것 같다. 나는 불현듯 겨드랑이가 가렵다. 아하, 그것은 내 인공의 날개가 돋았던 자국이다. 오늘은 없는 이 날개. 나는 걷던 걸음을 멈추고 그리고 일어나 한 번 이렇게 외쳐보고 싶었다. 날개야 다시 돋아라, 날자. 날자. 날자. 한 번만 더 날자꾸나. 한 번만 더 날아보자꾸나.

감상을 위한 문제제기

1. 「날개」의 주인공은 돈에 대해 기묘한 집착을 보이고 있다. 이러한 행동에 숨겨진 이유를 설명해 보시오.

1931년 만주 사변을 일으키고 1938년 중일 전쟁을 시작할 때까지의 기간은 표면상 일본 제국주의가 가장 번성한 시기였다. 1929년 세계적 대공황의 위기를 극복하기 위해, 일본은 군부와 재벌들의 결탁을 통해 자국인—그 속에는 조선인도 포함된다.—의 보호라는 미명하에, 경찰력 침투 그리고 몇 건의 충돌을 핑계 삼거나 아예 조작하여 군대 동원을 강행하는 식으로 침략의 고삐를 늦추지 않았다. 그러나 식민지 경험의 역사가 전혀 없는 일본인들은 피지배 백성들의 불만을 다스리는 정책적 대안에 졸렬했고 실패를 거듭했다.

이상은 고등 인텔리이자 고등 룸펜의 무리에 속하는 존재였다. 그는 이광수 · 김동인 · 염상섭으로 대표되는 동경 유학생 그룹 또는 유학 체험에서 벗어난, 식민지 교육의 산물이다. 그가 1910년 출생이라는 것도 이런 점에서 묘한 상징성을 지닌다. 그는 망국인(亡國人)이 아니라 식민지인이며 '내지인(內地人)' 으로 삶을 시작하였다. 그는 전통적인 유학이 아닌 실용적 공업 교육의 이수자로서 총독부의 손발 역할을 다하도록 교육되었다. 서울 출신인 그는 일생에 황해도, 함경도 등에 짧은 여행을 다녀녔을 뿐 서울에서 삶의 좌표를 잡으려고 시도했다. 그는 서울에서 삶의 좌표를 상실했을 때 새로운 도시를 찾아 일본으로 떠났다.

그는 염상섭처럼 뿌리 깊은 중인 계층은 아니지만 전형적 도시인이었으며, 고아나 다름없었지만 이광수처럼 고아 의식을 메시아 콤플렉스로 가장하지는 못했다. 그는 자신이 수호할 소시민적 가정조차 소유하지 못했다. 말하자면 그는 실존적인 의미에서 철저한 개별자(個別者)였다. 그는 김동인처럼 유아 독존적이며 탈윤리적이었지만 김동인처럼 삶을 위해 글을 팔기 시작한 후반기 인생을 갖지 못했다. 이상에게 글을 팔아 생계를 꾸려나간다는 것은 생각할 수 없는 일이었다. 그는 자신의 계층이나 가족 제도에 대해서 반역적이었다. 염상섭이 보수주의자라면 이상은 진보주의적이었다. 염상섭이 윤리의 수호자였다면 그는 기존 윤리의 파괴자였다. 그는 염상섭의 세대가 가지고 있는 3 · 1 만세 운동의 체험이 없으며 따라서 그에게 망국의 이야기는 역사의 영역에 속한다. 그는 총독부의 식민지 교육이 생산해 낸 식민지 기능인으로 1930년대 조선에 등장한다. 그는 채만식의 「레디메이드 인생」처럼 과잉 생산된 고급 두뇌도 아니다. 그러나 그는 그를 키워낸 총독부를 배신하고 만다. 표면상 폐결핵이라는 병 때문이다. 폐결핵이 아니더라도 그의 강한 자의식(自意識)은 틀에 박힌 총독부 관리 노릇을 감당하지 못했으리라. 본론에서 벗어나지만 「진달래꽃」의 김소월이 '돈타령' 의 시인으로 전락(?)하는 과정과 이상의 삶을 대비시켜볼 수도 있을 것이다. 두 사람은 극단적으로 다른 기질의 시인이자 소설가—김소

월은 유일한 소설 「함박눈」을 남겼다.—였지만 '돈' 에 대한 깊은 집착을 보였고, 결국은 그 획득에 실패했다는 점에서 닮은 꼴의 삶을 보여준다.

이상이 보성 고보 시절 학교에서 현미빵을 파는 아르바이트를 했다는 것은 잘 알려져 있다. 그는 김동인 · 염상섭과는 달리 궁핍을 몸으로 체험하면서 성장하였다. 이광수에 비해서는 상대적으로 좋은 환경이었다고 말할 수 있겠으나 이상의 유년기는 결코 유복하지 못하였다. 그가 화가를 꿈꾸었지만 건축과에 진학한 것도 가난 때문이었다. 그는 모진 육체 노동이 몇 푼의 돈과 맞바꾸어진다는 것을 실감하며 청춘기를 맞이했을 것이다. 그러나 그는 어느 날부터 삶의 완전한 무능력자 된다. 폐결핵은 심한 피로감과 권태감을 동반하는 소모성 질환이다. 그의 삶에서 폐결핵은 하나의 계기가 된다.

칼 융은 그의 분석 심리학 연구를 통하여 '개성화의 과정(the process of individuation)' 이라는 개념을 발견하였다. 요약하자면 인간이 자신의 생의 의미를 파악해 나아가는 발전 과정을 말한다. 그에 의하면 '개성화의 실체 과정, 즉 자신의 내적 중심(심적 핵심) 또는 자기(self)와 의식적으로 상통하는 일은, 인격에 상처를 입히고 그로 말미암아 고뇌를 겪음으로써 시작되는 것이 보통' 이라고 한다. 그리하여 '외부적으로는 무슨 문제가 없는 듯하지만, 내부에 숨은 견딜 수 없는 권태 때문에 고민하고, 모든 것이 무의미하고 공허하게 보이는 사람' 이 있다는 것이다. 그것은 '한 개인의 인생에서 최초로 겪는 위기 같은 것' 이다.

이상의 삶은 이러한 융의 이론과 정확하게 대응한다. 융은 '그림자의 자각(the realization of the shadow)' 이라는 용어를 사용하여 우리의 인격이 분명하게 알기를 거부하는 무의식의 한 부분을 표현하였다. M. L. 폰 프란츠가 해설한 '그림자의 자각' 에 대해 인용하면 다음과 같다.

> 한 인간이 자기의 '그림자' 를 보려고 할 때 자신은 안 가졌다고 부인하지만 남에게서는 분명히 발견할 수 있는 그와 같은 속성과 충돌을 의식하게 되는데—그것을 의식하고 부끄럽게 여기는 때가 많음—이를테면 자기 본위, 정신적 게으름, 단정치 못함, 그리고 비현실적 공상, 책동(策動), 계략 그리고 부주의와 비겁, 비정상적인 금전욕과 물욕, 다시 말하면 본인이 이전에 "괜찮아, 아무도 모를거야. 또 남들도 다 그렇게 하는 건데, 뭐." 라고 스스로 말했던 여러가지의 조그만 죄들이다.

자연인 김해경이 아닌 작가 이상은 1930년이라는 시대의 '그림자' 이다. 그는 그 시대의 꿈과 신화이며, 무의식을 우리에게 끊임없이 퍼 붓는다. 「무정」의 이형식이 이광수와 동일한 인물이듯 「날개」의 '나' 는 말할 것도 없이 이상 자신의 그림자이다. 그는 김해경과 이상의 통합을 시도하였지만 자아는 끝내 분열되고 말았다. 「날개」는 이러한 분열된 의식의 결정체이며 자신의 '그림자' 에 대한 통렬한 공격이다.

그는 정상적 사회인—아내와 자식을 먹여 살리고 생활을 꾸려나가는 그런 소시민의 삶을 거부하고 있다. 대신 그는 모성(母性)의 화신인 금홍에게로 도피하는 쪽을 택한다. 「날개」의 주인공이 경제적 무능력자라는 것은 그렇게 함으로써 아내에게 영원한 유아로 남아 있을 수 있기 때문이다. 그러나 그의 자아는 끝없이 남성으로 회복, 경제권의 회복을 강요한다. 그것은 우리가 물음에서 제기했던 돈에 대한 기묘한 집착으로 이어진다. 「날개」의 주인공이 사는 기묘한 집들—위에서 인용한 프란츠에 의하면 '이상한 통로와 방들과 잠기지 않은 지하실 출입구들이 있는 미로(迷路)' 는 '미지(未知)' 의 가능성을 가진 무의식을 상징하는 표상' 이다. 이상의 꿈은 아카루스처럼 성탑을 날아오르는 데 있다. 작가 이상이 연작시 「오감도」에서 「날개」를 거쳐 줄곧 날아오르고 싶어하는 동안 자연인 김해경은 다방 '제비' , 카페 '쓰루[鶴]' , 다방 '69(식스 나인)' 그리고 또 다방 '무기[麥]' 의 경영에 모두 실패한다. 이 중 두 곳이 새[鳥]라는 점도 우연만은 아니라는 생각이 든다. 어쨌든 김해경은 현실 생활에 완전히 실패한다. 그는 돈이라는 이카루스의 날개를 끝내 만들어내지 못한다. 이상의 자아가 세상을 향해 나아갈 수 있는 유일한 창문은 완전히 봉쇄된다. 그는 일본으로 탈출을 시도한다. 그리고 실패한다. 그는 날아 오르기도 전에 추락한 것이다.

2. 날개는 '초극(超克)의 의지' 를 나타낸다. 주인공이 도달하고자 한 것은 무엇인지 설명해 보시오.

「날개」의 주인공이 돋보기 장난을 즐기는 행위, 아내의 화장품 향기를 맡는 행위 등은 모두 그의 상승 의지를 나타낸다. 그것은 앞의 문제 제기에서도 언급했듯 '이카루스 신화' 를 구현하고 있는 것이다. 그가 갇혀 있는 골방에는 햇빛이 들지 않는다. 아내의 방에는 햇빛이 잘 든다. 그는 햇빛을 원하는 일종의 버려진 알[卵]이다. 그는 새가 되고 싶어한다. 그는 자신의 겨드랑이에 날개가 돋았던 적이 있다고 느낀다. 그래서 그는 자본의 상징인 백화점 옥상에서 일종의 신탁(神託)의 환청을 듣는다.

「날개」의 첫머리에는 유명한 '박제가 된 천재를 아시오' 운운의 구절이 있다. 이 말은 달리 고치면 '박제가 된 새를 아시오' 라고 고쳐 써도 달라질 것이 없다. 이런 상황을 가상해 보자. 내가 식물 인간이라고 해도 좋고 박제가 되었다고 해도 좋다. 그런데 나의 의식은 누구보다 명징(明徵)하다. 나는 무슨 얘기든 하려고 하고 어떻게 해서든 나의 의사를 상대에게 전하려 하지만 불가능하다. '천재 이상' 이 느낀 시대 의식 또는 자아 의식은 이러한 상황이다. 그는 식민 매판 자본을 통하여 형성된 엉성한 조선 자본주의 사회와 다가올 군국주의의 시대적 위기를 본능적으로 느낀 잠수함 속의 토끼 같은 존재이다.

정리하면 「날개」의 초극(超克)의 의지는 두 가지로 살펴볼 수 있다. 그 하나는 모성에 고착된 자아의 탈출 의지이며 다른 하나는 죽음에 대한 공포로부터의 탈출 의지이다. 현실적으로는 돈, 그의 자아 의식에서 날개는 김해경과 이상의 두 가지 탈출을 모두 가능하게 해주는 상징이다. 그는 아내의 '착한 남편' —그러나 무력하기 짝이 없는 남편 노릇의 정체가 무엇인지를 깨닫고 자신에게 다가온 상징적 거세와 죽음의 손길을 피해 방황한다. 이카루스의 날개가 태양에 녹아내렸듯 그의 자아는 일본이라는 태양에 의해 녹아버린다. '동경은 실로 치사한 곳' 이었다. 다소 건조하게 말하면 「날개」는 한 인간으로, 사회적 존재로 거듭나고자 하는 이상의 의지의 표상이라고 할 수 있겠다.

참고자료 및 논문

• 고은, 이상평전, 민음사, 1974

주요섭

아네모네 색깔의 사랑

작가연구

주요섭(朱耀燮 1902~1972). 평양 출생으로 중국과 미국에서 공부하였다. 1911년을 전후하여 신경향파 작품인 「인력거꾼」, 「살인」 등을 발표하였으나 곧 작품 경향이 바뀌어 대표작인 「아네모네 마담」, 「사랑손님과 어머니」 등을 썼다. 70년에 걸친 그의 짧지 않은 생애와 비교한다면 문학적 성과는 다소 부족하며 연구 및 정리도 완결되지 않은 상태다.

사랑손님과 어머니

작품연구

그의 문학은 주제의 평면성과 진부함, 적은 수의 작품으로 문학사에 커다란 궤적을 그리지는 못한 상태이나 1936년 발표한 「사랑손님과 어머니」는 어린 아이의 1인칭 관찰자 시점으로 본 애정의 미묘한 심리묘사가 단편소설의 향기를 진하게 느끼게 하는 작품이다.

조연현은 이 작품에 대해 이렇게 썼다.

그의 말기(末期)까지도 합친 그의 유일한 대표작으로서 성인의 연정을 동심을 통하여 바라본 가작(佳作)이었다. 이곳에서는 이미 초기의 미숙한 프로문학적인 요소는 가시어지고 예술적인 향취까지 풍겨주고 있다. 이것이 이 작품을 그의 대표작으로 만들어 준 문학적인 조건이 된다.

문학이 시대의 증언—등불의 역할을 해야 한다는 데는 다른 의견이 없을 것이다. 그러한 관점에서 식민지 문학 특히 소설을 살펴본다면 우리는 대부분 분명 씁쓸한 배신감을 느낄 수밖에 없다. 이 작품도 1930년대라는 고통의 시대에 대입한다면 그 답은 부정적이다. 그렇다고 하면 결국 문학은 작품이 탄생한 시대라는 그물 속에서만 그 가치를 인정받는 것일까. 햄릿은 세익스피어가 살았던 절대군주의 시대의 산물이라기보다는 한층 보편적인 인간정신의 초월적 산물이다. 마찬가지로 이 작품도 무조건 시대와 역사라는 척도를 들이대어 매도하기 전에 '사랑' 이라는 인류 보편의 주제에서 읽혀져야 할 필요가 있는 것이다.

작품요약

나는 금년 여섯 살 난 처녀애입니다. 내 이름은 박옥희이구요. 우리집 식구라고는 세상에서 제일 예쁜 우리 엄마와 단 두 식구뿐이랍니다. 아차, 큰일 났군. 외삼촌을 빼놓을 뻔했으니.

우리 어머니는 금년 나이 스물네 살인데 과부랍니다. 과부가 무엇인지 나는 잘 몰라도 하여튼 동네 사람들이 날더러 과부 딸이라고들 부르니까 우리 어머니가 과부인 줄 알지요. 나는 아버지가 없지요. 그렇다고 해서 아마 '과부딸' 이라나 봐요. 어머니는 다른 사람의 바느질을 맡아 해주지요. 나는 아버지 얼굴도 못 뵈었지요.

금년 봄에는 나를 유치원에 보내준다고 해서 나는 너무나 좋아 동무 아이들한테 실컷 자랑을 하고 집으로 들어오노라니 사랑에서 큰삼촌이(우리집 사랑에 와 있는 외삼촌의 형님 말이야요) 웬 낯선 사람 하나와 이야기를 하고 있었습니다. 낯선 손님은 아버지의 옛날 친구인데 외삼촌과 함께 사랑방에 계시게 된다는 겁니다. 나는 그 아저씨가 꼭 마음에 들었어요. 아저씨는 그림책들이 얼마든지 있어요. 가끔 과자도 주구요.

어느날은 점심을 잡숫고 계시던 아저씨가 옥희는 어떤 반찬을 제일 좋아하느냐고 물었지요. 삶은 달걀을 제일 좋아한다고 했더니 마침 상에 놓인 삶은 달걀을 한 알 집어 주면서 나더러 먹으라고 합니다. 아저씨는 무슨 반찬이 제일 맛있느냐고 내가 묻자 아저씨는 한참이나 빙그레 웃고 있더니 나두 삶은 달걀을 좋아한다고 합니다.

「아, 나와 같네. 그럼 가서 어머니한테 알려야지.」

아저씨가 그러지 말라고 했지만 나는 한 번 마음을 먹으면 꼭 그대로 하고야 마는 성미지요.

「엄마, 엄마, 사랑아저씨도 나처럼 삶은 달걀을 제일 좋아한대.」

하고 소리를 질렀지요. 어머니는 떠들지 말라고 눈을 흘깁니다.

아마 한 달이나 지났을 때입니다. 아저씨는 옥희 눈은 아버지를 닮았다느니, 고운 코는 아마 어머니를 닮았지, 어머니두 옥희처럼 곱지 하면서 여러 가지로 물었습니다. 나는 우리 엄마 보러갈까 하면서 아저씨 소매를 잡아당겼더니 아저씨는 펄쩍 뛰면서 지금은 분주하답니다. 그러나 정말로는 그리 분주하지도 않은 모양이었어요. 이런 아저씨도 외삼촌이 들어오면 갑자기 태도가 달라집니다. 점잖게 앉아서 그림책이나 보여주고 그러지요. 아마 아저씨가 외삼촌을 무서워 하나 봐요. 어떤 토요일 오후, 아저씨와 손목을 잡고 뒷동산에서 내려오는데 유치원 동무가 말하는 것입니다.

「옥희가 아빠하구 어디 갔다온다.」

나는 얼굴이 빨개졌습니다. 정말로 한 번이라도 아빠라고 불러보고 싶었습니다. 아저씨에게 했더니 아저씨는 얼굴이 홍당무처럼 빨개지면서 그런 소리하면 못써 하고 말하는데 그 말소리가 몹시 떨렸습니다.

유치원 선생님 책상 꽃병에 꽂혀 있는 꽃을 두어 개 빼 가지고 돌아온 날입니다. 어머니가 그 꽃 어디서 났니 하길래 갑자기 말문이 막혔습니다. 그래서 잠깐 망설이다가 사랑아저씨가 엄마 갖다 주라고 했다고 말했더니 어머니는 꽃을 든 손가락이 파르르 떨리면서 옥희야 그런 걸 받아 오면 안 돼 하고 성을 내시는 것입니다. 어머니는 그 꽃을 버리시지 않고 꽃병에 꽂아서 풍금 위에 놓아두었습니다.

안방에서 풍금소리가 흘러나왔습니다. 어머니가 풍금을 타는 것을 보는 것은 오늘이 처음이었습니다. 이윽고 소리는 그쳤습니다. 어머니는 울고 계셨습니다.

하루는 아저씨가 하이얀 봉투를 서랍에서 꺼내주었습니다. 나는 그걸 어머니에게 드렸습니다. 지나간 달 밥값이래 했더니 어머니는 놀라더니 또 금시에 백지장같이 새하얗던 얼굴이 빨갛게 물들었습니다.

여러 밤을 자고 난 오후 나는 오랜만에 아저씨 방에 나가 보았더니 아저씨가 짐을 싸느라고 분주하였어요. 아저씨는 내게 예쁜 인형을 하나 내밀었습니다. 아저씨는 어디로 멀리 떠난답니다. 나는 갑자기 슬퍼졌습니다. 어머니는 남은 달걀 여섯 개를 모두 꺼내어 삶아서 아저씨에게 드렸습니다. 그날 오후에 달걀 장수 노인이 오자 어머니는 우리집엔 달걀 먹는 이가 없다고 하셨습니다. 어머니의 목소리에는 맥이 한 푼어치도 없었습니다. 나는 아저씨가 주신 인형의 귀에다가 내 입을 갖다대고 속삭이었습니다.

「우리 엄마가 거즈뿌리 잘하누나 내가 달걀 좋아하는 줄 잘 알문서. 우리 엄마 얼굴 좀 봐라 어쩌문 저리두 새파래졌을까. 아마 어디가 아픈가 보다.」라구요.

감상을 위한 문제제기

1. 작품 속의 어린아이에 대한 자신의 의견을 써보시오.

동화가 아닌 일반 소설에서 어린아이의 시점을 택하는 것은 몇 가지 점에서 효과적이면서도 그 한계를 지닌다. 어린아이는 최인호의 단편 「술꾼」처럼 '망가진 순수함' 을 표상하거나 「사랑 손님과 어머니」처럼 작가의 '시치미 떼기 수법' 의 하나로 원용되곤 한다. 전자의 경우 그것은 악동 소설이 되어 병든 성인 사회의 일그러짐을 반영하여 심한 아이러니와 풍자적 효과를 느끼게 하며 윤리적 반성에 도달하게 한다. 후자의 경우는 아이가 보고하는 이야기를 통해 독자는 작품 속의 모든 비밀을 알고 있다는 우월감을 형성하며, 그것은 대부분의 독자에게 지나가버린 유년기에 대한 로맨틱한 심미적 쾌감을 불러일으킨다. 누구나 유년기에 어른의 삶을 들여다보았던 체험 한 조각씩은 가지고 있다고 본다면 이러한 '어린이 시점' 이 공감을 얻을 가능성은 풍부하다고 하겠다. 언급했다시피 '어린이 시점' 은 한계가 명확하며 만일 성장 소설의 형식을 빌리지 않는다면 장편소설에는 부적당하다고 할 수도 있다. 이를 극복하기 위한 기교로 작가는 이중의 초점을 만든다. 그것이 이름하여 자전 소설(自傳小說)이다. 헤르만 헤세를 비롯하여 많은 작가들은 이 자전적 소설에서 어린아이의 시점과 성인이 된 어른의 시점을 교차하여 사용한다. 어느 경우에는 아이의 시점으로, 어느 경우에는 성인의 관점에서 유년기의 사건에 대한 비평과 분석을 하기도 하는 것이다.

「사랑 손님과 어머니」는 '시치미 떼기 수법' 에 의해 쓰여진 소설이다. 그것은 어느 날 놀이터에 참새처럼 떠들며 들려주는 어린아이의 순진한 보고서이다.

이 작품의 전달자 옥희는 어른들의 위선적인 세계와 관습적 윤리, 도덕의 허구를 본능적으로 꿰뚫어보는 마음의 눈을 가진 인물이다. 이 어린아이에게 세상은 이해할 수 없는 어떤 신비적 요소로 가득한 곳이며 낭만적이며 장밋빛이다. 물론 이 작품을 읽는 독자들은 세상이 그렇게 순진 무구하지 않다는 걸 잘 알고 있기 때문에 오히려 이 순진 무구한 어린아이에게 매혹된다. 어쩌면 진부할 수도 있는 어른들의 사랑은 오직 아이의 시점으로 전달되기 때문에 강력한 흡인력을 갖는 것이다. 옥희는 많은 작가들이 작품 속에 자주 등장시키는 당돌한 어린이라고 할 수 있다. 이런 당돌한 아이는 아이 나름의 단단한 세계관을 가지고 있으며, 자신의 의지대로 움직여지지 않는 외계의 상황들에 대해 판단하고 비평하며 복잡하고 미묘한 감정을 숨기지 않는다. 「사랑 손님과 어머니」에서 옥희는 어른들이 만들어놓은 보이지 않는 관습의 벽과 만난다. 이 아이는 어머니와 사랑 손님이 왜 이별해야 했는지 결국 이해하지 못한다. 아이의 이해의 영역을 넘어선 부분이다. 주요섭은 회상의 수법을 쓰지 않는다. 그러므로 그 해답은 독자의 영역에 속한다. 이 소설은 결국 당돌한 어린이가 들려주는 어느 지나간 한 시대 우리 어른들의 슬픈 낭만이기도 하다.

2. 두 사람의 사랑이 이루어지지 못한 근본적 이유는 무엇이라고 생각하는가?

이 두 사람의 사랑이 잔잔한 슬픔으로 마무리 된 것은 물론 주인공들의 의식 속에 남은 봉건적 잔재 의식 때문이라고 할 수 있다. 그러나 본질적인 면에서 본다면 두 사람의 사랑이 실패한 것은 그들이 '낭만적 인간' 이기 때문이다. 낭만적 인간들은 꿈 속에서 살고 환상 속에서 산다. 두 어른 주인공 남녀들은 현실의 타개 의지가 전혀 없어 보인다. 한편은 죽은 남편에 대한 환상으로, 다른 한편은 죽은 친구의 아내로서 서로의 환상 속에 갇혀 있는 것이다. 달리 말해 이 소설 속의 어른들은 '미성숙한 인간' 들이라고 단정지어도 좋을 것이다. 어린아이 옥희는 어른들의 낭만적 의식의 표상인 셈이다. 사랑의 꽃을 받기를 원하는 어머니의 무의식은 아이를 통해 그것을 성취한다. 아버지라고 불리우고 싶은 사랑 손님은 아이의 입을 통해 그런 말을 듣는다. 이 소설의 어른들에게는 자신의 삶에 대한 확고한 결단과 자신감이 없다. 그들은 이미 사춘기의 남녀가 아니지만 사춘기의 남녀처럼 행동한다.

1930년대라는 시대의 분위기도 여기에 한몫한다. 그들은 사랑의 변두리만을 맴돈다. 「사랑 손님과 어머니」—이 작품의 어른들은 사랑[愛]의 주인이 아니라 사랑의 나그네이며 사랑의 손님처럼 떠돌다가 아쉽게 녹아버린다. 옥희라는 어린아이의 손에 달려 있는 어느 봄날의 달콤한 솜사탕처럼 말이다.

제 3 장

광복 이후

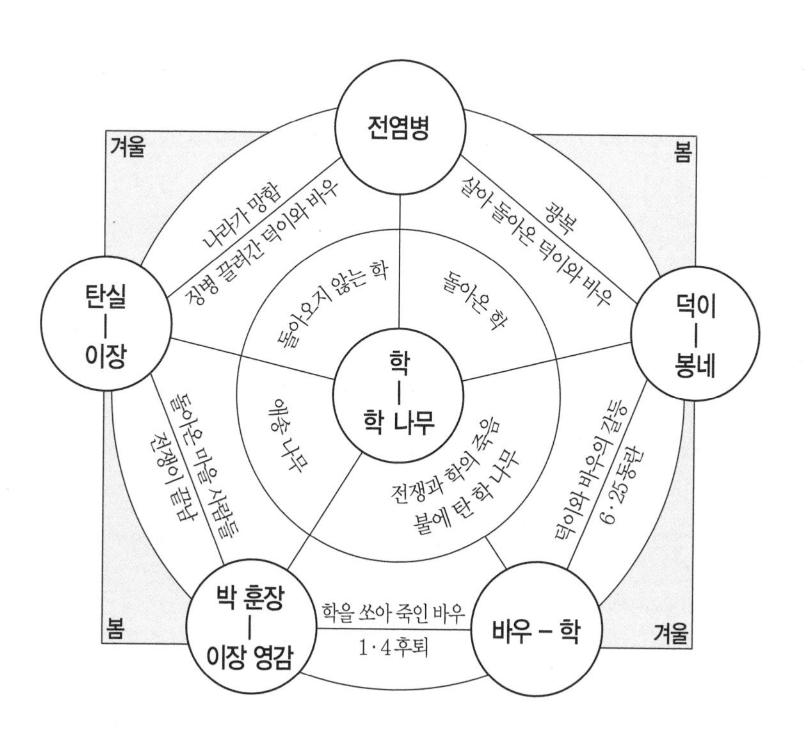

「학마을 사람들」의 신화적 순환구조
필자의 분석

김정한

지사(志士)의 삶과 고통

작가연구

김정한(金廷漢 1908~1996). 경상남도 동래군에서 출생하여 중앙고보와 동래고보를 졸업했다. 그의 회고에 의하면 이 두 학교는 반일적 성향이 대단히 강한 학교였다고 한다.

1928년 그는 교사가 되었고 조선인민교원연맹을 조직하려다 체포되었다. 이후 일본으로 유학을 떠나 와세다 대학에 입학하였다. 1932년 여름 조선으로 돌아왔다가 농민봉기에 연관되어 체포되었다. 1933년 다시 교사 생활을 시작하였고 이어 1936년 「사하촌(寺下村)」이 조선일보 신춘문예에 당선되어 작가로서 본격적인 출발을 시작했다. 1940년 교사직을 그만두고 동아일보사 지국을 운영하다가 다시 체포되었다. 그는 1960년대까지 7회나 투옥되었다.

1956년 단편집 「낙일홍(落日紅)」을 내었으나 그의 문학은 1966년 「모래톱 이야기」를 발표하면서 본격적으로 다시 시작된다.

이러한 그의 삶은 그의 문학과 연관되어 있다. 그의 문학은 변혁의 시대를 몸으로 살아온 지사(志士)의 문학이다.

소외된 계층에 대한 따뜻한 사랑, 그러나 경직되지 않는 시선, 흥분하지 않는 작가적 태도를 바탕으로 그는 부산지방을 경계로 하는 지역의 울타리를 좀처럼 넘지 않는다. 그를 '낙동강의 파수꾼' 이라고 부르는 것은 그의 문학에 대한 찬사이며 동시에 그의 문학의 지역적 한계성에 대한 비판이라고 할 것이다. 그러나 그것은 대단히 피상적인 비평에 지나지 않는다. 김정한이 다루고 있는 세계는 오히려 대단히 보편적인 것이다. 자신이 살아온 고향과 토지를 사랑하는 기층민중과 그것을 뿌리채 뒤엎으려는 세력과의 갈등이 그가 늘 관심을 기울이고 있는 문제로 보인다.

이광수, 심훈으로 이어진 농촌계몽주의 문학에서 나타난 지식인의 시선을 버리고 농민의 목소리로 농민의 삶을 엮어간 첫 작품 「사하촌」에서부터 그가 추구하는 '지사(志士)'는 결코 외부에서 들어온 존재가 아니라 토지 속에서 뿌리내린 '흙의 인간' 임을 보여주고 있다.

소재의 제한, 구성의 도식성, 인물의 상투성 등이 평자들에 의해 제기되곤 하지만 그의 문학의 장점들은 이런 약점들을 덮을 만큼 강력한 것이라고 생각된다.

사하촌

작품연구

「사하촌」, 「모래톱 이야기」, 「수라도」 등 각각 이 세 작품은 등단작품이라는 면에서, 20여 년의 침묵을 깨고 재등장한 작품이라는 점에서, 1969년 한국문학상 수상작품이라는 점에서 각각 김정한 문학의 기념비가 되는 작품이다.

「사하촌(寺下村)」은 일제시대 농민의 수탈구조와 저항하는 농민을 보여준다. 1935년 심훈의 「상록수」가 발표된 다음해 발표되어 이 작품은 당시의 조선 사회에 퍼져간 소위 브나로드 운동과는 무관한 농촌사회를 보여준다. 다소간의 치기와 지식인의 허영이 깔린 이광수의 「흙」의 세계에서보다 정직하고 성실하지만 지식인의 사고를 청산할 수 없는 「상록수」의 주인공들을 넘어서 「사하촌(寺下村)」은 농촌이 더 이상 계몽의 대상이 아니며 내부에서 변혁되어야 하는 세계라는 인식을 깔고 있다.

남해에 있는 용문사(龍門寺)라는 절을 모델로 상상적인 사건을 꾸며 썼다는 그의 단편소설 「사하촌(寺下村)」은 주제의 긴밀성이 부족하기는 하지만 농촌계몽의 지식인적 몸짓이 아닌, 작품의 첫머리에 나오는 지렁이와도 같은 농민의 삶을 정직하게 그리고 있다. 이런 점에서 이 작품은 식민지 농촌소설의 새로운 유형이라고 해도 좋을 것이다.

작품요약

타작마당 돌가루 바닥같이 딱딱하게 말라붙은 뜰 한가운데 어디서 기어들었는지 난데없이 지렁이 한 마리가 만신에 흙고물질을 해가지고 바동바동 굴고 있다. 새까만 개미떼가 물어댈 때마다 지렁이는 모질게 발버둥질을 한다. 중풍든 사람처럼 넘어져가는 오막살이 앞 해묵은 감나무 앞에서 치삼 노인은 신경통 약으로 쓰려고 딸애가 잡아 온 미꾸라지를 찧고 있는 중이다. 그때 마침 아들이 볕살에 얼굴을 벌겋게 구어 가지고 들어왔다. 아들의 이름은 들깨다. 노인은 아들을 위로하듯이 물었다.

「논은 어떻게 돼가니?」

「이젠 다 틀렸어요. 풀래야 풀 물도 없고, 병아리 오줌만한 봇물도 중들이 죄다 가로막아 놓고 제에기…….」

치삼 노인은 중놈이란 바람에 가슴이 선뜩하였다. ― 그것은 자기들이 부치고 있는 절 논 중에서 제일 물대기 좋은 두 마지기가 자기가 젊었을 때, 자손대대로 복 많이 받고 극락가라는 중의 꾐에 속아서 그만 불전에 아니 보광사(普光寺)에 시주한 것이기 때문이다. 멀쩡한 자기 논을 괜히 중에게 주어놓고 끙끙 소작을 하게 되고 보니 싱겁기도 짝이 없으나 딱한 살림에 아들 보기가 여간 미안스럽지 않았다.

우르르르. 쇄 ―. 폭양 아래 난데없는 홍수 소리다. 봇도랑에 벌건 황톳물이 우렁차게 쏟아져 내린다. 그러나 그까짓 봇물로써 들을 구한다는 건 되지도 않은 일이고 ― 차라리 한층 더 시끄럽고 싸움만 벌어질 판이다.

들깨는 논이 봇꼬리에 달렸기 때문에 몇 번이나 저수지 물구멍까지 올라가지 않으면 안 되었다. 그러나 그렇게 봇머리까지 물을 조금 달아 가지고 오면 도중에서 이리저리 다 떼이고 자기 논까지 잘 오지도 않았다. 그는 이를 악물었다. 제에기 논을 떼였으면 떼였지 할 수 없다고 생각하면서 그는 노승을 불렀다.

「여보, 이게 무슨 짓이요. 밑엣사람은 굶어죽어도 좋단 말이에요.」

「이 사람이 버릇없이 왜 이럴까?」

「살고봐야 버릇도 있죠.」

옥신각신 하던 물길은 기어이 싸움이 벌어지고 곰보 고서방이 보광리 사람들에게 몰매를 맞고 나서 끊어지고 말았다.

이튿날 아침 들깨와 철한이가 오랜만에 논에 물을 한 번 실어놓고는, 허출한 속에 식은 보리밥을 퍼 넣고 있을 때였다. 고서방은 찾아온 주재소 순사에게 끌려갔다.

가뭄은 오래오래 계속되었다. 아침 저녁으로 제법 거무스레한 구름장이 모여들다가도, 해만 지면 그만 어딘가로 사라져 버렸다. 걱정 끝에 성동리 사람들은 작년에도 속은 그놈의 기우제(祈雨祭)를 또 다시 벌였다. 그리고 보광사에서도 기우(祈雨) 불공을 드린다는 말에 한 집에 한 사람씩 참례를 갔다. 괘불(掛佛)까지 내걸고 칠월 백중날 새벽부터 큰 종이 울렸건만 가뭄은 끝끝내 계속되었다. 추석이 되었다. 그러나 원수의 가난과 흉년은 청춘의 기쁨과 풍속의 아름다움마저 빼앗아 가고 말았다.

첫여름에 무단히 경찰서로 끌려간 고서방은 남의 논두렁을 잘랐다는 얼토당토 않은 죄로 헛고생을 하다가 추석이 지난 뒤에 겨우 놓여났다.

마침내 군청에서 소위 가물로 인한 실질조사를 하고 갔다. 그러나 달포가 지나도 아무 소식도 없었다. 그래도 보광사에서는 갑자기 간평(看坪, 지주가 수확량을 직접 확인하러 나오는 일)을 나왔다. 고자쟁이 이시봉과 본사 법무원(法務院)에서 셋 — 도합 네 사람이 나왔다.

이튿날 저녁, 동네 사람들은 진수의 집 사랑에 불려가서 진수의 입으로부터 제각기 소작료를 들어 알았다. 그리고 그 무서운 결정에 다들 놀랐다. 작인들은 너나 없이 톡톡 다 털어봐도 그렇게 될 둥 말 둥한데 하면서 떡심 풀린 걱정말이나 중얼거릴 뿐이었다.

가을이 깊어가고 농민들의 생활은 나뭇잎같이 점점 오그라졌다. 벼를 도둑맞은 봉구 어머니가 몽당치마 바람으로 이 골목 저 골목 외치고 다니던 날 성동리에서는 들깨 고서방 등 사오 인이 대표가 되어 보광사 농사조합으로 나갔다. 주로 비료대금으로 봄에 빌려 쓴 저리자금(低利資金)의 지불기간을 연기해 달라는 것이었다. 그러나 이사(理事)님은 정색을 하고는 그런 귀찮은 논은 부치지 않는 게 어떠냐고 하는 것이었다.

며칠 뒤 저수지 밑 고서방의 논을 비롯하여 여기저기에 입도 차압표(논에 심어 있는 벼를 압수하는 표)가 붙기 시작했다. 농민들은 억울하고 분하기보다, 꼼짝없이 인젠 목숨을 빼앗긴다는 생각이 앞섰다. 고서방은 드디어 야간 도주를 하고 말았다. 무심한 가을비는 진종일 고서방이 지어두고 간 벼 이삭과 차압표를 휘두들겼다. 외상술도 먹을 수 없게 된 농민들이 저녁마다 야학당이 터지게 모여들었다. 그리하여 하루 아침 그들은 깨어진 징

소리와 함께 긴 줄을 지어 가지고 차압 취소와 소작료 면세를 탄원해 보려고 묵묵히 마을을 떠났다. 들깨, 철한이, 봉구 — 이들 장정을 선두로 빈 짚단을 든 무리들은 어느새 동네 뒷산길을 더우잡았다. 철없는 아이들도 행렬의 꽁무니에 붙어서 절 태우러 간다고 부산하게 떠들었다.

감상을 위한 문제제기

1. 소설의 첫머리, 지렁이의 묘사가 상징하는 것을 쓰시오.

우리가 곧바로 연상하는 것은 '지렁이도 밟히면 꿈틀한다' 는 속담이다. 소설 첫머리의 묘사는 생존을 위해 투쟁하는 지렁이 같은 농민들을 상징한다는 것은 너무나 쉽게 알 수 있다.

지렁이는 흙을 먹고 흙을 배설하며 살아간다. 그것은 지구상의 생태계를 위해 분명 유용한 것이며 훌륭한 것이지만 낚시꾼을 제외하고는 어느 누구에게도 환영받지 못하는 존재이기도 하다.

비약이 허락된다면 이 소설의 지렁이는 농민의 삶을 그대로 닮았다. 농자천하지대본이라는 깃발은 이미 허상이 된 지 오래이다. 농업 발전을 위한다는 농약이, 많은 수확을 올리기에 필요하다는 화학 비료가 농업을 근본적으로 파괴하여 결국 저질의 상업 자본주의에 점령당한 것이 농촌이라고 해도 좋을 것이다. 원래 농산품은 공산품과는 그 본질적 성격을 달리한다. 그러나 자본주의가 농민들을 도시민을 위한 일종의 새로운 소작인으로 전락시키고 있다는 것은 새삼스러운 일도 아니다.

이 작품은 물론 일제에 의해 수탈당하는 농민의 저항을 그린 작품이므로 자본주의와 농민의 관계를 말하기엔 부적당하다. 그러나 '지렁이' 는 단순한 '꿈틀거림' 이 아니라 농업의 본질 그리고 농민의 본질을 상징한다고 볼 수 있다. 오늘 우리는 아무도 땀 흘려 농사짓고 싶어하지 않는 세상을 살고 있다. 우리는 우리의 먹거리들을 상업 자본의 콘베이어에 실린 공산품쯤으로 생각한다. 농업은 은퇴한 늙은이가 놀이와 취미로 즐기는 한가로운 전원 생활의 환상이다.

지렁이라는 동물이 상징하는 삶의 깊이를 이해하지 못하는 새로운 지주들의 세상이라고나 할까. 물론 지금 이 글의 필자도 결코 예외가 아니다.

2. 「상록수」와 이 작품을 비교하여 식민지 농촌의 현실에 대한 의견을 쓰시오.

「상록수」가 브나로드 운동 — 농촌으로 돌아가자는, 밖에서 안으로의 계몽 운동에서 생겨났음은 상식이다. 1930년대 식민지 언론들을 통하여 열광적으로 제기된 브나로드 운동은 열광의 강도만큼 다분히 선동적이며 피상적 낭만적 운동 차원에 머물렀던 것으로 보인다.

1927년에 이르러 소작농은 전 농촌 가구의 45%, 1937년에는 60%로 계속 증가하였다. 농민의 이농(離農)은 1925년에만 15만 명에 달하였고 1930년 춘궁(春窮) 절량 농가는 49%에 이르렀다. 조선의 농촌은 파멸 직전 단계에 있었다. 「사하촌」이 발표된 1936년 무렵은 한국 현대 문학사에서 기억할 만한 여러 편의 소설이 발표된 시기이다. 이 상의 「날개」, 이효석의 「메밀꽃 필 무렵」, 주요섭의 「사랑손님과 어머니」 등이 비슷한 시기에 앞서거니 뒤서거니하면서 한꺼번에 발표되었다. 1917년 이광수의 「무정」이 나온 지 20년 만에 한국 문학은 실로 개화(開花)를 맞이한 것처럼 보였다. 그러나 그것은 다가올 겨울을 맞아 본능적으로 서둘러 피어난 꽃이라는 느낌을 지울 수 없다.

본론으로 돌아가자. 농촌은 파멸 그 자체였고 그것은 조선인들의 모든 생산 경제의 기반이 완전히 무너져버림을 뜻하는 것이었다. 대외적으로는 만주 침략에 이어 중일 전쟁을 준비하던 일제는 조선을 수탈의 기지로 활용하는 데만 관심이 있었을 뿐이다.

우리는 브나로드 운동이 총독부의 허가된 운동이었다는 점을 기억할 필요가 있다. 이러한 성격 규정은 그 근본 취지야 어디에 있었든 이 운동이 총독부의 꽹과리 노릇을 하였다는 의미이다. 실패한 총독부의 농촌 정책 — 진정한 의미의 정책이란 것이 있었을까. — 에 대한 불만을 도시의 청년 학생들, 말하자면 고등 실업자의 어설픈 민족 의식에 기생하여 넘어가보려는 속셈이 있었으며, 식민지 언론들은 이러한 총독부의 정책에 놀아났다고 보는 것이다.

브나로드 운동이 볼셰비키류의 코뮤니즘 운동과 직접 연관되지 않는다는 총독부의 정책적 분석 정도는 있었으리라 짐작하지만, 조선 지식인 어느 누구도 1917년에 이미 역사에서 사라져버린 제정 러시아의 브나로드 운동의 정확한 성격과 배경이 무엇이며, 그 운동이 제정 러시아를 잠시라도 연명하게 한 그런 응급 조처가 되었는지 아니면 내부적으로 제정 러시아를 안에서 파괴한 효과를 가져왔는지 치밀한 분석은 없었던 것 같다. 조선에서 일어난 브나로드 운동의 순수함 그 자체에 대해서는 이론의 여지가 없다. 그러나 이

운동의 한계 또한 명확하여 결국 총독부가 잠정 결정한 위험 수위를 넘어서는 일이 생겨나자 총독부는 곧 운동에 대한 탄압으로 돌아섰고 관제 언론들은 침묵하고 말았다.

「상록수」는 작가 심 훈의 강력한 민족 의식에서 쓰여졌고 실제 인물에게서 취재한 작품이라 상당한 리얼리티를 지니고 있다. 「상록수」의 주인공들은 이광수의 소설 「흙」에서 볼 수 있는 '낭만적 위장(僞裝) 농민' 에서 벗어나고 있다. 그러나 여전히 농촌은 그리움의 대상이며 지식인의 이상을 실현하는 도장(道場)이며 보호의 대상이며 계몽의 대상이며 시혜(施惠)의 장소로 설정되어 있다. 브나로드 운동 자체가 그러한 배경 속에서 생성되었으므로 당연한 귀결이다.

반면 「사하촌」은 처음부터 끝까지 그들을 '깨우치는' 어떠한 외부 세력도 존재하지 않는다. 냉소적 지식인도 없고 「상록수」의 동혁처럼 순수한 열정에 들뜬 계몽주의자도 「흙」의 허 숭 같은 낭만적 예찬론자도 찾을 수 없다. 그곳엔 오직 농민과 농민을 수탈하는 존재들만 있을 뿐이다. 이것이 앞서의 「흙」이나 「상록수」와 「사하촌」의 성격을 다르게 규정짓는 기준이 된다고 필자는 생각한다. 농촌을 배경으로 한 소설, 농촌을 계몽시키기 위한 소설이 아니라 사전적 의미 그대로의 농민 소설의 모습을 이 작품에서 발견하는 것이다. 농민들은 스스로의 힘으로 깨어난다. 그것은 누구에게 배운 것이 아니라 진주 민란과 동학 혁명의 역사 속에서 체득한 농민의 원초적인 힘이다. 비록 작품의 구조가 평면적이며 지나치게 서술 위주로 흘러가긴 했지만, 이 소설은 궁극적으로 결집된 농민의 분노가 무서운 힘으로 발산되는 과정을 에누리 없이 보여주고 있다. 작품의 결말에서 작가는 철없이 떠드는 어린아이들에게 절을 태우러 간다는 말을 하게 함으로써 농민들의 탄원이 결국 폭력으로 변할 것이라는 암시를 준다. 왜 평화적으로 해결을 못하고 폭력적이냐 하는 것은 적어도 이 소설의 농민들에게 사치스러운 말이다. 우리는 보이지 않는 폭력이 눈에 보이는 폭력에 비해 더욱 잔인하고 무섭다는 사실을 상기하면 된다.

아마도 이러한 농민들의 봉기는 결국 일제 경찰의 진압으로 끝날 것이다. 농민들 몇 사람은 잡혀갈 것이며 몇 사람은 북간도 어딘가로 달아날 것이다. 식민지 언론들은 민족주의 목소리를 낸다고 열심히 떠벌리면서 '총독부가 허락하는 범위 내에서' 보도할 것이다. 사찰의 소작료가 너무 높으니 낮추자고 하다가 부재 지주와 소작농 문제를 또 한번 새삼 언급하면서 자신의 임무는 여기까지라고 스스로를 기만할 것이다. 그래서 조선의 농촌은 브나로드 운동이 필요하다는 궤변도 늘어놓을 것이다.

모래톱 이야기

작품연구

「모래톱 이야기」는 낙동강 조마이섬의 운명과 그 속에서 살고 있는 민중의 삶을 그리고 있다. 조마이섬은 상상의 세계에서 만들어진 허구의 장소라는 작가의 고백에도 불구하고 그것은 대단히 현실감 있게 다가온다. 낙동강 어딘가에 그런 섬이 있었거나 있어야 한다는 절박함이다. 섬의 운명은 섬주민들과는 상관없이 바뀌고 마지막엔 군인들이 들어가 있다는 상황은 우리 근대사의 축도를 상징하고 있다고 보아도 좋을 것이다. 이러한 섬에 살고 있는 갈밭새 영감과 윤춘삼 영감은 현실과 맞서 싸우며 살아온 사람들이지만 그들의 힘으로 섬의 운명을 바꾸어 놓을 수는 없다. 갈밭새 영감이 섬을 살리기 위해 살인까지 저지르지만 역사는 그를 젖히고 섬을 점령한다. 그는 패배했는가. 그 대답은 부정이다. 패배한 것처럼 보이지만 들불처럼 일어서는 민중의 의지가 영감의 손자 건우에게 이어져 갈 것임을 잊어 버리는 독자는 이 작품을 반만 읽은 것이라고 해도 좋다.

작품요약

이십 년이 넘도록 내처 붓을 꺾어 오던 내가 새삼 이런 글을 끼적거리게 된 건 별안간 무슨 기발한 생각이 떠올라서가 아니다. 오랫동안 교원 노릇을 해오던 탓으로 우연히 알게 된 한 소년과 그의 젊은 홀어머니, 할아버지 그리고 그들이 살아오던 낙동강 하류의 어떤 외진 모래톱 — 이들에 대한 그 기막힌 사연들조차, 마치 지나가는 남의 땅 이야기나, 아득한 옛날 이야기처럼 세상에 버려져 있는 데 대해서까지는 차마 묵묵할 도리가 없었기 때문이다.

건우란 소년은 내가 직접 담임했던 제자다. 비가 억수로 내리던 날 첫시간, 유난히 지각이 많던 그에게 지각한 이유를 물었다. 다른 애와 달리 옷이 흠뻑 젖은 건우는 나룻배 통학생임더 하고 울상을 짓는 것이었다. 나는 비로소 그가 낙동강 하류 강을 건너야 부산으로 나올 수 있는 김해땅 명지면(鳴旨面)에 살고 있다는 것을 알았다.

가정방문이 시작되어 나는 건우의 집을 찾아가게 되었다.

나룻배를 내려서자 갈밭 속을 뚫고 나간 좁고 긴 길이 있었다. 우리는 반 시간 남짓 그 길을 걸어가면서도 별반 얘기가 없었다.

섬의 생김새가 주머니 같다고 해서 조마이섬이라고 불러온다는 건우의 고장에는 보리가 거의 자랄 대로 자라 있었다. 강바람이 불어올 때마다 푸른 물결이 제법 넘실거리고 있었다.

건우네집은 조마이섬 위쪽에서 외따로 떨어진 집이었다. 마침 남새밭에 가 있던 건우의 어머니가 낌새를 알아차리고 사립께로 달려와 있었다.

「우리 건우 선생인가배요?」

상냥하게 웃었다. 시골 색시다운 숫기가 내비쳤다.

나는 건우가 잠깐 자리를 비키는 것을 보고 으레 하는 식으로 가정 사정부터 물어보았다.

— 할아버지는 개깃배를 타시고 재산이랄 끼사 머 있습니꺼. 선조 대부터 물려받은 밭뙈기들은 나라 땅이라 캤다가, 국회의원 땅이라 캤다가…… 우리싸 머 압니꺼 — 이렇게 대략 건우의 글에서 이미 알았을 정도의 얘기였다. 그런데 저녁상을 물리기가 바쁘게 건우 어머니는 마루 끝에 앉더니 윤 생원이라는 사람의 이야기를 꺼냈다. 나는 적이 놀랐다. 그가 여기 조마이섬에 살고 있는 것이다. 육이오 때 나는 육군 특무대란 곳에 갇혀 있었다. 거기서 윤 생원을 처음 만났다. 그는 누가 붙였는지 모르되, '송아지 빨갱이' 라는 별명이 붙어 있었다.

어둡기 전에 건우의 집을 나서서 하단 쪽 나루터로 되돌아오던 길목에서 뜻밖에 이제 이야기하던 바로 그 윤춘삼이란 사람과 마주쳤다. 그는 덥석 내 손을 잡으며 반가워했다. 그리고 뒤에 따라오던 웬 성큼한 털보 영감을 소개했다. 그 영감이 바로 건우의 할아버지 — 갈밭새 영감이었다. 나는 두 사람과 함께 술을 마시며 조마이섬에 대한 내력을 들었다. 을사보호조약 후 토지 수탈 그리고 해방 후에 난데없는 문둥이들의 집단 이주에 대해 윤춘삼 씨는 자랑삼아 이야기 했다. 정부는 결국 마을 사람들의 맹렬한 저항에 밀려 '기막힌 동포애' 를 포기하고 문둥이를 도로 싣고 갔다는 것이다.

건우 할아버지가 갑자기 그로테스크한 얼굴을 내게 돌렸다.

「우리 거무(건우)란 놈의 말을 들으니 선생님은 글을 잘 씬다카데요? 우리 섬에 대한 글 한 분 써 보이소. 지발 썩어빠진 글일랑 말고…….」

「썩어빠진 글이라뇨?」

「……와 와 우리 농사꾼이나 뱃놈들 이바구는 통 안 씨는 기요? 추접다꼬? 글베린다꼬 그라능기요?」

그러고 두어 달이 지났다. 그해 여름 막바지, 방학이 끝날 무렵이었다. 소집일에 검게 그을은 건우가 나타나 「수박 자시러 오시라 캅니더.」 하고 말했는데 내가 가기로 작정한 바로 그 처서날에 비가 내리기 시작했다. 게다가 이전 사흘째 되면서부터는 온통 폭풍우로 바뀌었다. 하늘이 내려 앉고 땅은 뒤흔들리기나 하듯 사나웠다. 낙동강이 넘는다는 둥, 구포다리가 위태롭다는 둥 도시 사람들은 불길한 소문을 퍼뜨렸다. 나는 버스를 타고 하단 방면으로 나갔다. 대티고개에서 내려다보니 건우네 집이 있는 조마이섬 일대는 어느덧 홍수에 담겨지고 있지 않은가! 나루터에는 이미 배가 떠날 수 없는 형편이었다. 수포다릿목까지 가서 차를 내렸다. 다리도 통금이 되어 있었다. 그러나 온갖 핑계를 대고 사람들은 다리를 건너가고 있었다. 나도 그 틈에 끼었다. 그리고 거기서 나는 헐레벌떡 빗 속을 뛰어오던 송아지 빨갱이 ― 윤춘삼 씨와 마주쳤다. 그는 물에서 막 건져올린 사람처럼 젖어 있었다. 조마이섬은 어찌 됐느냐는 내 물음에 윤춘삼 씨는 나를 다릿목 가게 집으로 안내했다. 거기서 나는 놀라운 이야기를 들었다. 갈밭새 영감이 끌려갔다는 것이다. 바로 어제의 일이다. 비는 연 사흘 억수로 쏟아져 실하지도 않은 둑을 그대로 두었다가 터진다면 영락없이 온 섬이 떼죽음을 당했을 텐데, 마침 배에서 돌아온 건우 할아버지가 둑을 미리 무너뜨렸기 때문에 다행히 인명 피해는 없었다는 것이다. 윤춘삼 씨는 소주를 한 잔 훅 들이키고 다음을 계속했다. 섬사람들이 둑을 파헤치고 있을 때 서쪽 강둑길에 웬 깡패같이 생긴 청년 두 명이 나타나더니 노발대발 일을 방해하더라는 것이다. 아무리 타일러도 소용이 없었다. 되려 청년이 갈밭새 영감의 괭이를 빼앗아 물 속으로 집어던지고는 입에 담기 고약한 욕을 지껄이자 화가 머리끝까지 치민 영감이 덜렁 그 자를 들어 물 속에 집어던져 버렸다. 상대방은 아이고 소리도 못 해보고 탁류에 휩쓸려 가고 지레 달아난 녀석의 고자질로 경찰이 달려왔다. 내가 그랬소 하며 갈밭새 영감은 서슴지 않고 두 손을 내밀었다는 거였다.

「정말 우리 조마이섬을 지키다시피 해온 영감인데 …… 살인죄라니 우짜문 좋겠능기요?」

윤춘삼 씨의 벌건 눈에서는 어느새 눈물이 뚝뚝 떨어지기 시작했다.

폭풍우는 끝났다. 그저 몇몇 일간 신문의 수해구역 의연란에 다소의 금액과 옷가지들이 늘어갈 뿐이었다. 섬사람들의 애절한 하소연에도 불구하고 육십이 넘는 갈밭새 영감은 결국 기약없는 감옥살이로 넘어갔다. 새학기가 되어도 건우는 학교에 나타나지 않았다. 그의 일기장에는 어떤 글이 적힐는지. 황폐한 모래톱 - 조마이섬을 군대가 정지(整地)를 하고 있다는 소문이 들렸다.

감상을 위한 문제제기

1. 조마이섬의 운명과 우리 근대사를 비교해 보시오.

김정한이 오랜 침묵을 깨고 발표한 이 작품의 창작 동기는 소설의 형식을 빌려 서술한 바 있다. 작품의 첫머리에서 20년이 넘도록 붓을 꺾어오던 '나' 는 모래톱 어딘가에 살고 있는 기막힌 사연들에 대해 차마 묵묵할 도리가 없기 때문이라고 한다. '20년이 넘도록 붓을 꺾어오던 나' 는 물론 작가 김정한의 이력과 일치한다. 그러나 이 소설의 무대가 된 조마이섬에 대해 시인 이형기와의 대담에서 작가는 이렇게 말한다.

「모래톱 이야기」에 나오는 조마이섬도 실재하는 섬은 아니지. 상상의 섬이야. 그런데도 사람들은 그걸 실재하는 섬인 줄 알고 어디 있느냐고 묻는 일이 더러 있다구. 사람들이 그렇게 속아넘어가는 걸 보면 내가 제법 그럴싸하게 이야기를 꾸며낸 모양이지?

그렇다면 정확히 25년을 침묵했던 작가 김정한과 소설 속의 교사이자 작가인 '나' 와 직접적 연관은 없다는 논리가 성립된다. 즉 이 글은 마치 논픽션처럼 쓰여지긴 했지만 픽션이라는 것이다. 이런 소설 기법은 리얼리티를 극대화시키기는 하지만 작가와 소설 속 인물을 혼동시킬 위험이 농후하다. 실제로 '나' 를 작가 김정한으로 바꾸어놓아도 상관없을 부분들이 나타난다.

건우의 할아버지 갈밭새 영감과의 대화이다. 조금 장황하지만 인용해 본다.

> 건우 할어버지가 별안간 그 그로테스크한 얼굴을 내게로 돌렸다.
> "우리 거무란 놈 말을 들으니 선생님은 글을 잘 씬다 카데요? 우리 섬에 대한 글 한분 써보이소. 멋지기! 재밌실 낌데이. 지발 그 썩어빠진 글을랑 말고……."

"썩어빠진 글이라뇨?"

가끔 잡문 나부랑이를 써오던 나는 지레 찌릿해졌다.

"와 그 신문 겉은 데고 그런 기 수타(많이) 난다 카데요. 남은 보릿고개를 못 냉기서 솔 가지에 모가지들을 매다는 판인데, 낙동강 물이 파아랗니 푸르니 어쩌니…… 하는 것들 말임더."

갈밭새 영감이 이렇게 열을 내기 시작하자, 곁에 있던 윤춘삼 씨가,

"허허이, 우리 선생님이 오늘 잘못 걸렸네요. 이 영감이 보통이 아임데이. 그래도 선비의 씨라꼬……."

핀잔 비슷이 말했지만, 건우 할아버지는 벌인 춤이 되어버렸다.

"하기야 시인들이니카네 훌륭하겠지요. 머리도 좋고…… 선생도 시인 아임니꺼. 그런데 와 우리 농사꾼이나 뱃놈들의 이바구는 통 안 씨는기요? 추접다꼬? 글 베린다꼬 그라능기요?"

입이 말을 한다기보다 차라리 수염이 떨어댄다고 느껴질 정도로, 건우 할아버지는 열을 냈다.

소설 속의 작가는 실존하지 않는 그러나 어딘가에 실존해야 마땅할 것 같은 건우 할아버지를 통해 자신의 소설이 세상을 위해 다시 쓰여져야 할 당위성을 말하고 있다. 물론 현실의 김정한은 25년 만에 다시 붓을 들게 된 동기를 아주 담담하고 가볍게 말한 바 있다.

"그때 원응서 씨가 황순원 씨와 함께, 〈문학〉이란 월간지를 새로 내게 되었으니 소설을 한 편 써달라고 서너 번 편지를 해왔어. 거기 응했을 뿐이야."

"그럼 전부터 구상하고 계시던 작품인가요?"

"그런 것도 아니지. 「모래톱 이야기」를 쓰기 전까진 문학에 대한 향수 같은 것도 별로 느끼지 않았어. 문학보다는 생활이 앞선다는 생각이었으니까."

낙동강 어디엔가 실제로 있을 것만 같은 조마이섬은 섬 주민들과는 전혀 상관없이 일제 때는 일본인의 소유로, 해방 후에는 어떤 국회 의원의 명의로, 그 뒤에는 조마이섬 앞강의 매립 허가를 얻은 어떤 인간의 소유로 넘어가버리고, 결국은 군대가 진주해 버린다. 이러한 운명은 근대사의 비극과 맥을 같이한다는 점에서 상징적이다.

「모래톱 이야기」를 우리 근대사의 축도로 본다면 가령 다음 정한숙(鄭漢淑)의 우화 소

설 「닭장 관리」와도 닮았다.

> 닭장 주변은 온통 흥분에 싸였다. 깃을 편 닭들의 모습은 머리를 풀어헤친 여인의 모습 같기도 했다. 격한 흥분에 닭들은 밤과 낮을 가리지 않고 소리 높여 울었다.
> 질서를 잃은 혼란이다. 그러나 그것은 새로운 질서를 이루기 위한 현상이기도 했다.
> 어둠에 뒤이어 새 아침이 올 때마다 흥분은 가시고 질서는 바로잡혀 갔다. 그러한 어느 날 두 관리인이 나타났던 것이다.
> 닭들은 어리둥절했다. 그 어리둥절한 속에 새로운 두 관리인의 표정을 살펴야만들 했다.두 닭장 관리인은 성격부터가 판이했다. 한 쪽이 문이라고 말하면 한 쪽은 벽이라고 우겨대기가 일쑤다. 이렇게 어거지를 쓰는 것을 보면 성격의 탓이 아니라 어떤 이해 관계인 듯싶었다. 이해 관계가 서로 상반된 사람들이 어떻게 남북으로 닭장을 끊어 맡아 관리하게 되었는지 기묘한 일이다. 물론 첫번 관리인이 저지른 실패의 대가를 물려받은 것이겠지만 닭들의 생각으론 어처구니없는 일이 아닐 수 없었다.

윗글은 1945년 광복을 전후한 역사의 한 장면이라는 것을 쉽게 알 수 있다. 그러나 김정한은 언제나 역사를 정공법(正攻法)으로 다룬다. 「모래톱 이야기」의 첫머리에도 서술되지만 김정한 소설의 첫째 목표는 역사의 강이 격랑으로 흐르는 위험한 모래톱에 기대어 살아온 사람들에 대한 증언이다. 그러한 의식을 필자는 '지사' 라고 했거니와 조마이섬은 그의 지사적 역사 의식이 압축된 장소로 설정되어 있다. 작가는 '나' 를 단순한 화자로만 삼지 않고 나에게 세 가지 신분을 부여한다. 하나는 작가이며 하나는 교사이며 다른 하나는 '송아지 빨갱이 윤 생원' 과의 만남을 통해 '나' 가 역사 속에서 상처 입은 한 인간이라는 동질 의식의 확인이다. 건우 할아버지 갈밭새 영감은 결국 폭우 속에서 우발적인 살인을 저지르고 만다. 섬은 군인들의 훈련장으로 바뀐다. 섬의 주인은 밀려나고 나그네들이 힘으로 토지를 능욕하는 1960년대 — 군인들의 시대가 이어지는 것이다. 갈밭새 영감은 「수라도」의 오봉선생의 유교적 지사와 다른 차원에서 또 하나의 지사라고 할 수 있을 것이다.

2. 갈밭새 영감의 손자 건우의 운명은 어떻게 되었겠는가 생각해 보시오.

조마이섬에서 쫓겨난 갈밭새 영감의 가족들은 어떻게 되었을까 생각해 보는 것은 그저 한가한 취미가 아니다. 이들은 아마도 갈밭새 영감이 갇혀 있는 감옥 근처의 도시로 이주(移住)했을 것이다. 그리고 건우의 어머니는 여전히 강인한 들풀처럼 도시의 이 골목 저 골목을 누비며 강인한 삶을 살아갔을 것이다. 손자인 건우는 어떤 청년으로 성장해 갔을까. 세상에 대한 복수심으로 타락하여 불량배가 되었을까. 아마 그렇지는 않았을 것이다. 그는 자신의 집안을 다시 일으키기 위해 분투했을 것이다. 그리고 결국은 언젠가 조마이섬으로 되돌아가지 않았을까. 감옥살이의 후유증으로 고생하다가 세상을 떠났을 수도 있는 갈밭새 영감을 조마이섬, 옛날 자신의 집이 있던 근처에 묻어주지 않았을까. 거기서 우연히 옛날의 '나'를 만날 수도 있을 것이다. 건우는 분명 우리 시대의 한 표석으로 이 땅 어딘가에서 굳건히 살아갈 것 같은 예감이 든다. 적어도 그렇게 믿고 싶은 것이 대다수 독자들의 소망일 것이다.

수라도 修羅道

작품연구

「모래톱 이야기」가 갈밭새 영감 가족의 일대기라면 「수라도(修羅道)」는 가야부인이라는 한 여인의 일대기이다. 조선 말에서 1950년대까지 살아온 그녀의 삶은 무기력한 인종(忍從)의 세월이 아니다. 그녀는 자신의 시아버지 오봉선생을 변화시켰고 또한 자신의 삶도 변화되었다. 그러나 역시 역사는 그녀가 원치 않은 방향으로 흐른다. 친일 매국노는 해방 후에도 여전히 국회의원이 되고 그녀의 집안은 볼락의 길을 걷는다. 그녀는 포성을 들으며 죽어간다. 역시 그녀는 패배자인가. 대답은 역시 부정이다. 그녀야말로 충실한 삶을 살아간 승리자일 것이다.

수라도(修羅道) - 싸움판과 같은 비참한 우리 역사 속에도 도(道)가 있다는 뜻인가. 그러한 도(道)가 있다면 무엇일까.

김정한은 자신의 문학에 대해 이렇게 말하고 있다.

— 문학은 문학, 인생은 인생, 따로 있다고 나는 생각할 수가 없어. 내 인생을 문학에 담는 거고. 그 문학은 내 인생, 그리고 내 인생을 있게 하는 우리들 모두의 인생을 위해 있는 거야.

작가 김정한이며 지사 김정한의 선언이라고 하겠다.

작품요약

분이는 어릴 때의 기억을 더듬으며, 할머니 가야부인의 장엄한 (그녀는 장엄이란 형용사를 떠올리고 있었다.) 임종을 지켜보고 있다. 참기 어려운 마지막 고통인 듯 가야부인의 넓은 이마에 잇달아 땀방울이 맺힌다. 멀리서 적을 가상한 훈련 포성이 쿵, 쿵, 일정한 간격을 두고 들려왔다. 아주 정나미가 떨어지는 포성이다. 그 포성이 갑자기 커질 때마다 가야부인은 눈을 힘없이 떠 보기도 한다. 열반의 고통이 뚜렷한데도 금방 미소라도 떠오를 듯한 부드러운 모습 그대로다. 분이는 할머니의 얼굴에 미륵불의 얼굴이 자꾸만 겹쳐 보였다.

할머니가 시집을 온 것은 한일합방이 된 다음 해라고 한다.

「왜놈들이 우리 나라를 뺏고서 미안새김 겸 입이라도 틀어막아 보겠다고 배실아치나 이름 있는 양반네들에게 '합방 은사금' 이란 걸 내주었는데 그 고조 할배는 그 돈을 더럽다고 그 자리에서 되돌려주었더란다. 그러니 그놈들이 좋다 캤겠나. 그길로 밋비이다가 할 수 없이 그만 조선땅을 떠나싯다고 안 하나!」

시아버지 오봉선생(오봉산 밑으로 오고부터 부른 호라 한다)은 그러한 아버지를 찾기 위해 몇 번이나 만주 땅을 헤매었지만 찾은 뒤에도 결국은 모셔오지는 못하고 돈만 작살내었다 한다. 할머니의 말을 들으면 할머니의 시아버지 — 분이의 증조할아버지 오봉선생도 고조 할아버지 못지않게 무서운 어른이라고 느껴졌다.

「우찌다가 화를 내실 때는 꼭 벼락이라도 떨어지는 것 같디이라. 목소리나 비미이(예사로) 큿나! '못난 것들!' 하고 호통을 칠 때는 그저 온 집이 쩌렁쩌렁 울리디이라.」

가야부인이 시집 온 지 만 구 년째 되는 해 만주땅에 가 계신다던 시할아버지가 거기서 무슨 강습소를 꾸몄다든가 독립운동을 하는 소문이 들리더니, 결국 서간도에서 유골이 되어 돌아오고, 다음해에는 삼일만세 사건이 일어났다. 이 만세 사건에 오봉선생의 둘째 아들 — 가야부인에게는 바로 손아래 시숙인 밀양양반을 잃었다. 왜놈들의 총질에 생죽음을 당한 것이다. 오봉선생은 돌부처처럼 입을 다물었다. 가야부인은 서른도 채 못 되는 나이에 시부모를 모시고 기울어져 가는 집안을 거의 혼자서 다스려 나가야만 했다.

한편 시어머니는 둘째 아들을 잃고 '나무아미타불' 로만 세월을 보냈다. 나중에 가서는 드러나고 말았지만 사실은 가야부인 자신이 불교에 대한 신심이 여간한 분이 아니었다. 그로 인해 시아버지의 격분을 사기도 했다. 그러나 무당과 중을 멀리 하는 것이 선비 집안의 체통인 줄을 알 터인데 어째서 요사스런 불교를 버리지 못하겠느냐고 호통을 치던 오봉선생도 며느리의 신심에 결국 모른 척하고 말았다.

그날도 오봉선생이 집을 비운 지 달포가 되었을 때였다. 형사들이 가택수색을 나왔다. 가야부인은 막내며느리의 말을 들으며 가슴이 철렁 내려앉았다. 온 집안이 초상당한 듯한 분위기였다.

오봉선생은 피검된 지 석 달째 접어들어서 겨우 송청이 되었다. 소위 치안유지법이란 거였다. 방청석에 서 있던 가야부인은 별안간 앞으로 비비대기를 치고 나갔다. 그녀는 날쌔게, 포승에 묶인 시아버지의 두 손을 꽉 쥐며 마구 울었다. 오봉선생의 이마에 시퍼런 멍이 들어 있었던 것이다.

「고라고라! (야 이것아!)」

간수가 꽥 소리를 치며 달려왔다. 가야부인은 내처 시아버지의 손을 쥔 채 설움과 분함에 사무쳐 흐느끼기만 했다.

질질 끈 재판이 거의 한 달이나 걸린 뒤 오봉선생은 집행유예 삼년이란 억울한 판결을 받고 감옥에서 풀려났다. 칠십의 나이에 감옥생활과 고문으로 쇠약해질 대로 쇠약해진 오봉선생은 자리에 누운 채 결국 일어나지 못했다.

「공자의 인(仁)과 석가의 자비심이 — 근본에 있어서 같다고 했 — 제?」

겨우 이렇게 더듬거리고 눈을 감은 것이 결국 최후가 되고 말았다. 그 만큼 그는 유교사상에 무서운 집념을 가졌던 것이다. 가야 부인은 오봉선생이 마지막 눈을 감았을 때 비로소 합장 기도를 올렸다. 그녀의 곱게 감은 눈 속에는 사랑 앞 모란꽃이 소리 없이 뚝뚝 떨어지기 시작했다.

오봉선생의 장례식에는 이와모도 참봉이 참석하였다. 그러나 오봉선생과 함께 감옥생활을 한 선비에게 갖은 욕설과 수모를 당하고 산을 내려갔다. 집에 돌아와 방바닥에 누웠다. 쥑일 놈들이라고 중얼거리며 그는 아들 천석이가 고등계밥을 먹고 있으면서도 아비의 청을 거절했던 일, 왜놈들이 나서도 무엇할 텐데 제가 나서서 애비 친구의 면회를 안 시켜주던 일을 생각했다. 그는 수모를 당한 분이 좀처럼 가라앉지 않았다. 이튿날도 사흗날도 잠이 오지 않았다. 이와모도 참봉의 마누라는 죽은 오봉선생의 혼을 위로하는 푸닥거리까지 했지만 아무 소용 없었다. 결국 이와모도 참봉은 죽고 말았다.

전쟁말기 공출이니 뭐니 해서 형편은 더욱 나빠갔다. 남자들이 징용 간 곳을 따라 '보루네오' 댁이니 '뉴기니아' 댁이니 하는 말들이 유행되고 있었다. 아들과 남편을 빼앗기고 울부짖는 사람들이 가야부인이 세운 미륵당에 몰려들면 가야부인은 조용히 관세음보살을 외우곤 했다. 시주를 권하지도 않았다.

어느날 이와모도 참봉의 조카뻘인 구장이 나타났다.

「이번에는 할 수 없임데잇!」

가야부인이 양딸처럼 귀하게 길러온 친정집 종의 딸 옥이를 여자 정신대원으로 데려가야겠다는 것이었다. 곧 혼인날짜를 잡게 되었다는 거짓 핑계로 미루고 미루던 일이었다. 가야부인은 자신의 사위였던 박서방(가야부인은 시집간 딸을 잃었다)이 신분의 차이 같은 것은 아무래도 좋다며 옥이를 마음에 두고 있다는 걸 눈치 채고 있었다.

강변에는 이와모도 구장을 비롯 정신대로 끌려갈 일곱 처녀들과 그녀의 가족들이 모여 있었다. 배를 타기만 하면 되는 것이었다. 그때 쏜살같이 한 사내가 달려오고 있었다. 지난 밤새 돌아오지 않던 가야부인의 사위 박서방이었다. 박서방은 옥이의 손을 꽉 붙들었다.

「가지 마라!」

「와 이라노 이 사람아 미쳤나?」

이와모도 구장은 옥이를 밀어올리려 했다. 가야부인은 어리둥절했다.

「그 손 띠이라(떼라), 내 처다!」

칼을 찬 순사 부장이 두 사람 사이를 막아섰다.

「내 처라 했소.」

박서방은 가슴에서 두툼한 봉투 하나를 꺼내 보였다. 호적등본이었다. 분명히 옥이가 그의 호적에 처로 올라 있었다. 면장의 도장도 찍혀 있었다.

옥이는 그제야 박서방의 가슴에 얼굴을 묻으며 흐느꼈다. 저만치서 면서기가 빙긋이 웃고 있었다. 바로 그날 박서방과 옥이는 미륵불과 가야부인의 시할아버지와 시아버지 오봉선생, 삼일운동 때 희생된 밀양 시숙, 그리고 박서방의 전처인 딸의 영전에서 백년가

약을 맺었다. 또 하나 그곳 사람들의 기억 속에 영원히 사라지지 않는 것은 처녀 여섯 명을 제물처럼 데려다주고 그날 밤으로 돌아오던 이와모도 구장이, 낭떠러지 밑 강물에 시체가 되어 떠 있었다는 것이다.

다음해 해방이 되었다. 그러나 해방 후 삼 년이 되어도 가야부인의 집안은 별 수가 없었다. 일본까지 가서 대학을 다니다 학병을 피해 도망질을 하고 다닌다던 막내도, 통일이 되지 못한 것을 한탄하는 아버지 명호 양반도 신통한 꼴이 없었다. 명호 양반은 아버지 오봉선생을 닮아 다시 구겨지고, 제일 똑똑하던 막내아들도 결국 반거충이가 되어 어딜 돌아다니기만 했다. 그러나 반면 이와모도 참봉의 집은 꽃이 피어 갔다. 고등계 경보부로 있던 맏아들은 뜻밖에 다시 경찰간부가 되었다고 했다. 그리고 몇 해 뒤엔 어머어마하게도 국회의원으로 뽑혔다.

가야부인은 겨우 눈을 뜨고 막내아들을 불렀다. 멀리서 또 포성이 쿵! 하고 울려왔다. 왜 사람들은 싸우지 않으면 안 될까? 가야부인은 무슨 말이라도 할 듯이 입을 약간 우물하다 만다. 이마에서 잇달아 솟는 땀이 드디어 그녀의 열반을 알리는 것 같았다.

감상을 위한 문제제기

1. 오봉선생은 전형적인 유교적 지식인이다. 그의 지사적 삶에 대해 어떻게 생각하는가 써보시오.

새삼스러운 표현이지만 유교는 위국 충절(爲國忠節)하는 군자(君子)를 이상으로 삼아왔다. 그 결과 많은 조선조 유교적 지식인에게는 국가의 존망의 위기에서 자신을 던진 인물 또는 모든 권력을 과감히 던지고 세상을 등진 인물 — 전설적인 백이 숙제라든가 송(宋)의 왕천상, 고려의 정몽주 등의 숭배의 대상이 되었다. 그러나 모든 유교적 지식인들이 지사가 될 수 있는 것은 아니었다. 그 대부분은 지사라기보다는 단순한 행정 관료의 차원에 머물렀다. 조선 말의 최익현이라든가 황 현 같은 저항적 선비도 있었지만 대부분은 무력한 자포 자기의 삶을 지탱해 간 것이 고작이다. 오직 알량한 족보에 넣기 위한 이름뿐인 관직 하나를 얻기 위해 1910년 8월 망국의 순간까지도 첩지(牒紙)가 남발된 사실들은, 유교적 덕목이 얼마나 타락의 극치에 도달했는가를 한마디로 말해 준다고 하겠다.

오봉선생은 망국의 선비에게 부과된 가치 기준대로 왕업의 부활을 위해 소리없이 헌신

하는 전형(典型)이다. 그의 완고함은 가야 부인의 인생관을 조금씩 수용함으로써 관용적이 되어간다.

오봉선생의 완고한 남성적 유교적 이상은 가야 부인의 여성적 현실 대처 능력으로 방향을 찾아간다. 결국 이 두 사람의 조화는 서로 적대시하며 경멸하던 유교와 불교의 이상적 조화가 아니겠는가 생각해 본다. 마찬가지로 우리는 오봉선생의 지사적 삶 자체에 깃든 완고한 침착성도, 기층 민중인 갈밭새 영감의 분노와 투쟁의 삶 이상으로 중요한 것이 아니겠는가 생각해 보고 싶어진다. 우리는 「수라도(修羅道)」에서 한결 성숙한 보수와 진보의 변증법적 조화를 읽어낼 수는 없는 것일까. 기층 민중의 탄력 있는 강인한 생명력과 지식인의 이상적 삶의 지향성을 모두 포괄하는 새로운 삶의 메시지를 읽어낸다면 이는 잘못된 독법(讀法)일까.

2. 가야 부인의 몸종 옥이와 박 서방의 결혼이 상징하는 것은 무엇인가?

현대 소설 속에서 극적으로 이루어지는 결혼은 대개 서로 다른 계층 간의 화합 또는 새로운 세대의 개막을 나타내곤 한다. 마거릿 미첼의 「바람과 함께 사라지다」에서 북부 출신의 재산가 레트 버틀러와 몰락한 남부의 여인 스칼렛 오하라의 결혼, 박경리의 대하 소설 「토지(土地)」에서 서희와 길상의 결혼 등이 이러한 범주에 들어간다. 결혼은 일부 멜로 드라마류를 제외하고는 갈등의 시작이나 증폭 역할을 하는 경우가 많다.

그러나 많은 동화나 전설, 민담 등에는 결혼 자체가 대단원의 종말이며 갈등의 해소로 나타난다. '결혼 = 행복하게 살았다' 는 식의 등식이 성립되는 세계인 것이다.

한편 많은 전설, 신화 등에는 약탈의 형식을 빈 신성혼(神聖婚)이 자주 등장한다. 인간과 야수 또는 괴물, 인간과 신적 존재와의 결혼은 새로운 왕조의 탄생 신화와 연관되어 자주 나타난다. 해모수와 유화의 결혼 역시 이러한 원시적 풍습인, 약탈 형식을 빈 신성혼의 한 유형이라고 할 수 있다.

1940년대 무렵 식민지 조선의 농촌 사회는 여전히 단단하게 구성된 씨족 사회와 봉건적 유습들이 엄존(嚴存)하는 사회였다. 1920년대, 1930년대 천민으로 살아온 백성들이 형평사(衡平社) 등의 운동을 통하여 계급의 벽을 뚫고자 수많은 시도를 했지만 — 이에 대한 소설로는 황순원의 장편 소설 「일월(日月)」이 있다. — 반상(班常)의 계급은 쉽게 허물어지지 않았다. 계급의 벽이 순식간에 무너진 것은 우리 민족 근대사의 비극 6 · 25를 통해서였다. 남과 북의 강제적 뒤섞임, 경제 개발을 위한 급격한 인구 이동으로 우리 민족은 적어도 표면상 민주주의에 바탕을 둔 산업 사회를 이룰 수 있었던 게 아닐까 생각한다.

「수라도」에서 가야 부인의 사위와 몸종의 결혼은 오늘의 세대들이 상상하는 몇 배 이상으로 어려운 일이었다. 그것은 정신대원으로 끌려가는 옥이를 위한 단순한 계략의 차원에서 가능한 일은 아니었다. 작가는 이러한 상황 설정을 통하여 가야 부인의 강인한 여성적 생명력이 승리를 거두는 순간을 그려내고 있다. 무력해진 남성적 유교 사회의 행동규범에 대처할 새로운 모델로서 여성적 생명력을 찾던 한용운, 김소월의 승리와도 내적으로 연결되는 것이라고 본다. 그러나 가야 부인의 승리는 궁극적인 미래의 것일 뿐 세상에는 다시 포성이 들리기 시작한다. 작가는 작품의 시작과 끝을 가야 부인의 임종으로 연결하고 있는데, 결국 가야 부인의 죽음은 이 세상이 다시 남성적 야만과 폭력 — 비관용과 잔인함으로 범벅된 수라장(修羅場)이 될 것이며 아수라(阿修羅)의 비명만이 날뛸 것이다. 옥이와 박 서방은 이러한 시대의 불치병을 이겨낼 새로운 아담과 이브인 셈이다.

참고자료 및 논문

- 김병걸, 김정한 문학과 리얼리즘, 창작과 비평 23호(1972년 봄)
- 이형기, 반생의 침묵을 깬 민중의 소리, 한국현대문학전집 23, 삼성출판사

이무영

대지의 노예

작가연구

이무영(李無影 1908~1960). 충북 음성(陰城)출신으로 본명은 갑룡(甲龍)이다. 초기의 작품은 신경향파에 가까운 것들이었다. 그는 1934년 동아일보사 학예부 기자로 취직하였다가 1939년 사직한 뒤 농촌소설에만 주력한다. 1943년에는 친일적 작품인 「靑瓦の家」를 발표하여 조선예술상을 받았으며, 해방 후에는 염상섭 등과 같이 해군에서 복무하기도 하였다.

대부분의 독자들은 이무영을 식민지 '농촌소설 작가' 라고 기억하고 있다. 실제로 그의 주된 관심이 나타난 「흙의 노예」, 「제1과 제1장」 등이 농민 문학인 것은 부인할 수 없다. 총독부의 정책에 순응하는 농촌소설로까지 비판받기도 하는 그의 농촌소설에 대한 총괄적 평가는 아직 이루어지지 못한 상태이다. 그의 농민문학에 대한 일부의 비판적 견해가 있다 하더라도 그가 이광수, 심훈에게 1960년대 오유권(吳有權)으로 이어지는 농민문학의 한 디딤돌로 중요한 자리를 차지하고 있음은 부인할 수 없다. 그러나 그의 문학이 곧 농촌소설은 아니다. 그의 관심은 매우 다양하였다.

죄와 벌

작품연구

1959년 발표된 「죄와 벌」은 신성(神聖)을 지키기 위해 인간을 배반해야 하는 성직자의 고통을 심리적으로 묘사한 작품이다. 고해성사라는 절대적 비밀을 누설한 신부 — 비록 꿈 속에서였다 하더라도 죄악이 된다고 하는 준엄한 깨달음은 신성의 승리라기보다 인간의 허약함을 여지없이 드러낸다. 언뜻 관념적이고 평범한 종교문학이 아닐까 생각되나 신성과 세속 속에서 끝없이 침몰하고 떠오르는 인간의 존재에 관심을 가졌다는 점에서 후기 이무영 문학의 변화를 예고한 작품으로 볼 수 있다. 빛의 자식와 어둠의 자식을 상징하는 신부와 동생은 한 형제라는 점에서 결국 그 근원을 함께 하고 있다. 신의 율법을 수호하려는 신부는 인간과 율법 사이에서 갈등한다. 현실 세계에선 신의 자식이지만 꿈 속에서 — 무의식의 세계에선 여전히 인간의 아들일 수밖에 없는 한계성을 노출하는 이 작품의 결말을 통해서 독자들이 얻게 되는 것은 무엇인가. 인간은 천사와 악마의 이중성을 가지고 있다는 파스칼의 말을 떠올리게 될까.

모든 문학 작품을 한국문학의 전통 위에만 세울 수 없을 것이다. 그러나 이 작품을 우리 한국문학사 어딘가에 자리매김한다면 그 위치는 어떻게 될까. 분명 많은 독자들은 그 자리를 찾기에 곤혹스러워할 것이다. 인간적인 샤머니즘의 신들 속에서 정신적 터전을 닦아온 한국인에게, 양자 택일을 강요하는 서구정신은 아직도 불가해한 것이다. 그런 점에서 이 작품이 다루고 있는 주제도 썩 친근한 것은 아님이 분명하다. 독자들이 혹 서툴게 만들어진 반공소설 같은 인상을 받는다면 그것은 이 작품의 주제가 그만큼 낯설고 무겁기 때문일 것이다.

작품요약

경관이 쏜 피스톨(권총)에 범인인 교회지기가 쓰러지자 관중석에서는 벌써 의자 젖혀지는 소리가 요란했다. 그러나 화면은 아직 계속되고 있다. 신부로 분장한 몽고메리 크리프트가 천천히 걸어가서 쓰러진 범인을 받쳐들고 관중의 시야 속으로 부쩍부쩍 다가올 때는 관중석에서는 어시장 그대로의 혼잡이 벌어지고 있다. 됫박 속의 메뚜기들처럼 쑤알거리는 이층 한복판에 흡사 입상(立像)이기나 한 것처럼 움직이지 않는 검은 그림자는 분명 신부다. 신부로 분장한 몽고메리 크리프트의 그 처절한 표정에서 완전히 해방되지 못한 관중의 눈에는 아직도 '나는 고백한다' 가 계속되고 있는 것 같은 착각을 느끼기에 충분했다.

그는 어제까지도 교우들의 죄를 사해주는 위치에 있던 사람이었다. 신부가 고해소에 선다는 자체가 벌써 천주의 이름을 대신한다는 뜻인 것이다.

이 고해신부인 박신부가 교우로부터 고명(告明) 받은 사실을 누설하지 않으면 안 될 함정에 빠지고 만 것이다.

사건은 아직 늦더위가 채 걷히기 전인 어느날 아침이었다. 노크소리가 나고 낯선 손님이 찾아온 것이다.

「박찬재 씨와 신부님과는 어떻게 되시던가요?」

박찬재라는 이름을 듣자 신부는 곧 이 사람이 경찰임을 깨달았다.

「박찬재, 내 동생인데요? 누구신데 왜 그러시나요?」

지난밤 통금 직전 여당의 중요 간부이며 재정 운영에 큰 뒷받침을 해주던 삼일재벌의 주인공 한규덕 씨의 침실에 복면을 한 괴한 한 명이 침입, 무조건 피스톨 두 방을 쏘았다는 것이다. 용의자가 밝혀진 것은 그날 오후였다. 신부의 동생인 찬재는 한씨 집에서 약 천오백 미터 근처에서 골목으로 숨다가 체포된 것이었다. 가택 수색을 했지만 뚜렷한 증거는 하나도 없었고 본인도 극구 범행을 부인했다. 한씨는 다행히 생명을 건졌지만 범인이 누군지는 전혀 기억에 없다고 했다. 용의자에게 또 한 가지 불리한 것은 군대 복무시에 사격대회에서 항상 등내에 들었다는 것이며, 거기다 확실한 직업도 없었다.

용의자가 드디어 자백을 했다. 사건 발생 후 삼 주일 만이었다. 박신부는 조금도 놀라지 않았다. 그는 사건의 진범이 자기 동생임을 벌써 단정하고 있었던 것이다. 그의 동생의 언행이나 성격으로 보아서도 그랬다. 나이 많은 아이와 싸우다가 넉장이 되게 맞은 날 밤 그 아이의 집에 불을 질렀다. 군대에서도 중위로서 중령을 패고 영창 생활도 했었다. 아우가 자백을 했다는 신문보도를 본 순간 형은 슬프기는 커녕 오히려 기뻤다. 당국의 알선으로 두 번이나 아우를 만나 자백하기를 권했던 것이다. 그러나 형은 자기방에 돌아와 문을 잠그고 목을 놓아 울었다.

다시 열흘이 지났다. 또 열흘이 지났다. 그러나 범인의 배후는 알 수 없었다. 범인이 일체 부인했던 것이다. 이렇게 질질 끌던 어느날 밤 박신부를 찾아온 사람이 있었다. 바오로라는 교우로 깡패 소리를 들으면서도 성실하게 미사에 참여하는 신자였다. 그는 고해성사를 받으러 왔다고 말했다. 그러나 고해를 막 시작하려는 중에 그는 신부가 부르는 소리도 못들은 척 달아나고 말했다. 그러던 중 홀연히 다시 나타난 바오로는 뜻밖에도 자신이 살인을 저질렀다고 고해하는 것이었다.

「그러면 피해자의 이름은?」

「신부님. 신부님이 저보다 더 잘 알구 계실 겁니다. 신부님 아우님께서 혐의를 받고 계신 바루 그 사건입니다.」

박신부는 고통스럽게 신음했다.

이튿날 새벽미사에 박신부는 바오로만을 위해 기구(祈求)를 올리면서 그가 자수하리라던 약속을 지키길 기대했다. 그러나 석간신문에도 바오로의 자수 소식은 나지 않았다.

영화를 보고 온 이틀 후 아침 박신부는 신문을 펼쳐든 순간 자기도 모르게 외마디 소리를 질렀다. 조원호라는 거물급 간첩이 체포되었으며 한씨 살해 미수 사건의 배후 인물이라는 것이었다. 이쯤 되면 바오로는 간첩이었거나 간첩과 연락이 있던 인물임이 분명했다. 바오르는 악인은 아니다. 그는 내게 고해를 했지 않느냐. 그가 자수를 못 하는 것은 그만큼 마음의 고통이 주는 형벌을 받기 위해서이다. 그러나 신부는 역시 안타까웠다.

재판이 시작되었다. 신부는 한 시간 전부터 맨 앞자리를 차지하고 있었다. 그는 악과 선은 상극이라고 생각해 왔다. 그러나 지금 그는 선과 악이 근본적으로 다른 게 무엇인지 혼란을 일으키고 있었다. 우선 내 아우만 해도 그렇지 않느냐. 그는 무서운 증오심으로 방청객을 훑어보고 있었다. 신부를 경멸하고 욕하는 사람들의 말이 들려왔다. 형은 생각했다. 내 아우는 죄인이 아니다. 잠시 휴식 시간이 지나고 다시 재판이 시작될 때 신부는 그의 눈을 의심했다. 바오로가 나타난 것이다. 바오로는 신부에게 염려 마세요라고까지 말하는 것이 아닌가. 재판관이 막 판결을 내릴 때까지 신부는 바오로가 자수하길 기다리며 그의 입만 지켜보고 있었다. 마침내 재판장은 피고 박찬재에게 사형을 선고했다. 그 소리를 들은 순간 바오로는 출구 쪽으로 휭 나가고 있었다. 신부는 자기도 모르게 재판장 앞에 다가섰다.

「진범은 저놈입니다.」

그러나 벌써 바오로는 보이지 않았다.

「나는 압니다. 나는 압니다. 저놈, 배신자 저놈!」

「박신부 뭔가, 그게 다 뭔 소리야.」

어깨를 잡아 흔드는데 보니 재판장이 아니다. 재판소도 아니다. 난로 앞 의자에 앉은 채였다. 박신부는 벌떡 일어났다. 주교님이었다.

「이 사람, 앉아서 무슨 잠꼬대가 그리 심한가. 좋은 소식 가져왔소. 진범이 자수를 했소 그려.」

「네? 자수했습니까? 바오로가?」

박신부는 나가려는 주교님의 발 아래 꿇어 엎드리며 말했다.

「주교님! 고해받아 주십시오. 저는 고해신부로서 고해받은 사실을 누설한 대죄를 범했습니다…….」

감상을 위한 문제제기

1. 죄에는 도덕적 '죄악(sin)' 과 '법적인 죄악(crime)' 이 있다. 신부는 이 갈등에서 승리하였는가 패배하였는가.또 그 이유를 쓰시오.

신부(神父)의 행위를 패배로 보는가 승리라고 보는가는 죄(罪)에 대한 해석에 따라 그 차이가 생길 수 있다. 죄(罪)라는 한자(漢字)는 그물을 뜻하는 망(罔)과 비 ― 非 : 새의 펼친 날개가 서로 반대 방향으로 붙어 있는 모양 ― 를 결합한 글자이다. 자의(字意)를 풀어서 말한다면 '죄(罪)란 모든 속박에서 자유롭게 날아오를 수 있는 그 가능성을 근본적으로 불가능하게 하는 그물과도 같은 것' 이라고 할 수 있을 것이다. 그러므로 한자 문화권의 죄란 대체로 '천(天)의 거슬림', '순리(順理)의 거역' 이란 대의 명분 속의 하위 개념으로 나타났다고 본다.

서구 문화의 경우에 죄(罪)는 문제 제기에서 말한 바 있듯 'sin' 과 'crime' 으로 구분된다. 서구인들이 이 두 가지 차이를 명백하게 의식 하는가와는 상관없이 이 두 가지 요소가 서양인들의 윤리적 기반이 되어온 것만은 사실이다. 'sin' 과 'crime' 을 명확하게 구별하지 않는 우리 문화는 윤리적 범죄와 법률적 범죄를 같은 범주로 취급해 온 경향을 나타낸다. 조선시대 관청에서 자주 벌어졌던 재판의 하나가 불효한 자식, 제사를 잘 지내지 않는 인간 등에 대한 제재 행위였다. 「은세계」의 주인공 최병도가 체포된 것도 이러한 막연한 죄 때문이었다. 윤리적 규제를 법과 권력으로 요구하는 전통은 1960년대 후반기에 생겨난 가정 의례준칙이라는 이름으로 관혼상제 행위에 대한 법률적 규제를 했던 것으로도 알 수 있다.

우리에게 'sin' 과 'crime' 의 구분은 근대사가 시작될 때까지 크게 의미가 없는 말이었다. 법치주의란 근본적으로 존재하지 않았기 때문이다. 서구의 윤리적 전통이 기독교적인데 비하여 우리의 윤리적 전통이 유교적이라는 것은 'sin'과 'crime'에 대한 기본 차이를 설명해 주는 관건이 된다. 우리에게 전통적 죄악은 대체로 수치스러움과 대등한 개념이었다. 수치는 대개 이웃 사람들, 조상들, 나아가 하늘에 대한 의무를 완수하지 못한 부끄러움으로 연결되었다. 그것은 어떤 윤리적 의무를 수행하지 못한 데서 오는 자괴심(自愧心)이기도 했다. 오늘날도 간통죄라든가 동성 동본 혼인 금지, 친고죄의 규정 등 사회윤리적 규범의 문제를 규정하는 법조항이 많은 것은 우리의 법이 상당 부분 유교적 당위성에 근원을 두고 있음을 뜻한다. 다시 말해 사회 질서 유지와 국가 존립의 목적을 넘어서 당대의 윤리를 법적으로 명문화하는 것은 '부끄러움'에 대한 단죄이며, 부끄러움을 유지 보호하려는 법적 장치이다. '부끄럽지 않으면 그건 죄가 아니다'라는 무의식이 우리의 내부에 깃들어 있는 것이다. 우리가 윤리적 영역에서 언제나 '부끄러움'을 최우선에 놓았다는 것은 병자 호란 이후 청나라 군사들에 의해 탈취당한 조상의 위패(位牌)와 납치당한 아들을 찾기 위해 만주에 갔던 아버지가 돈이 부족하여 결국 아들은 노예 시장에 팔리게 놔두고 위패만을 가져 온 행위가 찬양받던 일에서도 증명된다.

서구 역사 속에서도 'crime'에 'sin'의 영역을 포괄하여 규정했던 시대가 있었다. 종교개혁 시대의 캘빈이 스위스 주네브에서 종교와 사회의 일치를 지향한 법에 보면, 일요일에 웃는 것도 처벌 대상이었으며 20대의 남자가 70대의 여자와 결혼하는 것도 'crime'이었다. 그러나 그들은 급속한 시민 계급의 형성을 통하여 서구의 벌은 철저한 실용성의 방향으로 나아갔다. 서구 사회는 'crime'은 국가 사회가, 'sin'은 종교가 담당하는 분리주의적 경향으로 발전하면서 서로의 영역을 지켜주려는 노력이 있어왔다. 그 결과 국가와 민족의 차이는 있지만 독일과 같은 곳에서는 밤 10시 이후에는 수돗물 소리조차 크게 내지 못한다는 식의 엄격한 법적 규제가 행해지고 있지만, 이에 대해 개인의 저항이 있다는 소식은 듣지 못했다. 1994년 여름 프랑스에서는 모든 영어 어휘들은 프랑스어로 고쳐 쓰게 하는 법을 통과시켰다. 가령 공식적인 자리에서 '컴퓨터'라는 영어를 쓰면 금고형(禁錮刑)까지 처할 수 있는 강력한 제제 행위인 것이다. 우리의 국어 순화 운동이 민간 차원에서 주로 민족 의식과 애국심에 호소하는 — 부끄러움에 호소하는 것과는 대조적이라고 할 수 있다. 본론에서 조금 이탈하는 말이지만 현실의 우리 법 체계는 이 두 가지 중 어느 것도 완벽하게 지켜내고 있지 못한 것 같다. 가령 부부 싸움이나 아이들 구타는 그저 집안일이니까 참견하기를 포기하면서, 자신의 여자 친구를 지키기 위해 불량배를 폭행한 사람은 그 행위만을 문제 삼아 폭력범으로 만들어 버리거나 문제의 잘잘못을 가리는 대신 모두에게 '매질'을 하기가 예사다. '네가 잘못 했지만 너도 잘못했다'는 식이다.

이러한 배경을 염두에 두고 신부의 행위를 분석해 보자. 신부의 무의식은 신부의 의식을 배반하였다. 그것은 동생에 대한 인간적 염려 때문이었다. 신성과 인성의 충돌에서 신부의 무의식은 인성을 택하고 말았다. 'sin'과 'crime'의 갈등은 결국 동생을 'crime'에서 수호하느냐의 윤리적 문제로 귀결되었기 때문이다. 이는《구약 성서》〈창세기〉의 '아브라함에 대한 하느님의 시험'의 연장이라고 말할 수 있다. 아브라함이 자신의 아들 이삭을 제물로 바치라는 하느님의 명령에 절대 순종하여(제물에 바치기 직전에 하느님은 그 명령을 철회하였다.) '의인(義人)'이 된 사건을 한국인은 쉽게 이해할 수 없다. 아마 보편적 한국인이라면 아들을 지키기 위해(딸이라면 상황이 상당히 달라진다.) 신에 대한 반역이든 무슨 짓이든 충분히 했을 것이다. 그러나 이해하긴 어렵지만 기독교는 바로 이 아브라함의 사건에서 출발하는 것이라고 해도 과언이 아니다. 그러므로 기독교의 윤리로 보면 신부는 '시험에 넘어간' 것이다. 그의 무의식은 고해 성사의 비밀을 누설하고 말았다. 그런데 그 순간 강력한 전환이 일어난다. 신부는 자신이 패배한 것을 겸허하게 받아들인다. 그것은 신성에 대한 새로운 형태의 복종이다. 무의식적으로 인간의 윤리적 가치관에 집착해 온 신부에게 그것은 무의식에서의 완전한 순종을 의미한다. 그리하여 결국은 아브라함의 경우와 일치한다. 신성에 복종하여 그는 신의 영역 속에서 하나의 승리자가 된다.

2. 러시아의 소설가 도스토예프스키의 작품 「죄와 벌」과 이 작품은 주제면에서 같은 점이 있는가, 있다면 무엇인가 쓰시오.

인간이 두 개의 쇠사슬처럼 끌고 다닐 수밖에 없는 'sin'은 회개를 통하여, 'crime'은 법률적 형벌에 의하여 변화를 기대한다고 한다면, 이 두 가지 요소들은 어떻게 조화되는 것일까. 「죄와 벌」의 우울증에 걸린 대학생 라스콜리니코프는 벌을 받지 않은 역사적 범죄 — 나폴레옹의 잔학 행위 등에 대해 그 이유는 그가 초인이었기 때문이라는 것이다. 전형적인 서구적 논법이다. 가설을 설정하고 그것을 완전히 증명해 내기도 전에 그 실재를 인정해 버리는 것이다. 어쨌든 초인에게는 하찮은 인간들이 지키기 위한 법률 따위나 도덕은 소용 없다는 결론에 이른다. 말하자면 타락한 영웅주의이며 변질된 메시아니즘이라고 불러도 좋을 것이다. 그러나 그는 자신이 택한 전당포 노파를 살해한 후 자신의 사고 체계에 중대한 결함이 있었음을 느낀다. 누가 초인이며 누가 바퀴벌레보다 못한 인간인가에 대한 판정은 신의 몫이라는 것이다. 「죄와 벌」의 주제를 이런 한마디 문장으로 단순화시킨다는 것이 얼마나 무리인가 잘 알고 있다고 생각한다. 위에서 한국인들은 'crime'과 'sin'에 대한 엄격한 구별이 없다고 말했다. 우리는 'crime'에 의해 제재를 받았다는 것 그 자체를 '부끄러워' 한다. 오늘 날에도 많은 경우 어떤 개인이 법률적으로 무죄 판정이 나더라도 사회적 매장을 당하는 경우는 흔히 있는 일이다. 부끄러움을 요구하고 부끄러워해야 한다고 생각하는 문화가 법률 위에서 우리를 지배하고 있는 것이다. 그래서 범죄자가 부끄러워하지 않았을 때 대부분의 시민들은 분노한다. 죄(sin)에 해당하는 죄를 지었을 경우에도 대개는 참회라는 절차가 필요 없다. 부끄러움을 느끼고 다시 그런 일을 하지 않으면 되는 것이다. 우리의 신들은 참회라는 어렵고 복잡한 단계를 요구하지 않는다. 우리의 무속 신들은 일종의 기능직 공무원들이다. 이들은 인간의 죄악 따위에는 별로 관심이 없다. 인간들은 무속의 수많은 신들이 철저한 계급 구조로 이루어져 있다고 믿으며, 현세적 가치관을 그대로 투영하여 이들 신을 적당히 위협하고 달래고 설득하고 애원하며 인간의 실제적 목적을 얻는 것에만 관심을 둔다. 내세관이 희박한 민족이기 때문일까(불교가 그렇게 오래 우리 정서에 영향을 미쳤어도 우리 민족은 내세에는 별로 관심이 없다). 분명 도스토예프스키의 소설과 이무영의 소설은 닮은 데가 있다. 그러나 이 작품의 죄의식은 치열하지 못하다. 그 이유는 간첩 잡기 반공 소설에 정치 테러 이야기 그리고 유교적 덕목의 갈등과 죄의식을 마구 결합한 구조 때문이다. 주제의 밀도가 부족해진 것이다. 게다가 신부의 고민이라는 것이 단순화시키면 국법이냐(동생이냐) 고해 성사의 준수냐의 비교적 낡고 도식적인 고민에 해당한다. 카톨릭의 성직자라면 어떤 경우에도 고해 성사의 비밀 준수가 우선한다. 그들은 이 성사의 비밀을 지키기 위해서라면 순교당할 수도 있다는 각오를 한다. 또한 고해 성사는 서로를 모르는 가운데 진행되는 것으로 간주된다. 더욱이 작품의 결말에서 간첩이 자수했다는 소식을 통하여 신부의 고민은 자동적으로 해결된다는 일장 춘몽식의 안이한 해결은 결정적으로 이 소설의 밀도를 떨어뜨리는 결과가 되고 마는 것이다.

참고자료 및 논문

• 김봉군 외, 한국현대작가론, 민지사, 1984

김동리

허무의 초극(超克)

작가 및 작품연구

김동리(金東里 1913~1995). 본명은 시종(始鍾)이지만 거의 알려져 있지 않다. 경상북도 경주 출신이다. 1935년 중앙일보 신춘문예에 「화랑의 후예」가 당선되어 등단하였다. 1936년 대표작인 「무녀도(巫女圖)」를 발표하였고 일제말기 문인보국회 등의 가입을 거부하고 만주를 방랑하였다. 해방 후에는 좌익계통의 문학과 대항하여 순수문학론을 옹호하였다.

그의 문학은 한국적 허무와 체념의 세계를 토속적인 관점에서 신비화한 작품들이 대부분이다. 무녀도는 그러한 김동리 문학의 푯말과도 같은 것으로 인정받고 있다.

「무녀도(巫女圖)」를 '기독교라는 이방종교에 패배한 무녀 모화(毛火)의 일생' 으로 본다는 건 쉬운 일이다. 그렇다면 작자는 왜 액자소설 형태로 이 작품을 만들었고 아버지를 따라 떠도는 모화의 딸 낭이의 모습을 묘사한 것일까.

그들의 떠도는 삶은 「역마(驛馬)」의 원초적 숙명성과, 「바위」의 인물들의 천형(天刑)의 삶과 어떤 맥락에서 통하는 것일까. 모화→낭이→모화의 남편(낭이의 아버지)으로 옮겨지는 「무녀도(巫女圖)」의 흐름은 옥화→성기→계연→체장수 영감(성기의 외할아버지)으로 이어지는 「역마(驛馬)」의 흐름과 대단히 유사하다. 그들의 떠도는 삶은, 버림받은 유화부인→주몽→금와왕의 아들들→새로운 왕국의 건설로 이어진 주몽신화와 희미한 끈이 이어져있다. 그러나 김동리의 주인공들은 아버지의 왕국에 복수하기 위해 방랑의 길에 나선 오이디푸스 신화와 같은 처절한 인간 비극의 모습은 보여주지 않는다. 「바위」의 어머니가 복바위를 통해 축원하는 것은 아들을 다시 만나는 것이며 자신의 병이 낫는 것은 이차적인 소원이다. 이렇게 본다면 세 편의 소설을 연결하는 한 개의 낱말을 찾아 낼 수 있다. '만남' 이다. 「무녀도(巫女圖)」의 모화는 물에 빠져 죽음으로써 신화적 왕국으로 돌아간다. 지상에 버려진 낭이의 아버지를 만난다. 그들 부녀는 다시 방랑을 시작한다(낭이를 모화의 환생으로 볼 수는 없는 것일까). 「역마(驛馬)」의 주인공도 죽음과도 같은 고통을 겪고 난 뒤 이윽고 할아버지의 세계를 향해 방랑의 길을 떠난다. 「바위」의 어머니는 아들이 감옥에 갔다는 소식(상징적인 죽음)을 듣고 죽음의 길로 만족스럽게 떠난다.

이러한 세 가지 만남은 모두 샤머니즘적인 세계관에 바탕을 두고 있다.

한국적 샤머니즘이란 무속신화 '바리데기' 에서 나타나듯 '버려짐의 신화' 이다. 이 말을 바꾸면 추방된 영웅이 그를 버린 세계로 돌아가기 위한 도정(道程)으로서 신화가 구성된다는 뜻이다. 그것은 만남을 전제한 것이다. 심청이는 눈뜬 아버지를 만나기 위해, 춘향이는 어사가 된 이도령을 만나기 위해 수난을 겪었다. 심청이는 물에 빠져 죽어야 했고, 춘향이는 감옥에서 상징적인 죽음을 겪어야 했다. 그들은 모두 행복한 만남을 얻었다.

김동리의 샤머니즘적 세 편의 소설들은 각각 아버지를 만났지만 귀머거리로 떠도는 낭이와, 아버지를 향해 떠나간 성기의 모습과 불가사의 죽음의 세계로 가버린 어머니에 대해 말하고 있다.

샤머니즘 계열에서 벗어나는 것처럼 보이는 「까치소리」에도 샤머니즘의 요소는 짙게 깔려 있다. 까치소리가 들릴 때마다 기침을 하는 어머니는 주인공의 이름 뒤에 '죽여다오' 를 외친다. 그것은 하나의 주문(呪文)이 되어 잠재되어 있다가 까치소리를 듣자 발작적인 살인을 한다. 죽임의 대상은 자신을 버린 여인의 여동생이다. 여기에도 까치소리(어머니)→나→정순→영숙으로 흘러가는 흐름을 찾아낼 수 있다. 까치소리는 어머니에게 '죽여다오' 를 말하게 하는 신성의 소리이다. 주인공은 전쟁에서 손가락을 잘려서 돌아온다. 그러나 그는 이미 죽은 것으로 되어 있었고 여인은 친구와 결혼해 버렸다. 거듭된 유사 죽음은 그를 신성의 소리에 복종하게 만든다. 그리고 그는 살인을 한다. 그는 감옥에 간다. 그것은 또 하나의 죽음이다. 주인공은 여기서 어떤 새로운 '만남' 을 얻었을까.

무녀도巫女圖

작품요약

온종일 흙바람이 불어 뜰앞엔 살구꽃이 터져나오는 어느 봄날 어스름 때였다. 우리집 대문 앞에 색다른 나그네가 닿았다. 나이 한 쉰 가량이나 되어 보이는 체구도 조그만 사내가, 나귀 고삐를 잡고 섰다. 나귀에는 열예닐곱쯤으로 보이는 낯빛이 몹시 파리한 소녀 하나가 안장 위에 앉아 있었다. 둘은 부녀간이었다. 그들은 달포 동안이나 머물러 있으며 그림도 그리고 자기네의 지난 이야기를 하였다고 한다. 소녀가 남기고 간 그림 — 할아버지께서 '무녀도'라 불렀던 그림과 함께 내가 할아버지로부터 전해들은 이야기는 다음과 같다.

경주읍에서 십여 리 떨어진 조그만 마을 한구석에 모화(毛火)라는 무당이 살고 있었다. 찌그러져 가는 묵은 기와집 지붕 위로 기와버섯이 퍼렇게 뻗어올라 역한 흙냄새를 풍기고 있었고 돌담으로 에워싼 넓은 마당에는 여러 가지 잡풀들이 사람의 키도 묻힐 만큼 거멓게 엉키어 있었다. 그 아래로 뱀같이 길게 늘어진 지렁이와 두꺼비같이 늙은 개구리들이 구물거리며 항시 밤이 들기만 기다릴 뿐으로, 이미 수십 년 혹은 수백 년 전에 벌써 사람의 자취와는 인연이 끊어진 도깨비굴 같기만 했다.

모화는 늘 수국 꽃님의 화신이라고 부르는 벙어리 딸 낭이와 함께 살았다. 그녀는 사람을 볼 때마다 늘 수줍은 듯 어깨를 비틀며 절을 했다. 어린애를 보고도 부들부들 떨며 두려워했다. 때로는 개나 돼지에게도 아양을 부렸다. 그녀의 눈에는 때때로 보이는 것이 귀신으로만 비친다는 것이었다. 그 모든 것을 '님'이라 불렀다.

욱이가 돌아온 뒤부터 이 도깨비굴 속에는 조금씩 사람 냄새가 나기 시작했다. 부엌에 들어서기를 그렇게 싫어하던 낭이도 욱이를 위하여는 가끔 밥을 짓는 것이었다. 욱이는 모화가 귀신이 지피기 전 어떤 남자와의 사이에 생긴 사생아였다. 그는 아홉 살 때 어느 절간으로 보내진 뒤 그동안 한 십 년간 까맣게 소식조차 묘연하다가 얼마전 표연히 이 집에 나타난 것이었다. 낭이와는 말하자면 어미를 같이 하는 오뉘뻘이었다.

그러나 욱이는 며칠을 가지 않아 모화나 낭이에게 알 수 없는 존재가 되었다. 그는 음식을 받아놓거나, 밤에 잠을 자려 할 때나 반드시 한참동안씩 주문을 외는 것이었다. 낭이에게 그는 조그만 책을 펴보이곤 했다. 겉데기에 큰 글자로 쓴 '신약전서' 였다.

「우리 사람을 만든 것은 하나님이다. 하나님은 우리 사람뿐 아니라 천지만물을 다 만들어 내셨다.」

이러한 욱이의 '하나님' 은 곧 모화의 의혹과 반발을 불러일으켰다. 모화에게 욱이가 말한 '예수도' 는 모화에게 잡귀가 들린 일에 불과 했고 '신약전서' 는 '예수귀신 책' 이었다. 욱이도 모화와 낭이를 귀신들린 여인으로 생각했다. 그래서 그는 하나님께 열심으로 기도를 드렸다. 어머니와 누이동생의 병을 고쳐주어야 한다고 결심하는 것이었다.

욱이가 그 지방 예수교인들을 두루 만나보고 집으로 돌아온 뒤 낭이의 태도는 야릇하게 변했다. 그녀는 발작적으로 욱이의 목덜미나 가슴패기로 뛰어들곤 했다. 차디찬 손과 입술을 느낄 때마다 욱이는 깜짝깜짝 놀라곤 하였다. 욱이의 얼굴빛은 날로 창백해져 갔다. 그렇게 한 보름 지난 뒤 그는 또 표연히 집을 나가고 말았다. 여러 날 후 욱이는 돌아왔다. 모화는 아들을 얼싸안고 울기만 하는 것이었다. 그 천연스런 몸짓은 조금도 귀신들린 사람 같지 않았다. 그날밤 욱이는 잠결에 문득 언제나 품속에 있던 성경책이 없어진 것을 알았다. 부엌에서 귀신이 웅얼웅얼하는 듯한 소리가 들렸다. 모화가 굿을 하고 있었다. 손을 비비다 절을 하다 춤을 추다 하는 그녀의 곁에는 신약전서가 재가 되어 파란 연기로 오르고 있었다. 다음 순간 욱이는 부엌문을 박차고 들어갔다. 모화의 손에는 식칼이 번득이고 있었다. 모화는 욱이와 물그릇 사이에 식칼을 휘두르며 조용히 춤을 추는 것이었다. 주문을 외며 분명 모화는 식칼로 욱이의 면상을 겨누어 치려 했다. 순간 욱이는 모화의 칼날을 왼쪽 귓전에 느끼며 냉수그릇을 들어 모화의 얼굴에 끼얹었다. 이 서슬에 접시의 불이 기울어져 봉창에 불이 붙었다. 욱이는 불길을 잡으려고 부뚜막 위로 뛰어올랐고, 모화도 칼을 휘두르며 뛰어올랐다. 봉창에서 방 안으로 붙어들어가는 불길을 덮쳐 끄는 순간 욱이는 뒷등이 찌르르 하였다. 획 몸을 돌이키려 할 때 이미 피투성이가 된 그의 몸은 허옇게 이를 악물고 웃음 웃는 모화의 품속에 안겨져 있었다.

욱이는 머리와 목덜미와 등에 세 군데 상처를 입었다. 그러나 욱이의 병은 이 세 군데 맞은 상처만이 아니었다. 그는 점점 쇠약해져 가기 시작했다. 모화가 남은 힘을 다 해도 병이 낫지 않았다. 그해 가을을 지난 겨울에 접어들어 마침내 욱이는 죽고 말았다. 모화의 집 마당은 다시 황폐해져 갔다. 모화는 거의 굿을 나가지 않고 혼자서 징, 꽹가리만 울리고 있었다. 입술은 먹같이 검어지고 두 눈엔 날로 이상한 광채가 짙어갔다. 모화는 예수귀신이 아들을 잡아갔다면서 한숨을 내쉬곤 했다. 이럴 즈음 모화의 마지막 굿이 열린다는 소문이 났다. 읍네 어느 부자집 며느리가 '예기소(沼)' 에 몸을 던진 것이다. 굿이 시작되고 모화는 김씨 부인이 죽게 된 사연을 한참 넋두리하다가 춤을 덩실거렸다. 밤중이나 되어도 혼백은 건져지지 않았다. 모화는 넋대를 따라 점점 깊은 물 속으로 들어갔다. 그녀의 목소리가 차츰 멀어지며 넋두리도 허황해지기 시작했다. 모화의 몸은 그 넋두리와 함께 물 속에 아주 잠겨 버렸다.

열흘쯤 지난 뒤 조그만 사내가 나귀를 몰고 왔다. 완쾌되지 못한 낭이는 아버으이 하고 소리내어 불렀다. 다시 열흘이 지나고 낭이는 나귀에 올라앉았다. 그네들이 떠난 뒤엔 아무도 그 집을 찾아오는 사람이 없었고, 밤이면 그 무성한 잡풀 속에서 모기들만이 떼를 지어 울었다.

감상을 위한 문제제기

1. 모화가 살고 있는 집을 묘사한 부분이 상징하는 의미를 쓰시오.

먼저 본문 부분을 모두 인용해 보기로 하자.

> 그것은 한머리 찌그러져가는 묵은 기와집으로 지붕 위에는 기와 버섯이 퍼렇게 뻗어올라 역한 흙 냄새를 풍기고 집 주위는 앙상한 돌담이 군데군데 헐리인 채 옛 성처럼 꼬불꼬불 에워싸고 있었다. 이 돌담이 에워싼 안의 공지같이 넓은 마당에는 수채가 막힌 채 빗물이 괴는 대로 일년내 시퍼런 물이끼가 뒤덮어, 늘쟁이, 명아주, 강아지풀 그리고 이름도 모를 여러가지 잡풀들이 사람의 키도 묻힐 만큼 거멓게 엉키어 있었다. 그 아래로 뱀같이 길게 늘어진 지렁이와 두꺼비같이 늙은 개구리들이 구물거리며 항시 밤이 들기만 기다릴 뿐으로, 이미 수십 년 혹은 수백 년 전에 벌써 사람의 자취와는 인연이 끊어진 도깨비굴 같기만 했다.

위의 글은 전형적인 동화 속 마녀굴의 묘사이다. 인간의 접근을 허락하지 않는 공포의 공간이다. 일상적 생활이 존재한다고 할 수 없는 그런 공간을 우리는 안데르센의 인어 공주에 나오는 마녀굴의 묘사 등에서도 찾을 수 있다. 모화의 '마녀굴' 은 처음부터 끝까지 변화하지 않는다. 그리고 그대로 버려진다. 이곳에는 찾아오는 사람도 없고 사람이 살고 있다는 흔적도 느껴지지 않는 그런 '무서운 공간' 이다. 모화는 이러한 도깨비 소굴의 여왕이다. 이 여왕에게는 딸이 있고 이 딸은 귀머거리이다. 이 소굴의 여왕에게 걸맞은(?) 마성(魔性)을 지닌 딸이다. 많은 동화 속의 세계가 그렇듯 이 작품에서도 아버지는 그 존재 자체가 무력하다.

이광풍 교수는《현대소설의 원형적 연구》에서 모화의 집의 의미를 이렇게 분석하였다.

모화가 살고 있는 집은 어쩌면 수천 년 전 원시 세계를 연상하게 하여, 무당이기 이전에 문명 세계를 사는 사람이 아닌 것을 보여준다. 그러나 이 같은 분위기의 설정은 무당인 모화가 인간과 자연의 사물 사이에 가로놓인 장벽을 느끼지 않고 사는 사람임을 보여주려는 작가의 의도가 있는 것으로 보아야 할 것이다. 이처럼 모화가 음울한 환경(자연) 속에 살고 있는 것이 이상하다고 느끼는 것은 현대인의 합리적 사고에서 나온 것이다. 우리는 이를 무속적인 관점에서 이해해야 할 필요가 있는데, 고대인들이 그랬던 것처럼 자연과 하나가 되어 같이 숨쉬고 사는 것이 모화에게는 더 자연스럽게 사는 삶이라 보아야 한다.

이 작품의 주된 테마는 기독교와 무교의 갈등이다. 모화의 죽음은 기독교가 숱하게 자행해 온 '마녀 사냥' 의 변형된 모습이라고 생각해도 좋을 것이다. 「무녀도(巫女圖)」는 무녀 ― 기독교인 입장에서는 일종의 마녀 ― 가 지배하는 왕국의 멸망기라고 해도 좋다. 모화와 왕국은 사상 논쟁이나 종교 재판에 의해서 멸망하는 것이 아니라 자신의 아들의 등장으로 무너지는 것이다. '버려졌던 아들의 귀환' 으로 큰 시련을 겪는 왕국의 이야기는 오이디푸스 왕을 비롯한 많은 전설이나 신화의 고전적 패턴이라고 할 수 있다.

우리는 이 소설을 '신성한 제의(祭儀)' 라는 관점에서 보기로 한다.

「무녀도」의 버려졌던 왕사 ― 욱이는 어떤 인물인가. 아들 욱이와 딸 낭이는 모화에 의하면 새와 꽃(나무)으로 비유되며 전생인 수국(水國)에서 불행한 연인이었다고 한다. 소위 적강(謫降)의 신화는 「심청전」이며 「춘향전」 등에서 볼 수 있는 것으로, 지상과 천상의 대응에서 언제나 지상은 유배지이며 천상이야말로 본향(本鄕)이라는 인간의 오랜 믿음을 말해 주고 있다.

욱이가 돌아오자 일어나는 낭이의 변화는 신성의 수호자인 모화의 위치를 불안하게 한다. 두 이부(異父) 남매는 근친 상간(물론 현세의 윤리에 의하면)을 저지를 위험에 빠진다. 낭이가 말을 하게 된 것도 행운이 아니라 신성한 계율의 파괴인 것이다.

세계의 많은 창조 신화에 의하면 세상은 아득한 옛날 대홍수로 망하였으며 살아 남은 것은 남매뿐이었다고 한다. 이 두 사람이 어쩔 수 없이 결혼하여 자손을 낳아 퍼뜨린 것이 오늘날의 인간이라고 한다. 이렇게 본다면 욱이와 낭이의 근친 상간적 사랑은 혼돈과 창조를 되풀이하는 우주적 순환 리듬의 맥락에서 읽혀질 수 있다. 이 두 사람은 창조질서의 회복을 위한 제물인 셈이다. 그런데 이 신성한 존재들이 모화의 입장에서 볼 때 아들은 '잡귀 들린 인간'이 되어버렸고 딸은 그 아들을 연모하고 있다. 모화는 신성의 수호자로서 마지막 임무를 하지 않으면 안 된다. 어머니로서의 지상의 윤리적 기준과 무녀로서의 천상적 가치 기준이 충돌하는 것이다. 모화의 집은 이러한 신성과 인성이 충돌하며 혼돈과 창조를 반복하는 우주를 상징하는 배경의 의미를 갖는다. 모화의 죽음은 신성한 수호자의 임무를 완수하기 위한 가장 무녀다운 희생이다. 제의상으로는 모화가 아니라 낭이가 제물이 되어야 마땅하지만 이미 낭이는 신성한 제물이 될 수 없는 존재이다. 남은 방법은 모화 자신이 제물이 되는 길밖에 없었던 것이다. 그러므로 모화의 죽음을 단순히 기독교와의 충돌에서의 패배로만 해석된다면 이는 너무 교조적이며 제국주의적 발상이라고 하겠다.

2. 샤머니즘적인 세계관에 대해 조사해 보시오.

세계관이란 그 시대의 이성과 경험적 지식에 의해 총체적으로 파악된 우주에 대한 인식이라고 말할 수 있다. 현대인의 이성과 경험적 지식 체계가 완벽하다고 말할 수 없다면, 우리는 과거의 어떤 세계관이나 현재 어느 민족 또는 종족이 가지고 있는 세계관을 미개나 야만으로 규정지을 수 없다. 왜냐하면 그것은 그들이 발견한 최상의 세계이기 때문이다. 가령 우리는 서양 중세사에서 천동설과 지동설의 충돌사건을 알고 있다. 현대인은 천동설을 수호한 중세인을 경멸하고 코페르니쿠스의 슬기와 갈릴레오의 실험 정신을 찬양하지만, 이는 중세를 막연히 '암흑 시대'라는 식으로 규정해 버린 몰상식에서 파생된 생각이다. 우리는 코페르니쿠스도 갈릴레오도 근본적으로는 중세인이었다는 것을 종종 잊어버리고 있다. 서구 중세인들이 대체로 천동설을 지지한 것은 그들의 이성과 오랜 지식의 체계가 그것을 지지했기 때문이며, 성경(聖經)은 이를 최종 확인하는 믿음직한 최종 판결문이었다. 그들이 성경과 자연 과학적 진리를 혼동하기는 했지만 성경에만 집착하는 맹목적 존재들은 아니라는 것이다.

오늘의 현대인들은 다원주의(多元主義)를 표방하며 다양성과 관용성을 사고의 바탕으로 한다. 이를 달리 표현하면 다양한 세계관의 실재를 인정하고 그것을 종합하고 해석하여 인류의 삶에 자양분이 되게 하려고 한다는 의미이다.

샤머니즘(shamanism)이란 용어를 국어 사전에서 찾아보면 다음과 같이 풀이되고 있다.

> 미개 종교의 하나. 신령, 악령(惡靈) 따위, 세계와의 교류는 오로지 무당에 의한 주술, 기도로만 가능하다고 하는 신앙이나 행사. 무술(巫術).
>
> – 《민중 엣센스 국어 사전》, 민중 서림 발행 (1991년).

국어 사전이 전문 용어에 대한 상세한 해설을 할 여유가 없다는 것을 감안하더라도, 그 해설에 '미개 종교' 라는 가치 평가를 내려서 샤머니즘은 현대인 — 현대인들은 미개인, 야만인이란 용어에 알레르기를 가지고 있다. — 의 의식에 있어서는 안 될 불순한 어떤 것으로 규정하고 있다.

다음으로 가치 판단이 개입되긴 했지만 비교적 중립적 견해를 유지하려 한 《한국 카톨릭 대사전》의 내용이다.

> 중앙 아시아 또는 시베리아의 원주민 여러 부족 사이의 원시 종교였는데, 이것이 극동 지방으로 옮겨와 무녀교(巫女敎) 또는 무교(巫敎)로 통용되었다. 이 종교 현상은 모권적(母權的) 태음 신화적(太陰神話的)인 문화권에서 일어난 심령 현상 및 예배의 일종이라고 보는 설도 있다. '샤먼' 이란 말을 시베리아의 퉁구스(Tungus) 족의 언어인 'shaman'(산스크리트어)이나 'samana' (팔리어)와 동일 계열의 어원으로 생각하는 설, 페르시아어 'shemen(우상)' 에서 전환된 말로 보는 설 등이 있다. 이 샤먼이라는 용어는 19세기 이래, 민족학자, 여행자들에 의하여 극북(極北) 또는 북 아시아의 무술사(武術師) 곧 종교적인 직능자 일반에게 적용해 온 용어로서 사용하게 되었으며, 그 뒤 더 나아가서 종교학 · 민족학 · 인류학 등에 있어서 세계 각지의 이와 유사한 현상을 의미하는 말로서 널리 쓰여왔다.
>
> 샤머니즘은, 자연 현상이나 인간사를 신의 의도에 의한 것이라고 생각하여 무술사, 즉 무당을 통하여 소원을 빌면 무엇이든 성취되며, 선악 두 신을 마음대로 움직일 수 있다고

믿는 신앙이다. 샤머니즘의 분포를 보면 전형적 제도적인 형태는 극북 · 동북 · 중앙 아시아 지역, 북아메리카의 인디언족들, 인도의 아삼 및 중 · 동부 지역의 여러 민족에게 퍼져 있다. 이와 유사한 현상은 주로 시베리아, 중국, 만주, 한국, 일본 그리고 동남 아시아 여러 나라에 분포되어 있으며 특히 인도네시아, 오세아니아에는 조직적인 형태가 존재하고 있으며, 유럽에서 아프리카에 걸쳐서는 영매(靈媒) 현상이 눈에 띈다.

샤머니즘의 특징은, 초자연적인 존재와 관계하는 방식에 있어서 직접적인 성격을 띤다는 데 있다. 즉 열광 상태에서 채택하는 접촉 · 교통의 방식으로 탈혼(脫魂, ecstasy, soulloss)이나 빙의(憑依, possession)가 있는데 이것이 바로 그런 것을 뒷받침해 준다. 이 밖에 샤먼의 역할상에서 영혼, 정령(精靈), 타계(즉 천상, 지상, 지하)의 관념을 수반하고 있다.(이하 줄임)

위와 같은 설명은 샤머니즘 특유의 자연과 우주에 관한 역동적인 모습까지 언급하지는 못했지만 충실한 설명이라고 할 수 있다. 샤머니즘은 그 성격상 대단히 복잡하고 방대한 것이어서 간단하게 말할 수 없다. 인간들이 문명을 열고 농경 생활을 시작하면서 우주와 자연에 대해 해석한 최초의 세계관이라고 말할 수 있다.

샤머니즘은 혼합주의적이며 이원론적이다. 인간과 동물의 구별 또는 생물과 무생물의 구별은 근본적으로 의미가 없으며 모두 동일한 우주알(cosmic egg)에서 태어난 것들이다. 우주는 혼돈의 시대를 지나 황금 시대를 거쳐 점점 타락해 왔으며 계속해서 세계는 몇 번 다시 태어났다. 샤머니즘에 뚜렷한 내세관이 없는 것은 천상계와 지상계의 경계선을 인정하지 않기 때문이다. 그들은 어떤 자연물의 경계로 내세와 현세를, 인간과 신들의 영역을 갈라놓았다. 올림포스 산이 그것이며 우리의 의식 속에 자리잡은 황천이나 서천 서역국이 그것이다. 샤머니즘은 흡수지와 같아서 민간 신앙도 불교도 민족 종교도 기독교도 무엇이든 자신의 영역에 흡수하면서 존립해 왔기 때문에, 어떤 것이 과연 샤머니즘 고유의 것이냐 하는 것을 구별하기는 매우 어렵다. 한마디로 샤머니즘의 세계는 순환론적이며 인간 세계의 질서를 신들의 영역에 그대로 옮겨놓은 세계관이다. 그러므로 그것은 대단히 소박하며 단순한 체계를 갖는다. 샤머니즘에 대해 알고 싶은 사람은 많은 연구서가 있지만 종교 학자 엘리아데의 저서 「샤머니즘」이나 김열규 교수의 「한국의 신화」 등을 참고할 일이다.

역마驛馬

작품요약

'화개장터' 의 냇물은 길과 함께 흘러서 세 갈래로 나 있었다.

늘어진 버들가지가 강물에 씻기우고, 저녁놀에 은어가 번득이고 하는 여름철 석양 무렵이었다. 나이 예순도 훨씬 넘어 뵈는 늙은 체장수 하나가 옥화네 주막을 찾아왔다. 바로 그 뒤에는 나이 열대 여섯 살 쯤 된 몸매가 호리호리한 소녀 하나가 조그만 보따리를 옆에 끼고 있었다. 그들은 무척 피곤해 보였다. 부녀간이라고 했다.

「나도 젊었을 때는 노는 것을 좋아 했지라오. 동무들과 광대도 꾸며갖고 댕겨봤는듸…… 스물네 살 때 정초닝께 꼭 서른아홉 해 전 일 것이어, 바로 이 장터에서도 하룻밤 논 일이 있었지라오.」

화개장날만 책전을 펴는 성기(性騏)는 내일 장 볼 준비도 할 겸 하루를 앞두고 절에서 마을로 내려오고 있었다.

역마살(驛馬煞)이 끼었다고 열 살 때부터 절에 보내어 중질을 시켰으니 이젠 손자의 역마살도 거진 다 풀려 갈 것이라던 할머니는 갑자기 세상을 떠나 버렸다.

하동 산다는 그 키가 나지막한 명주 치마저고리를 입은 할머니는 어딘가로 떠나고 싶어하는 성기에게 곧잘 말했다.

「천성 제 애비 팔자를 따라갈려는 게지.」

할머니는 어머니를 좀 비꼬아 하는 말이었으나 거기 깊은 원망이 든 것도 아니었다. 그러나 서른아홉 해 전에 꼭 하룻밤 놀다 갔다는 젊은 남사당의 진양조 가락에 반하여 옥화를 배게 된 할머니나, 구름같이 떠돌아다니는 중과 인연을 맺어 성기를 가지게된 옥화나 다 같이 '화개장터' 주막에 태어났던 그녀들로서는 별로 누구를 원망할 턱도 없는 어미 딸이었다.

성기가 마루 앞 축대 위에 올라서는 것을 보자 옥화는 놀란 듯이 일어나 앉았다.

「체장수 딸이다.」

체장수 영감이 화갯골 쪽으로 들어갔다 나와서, 하동 쪽으로 나갈 때 데리고 가겠다고 하도 간청을 해서 그동안 맡아주기로 했다는 것이었다. 계연(契姸)이란 이름이었다.

「그래도 그런 사람의 딸 같이는 안 뵈지?」

항라적삼에 가는 삼베치마를 갈아입고 나오는 계연은 그 선연한 두 눈의 흰자위 검은 자위로 인하여 풀에 어린 한 송이 연꽃이 떠오는 듯했다.

성기가 칠불암에 책값 수금 관계로 나녀오려 하자 옥화는 기어이 계연을 함께 따라보냈다. 나물도 캘 겸 칠불암 구경도 시켜주어야 할 것 아니겠느냐는 것이었다.

해는 거진 하늘 한가운데를 돌아 바야흐로 머리에 불을 끼얹고, 어두운 숲 그늘 속에는 해삼 같은 달팽이들이 허연 진물을 토한 채 땅에 붙어 늘어졌다.

나무 열매들을 닥치는 대로 먹고 잠들었던 성기는 계연이 일어나 샘물 찾아가자는 말에 눈을 떴다. 그는 몸을 일으켜 그녀의 그 둥그스름한 어깨와 목덜미를 껴안았다. 그녀의 조그맣고 도톰한 입술에서는 한나절 먹은 딸기, 오디, 산복숭아, 으름들의 달짝지근한 풋내와 함께, 황토흙을 찌는 듯한 고수한 고기[肉] 냄새가 났다.

화갯골로 들어간 채장수 영감은 보름이 넘도록 돌아오지 않았다. 어느날 아침, 계연의 머리를 빗어 땋아주고 있던 옥화는 갑자기 정신을 잃은 사람처럼 참빗 쥔 손을 부들부들 떨고 있었다.

「어머니 왜 그리시어?」

계연이 거듭 불러서야 옥화는 겨우 정신이 돌아오는 듯, 긴 한숨을 내쉬었다.

사흘 뒤 성기가 다시 절에서 내려오니까, 체장수 영감은 마루 위에서 막걸리를 마시고 있고 계연은 고개를 떨어뜨린 채 마루 끝에 걸터앉아 있었다.

「계연이가 시방 떠난단다.」

옥화가 말했다. 계연은 옥화의 가슴에 얼굴을 묻으며 엉엉 소리내어 울기 시작하였다.

「오빠, 편히 사시오.」

거의 울음이 다 된 마지막 목소리를 남기고 돌아선 계연의 저만치 가고 있는 항라적삼을, 고운 햇빛과 늘어진 버들가지와 산울림처럼 울려오는 뻐꾸기 울음 속에, 성기는 우두커니 지켜보고 있을 뿐이었다.

병든 성기가 자리에서 일어난 것은 이듬해 봄이었다. 보는 사람마다 되살아나기 어렵다고 단념하였을 때, 옥화는 이왕 죽고말 것 이라면, 어미의 맘 속이나 알고 가라고 그래, 체장수 영감은, 서른아홉 해 전 남사당을 꾸며와 이 '화개장터' 에 하룻밤 놀고 갔다는 자기의 아버지임에 틀림없었다는 것과, 계연은 그 왼쪽 귓바퀴 위의 사마귀로 보아 자기의 동생이 분명하더란 것이었다.

「차라리 몰랐으면 또 모르지만 한 번 알고 나서야 인륜이 있는듸 어찌겠냐.」

옥화는 아들의 뼈만 남은 손을 눈물로 씻었다.

한 달포나 지난 뒤였다.

새벽녘에 잠깐 비가 지나가고 유달리 맑게 개인 '화개장터' 삼거리 길 위에 성기는 작년 이맘 때도 지나 계연이 울음 섞인 하직을 남기고 체장수 영감과 함께 넘어간 산모퉁이 고갯길을 바라보고 있었다. 그는 어머니와 헤어져 퍼붓는 햇빛 속에 장터 위를 굽이 돌아 구례 쪽을 향했다. 성기는 한참 뒤 몸을 돌렸다. 그리하여 구례 쪽을 등지고 하동 쪽을 향해 옮겨 갔다. 어머니의 주막이 눈에서 완전히 사라져 갈 무렵 하여 그는 제법 콧노래까지 흥얼거리며 가고 있는 것이었다.

감상을 위한 문제제기

1. 이 작품에 나타난 숙명적인 세계관에 대해 자신의 의견을 쓰시오.

샤머니즘의 세계관이 그렇듯 삶의 회귀성, 숙명의 반복 역시 인간이 오랜 세월에 걸쳐 자신들의 삶의 총체적 체험 속에서 어떤 법칙과 규칙을 찾아내면서 생긴 세계관이라고 할 수 있다.

이 작품은 제목이 의미하듯 역마살을 타고난 주인공과 그것을 피하려 하는 노력의 무의미함을 보여주고 있다.

인간의 사회적 윤리란 궁극적으로 자신들이 만들어놓은 사회를 유지하기 위한 하나의 수단이라고 본다면 농경 사회에서 '떠돌이'란 그 사회의 이단자이다. 농경 사회 특유의 폐쇄적 보수성은 인간의 모든 모험과 도전, 다양한 개성의 추구, 여행 등 이동적인 활동을 터부시하였다. 그들의 이상적 인간은 앞마당의 논을 갈고 뒤뜰의 채마밭을 일구며 살다가 조상들이 묻힌 건너편 산으로 돌아가는 한 마리 소와 같은 생(生)이었다. 이것이 얼마나 지배 계급에 의해 조작된 이데올로기 인가에 대해서는 새삼 말하고 싶지 않다. 오늘의 산업 정보화 사회가 어떤 인간을 요구하고 있는지 생각해 보면 그 답은 자명해질 것이다. 농경 사회에서 한 개인이 평생 정착할 수 없는 역마살을 타고 났다고 선언받는 것은 엄청난 저주였다. 이것은 효도할 수 없으며 조상을 모실 수 없으며 일반적 가정을 꾸려나갈 수 없으며 객사(客死)할 수도 있는, 농경 사회의 파산자라는 낙인이었다. 이를 피할 길은 얼마간 가공의 역마살을 겪게 하는 일종의 면역 요법뿐이었다. 이 소설의 주인공이 절간에서 키워지는 것은 이러한 이유에서이다.

작품의 배경이 되는 화개(花開) 장터에 대해 이광풍 교수는 그 이름부터가 장터 여인들의 숙명을 암시하고 있다고 말한 바 있는데, 우리는 「역마(驛馬)」의 첫머리에서 지리학 교과서처럼 자세하게 묘사하고 있는 배경 묘사에 관심을 기울일 필요가 있다.

'화개 장터' 의 냇물은 길과 함께 흘러서 세 갈래로 나 있었다. 한 줄기는 전라도 땅 구례(求禮)쪽에서 오고 한 줄기는 경상도쪽 화개협(花開峽)에서 흘러내려, 여기서 합쳐서, 푸른 산과 검은 고목 그림자를 거꾸로 비치인 채, 호수같이 조용히 돌아, 경상 전라 양 도의 경계를 그어 주며, 다시 남으로 남으로 흘러내리는 것이 섬진강(蟾津江) 본류(本流)였다.

이광풍 교수의 설명에 의하면, '화개 장터' 의 '화(花)' 는 여성을 상징하며 꽃이 활짝 피었다는 뜻이 화개(花開)이므로 난숙한 여자가 있는 장터라는 말로 바꾸어볼 수 있다. 장터의 공간은 물건을 사고 파는 곳만이 아니라 객주집이나 주막이 있는 곳을 연상시키면서, 로맨스가 있을 것 같은 분위기를 자아낸다. 장터는 예나 지금이나 윤리적 행위가 행해지는 곳이라기보다, 남녀의 애정 관계가 자유롭게 이루어지는 곳이기 때문이다. 냇물은 먼저 생명의 근원적인 에너지가 '물' 이라는 점에서 '탄생' 의 의미와 함께, 흐르는 물은 그 동적인 성격 때문에 '남성(男性)' 의 이미지를 보여주기에 충분하다. 또한 공간적으로 냇물(강물)은 단절이요 이별의 상징이다. '길' 은 유랑의 길, 나그네가 걷는 길을 연상할 수 있어서 멀리 떠나야 할 운명을 지닌 남자의 이미지를 부각시키고 있다. 그러니까 화개 장터는 비정상적인 남녀 관계가 이루어질 수 있는 로맨틱한 곳으로, 만남과 이별이 이루어지는 인생 무대란 점에서 이곳에 삶의 근원을 둔 사람에게는 비극적 삶이 잉태되는 장소이며, 끝없이 흐르는 냇물처럼 늘 남자는 떠나고 여인은 한 많은 사연을 지니며 살아야 하는 비극적 운명이 전개되어 나타나리라는 짙은 암시가 깔려 있는 표현이다.

다소 도식적이기는 하지만 이광풍 교수의 해석은 김동리 소설에 깔려 있는 샤머니즘이나 숙명적 인생관에 대한 이해를 돕기에 충분하다. 배경 묘사도 할머니와 옥화라는 두 개의 물줄기가 흘러내려 주인공이 탄생하는 과정을 샤머니즘적인 분위기에서 보여주고 있다고 생각할 수 있다.

인연(因緣)의 질감은 박목월의 시구처럼 '갈밭을 건너는 바람' 같은 것이다. 그것은 보이지 않지만 늘 우리의 살갗에 닿는다. 바람은 멈추는 적도 없다. 그것은 무엇으로도 막을 수 없고 잘라지지도 않는다. 역마(驛馬)처럼 잠시 멈추었다가 다시 어딘가를 향해 여행을 계속하는 것이 인간의 숙명일 수도 있겠다. 그렇게 보면 이 세상은 종착지가 아니라 중간 정류소이며 영원히 회귀를 계속한다.

'들린 사람' 의 비극은 「무녀도」에 이어 「역마」로 연결된다. 「무녀도」의 인물들이 가진 칙칙하고 음산한 귀기(鬼氣)를 걷어내고 서정적으로 아름답게 묘사되었지만, 그래서 그것은 더욱 비극적이다. 마지막에 주인공의 신병(身病)은 일종의 무병(巫病)이라고 해도 좋으리라. 내림굿을 하지 않으면 절대로 나올 수 없다는 무병, 그것은 자신의 숙명을 인정할 때, 숙명의 목소리에 귀를 기울일 때 비로소 치유가 가능한 것이 아닐까.

소리없이 흘러가는 강물처럼, 목화와 같은 세계가 이 작품의 곳곳에서 향기를 뿜고 있다. 이러한 샤머니즘의 향기들이 과연 우리네 삶의 가치를 바로 세우고 우리들의 삶의 건강성을 회복하는 데 도움이 될 것인가라는 의문을 제기해 보기로 하자.

2. 「메밀꽃 필 무렵」과 이 작품의 유사한 점을 지적하고 설명하시오.

농경 사회의 이단자들이라고 볼 수 있는 사람들이 모인 장터, 숙명적으로 떠돌아다닐 수밖에 없는 인물, 여름날 오후의 숙명적 만남, 길이라는 만남과 떠남의 이미지, 아버지 찾기 이야기 등은 이 작품과 「메밀꽃 필 무렵」(이하 '메밀꽃' 으로 부름)의 외관상 닮은 모티브라고 할 수 있겠다.

그러나 작품의 주제면에서나 구성상에는 상당한 차이가 드러난다. 「메밀꽃」은 여름날 하룻밤의 인연을 여름날 하룻밤에 회상하는, 두 개의 대칭하는 달의 순환을 상징하는 동심원적 회상 구조를 택하고 있다. 반면 「역마」는 전형적인 설화적 구성을 택하고 있다. 「메밀꽃」에서는 허 생원의 시점에 치중하여 그가 겪은 사건들을 '들려주기' 에 치중한 소설이고, 「역마」는 삼대에 걸친 숙명적 이야기들을 압축하여 '보여주기' 에 치중한 소설이다. 여름날 오후 체 장수 부녀가 찾아오는 장면은 김 동리가 「무녀도」의 첫머리에서 보여준 수법으로 '만남' 그 자체의 숙명성과 신비함을 보여주고 있다. 「역마」의 체 장수 부녀는 체를 판다는 생계 수단에서도 암시되듯 쳇바퀴 돌 듯 순환하는 원운동을 하며 살아가는 삶의 숙명을 지닌 존재들이다. 주인공 성기(性騏)는 책을 파는 일을 하며 그의 어머니는 주막을 한다. 「메밀꽃」의 허 생원은 드팀전(옷감 파는 가게)을 한다. 이들은 '만남' 그 자체를 직업으로 하는 상인들이다. 드팀 — 전(廛)은 드팀을 파는 가게라는 뜻이 되는데 필자의 지식으로는 '드팀'과 '피륙(옷감)'이 어떤 어원적 연관을 갖는지 알 수 없다. 일단 견강부회격이 되는 위험을 감수하면서 '드티'를 '드티다'의 명사형으로 보기로 하자. 그렇게 되면 '드티다'는 '자리가 옮겨져 틈이 생기거나 날짜, 기한 등이 조금씩 연기되다, 또 틈을 내거나 날짜 등을 연기하다'는 뜻을 갖는다. 이렇게 하여 '드팀'이라는 낱말 속에 허 생원의 질긴 숙명이 그대로 들어 있음을 알 수 있다. 결국 「역마」의 체 장수나 「메밀꽃」의 허 생원은 직업 자체의 숙명적인 의미를 담고 있는 것이다.

할머니로부터 내림받는 화개 장터의 여인 옥화의 숙명 그리고 역마살을 피하려 하지만 결국 역마의 길을 떠나는 주인공의 이야기들은, 이 작품이 「메밀꽃」의 로맨틱한 농밀한 성적(性的) 세계가 아님을 말해 준다. 옥화의 힘으로 마련된 체 장수 딸과 아들의 사랑도, 심지어 인간의 의도 자체도 숙명의 범주 안에 있다는 점에서 이효석과 김동리의 세계관의 근본적 차이가 존재하는 것이다. 「메밀꽃」을 '운명'이라고 부른다면 「역마」는 '숙명'이라고 부를 수 있으리라. 허 생원은 자신에 대한 컴플렉스와 소극적 인생관 때문에 주어진 운명을 조금씩 '드팀'하며 살아가는 존재이며, 「역마」의 인물들은 쳇바퀴 같은 삶의 한 점에 서서 '떠남'을 기다리는 인물들인 것이다. 인생이라는 체로 삶의 숙명이라는 불순물을 걸러내보려는 무의미한(?) 시도를 하고 있다고나 할까.

바위

작품요약

북쪽 하늘에서 기러기가 울고 온다. 가을이 온다. 밤이 되어도 반딧불이 날지 않고 은하수가 점점 하늘 한복판으로 흘러내린다.

읍내에서 가까운 기차다리 밑에는 한 떼의 병신과 거지와 문둥이들이 모여 있다. 거적으로 발을 싸고 누운 자, 몸을 모래에 묻고 누운 자, 혹은 포대로 어깨를 두르고 앉은 자, 그들은 모두 가을이 오는 것이 근심스럽다.

문둥이 떼가 모인 아랫머리에서는 기차가 지나가자 곧 새로운 화제가 생긴다.

「아주머니 아들 소문 자주 듣는교?」

'아주머이' 는 고개만 두른다. 그녀는 같은 무리 중에서도 제일 신참자이다. 한참동안 침묵, 검은 우울만이 그들을 싸고 있다.

'아주머이' 는 불현듯 아들 생각이 난다.

아들은 술이(述伊)란 이름이었다. 술이는 그의 저축에서 어미의 약값으로 쓰다 남은 이십여 원을 하룻밤에 술과 도박으로 없애 버리고, 그날부터 곧 환장한 사람이 되어 버렸다. 사람들과 욕하고, 싸우고, 그의 어미의 토막(土幕)에도 곧잘 불을 놓으려 들고 하다가 금년 봄 어디로 떠나 버린 것이라 한다.

아들을 잃은 영감은 날로 더 거칠어져 갔다. 밤마다 술에 취해 아내를 때렸다. 때로는 여러 날 아내의 밥을 얻어다 줄 것도 잊어버리고 노상 죽어 버리라고만 졸랐다.

금년 이른 여름 보리가 팰 무렵 토막을 찾아 온 영감은 신문지에 싼 찰떡을 내밀었다. 아내는 고맙다는 듯 비죽이 웃어 보였다. 그러나 떡 속에 섞인 거무스레하고 불그스레한 것을 발견한 다음 순간, 무서운 얼굴로 한참동안 영감의 낯을 노려보고 있었다. 이윽고 여인은 모든 것을 이해하고 얼굴을 수그렸다.

이튿날 마을 사람들은 다음과 같은 이야기들을 수근거렸다. 아내는 남편이 나와 버린 뒤에도 혼자서 얼마나 더 울고 나서 마침내 비상(砒霜)을 넣은 그 떡을 먹었다는 것이다. 그러나 쉽게 죽지도 못하고 벌건 떡을 수두룩히 토해놓고 어디로 떠나 버렸다는 것이었다.

여인은 여러 마을을 헤매다가 결국 자기 손으로 기차다리 가까이 있는 밭 언덕 안에 조그만 토막을 하나 지었다. 이틀을 정신없이 누워 앓았다. 사흘째 밭 임자가 왔다. 오늘이라도 뜯어 내지 않으면 불을 놔 버릴 거라고 큰 소리를 치고는 돌아갔다. 그러나 그녀는 그것을 뜯어낼 수 없었다. 기차다리에서 장터로 들어가는 마을어귀에 커다란 바위 하나가 있었기 때문이었다. 복을 준다고 하는 '복바위' 였다. 주먹만한 돌멩이를 쥐고 온종일 바위 위에 올라앉아 바위등을 갈다가는 손의 돌이 바위에 붙으면 소원이 성취되는 것이라 하였다. 술이 어머니도 어쩐지 이 바위가 좋았다. 자기도 저 바위를 갈기만 하면 그리운 아들의 얼굴을 만나 볼 수 있으리라 여겼다. 그녀는 몇 번인가 마을 사람들의 눈을 피해가며 술이의 이름을 복바위에 갈았던 것이다.

그녀가 '복바위'를 갈기 시작한 뒤 우연인지 혹은 '복바위'의 영검이었는지, 그녀가 주야로 그렇게 그리워하던 아들을 만나 보게 되었던 것이다.

「엄마, 어디서 어째 지냈노, 어째 살았노…… 엉엉엉…… 엄마…….」

어미는 긴 덧니를 젖히며 자꾸 울기만 하였다. 피와 살은 썩어가도 눈물은 역시 옛날과 변함없이 많았다.

술이 어머니는 아들을 한 번 만나보고 난 뒤부터는 아들 생각이 더 간절하였다. 다만 한 가지 믿고 의지할 곳은 저 바위뿐이었다. 그녀는 비가 오나 눈이 오나 남몰래 '복바위'만 갈았다. 그러나 이번에는 '복바위'의 영검이 먼저와 같이 그렇게 쉽사리 나타나지 않았다. 이것은 아마 캄캄한 어둠 속에서만 갈아서 이 '바위'가 잘 응해주지 않는 것이라고 생각하였다. 그래 그 이튿날부터는 될 수 있는 대로 사람들이 보이지 않는 낮에 갈기로 하였다. 그러나 이와 같이 낮에 사람의 눈을 피하기란 지극히 어려웠다. 새끼줄이 몸에 걸리는가 했더니 그녀의 몸은 곧 바위 위에서 떨어졌다. 다리 밑까지 개처럼 질질 끌려갔다. 온몸이 터져 피투성이가 되고 의식조차 잃고 있었다.

여인은 언제나 바위 곁을 지날 때마다 발을 멈추고 한참동안 그것을 원망스럽게 바라보는 것이었다. 진종일 장터에서 헤매이다 돌아오는 날 그녀는 아들 소식을 들었다. 술이가 감옥에 들어갔다는 것이었다. 온몸은 욱신거리고 아팠다. 머리 속은 어찔어찔하였다.

그녀가 바위 앞까지 왔을 때 해는 이미 떨어진 뒤였다. 언제나와 같이 바위 앞까지 와서는 걸음을 멈추고 고개를 들어 그것을 물끄러미 바라보았다. 바로 그때였다. 자신의 토막이 불길에 휩싸여 있었다. 그녀는 나무토막처럼 바위 위에 쓰러졌다. 이미 감각도 없는 두 손으로 바위를 더듬었다. 그리하여 바위를 안은 그녀는 만족한 듯이 자기의 송장같이 검은 얼굴을 비비었다. 바위 위로는 싸늘한 눈물 한 줄기가 흘러내렸다.

이튿날 마을 사람들이 이 바위 곁에 모이었다. 그들은 모두 침을 뱉으며 말했다.

「더러운 게 하필 예서 죽었노.」

「문둥이가 복바위를 안고 죽었네.」

「아까운 바위를…….」

바위 위의 여인의 얼굴엔 눈물이 번질번질 말라 있었다.

감상을 위한 문제제기

1. '복바위' 가 의미하는 세계를 현실 도피적이라는 관점에서 비판하시오.

문제 제기의 요구가 현실 도피적 관점에서 비판하라고 했으므로, 이러한 비판적 관점을 유지하는 방향에서 다소 무리가 따를 것을 감수하면서 논리를 전개시켜본다. 평가는 독자에게 달려 있다.

김동리 소설에 대한 평가는 아직 완결되지 않았지만 그의 샤머니즘 계열 소설의 정점이자 한계가 「바위」에 있다고 본다.

천형(天刑)이라는 문둥병에 걸린 어머니는 남편에게 배신당하고 아들 술이(述伊)에 대한 그리움으로 살아가는 인물이다. 복바위는 우주의 중심이며 신성한 솟대이다. 그런데 독자들이 당황하는 것은 복바위를 문지르는 필사적인 몸짓이 남편의 배신에 대한 원망도 아니고 자신의 치유보다는 '아들을 만나게 해달라' 는 것에 있다는 점이다. 추락한 비행사가 망가진 몸으로 고장난 무전기를 눌러대듯 어머니는 신탁의 복바위를 문지른다. 그러나 아들이 감옥에 들어갔다는 소식을 들었을 때 그녀의 기대는 꺾인다. 그리고 자신이 만든 토막이 불살라지는 것을 보았을 때 모든 희망은 무너진다. 독자는 감히 이 어머니의 무서운 맹목적 모정에 돌을 던질 권리는 없다.

그러나 염두에 둘 일은 1936년을 전후한 그의 초기 소설들의 공통적 경향인 '샤머니즘의 문학적 형상화' 라는 작업을 작품 자체의 성과와는 별도로 문학사적인 관점에서 재조명, 재평가할 필요가 있다는 점이다.

일제 식민지에서 일관된 문학 운동이 결국 조선인의 정체성을 찾는 작업이었다고 볼 때, 1936년 — 이 무렵은 앞에서도 언급했듯 묘하게도 현대 문학의 대표적 소설들이 한꺼번에 탄생한 시점이다. 조선인의 정체성을 찾는 문학적 작업은 1910년대 이광수류의 계몽주의적 시대를 넘어서, 1920년대 후반기 시조 부흥 운동과 민족 문학의 시기를 거쳐 일종의 은둔과 도피의 준비 시기로 들어서고 있었던 것이다. 이 상 문학의 자폐성과 이효석 문학의 성(性), 그리고 김유정의 풍자, 토속성은 다가올 암담한 1940년대를 대비한 작품들이었다고 할 수 있을 것이다.

이 시기에 20대의 김동리는 샤머니즘이라는 문학적 개성으로 나타났다. 샤머니즘은 우리 민족이 오래 잊고 있었던 우리의 정신 깊은 곳을 흐르는 내적 힘이었다는 것을 부정하지는 않았다. 그러나 이러한 샤머니즘이 우리 민족의 정신사 속에서 한번이라도 현실의 개혁과 현실의 극복을 위한 노력으로 나타난 적이 있었던가 생각해 볼 필요가 있다. 샤머니즘은 그 본질적인 면에서 기복 신앙적이며 현실과의 대결을 회피한다. 아무리 샤머니즘이 갖는 생명력을 인정해도 그것이 현실의 수레바퀴를 움직이는 동력이 되기에는 무력한 것이다. 우리는 바위를 문지르며 죽어간 어머니에게 어떠한 '조선의 맥박' 도 느끼지 못한다. 그것은 그대로 생명 없는 한낱 '바위' 일 뿐이요 패배일 뿐이다. 현실과의 치열한 대결 의식이 조금이라도 있다면 '바위' 의 어머니는 죽지 말았어야 하며 과감히 그 복바위를 버리고 떠났어야 하지 않을까 생각한다. 그녀의 주술적 행위는 극한적 위기에 처한 사람이라면 누구나 걸어보는 최후의 희망이라는 점에서 어느 정도 이해와 동정이 있을 수 있다. 그러나 문제는 소설이 선택된 일상 생활의 한 모습이라고 한다면, 작가가 이러한 주술적 행위를 독자들에게 시종 일관 보여주는 의도, 그 주제 의식을 읽어내기가 쉽지 않다는 것이다. 모정(母情)의 끈끈한 세계를 보여주려고 했다면 다른 방법으로도 얼마든지 가능하다. 병들고 버림받고 죽어가는 어머니에게서 1930년대 피폐한 식민지 '조선의 얼굴' 을 발견할 수 있을까. 상상력의 족쇄를 아무리 풀어놓아도 김동리는 현진건이 아니다. 김동리의 초기 세계엔 시대와 역사가 드리우는 그늘이 없다. 샤머니즘의 칙칙하고 끈끈한 회색빛 허무의 장막만이 있을 뿐이다.

김동리의 '어머니' 는 처절함과 비통함, 무저항의 행위를 통하여 전통적인 어머니의 이미지에 쉴 새 없이 상처를 낸다. 이 어머니의 행위가 문제 제기에서 언급했듯 철저하게 현실 도피라는 점에서도 우리는 거부감을 느끼지 않을 수 없다. 복바위에 매달린 처절한 어머니는 순교자도 아니고 아무것도 아니다. 적어도 현대인들이라면 우리의 어머니가 이런 맹목적 희생의 존재가 되기를 원치 않을 것이다. 우리 시대의 남정네들이 망쳐놓은 고약한 이 세상을 온몸으로 견디고 정화시키기에 김동리의 어머니는 너무 무력하다. 거기에는 현실의 왜곡만이 있을 뿐이다.

2. 이 작품에 나타난 죽음의 상징성에 대해 쓰시오.

이 작품에서는 세 번에 걸친 '죽음' 이 표현된다.

첫번째는 천형과도 같은 '발병(發病)의 죽음' 이며 두번째는 '추방의 죽음' 이다. 마지막은 '희망의 죽음' 이다. 이 죽음의 양상은 점층적이며 가속적이다. 신(神)의 형벌, 그리고 가족의 형벌, 마지막으로 사회적 형벌이 이 슬픈 어머니에게 폭풍처럼 밀려온다. 아들을 만나고 싶어하며 어쩌면 자신의 병이 나을 수도 있으리라고 믿는 '복바위' 는 어머니가 마지막으로 매달리는 일종의 암초이며 돛대의 끝이다. 그러나 그녀는 자신이 만든 토막이 불살라지는 걸 보는 순간 모든 걸 포기한다. 어둠 속에서 그 불길은 구조의 불길이 아닌 화형식과도 같은 불길이었던 것이다. 여기엔 어떠한 비전도 없다. 철저한 허무만이 남아 있을 뿐이다. 신은 이 어머니의 구조 신호를 외면한다. 모든 것들로부터 추방당하고 실존의 바다에 빠진 그녀에게는 소멸만이 남아 있을 뿐이다. 이 상(李箱)의 날아오르고 싶어하는 희망, 그 한 조각마저 없어져버린 짙은 허무가 김동리 문학의 시발점이 된다. 엄밀히 말하면 이것은 샤머니즘이 아니다. 샤머니즘의 형식을 빈 허무주의일 뿐이다.

까치소리

작품요약

단골서점에서 신간을 뒤적이다 '나의 생명을 돌려다오' 하는 얄팍한 책자에 눈길이 멎었다. '살인자의 수기' 라는 부제가 붙어 있었다.

마을 한복판에 우물이 있고 우물 앞 뒤엔 늙은 회나무 두 그루가 거인 같은 두 팔을 치켜든 채 마주보고 있었다. 앞나무에 둘, 뒷나무에 하나, 까치둥지는 셋이 쳐 있었으나, 까치들이 모두 몇 마리나 그 속에서 살고 있는지는 아무도 아는 사람이 없었다. 나무와 함께 어느 까마득한 옛날부터 내려오는 것이거니 믿고 있을 뿐이었다.

까치가 울 때마다 기침을 터뜨리는 어머니는 아주 흑흑하며 몇 번이나 까무러치다시피 하다 겨우 숨을 들이키면, 으레 봉수(奉守)야 하고 내 이름을 부르곤 했다. 그것도 그냥 이름을 부른 것이 아니라 반드시 '죽여다오' 를 붙였다.

어머니의 기침병은 내가 군대에 가기 일 년 남짓 전부터 시작되었으니까 이때는 이미

삼 년도 넘은 고질이었던 것이다. 내 누이동생 옥란(玉蘭)의 말을 들으면, 내가 군대에 들어간 바로 이튿날부터 어머니는 나를 기다리기 시작했다는 것이다. 그렇게 한 일 년 남짓되니까, 거의 예외 없이 회나무에서 까치가 가작까작하기만 하면 방 안에서는 쿨룩쿨룩이 터지게 마련이었다는 것이다. 이것은 누구도 습관성으로 발전하게 되었다는 것으로 이해할 수 있었다. 어머니가 '날 죽여다오' 를 덧붙였대서 이해하기 힘든 일도 아니었다. 그런데 군대에 다녀온 뒤로 나 자신마저 이해할 수 없는 일이 곁들여져 생긴 것이다. 나는 어느덧 그러한 어머니를 죽이고 싶은 충동 같은 것을 느끼기 시작한 것이다. 어머니가 쿨룩쿨룩을 떠뜨리면 동시에 나의 눈에는 야릇한 광채가 어리기 시작하는 것이다. 어머니가 아주 까무러치다시피 될 때마다 나는 그녀의 꺼풀뿐인 듯한 목을 눌러 주고 싶은 충동에 몸이 부르르 떨리는 것이다. 또 한 가지 해괴한 일은 어머니의 기침이 멎어짐과 동시에 나의 흥분이 가라앉으면 나는 조금 전에 내가 겪은 그 무서운 충동에 대하여 자신이 반신반의를 일으킨다는 사실이다.

내가 군대에서 돌아왔을 때 나는 옥란에게서 정순이가 결혼을 했다는 소식을 들었다. 그것도 숙이오빠 — 상호와 말이다. 상호는 내가 전사(戰死)했다고 정순이를 속였던 것이다. 상호를 만나려 했지만 그는 나를 피했다. 그러나 여러 날 후 결국 주막 앞에서 나는 그를 만났다. 그는 할 말이 없다고 했다. 그래서인가 동생인 영숙이에 대해 이야기를 꺼내는 것이었다. 그 애가 고삼인데 내게 위문편지를 보내려 했다는 것이다. 제대하고 와서 놀랍게 성장한 영숙이를 우연히 만나긴 했었지만 그게 무슨 관계냐 싶었다.

나는 그의 앞에 손을 내밀었다. 손가락이 잘린 손이었다.

「나는 잘못 살아 돌아온 내 목숨을 처리할 현실이 없다네. 그래서 정순이를 만나야겠다는 것일세. 알려주게, 정순이를 만날 수 있는 시간과 장소를…….」

나는 이틀 뒤 정순이를 만났다. 내가 어머니도 옥란이도 버리고 떠나겠다, 그러니 상호를 버리고 나와 결혼해 달라고 했지만 그녀는 다시 내게 연락하지 않았다.

내가 보리밭 사잇길을 실신한 사람처럼 걷고 있을 때 사람의 발소리가 들려왔다. 영숙이었다. 나는 영숙의 얼굴을 넋나간 사람처럼 멍청하게 바라보았다. 다음 순간 영숙은 내 품에 안겨 있었다. 그 보다도 내가 먼저 영숙의 손목을 잡아끌었다고 하는 편이 순서일 것이다. 그러자 영숙이 내 가슴에 몸을 던지다시피 하며 안겨 왔던 것이다.

이때 까치가 울었던 것이다. 어머니가 가장 모진 기침을 터뜨리기 마련인 그 저녁 까치소리였던 것이다. 나는 실신한 것같이 누워있는 영숙이를 안아 일으키기라도 하려는 듯

천천히 그녀의 가슴 위에 손을 얹었다. 그리하여 다음 순간 내 손은 그녀의 가느란 목을 누르고 있었다.

감상을 위한 문제제기

1. 이 작품의 액자 소설적 구조는 효과적인 것이 되지 못하고 있다는 관점에 대한 자신의 견해를 서술하시오.

액자 소설이란 겉 이야기와 속 이야기로 구별될 수 있는 두 가지 이상의 서사 구조로 된 소설을 가리킨다. 세계 문학 속에서 액자 소설은 「아라비안 나이트」에서 근래의 움베르토 에코의 「장미의 이름」에 이르기까지, 리얼리티를 강화하기 위한 수법으로 활용되거나 권력자의 탄압을 피하기 위한 안전 장치로 활용하기도 했다. 말하자면 몇 겹의 이야기 속에 주제를 담음으로써 주제를 강화시키기도 하고 어느 경우에는 고의적으로 주제의 초점을 흐리게 만드는 기법의 하나로 활용되어왔다는 것이다. 연암 박지원이 「허생전」을 감추는 수단으로 「열하일기」라는 기행문의 틀 속에 「옥갑 야화」라는 액자를 만들고 그 속에 다시 몇 겹의 방어선을 친 다음 「허생전」에 해당하는 이야기를 넣어 둔 경우가 후자에 해당한다.

우리 근대 소설에는 김동인의 「배따라기」를 비롯하여 액자 구조로 된 소설이 적지 않지만, 과연 그것이 문학적 기법의 하나로서 수용되며 미학적인 면에서 어떤 효과를 주고 있는지 연구되고 있는 것 같지는 않다. 이 청준의 소설을 예외로 치고 나면 엄밀히 말해 대부분의 액자 소설은 그 액자가 되는 부분을 뜯어내도 전체적인 소설의 짜임은 망가지지 않는다. 특히 김동리의 액자 소살 — 「무녀도」, 「등신불」, 「까치소리」 등은 과연 액자의 틀이 작품의 리얼리티를 위해 꼭 있어야만 하는가 생각해 볼 필요가 있다. 그 대부분은 '이야기를 들려주기' 위한 장치의 하나로, 말하자면 '옛날 옛날……' 와 별 차이가 없는 것이다.

「까치 소리」의 '나' 는 책방에서 《살인자의 수기》라는 책을 발견하고 그것을 독자들에게 소개한다고 말하고 있다. 그런데 '나' 는 작가이다. 살인자도 '위대한 작가를 꿈꾸었다' 고 말한다. 스토리 텔러인 '나(작가)' 와 소설 속 인물인 '나(살인자)' 사이에 연결 고리가 만들어진다. 소설로 들어가는 문이 비로소 열리는 것이다. 그러나 평균 수준의 독자라면 누구나 이 설정 자체가 허구라는 것을 쉽게 간파하고 만다. 그것은 허구적 장치를 강화하기 위한 위장에 불과하며, 작품 자체를 보호하는 틀의 효과나 작품 자체를 값지게 보이게 하는 액자의 효과도 없다. 결국 독자는 작품을 읽고 의식 속에서 '액자'를 걷어내게 된다. 김동리는 앞서 말한 것처럼 여러 편의 작품에서 거의 동일한 액자 구조를 보여주고 있다. 김동리에게도 액자 구성은 서사 구조라는 면에서 뚜렷한 모습을 보여주고 있지 못하다. 액자 소설이란 결국 탐색과 발견을 위장한 정교한 '독자 속이기 수법'이라고 보면 이청준의 액자 소설에 이르러서야 그 수법은 성과를 거두고 있다.

2. 독자가 변호사 또는 검사라는 입장에서 주인공의 살인을 변호, 또는 논고해 보시오.

먼저 검사의 입장에서 논고해 보기로 한다.

피고는 '까치 소리'와 자신의 발작 사이에 모슨 연관이 있는 듯 말하고 있지만 도대체 이는 어불성설(語不成設)이 아닐 수 없다. 대체 그 '까치'가 피고에게 살인을 하라고 했단 말인가. 알베르 까뮈가 그의 소설 「이방인」에서 살인자의 입을 통해 살인의 이유를 '햇살이 너무 눈부셔서' 운운했다지만 이 또한 말이 되지 않는다. 까치 소리는 단지 까치 소리일 뿐이며 살인은 살인일 뿐이다. 아마도 피고의 변호인은 일시적 정신 착란이라는 변명을 하겠지만, 적어도 그가 전쟁에서 비겁하게 손가락을 자르고 집으로 돌아왔을 때까지 피고의 정신 상태는 완벽하게 정상이었던 것으로 추론 가능하다. 그의 살인은 명백하게 애인을 빼앗긴 질투 때문인 것이다. 거기에 어머니의 기침 소리와 까치 소리를 집어넣는다고 살인의 본질이 달라지지 않는다. 그것은 단지 장식음이며 효과 음향일 뿐이다. 현명한 재판관은 피고의 우롱에 결코 속아넘어가지 않을 것이다. 우리는 결과에 대한 처벌을 하는 것이지 그가 왜 그런 행동을 했는가에는 본질적으로 관심이 없다. 단지 그것은 참고 사항이 될 뿐이다. 그는 한 여자를 폭행했고 그리고 살인했다. 여기에 추호의 용서가 있어서는 안 될 것이다.

이번에는 변호사의 변호를 들어보기로 하자.

피고가 살인을 했다는 점에서는 피고 자신도 변호사도 결코 부인하지 않는다. 법이란 현상 논리에서 출발하므로 왜 피고가 살인을 했는가는 중요한 문제가 아닐 수도 있다. 그러나 우리는 피고의 삶에 지대한 영향을 미친 여러 요인들을 검토하고 분석함으로써 앞으로 유사한 사건을 예방한다는 차원에서도 피고의 행위의 원인 분석은 필요하다고 본다. 만일 법이 순전히 현상 논리에만 의존한다면 도대체 검사니 피고니 하는 이런 재판 절차가 무엇 때문에 필요한 것인가. 단지 법전에 의해 형벌을 가하면 되는 것 아닌가. 피고가 전쟁이라는 살인 행위에 부적당한 인간임은 분명하다. 그가 비겁했다는 것도 사실일 것이다. 그러나 우리는 그것만으로 피고를 처벌할 수는 없다. 왜냐하면 이것은 순전히 그의 '말' 뿐이기 때문이다. 그가 까치 소리에 어떤 강박의식을 느꼈을 수도 있고 아닐 수도 있다. 역시 그의 '말' 뿐이다. 단지 우리는 개연성의 면과 조건 반사라는 차원에서 까치 소리와 어머니의 기침 소리를 연결시킬 수 있을 것이다. 피고가 애인의 여동생을 강제로 끌고 갔는지 아니면 여동생이 스스로 따라갔는지는 알 수 없으나, 적어도 피고가 정상적인 정신 상태였다면 그러한 상황에서 살인을 저지를 수는 없다고 생각한다. 중요한 것은 살인의 행위가 일종의 환각과 착란 상태에서 일어났음이 분명하다는 것이다. 적어도 피고는 계획적으로 살인을 저지른 것이 아니다. 물론 피고가 무죄라는 것을 주장하는 것은 결코 아니다. 그러나 피고에게 가혹한 처벌을 한다는 것은 마치 신체적 불구자를 불구라는 이유로 처벌할 수 없는 논리와 마찬가지이다. 이 정신적 파산자인 피고에게 선처를 부탁한다. 이런 피고의 정신 상태를 만든 것은 우리 시대의 책임이며 우리 모두가 가해자이기 때문이다.

참고자료

- 김열규, 한국의 신화, 일조각, 1985
- 캠벨, 천의 얼굴을 가진 영웅, 이윤기 역, 평단문학사 1985
- 박용숙, 한국의 始源思想, 문예출판사, 1985

황순원

음유시인의 산문

작가 및 작품연구

황순원(黃順元 1915~2000). 평안남도 대동군 출신으로 1934년 시집 「방가(放歌)」를 발표하여 시인으로 출발하였으나 1937년 단편 「거리의 부사(副詞)」를 발표하여 소설가로 방향을 바꾸었다.

시인으로 출발하여 소설가가 된 작가는 황순원 외에도 여러 명이 있으나 황순원만큼 시인의 시선을 잃지 않는 작가는 찾아보기 드물다. 특히 초기에 씌어진 작품들은 시적 산문이라 할 만큼 서정적이고 감상적인 세계를 보여주고 있다. 그는 아직도 변모하고 있는 작가이다. 그의 작가론 및 작품연구는 다음의 자료 요약으로 대신한다.

황순원의 단편소설에는 시적 서정성이 넘치고 있다. 그의 문체와 주제는 긴밀히 결합되면서 시적 서정성의 창출에 기여하고 있다. 초기의 대표작인 「별」에서 우리는 이러한 탁월한 서정시적 단편작가로서의 황순원의 면모를 확연히 느낄 수 있다.

「별」이라는 작품에서 죽은 어머니의 이미지를 찾아 헤매는 소년의 내면세계가 잘 그려져 있다. 어렸을 때 어머니를 여의어 어머니 모습조차 기억할 수 없게 된 소년에게 어머니는 더욱 지고한 아름다움, 그 자체로 자리잡는다. 그러나 어머니는 너무나 지고한 절대적 아름다움으로 그려진 나머지 현세의 그 어느 것과도 비교될 수 없는 것으로 승화된다. 따라서 소년은 현실의 어떠한 대상과도 만족하지 못한다. 여태까지 예쁘다고 느껴오던 인형이나 소녀에게서 환멸과 멸시만을 느낄 뿐이다. 이것은 소년이 이미지의 세계에 집착한 나머지 실제의 세계를 외면해 버리는 것이다.

이러한 황순원의 단편소설 세계는 '시에서 소설로 표현형태는 달라졌지만 시가 가지고 있는 형식상에서의 시가 아닌 근본의 시라는 의미에서 소설을 쓴다' 하는 그의 작가적 자세와 일치한다고 볼 수 있다.

우리는 황순원 소설의 서정성이 주제와 긴밀히 맺어져 있음도 알 수 있다. 그의 단편은 시대나 사회와 비교적 무관하다. 그는 인간의 보편적 정감을 서정시적인 감각을 통해서 표현하는 데 주안점을 두고 있다.

또한 그는 소설 속에서 전설, 에피소드, 꿈 등을 종종 적절히 배치하여 작중 상황을 윤곽지어 주는 상징적인 구실을 하게 만들고 있다. 예컨대 「별」에서 소년의 눈에 내려와 비친 별은 현실에서 이루어지지 않는 절대적 이미지를 상징한다. 그는 소설 속의 전설, 에피소드, 꿈 등에 적절한 함축성을 부여함으로써 보다 핵심적인 이미지를 전달하고 있는 셈이다.

김봉군 외, 한국현대작가론 p.p. 460~466에서

별

작품요약

동네 애들과 노는 아이를 한동네 과수노파가 보고, 같이 저자시장에라도 다녀오는 듯한 젊은 여인에게 무심코, 자 동복 누이가 꼭 죽은 자 오마니 닮았디 왜, 한 말을 얼김에 듣자 아이는 동무들과 놀던 것도 잊어 버리고 일어섰다. 아이는 얼핏 누이의 얼굴을 생각해 내려 하였으나 암만해도 떠오르지 않았다. 집으로 뛰면서 아이는 저도 모르게, 오마니 오마니, 수없이 외었다.

갓난 이복동생을 업고 있던 열한 살잡이 누이는 동복 남동생에게 마치 어머니다운 애정이 끓어오르기나 한 듯이 미소를 지어 보였다. 아이는 어머니가 누이처럼 미워서는 안 된다고 머리를 옆으로 저었다. 아이는 처음으로 눈을 흘기며 무서운 상을 해보았다.

아이는 란도셀 메는 책가방에서 인형을 꺼냈다. 누이가 비단색 헝겊을 모아 만들어 준 예쁜 각시인형이었다. 아이는 인형을 품에 품고 밖으로 나섰다. 저녁 그늘이 내린 과수노파가 사는 골목에서 아이는 칼 끝으로 땅을 파고 인형을 묻었다. 인형인가 누이인가 분간 못할 서로 얽힌 손들이 매달리는 것 같음을 아이는 느꼈다.

하늘에 별이 별나게 많은 첫가을 밤이었다. 열네 살이 된 아이는 전에 땅 위의 이슬같이만 느껴지던 별이 오늘밤엔 그 어느 하나가 꼭 어머니일 것 같은 생각이 들어, 수많은 별을 뒤지고 있었다. 그러나 아이는 곧 안에서 누구를 꾸짖는 듯한 아버지의 음성에 정신을 깨치고 말았다. 아이는 다시 하늘로 눈을 부었으나 다시는 어느 별 하나가 어머니라는 환상을 붙들 수는 없었다. 아쉬웠다. 다시 아버지의 누구를 꾸짖는 듯한 음성이 들려나왔다. 아이는 아쉬운 마음으로 아버지의 음성이 들려오는 창 가까이로 갔다. 안에서는 아버지가 두 번 다시 그런 눈치만 뵀던 봐라, 죽여 없애구 말 테니, 꼭대기 피두 안 마른 게 여간 노한 게 아닌 것 같았다. 좀한 일에는 노하는 일이 없는 아버지가 이렇도록 노함에는 심상치 않은 일이 일어났음에 틀림없었다. 의붓어머니의 조심스런 음성으로, 좌우간 그 편 집안을 알아보시구레, 하는 말이 들려나왔다. 이어서 여전히 아버지의, 알아보긴 쥐뿔을 알아봐! 하는 노기찬 음성이 뒤따랐다. 이번엔 누이의 나직히 떨리는 음성이 한 번, 동무의 오래비야요, 했다. 이젠 학교도 고만둬라, 하는 아버지의 고함에, 누이가 등골이 서늘해짐을 느꼈다. 그러면서 얼마전에 누이가 호리호리한 키에 흰 얼굴을 한 청년과 과수노파가 살고 있는 골목 안에 마주 서 있는 것을 본 일이 생각났다.

누이는 시내 어느 실업가의 막내아들이라는 작달막한 키에 얼굴이 검푸른, 누이의 한 반 동무의 오빠라는 청년과는 비슷도 안 한 남자와 아무 불평 없이 혼약을 맺었다. 그러고 나서 누이가 시집간지 얼마 안 되는 어느날, 별나게 빨간 놀이 진 늦저녁 때 아이는 부고를 받았다. 아이는 언뜻 누이의 얼굴을 생각해 내려 하였으나 도무지 떠오르지가 않았다. 슬프지도 않았다. 그러다가 아이는 지난날 누이가 자기에게 만들어 주었던, 뒤에 과수노파가 사는 골목 안에 묻어 버린 인형의 얼굴을 떠오를 듯함을 느꼈다. 아이는 골목으로 뛰어갔다. 거기서 아이는 인형 묻었던 자리라고 생각키우는 곳을 손으로 팠다. 흙이 단단했다. 손가락을 세워 힘껏힘껏 파댔다. 없었다. 짐작되는 곳을 또 파보았으나 없었다. 벌써 썩어 흙과 분간치 못하게 된 지가 오래리라.

아이의 눈에는 그제야 눈물이 괴었다. 어느새 어두워지는 하늘에 별이 돋아났다가 눈물 괸 아이의 눈에 내려왔다. 아이는 지금 자기의 오른쪽 눈에 내려온 별이 돌아간 어머니라고 느끼면서, 그럼 왼쪽 눈에 내려온 별은 죽은 누이가 아니냐는 생각에 미치자 아무래도 누이는 어머니와 같은 아름다운 별이 되어서는 안 된다고 머리를 옆으로 저으며 눈을 감아 눈 속의 별을 내몰았다.

감상을 위한 문제제기

1. 소년이 누이를 미워한 이유는 무엇인가?

황순원의 단편에는 소년이 주인공으로 많이 등장한다. 그것은 대체로 설화적 효과와 시적 효과를 겸한 환상적 분위기를 자아낸다고 생각된다.

개괄적나마 소년이 등장하는 그의 초기 단편 「소나기」, 「닭제」, 「별」을 함께 분석해 보는 것은 도움이 될 수 있다.

「소나기」의 소년은 어느 날 징검다리에서 돌을 던지며 놀고 있는 소녀를 만난다. 소녀는 소년에게 장난스럽게 던진 돌을 소중하게 보관한다. 그것은 '운명의 돌' 이다. 이 소설은 개울에서 만나 소나기를 만나고 물이 불어난 개울을 건너는 행위를 통해 삶과 죽음의 신화적 이미지를 선명하게 부각시키고 있다.

「닭제」의 소년은 늙으면 뱀이 된다는 속설 때문에 소년은 결국 닭을 목 졸라 죽이고 만다. 뱀 한 마리가 제비집에 기어들어가는 것을 소년의 아버지가 죽인 적이 있는 데, 자신이 기르고 있는 닭이 뱀이 되어 제비들을 해칠까 두려웠던 것이지만 막상 닭을 죽이고 난 뒤 소년은 '뱀에 들리게' — 병들게 — 된다. 결국 소년은 제비들이 모두 날 수 있게 된 가을에 죽음을 맞는다.

이 두 편의 소설에서 우리는 사춘기의 입구에서 겪어야 하는 통과의례(通過儀禮)를 보았거니와 「별」에 와서 그것은 더욱 신비스럽고 내면화된다. 소년이 누이가 준 각시 인형을 묻어버리는 행위라든가 삶은 옥수수에서 여러 줄을 한꺼번에 떼어내는 '쌍둥이 떼어내는' 놀이 등의 여러 행위의 의례(儀禮)적, 주술적 의미가 여기 「별」에서도 여전히 강조되어 있다는 것이다. 행위의 상징성은 물론 황순원만의 전용(專用)이라고는 할 수 없다. 이 상의 「날개」의 돋보기 장난이 이카루스의 신화와 연관되어 있다는 것은 이이 앞에서 말한 바 있다. 그렇다면 황순원의 소설 속 소년들이 겪어야 하는 성인식(成人式)의 공통점은 무엇인가. 그것은 '매장(埋葬)' 이다. 「소나기」의 소녀는 입었던 옷 그대로 묻어달라는 유언을 남긴다. 「닭제」 의 소년은 닭을 죽여 그냥 버려둔 것을 다시 찾아낸다. 「별」의 소년은 누이가 준 인형을 묻는다. 인형이 누이의 주술적 대용품이라는 것은 누구나 쉽게 알 수 있다. 소년이 누이를 미워하는 것은 소년의 내면에서 분화되지 않은 자아가 성숙해 가는 과정이다. 누이에 대한 이유 없는 미움은 일찍 죽은 어머니에 대한 증오이며 채워지지 않는 오이디푸스 컴플렉스라고 할 수 있다. 굳이 정신 분석적 견해를 인용하지 않더라도 성인이 되기 위해 소년기를 '매장' 해야 한다는 것은 경험적 지식이다. 그것은 먼저 성적(性的)으로 독립된 인간이 되어야 함을 의미한다. 소년의 자아는 누이와 즐겨하던 쌍둥이 떼어내는 놀이가 갖는 주술적 의미를 알아챈다. 그것은 앞서 김동리의 경우에서 언급했던 우주 창조의 신화에서 쌍둥이 또는 남매의 근친혼 의식과 연결된다. 「별」에서 그것은 '치마로 누이를 묶어 강물에 넣는' 행위로 나타난다.

근친혼 또는 남매혼은 고대 이집트에서는 왕족만의 특권이었으며 그리스 신화의 제우스와 헤라가 남매였다는 신화에서도 알 수 있듯, 그것은 일반인들에게는 금기 사항으로 인식되기 시작했음을 — 신화의 영역에서나 가능한 사건쯤으로 인식되기 시작했다는 것이다. 어쨌든 중세 유럽에 이르러서는 남매 쌍둥이인 경우 자궁 안에서 근친 상간한 것으로 간주하고 모두 화형시켜버리는 터부로까지 발전한다. 우리 민족의 경우에도 막연하지만 남매 쌍둥이는 재수없다는 등, 둘중의 하나는 버려야 한다는 의식 터부가 전해 내려온 것을 보면 위에서 언급한 터부가 결코 서구 문화의 소산만은 아니라는 증거가 된다. 이에 대한 문화 인류학적인 분석이 가능하겠지만 필자로서는 능력 밖의 일이다.

소년이 '놀이(장난)' 의 비밀스러운 상징성을 깨닫는 순간 그는 더 이상 소년기에 머물 수가 없다. 「별」의 '놀이' 들을 간략하게 정리하면 다음과 같다.

① 누이가 준 인형 묻어버리기.
② 당나귀 타기.
③ 이복 동생 꼬집기.
④ 옥수수 알갱이 뜯어내기.
⑤ 땅 바닥에 금 그으며 놀기, 땅 따먹기.
⑥ 치마로 누이를 묶어 강물에 넣기.

이 놀이들이 모두 출산과 관련된 '성적(性的) 의미'를 내포하고 있다는 것은 매우 흥미롭다. ①에 대해서는 이미 그 의미를 설명하였다. 인형은 ⑥의 '놀이' 이후 다시 파헤쳐진다. 그리고 소년은 ②의 '놀이'로 돌아간다. ②의 놀이가 성적 에너지의 표현이라는 것은 「메밀꽃 필 무렵」의 노새에서도 이미 표현된 바 있다. ③의 놀이 역시 누이가 업고 있는 아이를 울려버리는 놀이를 통하여 누이에 대한 애증을 표현한 것이지만, 이 놀이 자체가 누이에 의해 유도된 것임을 생각할 때 결국 출산시 아이 울음과 연결된다고 볼 수는 없을 것인가. 이러한 발상이 비약이라면 ⑤의 놀이의 의미를 어떻게 설명할 수 있을까. 아이는 이 놀이에서 '반달 모양'에 집착한다. 그리고 아이의 놀이에 참견하여 '반달에 배가 부르게 긋기 시작'하는 누이에 대한 그림을 마구 지워버린다. 도대체 이것이 출산의 의미를 내포하고 있지 않다고 말할 수 있을까. ⑥의 행위 자체는 새삼 설명이 필요 없다. 그것은 누이에 대한 정화 의식이기도 하다. 여기서 소년이 아버지의 대역을 하고 있다는 것도 흥미있는 일이다.

황순원은 이러한 매장과 소생의 의식을 통하여 사춘기를 통과하는 소년의 심리를 신비스럽게 시적으로 형성화하고 있다. 김동리의 샤머니즘 소설이 그렇듯 황순원 단편인 「소나기」, 「닭제」, 「별」 모두 시대와 역사성에서는 비껴 있다고 하겠다. 그러나 그것은 시적 공간이며 신화적 공간이라고 불러야 할 보편적 공간이기도 하다.

2. 이 작품에서는 대화 표시가 하나도 없다. 어떤 효과를 거두고 있는가?

황순원 소설의 시적 서정성에 대해서는 많은 평자들이 얘기한 바 있다. 그의 문체는 객관적 관찰이나 사실보다는 주관적 서정에 의존한다. 심지어 전쟁의 고통을 다룬 「학」의 경우에서도 인물들의 화해는 이데올로기를 초월한 '학'이라는 시적 대상물에 의존하여 이루어진다.

「별」의 구성은 그의 다른 단편 소설과 마찬가지로 평면적이다. 그것은 현실의 사건들과 유기적으로 연결되어 있지 않다. 독립된 사건들이 시의 연(聯)처럼 배열되어 있다. 탈역사성, 탈시대성 그리고 평면적 구성에 리얼리티를 부여하는 것은 그의 산문시적 문체이다. 소설속의 대화들은 모두 소년의 자아를 향해 북소리처럼 울린다. 마치 필터 마이크나 에코 마이크처럼 외부의 목소리들이 기묘한 시적 울림으로 들려온다고 생각하게 만든다. 어쩌면 이 소설 속의 대화들은 소년의 자아가 만들어낸 환청일지도 모르겠다는 생각을 지울 수 없게 한다. 모든 대화를 지문으로 처리하여 시적 효과를 거두고 있는 것은 「닭제」에서도 마찬가지이다. 뱀과 제비로 상징되는 「닭제」의 소년이 넘지 못하는 선과 악의 경계선에서 어른들이 던진 대화들은 악몽처럼 어른거리며 소년에게 다가왔다가 사라져 가곤 한다. 그것은 대화라기보다는 차라리 독백이며 주문에 가까운 언어들이다.

소설 속의 대화는 갈등을 전제로 한다. 세계관의 충돌, 이데올로기의 충돌 등이 대화를 통해서 심화되거나 해결된다. 그것은 일종의 전투이며 싸움이다. 그러나 황순원은 이러한 전투에는 큰 관심이 없어 보인다. 그는 현대 단편 소설이 빌려온 희곡적 구성과 대화에 의존하기보다는 시적 함축성을 즐긴다. 황순원의 단편 소설은 그 갈등의 근원이 내부에 있다. 이 상(李箱)의 소설에서 대화에 큰 의미가 없는 것과 비슷한 이유로 황순원의 경우에도 대화는 부차적인 것이다. 그가 중요하게 생각하는 것은 대상의 주관화이며 시적 인상의 묘사이다. 결코 요설(饒舌)에 흐르지 않으면서도 치렁치렁한 「별」이나 「닭제」의 문체는 시인 황순원과 소설가 황순원의 화해이며 조화라고 부를 수 있다.

목넘이 마을의 개

작품요약

어디를 가려도 목을 넘어야 했다. 남쪽만은 꽤 길게 굽이 돈 골짜기를 이루고 있지만, 결국 동서남북 모두 산으로 둘러싸여 어디를 가려도 산록을 넘어야만 했다. 그래 이름지어 목넘이 마을이라 불렀다.

어느새 봄철, 이 마을 서쪽 산밑 간난이네 집 옆 방앗간에 웬 개 한 마리가 언제 방아를 찧어 보았는지 모르게 겨 아닌 뽀얀 먼지만이 앉은 풍구 밑을 혓바닥으로 핥고 있었다. 작지 않은 중암캐였다. 그리고 본시는 꽤 고운 흰털이었을 것 같은, 지금은 황토물이 들어 누르칙칙하게 더러워진 이 개는 몹시 배가 고파 있는 듯했다. 뒤다리께로 바삭 달라붙은 배는 숨 쉴 때마다 할딱할딱 뛰었다. 무슨 먼 길을 걸어 온 것도 같았다. 그러고 보면 목에 무슨 끈 같은 것을 맸던 자리가 나 있었다.

신둥이는 연자맷돌을 짤짤 핥아 보았으나 거기에도 덮여 있는 건 뽀얀 먼지뿐이었다.

방앗간을 나온 신둥이는 바로 간난이네 수수깡바자문 틈으로 들어갔다. 토방 밑에 엎드려 있던 간난이네 누렁이가 고개를 들고 일어서더니 낯설다는 눈치로 마주 나왔다. 신둥이는 저를 물려고 나오는 줄로 안 듯 꼬리를 배 밑으로 껴넣고는 쩔룩거리는 걸음으로 달아나오고 말았다.

신둥이는 큰동장네 검둥이나 작은동장네 바둑이가 먹다 남긴 밥알을 얻어먹으며 지냈다. 깨끗이 개인 봄날 늦은 조반 때쯤 하여 신둥이가 해바라기를 하고 있는 방앗간으로 작은동장이 왔다. 작달막한 키에 머리를 박박 깎았다. 그는 머슴을 시켜 볏섬을 찧으려는 것이었다.

「이게 누구네 가이야?」

작은동장의 발길이 신둥이의 허리 중동을 와 찼다. 신둥이는 뜻 않았던 발길에 깽 비명을 지르며 달아났다.

그날 초저녁 신둥이가 큰동장네 대문 안에 서서 지금 거의 다 먹어가는 검둥이의 구유 쪽을 바라보고 섰는데, 방문이 열리며 큰동장이 나왔다. 역시 작은동장처럼 작달막한 키에 머리를 박박 깎았다. 얼른 보매 작은동장과 쌍둥이가 아닌가 싶게 그렇게 모습이 같았다. 이 큰동장이 뜰로 내려서면서 지금 구유 쪽에만 정신이 팔려 있는 신둥이를 발견하자 보지 못하던 개임에, 이놈의 가이새끼, 하고 발을 굴렀다. 신둥이는 깜짝 놀라 개구멍을 빠져 달아나고 말았다. 마침 저녁을 먹고 이리로 나오던 작은동장이 신둥이를 보고 이 개가 오늘 아침에 자기가 방앗간에서 쫓은 개라는 것과 지금 또 이 개가 형한테 쫓겨 달아나는 사실에 미루어, 언뜻 보지 못하던 이 놈의 개새끼가 혹시 미친 개가 아닌가 하는 생각이 든 듯, 갑자기 야무진 목청으로 미친 가이 잡아라! 하고 고함을 지르는 것이었다. 자기네의 목소리를 듣고 서쪽 서산 밑 사람들도 뭐든 들고 나와 미친개를 때려잡으라는 듯한 부르짖음이었다.

이튿날 아침, 일찍 일어나기로 유명한 간난이 할아버지가 수수깡바자문을 열고 나오다가 방앗간 풍구 밑에 엎디어 있는 신둥이를 발견하고 되들어가 지게 작대기를 뒤에 감추어 가지고 나왔다. 미친개기만 하면 단매에 때려죽여 버리리라. 간난이 할아버지는 한 자리에 선 채 신둥이편을 노려보았다. 주둥이에 거품을 물었다든가 군침을 흘린다든가 하지 않는 걸 보면 이 개가 미쳤다 해도 아직 그닥 심한 고비에 이르지 않은 것 같았다. 간난이 할아버지는 뒤로 감추었던 작대기 든 손을 늘어뜨리고 말았다.

큰동장네 검둥이며 작은동장네 바둑이가 이틀씩이나 집에 들어오지 않았다. 크고 작은 두 동장은 그놈의 미친개가 종시 자기네 개들을 미치게 해 가지고 데려갔다고 분해하고 한편 겁나 했다. 그런데 이때 동네에서는 간난이 할아버지가 집 사람을 보고 아예 그런 말을 내지 못하게 해서 모르고 있었지만 간난이네 개도 나가서 이틀이나 들어오지 않는 것이었다.

사흘 만에 크고 작은 동장네 개들은 전후해서 들어왔다. 간난이네 개도 들어왔다. 개들은 집에 들어오자 마자 그늘을 찾아 엎디더니 침이 질질 흐르는 혀를 빼 가지고 헐떡이다가 눈을 감고 잠이 들어버리는 것이었다. 이틀 새에 한결 파리해진 것 같았다.

큰동장은 눈을 못뜨고 침을 흘리는 것만 봐도 미쳐가는 게 분명하니 아주 미쳐 나가기 전에 잡아치우자고 했다.

검둥이의 깨갱 소리를 듣고 작은동장네 바둑이는 바라다뵈는 곳까지 와서, 서쪽 산밑 개들은 한길까지 나와서 짖어댔다. 검둥이도 바둑이도 차례로 죽고 말았다.

뒷결 밤나무 밑에다 큰동장네 큰 가마솥을 내다걸었다. 남폿불빛 아래서 개기름 땀과 겔겔이 풀어진 눈들을 하고 둘러앉아 잔을 돌리고 고기를 뜯고 그러다가 모기라도 와 물면 각각 제 목덜미며 가슴패기를 철썩철썩 때리는 것이란 무슨 짐승들이 모여앉았는 것 같기도 했다.

가을도 다 끝나고 이제 겨울 준비로 바쁜 어느날, 간난이 할아버지는 여웃골로 나무를 하러 갔다. 무심코 길 한 옆에 눈을 준 간난이 할아버지는 거기 웬 짐승의 새끼가 뭉겨 있는 걸 보았다. 이게 범의 새끼가 아닌가 하고 놀라 자세히 보니, 그것은 다른 것 아닌 잠든 강아지들이었다. 그리고 저만큼에 바로 신둥이 개가 이쪽을 지키고 서 있는 것이었다. 앙상하니 뼈만 남아 가지고. 간난이 할아버지가 강아지께로 가까이 갔다. 다섯 마리가 되는 강아지는 벌써 한 스무날은 넉넉히 됐을 성 싶었다. 간난이 할아버지는 다시 한 번 속으로 놀라고 말았다. 강아지 속에는 틀림없는 누렁이가, 검둥이가, 바둑이가, 섞여 있는 게 아닌가. 그러나 이건 놀랄 일이 아니라 응당 그럴 일이라고, 험상궂어 뵈는 반백의 덥석부리 속에 저절로 미소가 지어지는 것이었다. 좀만에 그곳을 떠나는 간난이 할아버지는 오늘 게서 본 일은 아무한테나, 집안사람들한테도 이야기 말리라 마음 먹었다.

이것은 내가 중학 이삼년 시절 여름방학 때 내 외가가 있는 목넘이 마을에 가서 들은 이야기이다. 강아지가 밥을 먹게끔 되었을 때 간난이 할아버지는 집안 사람들 보고 아무 곳 아무개한테서 얻어오는 것이라 하며 강아지 한 마리를 안고 내려왔다. 이렇게 한 마리씩

다섯 마리를 다 안아다 주었다. 이런 이야기 끝에 간난이 할아버지는 지금 자기네 집에 기르는 개가 그 신둥이의 증손녀라는 말과 원체 종자가 좋아서 지금 목넘이 마을에서 기르는 개란 개는 거의 다 이 신둥이의 증손이 아니면 고손이라고 했다. 크고 작은 두 동장네 집에서까지도 요새 자기네 개가 낳은 신둥이개의 고손자를 얻어갔다는 말도 했다. 내가, 그 신둥이개는 그 뒤에 어떻게 됐느냐고 물었더니 간난이 할아버는 금세 미소를 거두며, 그해 첫겨울 어느 사냥꾼의 총에 맞아죽었다는 소문이 있었는데 사실 그 후로는 통 보지를 못했다는 것이었다. 나는 공연한 것을 물어보았구나 했다.

감상을 위한 문제제기

1. '개' 가 상징하는 것은 무엇인가?

동물 상징은 종교적 신앙의 대상이었던 토템 시대를 지난 현대에 이르러서도 여전히 그 유용성을 잃지 않고 있다. 미국의 상징이 '쌍두의 독수리' 라든가 어느 특정한 운동 경기의 상징이 어떤 동물로 표현되는 경우는 대단히 빈번한 일이다. 그러나 대개의 경우 동물 상징이 생물학적인 동물의 특성과 일치하는가는 중요하지 않다. 가령 늑대에 대한 인간의 왜곡된 두려움은 아무리 생물학적인 지식이 보급되어 늑대의 생태에 대한 정확한 체계적 지식을 갖게 되어도 쉽게 변하지 않을 것이다. 까치가 한국인의 정서에는 길조이지만 서구인들에게는 역겨운 새라고 여겨지는 것도 사실상 까치의 본질과는 아무 상관없다. 결국 동물 상징의 상당 부분은 인간의 오랜 편견과 관습에서 생겨난 것일뿐이다.

우리는 정한숙의 「닭장 관리」라는 우화 소설에서도 무기력한 근대사 속의 한국인을 닭장 속의 닭으로 묘사한 다음, 봉황이 되어 날아오르는 꿈을 꾸는 닭을 통하여 우리 민족에게 내재되어 있는 미래 의식의 단면을 보여준 것을 상기할 수 있을 것이다. 같은 이유로 「목넘이 마을의 개」의 신둥이가 한국인의 왜곡된 삶에 끈질기게 저항하는 정신을 상징하는 동물로 읽혀질 가능성은 충분하다. 그러나 이 작품이 정한숙의 「닭장 관리」처럼 우리의 역사와 일 대 일의 상징적 대응 관계를 이루는 것은 아니다. 「목넘이 마을의 개」는 생물학적 개의 성격이 더 강하다. 작가는 그 이상의 의미 부여를 하지 않는다. 그럼에도 불구하고 신둥이라는 개의 삶에서 풍기는 생명력이 독자의 심상에 하나의 흔적으로 남는 이유는 무엇일까. 작품의 서사 구조가 단순한 만큼 신둥이라는 존재 의미에 작가가 무엇을 담아주려 했는가를 읽어내기란 쉬운 일이 아니다.

개들의 삶이 주는 진솔함과 그 질긴 생명력은 조금씩 마을 사람들의 삶의 축을 변화시켜 간다. 이렇게 보면 신둥이는 역사의 질곡에서 소외된 민중적 에너지의 상징이라는 해석도 가능하지만, 그보다는 차라리 나태해지고 무기력해진 목넘이 마을 사람들에게 깃든 원시적 생명력을 표상한다고 보는 편이 더 설득력이 있지 않을까 생각한다. 그러나 만일 신둥이를 어디선가 마을에 굴러들어온 유랑민의 하나로 본다면, 그러한 상징으로 본다면, 홍기삼이 말한 황순원 문학의 '유랑민 근성'의 출발점으로도 읽혀질 수 있지 않을까 생각한다. 이 명제는 사회 의식을 드러낸 「일월」, 「움직이는 성(城)」을 중심으로 황순원 자신이 표명한 문제이기도 하다. 「목넘이 마을의 개」의 주제 의식은 설화적 구조 속에 감추어져 있기 때문에 그 분석은 쉽지 않다. '유랑민 근성'에 대한 홍기삼의 견해를 인용하는 것으로 대신한다.

첫째, 우리 민족이 가지고 있는 유랑민 근성은 비정착성에 근거를 두고 있다는 점 둘째, 부단한 외세의 침략과 통치자의 자주성 결여 셋째, 그러한 이유로 인하여 필연적으로 발생하는 주체성 결여 같은 문제들이 관련되어 있음을 이해하게 된다. 또한 유랑민 근성은 어떤 소집단이나 한 시대만을 특징 지우는 요인이 아니라, 한국사 전반을 특징 짓는 조건이 되며, 그것은 오늘날까지 그대로 흘러 내려오는 한국인 전체, 한국사 전체에 내포된 일종의 집시 근성 같은 것으로 이해되고 있다. 따라서 이것은 한국사와 한국인 전체가 형성하고 있는 집단 무의식과 깊은 관련을 가지며 이 같은 문제를 긍정적으로 해석하게 되는 것이 아니라, 한국사와 한국인의 집단 무의식, 관습, 가치관 따위에 대한 일체의 부정적 판단 기준이 된다. 그렇다면 유랑민 근성이라는 것이 단순하게 우리 민족의 특징을 이루는 평범한 요인 중의 하나가 아니라 매우 중요한 조건 또는 중요한 요인 중의 하나가 된다는 사실에 이르게 되고, 적어도 황순원 문학에 있어서 이것은 가장 중요한 주제가 될 수밖에 없다는 사실을 생각하지 않을 수 없게 한다.

실상 황순원 문학에 있어서 두 권의 시집이나 그의 탁월하고도 아름다운 단편 문학에 있어서 중요한 것은 새로운 역사 인식도 아니고 타인에 대한 고뇌, 사회 정의의 부재에 대한 슬픔도 아니었던 것은 우리가 충분히 이해해 온 사실이다.

홍기삼의 견해를 확장해 가면 김동리 문학의 '떠남'이나 이효석의 「메밀꽃 필 무렵」의 방황, 박목월의 「나그네」와 연관하여 새로운 시사(示唆)를 찾아낼 수 있을 것이다. 한편, '유랑민 근성' 이 농경 생활 속에서 이단적 삶의 모습이라는 사실은 부정적이기는 하지만, 그러한 삶이 조선의 신분제 사회에서 직접, 간접적으로 강요된 것이라는 점을 간과(看過)하고 있는 것은 아닐까.

2. 간난이 할아버지가 신둥이의 새끼들을 돌보게 된 이유는 무엇인가?

검둥이, 바둑이를 비롯한 마을의 개들은 마을 사람들에 의해 학살되고 만다. 간난이 할아버지가 신둥이가 낳은 다섯 마리의 새끼들에게서 누렁이, 바둑이, 검둥이를 발견하는 장면은, 자신이 소유하고 있는 삶에 대한 그의 본능적 통찰력의 위대함을 보여준다. 신둥이의 새끼들은 생명의 불가사의한 윤회(輪廻)를 의미한다. 간난이 할아버지가 어떠한 외부의 힘으로도 가를 수 없는 강인한 생명력에 대한 경이로움으로 그 새끼들을 몰래 돌보게 되는 것은, 인간이 저지른 우매한 행위에 대한 속죄를 의미하기도 하고 신둥이로 표상된 생명 그 자체에 대한 엄숙한 외경(畏敬)을 의미한다고 보아도 좋겠다. 그것은 이해 타산을 초월한 보시(布施) 행위이다.

독짓는 늙은이

작품요약

이년! 이 백 번 쥑에도 쌀 넌! 앓는 남편두 남편이디만, 어린 자식을 놔두구 그래 도망을 가? 것두 아들놈 같은 조수놈하구서 …… 그래 지금 한창나이란 말이디? 그렇다구 이년, 내가 아무리 늙구 병들었기루서니 거랑질이야 할 줄 아니? 이녀언! 하는데, 옆에 누웠던 어린 아들이, 아바지, 아바지이! 하였으나 송영감은 꿈 속에서 자기 품에 안은 아들이, 아바지, 아바지이! 하고 부르는 것으로 알며, 오냐 데건 네 에미가 아니다! 하고 꼭 품에 껴안은 것을, 옆에 누운 어린 아들이 그냥 울먹울먹한 목소리로 아버지를 불러, 잠꼬대에서 송영감을 깨워놓았다.

날이 밝자 송영감은 열에 뜬 머리를 수건으로 동이고 일어나 앉아, 애더러는 흙 이길 왱손이를 부르러 보내놓고, 왱손이 올 새가 바빠서 자기 손으로 흙을 이겨 틀 위에 올려놓았다. 송영감의 손은 자꾸 떨리었다. 그러나 반쯤 족을 지어 올려, 안은 조마구, 밖은 부채마치로 맞두드리며 일변 발로는 틀을 돌리는 익은 솜씨만은 앓아눕기 전과 다를 바 없는 듯했다. 왱손이가 흙을 이겨주는 대로 중옹 몇 개를 지어냈다.

그러나 날이 갈수록 송영감은 독 짓기보다 자리에 쓰러져 있는 때가 많았다. 백 개가 못 차니 아직 이십여 개를 더 지어야 충수가 되는 것이다. 한 가마를 채우게 짓자 하고 마음만은 급해지는 것이었으나, 몸을 일으키다가 도로 쓰러지면 흰털 섞인 노랑수염의 입을 벌리고 어깨 숨을 쉬곤 했다. 그러한 어느날, 물감이며 바늘을 가지고 한돌림 돌고 온 앵두나뭇집 할머니가 찾아와서는 마침 좋은 자리가 있으니 당손이를 주어 버리고 말자는 말로, 말이 난 자리는 재물도 넉넉하지만 무엇보다도 사람들 마음씨가 무던하다는 말이며, 그 집에서 전에 어떤 젊은 내외가 살림을 엎이치우고 내버린 애를 하나 얻어다 길렀는데 얼마 전에 그 친아버지 되는 사람이 여남은 살이나 된 그애를 찾아갔다는 말이며 그래 이번에는 아버지 없는 애를 하나 얻어다 기르겠다는 말을 하면서, 꼭 그 자리에 당손이를 주어 버리고 말자고 했다. 송영감은 지금 자기가 거랑질을 해서라도 애를 굶기지는 않겠다고 했지만, 그리고 사실 아내가 무엇보다도 자기와 같이 살다가는 거랑질을 할 게 무서워 도망갔으메 틀림없지만, 자기가 병만 나아 일어나는 날이면 아직 일등 호주라는 칭호 아래 얼마든지 독을 지을 수 있다는 생각으로 조급해지는 것이었다.

하루는 송영감이 날씨를 가려 종시 한 가마가 차지 못하는 독들을 왱손이의 도움을 받아 밖으로 내고야 말았다. 지어진 독만으로도 한 가마 구워 내리라는 생각이었다. 독 말리기, 말리기라기보다도 바람쐬기다. 바람이 좀 치는 게 독 말리기에 아주 알맞은 날씨였다. 독들을 가마에 넣을 때가 되었다. 송영감 자신이 가마 속에까지 들어가, 전에는 되도록 독이 여러 개 들어가도록만 힘쓰던 것을 이번에는 도망간 조수와 자기의 크기 같은 독이 되도록 아궁이에서 같은 거리에 나란히 놓이게만 힘썼다. 마치 누구의 독이 잘 지어졌나 내기라도 해 보려는 듯이, 늦저녁 때쯤 해서 불질이 시작되었다. 이 불질이 독을 쓰게도 못쓰게도 만드는 것이다. 한결같이 불질하는 것을 지키고 있는 송영감의 두 눈 속에도 불길이 타고 있었다. 해도 저물었다. 그러는데 한편 곁창에서 불질하던 왱손이가 곁창 속을 들여다보는 듯하더니 분주히 이리로 달려오는 것이었다. 왱손이가 뭐라기 전에 먼저, 송영감은 그저 그만두라고 할 때까지 그냥 불질을 하라고 했다. 송영감이, 이제 조금만 더 하고 속을 죄이고 있을 때였다. 가마 속에서 갑자기 뚜왕! 뚜왕! 하고 독튀는 소리가 울려나왔다. 송영감은 가마에 넣은 독의 위치로, 지금 것은 자기가 지은 독, 지금 것도 자기가 지은 독, 하고 있었다. 이렇게 튀는 독은 거의 송영감의 것뿐이었다. 송영감은 자기가 앓다가 일어나 처음에 지은 몇 개의 독만이 튀지 않고 남은 것을 알며, 어둠 속에 그만 쓰러지고 말았다.

이튿날 송영감은 애를 시켜 앵두나뭇집 할머니를 오게 했다. 할머니가 돈을 몇 장 꺼내어 내밀자 송영감은 돈을 내어밀며 어서 애나 불러다 자기가 죽었다고 하라고 했다. 송영감은 눈을 감은 채 가쁜 숨을 죽이고 있었다. 할머니가 애를 데리고 와, 저렇게 너의 아버지가 죽었다고 했을 때, 송영감은 절로 눈물이 흘러내림을 어찌할 수 없었다.

눈을 떴다. 아무도 있을 리 없었다. 송영감의 눈앞에 독가마가 떠올랐다. 그러자 송영감은 그리로 가리라는 생각이 불현듯 일었다. 예삿사람으로는 더 견딜 수 없는 뜨거운 데까지 이르렀다. 늦가을 맑은 햇빛 속에서 송영감은 기던 걸음을 멈추었다. 거기에는 터져나간 송영감 자신의 독 조각들이 흩어져 있었다. 송영감은 조용히 몸을 일으켜 단정히, 아주 단정히, 무릎을 꿇고 있었다. 이렇게 해서 그 자신이 터져나간 자기의 독 대신이라도 하려는 것처럼.

감상을 위한 문제제기

1. 노인이 추구하고 있는 장인(匠人)의 삶을 설명해 보시오.

이 소설의 서사 구조는 황순원의 다른 단편들이 그렇듯 대단히 단순하다. 순서대로 정리해 본다.

① 병든 독장이 송 영감의 젊은 아내가 아이를 버리고 조수와 달아남.
② 자신이 만든 독이 가마에서 거의 모두 터져버림.
③ 아이를 양자로 보냄.
④ 병든 노인이 가마 앞에 경건히 꿇어앉음.

이 소설의 발단은 나도향의 「물레방아」와 마찬가지로 치정(癡情)이다. 그러나 황순원의 관심은 외부적 사건의 극적 전개에 있는 것이 아니라 평생 흙을 빚으며 살아온 송 영감의 인생의 장엄한 황혼을 그려내는 데 있는 것이다. ①에서 ④에 이르는 사건의 전개는 산문적이라기보다는 다분히 시적이다. ①과 ②의 사이에 어떤 유기적 관계가 있는가 묻는다면 어리석은 질문이다. 병든 노인이 기어이 독을 빚어 가마에 넣는 행위는 생계의 수단이 아니라 우주를 창조하는 엄숙한 일이다. 「별」의 경우에서, 그리고 「목넘이 마을의 개」에서도 언급했던 행위의 신성함, 주술성은 여기에서도 유감 없이 발휘되고 그것이 황순원 소설의 지향점이 되고 있다. 독은 지수화풍(地水火風)의 조화 속에서 만들어진다. 그러나 송 영감의 독들은 터지고 만다. 그것은 곧 송영감 세계의 종말이다. ①의 외부적 파멸을 인정하지 않았던 송 영감은 자신의 삶의 파멸을 인정하고 비로소 아이를 양자로 보낸다. 그 뒤 송 영감이 가마 앞에 끓어앉는 행위는 무엇을 의미하는 것일까. 흙과 물과 불과 바람으로 표상된 우주의 구성 원소로 빚어내는 장인의 삶으로의 간절한 복귀를 담고 있다. 그것은 사제의 몸짓이며 속죄의 행위이기도 하다. 이렇게 본다면 그의 단편 「소나기」, 「닭제」, 「별」, 「목넘이 마을의 개」에 이어 「독 짓는 늙은이」에 이르는 중심 인물들의 숨은 얼굴이 드러난다. 그 얼굴들은 '영원과 마주친 유한한 존재로서의 인간' 인 것이다.

2. 이 작품의 비극성은 무엇 때문인가?

한 인간이 일상적 삶을 희생하는 장인적인 집념으 통해 얻는 삶의 가치와, 일상적 인간으로서 생활을 영위하면서 얻을 수 있는 행복을 저울질한다는 것은 어려운 일이다. 독을 빚는 일에 대한 완고한 집념으로 살아가는 송 영감의 파국은 수많은 장인과 과학자와 예술가들의 삶을 괴롭혔던, 그리고 지금도 괴롭히고 있는 문제이다. 그들의 삶에는 일상적 삶과 조화될 수 없는 편집광적이고 이기적인 얼굴이 있게 마련이다. 그것을 예술혼이라고 부르든 광기라고 하든 송 영감 같은 인간들은 어느 시대나 무수히 존재했다가 사라져간 장인이 얼굴이다. 그러나 우리가 여기서 탐색해 볼 일은 그들의 내면에 숨겨진 비밀스러운 언어들의 목소리이다.

대다수의 신화는 인간 창조의 주재료가 흙이었다고 말한다. 신은 곧 도공(陶工)이었던 셈이다. 그러므로 굳이 G. 바슐라르를 인용할 필요도 없이 독을 빚는 일은 우주의 네 원소인 지수화풍을 제어하여 생명을 만들어내는 신성한 일이다. 송 영감은 우주란(cosmic egg)을 만들어왔던 것이다. 그러나 이와는 이율 배반적으로 아내와 아이와 자신으로 구성된 또 하나의 우주는 파멸을 맞고 산다. 신성은 더럽혀지고 그의 알들은 깨어진다. 우리가 송 영감의 삶에서 느끼는 비극성은 단지 독이 깨어졌다든가 그의 아내가 달아났다든가 하는 일상적 비극이라기보다 신성이 무너져 내린 뒤 이윽고 다가올 '신들의 황홍(맹렬함과 무질서가 수반되는 거대한 파멸과 멸망)' 에 대한 본능적 예감 때문이 아닐까.

이리도

작품요약

중학 이년에서 삼년에 걸친 한 일년 동안 나는 학교에서 돌아와서는 대개 그때 한 반 동무로 이웃에 이사해 온 만수라는 애네 집에서 살다시피한 일이 있었다.

만수 외삼촌이 한 여러 가지 이야기 중에서도 우리로 하여금 우리들의 방문을 열고 벽에다 새로 큰 들창까지를 뚫어 보다 넓고 새로운 세계로 통하게 한 이야기는 홍안령 저쪽 이야기다.

자작나무숲이 들어선 구릉성의 산맥과 잇닿아 펼쳐진 무연한 초원, 거기 여러 십, 여러 백 마리씩 무리를 져 다니는 이리떼, 이런 몽고땅 한 곳에 만수 외삼촌이 최근 갔을 적의 일이었다. 마침 저녁때 당도한 거기 한 집을 찾아가 사정을 말하고 하룻밤 묵게 되었다. 우연히도 그 집엔 만수 외삼촌 외에 객이 하나 더 있었다. 만수 외삼촌 낫세의 일본인이었다. 인심이 후한 집주인은 두 사람에게 술까지 대접하였다. 셋은 중국말로 이런저런 세상 이야기를 하였다. 밤이 깊었다. 갑자기 빠오(몽고집) 문 밖에 있던 이 집 개 두 마리가 한꺼번에 짖기 시작했다. 주인이 문을 열고 무어라고 소리를 지르고 나서 조용히 두 나그네를 향해 말했다. 이리떼가 나타난 거라고. 개가 저렇게 몸을 피하면서 짖을 땐 이리 같은 짐승이 나타났을 경우라고 했다. 주인은 두 사람에게 말하는 것이었다. 이런 산 속에서는 그게 날짐승이건 길짐승이건 심지어는 한 마리의 벌레까지도 함부로 죽여서는 안 된다는 것이 한 도덕처럼 돼 있다는 것. 특히 외지에서 온 손님으로서 주의해야 할 점은 이리떼를 만났을 때 수중에 총을 가졌더라도 직접 쏘아서는 안 된다는 것. 그저 한방 허

공에다 대고 총소리를 내는 정도로 쫓아 버리는 게 상책이라는 것이었다. 피냄새를 맡은 뒤에는 달아나기는커녕 되레 미친 듯이 달려드는 걸 알아야 한다고 했다. 이때 마주 앉았던 일본인 객이 벌떡 일어 났다. 어두운 등잔불 속에서도 일본인 객의 흥분으로 핏기 걷힌 얼굴에는 분명히 무엇을 경멸하는 듯한 빛까지 떠올라 있었다. 자기는 군에 있을 때에도 사격에 손꼽히는 명수였지만 이제 대일본제국 신민의 솜씨를 한번 뵈어 줄 테니 자세히들 보라고. 일본인 객의 얼굴에는 벌써 말 못할 살기마저 내돋쳐 있었다. 말리는 주인의 손을 피해 그는 밖으로 나서고 말았다. 만수 외삼촌은 귀를 기울였다. 이제 들려올 총소리에. 그러나 총소리는 좀처럼 들려오지 않았다. 주인이 벌떡 일어났다. 이거 큰일 났다, 꽤 멀리 간 모양인 걸. 그는 밖으로 뛰어나갔다. 만수 외삼촌도 뒤 따랐다. 주인이 무턱대고 소리를 질렀다. 어서 돌아오라고. 총소리가 들렸다. 몇 방 재게 계속 됐다. 그러고는 딱 그쳤다. 주인이 후딱 발을 멈추며 중얼거렸다. 이거 다 틀렸다. 여기도 위험하니 어서 집으로 돌아가자고. 집으로 돌아오자 주인은 그 객, 미친 사람이 아니었느냐고, 글쎄 일껏 일러줬는데 어쩌자고 그런 짓을 하느냐고 하면서, 눈물까지 띄우는 것이었다. 좌우간 날이 밝기까지 기다리는 수밖에 없었다. 날만 새면 뛰쳐나가 보리라. 그 객이 어느 나라 사람이건 무엇을 하러 이런 데로 왔던 자이건, 살아 있어주기만 바라는 마음이었다.

만수 외삼촌이 늦었구나 하고 일어나는데 집주인은 벌써부터 만수 외삼촌이 잠깨기를 기다리고 있었던 듯이 눈앞에 무엇인가를 내뵈는 것이었다. 주인은, 이것 하나가 떨어져 있을 뿐 그 근처에는 머리칼 한 오라기 헝겊 한 조각 남겨져 있지 않더라고 했다. 주인은 손바닥 위에 올려놓은 권총을 만수 외삼촌 앞에 내민 채 자세히 보라고 했다. 권총에는 검붉은 피가 말라붙어 있었다. 주인은 다시 여기에 난 것이 무슨 자린지 아느냐고 했다. 눈여겨보니 거기에는 본시 그랬을 리 없는 자국이 세로가로 무수히 나 있는 것이 아닌가, 무슨 줄 같은 것으로 함부로 긁어놓은 것 같은 자국이. 주인은 만수 외삼촌의 눈앞에서 권총을 한번 뒤집었다. 거기에도 같은 자국이 수없이 나 있었다. 이게 뭐냐고, 만수 외삼촌이 권총에서 눈을 들자 주인이 사뭇 침통한 어조로, 이게 바로 이리의 이빨자국이요 했다. 등골이 오싹했다. 이리의 이빨 자국? 음, 이게 바로 이리의 이빨 자국이라? 다음은 주인의 설명을 듣지 않아도 좋았다. 이리도, 그러면 이리까지도?

감상을 위한 문제제기

1. 이리가 상징하는 것은 무엇인가?

필자가 아는 한의 자료로는 「이리도」가 이리+도(道)인지 아니면 이리+도(보조사의 하나)로 읽어야 할 불분명하다. 둘 다 가능한 해석이지만 필자는 전자(前者)의 의미로 보고 싶다.

의미를 확장시킨다면 그것은 수도(獸道) — 짐승의 도라는 뜻으로 볼 수 있을 것이다. 짐승의 도가 있다면 그것은 무엇일까. 일반적으로 인간은 스스로를 만물의 영장이라고 한다. 그러나 안국선의 「금수 회의록」에서도 말한 바 있듯 인간이 동물과 비교하여 우월하다고 말할 부분은 그렇게 많지 않은 듯하다. 잔인성의 측면에서도 인간이 늑대에 비해 자비스럽다고 말할 수 없으며, 교활함에 대해서도 인간이 늑대나 여우에 비해 뒤떨어진다고 말할 수 없을 것이다. 그런데도 인간은 자신이 가진 온갖 편견과 알량한 지식의 한계 속에서 짐승들을 무도(無道)의 표상처럼 말한다. 그러나 우리가 굳이 생물학적 증거를 내세우지 않더라도, 짐승을 포함한 모든 생명체는 자신의 유전자가 지시하는 본능에 의해 세계를 인식하고 자신의 본분을 다하는 — 도(道)의 경지가 있다고는 말할 수 없을까. 이리에 대한 두 가지 평가는 자연에 대한 경외감으로 살아가는 집주인과 대일본 제국의 신민(臣民)임을 내세우는 손님으로 나타난다. 결국 늑대를 총으로 제압하려는 손님은 늑대의 보복으로 죽어버린다.

작가는 늑대들이 총을 물어뜯어 자국을 내놓았다는 설화적 결말에서 이리들이 인간의 야만성과 폭력성을 대표하는 총에 대해 얼마나 증오심을 가지고 있는가를 말한다. 이 결말을 제국주의 일본의 폭력성을 늑대마저 증오한다는 식으로 해석한다면 너무나 교조적(教條的)이다. 인간에게 잔인함의 상징이었던 이리마저 인간의 폭력에는 치를 떤다는 정도의 의미로 읽는 것이 합당할 것이다. 마찬가지로 이 소설에서 굳이 환경 오염과 자연보호에 대한 가치를 읽어낸다면 이 또한 너무 실용적 해석일 것이다.

2. 이리떼가 권총을 물어 뜯은 이유는 무엇인가?

이리떼의 행동의 의미는 이미 말한 바 있다. 권총이란 자연 정복의 상징이며 이른바 정의의 이름으로 저질러진 온갖 전쟁의 표상이다. 이야기를 잠시 다른 방향으로 돌려보자.

필자는 얼마 전 동물의 생태를 보여주는 텔레비전 화면에서 적지 않은 충격을 받은 적이 있다. 아프리카 초원의 청소부라고 불리는 하이에나들이 들소(정확한 이름은 잊었다)의 갓낳은 새끼에게 덤벼들어 마침내 새끼 한 마리를 놓고 포식하고 있을 때였다. 조금 멀리 떨어져 이 광경을 보고 있던 죽은 새끼의 어미가 느닷없이 하이에나떼를 향해 돌진해 온 것이다. 들소는 하이에나와 비교도 되지 않을 만큼 우람한 몸집과 뿔을 가지고 있다. 하이에나 모두를 이길 수는 없어도 그 중 몇 마리쯤은 밟아버린다든가 뿔로 치받을 수는 있을 것 같았다. 그러나 슬프게도 어미 들소는 하이에나떼 몇 미터 앞에서 걸음을 멈추더니 모든 것을 체념하고 돌아서는 것이었다. 하이에나가 위협적 움직임을 보인 것은 아니다. 하이에나는 들소의 움직임에 조금도 관심이 없었다. 들소를 쳐다보는 놈은 단 한 마리도 없었다. 그들은 오직 식사만을 즐길 뿐이었다. 다른 들소들은 그 광경을 물끄러미 바라볼 뿐이다.

자연의 이법(理法)이란 이런 것이다. 무엇이 어미의 걸음을 거기서 멈추게 했을까. 하이에나는 어미가 결코 덤벼들지 않을 것을 어떻게 알고 있었을까. 같은 질문을 해보자. 왜 늑대는 총을 물어 뜯었을까. 그들은 총을 무서워한다. 그러나 그들은 자신들을 살육하는 행위 자체만은 절대로 용납하지 않겠다는 것 아니겠는가. 물론 앞에서도 말했듯 이리의 행동이 생물학적 사실인가의 여부는 중요하지 않다. 자연의 이법을 어긴 인간들은 어떤 형태로든 보복을 받아야 한다는 설화적 결말로 생각해 두면 충분할 것이다.

전광용

꺼삐딴과 캡틴의 시대

작가 및 작품연구

전광용(全光鏞 1919~1988). 함경남도 북청 출신. 1955년 단편「흑산도(黑山島)」가 〈조선일보〉에 당선되었으며 논문 '신소설연구'를 〈사상계〉에 발표하였다. 그는 작가이면서 국문학자였다. 이런 표현은 그의 작가적 위치와 학자로서의 위치가 어느 한편으로 기울어지기 어렵다는 뜻이다. 달리 말하면 그는 두 가지 면에 모두 충실하였다는 뜻이며 학자로서의 성실함이 바탕에 깔린 작품들을 썼다는 뜻이기도 하다. 풍부한 자료 수집과 진지한 접근이 그의 강점이라고 할 수 있다.

그의 문학적인 평가는 아직 거의 이루어지지 않은 상태이다. 그러므로 필자는 대표적인 작품론을 요약 소개하려 한다.

이 소설의 주인공 이인국 박사의 인간형은 우리 나라 근대화 과정이 어쩔 수 없이 빚어낸 슬픈 인간유형의 축도다. 일제치하, 해방, 국토분단, 군정, 건국, 6·25라는 역사적 소용돌이의 체험자로서, 그리고 아직도 오늘을 살고 있는 이 노세대가 겪은 역정은 바로 역경과 비극의 연속이었다. 그 역경과 비극의 중압을 정신적으로 물리친 승자도 없지 않았지만, 보신적인 처세술만으로 그때 그때를 모면해 온 패자들의 모습이 그 일반적 양상이었다. 이인국 박사는 그 후자 인간형의 표본이다.

그가 그렇게 친일파가 된 까닭은 해방 후 감방에서의 그의 독백에 의하면 '그럼 어쩌란 말이야. 식민지 백성이 별 수 있었어. 날구 뛴들 소용이 있었느냐 말이야, 어느 놈은 일본 놈한테 아첨을 안 했어. 주는 떡을 안 먹은 놈이 바보지, 흥, 그놈이 그놈이었지' 였다.

우리는 그의 이 정신 구조를 분석할 필요가 있다. 그는 우선 '식민지의 백성' 이었다. 그러나 그 식민지의 백성이 지배 국가의 제국대학에서 '시계' 를 탈 때부터 제국에 대한 선민의식을 가지게 되고 동시에 그 의식은 지배자에 대한 노예의식으로 변하는 것이다. 주인에게 반항할 줄 모르는 노예는 '내일' 은 잊은 채 다만 그날그날의 안락만을 추구하는 것이다. 그날그날의 안락을 보장받기 위해서는 지배자의 명령에 복종하는 습성과 함께, 사사건건 그 지배자를 이용할 수 있는 찬스를 노리를 기회주의자가 되지 않으면 안된다. 그는 그 습성과 기회주의가 철저하면 할수록 오히려 지배자권내에 들어간 것 같은 착각에 사로잡힌다. 이것이 그의 그 정신구조의 단면이다.

이인국 박사의 그러한 그날그날에 대한 카멜레온적 성격은 해방 후 소련 점령 하의 평양에서도 그대로 발로된다. '친일파, 민족 반역자, 반일투사 치료 거부, 일제의 간첩 행위……' 라는 제목으로 감방에서 취조를 받는다. 그런데 그 감방에서 그가 처음 한 일은 '예전에(일제때) 고등계 형사들에게서 실컷 얻어 들은 지식이 약이 되어 함구령이 지상명령이라는 신념을 일관하고 있었다' 는 것과 '간밤에 출감한 학생이 내던지고 간 노어회화책을 첫장부터 곰곰이 뒤지고 있을 뿐' 이었다. 그에게는 다만 그의 지배자가 달라졌을 뿐이다. 새로운 지배자에 접근하려면 그 말부터 습득하는 것이 자기를 보신하는 최선의 방법이라는 것을 그의 노예감각은 터득하고 있었던 것이다.

이인국 박사는 그 감방에서 의사로서의 기술 발휘의 기회를 얻은 나머지 스텐코프 소좌의 혹 수술을 성공리에 끝내고, 그 대가로 '꺼삐탄 · 리 · 스바시보' 라는 찬사를 듣는다. 드디어 그는 새로운 지배자의 노예로서의 자격을 얻게 된 것이다. 그는 아들을 소련 유학까지 시키게 한다.

그러다가 1 · 4후퇴 때 서울에 온 이인국 박사는 이제는 가난한 사람은 진찰하기조차 꺼려하는 부르조아지 명의가 되어 있다. 그는 미대사관 직원인 브라운 씨를 찾아간다. 국무성 초청 케이스를 할당받기 위해 고려 청자를 선물로 들고 가는 것이다. 이 작품에서 가장 흥미있는 대화가 벌어진다.

「딱터 · 리는 영어를 어디서 배웠습니까?」

「일제 시대에 일본말 식으로 배웠지요. 예를 들면 '잣도 이즈 아 캿도' 식으로요.」

「그런데 지금 발음 좋은데요, 문법이 아주 정확한 스텐다드 잉글리쉬입니다.」

그는 이 말을 들을 때 문득 스텐코프의 말이 연상되었다.

이인국 박사와 브라운 씨 간에 교환된 이 대사와 그것에 대한 이인국 박사의 추상으로 점철된 이 장면은 이 소설의 압권으로서 일어, 노어, 영어의 3세계에 걸친 그의 복종의 습성과 기회주의를 거의 완전히 노출하고 있다. 이 장면에서 표현된 이인국적 세대에 대한 작자의 숨김없는 분노와 일말의 동정을 우리는 무엇으로 해석해야 옳을 것인가.

필자는 이인국 박사의 인간상은 우리 나라 근대화 과정이 어쩔 수 없이 빚어낸 슬픈 인간유형의 축도라고 했다. 이인국적 인간형의 비열과 위선과 죄악이 아무리 미운 것일지라도, 그들이 그렇게 하지 않을 수 없었던 필연성이 우리 민족이 겪은 역경과 비극이 치른 것의 거스름돈이라고 한다면, 그들의 그 비열과 위선과 죄악은 결코 이인국 박사 개인의 책임만은 아니다!

전광용의 이 작품이 우리에게 어필하는 것은 바로 이 점이 아닐까. 그러나 우리는 그의 그들 세대에 대한 고발 정신에 더 한층 비중을 주어야 할 것이다.

한국현대문학전집 5, 신구문화사, 1967, p.p.480~482

꺼삐딴 리

작품요약

수술실에서 나온 이인국(李印國) 박사는 응접실 소파에 파묻히듯이 깊숙히 기대어 앉았다. 그는 백금 무테안경을 벗어들고 이마의 땀을 닦았다.

그의 병원은 두 가지의 전통적인 특징을 가지고 있었다. 병원 안이 먼지 하나도 없이 청결하다는 것과 치료비가 여느 병원의 갑절이나 비싸다는 점이다. 그러기에 그의 고객은 왜정시대는 주로 일본인이었고 현재는 권력층이 아니면 재벌의 셈속에 드는 축들이어야 했다.

이인국 박사는 양복 조끼 호주머니에서 십팔금 회중시계를 꺼내어 시간을 보았다. 두 시 사십 분! 미국 대사관 브라운 씨와의 약속이 이십 분밖에 남지 않았다. 왕진가방과 함께 38선을 넘어온 시계였다. 그는 밤에 잘 때에도 반드시 풀어서 등기서류 저금통장 등이 들어 있는 비상용 캐비닛 속에 넣고서야 잠자리에 드는 것이다. 이 시계는 제국대학을 졸업할 때 받은 영예로운 수상품이다. 뒤쪽에는 자기 이름이 새겨져 있다.

이인국 박사는 수술 직전에 집어넣었던 편지에 생각이 미쳤다. 미국에 가 있는 딸 나미, 온 집안의 재롱이었던 나미, 그마저 자기 옆에서 떠난 지금 이인국 박사는 가끔 물밀어 오는 허전한 감을 금할 길 없다. 아내는 거제도 수용소에 있을 때 죽었고 외아들의 생사는 지금껏 알 길이 없다. 결국 그렇게 되고야 마는 건가…… 그는 편지를 탁자 위에 밀어 놓았다. 코쟁이 사위. 생각만 해도 전신의 피가 역류하는 것 같은 몸서리가 느껴졌다. 그의 생각은 왜정시대 내선일체(內鮮一體)의 혼인론이 떠돌던 이야기에까지 꼬리를 물었다. 그때는 그것을 비방하거나 굴욕처럼 느끼지는 않았다. 오히려 당연한 것으로 해석했고 어찌보면 우월한 것으로 생각하지 않았던가.

「아버지께서 쉬 한 번 오신다니 최종 결정은 아버지의 의향에 따라 결정할 예정입니다만…….」

이인국 박사는 일대 잡종의 유전법칙이 떠오르자 머리를 내저었다. 그는 자리에서 일어났다. 아무튼 미스터 브라운을 만나 이왕 가는 길이면 좀더 서둘러야겠다. 그 가장 대우가 좋다는 국무성 초청 케이스의 확정 여부를 빨리 확인해야겠다는 생각이 조바심을 쳤다.

1945년 팔월 하순. 그렇게 붐비던 환자도 하나 얼씬하지 않고 쉴 사이 없던 전화도 조금 뜸하여졌다. 굳게 닫힌 은행 철문에 붙은 벽보가 한길을 건너 하얀 윤곽만이 두드러져 보인다. 친일파 반역자를 타도하자.

무엇을 생각했는지 그는 움찔 자리에서 일어났다. 벽장문을 열었다. '國語常用의 家' — 해방되던 날 떼어서 집어넣어둔 것을 그동안 깜박 잊고 있었다. 그는 두꺼운 모조지를 빼내어 한 글자도 남지 않게 꼼꼼히 찢었다. 야릇한 미련 같은 것이 섬광처럼 머리 속을 스쳐갔다. 지난 일에 대한 뉘우침이나 가책 같은 건 아예 있을 수 없었다.

자동차 속에서 이인국 박사는 들고 나온 석간을 펼쳤다. '북한소련유학생 서독으로 탈출' 그는 눈을 부릅떴다. 아들의 환상이 뒤엉켜 들어차 왔다. 아들을 모스크바로 유학시킨 것은 자기의 억지에서였던 것만 같았다. 출신계급, 성분, 어디 하나 부합될 조건이 있었단 말인가. 혁명 유가족도 가기 힘든 구멍을 친일파 이인국의 아들이 뚫었으니 어디 두고 보자 하며 그는 희망에 찬 미소를 풍겼다.

그 다음해에 사변이 터졌다. 동란 후 후퇴할 때까지 아들의 소식은 두절된 상태였다.

이인국 박사는 신문 '다찌기리' 속에 채워진 글자를 하나도 빼지 않고 다 훑어 내려갔다. 그러나 아들의 이름에 관련되는 사연은 한마디도 없었다.

자위대가 치안대로 바뀐 다음날 이인국 박사는 치안대에 연행되었다. 이제는 죽는구나 그는 입속으로 뇌까렸다. 일본 군용화가 그의 옆구리를 들이찬다. 앞뒤를 가리지 않고 전신을 내지른다. 이인국 박사는 예전에 고등계 형사들에게 실컷 얻어 들은 지식이 약이 되어 함구령이 지상명령이라는 신념을 일관하고 있었다. 달포가 지났다. 그는 간밤에 출감한 학생이 내던지고 간 노어회화(露語會話) 책을 첫장부터 곰곰이 뒤지고 있을 뿐이다.

이인국 박사는 신음소리에 놀라 눈을 떴다. 생똥 냄새가 코를 찌른다. 옆에 누운 청년의 앓는 소리는 계속되고 있다. 그는 붉은 빛을 발견하곤 놀란 소리를 질렀다. 적리(赤痢)였다. 환자는 늘어났다. 이인국 박사는 소련 군의관에게 불려나갔다. 그는 환자의 응급 치료 일을 성실하게 했다. 그는 이 절호의 기회를 최대한으로 활용하고 싶었다. 그는 소련 군의관 스텐코프의 왼쪽 뺨에 붙은 오리알만한 혹을 생각하고 있었다. 급성 맹장염이 터져 복막염이 된 소련군 장교를 치료하는 자리에 온 스텐코프에게 이인국 박사는 말 절반 손짓 절반으로 혹을 수술하겠다는 의사를 표명했다. 슨텐코프는 하쇼를 연발했다. 스텐코프가 완치되어 퇴원하는 날 그는 이인국 박사의 손을 부서져라 쥐면서 외쳤다.

「꺼삐딴 · 리 스바씨보.」

다음날 스텐코프는 이인국 박사를 자기방으로 불렀다.

「내일부터는 집에서 통근해도 좋소.」

이인국 박사는 막혔던 둑이 터지는 것 같은 큰 숨을 삼켜가면서 내쉬었다.

차가 브라운 씨의 관사 앞에 닿았다. 응접실에서 이인국 박사는 주인이 나오기를 기다리면서 방 안을 둘러보았다. 그는 자기가 들고온 상감진사(象嵌辰砂) 고려청자 화병에 눈길을 돌렸다. 브라운씨가 나오자 이인국 박사는 웃으며 선물을 내어놓았다. 브라운 씨는 기쁨을 참지 못하여 댕큐를 부르짖었다. 브라운 씨가 부엌 쪽으로 갔다 오더니 양주 몇 병이 놓인 쟁반이 따라나왔다.

「아무거라도 마음에 드는 것으로 하십시오.」

이인국 박사는 워트카잔을 신통한 안주도 없이 억지로라도 단숨에 들이켜야 속시원해 하던 스텐코프를 브라운 씨 얼굴에 겹쳐보고 있다. 그는 브라운 씨 이야기를 기다렸다.

「그거, 국무성에서 왔습니다.」

「댕큐, 댕큐.」

어쩌면 이것은 수술 후의 스텐코프가 자기에게 하던 방식 그대로인지도 모른다는 생각이 들었다. 이인국 박사는 지성이면 감천이라구. 나의 처세법은 유 에스 에이에도 통하는구나 하는 기고만장한 기분이었다. 청자병을 몇 번이고 쓰다듬으면서 술잔을 거듭하는 브라운 씨도 몹시 즐거운 표정이었다.

감상을 위한 문제제기

1. 이인국 박사의 삶을 변호한다면 어떤 논리가 성립되는가?

이인국 박사와 같은 기회주의자의 삶을 성토(聲討)하는 일은 쉬운일이다. 민족적 차원에서도 인간적 차원에서도 이인국 박사의 삶은 변호할 여지가 없는 것이 사실이다. 누구라도 역사의 운동장 밖에서 바라보는 운동 경기 또는 그 경기가 다 끝난 시점에서 비판과 분석과 꾸지람을 하기란 어려운 일이 아니다. 우리 근대사의 변혁기 속에서 수많은 인간들이 왜 모두 윤봉길 의사가 되지 못했는가, 왜 그들은 모두 논개 같은 인간이 되지 않았는가라는 질문은 정말 어리석은 요구이다.

기회주의자 이인국의 삶이 적어도 민족적 차원에서 엄청난 해악을 끼치지 않은 것이 다행스러운 일이라는 정도로 위로를 삼아야 할지도 모른다. 어느 시대를 막론하고 민족 반역자들, 이러한 부류의 인간들은 있었다. 몽고의 침략에 맞서 싸울 때도 임진 왜란 중에도 민족 배신자들은 있었다. 이인국 박사가 민족 반역자인가. 그렇다고는 할 수 없다. 그는 자기 방어 본능에 민감한 민족 반역자인가. 그렇다고는 할 수 없다. 그는 자기 방어 본능에 민감한 비겁자였을 뿐이다. 이런 인간들은 역사와 민족이라는 등대 불빛에 잠시 어른거리는 벌레 같은 존재들이다. 이들이 역사의 불빛을 가릴 수도 없을 뿐만 아니라 어떤 상처를 줄 수도 없다. 우리는 이런 부류의 인간들에게 자기 보호 본능을 희생하라고 요구한다는 게 얼마나 무리인가를 알 필요가 있다. 다시 말하거니와 그는 민족의 반역자는 아니다. 그는 반역자라는 수준 높은(?) 인간도 아니다. 그가 일제 시대 친일파로 일제의 정책에 적극 협조했기 때문에, 고문당한 독립 운동가를 치료해 주지 않았기 때문에 반역자라고 한다면, 나방에게 휴머니즘과 인간 존중의 철학을 가르쳐서 등대불빛을 가리지 않게 한다는 발상과 동일한 것이다. 이인국 같은 인간은 역사적 단죄의 대상도 못 된다. 그는 처음부터 끝까지 철저하게 경멸의 대상일 뿐이다. 그는 희생 번트를 대라는 지시를 무시하고 배트를 휘둘러서 자신이 속한 팀의 주자(走者)를 희생한 대가로 1루에 진출한 그런 한심한 선수인 것이다. 그는 자신이 얼마나 어리석은 짓을 했는가는 안중에도 없다. 그는 야구의 기본을 모르는, 철저한 이기주의자일 뿐이다. 우리가 할 일은 이런 인간들을 솎아내어 다음 역사의 그라운드에 내보내지 않는 감독의 역할 또는 비판자, 감시자로서의 관중의 역할이다. 그러나 문제는 누구나 역사의 그라운드에 서면 이인국 박사 같은 기회주의자가 될 가능성이 있다는 것이다. 만일 이인국 박사를 규탄하는 논리로 기미년 만세 운동을 반대한 월남 이상재 선생을 평가하면 어떻게 될까. 인간에 대한 평가는 어려운 일이다. 자칫하면 또 하나의 무서운 독선이 될 수도 있다. 우리는 구역질나는 인간의 삶이라고 하더라도 일방적으로 짓밟을 권리가 없다. 결국 역사 속에서 한 개인은 어떤 모습으로든 '선택' 을 할 수밖에 없으며 그 선택이란 일종의 자신의 십자가를 지는 행위인 것이다. 그 십자가는 예수와 같은 영광의 부활을 상징하는 징표가 될 수도 있으며 그저 한낱 도둑놈의 처벌 도구에 불과할 수도 있을 것이다. 제1차 세계 대전의 프랑스의 영웅 패탕 원수가 제2차 세계 대전 때 독일에게 점령당한 프랑스의 괴뢰 정부의 우두머리가 되었다는 사실은 널리 알려진 일이다. 인간이란 어리석은 존재이기도 하다. 우리가 진정으로 경계할 일은 우리에게 이인국 박사의 삶을 선망(羨望)하는 세균 같은 감정이 스며들고 있지 않은가 끊임없이 반성하는 일이다.

2. 이인국 박사의 삶의 과정을 요약하시오.

이인국의 삶의 명암은 먼저 그가 의학을 배웠다는 데서 시작된다. 의학이란 인간의 생명을 대상으로 하는 신성한 학문이지만 동시에 일제 시대의 질곡(桎梏)의 삶에서 잠시 비껴설 수 있는 대단히 훌륭한 수단이기도 했다. 식민지 백성들의 상황은 어디든 비슷한 법이다. 제국주의자들은 폭력과 정보 정치를 동원하는 한편 엄청난 시혜를 베푸는 듯한 위장(僞裝) 전술을 통해 피지배 백성들의 자치와 독립 요구를 근본적으로 봉쇄할 수 있었다. 그러한 봉쇄 수단으로 동원된 것이 피지배 계층의 신분 상승 욕구를 교묘하게 이용하는 일이었다. 권력의 변두리에 피지배 계층의 일부를 앉혀놓음으로써 피지배인들이 자치나 독립의 기회를 얻을 수 있을 것처럼 피지배인들을 기만하면서 권력의 단맛에 중독되어가게 하는 수법이 자주 동원되었다. 이와 다른 방향에서 그들은 교육을 통한 신분 상승의 가능성을 제시했다. 대개의 식민지들은 오랜 봉건 지배 계급의 수탈이 있었던 터라 신분 상승의 원초적 욕구가 불가능했던 점을 역이용한 것이라고 하겠다. 이러한 목적에 적합한 수단으로 엔지니어가 아닌 단순 기능직 기술 교육과 함께 의학 교육이 제시되었다. 헐벗고 굶주리고 야만의 상태에 있는 병든 동포들을 위해 헌신한다는 사치스런 민족주의 감정을 적당히 채워주면서, 피지배인들의 강력한 독립 욕구를 준비론이라는 기만 전술로 한없이 연기해 나아갈 수 있는 수단으로 실용적 교육이 실행되었다. 그리하여 하위 기술직 관료 및 교사 그리고 의사는 식민지인들에게 개방된 가장 빠른 신분 상승의 길이었다. 식민지 지배 이후 태어난 세대에겐 민족주의적 의식 자체가 희박하다. 그러므로 그들을 관료나 지배 계급으로 재편성하는 것은 식민지의 봉건적 지배층을 무너뜨리는 아주 중요한 수단이 되었다. 전통적으로 권력 지향적인 조선 사회의 가치관으로 보면 그것은 여전히 '출세' 였다. 우리는 염상섭의 「삼대」에서, 채만식의 「태평 천하」에서 쉽게 이런 부류의 인간들을 만날 수 있다.

의학이란 그 성격상 사회의 변화나 정치 권력의 변동과는 거의 무관하다. 심지어 전쟁 중에도 의사란 쌍방의 권력에게 이용 내지는 존중의 대상이다. 그러므로 이인국 박사가 의사가 되었다는 것은 정치 이데올로기의 변화와는 상관없이 살아갈 수 있는 자격증을 획득한 셈이다. 또 하나, 그가 소유한 일종의 자격증은 뛰어난 끈에 매달리는 노릇을 자처했다는 것이다. 그 결정적 계기는 일본 왕에게서 금시계를 받았기 때문이다. 금시계는 그를 친일파로 만들었을 뿐 아니라 의학도로서 금기인 금력과 권력을 신봉하는 인간이 되게 한다. 그는 생명을 담보로 하는 유능한 '병원 장사' 의 길로 나선 것이다. 그가 해방이 되었을 때 자신의 의학 기술과 어학 실력을 이용하여 살아났고, 적극적으로 정치 권력에 아부한다. 남한에서 그는 미국인에게 고려 청자를 선물하고 반대 급부를 얻어낸다. 일본 왕에게서 배운 수법 그대로이다. 그러나 그는 정치에 직접적인 참여는 하지 않는다. 누구보다 정치권력의 무상함을 잘 알았기 때문일 것이다. 그는 역사의 기생충 같은 인생에 만족하며 살아갈 것이다. 세상이 어떻게 변하든 이인국 박사로 대표되는 인간들은 결코 사라지지 않을 것이다. 그들은 인간이라기보다 곤충이며 기생충이고 세균이며 바퀴벌레이기 때문이다.

조선 말 실학자 또는 개화 지식인의 기층이 중인층이었던 것은 잘 알려져 있다. 중인이란 의학, 역관 등 조선의 실무 관료 계급을 말하는 데 이들은 그 특성상 자연히 폐쇄적 조선 사회의 유일한 창문 역할을 할 수밖에 없었다. 그들은 세상의 변화를 어느 누구보다 빨리 읽어낼 수 있었다. 그러나 계급의 벽으로 인해 그들이 조선의 변화를 주동하는 세력이 될 수는 없었다. 그 벽을 넘는 방법의 하나는 양반층의 젊은 자제들에게 자신들의 지식과 개화 사상을 전수하는 길이었다. 잘 알려져 있듯 역관인 오경석, 백의 정승으로 불려지던 한의사 출신의 유대치 등이 김옥균, 박영효 등에게 개화 사상의 스승 노릇을 했으며 갑신정변의 도화선 역할을 했던 사실(史實)이 이를 말해 준다. 그런 갑신 정변 실패 이후 이들 중인 계층 역시 정신적 몰락의 과정을 밟아간다. 그들은 유교적 가치관으로 무장된 사대부 계층도 아니며 권력의 중심에 참여하지도 않았으므로 왕조 몰락의 충격과 비교적 무관한 채로 식민지 역사 속을 헤엄쳐 살아간다. 이인국 박사의 삶은 한마디로 중인 계층의 타락한 삶의 한 전형(典型)이라고 할 수 있는 것이다.

하근찬

고통의 시대와 화해

작가 및 작품연구

하근찬(河瑾燦 1931~2007). 경상북도 영천 출신. 1957년 한국일보 신춘문예에 「수난이대(受難二代)」가 당선되어 등단하였다. 그는 소위 전후작가들 가운데에서 4 · 19 이후에도 꾸준한 작품활동을 하고 있는 소수의 그룹에 포함된다. 그것은 그가 이데올로기의 문제보다는 보편적 민중의 삶에 더욱 관심을 가지고 있기 때문일 것이다.

주로 농촌을 배경으로 하여 민족적 비극과 그 속에서 들풀처럼 살아가는 삶을 그린 그의 작품으로는 「나룻배 이야기」, 「왕릉(王陵)과 주둔군(駐屯軍)」 등이 있다.

「수난이대」는 1957년 한국일보 신춘문예에 당선된 하근찬의 데뷔작이자 출세작이다. 이 작품은 태평양전쟁에 징용으로 끌려가서 팔이 잘린 아버지와 6 · 25에 참전했다가 한쪽 다리를 잃은 아들의 대비를 통해서 이 땅의 험난한 역사와 불운한 개인의 문제를 심도 있게 다루었다는 점에서 관심을 끈다. 특히 장편도 아닌 짤막한 단편을 통해서 쓰라린 식민지 체험과 처참한 6 · 25 체험을 동일선상으로 연결함으로써 이 땅 역사의 구조적 모순과 그 비극성을 압축적으로 묘파한 것은 주목을 요하는 일이 아닐 수 없다. 일찍이 한 평론가는 '행복에의 권리나 생활에의 의지에서 소원된 불행의 무상성(無償性)이 역사적으로 조명되어 있다는 점에서 이 작품은 비극의 위엄을 갖추게 된다' (유종호, 화해의 거부, 현대한국문학전집 13권, 1966)라고 하여 이 작품의 우수성을 지적한 바 있다.

「수난 이대」는 크게 보아 세 가지 주요 국면으로 전개된다. 첫째는 주동인물인 아버지 박만도가 전쟁이 끝난 후 귀향하는 아들 진수를 만나러 가는 기쁨에 들뜬 상승의 국면이다.

> 진수가 돌아온다. 진수가 살아서 돌아온다. 아무개는 전사했다는 통지가 왔고 아무개는 죽었는지 살았는지 통 소식이 없는데, 우리 진수는 살아서 오늘 돌아오는 것이다. 생각할수록 어깨바람이 날 일이다. 그래 그런지 몰라도 박만도는 여느 때 같으면 아무래도 한두 군데 앉아 쉬어야 넘을 수 있는 용머리재를 단숨에 올라채고 만 것이다. 가슴이 펄럭거리고 허벅지가 뻐근했다.

이 작품은 하근찬의 여러 작품과 마찬가지로 귀향을 모티브로 하고 있다. 군대에 갔다가 돌아오는 아들 진수를 마중나가는 행위에서 플롯이 시작된다. 따라서 설레임과 초조함이 교차하는 가운데 '앞으로 어떤 일이 일어날 것인가' 하는 긴장감(suspense)을 불러일으키게 된다. 잠시도 가만히 있지 못하고 서성대는 박만도의 심정이 그것을 반영한다.

둘째 국면은 박만도의 징용 체험, 즉 10여 년 전의 비극적 체험으로 거슬러 올라간다. 여기서의 핵심은 한쪽 팔 절단이라는 박만도의 불행에 초점이 놓여진다. 남양군도로 징용을 끌려간 것이 어쩔 수 없었던 것처럼, 팔을 절단당한 것도 피할래야 피할 수 없는 운명적 불행으로 받아들여진다.

> 그 순간이었다. 꽝! 굴 안이 미어지는 듯하면서 '다이너마이트' 가 터졌다. 만도의 눈에서 불이 번쩍 했다. 만도가 어렴풋이 눈을 떠보니 바로 거기 눈앞에 누구의 것인지 모를 팔뚝 하나가 아무렇게나 던져져 있었다. 손가락이 시퍼렇게 굳어져서 마치 이끼 낀 나무토막처럼 보이는 팔뚝이었다. 만도는 그것이 자기의 어깨에 붙어 있었던 것인 줄을 알자 그만 으악! 정신을 잃어 버렸다…… 절단수술은 이미 끝난 뒤였다.

그런데 중요한 것은 이 박만도의 불행이 자신의 성격적 결함 또는 실수에 기인하는 것이 아니라 피할 수 없는 운명적 불행에 연유한다는 점이다. 그리고 그것은 개인의 운명에 의한 것이 아니고, 식민지하의 백성, 즉 민족사적 불행 혹은 역사의 비극에 연원한다는 점에서 더욱 비극성이 고조된다. 이것은 이 작품의 핵심이 역사의 폭력성에 대한 고발 또는 항거에 한 모서리를 두고 대조를 이루기 위한 서브플롯(subplot)의 역할을 수행한다. 세번째의 국면은 다시 몇 개의 장면으로 구분될 수 있지만 요점은 한 가지로 회귀된다. 그것은 아들과의 상봉이며, 거기에서 발생하는 딜레마에 초점이 놓여진다.

> 그놈이 거짓으로 편지를 띄웠을 리는 없을 건데…… 만도는 자꾸 가슴이 떨렸다. 이상한 일이다, 하고 있을 때였다. 분명히 뒤에서,
> 「아부지!」
> 부르는 소리가 들렸다. 만도는 깜짝 놀라며 얼른 뒤를 돌아보았다. 그 순간 만도의 두 눈은 무섭도록 크게 떠지고, 입은 딱 벌어졌다. 틀림없는 아들이었으나, 옛날과 같은 진수는 아니었다. 양쪽 겨드랑이에 지팡이를 끼고 서 있는데, 스쳐가는 바람결에 한쪽 바짓가랑이가 펄럭이는 것이 아닌가. 만도는 눈앞이 노오래지는 것을 어쩌지 못했다.

이 장면에는 희망에서 절망으로 추락하는 극적 반전의 모습이 예리하게 제시돼 있다. 한쪽 다리를 절단당하고 외다리로 서 있는 아들의 모습을 발견하는 순간에 비극적 반전이 일어나는 것이다. 그것은 공포에 대한 본능적 자각이며 충격적인 놀라움의 발생이다.

'눈앞이 노오래지는' 박만도의 모습은 역사의 무자비한 폭력에 대한 본능적인 공포심의 드러냄이며 동시에 운명의 가혹한 시련에 대한 절망감의 표출인 것이다. 「애라이 이 놈아! / 이기 무슨 꼴이고 이이 / 이놈아 이놈아…….」라는 구절 속에서 이 땅의 가혹한 역사에 대한 분노와 불운한 자신의 운명에 대한 뼈아픈 탄식이 깃들어 있다. 여기에서 이 작품의 갈등 혹은 딜레마가 발생한다. 그것은 하나의 결단, 혹은 선택을 요구한다. 하나는 역사와 현실에 대한 적극적 투쟁과 저항이며, 다른 하나는 스스로의 운명에 대한 긍정이며 사랑에의 길이다. 여기서 박만도가 선택하는 것은 후자이다. 실상 이것은 선택할 수 있는 것이 아니라 그럴 수밖에 없는 운명적인 조건에 가깝다. 그렇기 때문에 혹자는 이것을 '恨의 세계'라 부르기도 한다(김병익, 현대 한국문학의 이론, 민음사, p.289). 박만도는 자신이 당면한 정신적 딜레마 혹은 갈등을 술을 퍼마시는 행위로 해소하고자 한다. 술에 의해 정신이 아른하게 취해 오는 과정에서 그가 겪는 것이 자기에 대한 연민의 감정이다. 그러면서 소변을 보는 동안에 자기 연민이 아들에 대한 것으로 전이한다. 역사의 무자비함에 대한 분노와 운명의 가혹함에 대한 울분이, 술을 마시고 소변을 보는 과정에서

공포와 연민의 카타르시스를 유발하고, 마침내 父子사이에 운명적인 공감대를 형성하게 되는 것이다. 특히 개울을 건너는 일, 즉 외나무다리를 건너야 하는 순간에 그간의 딜레마가 결정적으로 해소되어, 또 한 번 급전을 맞이한다. 그것은 절망에서 긍정으로의 전이이며 갈등에서 화해로의 전환이다. 한손에 고등어를 들고 한손에 아버지의 목을 감아안고 등에 업혀 외나무다리를 건너가는 부자의 모습은 험난한 이 땅 역사 속을 위태롭게 헤쳐가는 우리 모두의 대리자아(surrogateself)를 반영한 것일 수 있다. 역사에 의해 상처받은 두 부자가 힘을 합쳐 외나무다리를 건너가는 안쓰러운 모습 속에서 온갖 절망과 비탄을 딛고 이겨 나아가는 이 땅 민족의 굳센 극복의지가 담겨져 있는 것이다. 이 점에서 이 작품은 恨의 표출에 있는 것이 아니라, 恨의 극복에 근본 목표가 놓여진 것으로 보인다.

이 작품이 성공한 또 한 가지 이유는 상징을 적절히 활용한 데서 찾아진다. 여기에는 '고갯길', '역', '주막', '다리' 등의 상징이 나타난다. '고갯길'은 올라감과 내려감이라는 속성으로 인해 인생의 상승과 하강의 원리를 암시해 준다. 또한 희망과 낙망이라는 이 작품의 감정 추이를 반영하기도 한다. '역'도 의미가 심장하다. 박만도가 징용을 떠난 곳도 이곳이며, 진수가 돌아온 곳도 이곳이고, 이 둘이 극적 상봉을 하는 곳도 역시 이곳인 것이다. 역은 떠남과 만남 혹은 죽음과 소생이라는 생의 궁극적인 양면성이 함께 표상됐다는 점에 의미가 놓여진다. '주막'도 마찬가지이다. 그것은 낭만적 환상과 실제적 현실이 함께 부딪치는 교차의 장소이다. 박만도가 들떠서 읍내로 들어가는 입구이자, 절망해서 집으로 돌아가는 출구인 것이다. '다리'는 더욱 상징적인 장소이다. 그것은 다리 하나가 없는 진수와 팔 하나가 없는 박만도가 하나로 합쳐지는 긍정과 화해의 촉매이다. 또한 외나무다리는 부정에서 긍정으로 연결되는 운명의 길목이며, 갈등에서 화해로 이끌어지는 사랑의 지렛대 역할을 하는 것이다. 이들과 아울러 '고등어 한 손'과 '술'도 적절한 상징적 촉매가 된다. 고등어는 가난한 삶의 표상이기도 하지만, 그보다도 팔 없는 아버지와 다리 없는 아들을 하나로 맺어주는 아이러니의 촉매 역할을 수행한다는 점에 의미가 놓여진다. 술도 낙망에서 긍정으로 나아가는 데 긴요한 촉매작용을 하는 데서 지나 칠 수 없는 상징이 된다. 그것은 역사의 어려움 혹은 삶의 어둠을 카타르시스 시켜 주는 피와 눈물, 그리고 땀의 객관적 상관물로 받아들여지기 때문이다. 아울러 시간 배경이 '오전'에서 '오후'로 이동하는 것도 우연한 일은 아니다. 그것은 희망에서 낙망으로, 상승에서 하강으로의 분위기 변화와 연관된다. 이렇게 볼 때 구성의 치밀함과 예리한 시추에이션 설정, 상징 활용의 적절성, 그리고 인과관계 설정의 자연스러움으로 인해서 이 작품은 우수한 형상성을 성취한 것으로 판단된다. 특히 아이러니와 페이소스는 독보적인 미학이 아닐 수 없다.

지금까지 살펴본 것처럼 이 작품에는 일제하의 고통이 '팔'의 절단으로 6·25의 참극이 '다리'의 절단으로 각기 표상돼 있다. 식민지 체험이나 6·25 체험을 통해서 상처받은 역사의 수난이 생생하게 묘파된 것이다. 따라서 박만도와 진수는 비극적 운명의 주인공으로서의 특수한 인물, 즉 예외적 개인임에도 불구하고 한민족 누구에게나 해당될 수 있는 보편적 상징성을 지닌다. 다리불구가 되어 돌아온 아들과 팔이 불구인 아버지가 서로 의지하며 개울을 건너는 감동적인 장면 속에는 험난한 역사 속에서도 좌절하지 않고 운명을 따뜻하게 긍정하며 살아가는 우리 민족의 애수어린 모습이 담겨 있는 것이다. 이 점에서 작자가 말하려고 하는 것은 2대가 겪은 수난사 그 자체가 아니다. 더더구나 한(恨)이라고 말해지는 부정적인 정서 그자체는 아니다. 오히려 그것은 수난사에 대한 문학적 항거의 몸짓이며 거부의 몸부림으로 이해된다. 아울러 그것은 한(恨) 자체가 아니라, 그것의 초극의지이며 생의 긍정으로 풀이된다. 다만 목소리 높여 저항을 외치지 않을 뿐, 엄숙한 비극의 드러냄을 통해서 생의 초월과 현실의 극복을 추구하고자 하는 것으로 보이기 때문이다. 그야말로 민중의 생생한 생명력이 작품 속에 살아 숨쉬는 데서 하근찬 문학의 저력이 드러난다.

그러므로 이 작품의 주제는 비극을 통한 인간정신의 고양에 근본 목표가 놓여지며, 그 점에서 하근찬의 작가정신이 인간에게 실천 또는 휴머니즘의 회복으로 귀결됨을 알 수 있게 해준다.

문학사상, 1985. 6에서 요약

수난 이대 受難二代

작품요약

진수가 돌아온다. 진수가 살아서 돌아온다. 아무개는 전사했다는 통지가 왔고, 아무개 아무개는 죽었는지 살았는지 통 소식이 없는데, 우리 진수는 살아서 오늘 돌아오는 것이다. 가슴이 펄럭거리고 허벅지가 뻐근했다. 그러나 그는 고개마루에서도 쉴 생각을 하지 않았다. 까짓것 잠시 앉아 쉬면 뭐할끼고.

만도는 손가락으로 한쪽 콧구멍을 찍 누르면서 팽! 마른 코를 풀어던졌다. 그리고 휘청휘청 고갯길을 내려간다. 만도는 오른팔만을 앞 뒤로 흔들고 있었다. 삼대독자가 죽다니 말이 되나, 살아서 돌아와야 일이 옳고말고. 그런데 병원에서 나온다 하니 어딘가를 좀 다치기는 다친 모양이지만, 설마 나처럼 이렇게 되지 않았겠지. 만도는 왼쪽 조끼 주머니에 꽂힌 소맷자락을 내려다보았다. 나처럼 팔뚝 하나가 몽땅 날아갈 지경이었다면 엄살스런 놈이 견뎌냈을 턱이 없고말고.

만도는 들길을 잰 걸음쳐 나가다가 개천둑에 이르러서야 걸음을 멈추었다. 외나무다리가 놓여 있는 조그만 시냇물이었다. 그는 외나무다리를 조심히 디뎠다.

신작로에 나서면 금세 읍이었다. 만도는 읍 들머리에서 잠시 망설이다가 장거리를 찾아가는 것이었다. 진수가 돌아오는데 고등어나 한 손 사 가지고 가야 될 게 아닌가 싶어서였다.

정거장 대합실에 도사리고 앉아 있노라면 만도는 곧잘 생각키는 일이 한 가지 있었다. 그 일이 머리에 떠오르면 등골을 찬 기운이 쫙 스쳐 내려가는 것이었다. 손가락이 시퍼렇게 굳어진, 이끼 낀 나무토막 같은 팔뚝이 지금도 저만큼 보이는 듯했다.

바로 이 정거장 마당에 백 명 남짓한 사람들이 모여 웅성거리고 있었다. 징용에 끌려나갈 사람들이었다. 그러니까 지금으로부터 13, 14년 옛날의 이야기인 것이다. 만도는 북해도 아니면 남양군도 일 것이고, 거기도 아니면 만주겠지, 설마 저희들이 하늘 밖으로사 끌고 가겠느냐고, 아무렇지도 않은 듯이 그 들창코로 담배 연기를 푹푹 내뿜고 있었다. 플랫폼으로 나가면서 뒤를 돌아보니 마누라는 울 밖에 서서 수건으로 코를 눌러 대고 있는 것이었다. 만도는 코허리가 찡했다. 그러나 정거장이 까맣게 멀어져 가고 차창 밖으로 새로운 풍경이 휙휙 날아들자, 그제야 아무렇지도 않아지는 것이었다. 오히려 유쾌해지는 것 같기도 했다. 그러나 섬에서 그들을 기다리고 있는 것은 숨막히는 더위와 강제노동과 그리고 잠자리만씩이나 한 모기떼…… 그런 것뿐이었다.

여느날과 다름없이 굴 속에서 바위를 허물어내고 있었다. 바위틈서리에 구멍을 뚫어서 다이너마이트 장치를 하는 것이었다. 만도가 불을 댕기는 차례였다. 모두 바깥으로 나가버린 다음 그는 성냥을 꺼냈다. 겨우 심지에 불이 당겨졌다. 그는 얼른 몸을 굴 밖으로 날렸다. 바깥으로 막 나서려는 때였다. 산이 무너지는 듯한 소리와 함께 사나운 바람이 귓전을 후려갈기는 것이었다. 공습이었던 것이다. 만도는 그만 넋을 잃고 굴 안으로 도로 달려들어갔다. 쾅! 굴안이 미어지는 듯하면서 다이너마이트가 터졌다. 만도의 두 눈에서 불이 번쩍 했다. 만도가 어렴풋이 눈을 떠 보니, 바로 거기 눈 앞에 누구의 것인지 모를 팔뚝이 하나 아무렇게나 던져져 있었다.

시커먼 열차 속에서 꾸역꾸역 사람들이 밀려나왔다. 그러나 아들의 모습은 쉽사리 눈에 띄지가 않았다. 이상한 일인데…… 하고 있을 때였다.

「아부지!」

만도는 깜짝 놀라며 얼른 뒤를 돌아보았다. 틀림없는 아들이었으나, 옛날과 같은 진수가 아니었다. 양쪽 겨드랑이에 지팡이를 끼고 서 있는데 스쳐가는 바람결에 한쪽 바짓가랑이가 펄럭이는 것이 아닌가. 만도는 눈앞이 노오래지는 것을 어쩌지 못했다. 한참 동안 그저 멍멍하기만 하다가, 코허리가 찡해지면서 두 눈에 뜨거운 것이 핑 도는 것이었다.

「에라이, 이놈아!」

만도의 고등어를 든 손이 불끈 주먹을 쥐고 있었다

「이기 무슨 꼴이고, 이기.」

「아부지!」

진수의 두 눈에서는 어느 결에 눈물이 꾀죄죄하게 흘러내리고 있었다. 만도는 모든 게 진수의 잘못이기나 한 듯 험한 얼굴로,

「가자, 어서!」

무뚝뚝한 한마디를 던지고는 성큼성큼 앞장을 서 가는 것이었다.

주막을 나온 그들 부자는 논두렁길로 접어들었다. 조금 전처럼 만도가 앞장을 서는 것이 아니라, 이번에는 진수를 앞세웠다. 지팡이를 짚고 기우뚱기우뚱 앞서가는 아들의 뒷모습을 바라보며 팔뚝이 하나밖에 없는 아버지가 느릿느릿 따라가는 것이다. 손에 매달린 고등어가 곧장 달랑달랑 춤을 춘다.

「아부지.」

「와?」

「이래 가지고 나 우째 살까 싶습니더.」

「우째 살긴 뭘 우째 살아. 목숨만 붙어 있으면 다 사는 기다. 그런 소리 하지 마라.」

「……」

「나 봐라. 팔뚝이 하나 없어도 잘만 안 사나. 남 봄에 좀 덜 좋아서 그렇지. 살기사 와 못 살아.」

「차라리 아부지 같이 팔이 하나 없는 편이 낫겠어예, 다리가 없어노니 첫째 걸어댕기기가 불편해서 딱 죽겠심더.」

「그러니까 집에 앉아서 할 일은 니가 하고, 나 댕기메 할 일은 내가 하고, 그라면 안 되겠나. 그제?」

「예.」

진수는 가벼운 한숨을 내쉬며 아버지를 돌아보았다. 만도는 돌아보는 아들의 얼굴을 향해서 지그시 웃어주었다.

개천둑에 이르렀다. 외나무다리가 놓여 있는 그 시냇물이다. 진수는 슬그머니 걱정이 되었다. 지팡이를 짚고 건너가기가 만만할 것 같지 않기 때문이다. 진수는 하는 수 없이 둑에 퍼지고 앉아서 바짓가랑이를 걷어올리기 시작했다.

「진수야 그만두고, 자아 업자.」

진수는 지팡이와 고등어를 각각 한 손에 쥐고 아버지의 등어리로 가서 슬그머니 업혔다.

「팔로 내 목을 감아야 될 끼다.」

만도는 아랫배에 힘을 주며 끙 하고 일어났다. 아버지의 등에 업힌 진수는 곧장 미안스러운 얼굴을 하며, 나꺼정 이렇게 되다니 아부지도 참 복도 더럽게 없지. 차라리 내가 죽어 버렸더라면 나았을 낀데…… 하고 속으로 중얼거렸다.

만도는 용케 몸을 가누며 아들을 업고 외나무다리를 조심조심 건너가는 것이었다. 눈앞에 우뚝 솟은 용머리재가 이 광경을 가만히 내려다보고 있었다.

감상을 위한 문제제기

1. **작가는 마지막 장면에서 두 사람을 물 속에 떨어지게 할 것인가 오래 고민했다고 한다. 만일 두 사람이 외나무다리를 건너지 못하고 떨어졌다면 작품의 효과는 어떻게 달라졌을까 서술하시오.**

「수난 이대(受難二代)」의 마지막 장면은 전후 소설(戰後小說)이 거둔 비극적 미학의 절정으로 손꼽힌다. 제1차 세계 대전에 참여한 아버지와 노르망디 전투에 참여한 아들이 만나는 외국 소설에서 모티브를 얻었다고 작가는 말하고 있지만 그것이 중요한 문제는 아니다. 전쟁이란 인류 역사 이래 있어왔고 「수난 이대」와 같은 상황은 어느 시대 어느 민족의 경우에도 있을 수 있는 보편적인 체험이기 때문이다. 이 작품은 이러한 보편성을 넘어 한국인의 역사와 한국인의 정서에 맞게 형상화해 냈다는 작가의 탁월한 능력 때문에 전후 문학의 대표적 단편으로 손꼽힐 것이다.

외나무다리는 선택의 여지없이 위태하게 살아온 두 사람의 삶 - 민족의 삶을 상징하는 배경으로 적절하다. 외나무다리는 다리 하나를 잃은 아들 진수의 삶을 의미하는 것으로 보아도 좋을 것이다. 이 황혼의 외나무다리 위를 외팔의 아버지가 외다리의 아들을 업고 건너간다. 그것은 실로 장엄한 비극이다. 그러나 만일 두 사람이 다리를 건너지 못하고 추락하는 것으로 상황을 설정했다면 우리의 심미적 느낌은 어떻게 달라졌을까. 아마도 그 비극성은 치열하게 느껴질 것이다. 전쟁이 두 사람에게 남긴 상처의 고통이 독자의 심상에 충격을 줄 수 있을 것이다. 그러나 이 가련한 부자에게 너무 가혹한 시련을 안겨주는 것이 아니었을까. 그들이 만나기까지 살아온 인생 그 자체만으로도 비극은 충분하지 않을까. 대다수 독자들은 두 사람이 다리에서 떨어진다는 충격을 감당하기 힘들 것이다. 아이러니한 또는 시니컬하게 끝나는 비극적 장면은 등장 인물의 성격으로 보아도 조화스럽지는 않았을 것이다. 비극을 이겨내려는 그들의 안타까운 몸짓만으로도 충분한 비극적 효과를 거두고 있다고 하겠다.

2. 「수난 이대」의 주제를 간략하게 정리해 보시오.

자유는 민중의 피를 마시고 피어난 꽃이라고 프랑스 혁명가는 말했다. 그렇다면 역사란 무엇인가. 만도나 진수 같은 사람들의 팔다리를 대가로 과연 어느 누가 살찌는 것일까. 역사란 가장 잔인한 여신이라고 엥겔스도 말한 바 있다. 「수난 이대」는 역사 속에서 이인국 박사처럼 영리하게 살아가지 못한 어느 부자(父子)의 비극이다. 그것은 곧 우리의 비극적 역사가 대물림된다는 의식이며, 이 대물림은 '만남'과 '화해'를 통해 극복하지 않는다면 영원히 반복될 수밖에 없다는 의미로 읽히는 것이 옳지 않겠는가 생각해 본다. 팔을 자른 힘, 다리를 자른 외부적 힘에 대한 복수와 역사적 평가를 넘어, 우리는 제국주의의 피해자이며 곰팡이 핀 냉전 이데올로기의 희생자라는 동질 의식으로 역사의 외나무다리를 건너가야 하지 않겠는가.

이범선

삶의 고통, 신화의 아름다움

작가 및 작품연구

이범선(李範宣 1920~1982). 평안남도 출신으로 호는 학촌(鶴村)이다. 1955년 〈현대문학〉에 단편 「암표(暗標)」와 「일요일」이 추천되어 등단하였다. 그의 대표작은 1959년에 발표된 「오발탄(誤發彈)」이다. 이 작품은 전쟁 직후 자유당 정권의 암담한 정치사회 현실을 날카롭게 묘사한 것으로 손꼽히고 있다.

「학마을 사람들」은 1957년 〈현대문학〉 1월호에 발표되었다. 「수난 이대(受難二代)」와 거의 동일한 시간대에 발표된 이 작품이 다루고 있는 것은 역시 전쟁의 상처를 극복하려는 인간의 의지이지만 그 세계는 매우 다르다. 「수난 이대」가 화해와 포용의 몸짓이라면 「학마을 사람들」은 거부와 의지의 몸짓이다. 「수난 이대」가 가족사의 아픔이라면 「학마을 사람들」은 공동체의 아픔이다. 부언하면 전자는 역사이며 후자는 신화이다. 전자는 현실이며 후자는 꿈이다. 그들의 삶은 식물의 일생처럼 무기력해 보이고 현실순응적이며 피동적이며 반역사적으로 느껴지기까지 한다. 그러므로 「학마을 사람들」은 역사의 격변기 저편에서 움직이는 그림자들처럼 리얼리티를 못느낄 수도 있다. 「수난 이대」와 같은 정공법에 익숙한 독자들에겐 당연한 것이다. 그러나 「학마을 사람들」을 민족의 내부에서 흐르는 공통적 원형질로 보았을 때는 새로운 의미를 찾아낼 수 있을 것이다.

전쟁은 신화를 파괴한다. 학나무를 둘러싼 공동체도 파괴된다. 그러나 신화는 다시 재건된다. 애송나무를 안고 내려오는 그들 ─ 「학마을 사람들」은 학으로 나타나는 비상(飛翔)의 의지를 키우면서 역사의 깊은 곳에서 뿌리내리고 살아갈 것이다. 그들은 무력해 보이지만 오히려 그렇기에 역설적으로 결코 패배하지 않는 이 땅의 신화적 주인인 것이다.

「학마을 사람들」이 살고 있는 세계는 철저한 샤머니즘적 공동체이다. 학나무는 마을의 중앙에 선 하늘과 인간을 잇는 우주목(宇宙木)이다. 그들의 삶도 다음의 도식과 같이 순환하는 철저한 신화적 삶을 살고 있다.

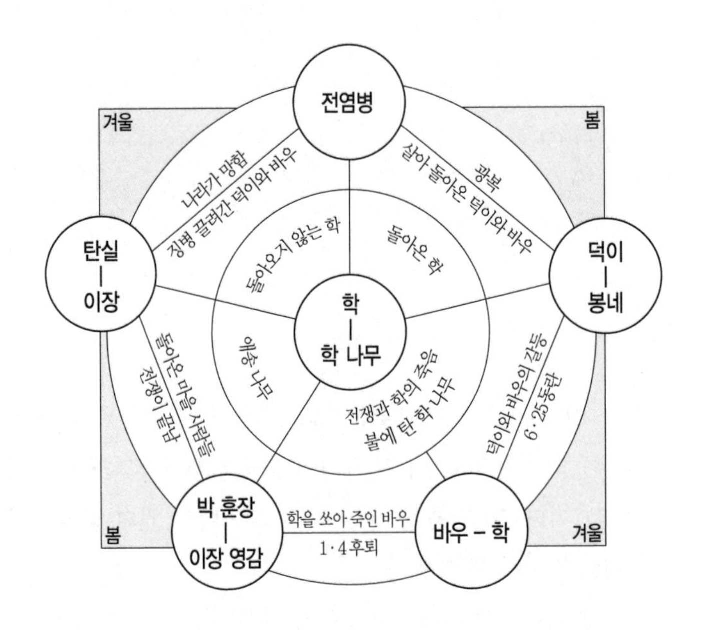

작가 이범선의 호가 학촌 ─ 학마을 ─ 이며 그의 첫 창작집이 「학마을 사람들」이었다는 걸 생각하면 그의 관심은 「오발탄」과 같은 사회 고발이 아니라 「학마을 사람들」과 같은 신화 창조에 있었던 것일까.

학마을 사람들

작품요약

자동차 길엘 가재도 오르는 데 십리, 내리는 데 십리라는 영(嶺)을 구름을 뚫고 넘어, 또 그 밑의 골짜기를 삼십리 더듬어 나가야 하는 마을이었다.

강원도 두메의 이 마을을 관(官)에서는 뭐라고 이름지었는지 몰라도 그들은 자기네 마을을 학마을[鶴洞]이라고 불렀다.

무더기 무더기 핀 진달래꽃이 사면을 둘러산 가운데 소복이 일곱집이 이 마을의 전부였다. 영마루서 내려다보면 꼭 새둥우리 같았다. 마을 한가운데에는 한 그루 늙은 소나무가 섰고, 그 소나무를 받들어 모시듯, 둘레에는 집집마다 울 안에 복숭아꽃이 활짝 피어 있었다.

이 학마을 이장 영감과 서당의 박 훈장은 지팡이로 턱을 괴고 영마루에 나란히 앉아 말없이 마을을 내려다보고 있었다.

「학이 안오는 지가 벌써 삼십 년이 넘어.」

「그렇지 벌써 삼십육 년짼가?」

학마을, 얼마나 아름답고 포근한 마을이었노. 이장 영감은 어느 새 황소 같은 더벅머리 총각 억쇠가 되어 이글이글 타오르는 화톳 불을 돌며 덩실덩실 춤을 추는 것이었다. 옛날 학마을에는 해마다 씨뿌리기 시작할 바로 전에 한 쌍의 학이 찾아오곤 하였었다. 그리고는 정해두고 마을 한 가운데 서 있는 노송(老松) 위에 집을 틀었다. 마을 사람들은 이 노송을 학나무라고 불렀다.

이장이 마흔네 살 나던 해였다. 씨뿌릴 준비를 다 해놓고 마을 사람들은 학을 기다렸다. 그런데 웬일인지 계절이 다 늦도록 학은 돌아오지 않았다. 그들은 하는 수 없어 학 없이 씨를 뿌렸다. 가뭄이 들었다. 봄내 여름내 비 한 방울 안 왔다.

「학만 있었으면.」

마을 사람들은 여느해에 그렇게도 영험하던 학의 생각이 몹시도 간절하였다. 가뭄이 들면 학은 그 긴 주둥이를 하늘로 곧추고 비오 비오 울어 고해주는 것이었다. 그러면 하늘은 곧 비를 주시곤 했다. 장마가 져도 학이 가 가 길게 울어 주기만 하면 비는 곧 가시는 것이었다.

그러던 어느날 기다리던 비 대신 기막힌 소문이 날아들어왔다. 왜놈들이 이 나라를 빼앗고 나왔다는 것이었다. 그런데 또 한 겹 더 덮쳐 마을 안에 열병이 퍼지기 시작하였다. 거의 날마다 곡소리가 들렸다. 학마을은 그대로 무덤이었다. 다음해 봄도 또 다음해 봄도 학은 돌아오지 않았고 흉년만이 계속되었다. 사람들은 학마을을 떠나기 시작했다. 이십 가구나 되던 마을이 겨우 일곱 집만이 남았다. 그동안 이장 영감도 몇 번이나 밖으로 나가 살 만한 곳을 찾아보았었다. 그러나 그때마다 번번이 이 학마을을 버리지 못하였다.

「그런데 그 학이 어딜 갔을까?」

「알 수 없지.」

바로 그때였다. 저 밑의 마을에서 꽹가리 소리가 요란하게 들려왔다. 이장 영감은 으쓱 일어섰다. 박 훈장도 담뱃대를 털며 일어섰다. 학이다 — 학이다 — 이장 영감은 힐끔 뒤의 박 훈장을 돌아보았다.

그날 과연 학은 마을에 돌아와 있었다. 이장 영감과 박 훈장은 얼싸안고 엉엉 울었다. 옛날 본 학이었다. 꼭 그대로였다.

올 감자철이 지나고 참외와 옥수수가 한창일 무렵 학의 새끼는 제법 짝짝 둥우리 속에서 소리를 지르기 시작하였다. 분명히 세 마리였다. 틀림없이 풍년일 게라 하였다.

그러던 어느날이었다. 봄에 왜놈들에게 병정으로 끌려갔던 이장 네 손자 덕이(德伊)와 박 훈장네 손자 바우가 마을에 돌아왔다. 우리 나라가 독립이 되었다는 것이다.

다음해 봄에도 학이 돌아왔다. 세 마리 새끼를 쳤다. 또 풍년이었다. 또 다음해 봄에도 학은 왔다. 이 번엔 두 마리를 쳤다. 평년이었다. 그 해 가을 이장네 손자 덕이가 장가를 들었다. 신부는 이웃에 사는 봉네였다. 잔치 전날밤 바우는 마을에서 사라졌다. 그의 홀어머니도 또 늙은 할아버지 박 훈장도 몰랐다. 그러나 이장 영감만은 짐작하고 있었다. 골짜기의 눈이 녹고 진달래가 피자 학이 왔다. 두 마리의 새끼를 깠다. 그러던 어느 비 내리는 아침이었다. 학나무 밑에 아주 어린 학의 새끼 한 마리가 떨어져 죽었다. 이장 영감과 박 훈장은 불길한 예감에 사로잡혔다. 이런 일은 적어도 그들이 아는 한에서는 일찍이 없던 일이었다. 과연 무서운 변이 마을을 흔들고야 말았다.한 달이 못 되어서였다. 밤낮 이틀이나 온 세상을 드르릉 드르릉 흔들던 소리가 남으로 멀어갔다. 어깨에 총을 멘 쉰

명도 넘는 사람들이 마을로 들어왔다. 마을 사람들을 해방시키려 왔노라고 했다. 마을 사람들은 이제야 학이 새끼를 물어 내버린 뜻을 알 것 같았다. 그런데 어느날 박 훈장네 바우가 소문도 없이 마을로 돌아왔다. 바우는 전에 없던 흠이 오른쪽 이마에서 눈썹까지 죽 굵게 그어져 있었다. 그는 여간 유식해진 게 아니었다. 김일성 장군도, 착취니 반동이니 영웅적이니 소련이니 유우엔이니 탱크니 하는 말도 알았다. 누런 군복이 사나이들이 바우를 이 부락의 인민위원장이라고 했다. 그러고는 마을 사람들을 하루에 두 번씩 학나무 밑에 모았다. 소위 회의를 한다는 것이었다. 그러나 마을 사람들은 잘 모이지를 않았다. 학이 전에 없이 새끼를 물어 떨어뜨리자 밀려들어온 그들은 어쨌든 학마을을 잘 되게 해볼 사람들이 아닌 것만은 분명하다는 말이 퍼지고 있었던 까닭이다.

바우는 면으로 달려갔다. 저녁때가 되어 그는 총을 메고 나타났다. 사업을 방해하는 자는 누구든지 다 반동이라면서 큰 소리를 질렀다. 학나무 꼭대기를 가리켰다. 총부리를 들어올렸다. 타다당! 총소리가 나고 한 마리가 땅바닥에 떨어졌다. 마을 사람들은 정신이 아찔하였다. 앓고 있던 이장 영감이 나왔다. 그는 저만치 땅바닥에 빨래처럼 구겨박힌 주검을 보았다. 그는 한발을 내딛다 말고 그 자리에 쓰러지고 말았다. 다음날 아침에도 바우는 마을 사람들 더러 학나무 밑에 모이라고 했다. 한 사람도 응하는 사람이 없었다. 흥, 어디두고 보자면서 바우는 면으로 갔다. 그날 바우는 돌아오지 않았다. 그리고 며칠이 못되어 그 무서운 소리들이 들리기 시작했다. 동무 동무하는 패들이 우리 군대에 쫓겨 달아났다는 것이다. 면에 나갔던 바우도 그 길로 그들을 따라 북으로 갔다는 것이었다.

겨울이 닥쳐왔다. 오랑캐들이 쳐들어온다고 다시 야단들이었다. 이장 영감은 마을 사람들을 데리고 부산까지 피난을 갔다. 박 훈장은 마을에 혼자 남았다. 바우가 돌아올까 해서라는 그 심정을 이장 영감은 잘 알고 있었다. 봄이 되어 그들은 다시 마을로 돌아왔다. 마을은 변했다. 학나무는 홈싹 타 새까만 뼈만이 앙상하게 서 있었고 또 이쪽 이장네 집과 봉네네 집터에는 깨어진 장독이 하나 우뚝 서 있을 뿐이었다. 덕이는 이제 농사일이 시작되기 전에 집을 다시 지으리라 생각했다. 옛집 터로 갔다. 무너진 벽 밑에서 타다 남은 시체를 하나 파내었다. 박 훈장이었다. 그날 밤 이장 영감도 갑자기 세상을 떠나고 말았다.

상여는 둘인데 상주는 덕이 한 사람이었다. 마을 사람들은 다들 뒷산으로 따라 올라갔다. 저녁때가 다 되어서야 그들은 산에서 내려왔다. 덕이가 맨 앞에 두 주의 위패(位牌)을 모시고 걸었고, 그 바로 뒤를 봉네가 흰 보자기로 뿌리를 싼 조그만 애송나무를 하나 어린애처럼 안고 따르고 있었다.

감상을 위한 문제제기

1. 이장 영감의 성격에 대해 쓰시오.

이장 영감은 조선 말에서 6·25에 걸치는 우리 역사의 고통스런 시기를 살아가는 인물이다. 그러나 그는 질곡의 역사에 정면으로 대응하지 않는다. 아니 전혀 관심이 없다. 그는 일종의 부족장일 뿐이다. 그가 역사에 대응하는 방식은 오직 견디는 것이며 피하는 것이다. 그는 인간의 의지보다는 초자연적인 학의 힘을 숭배하는 신화적 인간일 따름이다. 그의 관심은 학마을 유지에 있고 그의 사랑은 학마을 젊은이들에게 있다. 그는 빨갱이가 되어 돌아온 박 훈장의 아들 바우조차도 미워하지 않는다. 바우의 타락은 이장 영감 자신의 행동이 그 원인의 하나라는 걸 알고 있었지만 그것을 기꺼이 감수한다. 박 훈장도 이장 영감의 분신이라고 할 수 있는데 그는 훈장이란 이름처럼 실제적인 지식인으로 묘사되지는 않는다. 이장 영감과 박 훈장으로 나뉜 두 개의 캐릭터는, 전자가 학마을의 고통과 함께 죽어가고 후자가 사람들을 다시 학마을로 귀향(歸鄕)시키는 역할을 하며 자연스럽게 하나로 귀결된다. 임무를 완수한 이장 영감이 죽어버리는 것은 이러한 신성한 임무의 완수를 의미한다. 이리하여 이 샤머니즘 왕국에는 새로운 시대가 열린다. 신화 시대의 종말인 것이다.

2. 애송나무를 안고 내려오는 마지막 장면이 의미하는 것을 쓰시오.

애송나무 어린 소나무가 학나무의 분신임을 짐작하기란 어렵지 않다. 봉네가 이 애송나무를 박 훈장 그리고 이장 영감의 위패와 함께 소중하게 가지고 내려오는 행위가 엄숙한 제의(祭儀)이며 공동체의 회복을 비는 일이라는 것을 쉽게 알 수 있다. 애송나무는 마을 사람들의 순환적 시간 속에서 다시 태어난 두 사람의 인격의 합일된 존재이기도 하며, 부활을 꿈꾸는 학마을 사람들의 믿음을 상징하는 표상으로도 보인다. 여기서 필자는 어린 소나무를 학나무 근처에 다시 심는 것이 아니라 그것을 마을로 가지고 내려온다는 행위에 주목하고 싶다. 전통적 학마을을 재건하려는 의도라면 누군가 애송나무를 발견하는 과정이 있었을 것이며 그것을 잘 심고 가꾸겠다는 마을 사람들의 의지가 묘사되어야 마땅하지 않을까. 그런데 왜 그들은 나무를 마을로 가지고 내려올까. 그렇다. 학나무는 마을의 중심에 있는 것이 아니라 이제 마을 사람들 각각의 내부에서 성장한다. 학나무를 키우는 일은 전적으로 개인의 책임이다. 신탁의 학나무는 새롭게 성장해 나아갈 것이다. 그것은 부족의 신화가 끝났음을, 공동체의 우주목은 사라졌음을, 에덴의 신화는 이제 끝났음을, 개인의 실존적 삶이 열리는 세상을 보여주는 장면이 아닐까. 우리들 한 인간이 모두 학나무임을, 우리들 한사람 한사람 위에 펄럭이는 학이 날아옴을 상징하는 것으로 읽으면 어떨까 생각한다.

오상원

전쟁과 광기

작가 및 작품 연구

오상원(吳尙源 1930~1985). 평안북도 출신. 1955년 한국일보 신춘문예에 「유예(猶豫)」가 당선되어 작가의 길을 시작하였다. 그의 문학은 6·25와 굳게 연결되어 있다.

전쟁-테러리즘의 냉혹한 세계 속에서 이분화(二分化)된 사고를 거부하고 비인간적 상황에 처해 있는 주인공들이 오상원 문학의 모습이다.

1960년대 산업사회로 변화하면서 많은 작가들과 함께 그의 문학도 선을 긋게 되었는데 '전후(戰後)' 를 극복하지 못한 그의 문학이 멈추게 됨은 안타까운 일이다.

「유예(猶豫)」는 포로가 되어 총살당할 때까지의 한 인간의 극한적 상황을 심리묘사로 그려내고 있다. 「수난 이대(受難二代)」보다 2년 앞서 같은 신문에 당선된 작품이며 역시 전쟁의 비인간적인 상황을 주제로 하고 있는데 그 작가적 태도는 보다 직설적이며 냉정하다. 「유예(猶豫)」의 상황에는 주인공의 어설픈 추억도 가족적 배경도 모두 지워져 있다. 있는 것은 죽음을 맞는 피해자 주인공과 가해자 적군이라는 두 개의 극한적 상황이 그려져 있을 뿐이다. 그러나 두 개의 적대세력간에는 어떠한 증오감도 어떠한 화해의 제스추어도 없다. 이데올로기도 개인적 증오감도 모두 삭제된 백색의 겨울 벌판에는 죽어가는 자와 죽이는 자들만이 존재한다. 이런 점에서 「유예(猶豫)」는 육이오라는 시공간을 초월하여 보편적인 삶의 벌판에서 인간이 취하는 행동양식을 제시하고 있다고 할 수 있다. 1958년 대표작인 「모반(謀反)」으로 동인문학상을 탔으나 1960년대 후반 이후 동아일보 기자 생활을 하면서 오상원 우화집을 펴내어 사회적 관심을 보였을 뿐 소설은 거의 절필하였다.

유예 猶豫

작품요약

몸을 웅크리고 가마니 속에 쓰러져 있었다. 한 시간 후면 모든 것은 끝나는 것이다. 손과 발이 돌덩이처럼 차다. 몸이 떨린다. 뼛속까지 얼음이 박힌 것 같다. 소속사단은? 학별은? 고향은? 군인에 나온 동기는? 공산주의를 어떻게 생각하시오? 미국에 대한 감정은? 그럼…… 동무의 말은 하나도 이치에 당치 않소. 몽롱한 의식 속에 갓 지나간 대화가 오고간다. 한 시간 후면 모든 것은 끝나는 것이다. 사박사박 걸음을 옮길 때마다 발밑에 부서지는 눈, 그리고 따발총구를 등뒤에 느끼며 앞장서 가는 인민군 병사를 따라 무너진 초가집 뒷담을 끼고 이 움 속 감방으로 오던 자신이 마음 속에 삼삼히 아른거린다. 한 시간 후면 나는 그들에게 끌려 예정대로의 둑길을 걸어가고 있을 것이다. 수발의 총성, 나는 그대로 털썩 눈 위에 쓰러진다. 이윽고 붉은 피가 하이얀 눈을 호젓이 물들여 간다. 누가 죽었던 지나가고 나면 아무것도 아니다. 그들에게는 모두가 평범한 일들이다.

싸우다 죽는 것, 그것뿐이다. 그 외는 아무것도 없다. 무엇을 위한다는 것, 무엇을 얻기 위한다는 것, 그것도 아니다.

북으로 북으로 쏜살같이 진격은 계속되었다. 수차의 전투가 일어났다. 그가 인솔한 수색대는 적의 배후 깊숙히 파고 들어갔다. 자주 본대와의 연락이 끊어지기 시작했다. 후퇴다! 이미 길은 적에 의하여 차단되었다. 접근을 피하면서 산으로 타고 올랐다. 기아와 피로, 점점 낙오되고 죽어가는 소대원, 첩첩이 쌓인 눈과 추위, 그리고 알 수 없는 방향을 더듬으며 온갖 악조건과 싸우지 않으면 안 되었다. 여섯 명이 남았다.

무난히 대로를 횡단하였다. 인제 산 밑까지는 이백미터 밖에 안 되었다. 그때다. 돌연

일발의 총성과 더불어 한 마디 비명을 남기고 누가 쓰러졌다. 일순간이 지났다. 도대체 총알은 어디서부터 날아온 것인가? 그 방향은 종잡을 수 없다. 그가 적정(敵情)을 살피러 고개를 드는 순간 또 총알이 날아왔다. 측면에서부터다. 놈들은 우리의 위치를 알고 있지만 우리는 저쪽의 위치를 잡을 수가 없다.

그들이 정신을 잃고 쓰러졌을 때는 이미 새벽이 가까워서였다. 그는 피를 흘리고 있는 선임하사와 단 둘이 남았다. 역사란 인간이 인간을 학살해 온 기록이라며 전투가 가장 재미있다던 선임하사는 인제 총에 맞았다.

맑은 광선이 눈부시게 흘러들어온다. 사닥다리다. 감각을 잃은 무릎을 힘껏 괴어 짚으며 기어올랐다. 입구에 다다르자 억센 손아귀가 뒷덜미를 움켜쥐었다. 눈 속에 그대로 머리를 박고 쓰러졌다. 찬 눈이 얼굴에 스치자 정신이 돌아왔다. 일어서야만 한다. 그리고 정확히 걸음을 옮겨야 한다. 모든 것은 인제 끝나는 것이다. 끝나는 순간까지 정확히 나를 끝맺어야 한다. 눈이 쌓인 흰 둑 길이다. 오오 이 둑길…… 몇 사람이나 이 둑길을 걸었을 거냐. 가슴이 탁 트이는 것 같다. 똑바로 걸어가시오. 남쪽으로 내닿은 길이오. 한 걸음 두 걸음 정확히 걸어야 한다. 사수(射手) 준비! 총탄 재는 소리가 바람처럼 차갑다. 걸음걸이는 그의 의지처럼 정확했다. 뒤허리에 충격을 느꼈다. 아니 아무것도 아니다. 아무것도 아닌 것이다.

흰 눈이 회색빛으로 흩어지다가 점점 어두워 진다. 모든 것은 끝난 것이다. 놈들은 멋지게 총을 거꾸로 둘러메고 본부로 돌아들 갈테지. 눈을 털고 추위에 손을 비벼가며 방 안으로 들어들 갈 테지. 몇 분 후면 아무 일도 없었던 듯 담배들을 말아 피고 기지개를 할 것이다. 누가 죽었건 지나가고 나면 아무것도 아니다. 모두 평범한 일인 것이다. 의식이 점점 그로부터 어두워 갔다. 흰 눈 위다. 햇볕이 따스히 눈 위에 부서진다.

감상을 위한 문제제기

1. 「수난 이대」와 이 작품을 분석하여 전쟁을 바라보는 작가의 태도를 비교해 보시오.

먼저 「수난 이대」가 전쟁의 뒷이야기라면 「유예(猶豫)」는 전쟁 그 자체라는 점에서 구별이 된다. 「수난 이대」는 전쟁의 비극성을 아날로그적 태도로 보여주고 있는데 반하여 「유예」는 그것을 디지털화하여 보여주고 있다는 점에서 두 작품은 심각한 차이를 나타낸다. 전쟁의 밖과 전쟁의 안에 있음은 전쟁 자체의 비극성에 대한 인식의 차이를 가져온다. 「수난 이대」의 전쟁의 고통은 끝이 안 보이는 일종의 악몽의 '내림' 이다. 그것은 정교한 톱니 시계의 바늘처럼 돌아가는 아날로그 시간 속에 끝없이 계속되는 비극이다. 하근찬의 전쟁은 실존의 문제가 아니며 철학적 사유의 대상도 아니다. 그가 바라보는 전쟁은 외나무다리 건너기처럼 어렵고 힘든 비극적 사건이며 통시적으로 이어지는 비극의 순환이다.

「수난 이대」에서 마지막 장면은 시나리오의 롱 숏에 의한 전형적인 화면 처리를 소설에 빌려온 것이라고 할 수 있는데, 이 부분은 아름답기는 하지만 결코 낭만적으로 읽을 수 없는 것이다. 그들 부자에게는 저녁이 오고 밤이 올 것이다. 그것은 새로운 비극의 시작이기도 하다. 다시 말하면 아날로그의 시간 속에서 「수난 이대」는 수난 삼대로 그 비극을 이어가리라는 예감이 내포되어 있다. 「유예」의 경우는 어떠한가. 이 사건속의 주인공은 자신의 비극을 실존의 비극으로 인식하고 있다. 그는 거기에 거창한 어떤 이데올로기도 가족적 비극의 색채도 입히지 않는다. 「수난 이대」가 유화라면 「유예」는 소묘이다. 「유예」는 백색의 눈 덮인 벌판에 어둡게 다가오는 죽음의 시간을 빠른 묘사로 그려낸 크로키이다. 이 작품의 디지털적 비극은 실존의 시간을 말한다. 그것은 '깜박임' 의 시간이다. 360도 원을 도는 물레방아의 동적(動的) 시간이 아니라 쉴 새 없는 단절의 깜박임만으로 자신의 존재를 확인하는 개별자의 시각이다. 소설 속의 '그' 가 끊임없이 되풀이 하는 내적 독백은 이러한 깜박임의 언어이다. 사유하는 순간순간 속에 '그' 의 실존이 확인된다. 그러므로 이 소설 속에서 구체적 배경이나 왜 포로가 되었는가 등에 대한 인과율의 세계는 중요치 않다. 「수난 이대」가 서사적이라면 「유예」는 상황 묘사적이다. 소설 속의 '그' 는 전쟁의 무의미함에 대해 "싸우다 죽는 것 그것뿐" 이라는 인식을 가지고 있다.

「수난 이대」의 아들 진수는 말한다.

"이래가지고 우째 살까 싶습니더."

그러나 그것은 이어지는 "불편해서 똑 죽겠심더" 라는 진수의 대화에서 알 수 있듯 생존의 불편함 이상의 것이 아니다. 이들이 전쟁의 참혹함을 그저 불편한 일이 생긴 것처럼 인식하는 데서 전쟁의 비극성은 더욱 심각하게 부각된다.

「유예」의 '나' 는 전투가 가장 재미있다던 선임 하사를 통하여 전쟁의 비극성을 담담하게 보여주고 있다.

선임 하사, 그는 제2차 세계 대전시 일본군에 소집되어 남양 전투에 종군하다 북지(北

支)로 이동, 일본 항복과 더불어 포로 생활 2개월을 거쳐 팔로군(八路軍), 국부군, 시조(時潮)가 변전(變轉)되는 대로 이역(異域)을 표류하다 고국으로 돌아와 다시 군문으로 들어선 것이었다. 군대 생활이 무엇보다 재미있다는 그, 전투가 자기 생활 속에서 제일 신이 나는 순간이라는 그였다.

"사람은 서로 죽이게끔 마련이오. 역사란 인간이 인간을 학살해 온 기록이니까요. 그렇게 생각지 않으시오? 난 전투가 제일 재미있소. 전투가 일어나면 호흡이 벅차고 내가 겨눈 총구에 적의 심장이 아른거릴 때마다 나는 희열을 느낍니다. 그 순간 역사가 조각되고 있는 것같이 느껴지거든요. 사람이란 별게 아니라 곧 싸우는 것을 의미하고 싸우다 쓰러지는 것을 의미할 겝니다."

오늘날의 세련된 소설 문학의 관점에서 본다면 선임 하사의 표현은 차라리 소박한 데가 있다. 그는 마치 성자처럼 죽어간다. 오상원은 그의 죽음을 이렇게 묘사한다.

햇볕을 받아가며 내려감은 눈, 비애도, 슬픔도, 고독도, 그 어느 하나도 없다. 다만 눈 속에 덮인 산속의 적막, 이것이 그의 얼굴 위에 내릴 뿐이다. 의식을 잃은 듯 몸이 점점 비스듬히 허물어지다가 털썩 쓰러졌다. 그는 급히 다가서서 선임 하사를 일으키려 하였다. 그 순간 눈을 가늘게 떴다. 입가에 미소가 가벼이 흐른다. 햇볕이 따스하게 그 입가의 미소를 지킨다.

그러나 역설적으로 오상원이 전쟁에 대하여 사유하면 할수록 전쟁은 필요 없는 명암 처리를 계속한 소묘처럼 갑갑하게 느껴진다.

「수난 이대」와 달리 오상원이 '사유의 전쟁'을 그려냈다는 것은 분명하다. 그는 명징(明徵)한 의식을 통하여 소멸하지 않는 인간의 실존을 그려내고 있는 것이다. 그렇기에 이 단편은 6 · 25 전쟁이 아닌 월남전이라고 해도 좋고 그 어느 전쟁이든 있을 수 있는 보편적 성격을 획득하였다. 이 말은 정반대로 이 작품이 한 시대의 역사성을 가지고 있지 못하다는 뜻이기도 하다. 이런 경향은 후에 그의 단편 「모반(謀反)」에도 이어진다.

2. 우리 문학에는 진정한 전쟁 문학 작품이 부족하다는 평을 받는다. 그 이유가 무엇인지 생각해 보시오.

전쟁 문학이란 전쟁을 소재로 한 문학이라는 의미 이상의 것이다. 전쟁 문학은 물론 전쟁을 다루기는 하지만 그것은 인간의 실존이나 휴머니즘을 드러내기 위한 배경일 경우가 대부분이다. 고대 그리스의 서사시 「일리아드와 오디세이」는 모두 트로이 전쟁의 전후를 배경으로 한 진정한 의미의 전쟁 문학이라고 할 수 있을 것이다. 그러나 근대 소설의 개념으로 볼 때 전쟁 문학이라 부를 수 있는 것은 두 차례의 세계 대전을 치른 이후가 아닐까 생각한다. 그러나 가령 헤밍웨이의 「무기여 잘 있거라」 또는 「누구를 위하여 종은 울리나」 등을 전쟁 문학의 범주에 넣을 수 있을지는 많은 논쟁이 있을 수 있다. 분명한 것은 전쟁이 인간의 극한적 갈등 상황을 보여주기 위한 문학적 배경으로 적합하다는 사실이다.

조선 말 동학 농민 전쟁, 일제 시대 독립 전쟁에 이어 한국 전쟁을 겪고 월남전에 참전한 우리 민족이 문학적으로 형상화된 전쟁 문학을 생산하지 못했다면, 그 첫번째 이유는 정부의 편협한 이데올로기 정책때문이 아니었을까 생각한다. 이데올로기의 족쇄는 전쟁 자체를 객관적으로 인식하지 못하도록 했다. 이승만 정부의 반공 정책의 족쇄는 인민군 군복을 깨끗하게, 국군 군복을 더럽게 묘사한 영화 감독에게 반공법을 적용하였으며, 박정희 정부도 정도의 차이는 있었을망정 극단적 반공 이데올로기는 관제 반공 문학이 존재하게 만들었을 뿐 전쟁문학의 생산을 근본적으로 막았다고 할 수 있다. 그렇다고 해서 물론 모든 책임을 정부나 역사적 특수성에 미루어버릴 수는 없다. 작가 자신들의 책임이 결코 적다고는 말할 수 없다. 권력의 예술가 길들이기 정책은 이미 조선 총독부 시절부터 이어져 내려온 것이며 알게 모르게 이러한 정책의 범위 안에서 창작 활동을 해온 것이 엄연한 현실인 것이다.

1980년대 이후 월남전에 대한 자각이 싹트고 월남전을 객관적으로 조명하는 시각이 싹튼 것도 사실이지만, 그 반면에 극우 보수적 이데올로기 수호 세력이 엄존(嚴存)하고 있는 현실 속에서 일부전쟁 소설은 자칫하면 저널리즘에 편승한 상업주의 유행에 머무르고 말 것이라는 예감을 지울 수 없는 것도 사실이다. 문학이 역사의 앞을 달리지는 못할망정 저널리즘이나 권력이 깔아준 멍석 위에서만 놀아야 한다면 이는 실로 슬픈 비극이 아닐 수 없다.

손창섭

전쟁과 자학(自虐)

작가 및 작품연구

손창섭(孫昌涉 1922~2010). 그는 전후 작가 중에서 가장 이채로운 작가에 속한다. 우선 학력다운 학력이라곤 하나도 없다고 자신이 고백할 정도로 지식인 계층과는 거리가 멀다. 그의 삶의 무대도 그런 만큼 다양하다. 평양 출신으로 만주에서 소년기를 보내고 일본으로 가서 청년기를 보냈고 1946년 귀국하여 월북하였다가 1948년 월남하였다.

그는 50년대 불안한 인간상을 자학적인 몸짓으로 탁월하게 그려낸 작가이다. 위악적(僞惡的)인 언어유희와 비참한 현실의 희화(戱化)는 그의 문학의 상표와도 같다. 「잉여인간(剩餘人間)」으로 동인문학상을 타기도 했으나 그 역시 1960년대를 넘기지 못하고 절필하고 말았다.

「비오는 날」은 그의 대표작이라고는 할 수 없지만 전후의 암울한 상황묘사가 드러난 손창섭 문학의 면모를 여실히 드러낸다. 미군들의 초상화를 그려서 생활하는 남매의 일그러진 삶의 초상화가 이 작품의 골격이며 원구(원구)가 환청을 들으며 걸어가는 마지막 모습은 그의 소설 곳곳에서 드러나는 방향 잃은 인간의 허탈한 몸짓의 반복이라고 할 수 있다.

비오는 날

작품요약

이렇게 비 내리는 날이면 원구의 마음은 감당할 수 없도록 무거워지는 것이었다. 그것은 동욱 남매의 음산한 생활 풍경이 그의 뇌리를 영사막처럼 흘러가기 때문이었다. 빗소리를 들을 때마다 원구에게는 으레 동욱과 그의 여동생 동옥이 생각나는 것이었다. 그들의 어두운 방과 스러져가는 목조 건물이 비의 장막 저편에 우울하게 떠오르는 것이었다. 비록 맑은 날일지라도 동욱의 오뉘의 생활을 생각하면 그 마음 구석에는 빗물이 흐르는 것 같았다.

원구가 처음으로 동욱을 찾아간 것은 사십 일이나 계속 된 긴 장마가 시작된 어느날이었다. 동욱이가 들어 있는 집은 인가에서 뚝떨어져 외따로이 서 있었다. 낡은 목조 건물이었다. 나중에 들어 알았지만 왜정 때는 무슨 요양원(療養院)으로 사용되어 온 건물이라는 것이었다. 전면(前面)은 유리 창문이었는데 유리는 한 장도 남지 않았다. 들이치는 비를 막기 위해서 오른편 창문 안에는 가마니때기가 드리워져 있었다. 이런 집에 동욱이와 동옥이가 살고 있다는 원구는 다시 한번 쪽지에 그린 약도를 펴보았다. 이 집임에 틀림없었다. 원구는 큰소리로 안녕하십니까? 하고 불러보았다. 그러자 문 안에 친 거적 귀퉁이가 들썩하며, 백지에 먹으로 그린 초상화 같은 여인의 얼굴이 나타난 것이다. 살결이 유난히 희고 눈썹이 남보다 검은 그 여인은 원구를 내려다보며 좀처럼 입을 열지않았다. 동욱 군 어디 나갔습니까? 하고 재차 묻는 말에도 여인은 고개만 끄덕였다. 동욱과는 소학교에서 대학까지 동창이었다는 것을 말했는데도 여인의 표정에는 별다른 변화가 없었다. 원구는 한층 부드러운 음성으로 혹은 동욱 군의 여동생이 아니십니까? 동옥이라구…… 하고 물었다. 여인은 고개를 끄덕이며 비로소 그 얼굴에 조소를 품은 우울한 미소가 약간 어리는 것이었다. 동욱이 어디갔느냐니까 그제야 모르겠는데요 하고 입을 열었다. 그러면 언제 들어올지 모르겠군요 하니까 이번에는 동옥이는 머리를 끄덕이는 것이었다. 무례한 동옥의 태도에, 불쾌와 후회를 느끼면서 원구는 발길을 돌이키는 수밖에 없었다. 얼마쯤 가다가 원구는 별생각이 없이 걸음을 멈추고 뒤를 돌아보았다. 안개비 속으로 바라보이는 창연한 건물은 금방 무서운 비명과 함께 모로 쓰러질 것만 같았다. 이제나 저제나 하고 집을 지켜보고 섰던 원구는 흠칫 놀라듯이 몸을 떨었다. 창문 안에 드리운 거적을 캔버스삼아 그림처럼 선명히 떠올라 있는 흰 얼굴이 눈에 띄었기 때문이었다. 그것은 동옥의 얼굴임에 틀림 없었다. 어쩌자고 동옥은 비 뿌리는 창문에 붙어서서 저렇게 짓궂게 나를 바라보고 있는 것일까? 오한을 느끼며 발길을 돌이키는 원구의 눈앞에 찢어진 지우산을 받고 다가오는 사나이가 있었다. 다행히도 그것은 동욱이었다. 동욱에게 재촉을 받고 방안에 들어서는 원구를 동옥은 반항적인 태도로 힐끔 쳐다보는 것이었다. 물론 일어서거나 옮겨 앉으려고도 하지 않았다. 비오는 날인데다가 창문까지 거적대기로 가리어서 방 안은 굴 속같이 침침했다. 다다미 여덟 장 깔리는 방 안은 다다미 위에다 시멘트 종이로 장판 바른 듯한 것이었다. 한편 천장에서는 쉴 사이 없이 빗물이 떨어졌다. 빗물 떨어지는 자리에는 바께쓰가 놓여 있었다. 촐랑촐랑 쪼르륵 촐랑, 빗물은 이와 같은 연속적인 음향을 남기며 바께쓰 안에 떨어지는 것이었다. 무덤 속 같은 이 방 안의 어둠을 조금이라도 구해주는 것은 그래도 빗물 소리뿐이었다. 동욱이가 부엌에서 혼자 바삐 돌아가는 동안 동옥은 가끔 하품을 하며 외국에서 온 낡은 화보를 뒤적이고 있었다. 그러는 동안 원구는 엉덩이가 척척해 들어옴을 느꼈다. 바께스의 빗물이 넘쳐서 옆에 앉아 있는 원구의 자리로 흘러내린 것이다. 원구는 젖은 양복바지 엉덩이를 만지며 일어섰다. 그제야 동옥도 바께쓰의 물이 넘는 줄을 안 모양이다. 그러나 동옥은 직접 일어나서 제손으로 치려고 하지도 않았다. 앉은 채 부엌 쪽을 향하여, 오빠 물 넘어, 했을 뿐이었다. 동욱은 사잇문을 반쯤 열고 들여다보며 이년아, 네가 좀 치우지 못해? 하고 목에 핏대를 세웠다. 자기가 나서기에 절호의 기회라고 생각한 원구는 내가 내다버리지 하고 한 손으로 바께쓰를 들어올렸다. 그러나 한 걸음도 옮겨놓을 사이도 없이 바께쓰는 철거렁 하는 소리와 함께 한 옆이 떨어지며 물이 좌르르 쏟아졌다. 손잡이와 갈퀴가 구멍에서 벗겨진 것이었다. 순식간에 방 안은 물바다가 되고 말았다. 여지껏 꼼짝 않고 앉아 있던 동옥도 그때만은 냉큼 일어나 한 걸음 옆으로 비켜서는 것이었다. 그 순간 동옥의 동작이 예사롭지가 않았다. 원구에게 또 하나의 우울의 씨를 뿌려주는 것이었다. 원피이스 밑으로 드러난 동옥의 왼쪽 다리가 어린애의 손목같이 가늘고 짧았기 때문이다. 그러한 다리를 옮겨 디디는 순간 동옥의 전신은 한쪽으로 쓰러질 듯 기울어지는 것이었다. 동옥은 다시 한 번 그 가늘고 짧은 다리를 옮겨놓는 일 없이, 젖지 않은 구석 자리에 재빨리 주저앉아 버리고 말았다. 그러고는 희다못해 파랗게 질린 얼굴에 독이 오른 눈초리로 원구를 잡아먹을 듯이 노려보는 것이었다. 동옥의 시선을 피하여 탁류의 대하 가운데 떠 있는 것 같은 공포에 몸을 떨며 원구는 마지막 기력을 다하여 허위적거리듯 두 발로 물 괸 방을 허위적거려 보는 것이었다.

그 뒤로는 비가 와서 가게를 벌일 수 없는 날이면 원구는 동욱이네 집을 자주 찾아가는 것이었다. 두번째 갔을 때는 지난번 빗물 쏟아지던 자리에 바께스가 놓여 있지 않았다. 그 자리에는 주먹이 두어 개나 드나들만한 구멍이 다다미에서부터 그 밑의 널판까지 뚫려 있었다. 천장에서 흘러내리는 빗물은 구멍을 통과해 널판 밑 흙바닥에 둔탁한 음향을 남기며 쏟아졌다. 여전히 냉담한 동옥이었다. 그러나 세번째 갔을 때부터는 원구와 동욱이가 웃을 때는 따라 웃어주는 것이었다. 그런데 이상한 것은 동옥을 대신하는 동욱의 태도였다. 대수롭지 않은 일에도 이 년 저 년 하고 욕을 퍼붓는 것이다. 부엌에서 들여보내는 음식 그릇을 한 손으로 받는다고 해서, 이 년아 한 손으로 그러다가 또 떨어뜨리고 싶으냐, 하고 눈을 흘겼고 남포에 불을 켜는데 불이 얼른 댕기지 않아 성냥알을 두 개피 째 꺼내려니까 저 년은 밥 처먹구 불두 하나 못 켜, 하고 노려보는 것이었다. 동옥이가 잠시 나간 틈에 왜 그리 사납게 구느냐니까, 병신 고운데 없다고 그 년 맘쓰는 게 모두가 틀렸다는 것이다. 우선 미군들의 초상화를 그려주고 받는 그림값만 하더라도 얼마전까지는 반씩 나눠 가졌는데 근자에 와서는 동욱을 신용할 수가 없다고 대소에 따라 한 장에 얼마씩 또박또박 선금을 받고야 그려준다는 것이다. 동옥은 자기가 병신이기 때문에 부모 말고는 자기를 거두어 오래 돌봐줄 사람이 없으리라는 것이다. 오빠도 언제든 자기를 버릴 것이 아니겠느냐, 그렇기 때문에 자기는 자기대로 약간이라도 밑천을 장만해 두어야 비참한 꼴을 면하지 않겠느냐고 한다는 것이다.

그 뒤에 한 번은 딴 볼일로 동래까지 갔던 길에 동욱이네 집에 잠깐 들른 일이 있었다. 역시 그날도 장마비가 구질구질 계속되고 있었다. 동욱만이 머리를 내밀고 맞아줄 뿐, 동옥의 기척이 없었다. 방에 들어가보니 동옥은 담요로 머리까지 푹 뒤집어쓰고 죽은 사람처럼 누워 있었다. 뒷방에 살고 있는 주인 노파에게 동욱이도 모르게 빚을 주고 있었는데, 노파는 이 집까지 팔아 먹고 귀신같이 도주해 버렸다는 것이다. 어제 아침에 집을 산 사람이 갑자기 이사를 왔는데, 당장 방을 비어내라고 위협하듯 한다는 것이다.

얼마후 원구는 술과 통조림을 사들고 찾아갔다. 그러나 동욱이, 하고 원구가 불렀을 때 마루로 기어나오는 사나이는 동욱이가 아니었다. 사나이가 자기가 이 집 주인이노라 하고 나서, 동욱은 열흘 전에 외출한 채 소식 없이 돌아오지 않게 되었고, 그 뒤 이삼 일 전에 동옥 역시 어디로 나가 버렸는지 모르겠다는 것이었다. 원구는 보자기에 싼 물건을 주인 사나이에게 주었다. 주인 사나이는 대뜸 입이 헤벌어졌다. 원구가 되돌아서려니까 주인은 사실은 동옥이가 원구가 찾아오면 전해달라고 편지를 맡기고 갔는데, 그만 간수를 잘못해서 아이들이 찢어 없앴다는 것이다. 동욱은 아마 십중 팔구 군대에 끌려나갔을 거라고 하고, 동옥은 아이들처럼 어머니를 부르며 가끔 밤중에 울기에 뭐라고 좀 나무랐더니 그 다음날 저녁에 나가 버렸다는 것이다. 중요한 옷가지랑은 꾸려갖고 간 모양이니 자살할 의사는 없었음이 분명하고, 한편 병신이긴 하지만 얼굴이 고만큼 밴밴하고서야 어디 가 몸을 판들 굶어죽기야 하겠느냐고 주인 사나이는 지껄이는 것이었다. 그 말에 이상하게 원구는 정신이 번쩍 들어 이놈 네가 동옥을 팔아 먹었구나 하고 대들 듯한 격분을 마음 속에 느끼는 것이었다. 그 소리가 까마득히 먼 곳에서 자기를 향하고 날아오는 것 같은 착각에 오한을 느끼며 원구는 호박 덩굴 우거진 밭두둑길을 앓고 난 사람모양 허정거리는 다리로 걸어나가는 것이었다.

감상을 위한 문제제기

1. 비참하게 일그러진 동옥과 동욱 남매의 삶에는 한 가닥 희망도 보이지 않는다. 작가의 이러한 절망적 태도에 대해 독자는 어떻게 생각하는가?

손창섭 소설 속 인물들이 가지고 있는 정신적 육체적 결함들이 전후의 무너진 가치관과 피폐된 역사를 반영하고 있음은 잘 알려진 사실이다. 전후의 암담한 사회가 그의 소설의 시작이며 동시에 끝이다. 전후가 끝나자 그의 소설은 방향을 잃어버렸다. 그는 문학적으로 소멸해 버렸다. 오상원이 그렇듯 말이다.

손창섭은 그의 자전적 소설 「신(神)의 희작(戲作)」을 통하여 자신의 삶을 위악적(僞惡的)으로 묘사하고 있다. 그러나 그의 소설의 내용이 아무리 자화상이라는 부제(副題)가 붙어 있다고 해도 문학 원론적 측면에서 그것은 허구일 따름이다. 그의 소설보다는 그의 약력을 훑어보는 것이 차라리 그의 삶과 소설을 잇는 연결 고리의 가치가 있을 것이다.

그는 1922년 평양에서 태어나 1935년에 만주로 건너갔으며 1936년에 일본으로 갔다. 그는 고학으로 몇 중학교를 다녔고 대학교에도 입학한 적이 있으며 '여러 의미에서 학력다운 학력이 없다.' 그는 1946년 귀국하여 월북(越北)하였다. 그러나 1948년에 다시 남으로 내려온다. 그가 첫 소설 「공휴일(公休日)」을 발표한 것은 전쟁중인 1952년이다. 이후 그의 소설은 단편에 집중된다. 1959년 「잉여 인간(剩餘人間)」으로 동인 문학상을 탄 손창섭은 1961년 「신의 희작」을 발표하여 자기 변신을 꾀하였으나 결국 절필하고 일본으로 떠나버렸다.

그의 삶이 한반도와 만주와 일본 그리고 북한과 남한에 걸친다는 사실은, 가령 염상섭의 삶이 한반도와 만주와 일본에 걸친다는 것과는 그 의미가 다르다. 그리고 손창섭은 최서해와는 다르지만 최하층의 척박한 삶을 살았다는 점에서 공통점을 찾을 수 있을 것 같다. 그의 문학이 최서해와 다르게 표출된 것은 전후라는 시대 상황 속에서 분노보다는 좌절, 희망보다는 절망, 전쟁의 극한적 상황으로 인한 인간 모멸감 등이 앞선 때문이겠다. 그의 소설에서 어떤 비전을 찾을 수 없음은 당연하다.

〈비 오는 날〉의 두 주인공들은 가학증과 피학증의 성격을 지니면서 서로 암투한다. 그리고 서로를 파멸시킨다. 왜 그렇게 하느냐, 왜 서로 도우면서 어렵고 힘든 현실을 이겨보려 하지 않는가 따위는 소박한 질문 아니면 어리석은 물음에 지나지 않는다. 이미 손창섭의 인물들은 그러한 농경 사회의 소박한 윤리 의식을 상실한 지 오래이다. 그들에게서 인간성을 빼앗아버린 것은 물론 전쟁이라는 상황이다.

유종호 교수가 손창섭 소설에 대해 말한 긍정적 평가 부분만을 발췌해 본다.

그의 작품은 대개 비가 오거나 일모(日暮)의 풍경과 같이 음산하고 어두운 분위기로 끝나는 경우가 많다. 그가 작품 됨됨이로 보아 반드시 그의 최우수작이라고 볼 수 없는 「비 오는 날」을 창작집의 표제로 선택한 것은 딴은 그럴 법하다. 「사연기(死緣記)」는 '어슴푸레한 등잔' 밑에서 작문을 시작하는 것으로 시작해서 '쏟아지는 빗소리를 들으며' 주인공이 앉아 있는 것으로 끝이 난다. 「혈서(血書)」는 '날이 어두워서' 달수(達壽)가 집으로 돌아오는 것으로 시작하여 준석(俊錫)이가 지팡이로 언 땅을 울리며 어둠 속으로 사라지는 것으로 끝이 난다. 「비 오는 날」, 「치몽(稚夢)」, 「소년」 등은 다 같이 비가 오는 풍경의 서술로 시작되고 있다.

황막한 일모(日暮)의 풍경이나 음산한 우경(雨景)은 그대로 절망과 무기력과 무위(無爲)로 구질구질한 작중 인물의 심경의 상태다.

또 하나 그의 특질이자 감정은 인간 심리의 정확한 통찰이다. 어떤 경우엔 순전히 그럴 듯한 심리 표출만으로써 작중 인물이 현실성을 띠고 나타나 있는 수도 있다. 이런 의미에서 손창섭의 소설에는 정신 분석학자들이 인간의 병리이 증상으로 예증하기에 좋은 자료가 풍부하다. 이것은 물론 그가 정신 분석학에 대한 지식을 갖고 있느냐 않느냐 하는 문제와는 무관하다. 그런 것이 없이 직관적으로 통찰해 놓는 데 작가의 재능이 있는 것이다.

마지막으로 그의 강점은 설득력 있는 문장력이다. 점착력(粘着力) 있는 집요한 문장은 큰 힘이 되고 있다. 건실한 소설 문장이다. 이외에도 손창섭 소설은 인간의 본성에 대한 하나의 무언의 계시를 주는 것이 있다. 그것은 인간의 악의가 참여하지 않고서는 인간을 재미있게 만들기는 어렵다는 사실이다. 사람들이 재미있어 하게 되는 경우엔 대개 보이지 않는 악의의 비수(匕首)가 번뜩이고 있다. 한 사람을 망신시켜 놓고 사람들은 웃기를 좋아한다. 실생활에 있어서나 소설에 있어서나 마찬가지이다.

2. 손창섭을 비롯한 대다수의 전후 작가들이 4 · 19를 전후하여 절필하게 된 이유는 무엇인가?

전후(戰後)라는 시대 개념이 문학사적으로 정립된 것은 아니다. 그것이 단지 1953년 휴전 이후라는 역사적 맥락에서 본다면 1990년대까지도 전후(戰後)라고 불러도 좋을 것이다. 그러나 그것은 아무래도 무리한 논리이며 우리 문학사의 전후(戰後)는 한국 전쟁에서 시작하여 4 · 19를 전후하여 끝났다고 보는 것이 타당하겠다. 전후 문학은 그 기본 성격을 제2차 세계 대전 이후의 프랑스 문학에서 빌려오는 경우가 많다. 그것은 대개 반이성적이며 인간과 사회 제도에 대한 근본적 환멸, 병적인 허무감 등을 띠는 일종의 세기말적 증세와 동일하게 나타난다. 우리의 전후 문학에도 비슷한 성격 규정을 할 수 있으나 냉전 구조의 강화, 식민지 정신의 잔재, 독재 권력의 형성 등으로 그 양상은 다르게 나타난다. 그 하나는 허무와 파행적 삶의 묘사를 통한 전후 사회의 묘사라고 부를 수 있는 손창섭 · 장용학 · 서기원 등이며 다른 한 줄기는 이범선의 「오발탄」, 송병수의 「쑈리킴」 등에 나타난 사회 고발 문학이라고 할 수 있다. 물론 어떤 작가의 소설이 전후(戰後)의 개념에 들어맞는가 따위의 논의는 무의미하다. 우리가 문학의 전문 연구가이든 아니든 우리는 이 시기에 나타난 우리 문학의 치열한 모습의 공통 분모를 확인하는 것으로 충분하지 않을까 생각한다.

전후 문학에 대한 몇 사람의 견해를 소개한다.

먼저 신경림 시인은 이렇게 말한다.

내용의 빈곤성이 젊은 새로운 작가들로 하여금 전통적인 것에 안주(安住)할 수 없게 했으며 전쟁으로 인한 가치관의 동요가 객관적 요인으로 작용했다. 그러나 이들이 모색하는 길은 김동리 · 서정주 문학으로부터의 탈출이거나 결별이 아니라는 점에서, 즉 민중으로의 복귀의 문학이 아니었다는 점에서 필연적으로 관념의 유희, 언어의 희롱에 시종하는 길로 치닫게 된다.

반명 홍기삼 교수의 견해는 다르다.

1950년대의 전후 문학이 김동리류의 순수 문학과 이질적인 경향으로 발전되었다고 해서 이것이 반드시 문학의 성장을 의미하는 것은 아니지만, (중략) 1950년대의 전후 문학이 바로 민족 문화에 대한 자각이나 민족주의적 자각을 확실하게 반성적으로 표현한 것은 못되지만 순수 문학이 보여주었던 반역사적 성격으로부터 크게 벗어났다는 점에서 일단 깊은 뜻을 얻는다.

한편 김동규 교수는 이렇게 말하였다.

전후 소설은 지난 시대가 펼치지 못했던 인간에 대한 직접적 목소리를 지녔다는 점이다. 인간의 목소리는 꾸며낸 것이 아니다. 자신의 아픔에 겨워 지르게 되는 비명처럼 오늘을 이야기하지 않을 수 없는 절박성에 근거하여 너와 내가 살아 있음을 증거코자 한 것이다.

손창섭의 장편 「낙서족」과 장용학의 「원형의 전설」을 전후 문학이 도달할 수 있는 최상의 경지라고 규정한 이동하 교수는, 「낙서족」이 나온 이후 손창섭은 더 이상 쓸 것이 없어졌으며, 전후 소설 자체도 더이상 나아갈 곳이 없어졌으며, 전후 소설이 그 걸음을 멈춘 자리에서 소위 4 · 19 세대의 문학이 새로운 빛을 발하며 솟아오르게 되었다고 말한다.

강신재

생명의 미학

작가 및 작품연구

강신재(康信哉 1924~2001). 서울 출신으로 경기여고를 졸업하였고 이화여전을 중퇴하였다. 이 책에서 언급하는 작가들 중에서 유일한 여류작가이다. 이는 곧 한국문학이 여류작가(이런 구분은 얼마나 유치한가)에 참으로 인색하다는 증거일 것이다.

1949년 「정순이」로 등단한 이후 매우 활동적인 창작활동을 보여왔다. 대표작으로는 「파도」, 「해방촌 가는 길」 등이 있다.

「젊은 느티나무」는 1960년에 발표한 작품으로 전후문학의 냄새도 정치적 현실의 절망도 전혀 느껴지지 않는다. 부르조아적인 생활을 하고 있는, 그러나 가정적으로는 행복하다고 할 수 없는 여주인공의 섬세한 청춘의 고뇌가 상큼하게 묘사되어 있을 뿐이다. 앞에서 언급했던 우리는 문학이 현실의 등불이어야 한다는 데 지나칠 만큼 집착해 왔다. 손창섭과 같은 암담한 문학 사이에 이러한 청춘의 여린 고통을 그린 작품이 끼어 있다고 해서 또 다시 현실 도피라는 녹쓴 보검을 휘두를 것인가.

이 작품에 대한 평가는 한국현대문학전2 (신구문화사 1967) pp. 498~500에서 요약한 다음 내용으로 대신한다.

전처 소생의 아들과 후처가 데리고 온 딸, 따지자면 씨도 배도 다르다. 남남끼리에 지나지 않는다. 그러나 우리의 규범 아래서는 엄연히 남매간의 의리에 묶여야 한다. 이 의리는 침해될 수 없는 타부이다.

젊고 아름답고 교양 있는 어머니가 지난날 혼담이 있기도 하였었던, '불쌍한 아버지' 처럼 호의로 가득한 대학교수에게 개가를 한다. 망부 소생의 딸이 어머니를 따라 의부 집에 동거하게 된다. 그런데 그 집에는 '키도 어깨폭도 표준형' 인 수재형의 아들이 있다.

'숙희' 와 '현규' 는 이렇게 해서 관계지어진다. 그들은 '인공으로' 맺어진 남매의 의리를 받아들이지 않으면 안 된다. 그러나 그 의리를 당연한 숙명으로 익히기에는 그들은 이미 장성한 이성간이다.

'아버지와 딸' , '어머니의 아들' 이 되기에는 이미 '열여덟 살의 계집 아이' 요, '스물두 살의 남성' 이다. 그들은 사랑하기 마련이다. 물론 동기간의 그것이 아니라 이성간의 그것으로. 따라서 독자에게 제기되는 흥미는 윤리의 굴레와 사랑이다. 그들의 사랑을 가로막는 완고한 인공의 타부를 무너뜨려 버릴 것인가, 그 앞에 굴종하여 체념으로 돌릴 것인가 아니면 삼류 극장의 레파토리에서처럼 정사 같은 것으로 끝장낼 것인가?

그런데 그들이 그 주어진 운명에 어떤 결정적 단안(斷案)을 내리기에는 그들 자신이나 그들을 에워싼 모든 조건이 너무나도 까다롭다. 우선 숙희는 어머니를 극진히 사랑한다. 어머니의 개가를 진심으로 기뻐하고 있다. 의부는 숙희의 '건강하고 행복스런 얼굴' 을 진심으로 바라는 '호의 덩어리' 요, 숙희 역시 그 의부를 좋아할 뿐더러 어버이다운 '강한 보호 감정' 을 느끼고 있다. 어머니와 의부가 빚어 놓은 '로만틱한' 분위기도 만족스럽다. 요컨대 모든 것이 '안락하고 쾌적한' 것들이다. 그들 자신도 더할 나위 없이 건강하고 아름다보 슬기롭다. 불장난을 삼갈 만한 지각들이 차 있다. 모든 조건은 최상이다. 그러나 그러기 때문에 도리어 결정적인 단안의 실마리를 찾을 수 없다. '인공으로' 얽어 놓은 타부이지만 그것을 범했을 때에 빚어질 파국을 미리 헤아릴 줄 안다. 그렇다고 그 타부 앞에 굴복하기에는 사랑의 진실이 너무도 엄청나다. 그들은 번민할 수밖에 없다.

그러나 그들에게 부닥친 갈등에는 실상 손쉬운 평화적 해결책이 기다리고 있었던 것이다. 한국의 하늘을 벗어나면 되지 않은가? 그들의 결합이 결코 패덕(悖德)일 수 없는 미국 같은 곳으로라도 가게 되면 만사 형통인 것이다.

이렇게만 말해 버리면 작품의 결말이 너무 싱겁다. 실상 이 작품에 있어서와 같은 사랑과 윤리 사이의 갈등은 어떤 형태의 결말이든 싱겁기 마련이다. 그리고 이런 성격의 작품에 있어서 결말이란 하나의 방편일 뿐, 별로 중요한 의미가 없다. 중요한 것은 그러한 갈등을 18세의 소녀가 감당해야 한다는 사실에 있다. 인생의 모든 것이 놀라움으로 보여지기 비롯하는 이 18세의 소녀에 있어서는 이런 싱거운 갈등 및 그 해결조차도 엄청난 영혼의 시련으로 부닥쳐 올 수 있다는 사실에 있다. 따라서 독자는 이 작품에 있어서와 같은 갈등 및 그 해결에서 일반적이고 보편적인 가치를 찾으려고 하는 것은 무리한 주문이다. 오히려 인생의 문턱에 들어서면서 누구나 한번씩은 치르게 마련인 첫 설움의 계기를 이 소녀는 자기의 조건 속에서 어떻게 극복하고 있는가를 살펴보는 것으로써 만족하면 되는 것이다.

이 작품이 간직한 본질적 흥미는 그 점에 있다. 그런 점에서 작품의 주인공이 18세 소녀이며 또 그녀가 작중의 내레이터라는 사실은 중요한 의미를 갖는다. 모든 작중 현실은 내레이터이며 주인공인 18세 소녀의 싱싱하고 무구(無垢)한 마음의 분위기를 통해서 전달되고 있다.

그에게는 언제나 비누 냄새가 난다.

이 작품의 서두는 18세 소녀의 민감한 감수성이 자기의 이성에게서 '비누 냄새'를 맡아내는 진술에서 시작되고 있다. 그 비누 냄새는 '엷은 비누의 향료와 함께 가슴 속에서 짜릿하게' 번져가는 것이다. 이 싱싱하고 건강하고 깨끗한 '비누 냄새'는 18세 소녀로 하여금 첫설움에 눈뜨게 하는 중요한 계기가 된다. 현규가 발산하는 이 비누 냄새가 비록 현규 둘레의 공기 속에 감돌고 있는 게 사실이라 하더라도 제 첫설움에 눈뜨기 시작한 소녀의 감수성이 아니라면 '저릿한' 가슴 속의 실감으로 받아들여지지는 않았을 것이다. 그런 점에서 이 냄새는 숙희의 '밖에' 있는 냄새가 아니라, 오히려 그녀 '안에' 감돌기 비롯한 것이라고 할 수 있다. 그건 사랑 그 자체라기보다 자기 가슴 속에 감도는 사랑의 에에테르 같은 것이라고 할 수 있다.

그건 실체 없는 플라토닉한 사랑이다. 그러기에 숙희는 그 사랑의 에에테르를 현규의 수재형의 '아폴로의 머리통'에서 찾을 수도 있고, 속셈을 알 수 없는 '자기 혼자만의 얼굴'에서 찾을 수도 있고, 그의 너그러움에서도 단정함에서도 강렬함에서도 델리킷함에서도 찾을 수 있다. '그의 곁에서 호흡하고 있는' 동안 사랑의 에에테르는 감돈다. 그리고 숙희 자신은 '소리내며 흐르는 환희의 분류가 내 몸 속에서 조금도 새어나가지 못하도록, 그 사랑의 에에테르를 소중히 간직하고 있으면 되는 것이다.

이러한 숙희의 실체 없는 사랑의 양식에 있어서는 실상 현실적인 결합 같은 것은 별로 큰 의미가 없다. 숙희에 있어서 유일한 소망은 의리라는 타부에도 불구하고 절실한 실감으로 스며드는 그 싱싱하고 건강한 '비누 냄새(사랑의 에에테르)' 를 호흡하지 않을 수 없다는 것이었을 뿐이니까.

이 작품의 여주인공이 산문적이기에는 너무도 연연하고 무구한 18세 소녀인 것처럼, 그 소녀가 자기 이성에게서 맡아낸 '비누 냄새' 또한산문적이기에는 너무도 실체 없는 에에테르이다. 「젊은 느티나무」가 풍겨 주는 감흥은 그러한 반 산문적 시적 감흥이다.

젊은 느티나무

작품요약

그에게서는 언제나 비누 냄새가 난다. 아니, 언제나 그렇지는 않다. 언제나라고 할 수 없다. 그가 학교에서 돌아와 욕실로 뛰어가서 물을 뒤집어쓰고 나오는 때면 비누 냄새가 난다. 나는 책상 앞에 돌아앉아서 꼼짝도 하지 않고 있더라도 그가 가까이 오는 것을 — 그의 표정이나 기분까지라도 넉넉히 미리 알아차릴 수 있다. 티셔츠로 갈아 입은 그가 성큼성큼 내 방으로 걸어들어와 아무렇게나 안락의자에 주저앉는다. 창가에 팔꿈치를 짚고 서면서 나에게 빙긋 웃어 보인다.

「무얼 해?」

대개 이런 소리를 던진다. 그런 때에 그에게서 비누 냄새가 난다. 그리고 나는 나에게 가장 슬프고 괴로운 시간이 다가온 것을 깨닫는다. 엷은 비누의 향료와 함께 가슴 속으로 저릿한 것이 퍼져 나간다. — 이런 말을 하고 싶었던 것이다.

「뭘 해?」

하고, 한 마디를 던져놓고는 그는 으레 눈을 좀더 커다랗게 뜨면서 내 얼굴을 건너다본다. 나는 알고 싶은 것이다. 그의 눈 속에 과연 내가 무엇으로 비치는가? 그러나 그의 눈의 의미를 헤아릴 수 없다. 그래서 나의 괴롬과 슬픔은 좀더 무거운 것으로 변하면서 가슴 속으로 가라앉아 버리는 것이다. 그리고 다음 찰나에는 나는 그만 나의 자연스러운 위치 — 그의 누이동생이라는, 표면에서 보아 아무 스스러움도 불안정함도 없는 나의 위치로 돌아가 있지 않으면 안 될 것을 깨닫는다.

「인제 오우?」

나는 이렇게 묻는다. 그가 원한 듯이 아주 쾌활한 어투로.

「응 고단해 죽겠어. 뭐 먹을 거 좀 안 줄래?」

내 가슴은 비밀스런 즐거움으로 높다랗게 고동치기 시작한다. 그는 늘 왜 내 방에 와서 먹을 것을 달라고 할까? 언제나 냉장고 앞을 그냥 지나 버리고는 나에게 와서 달라고 조른다.

'그' 를 무어라고 부르면 마땅할까. 오빠라고 불러야 한다는 것이 나의 운명이다. 재작년 늦겨울 므슈리에게 손목을 끌리다시피 하며 이곳에 도착한 나에게 엄마는 그를 이렇게 소개했다.

「숙희의 오빠예요. 인사를 해. 이름은 현규라고 하고.」

보랏빛 양탄자 위에 서서 나는 그의 얼굴을 바라보았다. 어쨌든 그는 그로부터 나를 숙희라고, 쉽고도 간단하게 불러오고 있다.

「헤이, 숙!」

하기도 한다. 그리고 나에게 무조건 관대하였다. 지나칠 만큼. 그래서 때로는 섭섭할 만큼. 그러므로 그가 이즈음 내 방에 와서 배가 고프다고 한다거나 손 같은 데에 약을 발라 달라고 하게 된 것은 나에게는 대단히 귀중한 변화인 것이다. 나는 생각한다. 므슈리와 엄마는 부부이다. 내가 그를 아버지라고 부르기 어려운 것은 거의 그런 말을 발음해 본 적이 없는 습관의 탓이 크다. 그러나 나는 그의 혈족은 아니다. 현규와도 마찬가지이다. 그와 나는 그런 의미에서는 순전히 타인이다. 스물두 살의 남성이고 열여덟 살의 계집아이라는 것이 진실의 전부이다.

「숙희야, 나 이런 것 주웠는데…….」

일요일 아침 아래층으로 내려가자 소파에 앉아 있던 엄마가 손에 쥐었던 봉투 같은 것을 들어보였다.

지수가 보낸 편지를 주머니에 구겨넣고 아침 이슬로 무릎까지 폭삭 적시면서 경사진 풀밭을 걸어 내려갔다. 머리 위에서 새들이 짖었다. 하늘은 깊은 바닷물 속같이 짙푸르고 나무 잎새들은 빛났다. 여름이 무르익어 가고 있었다. 나는 풀 위에 앉아 턱을 괴고 생각에 잠겼다. 슬픈 마음이 들기도 전에 발등 위로 눈물이 한 방울 굴러떨어졌다.

그때 와삭거리고 풀 헤치는 소리가 등뒤에서 나며 늘씬하게 생긴 세파터가 한 마리 나타났다. 그 줄을 쥐고 지수가 걸어나왔다. 건강한 체구에 연회색 스포오츠웨어가 잘 어울린다. 지수는 나를 보고 좀 당황한 듯하였으나 이내 흰 이를 보이고 웃으면서 다가왔다.

「편지 보아주셨죠?」

「네.」

「회답은 안 주세요?」

「어떻게 써야 할지 모르겠어요.」

그는 성급하게 고개를 끄덕거렸다. 귀가 좀 빨개진 것 같았다.

잡석을 접은 좁단 층계를 뛰어오르자, 나는 곧장 내 방으로 올라갔다. 지수가 하듯이 휘파람을 불고 있었다. 어쨌건 기운을 잃어서는 안 된다는 생각이었다. 나는 기운차게 반쯤 열린 도어를 밀치고 들어갔다. 뜻밖에도 거기에는 현규가 이쪽을 보며 서 있었다.

「어딜 갔다 왔어?」

「……」

「어디 갔다 왔어?」

「……」

별안간 그의 팔이 쳐들리더니 내 뺨에서 찰싹 소리가 났다. 화끈하고 불이 일었다. 대번에 눈물이 빙글 돌았으나 그는 거들떠보지도 않고 방을 나가 버렸다.

전류 같은 것이 내 몸 속을 달렸다. 나는 깨달았다. 현규가 그처럼 자기를 잃은 까닭을. 부풀어 오르는 기쁨으로 내 가슴은 금방터질 것 같았다. 나는 침대 위에 몸을 내던졌다. 새우처럼 흐르는 환희의 분류가 내 몸 속에서 조금도 새어나가지 못하도록.

나는 어떻게 하면 좋을까? 밤에 우리는 어두운 숲 속을 산보하였다. 어두운 숲 속에서 손을 잡고 걸었다. 그리고 나는 그에게 안겨 버렸다. 나는 어떻게 하면 좋을까?

학교에서 돌아오니까 엄마가 나를 기다리고 있었다.

「……편지가 왔는데 어쩌면 엄마가 미국엘 가야 할지 모르겠어. 그렇게 되면 일년이나 아마 그쯤은 못 돌아올 것 같은데 숙희하고 오빠를 버리고 가기도 어렵고…… 그래 싫다고 몇 번이나 회답을 냈지만…….」

오빠는 찬성을 해주었다고 말했다.

「나도 좋아요.」

우리는 그러면 어떻게 되는 걸까 하고 멍하니 생각하면서 나는 대답하였다. 내 온 신경은 가엾은 상처처럼 어디를 조금만 건드려도 피를 흘렸다. 나는 할머니한테 갔다 온다고 겨우 서울을 떠났다. 다시는 학교에 다니지도 않으리라고 마음 먹었다. 날이면 날마다 나는 뒷산에 올라갔다. 바람을 받으면서 앉아 있곤 했다. 젊은 느티나무의 그루 사이로 들장미의 엷은 훈향이 흩어지곤 하였다. 터어키즈 블루의 원피스 자락 위에 흰 꽃 잎을 뜯어서 올려놓았다. 수없이 뜯어서 올려놓았다. 꽃잎은 찬란한 하늘 밑에서 이내 색이 바래고 초라하게 말려들었다. 다음 찰나 나는 나도 모르게 일어서 있었다. 현규였다. 그는 급한 비탈을 올라오고 있었다. 일자로 다문 입은 좀 슬퍼 보여도 화를 낸 것 같은 얼굴은 아니었다. 그가 이삼 미터의 거리까지 와서 멈추었을 때 나는 내 몸이 저절로 그 편으로 내달은 것 같은 착각을 느꼈다. 사실은 그와 반대로 젊은 느티나무 등치를 붙든 것이었다.

「그래, 숙희, 그 나무를 놓지 말어. 놓지 말고 내 말을 들어.」

그 얼굴에는 무언지 참담한 것이 있었다.

「숙희는 돌아와서 학교에 가야 돼. 나는 그렇게 할 작정이니까. 우리는 헤어져 있어야 돼. 집은 남 빌려주자고 말씀드렸어.내가 갈 곳도 생각해 놓고. 숙희도 어머니 친구댁에 가 있으면 될거야. 그렇게 헤어져 있어야 하지만, 숙희, 우리에겐 길이 없는 것은 아니야. 내 말을 알아들어줄까?」

「그때 숲 속에서의 일은 우리에게는 어찌할 수도 없는 진실이었다. 우리는 이 일을 잊을 수도 없고 이제 이 일을 부정하고 살아가지도 못할 게다. 우리는 만나기위해 헤어지는 것이야. 우리에겐 길이 없지 않어. 외국엘 가든지…….」

나는 눈물을 그득 담고 끄덕여 보였다. 내 삶은 끝나 버린 것이 아니었다. 나는 그를 더 사랑하여도 되는 것이었다. 그는 억지로 조금 미소하였다. 그리고 빙글 몸을 돌려 산비탈을 달려내려갔다. 나는 젊은 느티나무를 안고 웃고 있었다. 펑펑 울면서 온 하늘로 퍼져가는 웃음을 웃고 있었다. 아아, 나는 그를 더 사랑하여도 되는 것이었다…….

감상을 위한 문제제기

1. 두 사람의 사랑은 윤리적 측면에서 허락될 수 있는가. 자신의 의견을 쓰시오.

반산문적이며 낭만적인 이 소설에서 두 주인공의 사랑이 성취되는 가의 여부는 크게 중요한 문제가 아니다. 그리고 이 문제는 강신재 소설의 공통적 경향이기도 하다. 강신재의 소설은 굳이 염무웅 교수의 예리한 지적을 빌리지 않더라도 '여인의 사랑과 운명의 좌절' 이 주된 테마가 되어 있으며, 전후(戰後)라는 시대 상황과 결부되기도 하지만 대체로 보편성을 지향한다. 「젊은 느티나무」의 주제도 시대 상황의 울타리가 완전히 사라진 일종의 낭만적 공간 속에서 묘사되는 강신재 특유의 언어 미학을 보여주고 있다.

「젊은 느티나무」는 열여덟 살 주인공의 삶에 다가온 어느 날 사랑의 저녁을 이렇게 표현한다.

내가 잠시 지녔던 유쾌함과 행복은 끝내 나의 것일 수는 없고, 그것을 그대로 실은 나의 슬픔과 괴로움이었다는 기묘한 도착(倒錯)을, 나는 어떻게도 처리할 길이 없다.

오누이…….

동생…….

이런 말은 내 맘 속에서 혐오와 공포를 자아낸다.

싫다.

확실히 내가 느껴온 경험과 즐거움은 이런 범주 내에서 허용될 수 있는 것이 아니었다.

날마다 경험하는 이 보랏빛 공기 속에서의 도착은 참 서글픈 감촉을 갖고 있었다. 나는 그의 곁에 더 오래 머무를 용기조차 없어진다.

검은 눈을 껌뻑이면서 그는 또 농담이라도 할 것이다. 내게 더 웃고 더 쾌활해지라고 무언중에 명령할 것이다.

그가 내게 해줄 수 있는 일은 그것뿐이다.

오늘 나는 가슴속에 강렬한 기쁨을 안았던 까닭에 비참함도 더 한층 큰 것만 같았다.

나는 그곳에 한동안 서 있었다. 그리고 볼을 불룩하니 해가지고 마루로 올라갔다.

번들거리는 마룻바닥에 부연 발자국이 남아난다. 그렇게 마루가 더럽혀지는 것이 어쩐지 약간 기분 좋다. 몸을 씻고는 옷을 갈아입으면서 창으로 내다보았더니 그는 등나무 밑 걸상에 앉아 있었다. 무릎 위에 팔꿈을 짚고 월계 숲께로 시선을 던진 모양이 무언지 고독한 자세 같아 보였다. 그도 조금은 괴로운 것일까? 흠, 그러나 무슨 도리가 있담? 까닭 없이 그에 대해 잔인해 지면서 나는 그렇게 혼자말을 하였다.

이런 유니크한 독백들은 여성 작가 아니면 좀처럼 표현할 수 없는 경지일 것이다. 그러나 윤리성의 문제로 돌아가 작은 결론을 내려보자. 이 섬세한 사랑의 저녁을 누가 아름답다고 하지 않을 것이며 설레이는 저녁이야말로 삶의 축복이 아니랴.

그러나 어쨌든 우리는 달콤한 아이스크림을 한 입 먹고 있는 앞에서 그 원료를 분석해 보이는 화학자가 되더라도 「젊은 느티나무」의 윤리적 문제를 짚고 넘어가지 않을 수 없다.

문학의 공리성과 예술성은 어느 역사와 시대를 막론하고 갈등이 요인이 되어왔다. 모랄리스트들에게 문학은 그 시대의 윤리 도덕을 더럽히고 있다는 혐의를 두게 하였으며, 예술 지상주의자들 또는 완벽한 표현의 자유를 구가하려는 작가들이 당대의 상시적 인간들과 치열한 투쟁을 벌이는 데 문학적 재능과 시간을 소모하는 경우도 종종 볼 수 있다. 그렇다고 일종의 절충주의 논리 따위는 문제 해결에 아무런 도움이 되지 않는다. 그보다는 작가가 당대의 한 시민이자 동시에 작품을 통하여 그 시대를 초월하려 한다는 사실을 인식하는 것이 더욱 중요하다. 삼류 작가나 대중 문학이 현실의 가치 위에 안주(安住)하려 한다는 점에서 그것은 종종 도덕주의자들에게 긍정적 평가를 받을 수 있다. 그러나 진정한 문학은 동시대가 요구하는 가치관의 변증법적 부정을 지향한다는 점에서 반역적이다. 그것은 모든 예술의 숙명이기도 하다.

어느 시대를 막론하고 윤리는 기본적으로 기성 세대의 수호를 위한 것이다. 젊은 세대들이 기성 윤리틀에 사로잡히지 않으려고 하는 것은 당연하다. 그러나 1960년대의 히피족이 그러했듯 결국 젊은이들은 항상 이러한 체제 속에 편입되고 마는 것이 역사의 오랜 교훈이기도 하다. 「젊은 느티나무」의 두 주인공들도 멀지않아 자신들의 사랑을 하나의 작은 상처로 기억하며 그 기억을 상기하며 미소 지으며 살아가리라고 생각한다. 그러므로 이들의 건강하고 당연한 사랑을 반윤리적이라고 규정하는 사람이 있다면 그는 이 시대의 율법주의자에 불과하리라. 그런 의미에서도 이들의 사랑은 허용이니 아니니 하는 차원의 것이 아니라고 본다. 윤리란 절대가 아니라 상대가 아닌가. 그리고 두 사람은 타인이 아니든가 말이다.

2. 느티나무가 상징하는 의미를 쓰시오.

우리 문학에서 식물 상징은 동물 상징에 비하여 정적(靜的)이라는 특성 때문에 그렇게 다양하지 않은 편이다. 대나무를 포함한 사군자가 선비의 상징으로 사용되었다든가, 대체로 풀은 힘없이 짓밟히는, 그러나 강인한 민중을 의미한다든가 하는 차원을 벗어나지 못하고 있다.

느티나무는 이들의 사랑의 맹세의 상징이면서 느티나무처럼 건강한 삶을 살아가는 두 사람을 의미한다. 「젊은 느티나무」는 사랑의 영원성, 강인함을 의미하는 상징으로 이 작품의 주제와 잘 어울리고 있다. 그들의 사랑은 젊은 느티나무 — 성장과 하늘을 지향하는 수직의 사랑인 것이다.

최인훈

밀실과 광장의 회색 지식인

작가 및 작품연구

최인훈(崔仁勳 1936~). 함경북도 회령 출생. 1959년「GREY 俱樂部 顚末記(구락부 전말기)」로 등단하여 지식인의 시대적 고뇌를 다양한 형식의 실험을 통해 드러낸 작가이다. 사실 최인훈만큼 꾸준히 지적인 탐구와 형식적인 탐구를 계속해 온 전후작가를 찾기란 그리 쉽지 않은 일이다. 그가 추구하는 세계는 대단히 관념적이며 추상적이라는 비평에도 불구하고 1950년대라는 광기의 시대에 대한 가장 진지한 물음이라고 할 수 있다.「광장」,「회색인」,「구운몽」에서 그는 반역사적인 상황 - 반휴머니즘- 속에서 고민하는 지식인을 창조한다.「광장」의 이명준은「회색인」의 요설적인 독고준으로,「구운몽」의 몽유병자로 재등장한다. 그들은 역사의 잔인함 속에서 말살되어 가는 지식인의 서글픈 유형을 대표한다. 최인훈이 기존의 작품제목과 내용을 빌어온 작품 — 패러디(parody) 스타일은「크리스마스 캐럴」,「서유기」,「구운몽」 등 여러 편이 된다 - 은 모두 인텔리의 한계와 비극을 그리고 있다는 점에서 공통적이다. 그는 1970년대로 접어들면서 희곡을 쓰기 시작했고「춘향전」 등 고전문학작품을 패러디화하는 작업에 열중하기도 했다.

그의 대표작「광장(廣場)」은 1992년 대한민국을 대표한 노벨문학상 후보작으로 추천되었다. 1960년 발표된「광장(廣場)」은 그 자신이 작품의 첫머리에서 말한 바와 같이 4·19

혁명이 없었던들 쓰지 못할 그런 작품이다. 극단적인 반공 이데올로기에 집착한 자유당 정권과 전쟁 후의 경직된 분위기는 남북분단의 문제에 대한 최소한의 자유스러운 접근도 허락하지 않았다.

이명준의 남북의 체험은 밀실 없는 광장, 광장 없는 밀실이라는 말로 압축되는데 그가 중립국을 선택하고 남지나 해에서 자살하는 장면은 역사에 절망한 지식인의 마지막 항거의 몸짓으로 이해될 수 있을 것이다. 작가는 1961년 이후 여러 차례에 걸쳐 이 작품을 조금씩 개작하여 발표했다. 여기서는 신구문화사본 한국현대문학전집 16(1967)을 바탕으로 하였다.

「광장」의 서사구조는 비교적 간단하다.

① 북으로 간 아버지를 두고 있는 주인공은 바로 아버지 때문에 경찰에게 모욕을 당한다.
② 아버지를 만나러 북으로 간 그는 남쪽의 현실에 느낀 환멸에 비례하여 북의 현실에도 절망한다. 그는 은혜라는 여자에게서 구원의 징조를 발견하지만 결국 그녀는 낙동간 전투에서 전사한다.
③ 그가 남으로 버린 여인 - 윤애와 죽은 은혜는 중립국을 선택한 주인공을 따라오는 두 마리 갈매기로 표상된다. 주인공은 이 환상 속에서 자살하고 만다.

부성(父性)에 환멸한 주인공이 모성(母性)으로 회귀하려는 정신분석적인 구조를 깔고 있는 이 작품의 모티브는 「회색인」과 「구운몽」에서도 연결된다.

「광장(廣場)」은 분단의 고통을 다룬 지식인 소설이자 고전으로 자리잡아갈 것이다.

광장廣場

작품요약

'메시아' 가 왔다는 이천년래의 풍문이 있습니다. 신이 죽었다는 풍문이 있습니다. 신이 부활했다는 풍문도 있습니다. 코뮤니즘이 세계를 구하리라는 풍문도 있었습니다. 우리는 참 많은 풍문 속에 삽니다. 풍문의 지층은 두텁고 무겁습니다. 우리는 그것을 역사라고 부르고 문화라고도 부릅니다. 인생을 풍문 듣듯 산다는 건 슬픈 일입니다. 풍문에 만족치 않고 현장을 찾아갈 때 우리는 운명을 만납니다. 운명을 만나는 자리를 광장이라고 합시다. 광장에 대한 풍문도 구구합니다. 제가 여기 전하는 것은 풍문에 만족치 못하고 현장에 있으려고 한 우리 친구의 얘깁니다. 아시아적 전제의 의자를 타고 앉아서 민중에겐 서구적 자유의 풍문만 들려줄 뿐 그 자유를 '사는 것' 을 허락지 않았던 구 정권에서라면 이런 소재가 아무리 구미에 당기더라도 감히 다루지 못하리라는 걸 생각하면 저 빛나는 4월이 가져온 새 공화국에 사는 작가의 보람을 느낍니다.

바다는 크레파스보다 진한 푸르고 육중한 비늘을 무겁게 뒤채면서 숨쉬고 있었다. 석방 포로 이명준(李明俊)은 선장을 멍하니 쳐다보고 있던 시선을 옮겨, 왼쪽 창으로 멀리 바다를 내다보았다. 거기 원반의 나머지 반쪽 위에 아침부터 이 배를 호위하는 전투기처럼 멀어지고 가까워지고 때로 마스트에 와 앉기도 하면서 줄곧 따라오고 있는 두 마리의 갈매기가 포물선을 그으며 날고 있다. 그는 급강하며 내려오는 갈매기들을 올려다보았다. 마치 뒤에다 버리고 온 두 여인이 바다새로 변신해서 도피해 가는 그를 따라 바다끝까지 따라오고 있는 것이라는 환상이 한 순간 그를 아찔하게 만들었다.

이명준의 먼 과거의 밑바닥에서 흰새가 빛나는 별하늘을 뚫고 날아오고 있었다.

그는 철학과 삼학년 학생이었다. 그의 생각으로는 철학과 삼학년쯤 되면 세계와 삶에 대한 어떤 그럴싸한 '결론' 이 얻어질 것으로 생각했다. 그러나 그는 아무런 '결론' 도 가진 것이 없었다.

경인가도(京仁街道)를 명준은 모터사이클에 몸을 싣고 달리고 있었다. 그가 신세를 지고 있는, 아버지의 친구인 영미 아버지한테서 그 얘기를 듣고, 경찰에 두 번 다녀온 지금, 그의 생활의 조화는 완전히 무너지고 말았다.

「오늘 은행으로 S서 형사가 찾아왔더군. 자네 부친이 요사이 평양방송의 대남프로에 나온다는 거야. 조사해 본 결과 자네 주소가 드러나서 직접 본인을 불러서 알아보려구 했지만 집에 있는 사람이고 하니 한 마디 사전에 알리러 왔다면서…….」

이틀 후 명준은 S서 사찰계 취조실에서 형사와 마주앉아 있었다.

「어느 학교에 다녀?」

「C댑니다.」

「뭘 전공하나?」

「철학입니다.」

「철학?」

형사는 입을 비죽거렸다. 명준은 얼굴이 확 다는 것을 느꼈다.

「그래, 철학과면 마르크스 철학도 잘 알갔군?」

「네?」

아버지에 대한 생각에서 깨어나면서 얼결에 그렇게 대답하자 형사는 주먹으로 책상을 탕 치면서,

「이 쌍놈의 새끼, 귓구멍에 말뚝을 박안? 마르크스 철학도 잘 알겠구나 이런 말야!」

곧바로 면상을 향하여 주먹이 날아왔다. 명준은 아쿠 외마디 소리를 지르면서 뒤로 나자빠지다가 의자가 걸려 모로 뒹굴었다. 마구 코피가 흘렀다.

일 주일 후 명준은 두번째 S서 형사실에 앉아 있었다. 이번에는 여러 사람이 자리에 있는 시간이었다. 명준을 담당한 형사 옆에 앉은 얼굴이 명준을 힐끗 쳐다보더니 동료를 향하여, 뭐야 하고 물었다.

「이형도(李亨道) 씨 자제분이야.」

「이형도 씨?」

「남로당을 박헌영이와 둘이서 만들어 놓구 이북으로 뺑소니친 새끼야.」

「이 자식이 그 새끼 새끼란 말인가?」

와 웃음이 터졌다. 그는 자기 부친의 이름이 모욕당하는 다리에서 아버지에 대한 애정이 탄생하는 것을 인식했다.

인천에서 윤애와 지낸 여름의 끝에 그는 결국 북으로 가는 배를 타고 말았다.

명준이 북한에서 발견한 것은 잿빛 공화국이었다. 혁명의 흥분 속에 살고 있는 공화국이 아니었다. 더욱 그를 놀라게 한 것은 코뮤니스트들이 흥분이나 감격을 원하지 않고 있다는 사실이었다. 무기력했고 아무 감동도 없었다.

아버지는 재혼하고 있었다. 화초가 가꾸어진 뜰안, 30촉 전등 아래 신문지로 덮어 놓은 밥상을 지키고 앉은 명준이 나이 또래의 계모. 그것은 지옥이었다. 일류 코뮤니스트의 집안에 중류 부르조아의 그것 같은 차분한 평화가 도사리고 있는 바에야 혁명의 청신한 흥분이 어디 있단 말일까. 부친은 아들을 피하듯 했다. 혁명을 판다는 죄, 이상과 현실을 짐짓 바꾸면서 살아가는 죄 그걸 스스로 모를 리 없는 아버지가 계면쩍어서 하는 태도일 것이다.

그는 월북하여 신문사 같은 데 있었다는 일이 좋지 못했던 것이 아닌가 생각했다. 마침 야외극장 건설 공사에 각 직장 기관에서 의용봉사원이 교대로 나가고 있었다. 그는 거기를 자원해서 매일 나갔다. 어느날 그는 스테이지 지붕 한 모서리를 쌓아올리는 발판 위에 서 있었다. 월북 후 처음으로 맞는 평양의 봄이었다. 좋은 계절…… 오래 잊었던 어떤 일이 번개같이 스치고 지나갔다. 그는 아뜩하는 찰나 발을 헛디디면서 아래로 떨어지고 있었다.

병원 침대에서 몸이 회복되기를 기다리던 중 그는 뜻밖의 방문을 받았다. 여배우들이 위문을 나왔다. 그중에서 명준은 윤애를 닮은 국립극장 소속 발레리나 은혜를 만난 것이다.

일착을 해도 상품은 없다는 데야 누가 뛰려고 할까, 당이 뛰라니까 뛰는 척하는 것뿐이었다. 광장에는 꼭두각시뿐 사람은 없었다. 다가가 보면 석상(石傷)이었다. 그는 사람을 만나야 했다. 명준이 스스로 인간임을 확신할 수 있는 것은 그녀는 안을 때 뿐이었다. 그는 두 팔을 벌여서 책상 위에 둥글게 원을 만들어 손 끝을 맞안아 봤다. 두 팔이 만든 둥근 공간, 사람 하나가 들어가면 메워질 그 공간이 마침내 그가 도달한 마지막 광장인 듯했다. 진리의 뜰은 이렇게 좁은 것인가. 명준은 팔로 구획지워진 그 공간 속에서 떨던 은혜의 육체를 생각했다.

1950년 8월. 공산군이 진주한 서울. S서 건물 지하실에서 이명준은 영미의 오빠 태식과 마주앉아 있었다. 만나리라고는 기대조차 않았었다. 태식이 시내에서 잡혔을 때 그는 소형 사진기를 휴대하고 있었고 압수한 필름에는 공산군 시설이 찍혀 있었다. 더 뜻밖의 일은 윤애가 태식이와 결혼했다는 일이었다. 그녀는 남편을 면회하러 왔다. 태식을 놓아달라는 부탁도 하지 않았다.

「……」

「하지만 또 이렇게 오지 않았어? 어쩌면 윤애를 한 번 더 만나기 위한 것인지도 몰라.」

「그 말씀은 말아주세요.」

「그래? 그럼 무슨 얘길 할까?」

그는 뒤로 물러서는 그녀를 따라 한 발씩 따라갔다.

「윤애, 난 지금도 윤엘 사랑해.」

그녀는 붙잡힌 팔을 빼려고 얼굴이 빨갛게 상기되었다. 언뜻 은혜가 생각났다. 그녀는 한 번도 저항하는 적이 없었다. 언제나 그를 기쁘게 안아주었다.

윤애가 돌아가자 그는 도어를 닫고 그대로 거기에 기대섰다.

「너는 악마가 될 수 없다아?」

그는 마치 앞에 누가 있는 것처럼 소리를 내어 물어봤다.

낙동강 전선의 더운 밤을 비가 내리고 있었다. 그는 동굴 입구에서 은혜를 기다리고 있었다. 사단사령부에서 은혜를 먼 눈으로 보았을 때 그는 처음으로 잘못 본 것이거니 여기고 그대로 지나쳤다. 등뒤로 발자국 소리가 가까워 오며 그의 이름을 불렀을 때, 그는 발을 멈춘 채 돌아보지 못했다. 그녀는 간호병이었다.

그녀는 아무 변명도 하지 않았다. 다시 만날 수 있는 것만으로도 그는 고마웠다. 가까이서 분명히 기척이 났다. 은혜를 안았다.

「용서해 주세요.」

S서 이층에서 윤애도 그더러 용서해 달라고 했다. 은혜도 지금 용서를 빈다. 윤애와 은혜의 똑같은 말은, 하나는 악마에게 애원하는 천사의 그것이었고 하나는 애인에게 참회하는 죄지은 여인의 그것이었다. 하지만 난 윤애에게 끝내 악마로서 행동하지는 못했지. 태식을 도망시킨 것도 잘했어. 은인의 아들을 놓아 보낸 것이라 생각지 말자. 윤애의 남편을 살려준 것이다.

「사랑해.」

「모스크바에서도 아무 재미 없었어요. 잘못했어요. 꼭 뵙고 용서를 빌고 싶었어요. 이젠 죽어도 좋아요.」

「사랑해.」

「사랑한다는 말은 용서한다는 말을 열 번 거듭한 거나 같아.」

그들은 거의 매일 같이 만났다. 밤일 때도 있었고 낮일 때도 있었다. 약속하지 않을 때도 명준은 불현듯 그녀가 동굴에서 기다리고 있을 것 같은 예감이 들어 사람 눈을 피하여 산을 넘어가면 대개 틀림없이 동굴 안 쪽 벽에 우두커니 앉아 있는 그녀를 발견하기가 일쑤였다.

그 무렵 명준은 공산군의 총공격이 있을 예정이라는 소문을 들었다. 그 말을 알렸을 때 은혜는 방긋 웃으며 말했다.

「죽기 전에 열심히 만나요. 네?」

은혜는 열심히 만나자는 약속을 영원히 배반하고 말았다. 전사한 것이다.

포로 송환등록이 시작됐을 무렵 그는 제삼국에 갈 수 있다는 조항을 들었다. 공산군 장교가 부드럽게 웃으면서 말했다.

「동무는 어느쪽으로 가겠소?」

「중립국.」

「동무, 중립국도 역시 자본주의 국가요. 굶주림과 범죄가 우굴대는 낯선 곳에 가서 어쩌자는 거요?」

「중립국!」

다음은 맞은편에 자리잡은 유엔측 테이블로 걸어갔다.

「중립국이라지만 막연한 얘기요. 내 나라보다 나은 데가 있겠어요? 외국에 가본 사람들이…….」

「중립국!」

「강요하는 것이 아닙니다…….」

「중립국!」

천막을 나서자 그는 마치 재채기를 참았던 사람처럼 상체를 뒤로 젖히면서 맹렬한 웃음을 터뜨렸다. 그렇게 해서 결정한 중립국이었다.

중립국. 아무도 나를 아는 사람이 없는 땅, 하루 종일 시가를 싸다닌데도 어깨 한 번 치는 사람이 없는 도시. 병원 문지기라든지, 소방서 감시원이라든지, 극장의 매표원, 그런 될 수 있는 대로 정신을 쓰는 율이 적고, 그 대신 똑같은 동작을 하루종일 계속만 하면 되는 직업에 종사할 테다. 잠도 수위실에서 잔다. 밤중에 돌아보다가 숙직 간호원이 끄기를 잊어 버린 가스풍로를 발견하여 그 큰 병원을 화재에서 구하게 된다. 나는 표창을 받고 사무실로 승격시켜 주겠다는 제의를 받는다. 나는 모자를 집어들고 의자에서 일어서면서 말한다. '인제 가 봐야겠습니다. 원장 선생님. 자리를 너무 오래 비우면 안 됩니다.' 마당을 가로질러 수위실로 걸어간다. 창문에 붙어서서 존경어린 눈초리로 바라보고 있는 원장 선생의 시선을 등뒤에 느끼면서.

이런 모든 것이 미지의 나라에서는 가능하리라고 믿었다. 그래서 중립국을 선택했다…… 그는 일어서서 난간을 잡고 아래를 내려다보았다. 거대한 새끼가 꼬이듯 좌우로 틀리는 물살은 잘 발달된 근육의 용솟음을 연상시켰다. 그때 그 물거품 속에서 흰 덩어리가 쏜살같이 튀어나오면서 그의 안면을 향해 뻗어왔다. 갈매기였다. 그는 심한 현기증을 느꼈다. 그들은 잠시 쉬려는 듯 마스트에 매달려 있었다. 그녀들은 질투하고 있는 거야. 홍콩에서 일박 하는 동안 새들이 없어져 주길 은근히 바랐다. 과거를 안고 온 그 불길한 새들이…. 그는 선장실의 찬장문을 열었다. 오른편에 엽총이 세워져 있었다. 그는 창틀에 등을 대고 총을 들어 어깨에 댔다. 이제 방아쇠만 당기면 그 흰 바다새는 총구 쪽을 향하여 떨어져 올 것이다. 그때 황급한 목소리가 날아왔다.

「용서해 주세요! 용서하세요! 쏘지 말아요!」

두 마리 갈매기는 연거푸 울어댔다. 그것은 윤애였다. 용서를 비는 은혜였다. 「죽기 전에 열심히 만나요 네?」 그녀의 말소리가 되살아 온다. 뺨에 댄 총신이 부르르 떨었다. 그는 마스트를 올려다보았다. 그들은 보이지 않았다. 명준은 바다를 보았다. 그들 두 마리 새는 바다를 향해 미끄러지듯 강하해 오고 있었다. 푸른 광장. 그녀들이 마음껏 날아다니는 광장을 명준은 처음 발견했다. '저기로 가면 그녀들과 또 다시 만날 수 있다.' 그는 비로소 안심했다. 인간에게 중요한 건 한 가지뿐. 인간은 정직해야지. 초라한 내 청춘에 '신' 도 '사상' 도 주지 않던 '기쁨' 을 준 그녀들에게 정직해야지. 거울 속에 비친 그는 활짝 웃고 있었다.

밤중. 선장은 도어를 두드리는 소리에 몸을 일으켰다.

「무슨 일이야?」

「석방자가 한 사람 행방불명이 됐습니다.」

「누구야, 없다는 게?」

「미스터 리 말입니다.」

이튿날. 타고르호는 300톤의 선체를 진동시키면서 한 사람의 선객을 잃어 버린 채 남지나 해를 미끄러져가고 있었다. 흰 바다새들의 그림자는 그 주변 바다에도 없고 마스트에도 보이지 않았다. 아마 마카오에서 떨어진 모양이었다.

감상을 위한 문제제기

1. 이명준이 말하는 광장(廣場)과 밀실의 의미를 해석해 보시오.

이명준 자신이 이 두 낱말에 대해 어떤 발언을 하고 있는가를 들어볼 필요가 있다.

"……오, 좋은 아버지, 나쁜 인민의 공복(公僕). 개인만 있고 국민은 없습니다. 밀실만 풍성하고 광장은 사멸했습니다 각기의 밀실은 신분에 비례해서 그런대로 풍성합니다. 개미처럼 물어다 장식하니깐요. 좋은 아버지. 불란서로 유학보내준 아버지. 청렴한 교사를 목 자르는 나쁜 장학관(奬學官). 그게 같은 인물이라는 엄청난 역설(逆說). 아무도 광장에서 머물지 않아요. 필요한 약탈과 사기만 끝나면 광장은 텅 빕니다. 광장이 사멸한 곳. 이게 남한이 아닙니까? 광장은 비어 있습니다."

"……제가 월북해서 본 건 대체 뭡니까? 이 무거운 공기, 어디서 이 공기가 이토록 압착해 나옵니까? 인민이라구요? 인민이 어디 있습니까? 저가 정권을 세운 기쁨으로 넘치는 웃음을 얼굴에 지닌 그런 인민이 어디 있습니까? 바스티유 감옥을 부수던 날의 불란서 인민처럼 샤쓰를 찢어서 공화국 만세를 부르는 인민이 어디 있습니까? 저는 불란서 혁명 해설 기사를 썼다가 편집장에게 욕을 먹고 직장 세포(細胞)에서 자아 비판을 했습니다. 불란서 혁명은 부르주아 혁명이라구. 인민의 혁명이 아니라구요. 저도 압니다. 그러나……"

남한은 광장이 사멸한 곳이라는 인식을 다른 말로 바꾸면, 토론의 장(場)으로서의 광장이 사멸하고 오직 국제적 자본조의의 더러운 약탈 시장(市場)으로 존재하는 곳이며, 북한은 혁명의 정열이 없는, 역시 광장이 없는 곳이라는 인식이다.

두번째로 작가의 말을 빌리면 광장은 '인간이 스스로의 운명을 맞기 위하여 현실과 교차되는 장소' 이며, '현실로부터 차단된 곳' 을 밀실이라고 할 수 있다.

남한은 에고(ego)의 밀실만이, 북은 이데올로기의 밀실만이 존재한다고 이명준은 절망한다. 진정한 의미의 광장은 어디에도 없다는 현실 진단이 이 소설의 주제라고 할 수 있다.

광장과 밀실을 신화 비평적으로 이해하는 것도 가능하지만 지면상 생략한다.

2. 중립국을 선택한 이명준이 결국 자살한 이유를 설명해 보시오.

옴니버스 소설처럼 내부적으로 연결되어 있는 듯한 「광장」의 이명준, 「회색인(灰色人)」의 독고준, 「구운몽(九雲蒙)」의 독고민은 이름이나 성(姓)마저도 공유한다. 독고준이나 독고민이니 하는 이름이 실존의 고통과 외로움을 의미한다는 것은 쉽게 알 수 있다.

이들은 대개 분단의 역사적 상황과 실존의 갈등으로 번미하는 '명준(明俊)' 한 의식으로 괴로워하는 '독고(獨孤)' 한 지적(知的) '고아(孤兒)' 들이다.

이 전환기 지식인의 고아 의식은 개화기에서 이광수의 소설로 이어져 내려온 한국 문학의 한 흐름을 대변한다. 그러나 개화기 신소설이나 이광수와는 근본적으로 달리 이들의 삶은 철저한 비극의 확인으로 끝난다. 이들에게는 토지 — 농촌이라고 부르는 도피처도, 만주나 북간도라고 하는 변혁의 장소도 그 무엇도 마련되어 있지 않다. 다가올 군부독재와 냉전 의식과 전쟁으로 인한 인간 상실의 현장만이 있을 뿐이다. 「광장」의 이명준은 투신 자살하고 「구운몽」이 독고민은 동사(凍死)한다. 물론 「회색인」의 독고준은 자결이나 타살로 끝나지는 않지만 그렇다고 그의 삶의 치열한 비극성은 시종 일관 조금도 달라지지 않는다. 개화기의 신소설이나 이광수에게 가능했던 계몽이라는 일종의 지적(知的) 허위 의식마저 불가능하게 된 시점에서 최인훈의 지식인들이 할 일은, 일종의 지적 배설 행위인 소피스티케이션의 반복이며 그것이 불가능하게 되었을 때 다가오는 것은 파멸뿐이다. 최인훈 소설의 이러한 절망이 짙게 드리워진 지식인들은 「회색의 의자」 「회색인」의 원제에 묶인 존재들인 것이다. 그들은 역사 속에서 아무것도 할 수 없으며 무엇도 하려 하지 않는다. 이명준의 경우에도 마찬가지이다. 그가 치열하게 남과 북을 오가며 존재의 확인을 위해 투쟁한 것처럼 보이지만 그것은 사실상 일종의 '지적 웅석' 이다. 개화기의 이광수가 '교사적 교만과 위선' 으로 가득 차 있었다면 최인훈의 인물들은 '지적 웅석' 과 '지적 결단' 을 구별하지 못한다. 그들은 외국 잡지 〈아틀랜틱〉을 읽고 전위(前衛) 연극을 보고 그리고 시를 쓰고 성서를 읽고 「로자 룩제붐르크 전(傳)」을 읽지만 그것은 모두 그들의 영혼을 묶는 동아줄일 뿐이다. 전후라는 시대 속에서는 그것은 '지적 웅석' 이 아니라 '지적 탐색' 일 수도 있으며, 그 시대적 가치조차 부정할 수는 없지만 시효가 지난 오늘에는 도피를 위한 '지적 웅석' 이상의 것으로는 여겨지지 않는다.

가령 이명준은 중립국행을 결행하기 직전까지도 이러한 '지적 웅석' 을 계속한다.

초대 교회의 소박한 정열과 경건한 믿음을 초대 교회에서 찾아볼 수 없는 사정과 마찬가지로, 가령 코뮤니즘이 현실적으로는 광대한 파도를 지배하기에 이르렀지만 그 창시자들의 신의와 정열은 없어진 지 오래다. 구라파 사람들의 신앙 생활에 있어서 헤겔 철학이 매력적인 아편이요 결정적인 독소였던 것처럼, 이명준에게 있어서 코뮤니스트 사회에서 살아보았다는 체험은 지울 수 없는 것이었다. 그 회당 가운데서 그들은 우상을 섬긴다는 사실을 똑똑히 보았기 때문이었다. 영감(靈感)이 아니라 의식(儀式)이 지배하는 곳이었다. 창조적 정열이 아니라 철통 같은 명령이 지배하는 곳이었다. 사랑과 용서가 아니라 증오와 보복이었다. 코뮤니즘에 있어서의 마르틴 루터는 아직 없다. 크레믈린의 권위에 항거한 자들은 이단(異端) 심문소에서 화형(火刑)이 되었다.

이러한 사고의 톱니는 최인훈 소설의 어디에도 거대한 메커니즘처럼 요란하게 돌아가고 있다. 이것을 멈추게 하는 길은 결국 도피와 자살뿐이다. '심리적 하리(下痢) 현상' 에 걸린 듯한 최인훈 소설의 주인공들은 언어들을 마구 카타르시스한다. 그러나 그것은 절망의 중병 환자가 죽음 직전에 쏟아놓는 그러한 하리(下痢)들이라고 할 수 있다. 이명준의 지적 절망이 과연 온전하게 분단 현실에 대한 것이었는가. 오래 전의 평가이지만 홍사중의 견해는 이런 점에서 아직 유효하다고 본다.

그러기에 그가 더듬었던 삶의 길도 어찌 보면 도피에의 위장에 다름 없다고 여겨지게 되는 것이다. 그가 월북한 것도, 그가 은혜에게서 마지막 확증을 바랐던 것도 또는 그가 중립국을 택했던 것도 모두 스스로의 힘으로 새로운 광장을 키워나가겠다는 적극적인 의지를 결여하고 있는 데서 생긴 것에 지나지 않았다. 그의 가장 성실한 결단이 자살의 길이었다는 것도 그러니까 몹시도 서글픈 아이러니라고 하지 않을 수 없는 것이다.

이렇게 본다면 작품의 이면에는 잘 나타나 있지는 않으나 태식이가 명준에게 던진 다음과 같은 짤막한 말이 「광장」의 또 하나의 중요한 주제를 이루어놓고 있다고 봐야 할 것이다.

"가치가 있어서만 인간이 행동하는 건 아닐세…… 가치를 만들어내기 위해서도 행동할 수 있어."

김승옥

밤과 안개의 언어

작가 및 작품연구

김승옥(金承鈺 1941~). 일본 오사카 출신. 서울대 문리대 불문과 졸업.

그를 소위 4·19세대의 문학이라고 부르는 것은 그가 1962년 한국일보 신춘문예에 단편 「생명연습(生命演習)」이 당선되었기 때문이 아니다. 그의 문학에서 비로소 우리는 전후문학의 암울한 회색이 걷히는 걸 본다. 그러나 그것은 새로운 형태의 절망이다. 그의 절망은 5·16군사 쿠테타에 의한 민주주의의 파괴, 산업사회로의 급격한 진입과 사회 변동에 따른 부조화 등이 복합된 것이다. 그의 대표작인 「무진기행」에서도 그는 안개로 상징되는 정체모를 것들로 둘러싸인 소도시의 인간 군상의 권태와 무기력을 노출시켜 간다. 가치관의 붕괴와 사회에 해체 징조를 그는 잠수함 속의 토끼처럼 느끼고 있는 것이다.

그의 문학에는 손창섭이나 최인훈과 같은 언어유희가 매우 자주 나타나지만 그것은 말 그대로 언어의 유희에 지나지 않는 것들이다. 최인훈처럼 철학으로 포장된 관념의 언어도, 손창섭과 같은 자학의 제스추어도 아니다. 실로 아무런 의미도 없는 — 작품 속에서 필연적인 것도 아닌 언오으 희롱들이 「서울, 1964년 겨울」과 「누이를 이해하기 위하여」에 가득 넘치고 있다. 그런 위악적인 소설의 해체가 진한 절망의 느낌으로 다가오도록 만드는 능력을 지닌 작가가 김승옥이다. 그는 「서울, 1964년 겨울」로 동인문학상을 받았다.

1967년 이후 그는 영화에 관심을 가지고 김동인의 「감자」를 각색 연출하는 등 소설 창작과는 거리가 멀어졌으나 1977년 「서울의 달빛 0장」을 발표하여 이상문학상을 수상하기도 했다.

「누이를 이해하기 위하여」는 작가의 고백에 의하면 실연을 당하고 도저히 조리 있는 정신상태가 아니었을 때 씌어진 것으로 조리를 갖춘 작품이 사기(詐欺) 같았다고 한다. 천박하기 짝이 없는 위선자인 소설 속의 작자와 누이의 이야기가 어떤 맥락으로 연결되는지 독자는 조금은 당혹할 수밖에 없다. 작품 속의 화자(話者) 자신이 곧 위선적인 작가와 동일인물이 아닐까 추측해 볼 뿐이다.

「서울, 1964년 겨울」에 대해 작가는 '재미있게 유머 소설을 한편 써 보자' 는 생각이었다고 했다. 그러나 해체되어 가는 산업사회의 인간관계의 건조함과 무기력함이 짙게 나타나 있다는 점에서 그저 단순한 유머 소설을 넘어서고 있는 것으로 보인다.

누이를 이해하기 위하여

작품요약

1. 축전(祝典)

'가하' 오빠.

부호(符號)라는 걸 만든 이에 평안 있으리, 엉망진창이 된 나의 감정을 뉴앙스라는 점에서는 완전히 인연 없는 의사(意思)전달 수단으로써 표현할 수 있는 이 신기함이여, 그렇지만 고향의 누이는 꽃봉투 속에 든 전문(電文) — '축 순산(順産)' 을 읽을 게 아니냐고? 맙쇼 어깨 한번 으쓱하면 다 통해 버리는 감정표시를 서양영화에서 나는 좀더 먼저 배운 걸.

2. 프로필

언젠가, 무슨 용무로서였던가는 잊었지만, 작자와 함께 어느 여학교엘 간 적이 있었다. 교무실에서 용무를 마치고 나서 우리가 그 교사(校舍)의 현관을 통해 나올 때였다. 현관에는 학생들에게 오는 편지를 꽂아두는 우편함이 설치되어 있었고 마침 수업중이어서 현관에는 아무도 없었기 때문인지 작자는 그 우편함에서 손에 잡히는 대로 편지 하나를 냉큼 집어서 호주머니에 쑤셔넣어 버리는 것이었다. 그런 짓 하는 데에는 길이 들어 버린 탓인지, 순간적으로 그리고 거의 무의식적이라고나 얘기해야 할 것이었다. 작자의 치기(痴氣)에 대해서는 알 대로 다 알고 있기 때문에 그때 나는 좋다 그르다 한마디 안 해 버리기로 했지만 그가 호주머니에 쑤셔넣은 편지에 자꾸 신경이 쓰였다. 그런데 작자는 편지 같은 건 다 잊어 버렸다는 듯이, 아니 편지를 쑤셔넣은 일도 없었다는 듯한 얼굴로 걸어가다가 결국 내가 궁금증을 참지 못하여, 그 편지, 하고 주의를 주자, 정말로 잊어 버리고 있었던 모양인지, 아, 그랬지, 하며 그제서야 편지를 꺼내들고 봉투의 앞 뒤를 뒤척여 보며, 흥, 글씨 참 못 썼군, 설상가상으로 편지봉투에 연필글씨야, 하며 혀를 끌끌차는 내 참 어처구니 없는 그 꼴.

작자는 봉투를 북 찢고 안에서 편지를 꺼냈다. 편지만이 아니었다. 그 편지 안에 꼼꼼하게 싸인 돈이 이백 원 — 우체법 규정의 철망을 용케 빠져나와서 바야흐로 수취인(受取人)의 손에 안착(安着)하려던 백 원짜리 지폐 두 장이 있었다. 편지 내용은 홀어머니가 딸에게 보내는 것으로 되어 있고 대강 이런 내용이었다고 기억한다. '납부금과 하숙비는 있는 힘을 다하여 장만하고 있으나 여의치 않다. 좀더 기다려 보아라. 우선 구한 돈 보내니 이걸로 그 동안 견디어 보기 바란다.' 뜻밖의 수확인 걸, 공짜로 얻는 건 얼른 써 버려야지 그렇잖으면 도루 잃어 버린다오, 하며 작자는 그 지폐 두 장을 내게 흔들어 보이는 것이었다. 과연 작자는 싫다는 나를 억지로 끌고 술집으로 데리고 가더니 죽이고 싶도록 기분좋은 태도를 술을 마셔대는 것이었다. 그러고 나서는, 그리워하기 위해서, 라고 말하는 바인데 도대체 무엇이 그립다는 것일까. 고향이 그립다는 것인지? 작자의 고향에는 자기의 어머니와 누이가 살고 있다고 얘기하는 것을 들은 적이 있지만 작자는 그들에게 대해서 별 애착을 가지고 있는 것 같지도 않은 것이다. 나는 작자에게 보낸 어머니의 편지를 한 번 읽은 적이 있는데 내가 보기에는 세상에서 그처럼 다정하고 착하고 그리고 아름다운 용모를 가진 어머니가 좀체 있을 것 같지 않았다. 요컨대 작자에게는 분에 넘치기 짝이 없는 훌륭한 어머니인 것이다. '아들아, 먼곳에 너를 보내놓고 마음 한시도 놓지 못하고 있다…… 지난 주일부터는 읍내에 있는 성당(聖堂)에 다니기로 하였다. 무슨 일을 하든지……'

내가 그 편지를 읽고 있는 동안에 작자는 우리 마을에서 성당이 있는 읍내까지는 왕복

육십리,…… 미친 짓하고 계셔, 라고 투덜대더니 괜히 화가 나 가지고 내가 그 편지를 돌려주자 북북 찢어서 버리는 것이었다. 그처럼 착하신 어머니께 '미친' 이라는 차마 입에 담을 수 없는 욕을 하는 그야말로 미친 바보, 멍텅구리, 촌놈, 얼치기, 치한.

며칠 전에는, 창을 통해서 맞고 있는 거리가 내려다보이는 어느 다방에서 내 앞에 고개를 숙이며 심각한 말투로 작자는 말을 꺼내는 것이었다.

— 만일 신(神)이 계시다면…….

염병할 자식, 난데없이 신은 왜 들추어내는 거냐. 나는 두 손으로 귀를 막아 버렸다. 그러나 귀가 완전히 막힐 수는 없는 모양이다. 별수없이 작자의 말소리를 들어 버렸다.

— 내게는 다소 인간적인 데는 있다고 말씀하실 거야.

그렇지만 얼치기 가짜, 흰수작만 하는 소설가여, 슬픈 목소리로 솔직히 이렇게 중얼거리실지어다. 심각한 체라도 하지 않고서는 살 수가 없다고.

3. 갈대들이 들려준 이야기

온 들에 황혼(黃昏)이 내리고 있었다. 들이 아스라이 끝나는 곳에서는 바다가 장식처럼 붙어 보였다. 그 바다가 황혼녘에 좀 높아보였다. 밀물시간이어서 강물은 바다 쪽으로부터 빠르게 흘러오고 있었다. 강물은 황혼 속에서 금빛이었다. 해풍이 퍽 세게 불어와서 내곁에 말없이 앉아 있는 누이의 머리칼을 흩날리고 있었다.

누이는 도시로 갔었다. 어머니와 내가 누이를 도시로 보냈었다. 그리고 며칠 전 갑자기, 거의 이 년 만에 이곳으로 돌아왔다. 누이는 도시에서의 이야기를, 나와 어머니의 간절한 요청에도 불구하고 한마디 하려 들지 않았었다. 우리는 누이가 지니고 왔던 작은 보따리를 헤쳐 보았다. 그러나 헌 옷 몇 벌과 두어 가지의 화장도구를 발견할 수 있었을 뿐이었다.

강물이 밀려오고 금빛 하늘이 점점 회색으로 변해가는 이 시각에 나는 누이로 하여금 도시의 모든 기억을 토해 버리게 할 생각이었다. 숲 속의 짐승들이 감각만으로써 살아갈 수 있듯이 그렇게 살아가게 하고 싶었다.

도시에 갔던 사람들이 이곳으로 돌아오지 못하고 마는 이유는 어디 있는 것일까. 나는 알 수가 없었다. 다행히 누이는 돌아왔다. 그러나 옷에 먼지를 묻혀오듯이 도시가 주었던 상처와 씨앗을 가지고 돌아왔다. 무수히 조각난 시간과 공간, 무수히 토막난 언어와 몸짓이 누이와 기억을 이루고 있으리라는 건 알 수 있었다. 무엇이냐, 그 파편들은 무엇이냐?

그리하여 나는 동화 속의 인물처럼 말하였던 것이다 — 이번엔 내가 가 보자.

4. 누이의 결혼

퍽 오래 전에 고향으로부터 소식이 왔다. 누이가 결혼을 한 것이다. 해풍 속에서 살결을 태우며 자라난 젊은이와.

또 하나의 소식. 누이가 어린애를 낳았다고, 사람 하나는 탄생시켰다고.

5. 일지초(日誌抄)

멀고 깊은 산 속으로 왕릉을 보러 가던 길에, 길섶에 피어 있는 작은 패랭이꽃 한송이를 보고 그 꽃 곁에서 하루를 보내 버리고 돌아오다. 흐린 날씨. 바람이 불고 있었다고 기억된다.

오늘 새벽 나는 유서를 고쳐 썼다. '나는 착한 사람입니다.' 라고 단 한 가지 남은 거짓말만이라도 철저히 하고 싶다는 마음에서이다. 나의 이러한 유서가 액면(額面) 그대로 받아들여질는지도 모른다. 오늘 오후에 나는 유서를 찢어 버렸다.

가없다 가엾다 가엾다 가엾다 가엾다 가엾다. 이젠 됐나. 김군?

누이에게 쓰고 싶었던 편지의 한 귀절 — '도시에 가서 침묵을 배워 왔던 네가, 도시에서 조리에 맞지 않는 감정의 기교만을 배운나보다 얼마나 훌륭했던가.'

별도 보이지 않는 밤에 고향의 논두럭이 그리워서 중랑교 옆쪽 어느 눈두럭에 가서 서다, 개구리들이, 거꾸러져라거꾸러져라거꾸러져라거꾸러져라, 고 내게 외쳐댔다.

6. 다시 축전(祝電)

'가하' 오빠.

부호라는 걸 만든 이에게 평안 있으라. 나의 착한 누이가 만일, '우리의 이 모든 괴로움 속에서 태어난 네 자식은 우리가 그것을 겪었다는 이유로써 구원받을 미래인이 아니겠는가' 라는 나의 기도를 제대로 읽어주기만 한다면 누이도 나의 축전을 받아들고 과히 당황하거나 부끄러워하지도 않으리라. 제발 지금 나의 이 뒤얽힌 감정 중에서도 밑바닥을 이루고 있는 이 한 가지의 기도가 실현된다면 그러기만 한다면 얼마나 좋겠는가?

감상을 위한 문제제기

1. 누이를 이해하기 위해 도시로 간 화자(話者)가 깨달은 것은 무엇인가?

이 소설은 전통적 플롯을 거부한다. 그러므로 전통적인 소설에 익숙한 독자들이라면 이 작품을 읽으며 당혹스러울 것이다. 또한 이 소설의 핵심이 이솝 우화 '시골 쥐와 서울 쥐' 속에 있다는 것을 발견하기란 몹시 어려운 일이다. 말하자면 이 소설은 '도시의 신화' 와 '시골의 신화' 를 대비시키고 있는 것이다. 소설 속의 주인공이라고 할 수 있는 '가하 오빠' — 나는 2년 만에 비참하게 되어 돌아온 '누이의 언어와 기억' 을 찾기 위해 도시의 신화 속으로 출정한 사람이다. 그러나 그는 '고향의 논두렁이 그리워서 중랑교 옆쪽 어느 눈두렁' 에 가서 개구리들이 외치는 소리를 듣는다. 그는 개구리들이 자신을 향해 거꾸러지라고, 그렇게 외친다고 생각한다. 그는 도시 생활의 파산자이다. 고향을 떠났던 누이가 '치유의 고향' 으로 돌아와 삶을 재출발하고 있는 데 비해 가하 오빠는 무너져 가고 있는 것이다. 이 소설은 결국 기묘하게 역전(逆轉)된 삶의 양태(樣態) 가 누이가 낳은 새로운 세대를 통하여 구원되리라는 기원으로 끝난다. '침묵하는 시골 쥐' , '돌아오지 못하는 시골 쥐' 의 신화가 이 소설의 우화적 골격을 형성하고 있다.

도시 — 1960년대의 우리 도시는 농촌의 붕괴를 바탕으로 형성된다. 그러나 그곳은 1930년대 모더니스트들이 그려내던 잿빛 저녁의 낭만이 있던 곳도 1950년대 막걸리 사발과 밀크 홀이 공존하던 그런 곳도 아니었다.

김승옥은 '도시' 를 새롭게 문학의 현장으로 인식하기 시작한 작가라 부를 수 있을 것이다. 그는 군사 정권의 경제 개발로 형성되기 시작한 도시 — 전통 사회의 모든 신화들을 무서운 흡인력으로 받아들이며 새로운 신화의 발자국 소리로 가득한 '광장' — 군사 정권의 신병훈련장처럼 변해가는 도시를 처음으로 발견하기 시작한 작가이다. 〈무진 기행〉, 〈서울, 1964년 겨울〉의 주인공들은 모두 '도시인' 들이다. 그들은 도시의 폭력성에 일그러진 인간들이다. 그들이 도시에 사는 것이 아니라 도시가 이미 그들의 내부를 안개처럼 점령하고 있다. 그들은 말하지 않는다. 마른 비스킷처럼 부서진 언어를 조금씩 갉으며 사는 도시의 쥐들이다. 그들의 인식이 아무리 예리해도 그들은 직설법의 언어를 사용하지 않는다. 그들의 외부로 토해 놓은 언어들은 모두 무감동하며 무개성의 익명의 언어들이다. 그들의 행동은 상호 무책임하다. 지난 시대의 언어가 갖는 풍부한 개성과 토속성은 파편화되어 있다. 그들은 아날로그의 삶에서 디지털화되어가는 첫 세대들이다. 〈무진기행〉, 〈누이를 이해하기 위하여〉, 〈서울, 1964년 겨울〉에 등장하는 '나' 들은 이미 회복 불가능의 '파편화' 된 위악적 삶을 보여주고 있다.

결국 '나' 들은 골방에 갇혀 있던 손창섭 소설의 인물들이 떠밀려 나온 모습이 아닐까. 4 · 19라는 역사의 광장에 함성이 되어 나왔다가 밀실이 닫혀 돌아가지 못하고 남은 존재들, 그것이 김승옥의 소설 인물의 모습이 아닐까 생각해 본다.

2. '위선적인 소설가' 는 작품 전개상 필요한 것인가, 자신의 의견을 쓰시오.

위선적 소설가는 '가하 오빠' 인 '나' 라고 보는 편이 좋을 것이다. 그러니 이 장(章)에서는 그 시점이 바뀌어 있기 때문에 독자는 마치 전혀 다른 소설을 한 편 읽는 느낌이 들 것이다. 전통적 플롯으로는 있을 수 없는 설정이다. 바로 이런 변형된 구성 자체가 일그러진 어느 도시인의 초상을 더욱 선명하게 드러내주고 있는 것이다. 그것은 마치 피카소류의 입체파 그림 같은 효과를 준다.

서울, 1964년 겨울

작품요약

1964년 겨울을 서울에서 지냈던 사람이라면 누구나 알고 있겠지만, 밤이 되면 거리에 나타나는 선술집 — 오뎅과 군참새와 세 가지 종류의 술 등을 팔고 있고, 얼어붙은 거리를 휩쓸어 부는 차가운 바람이 펄럭거리게 하는 포장을 들치고 안으로 들어서게 되어 있고, 그 안에 들어서면 카바이드 불의 길쭉한 불꽃이 바람에 흔들리고 있고, 염색한 군용(軍用) 잠바를 입고 있는 중년 사내가 술을 따르고 안주를 구워주고 있는 그러한 선술집에서, 그날 밤, 우리 세 사람은 우연히 만났다.

잠시 동안은 조용히 술만 마셨는데, 나는 새카맣게 구워진 군참 새를 집을 때 할말이 생각났기 때문에 마음 속으로 군참새에게 감사하고 나서 얘기를 시작했다.

「안(安)형, 파리를 사랑하십니까?」

「아니오 아직까진…….」

「김형은 파리를 사랑하시오?」

「예. 날을 수 있으니까요. 아닙니다. 날을 수 있는 것으로서 동시에 내 손에 붙잡힐 수 있는 것이니까요. 날을 수 있는 것으로서 손 안에 잡아 본 것이 있으세요?」

사실 이런 술집이란, 집으로 돌아가는 길에 잠깐 한잔 하고 싶은 생각이 든 사람이나 들어올 테지, 마시면서 곁에 선 사람과 무슨 얘기를 주고 받을 만한 데는 되지 못하는 곳이다. 그런 생각이 문득 들었지만, 그 안경잡이가 때마침 내게 기특한 질문을 했기 때문에 나는 '이 놈 그럴 듯하다' 고 생각되어 추위 때문에 저려드는 내 발바닥에 조금만 참으라고 부탁했다.

「김형, 꿈틀거리는 것을 사랑하십니까?」 하고 그가 내게 물었던 것이다.

「사랑하구 말구요」

나는 갑자기 의기양양해져서 대답했다.

「사관학교 시험에서 미역국을 먹고 나서도 얼마동안 나는 친구 하나와 미아리에 하숙하고 있었습니다. 그 무렵 재미를 붙인 게 아침의 만원 된 버스간이었습니다. 아침 밥상을 밀어놓기가 무섭게 버스정류장으로 달려갑니다. 개처럼 숨을 헐떡거리고 말입니다.」

「잠깐, 무슨 얘기를 하시자는 겁니까?」

「꿈틀거리는 것을 사랑한다는 얘기를 하려던 참이었습니다. 들어보세요. 자리를 잡고 앉아 있는 젊은 여자 앞에서 섭니다. 그리고 여자의 아랫배 쪽으로 천천히 시선을 보냅니다 그러면 내 시선이 투명해지면서 여자의 아랫배가 조용히 오르내리는 것을 볼 수 있습니다…….」

「오르내린다는 건…… 호흡 때문에 그러는 것이겠지요?」

「물론입니다. 시체의 아랫배는 꿈쩍도 하지 않으니까요. 나는 그 움직임을 지독하게 사랑합니다.」

「그렇지만 그 동작은 '오르내린다' 는 것이지 꿈틀거린다는 것은 아니군요. 김형은 아직 꿈틀거리는 것을 사랑하지 않으시구먼.」

개새끼, 그게 꿈틀거리는 게 아니라고 해도 괜찮다, 하고 나는 생각하고 있었다. 그런데 잠시 후에 그가 말했다.

「난 방금 생각해 봤는데, 김형의 그 오르내림도 역시 꿈틀거림의 일종이라는 결론을 얻었습니다.」

「그것은 틀림없이 꿈틀거립니다. 난 여자의 아랫배를 가장 사랑합니다. 안형은 어떤 꿈틀거림을 사랑합니까?」

「어떤 꿈틀거림이 아닙니다. 그냥 꿈틀거리는 거죠. 그냥 말입니다. 예를 들면…… 데모도…….」

또 우리의 대화는 끊어졌다. 이번엔 침묵이 오래 계속되었다. 나는 술잔을 입으로 가져갔다. 내가 잔을 비우고 났을 때 그도 잔을 입에 대고 눈을 감고 마시고 있는 게 보였다. 나는 이젠 자리를 떠나야 할 때가 되었다고 다소 서글픈 기분으로 생각했다.

'자, 그럼 다음에 또……' 라고 말할까 '재미있었습니다.' 라고 말할까, 궁리하고 있는데 술잔을 비운 안이 갑자기 내 한쪽 손을 잡으면서 말했다.

「우리가 거짓말을 하고 있었다고 생각하지 않습니까?」

「아니오.」

나는 좀 귀찮은 생각이 들었다.

「우리 다른 얘기 합시다.」하고 그가 다시 말했다. 나는 심각한 얘기를 좋아하는 이 친구를 곯려주기 위해서, 그리고 한편으로는 자기의 음성을 자기가 들을 수 있는 취한 사람의 특권을 맛보고 싶어서 얘기를 시작했다.

「평화시장 앞에 줄지어 선 가로등 중에서 동쪽으로부터 여덟번째 등은 불이 켜 있지 않습니다…… 그리고 화신백화점 육층의 창틀 중에는 그 중 세 개에서만 불빛이 나오고 있었습니다…….」

그러자 어리둥절해질 사태가 벌어졌다. 안의 얼굴에 놀라운 기쁨이 빛나기 시작했기 때문이다. 그가 빠른 말씨로 얘기하기 시작했다.

「서대문 버스정류장에는 사람이 서른두 명 있는데 그 중 여자가 열일곱 명이고 어린애는 다섯 명, 젊은이는 스물한 명, 노인이 여섯 명입니다.」

「그건 언제 일이지요?」

「오늘 저녁 일곱 시 십오 분 현재입니다.」

「아,」 하고 나는 잠깐 절망적인 기분이었다가 그 반작용인 듯 굉장히 기분이 좋아져서 털어놓기 시작했다.

「단성사 옆골목의 첫번째 쓰레기통에는 초콜릿 포장지가 두 장 있습니다.」

「그건 언제?」

「지난 십사 일 저녁 아홉 시 현재입니다.」

「자 여기서 이럴 께 아니라 어디 따뜻한 데 가서 한잔씩 하고 헤어집시다.」

그때 한 사내가 말을 걸어왔다. 제법 깨끗한 코우트를 입고 있었고 머리엔 기름도 얌전하게 발랐다. 그러나 어디선지는 분명하지는 않았지만 가난뱅이 냄새가 나는 서른 대여섯 살짜리 사내였다. 아마 유난히 새빨간 눈시울 때문이었을까.

「미안하지만 제가 함께 가도 괜찮을까요? 제게 돈은 얼마든지 있습니다만…….」

안은 일이 좀 이상하게 되었다는 얼굴을 하고 있었고 나 역시 유쾌한 예감이 들지는 않았다. 우리는 갑자기 목적지를 잊은 사람들처럼 사방을 두리번거리면서 느릿느릿 걸어갔다. 우리는 근처의 중국요리집으로 들어갔다.

「아주 비싼 걸 시켜도 되겠습니까?」

「네 사양 마시고.」

그가 처음으로 힘있는 목소리로 말했다.

「돈을 써 버리기로 결심했으니까요.」

음식을 시켜놓고 나서 마음씨 좋은 아저씨가 말하기 시작했다.

「들어주시면 고맙겠습니다. 오늘 낮에 제 아내가 죽었습니다. 세브란스 병원에 입원하고 있었는데…….」

그는 슬프지도 않은 얼굴로 우리를 빤히 쳐다보며 말하고 앉았다.

「아내와 나는 참 재미있게 살았습니다. 아내가 어린애를 낳지 못하기 때문에 시간은 몽땅 우리 두 사람의 것이었습니다…….」

중국집에서 거리로 나왔을 때는 우리는 모두 취해 있었고, 돈은 천 원이 없어졌고, 사내는 한 쪽 눈으로는 울고 다른 눈으로는 웃고 있었고, 안은 도망갈 궁리를 하기에도 지쳐 버렸다고 내게 말하고 있었고, 나는 '엑센트 찍는 문제를 모두 틀려 버렸단 말야.' 라고 중얼거리고 있었다. 방금 우리가 나온 중국집 곁에 양품점의 쇼윈도우가 있었다. 사내가 그쪽을 가리키며 우리를 끌어당겼다.

「넥타이를 하나 골라 가져. 내 아내가 사 주는 거야.」

사내가 호통을 쳤다. 우리는 알록달록한 넥타이를 하나씩 들었다.

귤장수의 수레 앞으로 돌진했다.

「아내는 귤을 좋아했다.」

우리는 이빨로 귤 껍질을 벗기며 서성거렸다. 우리는 중국집에서 스무 발자국도 더 벗어나지 못하고 있었다. 소방차 두 대가 우리 앞을 빠르고 시끄럽게 지나갔다. '미용학원'이라는 글씨가 하나 씩 타오르는 걸 보고 있던 힘없은 아저씨가 갑자기 벌떡 일어섰다.

「내 아냅니다. 내 아내가 머리를 막 흔들고 있습니다. 골치가 깨질 듯이 아프다고 머리를 막 흔들고 있습니다. 여보…….」

「그렇지만 저건 바람에 휘날리는 불길입니다. 앉으세요.」

그러고 나서 안은 나에게 나지막하게 속삭였다.

「이 양반, 우릴 웃기는데요.」

무언가 하얀 것이 우리가 웅크리고 있는 곳에서 불타고 있는 건물 쪽으로 날아가는 것이 보였다. 순경 한 사람이 우리 쪽으로 달려와 아저씨를 붙잡았다.

「방금 무얼 불 속에 던졌소?」

「돈입니다.」

순경이 가고 났을 때 안이 사내에게 물었다.

「정말 돈을 던졌습니까?」

「예.」

「모두?」

「예.」

우리는 모두 고개를 숙이고 어두운 골목길을 걸어서 거리로 나왔다. 여관에 들어갔을 때 안이 우리에게 말했다.

「방을 한 사람씩 따로 잡을까요?」

아저씨는 그저 우리 처분만 바란다는 듯한 태도로, 또는 자기가 서 있는 곳이 어딘지도 모른다는 태도로 멍하니 서 있었다.

「혼자 있기가 싫습니다」라고 아저씨가 중얼거렸다.

「혼자 주무시는 게 편하실 거예요.」

안이 말했다.

숙박계엔 거짓 이름, 거짓 주소, 거짓 나이, 거짓 직업을 쓰고 나서 나는 꿈도 안 꾸고 잘 잤다.

다음날 아침 일찍이 안이 나를 깨웠다.
「그 양반 역시 죽어 버렸습니다.」
「예?」
「방금 그 방에 들어가 보았는데 역시 죽어 버렸습니다.」
「사람들이 알고 있습니까?」
「아직까진 아무도 모르는 것 같습니다. 우린 빨리 도망해 버리는게 시끄럽지 않을 것 같습니다.」
「자살이지요?」
「물론 그렇겠죠.」
밖의 이른 아침에는 싸락눈이 내리고 있었다. 우리는 할 수 있는 한 빠른 걸음으로 여관에서 떨어져 갔다.
「난 짐작하고 있었습니다.」
그는 코우트의 깃을 세우며 말했다.
「그렇지요. 할 수 없지요. 난 짐작도 못했는데…….」
「혼자 놓아두면 죽지 않을 줄 알았습니다.」
「씨팔것, 약을 호주머니에 넣고 다녔던 모양이군요.」
안은 어느 앙상한 가로수 밑에서 멈췄다.
「김형, 우리는 분명히 스물다섯 살짜리죠?」
「난 분명히 그렇습니다.」
「나도 그건 분명합니다.」
그는 고개를 한번 기웃했다.
「두려워집니다.」
「뭐가요?」
「그 뭔가아. 그러니까…….」
그가 한숨 같은 음성으로 말했다.
「우린 이제 겨우 스물다섯 살입니다.」
나는 말했다.
우리는 헤어졌다. 버스에 올라서 창으로 내려다보니 안은 앙상한 나뭇가지 사이로 내리는 눈을 맞으며 무언지 곰곰이 생각하고 서 있었습니다.

감상을 위한 문제제기

1. 등장 인물들이 절망하는 진정한 이유를 쓰시오.

구청 병사계 공무원 김(金), 대학원생 안(安)은 '이제 겨우 스물다섯 살' 이다. 그들이 '서른대여섯 살 먹은' 월부책 장사 사나이를 만나 하룻밤 사이에 '늙어버릴' 정도로 정신적 체험을 얻는다는 것이 이 소설의 기둥 줄거리이다.

김은 전형적인 1960년대의 청년이다. 그는 가난한 시골집 아이였지만 — 김승옥 소설에 자주 등장하는 인물 유형이다. - 사관 학교를 꿈꾸었다. 그러나 실패한 후 미아리 하숙집에서 추억과 방황의 젊음을 보내고 있다. 말하자면 상층 계급으로의 비상(飛翔)을 시도했다가 좌절한 인물이다.

안은 김과 대조적으로 부잣집 장남이며 큰 고생을 겪지는 않았지만 나름대로의 지적 인식 능력을 갖춘 인물이다. 관념적인 그는 서울을 '욕망의 집결지' 라는 말로 표현한다. 김이 회의적 소시민이라면 안은 회의적 지식인이라고 할 수 있겠다. 그들은 포장마차에서 대화라기보다는 일종의 언어 능욕 행위를 즐긴다. 그들이 새까맣게 탄 참새구이를 안주로 먹으며 파리 얘기를 나누는 것은 실패한 삶의 비상(飛翔)에 대한 시니컬한 반어적 표현들이다. 여기에 끼여든 월부책 장수 사내 — 열 살이나 더 먹은 그 사내의 절망에 김과 안은 아무런 말도 할 수 없다. 월부책 장수를 따라 그들은 거리로 나와 돈을 마구 쓰고 그리고 미용 학원이 불타는 것을 본다. 월부책 장수가 돈을 불 속에 던지는 모습을 보다. 돈은 굳이 말하지 않더라도 자본주의의 생명이며 도시의 고단하고 무의미한 삶을 지탱하는 유일한 욕망이다. 그것을 불 속에 던지는 행위는 이미 월부책 장수가 삶을 포기하고 있다는 의미이며 죽은 아내에 대한 일종의 제의(祭儀) 행위이기도 하다. 결국 책장수는 이 두 사람의 미필적 고의에 의한 살인으로 삶을 마감한다. 그리고 이 두 사람은 '너무 늙어버린' 자신을 발견한다.

이렇게 보면 이 소설은 일종의 성인식(成人式) 소설의 형식을 가지고 있다고 볼 수 있다. 그러나 이들의 절망은 이미 단순히 개인적인 것이 아니라 '도시의 절망' 이며 '4 · 19 세대의 거울' 이며 '1960년대 서울의 절망' 이기도 하다.

2. 그들의 만남은 아무 의미 없는 것일까 자신의 생각을 쓰시오.

우리는 김과 안 그리고 월부책 장수의 '만남' 이 실로 '우연' 에 의한 것임을 알고 있다. 세 사람의 우연 속에 우리는 이미 이효석 · 김동리 · 황순원 소설의 '숙명적인 만남' 의 시대가 끝났음을 예감한다. 김승옥 소설의 '만남' 은 보이지 않는 손의 배려에 의한 것이 아니라 진정한 의미의 '우연' 이며 그저 '우연' 이었음을 자연스럽게 제시한다. 도시는 이런 우연의 연속을 가능하게 만드는 메커니즘을 가지고 있는 것이다.

〈무진 기행〉에서 음악 교사와의 만남. 술집 여자의 죽음 그리고 〈서울, 1964년 겨울〉에서 세 사람의 만남은 '나' 의 삶을 변화시킨다. 그러나 '나' 는 이 만남에 결코 구속되지 않는다. 이들의 만남은 철저하게 삽화적이며 일회적이다. 이들이 만남은 실로 도시적이라고나 불러야 할 속성을 지니고 있다. 세 사람은 1964년 서울을 대표할 어떤 인물들로 선택된 것도 아니며 그저 포장마차에서 술을 마시는 익명의 젊은이들일 뿐이다. 분명한 것은 그들이 술을 마셨다는 것이며 중국집에 갔고 귤을 샀고 불구경을 했다는 것, 그리고 책장수가 자살했다는 사실이다. 이들의 삶에서 확실한 것은 '꿈틀거리는 행위' 그것뿐이다. 그런데 여기서 우리는 책장수의 죽음을 '나' 에게 들려준 사람이 안(安)이라는 것을 기억할 필요가 있다. '나' 는 '짐작도 못하고' 있었는데 안은 책장수의 죽음을 예상하고 있었다고 말한다. 문제는 이것이 그저 '말' 에 불과하다는 것을 대다수의 독자들이 간과하고 있다는 것이다. 어리석은 질문을 해보자. 책장수는 정말로 죽었을까. 이들에게 나타난 월부책 장수가 들려준 이야기도 단순히 언어의 능욕이며 책장수의 진정한 절망감은 전혀 다른 곳에 있었을지도 알 수 없다. 모든 것이 그 바탕에서부터 허위일지도 모른다는 예감, 그래서 절망으로 붕괴되어 가는 겨울의 환청(幻聽)이 들리는 듯하다. 책장수는 아무 일 없다는 듯 깨어나 다시 책을 팔러 나가지는 않을까. 그리고 밤이 되면 어느 포장마차에서 만난 다른 젊은이들에게 새로운 절망의 신화를 들려줄지도 모른다.

이청준

미로(迷路)의 끝

작가 및 작품연구

이청준(李淸俊 1939~2008). 전남 장흥 출신. 서울대 독문과 졸업. 1966년 단편 「퇴원(退院)」으로 등단하였다. 그의 문학의 주제는 「당신들의 천국」, 「이어도」와 같은 이상과 현실의 괴리에서 생기는 갈등이라고 요약할 수 있지만 실상 그의 문학은 미로와도 같은 복잡한 구조를 보여준다. 그의 작품에는 우선 사라져 버렸거나 사라져 가고 있는, 또한 아주 상징적인 직업의 세계가 자주 등장한다. 「조율사」, 「매잡이」와 같은 계열이 이에 속한다. 그것은 단순히 호기심이나 복고(復古)의 대상이 아니라 고도의 상징적인 것이다. 여기에 그는 다시 액자소설의 형식을 덧붙인다. 그러므로 그의 작품은 마치 한폭의 추상화나 몽타쥬를 보는 그런 느낌을 갖게 한다. 「매잡이」의 경우도 마찬가지이다. '나' 와 '민태준' 의 외곽구조에 나의 여행에서 만난 벙어리 소년 중식이와 매잡이 곽서방, 나의 소설 「매잡이」, 그리고 매잡이의 죽음이 이중의 동심원과 같은 내부 구조를 이루고 민태준의 자살과 그가 남긴 소설 「매잡이」 — 민태준은 예언처럼 매잡이 노인의 죽음을 말하고 있다 — 의 외곽구조로 돌아오는 소설의 흐름은 때로는 곤혹스럽고 난해하여 독자에게 허구의 세계를 탐색하는 독자를 미로에서 벗어나지 못하게 만드는 능력을 갖추고 있다. 독자는 그가 만든 미로를 나와서도 여전히 당황할 뿐이다. 이제 현실세계가 거대한 미로와 같이 보이기 시작하는 것이다. 그리고 다시 그가 만든 미로에 들어가 보고 싶은 것이다. 이청준이 난해하다는 평을 들으면서 상당한 독자를 확보하고 있는 것은 말하자면 독자의 지적인 탐험욕을 강하게 자극하기 때문일 것이다. 비록 미로의 끝에 아무것도 없다 할지라도 독자는 기꺼이 그가 만든 미로에 뛰어들고 싶은 것이다.

매잡이

작품요약

지난 봄 갑자기 세상을 등지고 만 민태준 형은, 그가 이승에 있었다는 흔적으로 단 한 가지 유물만을 남기고 갔었다. 아는 이는 다 알고 있는 일이지만 그것은 별로 값지지도 않는 몇 권의 대학노트로 되어 있는 비망록이었다.

민형은 언제나 소설에 대해서 열심히 생각하고 있었고 또 우리와 소설에 대해서 많은 이야기를 했다. 그러나 가장 중요한 것은 그가 소설을 쓰려고 언제나 마음을 벼르기만 했지 실제로 그것을 쓰고 있는 것 같지는 않았다.

그 무렵 민형은 결핵으로 조금씩 각혈을 하고 있기는 했었다. 사실 각혈 정도의 결핵이라면 요즘의 의학이 충분한 구제의 가능성을 가지고 있었다. 한데도 그는 스스로 목숨을 끊어 버린 것이다. 모든 죽음이 그렇듯이 그의 죽음에 대한 좀더 중요한 부분은 전혀 알려진 바가 없는 셈이었다.

아마 이 글을 읽는 사람은 '매잡이' 라는 이 이야기의 제목이 눈에 익은 것을 먼저 알 것이고, 좀더 주의깊게 생각했다면 나의 이름으로 발표된 소설 중에 이미 그런 제목이 하나 있었음을 기억해 낼 것이다. 그리고 왜 같은 제목으로 또 이야기를 시작하는가 의심했을 것이다. 그러니까 '매잡이' 라는 제목의 글은 이것으로 두번째가 되는 것이다. 한데 한꺼번에 고백을 하자면, 이 '매잡이' 라는 제목의 글이 이번으로 세번째가 된다는 것은 말하지 않을 수가 없다. 그 다른 하나는 누구의 것인가 — 그것이 바로 작고한 민태준 형의 것이다. 그것을 나는 오늘 아침에 비로소 나의 책상에서 찾아내게 된 것이다. 그것은 물론 아직 세상에 발표된 것은 아니다. 민형이 소설을 한 편도 쓰지 않은 소설가가 아니라는 것을 안 것도 오늘 아침이었고 그 때문에 나는 다시 이 세번째 '매잡이' 라는 제목의 글을 쓰게 된 것이다. 하지만 이 세 편의 소설은 사실 거의 같거나 비슷비슷한 것들이다.

이제 나는 민형의 그 기이한 소설이 어떻게 나에게로 돌아오게 되었는가 하는 경위를 밝혀야겠다. 민형의 죽음이나, 어째서 두 편의 같은 소설이 생겨났고 거기다 또 내가 비슷한 소설을 하나 더 쓰려고 하는가는 거기에서 대강 이유가 발혀질 수 있으리라 믿는다. 그러자면 먼저 제일 첫번의 나의 '매잡이' 가 씌어지게 된 경위부터 이야기를 시작해야 할 것이다.

지난 봄, 어느날 나는 잠깐 나를 보고 싶다는 엽서를 받고 민형을 찾은 일이 있었다.

「잘 와주었어. 좀 상의할 일이 있어서. 자네 일에 도움이 될 것 같은 일인데.」

그리고 그는 그 소재를 꼭 나에게 한 번 다루어 보게 하고 싶다면서, 그 비망록 중의 한 대목을 가리켰다…….

나는 다음날로 곧 길을 나섰다. 민형의 재촉도 있었지만 한 가지 궁금한 일이 있기는 했다. 민태준 — 이란 인물. 도대체 이 친구가 흐느적거리며 돌아다닌 행적은 어떤 것인지. 이번 기회에 그것을 좀 알아보고 싶었다. 썩 재미있는 일일 듯했다. 그리고 그때 나는 바로 이튿날로 그 전라도의 산골마을을 터덜터덜 혼자 찾아들게 된 것이었다.

내가 '매잡이' 라는 제목으로 최초의 소설을 쓰게 된 경위는 그 동기가 대략 그런 식으로 발단한 일이었다.

저녁 연기가 걷히고 나서 마을이 방금 밤의 정적 속으로 가라앉기 시작할 무렵에야 나는 고개에서 내려와 마을로 들어갔다. 골목을 내려오는 사내 하나를 붙잡고 민형이 일러준 소년의 이름을 대었다.

「저 밭 건너에 집이 한 채 있지요? 바로 그 집입니다.」

가까이 가서 보니 호롱불이 내비치고 있는 창호지 문은 정말 민형의 말대로 조그만 별채의 것이었고, 그 곁에는 불도 켜지 않은 본채가 벌써 시커멓게 잠이 들어 있었다. 안에서는 열 살쯤 되는 소년이 배를 내놓고 모로 잠들어 있었다. 겨우 눈을 뜬 놈이 다소 경계의 빛을 보이기 시작했다.

「나 중식일 찾아온 사람인데 중식인 어디 갔지?」

「서울 사람은 오기만 하면 그 새끼만 찾아…….」

소년이 나간 뒤 드러누워 생각에 잠겨 있던 나는 벌떡 자리에서 일어나 앉고 말았다. 어디선가 딱 한 번 캑 하는 기침 소리 같은 것이 들려온 것이었다. 나무토막을 못질해 놓은 벽에 매가 한 마리 머리를 콕 박고 앉아 있었다. 놈은 잠을 자다가 나의 기척에 깨어 난 듯 눈을 굴리었으나 몸은 까딱도 하지 않았다.

문이 열렸다. 굳게 다문 십칠팔 세 가량의 소년 하나가 나를 넘겨다보다가 다짜고짜 꾸벅 절을 했다.

「미안해! 중식이지?」

소년은 행동에 비해 퍽 영민해 보이는 데가 있었다.

「얼마전에 여기 왔다간 민태준이란 사람 알지?」

소년의 눈이 갑자기 반짝 빛나는 듯하더니 낑 하고 이상한 소리를 내며 힘을 주듯 답답하게 몸을 한 번 비틀었다. 그를 데려온 꼬마 소년이 대신 말했다.

「버버리라요.」

전혀 뜻밖이었다. 나중에 알고 보니 중식은 그저 호적상의 이름이었을 뿐 마을에서는 그냥 '버버리'로 이름을 대신해 불러오고 있었다. 그때부터 나는 꼬마 소년의 도움을 얻어 가며 답답한 대화를 계속해 나갔다. 소년은 여느 벙어리와는 달리 귀가 조금 뚫린 듯했다. 거기다 나의 입모습과 몸짓을 살펴서 대부분의 말을 알아듣고 있었다.

매잡이…… 그 매잡이가 죽어가고 있다는 것이었다. 매잡이. 그 쉰 살짜리 홀아비는 지금 어떤 집 헛간에서 언제 숨이 넘어갈지 모르는 지경이라고 했다. 왜 거기에 그가 누워 있는지는 본인 외에는 아무도 모른다고 했다. 그는 벌써 일 주일도 넘어 거기에 버티고 누워서 밥 한 순갈 입에 넣지 않고 빠작빠작 말라가고 있다는 것이다.

매잡이 사내는 마을 위쪽 어떤 집의 사랑채 헛간에 누워 있었다. 지푸라기에 싸여 눈만 빼끔히 뜨고 있는 사내는 벌써 반송장이 되어 있었다. 소년을 따라 내가 헛간으로 들어갔을 때도 사내의 얼굴은 조금도 움직이질 않았다.

나는 소년과 함께 번개쇠라는 이름의 매를 가지고 철도 맞지 않은 사냥을 나섰다. 소년은 매잡이가 되고 나는 몰이꾼이 되었다. 그러나 그날 우리는 종일 허탕을 치고 말았다. 수없이 산고개를 넘었으나 꿩을 한 마리도 날려올리지 못했다. 그러나 그날의 일이 나에게는 전혀 허탕이 아니었다. 바윗돌에 앉아 쉬면서 자기의 매에 관한 이야기를 늘어놓기 시작했던 것이다. 나는 그의 시늉말에도 이해가 퍽 빨라지고 있었다.

그럼 이제 여기서부터는 이야기를 나의 첫 번째 '매잡이'라는 작품에서 직접 빌어오는 것이 좋겠다.

매잡이 곽서방은 결국 버버리 한 놈을 데리고 마을을 나섰다. 골짜기를 하나 지나 마을이 보이지 않는 산으로 접어들자 곽서방은 자기의 팔목에 얹어온 번개쇠를 버버리에게 건네주었다. 아무리 산길에 발바닥이 굳었다 해도 이제 곽서방은 조금만 뛰면 숨이 헉헉거렸다. 그가 매잡이가 되고 아직 나이가 팔팔한 버버리 녀석이 꿩몰이가 되어야 한다. 그러나 그럴 수가 없는 것이다. 녀석은 벙어리 — 몰이를 할 때 꿩 모는 소리를 지르지도 못했고, 꿩이 날아도 산꼭대기의 곽서방을 향해 '꿩 떴다' 고 외쳐줄 수도 없는 것이다.

해가 서산을 기웃거리고 산 그늘이 골짜기를 메우기 시작할 때쯤 해서 곽서방은 녹초가 되어 있었다. '후어 후어' 소리가 자꾸만 목구멍 속으로 기어들다가 이제는 아주 중얼거림으로 변해 있었다. 그때 뜻밖에도 오랜만에 들어보는 장끼 소리가 산골짜기를 가득 채웠다. 곽서방은 기운이 치솟았다. 산꼭대기에서 번개쇠가 떠올랐다. 곽서방은 놈이 내려꽂힌 지점을 향해 내닫기 시작했다. 그러나 곽서방은 이내 자갈밭으로 곤두박질을 치고 말았다. 산 정수리에서 동정을 살피고 있던 소년에겐 아무리 기다려도 곽서방의 신호가 들려오지를 않았다. 한데 어찌된 일인지 그때 번개쇠 놈이 느닷없이 다시 하늘로 치솟고 있었다. 그리고 그 매는 끝없이 하늘을 날아오르다가는 이윽고 한 쪽으로 방향을 잡기 시작하더니 이내 먼 곳으로 산을 넘어가 버렸다. 그렇다면 — 소년은 급히 산을 내려 뛰기 시작했다. 곽서방은 자세를 바꿔 하늘을 쳐다보고 있었다. 그런 소년을 보자 부시시 몸을 털고 일어났다.

곽서방이 번개쇠를 만난 것은 장날 오정이 지나서였다. 어떤 소주가게 앞을 지나려는데, 얼굴이 벌겋게 취해 앉아 있는 얼굴이 얼핏 눈에 들어왔다. 전에 다른 마을에서 매잡이를 하다 지금은 어디로 가 버렸는지 종적조차 알 수가 없던 얼굴이었다.

그날 오후 — 마을로 돌아오는 곽서방의 심경은 어느때보다도 허전하기 그지 없었다. 그는 다리에 힘이 하나도 없이 흐느적 흐느적 넘어질 듯 길을 걷고 있었다. 이런 경우 으레 매를 돌려주는 값을 치르게 되어 있었다. 녀석이 매를 안겨주고는 사례를 한푼도 받지 않고 도망치듯 자리를 비켜 버리라고는 상상조차 해 볼 수가 없던 일이었다. 분명 곽서방을 동정하고 있는 눈치였다.

곽서방은 마을로 돌아오자 버버리 소년의 방을 차지하고 누워 내처 번개쇠를 굶기기 시작했다. 이상한 것은 음식물을 곽서방 자신도 입에 대지 않는다는 점이었다. 번개쇠를 잠재우지 않듯이 자신도 잠을 자지 않았다. 사냥 준비로 매를 굶긴다 해도 그것은 사실 정도 문제였다. 이제 번개쇠는 숨을 깔딱거리며 제 몸조차 이기질 못하고 자꾸 모로 쓰러지려고만 했다. 나흘째 되던 날 저녁 무렵 곽서방이 별안간 문을 열고 나왔다. 마루청 밑에 얹어놓은 닭장으로 가서 지금 막 저녁 잠자리로 들어온 장닭 한 마리를 꺼내들었다. 그러고는 다시 사랑채 방으로 들어가서 번개쇠를 안고 나왔다. 그는 매의 줄을 다 풀고 나서 닭을 땅 위로 떨어뜨려 주었다. 번개쇠는 그 짧은 공간을 날아 닭을 쫓았다. 놈은 닭의 목 부분을 물고 흔들고 찢고 하면서 퍼덕이는 닭과 거의 함께 땅에서 뒹굴고 있었다. 놈의 거동만 지켜보고 있던 곽서방이 천천히 번개쇠 곁으로 다가가더니 놈을 한 손으로 덥석 안아들었다. 그러고는 말 한 마디 없이 그대로 사립문을 걸어나가 버렸다. 아무래도 날 생각이 없어 보이는 번개쇠를 자꾸만 하늘로 띄워 올리려고 잡아서는 날리고 또 잡아서는 날리고…….

이제 다시 이야기를 본 줄거리로 돌아가는 것이 좋겠다. 매잡이 곽서방의 기이한 단식은 그렇게 시작된 것이었고, 그러니까 내가 갔을 때는 이제 마을 사람들조차 그 곽서방의 일엔 싫증을 내고 있을 때였다.

초저녁엔 소년이 윗마을 영감네 헛간으로 간 뒤 나는 그냥 불을 끄고 잠을 청했다. 무리하게 산을 탄 바람에 몸을 움직이기가 싫었기 때문이었다. 그런데 바로 그때 버버리 녀석이 헐레벌떡 방으로 뛰어 들어오며 냅다 나를 흔들어 깨웠다. 곽서방이 나를 찾고 있다는 것이었다.

그는 전과 다름없이 꼬직이 헛간 지푸라기에 싸여 누워 있었으나, 깊이 가라앉아 가기만 하던 눈망울이 처음으로 나를 향해 움직이고 있었다.

「민…… 민선생…… 을…… 가서…… 만…… 나…… 지…… 요?」

이윽고 그가 꺼져가는 듯한 목소리로 내게 물었다. 그의 말은 흐린 눈동자와는 달리 일단 의사가 확실했다.

「제 친굽니다. 가서 만납니다.」

「네 이야기를 전해 주시겠소?」

곽서방은 눈을 치떠 나를 쳐다보았다. 그러나 그는 입을 다물어 버렸다. 나는 그때 곽서방이 민형과 무슨 이야기를 했었는지 물었어야 했다.

곽서방은 어떤 조그만 산모퉁이에 묻혔다. 장례가 끝나자 마자 나는 서울로 떠날 차비를 차렸다. 녀석은 하염없이 매만 만지작거리고 있었다.

「그건 원래 곽서방 거였다는데, 이젠 주인도 죽고 없는데…….」

나는 어쩌면 녀석이 또 매잡이 노릇을 계속할지도 모른다는 생각을 하면서 그날로 소년과 마을을 하직하고 서울로 돌아왔다.

그러나 서울에는 또 하나의 수수께끼가 나를 기다라고 있었다. 민형이 그 사이에 자살을 하고 만 것이었다. 내가 시골로 떠난 다음날이었다. 앞에서도 말했듯이 그에게선 다른 아무것도 남겨진 것이 없었다.

'— 여행 이야기가 꼭 좋은 소설이 되기 바라네. 그리고 여기 나의 취재 노트를 자네에게 넘기고 가네. 혹 소설로 만들 만한 것이 있을는진 모르겠네만, 또 하나 밀봉한 봉투는 2, 3개월 날짜가 지나서 적당한 시기에 꺼내 보라고 특히 부탁하네 —'

그가 남기고 간 유언의 내용이었다. 마치 한 일 년 어디로 여행을 떠나면서 부탁을 남기고 있는 투였다. 그런데 중요한 것은 그 민형의 자상하고 철저한 노트에는 하필 전에 그가 나를 내려보내면서 얼핏 보여줬던 매잡이에 관한 기록이 뜯어 없어져 버린 사실이었다. 왜 민형은 그것을 뜯어 없애 버린 것일까. 어째서 그는 나에게 하필 그 산골로 여행을 권한 것일까. 그리고 자기가 얻어낸 모든 자료를 끝내 감추고 죽어 버린 것일까.

한데 오늘 아침, 바로 오늘 아침 나는 봉투를 뜯고 나서 새삼 놀라지 않을 수 없었다. 그것은 이백여 매 남짓한 원고지 뭉치였다. '매잡이' — 그 원고의 겉장에 쓰인 제목이 그것이었다. 소설을 읽어 가다가 나는 거듭 놀라지 않을 수 없었다. 그것은 너무나 내가 썼던 것과 비슷한 이야기가 되고 있는 게 아닌가. 곽서방이 단식을 시작한 구체적 동기가 다를 뿐 줄거리도 거의 마찬가지였다. 아니 내가 놀라고 있다는 것은 민형이 그런 소설을 써 놓았고 그것이 소설로서 거의 완벽한 느낌을 갖게 했기 때문이라는 것은 벌써 아니었다. 생각해 보라. 그의 이야기와 마찬가지로 곽서방의 죽음까지 가 있다는 것은 그 자체가 얼마나 괴이한 일인가. 물론 민형이 그 소설을 썼을 무렵에는 곽서방의 죽음이 아직 미래사에 속하는 일이었을 것이기에 말이다. 말하자면 민형의 이야기는 곽서방의 운명에 대한 일종의 예언이었다. 그런데 그 예언이 너무나 정확한 것이다. 민형은 마치 나와 함께 곽서방의 최후를 보고 와서 역시 나와 함께 소설을 쓰기 시작한 것처럼 나의 그것과 거의 틀림이 없는 결말을 맺고 있었다. 그렇다면 민형은 분명 나를 앞지르고 있는 셈이었다. 하지만 무엇이 민형으로 하여금 곽서방의 운명에 대한 그런 정확한 예언을 하게 한 것일까.

민형은 어쨌든 마지막으로 그렇게 한 편의 소설을 쓰고 간 셈이었다. 경탄할 수밖에 없는 일이다. 그는 곽서방에게 자신의 풍속으로 돌아가 풍속의 유물이 될 수가 절대로 없었다. 그래 우리는 우리들 자신의 풍속의 의상이 없는 시대에서 그 삭막하고 참담스런 삶의 현실들을 맨 몸으로 직접 살아내고 있는 것인지도 모른다. 민형의 종말 — 그것은 그 곽 서방의 풍속에 자신을 귀우시킬 수 없었던 비극의 종말이 아니라, 그의 삶의 새로운 풍속화에 대한 마지막 저항과 결단의 몸짓은 아니었을까.

나는 그나마 민형의 경우처럼 자신의 삶에 대한 어떤 치열한 인내와 결단성, 심지어는 그 풍속의 미학에 대한 나름대로의 꿈마저도 깊이 지녀 보질 못해 온 터이니 말이다.

감상을 위한 문제제기

1. 매잡이 노인과 민태준의 죽음의 공통적인 점은 무엇인가?

이청준 소설의 한 경향이 '지적 탐험' 이라는 것은 이미 언급한 바 있다. 이 소설에서도 그의 지적 미로는 유감 없이 펼쳐지고 있다.

매잡이 노인의 무모한 자기 소모 행위와 폐결핵에 걸린 소설가 민태준의 치열한 창작 행위는 작품 속에서 내적으로 대응하고 있다.

이들은 모두 자신의 진정한 삶을 이해한 사람들이다. 제삼자에게 그것이 어떻게 받아들여질 것인가는 아무 의미가 없다. 매를 통한 자기 확인과 그 기록을 바탕으로 한 소설의 우열을 측정할 수는 없다. 매잡이 노인의 매는 우리 소설 문학 속에 자주 등장하는 '비상의 의지' 또는 '초극의 의지' 를 상징하는 것임은 새삼 설명할 필요도 없다. 그러므로 매잡이는 그저 풍속의 재현이 아니다. 그것은 앞에서 언급한 바 있는 '이카루스의 신화' 이다. '나' 의 탐색으로 알게 된 것은 결국 이 두 사람의 신화적 죽음에 대한 확인인 셈이다. 그리고 '나' 는 민태준처럼 치열한 자기 확인의 삶을 살아갈 것이라는 윤리적 예감이다. 이미 소설의 말미에서 작가는 '나' 의 발언을 통하여 두 사람의 죽음에 대한 평가를 내리고 있다.

2. 매잡이라는 직업이 상징하는 것은 무엇인가?

이청준의 '직업 소설' 들이 그저 낯선 직업의 신기함이나 복고적 취미에서 생겨난 것은 아니다. 그것은 모두 그 나름의 상징성을 지닌 탐색의 대상인 것이다.이렇게 본다면 매잡이라는 직업도 그저 하나의 직업이 아닌 삶에 대한 윤리적 판단을 전제로 하고 있는 것이다. 이청준에게 직업은 막스 베버식(式) 프로테스탄트의 윤리로 해석할 수 있는 그 이상의 것이다. 신에 대한 소명(召命)으로서의 직업을 넘어, 신의 경지에 이르는 통로로서의 직업이 그의 소설의 패턴이다. 그의 여러 직업 속 인물들을 단순히 장인(匠人)으로만 보는 것은 무의미하다. 이들은 하나의 직업을 통하여 신내림의 경지에 올랐거나 신의 경지에 도달하려는 인물들이다. 민태준이 매잡이 곽 서방의 죽음을 예언한 것도 이러한 경지에서 가능한 것이다. 이렇게 보면 왜 이청준 소설이 그토록 복잡한 미로로 되어 있는가를 이해할 수 있다. 그것은 말하자면 반인 반소의 괴물이 감금되어 있었다는 미노타우로스의 궁전이다. 그러나 우리는 여러 인물들이 실타래를 풀어가며 조심스럽게 궁전을 탐색하는 모습을 본다. 그렇다. 우리는 이청준의 새로운 인물들이 미로 속에 뛰어들기만을 기대하는 구경꾼일 뿐이다.

홍성원

상황과 언어

작가 및 작품연구

홍성원(洪盛原 1937~2008). 경남 합천 출신. 1964년 단편 「빙점지대(氷點地帶)」가 한국일보 신춘문예에 당선되어 등단하였다. 전쟁문학에서 시작된 그의 문학적 관심은 조직사회 속의 인간 정신의 탐구에 초점을 맞추어 가고 있다. 가령 「역류(逆流)」에서 그는 폭풍주의보가 내린 동해안 항구 폐선 위에서 밤을 새워 소를 죽이는 밀도살의 현장을 냉정하게 그려내고 있는데 마지막에 배는 북으로 흘러가고 있었고 그들이 죽인 소의 머리들이 그들을 노려보고 있다는 그로테스크한 상황설정으로 끝을 맺는다. 그는 고도의 상징화된 상황 설정에 능숙한 역량을 발휘하고 있다. 상황 속에서 그가 독자에게 쉴 새 없이 던지는 질문은 '인간이란 무엇인가' 라는 가장 원초적인 것이다.

— 나는 곡예를 싫어한다. 특히 언어의 곡예는 내가 가장 싫어하는 바다. 더구나 그것이 의뭉한 암수로서 동원되었을 때는 나는 증오가 아니라 뱃속으로부터 맹렬한 경멸을 느낀다.

이러한 작가의 태도는 그가 직설적이며 냉정한 언어(hard-boiled style) - 헤밍웨이와 비교되곤 하는 강렬하고 남성적인 문제를 사용하여 인간의 본질을 파들어간다는 선언으로 이해해도 좋을 것이다. 「폭군(暴君)」은 창작과 비평 15호(1969)에 발표된 작품이다. 작품의 구조도 단순하여 수렵소설쯤으로 읽히기 쉬우나 고도의 상징 세계가 그 속에 들어 있다는 것을 짐작하기 어려운 일이 아니다. 폭군 — 사또 — 호랑이는 정치적 상황과 연관되어 있는 것일까. 그러나 그것은 확인할 수 없는 일이다. 그보다는 사라져 버렸다는 호랑이의 나타남과 두 명의 사냥꾼 — 군인 출신의 합리적 과학적 세계를 신봉한 인물과 애니미즘적 비합리적 세계관을 가진 노인의 대립에 노인이 호랑이와 일체가 되어 죽어가는 상황에 추점을 맞추는 편이 보다 정확한 독법(讀法)일 것이다. 우리는 과학이 인간자체를 강하게 해주지 못한다는 것을 믿지 않는 경향이 있다. 그러나 자연 속에서 인간이 신봉할 것은 인간 그 자체뿐인 것이다. 그리고 인간이란 그리 합리적인 존재는 아니다. 헤밍웨이는 「노인과 바다」에서 말했다. '인간은 파멸당할지언정 패배당할 수는 없다' 독자들이 호랑이와 함께 죽어간 노인에게서 이런 결론을 연상한다고 해도 작가의 의도에서 그리 빗나간 사고는 아닐 것이다.

폭군暴君

작품요약

차가 강변에 도착하였다. 일행 세 명은 차를 내려 훤한 강가로 다가간다. 해가 막 지고 있어서 강변이 온통 놀빛이다. 그들은 이번 사냥길이 보통 출렵(出獵)과는 다르다는 것을 알고 있다. 며칠 전 수렵협회에선 지방으로부터 한 통의 편지를 받았다. 대호(大虎)가 어느 벽촌에 나타나 인명을 둘이나 해쳤다는 소식이었다. 목격자의 증언으로는 짐승의 체구가 중송아지만큼 크다는 것이었다. 족적(足跡)이 직경 10센티미터가 넘고 황소를 일시에 거꾸러뜨렸다고도 했다. 만일 그것이 대호라면 협회로서는 의외의 수확이다. 협회는 즉시 인선(人選)에 착수해서 사나이와 노인을 선발한 것이었다.

차는 커다란 우물이 있는 마을 복판의 공터에 멎어 있다. 용주골이다. 사나이와 노인은 약 5분간 담배를 피우며 기다린다. 그들은 마을에 사람이 살고 있으며 그들이 조만간 나타날 것을 알고 있다. 이윽고 어디선가 네댓 개의 횃불이 나타난다. 자갈을 밟는 그들의 발자국이 몹시 거칠게 어둠 속을 울린다. 불빛 탓인지 그들의 얼굴은 모두 딱딱하게 굳어 있다. 인원은 정확히 여섯 명으로 그들 중 한 명만이 횃불을 들지 않았다. 그는 나이를 짐작할 수 없는 매우 깨끗하고 곱게 늙은 노인이다. 노인이 곧 무리들을 대표해서 사나이 바로 앞에 정중히 멈춰선다.

「난 이 부락 리장 이외다.」

사나이가 이장을 내려다본 채 부드러운 음성으로 대답한다.

「소문을 듣자니 이 부락에 고약한 짐승이 나타난다더군요. 우린 직업적인 포수들인데 바루 그 짐승을 잡으러 왔습니다.」

「우린 댁들이 그 짐승을 잡는다면 댁들의 하는 일에 아무 편의도 드릴 수 없습니다.」

「우린 부락민이 그 짐승을 어떻게 생각하든 상관없소이다. 아마 댁들은 그 산짐승을 신령이나 혼백으로 생각하고 있을 겝니다. 허지만 그 짐승은 사람을 해치는 무서운 맹수올시다. 누가 쫓더라두 쫓아내야 옳지 않습니까?」

이장이 드디어 몸을 바로 하고 노인을 향해 정중히 입을 연다.

「우선 쉴 곳을 마련해 드리겠소. 자 우릴 따라오시오.」

그들은 어느 쇠락하고 더러운 초가로 안내되었다. 짐승의 정체가 분명히 산신(山神)의 전신(轉身)이라는 마을 사람이 있는가 하면 성미 고약한 단순한 맹수라는 마을 사람들도 있다.

부락민의 이야기는 그 후로도 약 한 시간 가량 계속되었다. 노인과 사나이는 그들의 이야기를 거의 빠뜨림 없이 꼼꼼하게 다 들었다. 특히 노인은 이야기를 듣는 중에 그 범에 관해 묘한 긴장과 경탄을 느꼈다. 그는 그 범이 인간에 대해 깊은 원한을 품고 있다고 단정했다. 노인은 시종 산짐승들에게까지 어쩔 수 없는 강한 애정을 품고 있다. 그가 짐승들에게 보내는 애정은 일종의 순수한 동료애와 같은 것이다. 그것에는 일방적인 사랑이 있을 뿐 아무런 계산이나 조건이 붙지 않는다. 보이지 않는 질긴 끈으로 그는 짐승들과 한 뭉치가 된 것이다. 허나 일단 총을 잡으면 노인이 태도는 홀연히 달라진다. 그는 자기와 자기의 상대가 정정당당히 싸울 것을 알고 있다. 노인은 가급적 자기의 상대가 강하고 굳세기를 희망한다. 결국 노인은 자기 상대에게 투지와 경탄이라는 이중의 상반되는 감정을 품은 셈이다.

노인이 발견한 덫은 원형이 거의 엉망으로 파괴되어 있다. 얼추 산정에 가까운 바위투성이의 양지바른 곳이다. 더구나 그들의 단순한 의문은 또 하나의 발견물로 어렵잖게 해소되었다. 사나이가 곧 가까운 주위에서 싱싱한 몇 개의 뼈들을 주워 왔기 때문이다. 그들은 거의 직감으로 두 개의 발견물이 범의 소행이라 단정한다. 노인이 돌연 사나이를 향해 조용히 할 것을 눈짓으로 명령한다. 이제 그들은 쫓는 쪽이 아니고 오히려 범에게 미행당하는지도 알 수 없다. 사실 민가에 출몰하는 범들은 사람들을 별로 겁내지 않는다.

「꽃이 이런 곳에 있을 줄은 몰랐소. 부락에서 겨우 5마장도 안되지 않소?」

「여기가 아니요. 아마 가끔 여기서 쉬거나 낮잠을 잤을 거요.」

「이 쌍안경으루 찾아봅시다. 예까지 올라와서 빈손으로 갈 수 있나?」

「실은 꽃이 우릴 먼저 봤소. 아마 가까이 엎뎌 있을 거요.」

그는 분명 가까운 주위에서 새로운 범냄새를 맡을 것 같다. 갑자기 노인의 등줄기로 냉기가 으스스 스쳐간다. 그는 조용히 사나이를 돌아본 뒤 불쑥 한 손으로 바위 뒤를 가리킨다.

「저쪽으로 잠깐 돌아가 봐야겠소. 당신은 여기서 꼼짝 말구 기다리시오.」

그는 범이 역습을 행할 때 어떤 장소를 택하는가 잘 알고 있다. 바람이 숲 위로 한 차례 스쳐가며 노인에게 다시 범의 체취를 전해준다. 총신을 잡은 왼쪽 손바닥에 기름처럼 땀이 내돋았고 이미 안전장치를 풀어놓아서 총은 언제라도 발사할 준비가 되어 있다. 그러나 노인이 다시 몸을 일으켜 정상을 바라보는 순간이다. 한 개의 거대하고 붉은 물체가 돌연 바위 밑을 향해 빛(光)처럼 날아내린다. 그것은 마치 거대한 포구에서 번쩍하고 빛을 발하는 섬광과 흡사하다. 기폭을 찢는 듯한 사나이의 비명이 노인의 전신을 돌처럼 마비시킨다. 노인이 현장에 돌아왔을 때 현장에는 의외의 광경이 벌어져 있었다. 그는 자기 앞에 선 사나이가 유령이 아닌가 의심스러웠다. 그러나 그는 분명히 살아서 숨을 크게 쉬고 있었다. 상처는 왼쪽 관자놀이에서 시작되어 볼을 타고 목에까지 기다랗게 이어져 있다.

노인은 그의 상처를 핑계삼아 수차 그에게 서울로 돌아갈 것을 권유했다. 그러나 그는 얼굴에 이런 상처를 입고는 절대로 물러갈 수 없다고 소리쳤다. 간혹 그는 아무 까닭도 없이 부락을 향해 총질을 하기도 했다. 지금까지 냉정하고 침착하던 그가 갑자기 딴 사람이라도 된 듯 난폭하고 거칠어져 있었다.

노인이 처음 범을 본 것은 혼자의 추적이 시작된 지 11시간 만이었다.

짙은 눈보라가 눈앞으로 몰아쳐서 10미터 앞도 보이지 않는다. 노인은 이제 범을 뒤따라 거의 뛰다시피 계곡으로 달려 내려간다. 그는 자기의 이틀간의 추적이 이렇게 허망하게 끝날 줄은 몰랐다. 그놈은 결국 노인을 거느리고 이틀간 산중으로 산 구경을 시켜준 셈이다. 갑자기 부락 숙소에 남아 있을 사나이의 얼굴이 눈앞에 떠오른다. 그는 지금쯤 혼자 떠난 노인을 이를 갈 정도로 미워하고 원망할 것이다. 그리고 저 부락 사람들…… 공포와 절망과 슬픔에 짓눌린 채 오히려 그 폭군을 떠 받드는 착한 백성들…… 그들은 정말 백성 같았다.

노인이 범을 올려다 본 것과 범이 일어선 것과는 완전한 동시다. 그들은 마치 쌍둥이 인형처럼 나란히 동시에 고개를 마주돌렸다. 바위는 약 8미터 높이로 위로는 풀 한 포기, 나무 한 그루 자라 있지 않다. 노인은 짐승과 마주치자 머리 속이 갑자기 싸늘하게 얼음처럼 맑아진다. 범은 지금 자기가 움직이면 노인이 공격해 오리라고 생각할 것이다. 그러나 움직일 수 없는 것은 노인도 역시 범과 같다. 노인이 드디어 이 싸움의 종결을 짓기로 마음 먹는다. 그는 아주 서서히 왼팔을 들어올리기 시작한다. 그는 자기가 범을 쏘는 순간 자기도 범에게 죽으리라는 것을 알고 있다. 범은 아마 총을 맞는 순간 바위 위에서 벼락처럼 노인에게 덮쳐 올 것이다. 5백근의 무게와 기둥 같은 앞발과, 그리고 그곳에는 범의 분노까지 포함될 것이다. 그러나 노인은 그런 죽음이라면 퍽 바람직한 죽음이라고 생각한다. 드디어 노인이 왼쪽 팔이 정확하고 침착하게 가슴 위로 올라온다. 총구가 서서히 짐승의 양미간으로 조금씩 이동된다. 그러나 노인은 조준이 완료되자 갑자기 짐승의 얼굴을 다시 한 번 더 보고 싶어진다. 그것은 자기가 그토록 경탄하던 끈덕지고, 대담하고 강대한 얼굴이다. 노인은 마치 악기라도 다루듯 침착하면서도 아주 단호히 엽총의 방아쇠를 앞으로 당긴다. 그것은 모두 5분도 안 되는 짧은 시간에 일어난 일들이었다.

차가 공회당 앞을 지나 서서히 부락을 떠나기 시작한다. 올 때와는 달리 그들의 차 안에는 두 명의 사람밖에 타고 있지 않다. 청년이 룸밀러 속으로 사나이를 쪽 돌아본다.

「도대체 영감님은 왜 죽었을까요?」

사나이가 몸을 꿈틀하더니 청년을 힐난하듯 쏘아본다. 옛날처럼 위엄이 당당하다. 혼잣말처럼 중얼거린다.

「죽어 있는 꼴이 가관이더군. 둘이 서로 얼싸안 듯 껴안었어.」

「껴안다니, 누가 누굴 껴안아요?」

「어떻게 단단히 껴안았던지 풀어내는 데두 반나절이 걸렸네.」

「범이 참 몸 어딘가에 커다란 상처가 있었다면서요?」

「덫에 치여 생긴 상처라는데 고름이 뼈 속까지 가득 찼었어. 어떻게 그런 꼴루 걸어 다녔는지 알 수가 없네.」

차가 거의 비탈길을 다 올라 막 산굽이를 커다랗게 돌고 있다. 청년이 사나이를 향해 턱 끝으로 차창 밖을 가리킨다.

「이제야 모두 제 집들을 찾아가는 모양입니다. 아마 오늘부턴 두 다리 쭉 뻗구 마음 편히 잘들 잘 겝니다.」

감상을 위한 문제제기

1. 노인의 죽음의 의미에 대하여 설명하시오.

폭군이라는 제명에서 이 소설의 호랑이가 그저 단순한 생명체만은 아니라는 암시가 있지만, 우리는 일단 홍성원이라는 작가가 '상황 소설'을 즐겨 쓴다는 점에 국한시켜 어느 마을에 나타난 잔인한 호랑이와 대결하는 한 노인의 상황으로만 이해하기로 하자.

'대결'이라는 것처럼 인간을 긴장시키는 상황도 드물다. 수많은 웨스턴 영화의 대결 장면에는 언제나 무서운 고요가 감돈다. 그런데 이 소설은 왜 젊고 유능한 사냥꾼이 아닌 노인을 등장시켰을까. 그것은 〈노인과 바다〉가 하필 '노인'과 바다인 이유와 같다. 헤밍웨이의 어부와 마찬가지로 그리고 이청준의 매잡이 노인처럼, 다른 생명을 학살(?)하면서 삶의 종점에 이른 사람들은 어떤 형태로든 그것을 속죄하는 하나의 의식이 필요하다. 〈폭군(暴君)〉에서의 노인의 죽음은 이런 점에서 보면 하나의 희생 제의(犧牲祭儀)이며 그것으로 사냥꾼 노인의 삶은 가장 강력한 호랑이의 삶과 일체가 될 수 있는 것이다.

2. 작품 속에서 '과학적 세계관'이 내적으로 패배할 수밖에 없는 이유는 무엇인가?

과학적 세계관은 과학적 이론과 과학적 도구들을 숭배하는 물신적 경향으로 나타난다. 이 소설에서 차를 탄 사나이도 그의 도구들을 숭배한다. 그러나 그 도구들은 단지 인간을 위한 수단에 불과할 뿐이다. 도구와 본질의 혼동, 그것이 과학적 세계관을 패배하게 만드는 요인이다. 결국 모든 것은 인간에게 달려 있으며, 어리석게 보일 수도 있는 인간의 의지와 신념만이 삶을 구원하리라는 것이다.

우리 소설 50選

1992년 8월 1일 초판 1쇄 인쇄
2011년까지 총 35쇄
2014년 3월 25일 개정판 1쇄 발행

지은이 문승준 · 이재인 엮음
펴낸이 정현철

디자인 김재경, 정희철
마케팅 김수현, 김종렬
펴낸곳 지식더미
서울시 강서구 내발산동 718-13 선재빌딩 402호
전화 02-534-3074 / 02-534-3076
E-mail. slbook@hanmail.net
Homepage. www.sunglimbook.com
등록일자 2006년 4월 10일
등록번호 제315-2012-000045호

ISBN 978-89-97953-05-9